W0412441

SCIENCE FICTION

Herausgegeben
von Wolfgang Jeschke

Ein vollständiges Verzeichnis aller
im HEYNE VERLAG erschienenen STAR TREK-Romane
finden Sie am Schluß des Bandes.

STAR TREK

DEEP SPACE NINE

L. A. GRAF

INVASION 3

DER FEIND DER ZEIT

Roman

STAR TREK®
DEEP SPACE NINE™
Band 19

Aus dem Amerikanischen
von
ANDREAS BRANDHORST

Deutsche Erstausgabe

WILHELM HEYNE VERLAG
MÜNCHEN

HEYNE SCIENCE FICTION & FANTASY
Band 06/5519

Titel der amerikanischen Originalausgabe
INVASION! – TIME'S ENEMY
Deutsche Übersetzung von Andreas Brandhorst

Umwelthinweis:
Dieses Buch wurde auf chlor- und säurefreiem Papier gedruckt.

2. Auflage

Redaktion: Rainer-Michael Rahn

Erstausgabe by Pocket Books/Simon & Schuster Inc., New York

Printed in Germany 1999
Umschlagbild: Pocket Books/Simon & Schuster, New York
Umschlaggestaltung: Atelier Ingrid Schütz, München
Technische Betreuung: M. Spinola
Satz: Schaber Datentechnik, Wels
Druck und Bindung: Ebner Ulm

ISBN 3-453-13994-1

VORHER

Hier draußen, wo das Sonnenlicht nicht mehr war als ein fernes Glühen in der Schwärze des Alls, hielt sich Eis lange. Dunkle Eismassen bildeten einen weiten orbitalen Ring – die Reste des rotierenden Nebels, aus dem dieses an Planeten reiche Sonnensystem entstanden war. Die kalte Finsternis hüllte jedes einzelne Fragment in einen Kokon aus Geborgenheit, bis sich zwei Brocken so nahe kamen, daß ihre Gravitation die Flugbahnen veränderte. Dann mochte es geschehen, daß eine Masse aus schmutzigem Eis mit einer langen Reise in Richtung der fernen Sonne begann, vorbei am eingefangenen neunten Planeten, vorbei auch an den vier Gasriesen und dem Ring aus Felsen, der an eine ungeborene Welt erinnerte. An dieser Stelle begann sie zu leuchten, angeregt von der zunehmenden Wärme des solaren Fusionsreaktors. Als sie den roten Wüstenplaneten passierte und sich jener von zarten Wolkenschleiern umhüllten Welt näherte, die Leben beherbergte, leuchtete die Masse heller als ein Stern. Mit einem langen Schweif zeigte sie sich am Nachthimmel des blauen Planeten, bestaunt von Primitiven, die jagten, sammelten und mit Stöcken den Boden aufkratzten, um Nahrung zu finden. Schon nach wenigen Tagen verblaßte das Schimmern des Kometen, und er verschwand wieder in der Dunkelheit am Rand des Sonnensystems.

Ein Fragment war diesem Schicksal entkommen, obwohl das eigentlich nicht der Fall sein sollte. Es trug eine Last aus Stahl und Leere, gerade tief genug im Innern seines eisigen Herzens, um dafür zu sorgen, daß es nach einer Beinahe-Kollision mit einem anderen Brocken zur Kometenwolke zurückkehrte. Anschließend tanzte es jahrhundertelang mit wechselhaftem Kurs durchs All, bis es einen stabilen Orbit im Schatten des kleinen neunten Planeten erreichte. Weitere Jahrhunderte vergingen, während winzige Feuer auf der Nachtseite des blauen Planeten glommen, der Leben hervorgebracht hatte. Die Feuer wurden heller und breiteten sich aus, überquerten die Ozeane. Ihr Glanz gewann immer schneller an Intensität, und bald entstanden große Netzwerke aus Licht an Küsten, Seen und Flüssen. Es dauerte nicht lange, bis das Feuer ins All sprang. Zuerst erreichten sie den einzigen Mond des Planeten, dann den kalten roten Nachbarn und schließlich die Monde der Gasriesen. Noch weiter reisten sie, zu den Sternen. Während dieser Zeit blieben der Komet und seine sonderbare Last unbehelligt. Niemand bemerkte das winzige, flackernde Licht in seinem Innern.

Bis Phaserstrahlen die Kruste aus Eis aufrissen und freilegten, was sich darunter befand.

1

»Sie scheinen sich auf eine Invasion vorzubereiten«, sagte Jadzia Dax.

Sisko brummte und blickte über eine weite Landschaft aus dunklem Kometeneis – die natürliche Hülle der Starbase Eins. Über dem gewölbten Horizont hätte sich in der dunklen Oort-Wolke das Leuchten von Sternen und das hellere Schimmern Sols zeigen sollen. Stattdessen glühten dort die Positionslichter von mehr als zehn Kurzstrecken-Kampfschiffen – ältere, kantigere Versionen der *Defiant* – sowie von zwei Raumschiffen der *Galaxy*-Klasse, der *Mukaikubo* und *Breedlove*. Der erste Blick hatte Sisko genügt, um zu wissen: Routinemäßige Wartungsaufenthalte und Landurlaub konnten eine solche Streitmacht sicher nicht erklären. Starfleet schien sich auf eine Konfrontation vorzubereiten. Die Frage lautete: Wer war der Gegner?

»Ich dachte, wir sind wegen eines *nicht*militärischen Notfalls hier.« In den Fenstern aus transparentem Aluminium sah Sisko Julian Bashirs Spiegelbild. Der Arzt hatte Platz genommen; das große Konferenzzimmer hinter ihm war noch ebenso leer wie vor zehn Minuten, als man sie hereingeführt hatte. »Sonst hätte uns Admiral Hayman bestimmt gebeten, mit der *Defiant* zu kommen anstatt mit einem Hochgeschwindigkeitskurier.«

Sisko schnaubte leise. »Admirale bitten *nie* um etwas, Doktor. Und sie sagen einem nie mehr, als unbedingt nötig ist, um ihre Befehle auf eine effiziente Weise auszuführen.«

»Was insbesondere für diesen Admiral gilt«, fügte Dax hinzu, wobei in ihrer Stimme ein Hauch von unerwartetem Humor erklang.

Sisko musterte sie und wölbte die Brauen, doch eine Sekunde später öffnete sich mit einem leisen Zischen die Tür. Gleichzeitig räusperte sich jemand, und herein kam eine langgliedrige Frau, gekleidet in einen gewöhnlichen Starfleet-Overall. Sie durchquerte das Zimmer, und Dax trat ihr mit ausgestreckter Hand entgegen.

»Wie geht's, Judith?«

»Man hat mich befördert.« Das Gesicht der grauhaarigen Frau erhellte sich ein wenig. »Es schafft einen gewissen Ausgleich dafür, alt zu werden.« Sie drückte Dax die Hand, wandte sich dann an Sisko. »Dies ist also der Benjamin Sisko, von dem mir Curzon so viel erzählt hat. Es ist mir eine Freude, Sie kennenzulernen, Captain.«

Sisko warf dem wissenschaftlichen Offizier einen kurzen Blick zu. »Die Freude ist ganz meinerseits. Äh ... Dax?«

»Benjamin, ich möchte Ihnen Konteradmiral Judith Hayman vorstellen«, sagte die Trill. »Wir – das heißt sie und Curzon – lernten uns vor einigen Jahren auf Vulkan kennen, während der klingonischen Friedensverhandlungen. Wenn ich vorstellen darf, Judith: Captain Benjamin Sisko von *Deep Space Nine* und unser Bordarzt Dr. Julian Bashir.«

»Admiral ...« Bashir nickte höflich.

»In der Kom-Mitteilung war die Rede von einem Notfall der Priorität Eins«, sagte Sisko. »Daraus läßt sich vermutlich folgendes schließen: Was auch immer uns hierherbrachte – es handelt sich um eine dringende Angelegenheit.«

Das Lächeln verschwand aus Haymans Gesicht. »Möglicherweise«, erwiderte sie. »Wobei ›dringend‹ jedoch nicht die übliche Bedeutung hat.«

Sisko runzelte die Stirn. »Bitte verzeihen Sie meine Unverblümtheit, Admiral. Man hat mich ohne irgendeine Erklärung aufgefordert, die von mir befehligte Raumstation zu verlassen. Beim Flug zur ältesten und nutzlosesten Starbase der Föderation …« Bei diesen Worten vollführte er eine Geste, die der öden Kometenlandschaft jenseits der Fenster galt. »… sollte ich unter keinen Umständen mein eigenes Schiff einsetzen. Und jetzt sagen Sie mir, daß Sie eigentlich gar nicht wissen, wie dringend die ganze Sache ist?«

»Niemand ist sicher, Captain. Auch deshalb haben wir Sie hierhergeholt.« Die Stimme der Admiralin brachte eine seltsame Mischung aus Ernst und Kummer zum Ausdruck. »Nur in einem Punkt gibt es keinen Zweifel: Wir haben es mit einer Situation zu tun, die zu einer Katastrophe führen könnte.« Sie griff in die Brusttasche ihres Overalls, holte zwei gewöhnlich aussehende Datenchips hervor und legte sie auf den Tisch. »Zuerst sollten Sie und der Arzt sich diese Aufzeichnungen ansehen.«

»Aufzeichnungen«, wiederholte Sisko und wählte dabei jenen neutralen Tonfall, den er so oft der überheblichen Kai Winn gegenüber benutzt hatte.

»Entschuldigen Sie bitte, Admiral, aber wir sind wirklich davon ausgegangen, daß es sich um einen Notfall handelt.« Julian Bashirs offen zur Schau gestellte höfliche Verblüffung erinnerte Sisko an das aalglatte Gebaren Garaks. »Mit irgendwelchen Aufzeichnungen hätten wir uns bereits vor zehn Stunden befassen können. Es wäre sicher möglich gewesen, sie *Deep Space Nine* per Subraum-Kommunikation zu übermitteln.«

»Zu gefährlich, selbst bei Verwendung unserer sichersten Codes.« Die absolute Gewißheit in Haymans Stimme ließ Sisko überrascht blinzeln. »Und wenn Sie genau zugehört hätten, junger Mann, so wäre Ihrer Aufmerksamkeit sicher nicht entgangen, daß ich von

›zuerst‹ gesprochen habe. Wenn Sie sich jetzt bitte setzen würden, Captain ...«

Sisko nahm an einem der in den Tisch integrierten Terminals Platz und wartete, während sich die Admiralin an Bashir wandte und zu einer anderen Datenstation zeigte. Der Captain nahm zur Kenntnis, daß sie Dax nicht aufforderte, sich ihnen hinzuzugesellen, obgleich noch weitere Terminals zur Verfügung standen.

»Wir gehen diesmal nicht auf die übliche Weise vor«, sagte Hayman ohne Einleitung. »Um die Authentizität gewisser Daten zu verifizieren, bitten wir Sie um folgendes: Überprüfen Sie die Logbücher und medizinischen Aufzeichnungen, ohne ihren Ursprung zu kennen. Wir möchten eine Analyse von Ihnen. Computer, starte die Datenkontrollprogramme Sisko-Eins und Bashir-Eins.«

Der Monitor vor Sisko erhellte sich, zeigte jedoch keine Bilder, sondern ein breites Band aus vielschichtigen Symbolen und Abkürzungen, die langsam von links nach rechts glitten. Einige Sekunden lang betrachtete er das Band verwirrt, bis der fremdartige Eindruck plötzlich etwas Vertrautem wich. An der Starfleet-Akademie forderte man die Kadetten dazu auf, nach einem Ausfall des Computerdatenspeichers die letzten drei Flugtage eines Raumschiffs zu rekonstruieren. Die Lösung des Problems bestand darin, Computerdaten aus den individuellen Systempuffern wiederherzustellen. Solche Aufzeichnungen hatten ein derartiges Erscheinungsbild.

»Dies sind multiple Pufferdaten aus individuellen Bordsystemen, geschrieben in der üblichen Starfleet-Maschinensprache«, sagte Sisko. Dax gab ein leises Geräusch von sich, das auf Interesse hindeutete, und trat an die Seite des Captains. »Jemand scheint die letzten Anweisungen für Lebenserhaltung, Schilde, Steuerung und Phaserbänke gespeichert zu haben. Es ist auch noch ein anderes System betroffen, aber ich kann es nicht identifizieren.«

»Die Kontrollen der Photonentorpedos?« fragte Dax und beugte sich zum Bildschirm vor.

»Nein, ich glaube nicht. Vielleicht ist ein Sensorpuffer betroffen.« Sisko behielt den vorbeiscrollenden Code aufmerksam im Auge. Die meisten Symbole ergaben nun einen Sinn, doch die Abkürzungen im Bereich der fünften Linie blieben rätselhaft. »Es gibt keine Hinweise auf die Navigation. Vielleicht wurden die Kommandopuffer jener Systeme von dem Faktor eliminiert, der den Ausfall des Hauptcomputers bewirkte.« Er brummte leise, als vier Aufzeichnungsbereiche starke Fluktuationen aufwiesen und dann zu schwarzen Linien schrumpften. »Damit wäre auch alles andere hinüber. An dieser Stelle scheint das Schiff kaum mehr zu sein als ein Wrack.«

Dax nickte. »Offenbar wurde es von einem starken elektromagnetischen Impuls getroffen, der praktisch jeden Schaltkreis an Bord lahmlegte. Alle Anlagen verloren ihre Energie, bis auf die Lebenserhaltung – die auf Reservesysteme umgeschaltet werden mußte.« Die Trill sah zur Admiralin auf. »Sind das alle Aufzeichnungen? Sie betreffen nur einige Minuten.«

»Es sind diejenigen, denen wir *trauen*«, betonte Hayman. »Es gibt auch einige visuelle Aufzeichnungen von der Brücke, die ich Ihnen gleich zeigen werde, aber sie könnten manipuliert sein. Wir sind ziemlich sicher, daß der Inhalt der Datenpuffer nicht verändert wurde.« Sie sah zu Bashir, der nun nicht mehr unruhig wirkte, sondern sich ganz auf die Daten konzentrierte, die ihm der Monitor seines Terminals zeigte. »Die medizinischen Informationen sind weitaus umfangreicher. Sie können sich in der Zwischenzeit diese Aufzeichnungen hier noch einmal ansehen, wenn Sie möchten.«

»Bitte«, sagten Sisko und Dax gleichzeitig.

»Computer, wiederhole Datenprogramm Sisko-Eins.«

Wieder kroch Maschinensprache über den Bildschirm, und diesmal versuchte Sisko nicht mehr, die einzelnen Symbole zu identifizieren. Er erinnerte sich vage an den Hinweis eines Akademie-Professors, der die Rekonstruktion der Aktivitäten eines Raumschiffs auf der Basis individueller Puffer-Outputs mit dem Lesen einer Partitur verglichen hatte. Es kam nicht darauf an, jede einzelne Zeile individuell zu analysieren, sondern einen Eindruck davon zu gewinnen, wie alles zusammenwirkte.

»Dieses Schiff war in einen Kampf verwickelt«, sagte Sisko schließlich. »Aber ich glaube, es wollte nicht kämpfen, sondern entkommen. Bei den Phaserbänken kam es zu einer Entladung, nachdem bei den Schilden energetische Fluktuationen registriert wurden.«

»Verteidigungsmaßnahmen«, pflichtete Dax dem Captain bei und deutete auf den Monitor. »Sehen Sie nur, wieviel Energie von den Lebenserhaltungssystemen abgezogen wurde, um die Schilde stabil zu halten. Was auch immer das Schiff bedrohte: Offenbar hatte es ein sehr großes energetisches Potential.«

»Jetzt werden Ausweichmanöver eingeleitet...« Sisko unterbrach sich, als er etwas entdeckte, das er beim erstenmal im geheimnisvollen fünften Band übersehen hatte. In seiner Magengrube krampfte sich plötzlich etwas zusammen, als er jenes romulanische Symbol sah, das immer dann in den Displays erschien, wenn die Tarnvorrichtung der *Defiant* aktiviert wurde.

»Ein getarntes Starfleet-Schiff!« Er drehte sich um und richtete einen durchdringenden Blick auf die Admiralin. »Soweit ich weiß, ist nur die *Defiant* offiziell mit einer romulanischen Tarnvorrichtung ausgestattet!«

Hayman erwiderte den Blick mit unerschütterlicher Gelassenheit. »Ich kann Ihnen garantieren, daß Starfleet keine verbotenen Tarnvorrichtungen einsetzt. Sehen Sie sich die Daten noch einmal an, Captain.«

Sisko wandte sich erneut dem Monitor zu. »Computer, wiederhole Programm Sisko-Eins mit fünfundzwanzig Prozent der bisherigen Geschwindigkeit.« Wieder krochen die fünf verschiedenen Aufzeichnungsbänder über den Bildschirm, und diesmal achtete Sisko auf die Interaktionen zwischen Steuerung und Phaserbänken. Vielleicht konnte er Klasse und Kategorie des unbekannten Schiffes bestimmen, indem er herausfand, zu welchen taktischen Manövern es imstande war.

»Vergleichen Sie die Richtungsänderungen mit den Entladungen der Phaser«, sagte Dax hinter ihm. Sie sprach ungewöhnlich leise, und Sisko fragte sich, ob sie den gleichen, geradezu unheimlichen Verdacht hegte wie er.

»Ja, ich weiß.« Während der letzten hundert Jahre waren die Geschwindigkeit von Kursänderungen einerseits und die Phaser-Refokussierung andererseits Grundlage der Gefechtstaktik gewesen. Siskos Blick huschte zwischen dem ersten und dritten Datenband hin und her, glitt dann zum Rand, wo eingeblendete Zahlen über die verstrichenen Millisekunden Auskunft gaben. Die Refokussierung der Phaser nahm erstaunlich wenig Zeit in Anspruch, aber noch verblüffender war die praktisch sofortige Reaktion des Schiffes auf Kursänderungen bei taktischen Manövern. Er kannte nur ein Schiff, das über ein ausreichend leistungsfähiges Warptriebwerk verfügte, um so riskante Manöver zu fliegen. Und er kannte nur einen Commander, der einen großen Teil seiner Freizeit investiert hatte, um festzustellen, wo die Grenzen lagen, wie weit man gehen konnte, bis aus Mut Leichtsinn wurde.

Als sich Sisko diesmal zu Judith Hayman umdrehte, war aus seiner Besorgnis kalte Gewißheit geworden. »Wo haben Sie diese Daten gefunden, Admiral?«

Sie schüttelte den Kopf. »Zuerst Ihre Analyse, Captain. Ich brauche Ihre unvoreingenommene Meinung, bevor ich irgendwelche Fragen beantworten und Ihnen die visuellen Daten zeigen kann. Andernfalls wissen wir nie, ob wir diesen Informationen trauen dürfen.«

Sisko atmete tief durch und versuchte, die richtigen Worte für Schlußfolgerungen zu finden, die ihm selbst unglaublich erschienen. »Dieses Schiff ... Es verfügte nicht nur über eine Tarnvorrichtung wie die *Defiant*. Es *war* die *Defiant*.« Er hörte, wie Dax nach Luft schnappte. »Und als sie bei einem Kampf zerstört wurde, führte ich das Kommando.«

»Captain Sisko würde es mir erlauben.«

Wenn Kira während der vergangenen achtundvierzig Stunden jedesmal einen Streifen Latinum bekommen hätte, um sich diese unsinnigen Worte anzuhören, so wäre sie inzwischen imstande gewesen, die ganze Raumstation und alle geifernden Ferengi an Bord zu kaufen. Was keineswegs bedeutete, daß ihr die Aussicht gefiel, Eigentümerin von einem halben Dutzend verschrumpelter, großohriger Halunken zu werden. Aber bei Ferengi wußte man wenigstens, was man erwarten durfte. Sie waren nicht sofort beleidigt, wenn man gelassen auf ihre Kom-Mitteilungen reagierte und ihnen die Banalität ihrer Probleme verdeutlichte. Schließlich waren es Ferengi, was bedeutete: Alle Aspekte ihres Lebens, die nicht mit Geld in Zusammenhang standen, verdienten die Bezeichnung ›banal‹.

Menschen hingegen glaubten, daß sich in der Galaxis alles um ihre Wünsche und Sorgen drehte. Ihr empfindliches Selbstbewußtsein nahm sofort Schaden, wenn man darauf hinwies, daß sie sich vielleicht irrten. Mit dem Gedanken daran hatte Kira zwei oder drei Stunden ihres ersten Tages als Kommandantin von *Deep Space Nine* verbracht, indem sie besänftigte, beschwichtigte, Kompromisse vorschlug und immer wieder versuchte, Anteilnahme zu zeigen. Sie ging dabei von der Annahme aus, daß die Crew nur einige metaphorische Streicheleinheiten brauchte, um während der Abwesenheit des Captains zurechtzukommen. Doch irgendwann gegen Mittag stieß sie den verdammte Lederball zum vierten Mal von Siskos Schreibtisch, und der fünfte Arbeitsplan-Konflikt platzte ins Büro, während sie unter dem Schreibtisch nach dem Ball suchte, und die sechste Subraum-Mitteilung von Bajor – oder von Starfleet oder von irgend jemandem sonst – ließ den Kommunikator piepen, und plötzlich wurde es enorm wichtig, daß sie selbst die externe Kontrolle des Waffensegels vornahm. Kira floh ins Ops, während der Ball irgendwo in Siskos Büro verschwunden blieb. Unterwegs schickte sie ein jammerndes Besatzungsmitglied zur Personalabteilung und nickte zehn Minuten lang einem schwafelnden bajoranischen Minister zu, in der Hoffnung, ihn dadurch schneller abzuwimmeln und genug Zeit zu bekommen, den Schutzanzug anzuziehen und die Station zu verlassen. O'Brien stotterte nur überrascht, als sie ihm auf dem Weg zum Turbolift die Reparaturanweisung abnahm.

Kira dachte daran, *Deep Space Nine* beim nächsten Mal ohne Schutzanzug zu verlassen. In gewisser Weise wäre dann alles viel einfacher gewesen.

»Nun?« Quark hatte noch nicht das Stadium von Verdrießlichkeit erreicht. Doch eine weinerliche Ferengi-Stimme in unmittelbarer Nähe des rechten Ohrs zu hören ... Dadurch konnte man selbst in einem viel zu großen Strahlenschutzanzug Platzangst bekommen. »Ich versichere Ihnen, daß Sisko davon begeistert wäre.«

Kira schnaubte verächtlich – und erinnerte sich zu spät an die besonderen Aspekte ihrer Situation. Die Innenseite der Helmscheibe beschlug. Sie verankerte die magnetischen Sohlen der Stiefel am Segel und wartete darauf, daß die automatischen Klimamodule des Schutzanzugs für eine Absorption der zu hohen Luftfeuchtigkeit sorgten.

»Quark, Captain Sisko erlaubt Ihnen nicht, das Ops zu betreten.« *Wahrscheinlich hätte er auch keine Zeit damit verloren, ein solches Kom-Gespräch mit dem Ferengi zu führen,* dachte Kira. »Was *mich* betrifft: Mir ist es ein Rätsel, warum er Ihnen überhaupt gestattet, sich an Bord der Raumstation aufzuhalten.«

Sie beobachtete, wie Quark im Aussichtsbereich über seinem Kasino von einem Fenster zum nächsten hastete. »Weil der Captain ein gutes Marktgefühl hat, zumindest für einen Menschen. Leider fehlt ihm das Gespür dafür, gute Gelegenheiten für zusätzlichen Profit zu nutzen.«

Kira stieß sich vorsichtig ab und gewann gerade genug Bewegungsmoment, um zur vorderen Seite des Segels zu gleiten und dadurch Quarks Blickfeld zu verlassen. *Ich bin hier draußen, um zu arbeiten,* erinnerte sie sich, als sie einen diagnostischen Scanner hervorholte. Was allerdings nicht bedeutete, daß sie keine Genugtuung empfinden durfte, wenn Quark durch einen schmalen Korridor zum nächsten Fenster eilte, um sie auch weiterhin zu beobachten.

»Ich registriere nach wie vor Restemissionen«, teilte sie O'Brien mit. Das Strahlungsdisplay befand sich rechts neben der Helmscheibe, und der entsprechende Indikator wies auf einen niedrigen Wert hin. Kira spürte, wie sich neuerlicher Ärger in ihr regte. »Nicht annähernd genug, um einen Ausflug in diesem unförmigen Ding zu rechtfertigen.«

»Tut mir leid, Major – so verlangen es die Starfleet-Vorschriften.« Der irische Akzent des Chefingenieurs brachte echtes Bedauern zum Ausdruck – obwohl O'Brien das allgemeine Starfleet-Protokoll häufig ›vergaß‹. »Wenn jemand beauftragt wird, in Hinsicht auf ein externes Strahlungsleck Nachforschungen anzustellen, so muß die betreffende Person einen schweren Schutzanzug tragen.«

»In meinem Fall bedeutet das: Ich muß mit einem

Anzug zurechtkommen, der jemandem wie Sisko genug Platz bietet.«

»Nun, für solche Schutzkleidung gibt es eine Einheitsgröße.«

Fast hätte Kira erneut geschnaubt und damit einen neuerlichen Kondensfilm an der Helmscheibe verursacht. »Sie meinen eine Einheitsgröße, die sich auch für über zwei Meter große Menschen eignet.«

»Ja, Ma'am«, gestand O'Brien. »Etwas in der Art.«

»Major«, ließ sich Quark vernehmen, »ich glaube, Sie schenken meinem Anliegen nicht die Aufmerksamkeit, die ihm gebührt.«

Kira zog sich langsam an der Außenseite des Segels entlang und dachte daran, sich vom Wurmloch in den Gamma-Quadranten transferieren zu lassen, weit weg von allen Ferengi. »O'Brien, gibt es keine Möglichkeit, Quark aus diesem Kom-Kanal zu verbannen?«

»Das läßt sich nur bewerkstelligen, wenn Sie ganz auf einen Kommunikationskontakt mit der Raumstation verzichten, Ma'am. Tut mir leid.«

Kira fragte sich, ob sie dem Chefingenieur mitteilen sollte, daß sie seinen Vorschlag durchaus in Erwägung zog.

»Leider schätzt Captain Sisko die *geistige* Bedeutung von Entspannung anders ein als ...«

»*Nein*, Quark.«

Der Ferengi quiekte wie jemand, der ein Messer in seinem Bauch spürte – bei Quark wies dieses Geräusch auf Entrüstung hin. »Major, ich gebe Ihnen mein Wort, daß sich die Veranstaltung auf meine hinteren drei Dabo-Zimmer beschränkt.«

»Das haben Sie auch bei Ihrem letzten Glücksspielturnier behauptet.« Kira setzte beide Füße mit einem *Klong* auf, das sie zwar nicht hörte, aber deutlich fühlte. Anschließend stieß sie die Luke zum inneren Bereich des Segels so heftig auf, wie es die Mikrogravitation zuließ. Mit dem Ergebnis, daß die bajoranische Handelskommission eine vierseitige Beschwerde über die starke Zunahme von Ladendiebstählen in der Promenade verfaßte. Und Morn verklagte gleich sechs Ihrer Spieler wegen sexueller Belästigung.«

Rhythmisches Schnaufen kündete von einem weiteren Sprint durch den Korridor. Es folgte ein dumpfes Pochen, als Quark das nächste Beobachtungsfenster erreichte. »Aber in *diesem* Jahr ...« – Kira stellte sich vor, wie Quark bei diesen Worten grinste und seine krummen Zähne zeigte –, »... setze ich eine elasianische Kohorte als Türwächter ein.«

»Nein!« Kira beobachtete, wie der Strahlungsindikator plötzlich wesentlich höhere Werte anzeigte. Sie streckte die Hand aus und berührte eine Taste, woraufhin es im Innern des Segels hell wurde. »Und jetzt sagen Sie mir bitte, welches meiner Worte Sie nicht verstehen.«

»Vermutlich die deklarative Verneinung. Dieses Problem tritt bei Ferengi recht häufig auf.« In der Stimme ertönte nicht nur Sarkasmus, sondern auch offene Feindseligkeit, deutlicher Hinweis darauf, daß die Worte von Odo stammten. »Offenbar gibt es in der Ferengi-Sprache kein Wort für ›nein‹.«

Quark schniefte empört, und es gelang ihm, dieses Geräusch sowohl unterwürfig als auch spöttisch klingen zu lassen. »Das stimmt nicht«, widersprach er. »In unserer Sprache gibt es gleich mehrere solche Wörter. Ihre Verwendung hängt davon ab, wieviel Überredungskunst notwendig ist, um einen Meinungswechsel zu bewirken.«

»Wenn Sie mir versprechen, daß Ihr Turnier im Gamma-Quadranten stattfindet ...«, begann Kira.

»Und Sie keine Rückkehr hierher beabsichtigen ...«, fügte Odo hinzu.

»... gestatte ich Ihnen vielleicht, *Deep Space Nine* als Ausgangspunkt Ihrer Reise zu verwenden. Bis dahin ...« Weiße Kontrollen leuchteten am diagnostischen

Scanner und wiesen Kira auf folgendes hin: Das Waffensegel enthielt genug primäre Strahlung, um eine kleine Stadt ein Jahr lang mit Energie zu versorgen. Kira steckte den Scanner ein und verließ die Kammer rasch. »Haben Sie die Anzeigen gesehen, Chief?«

»Ja.« O'Brien klang nicht besorgt, eher zerknirscht. Vermutlich wünschte er sich jetzt, an Kiras Stelle zu sein. »Ich hätte schwören können, daß wir bei der letzten externen Inspektion alle Energiemodule der Phaserbatterien überprüft haben. Eins scheint defekt zu sein.«

»Könnte davon so intensive primäre Strahlung ausgehen?«

»Normalerweise nicht«, erwiderte der Chefingenieur. »Aber was auch immer da drin passiert ist: Man sollte es nicht mit einem kleinen Handscanner und einer Taschenlampe untersuchen. Wir wissen jetzt, wo das Problem liegt. Meine Leute kümmern sich darum.«

»Wodurch Ihnen mehr Zeit bleibt, um über meinen Vorschlag nachzudenken«, warf Quark fröhlich ein.

»Nein!« wiederholte Kira mit Nachdruck.

Nie zuvor hatte sie einen Ferengi auf diese Weise zischen gehört. »Na schön.« Kira befand sich nun wieder am Habitatring und sah, wie Quark auf der anderen Seite eines Fensters die Arme hob und wieder senkte. »Na *schön*! Ich habe Sie für eine großzügige, verständnisvolle Frau gehalten, die ihre Pflichten gegenüber Besatzungsmitgliedern und Bewohnern der Station genau kennt.« Er richtete einen kurzen, mürrischen Blick auf die hochgewachsene Gestalt hinter ihm. »Nun, offenbar habe ich mich geirrt. Wenn Sie mich jetzt bitte entschuldigen würden ... Ich muß mich allein der Aufgabe widmen, die Wirtschaft von *Deep Space Nine* vor dem Ruin zu bewahren.« Der Ferengi schob arrogant das Kinn vor und stolzierte wie jemand fort, von dem die Zukunft der Raumstation abhing.

»Ich weiß gar nicht, wie es Sisko gelingt, seine Arbeit

zu erledigen«, sagte Kira zu sich selbst, als die Luke des Waffensegels hinter ihr zuschwang.

»Indem er in seinem Büro bleibt, schätze ich.«

Kira blickte zum Fenster, als rechnete sie damit, trotz der recht großen Entfernung in Odos wachsglattem Gesicht irgend etwas zu entdecken. Es fiel ihr schwer, die Bemerkungen des Constable zu interpretieren, wenn er nicht deutlich sarkastisch war. Sprach er das Offensichtliche aus, um Kritik zu üben, oder weil er Wert auf die Wahrheit legte? Bei Odo beschränkten sich Antworten manchmal darauf, einfach nur Antworten zu sein. Das mochte erfrischend sein, wenn man diesem Verhalten die komplizierte Politik von Föderation und Bajor gegenüberstellte. Aber manchmal waren damit auch Probleme verbunden.

»Was kann ich für Sie tun, Odo?« Kira wandte sich der Luftschleuse zu und konnte es gar nicht abwarten, den unförmigen Schutzanzug abzulegen, um in der Ruhe ihres Quartiers eine Mahlzeit einzunehmen und dann unter die Decke zu schlüpfen. »Wollen Sie mir vielleicht sagen, daß sich Sisko gemeldet und seine baldige Rückkehr angekündigt hat?«

»Leider nein«, erwiderte Odo entschuldigend, so als sei Kiras Frage ernst gemeint gewesen. »Obwohl es bestimmt noch andere Leute gibt, die sich über seine Rückkehr freuen würden.«

Ein weiteres Display im Innern des Helms erhellte sich, und Datenkolonnen wanderten durchs kleine Projektionsfeld. Kira blickte erneut zum Fenster und runzelte die Stirn, ärgerte sich dann über ihre eigene Reaktion.

»Was ist das?« fragte sie.

»Lesen Sie.«

Sicherheitsberichte, bis zu sieben Tage alt und alle mit Odos knapper Unterschrift versehen. Die ersten drei ähnelten Dutzenden von anderen, die Kira auf Siskos Schreibtisch gesehen hatte: der nächtliche Einbruch in einem Lebensmittelladen für Touristen, die eine lange Wandertour auf Bajor planten; Unterschiede zwischen tatsächlich eingetroffenen Waren und der auf den Lieferscheinen angegebenen Menge von Computerkomponenten, die für Andor bestimmt waren; der Diebstahl von …

Kira blieb stehen, neigte den Kopf im Helm ein wenig zur Seite und las den vierten Punkt auf Odos Liste. »Diebstahl.« Sie sah über die Station hinweg, in Richtung Wurmloch und Sterne. »Es handelt sich in jedem Fall um Diebstahl, und die Ereignisse betreffen die vergangenen sieben Tage. Versucht vielleicht eine Verbrecherorganisation, auf *Deep Space Nine* Fuß zu fassen?« Eigentlich war die Raumstation dafür ein gut geeigneter Ort: Das Wurmloch bot einen perfekten Fluchtweg, und es gab keine Auslieferungsabkommen mit dem Gamma-Quadranten.

Odo knurrte leise – seine Version grimmiger Erheiterung. »Bei uns ist das organisierte Verbrechen bereits fest in Quarks Hand – daneben gibt es keinen Platz. Außerdem …« Der Constable schien Kontrollen zu betätigen, denn die Anzeige von Kiras Helmdisplay veränderte sich. »Mir scheint, es gibt keinen großen Schwarzmarkt für Haushalts-Energiemodule oder für mobile Thermo-Behälter.« Ein anderer Bericht glitt im Projektionsfeld nach oben. »Andererseits: Taktische Plasmasprengköpfe versprechen noch immer hohen Profit, ganz gleich, an wen man sie verkaufen möchte.«

Kira verstand nicht sofort die Zusammenhänge, sah nur die Hinweise des Displays. »Sechs Liter flüssiges Plasma mit Waffenpotential, vermißt bei einer Lieferung für die Raumschiffwerft von Okana.« Irgend etwas in ihr erzitterte. »Das ist auf Bajor.«

»Und nur drei Flugstunden von *Deep Space Nine* entfernt.« Nur Odos ernste Stimme leistete Kira Gesellschaft – von einem Augenblick zum anderen fühlte sie sich außerhalb des Habitatrings sehr allein. Sie setzte sich wieder in Bewegung und lenkte ihre Schritte in Richtung Luftschleuse. »Wer über die auf der Liste angegebenen Materialien verfügt«, fuhr Odo fort, »braucht nur einige Stunden in einer Föderationsbibliothek zu verbringen, um eine Bombe zu bauen, mit der sich die ganze Station vernichten ließe.«

Andere Verwendungszwecke fielen Kira ein: die Zerstörung eines mittelgroßen Raumschiffs oder die Verheerung einer bajoranischen Provinz. Sie fauchte einen zornigen Fluch, betätigte Kontrollen und öffnete das Außenschott von Runabout-Hangar F. »Haben Sie irgendwelche Vermutungen in Hinsicht auf das Ziel?« Wieso machte die Föderation solche Informationen frei zugänglich, so daß sie jeder Psychopath ganz nach Belieben verwenden konnte? Begriffen die Verantwortlichen denn nicht, daß auf Bajor keineswegs lammfromme Pazifisten wohnten, sondern erfahrene Soldaten und ehemalige Widerstandskämpfer, die gelernt hatten, praktisch alles als Waffe zu verwenden?

»Das hängt von verschiedenen Faktoren ab«, entgegnete Odo. »Zunächst einmal: Wir wissen noch nicht, wer dahintersteckt.«

Die Unruhe in Kira nahm immer mehr zu, während sie auf den Druckausgleich wartete. Ein langsam lauter werdendes Zischen wies darauf hin, daß sich die Schleusenkammer allmählich mit Luft füllte. »Ich schätze, wir können die eine oder andere Vermutung anstellen.«

Stille folgte diesen Worten, und Kira ahnte, was Odo nun durch den Kopf ging. Er wußte ebenfalls von den paramilitärischen Gruppen in den nördlichen Provinzen. Sie bestanden aus früheren Mitgliedern des aktiven Widerstands und wurden immer radikaler. »Unterdrückung ist Unterdrückung!« lautete ihre Parole. Sie sahen kaum einen Unterschied zwischen der eisernen Faust der Cardassianer und der wohlwollenden Kontrolle-durch-Beispiel-Politik, die von *Deep Space Nine* aus praktiziert wurde. Kiras Ansicht nach brauchte man sich nur die jeweilige medizinische Versorgung anzusehen, um sofort darüber Bescheid zu wissen, wer es besser meinte. Wie dem auch sei: Fanatiker neigten dazu, jene Meinungen zu ignorieren, die ihre jeweilige Sache nicht unterstützten, und die neuen Gruppen schienen ebenso engstirnig zu sein wie andere vor ihnen. Noch hatten sie keine offiziellen Drohungen geäußert, aber Kira kannte solche Leute und wußte daher, daß es nur eine Frage der Zeit war.

»Ich dachte, darin besteht der Unterschied zwischen Demokratie und Diktatur«, sagte sie laut und trat vor, als das Innenschott beiseite glitt. »Man braucht nichts in die Luft zu jagen, um sich Gehör zu verschaffen.«

Odo stand auf der anderen Seite des kleinen Hangars, am Bug eines bisher noch namenlosen Runabouts. »Wie heißt es bei den Menschen? ›Alte Liebe rostet nicht.‹«

Eine weitere Gemeinsamkeit von Bajoranern und Terranern, dachte Kira. *Wir teilen nicht gerade die besten Eigenschaften.*

Der Helmkommunikator summte und bewahrte sie davor, eingehender über dieses Thema nachzudenken. »Ops an Major Kira.«

Rasch löste sie die Siegel, nahm den Helm ab und klemmte ihn sich unter den Arm – sie wollte einfach nicht länger in dem Schutzanzug gefangen sein. »Ich höre, Chief.«

»Wir registrieren erhöhte Neutrino-Aktivität beim Wurmloch, Major. Offenbar steht ein Transfer bevor.«

Kira richtete einen verwunderten Blick auf Odo. »Erwarten wir ein Schiff aus dem Gamma-Quadranten?«

Der Constable schüttelte den Kopf.

»Nein, Sir«, erklang erneut die Stimme des Menschen. »Während der nächsten drei Tage ist keine Passage geplant, weder in der einen noch in der anderen Richtung.«

Kira wölbte eine Hand über den Mikrofonbereich des Helmkommunikators. »Können wir von den Bombenbauern erwarten, daß sie ausgerechnet diesen Moment wählen, um ihre Höllenmaschine fortzuschaffen?«

Odo musterte sie mit väterlicher Mißbilligung – offenbar glaubte er, daß Kira ihre Worte ernst meinte. Sie nahm sich nicht die Zeit, ihren derzeit recht müden Sinn für Humor zu erklären. Statt dessen legte sie den Helm auf den Boden, löste auch die übrigen Siegel des Schutzanzugs.

»Chief, ich bin noch immer in Runabout-Hangar F und gerade damit beschäftigt, aus dem Schutzanzug zu klettern. Schalten Sie die Verteidigungssysteme der Station auf Bereitschaft und transferieren Sie dann ein externes Bild auf den Schirm des Runabouts.« Kira stieg aus den dicken Hosenbeinen und bedeutete Odo, ihr zu folgen, als sie das kleine Raumschiff betrat. »Ich möchte sehen, was dort draußen vor sich geht.«

»Aye, aye, Major.«

Das Innere des neuen Runabouts war genauso beschaffen wie das aller anderen Schiffe dieser Art. Es fehlten lediglich Kratzer in den ein wenig zu hell wirkenden Bodenplatten, und Schutzüberzüge bedeckten die vier Sessel sowie die einzelnen Stationen. Aber exakt die gleiche Anzahl von Schritten brachte Kira von der Luke zu den Navigationskontrollen. Als sie im Sessel des Piloten Platz nahm, konnte auch der Schutzbezug den Eindruck des Vertrauten nicht stören.

Nichts lenkte ihre Aufmerksamkeit von dem Bildschirm ab, der wenige Sekunden zuvor zu elektronischem Leben erwacht war.

Licht glühte in der Dunkelheit des Alls, eine spiralförmige Blume aus Energie und Quantenwahrscheinlichkeit, viel zu prächtig, um jenen häßlichen Namen zu verdienen, den die Menschen ihr gegeben hatten: Wurmloch. Als Kira zum erstenmal beobachtete hatte, wie sich dieses Portal öffnete, wurde ihr sofort klar, daß sich mehr wundervolle Bedeutung damit verband, als die Mathematiker der Föderation zu erklären vermochten. Es spielte kaum eine Rolle für sie, daß Wissenschaft die Spitze dieses Eisbergs berühren konnte – das Verstehen der Teile eines Dings gewährte nicht unbedingt Einblick in seine Natur. Selbst eine noch so genaue Beschreibung aller biologischen Systeme eines Bajoraners vermittelte keinen umfassenden Eindruck von der Person, die in der organischen Hülle steckte. Vier Jahre lang hatte Kira immer wieder beobachtet, wie Raumschiffe aus der schimmernden Öffnung des Wurmlochs kamen und darin verschwanden, doch sie hielt auch weiterhin an ihren ursprünglichen Überzeugungen fest. Allein die Existenz dieses Phänomens bewies ihrer Meinung nach, daß es im Leben mehr gab, als man zunächst zu erkennen glaubte.

Diesmal bestand das Geschenk des Wurmlochs aus einem winzigen Glitzern, einem kleinen Objekt, das sich am Rand des Tunnels durch Zeit und Raum drehte. Es wurde nur deshalb sichtbar, weil es Licht reflektierte. Als sich die Blütenblätter aus strahlender Energie in die Singularität zurückfalteten und verschwanden, blieb nur der funkelnde Punkt zurück. Langsam und wie träge glitt er in Richtung Bajor.

»Offenbar ist das Objekt nicht mit eigener Antriebskraft ausgestattet.« Odo beugte sich zum Bildschirm vor und betrachtete das winzige Etwas aus farblosen Augen. »Entweder ist sein Triebwerk ausgefallen, oder es hat gar keins.«

Kira nickte nachdenklich und klopfte auf ihren Insignienkommunikator, um eine Verbindung mit O'Brien im Ops herzustellen. »Haben Sie eine Ahnung, womit wir es zu tun haben, Chief?«

Er schwieg einige Sekunden lang – vermutlich sah er auf die Instrumentenanzeigen. Kira trommelte ungeduldig mit den Fingern auf die Konsole und mußte sich zwingen, O'Brien nicht zur Eile anzutreiben. Das von ihr verursachte Geräusch störte Odo, und er durchbohrte sie mit einem verärgerten Blick.

»Eisen ...«, ertönte schließlich die Stimme des Chefingenieurs. »Nickel ... Spuren von Duranium und Methaneis ...« Er brummte überrascht, und es klang auch ein wenig enttäuscht. »Es könnte der Kern eines Kometen sein. Vielleicht auch das Fragment eines Asteroiden.«

Mit anderen Worten: nichts Interessantes. Mit einem zufriedenen Nicken lehnte sich Kira zurück. Um so besser. Nach weiteren ›interessanten‹ Dingen stand ihr derzeit nicht der Sinn.

»Major?«

Kira war erst halb aufgestanden, hatte O'Brien gerade für seine Mitteilung danken und dann den Kom-Kontakt beenden wollen.

»Major, die Berechnungen des Computers zeigen, daß die Flugbahn des Objekts direkt durch die zentralen bajoranischen Erztransportrouten führt. Vielleicht sollten wir etwas unternehmen, solange es sich in der Reichweite unserer Phaser befindet.«

Alles, was mit einem eigenen Bewegungsmoment aus dem Wurmloch kam, geriet früher oder später in die bajoranischen Verkehrsrouten. »Enthält das Fragment etwas, das negativ auf unsere Waffen reagieren könnte?«

»Nein, Sir. Die Mineralien sind recht gleichmäßig verteilt. Das Objekt sollte problemlos verdampfen.«

Kira strich den Schutzbezug des Sessels glatt und lächelte kurz, als Odo diese Geste bei der Konsole wiederholte. »In Ordnung, Chief. Minimale Energie. Ich möchte vermeiden ...«

Der immer noch aktive Bildschirm zeigte Bewegungen. Ärger regte sich in Kira, als sie daran dachte, daß O'Brien die Phaser eingesetzt hatte, ohne ihren Befehl abzuwarten. Dann begriff sie, daß sie gar keine Energieblitze gesehen hatte. Rasch trat sie am Pilotensessel vorbei und konzentrierte ihre ganze Aufmerksamkeit auf das Projektionsfeld. Dort, wo sich eben noch ein einzelner funkelnder Punkt befunden hatte, zeigte sich nun eine glänzende Wolke. Kira verglich den Vorgang mit einem jähen Atemstoß, der die Samen eines Löwenzahns löste – aus Einem wurden Viele.

O'Brien wartete nicht darauf, daß sie eine Frage an ihn richtete. »Ich schätze, wir können uns Schießübungen sparen. Das Ding ist auseinandergebrochen.«

»Auseinandergebrochen?« wiederholte Odo und runzelte verwundert die Stirn.

»Ja«, bestätigte der Chefingenieur. »Es gibt jetzt etwa hundertzwanzig einzelne Teile, keins davon größer als drei Meter.« Klein genug, um von den Schilden aller mit Sublicht fliegenden Raumschiffe aufgelöst zu werden.

Der Constable wirkte nicht gerade begeistert, als er beobachtete, wie sich die Wolke im All verlor. »Auf der anderen Seite des Wurmlochs erstreckt sich interstellarer Raum«, erklärte Kira, die froh war, daß sich das Problem auf diese Weise von selbst löste. »Vermutlich hat sich das Methaneis im hiesigen Sonnenwind aufgelöst, und daraufhin gab es nichts mehr, das den Asteroiden zusammenhielt.« Sie klopfte ihrem Begleiter kurz auf die Schulter. »So was passiert immer wieder.«

Odos Gesicht wurde schmaler – auf diese Weise reagierte er manchmal, wenn sich seine Aufmerksamkeit von innen nach außen kehrte. »Und warum entfaltet das Wurmloch solche Aktivität?«

Kira sah erneut zum Bildschirm und bemerkte eine vage bernsteinfarbene Korona dort, wo sich bei einem Transfer der strahlende Wirbel des Wurmlochs zeigte. Das sanfte, wogende Glitzern schien von Goldstaub zu stammen, den jemand in der Schwärze ausgestreut hatte.

Die Bajoranerin schob den Schutzbezug der Konsole

ein wenig beiseite, aktivierte die wissenschaftlichen Kontrollen und schickte eine Anfrage an den Ops-Computer. Selbst wenn die Sensoren des Runabouts in Betrieb gewesen wären – vom Innern des Hangars aus konnten sie keine Daten gewinnen. Die Antwort des Computers war auf die gleiche elegante Weise unromantisch wie alle angeblichen Wahrheiten der Wissenschaft: »Geringfügige Fluktuationen in der Subraum-Membran.«

Kira deaktivierte die Kontrollen wieder und bedachte Odo mit einem beruhigenden Lächeln. »Wahrscheinlich fand sie keinen Gefallen am Geschmack des Asteroidenfragments. In ein oder zwei Stunden herrscht wieder Ruhe, warten Sie's ab.«

Odo brummte nur, und Argwohn glomm in seinen Augen, als er sich von Kira in den Hangar führen ließ.

»Constable ...« Sie seufzte. »Sisko bleibt vielleicht noch viele Tage fort, und außerdem besteht die Gefahr, daß der bajoranische Widerstand direkt vor unserer Nase eine Bombe zusammenbastelt. Unter solchen Umständen machen Sie sich Sorgen um ein Asteroidenfragment, das sich selbst zerstörte, als es dieses Sonnensystem erreichte?« Kira schüttelte den Kopf und schaltete das Licht im Hangar aus. »Wenn doch nur alle unsere Probleme so einfach wären.«

2

Wenn man auf die Erfahrungen mehrerer Leben zurückgreifen konnte, so ergab sich nach Meinung von Jadzia Dax ein wichtiger Vorteil: Es existierte im Universum nur noch wenig, das einen überraschen konnte. Ein Nachteil bestand darin, daß man vergaß, mit Überraschungen fertig zu werden. Als erstaunlich neu erwies sich das Gefühl, mit einer so unwahrscheinlichen Realität konfrontiert zu sein, daß die Logik sie leugnete – während alle Sinne darauf hinwiesen, daß sie tatsächlich existierte.

So verhielt es sich mit der Erkenntnis, gerade das Ende des eigenen Raumschiffs beobachtet zu haben.

»Danke, Captain Sisko«, sagte Admiral Hayman. »Das bestätigt unsere Annahmen.«

»Aber wie ist das möglich?« Dax straffte die Gestalt und wandte sich der älteren Frau zu. »Wenn diese Aufzeichnungen echt sind und nicht von einem Computer konstruiert wurden, Admiral … Es würde bedeuten, daß sie aus der Zukunft stammen!«

»Oder aus einer alternativen Realität«, fügte Sisko hinzu. Er drehte seinen Sessel vor dem Terminal ebenso energisch wie den Kommandosessel an Bord der *Defiant*. »Wo haben Sie diese Datenübermittlungen empfangen, Admiral?«

Haymans Lippen zuckten kurz. Jadzia konnte mit dieser Reaktion nichts anfangen, aber Curzons Erinnerungen interpretierten sie als ein Anzeichen von Bitterkeit. »Wir empfingen gar keine Datenübermittlungen. Was Sie hier sehen, Captain …«

»... sind die tatsächlichen Aufzeichnungen.«

Dax brauchte ein oder zwei Sekunden, um zu begreifen, daß diese unerwarteten Worte von Bashir stammten. Der kultivierte Akzent war typisch für ihn, nicht aber der grimmig-ernste Tonfall.

»Wie meinen Sie das, Doktor?« fragte Sisko.

»Dies sind Originalaufzeichnungen, die direkt aus der *Defiant* stammen.« Dax drehte den Kopf und beobachtete, wie sich Bashir zu seinem Terminal vorbeugte. »Medizinische Logbücher in meinem Stil, für meine persönliche Verwendung bestimmt. Es gibt keinen Grund, Medo-Daten in diesem Format zu senden.«

Die seltsame, von Überraschung geschaffene Benommenheit löste sich auf und wich einer ebenso stark ausgeprägten Neugier. Jadzia Dax trat am Tisch vorbei und näherte sich dem Arzt. »Um was für medizinische Daten handelt es sich, Julian?«

Er sah so verblüfft zu ihr auf, als hätte er ganz vergessen, daß sie zu den Anwesenden zählte. Rasch erhob er sich. »Sie betreffen Patienten und sind vertraulich«, sagte er und versperrte ihr den Blick aufs Terminal. »Ich glaube nicht, daß Sie die Aufzeichnungen sehen sollten.«

Der Dax-Symbiont hätte sich vielleicht mit dieser Erklärung abgefunden, aber Jadzia kannte den jungen Arzt zu gut. Die Sorge in seinem Gesicht wurzelte nicht in Berufsethik. »Betreffen die Daten mich?« fragte sie und klopfte Bashir auf den Arm, als er eine Grimasse schnitt. »Ich habe damit gerechnet, daß Sie so etwas finden, Julian. Wenn es unsere *Defiant* war, befanden wir uns vermutlich alle an Bord, als sie zerstört wurde. Wenn sie zerstört *wird*, meine ich.«

»Ich verstehe das nicht«, brachte Sisko ungeduldig hervor. »Wie können wir Aufzeichnungen von einem Ereignis haben, das erst noch stattfinden muß?«

»Niemand versteht es, Captain«, erwiderte Admiral

Hayman. »Deshalb glaubte man bei Starfleet Command zunächst, die Daten seien irgendwie gefälscht.« Ihr durchdringender Blick glitt zu Bashir. »Doktor, sind Sie wirklich davon überzeugt, daß diese medizinischen Logbücher von Ihrem zukünftigen Selbst geschrieben wurden? Es sind keine Teile von früheren Aufzeichnungen, die jemand auf geschickte Weise zusammensetzte, um uns zu täuschen?«

Bashir schüttelte mit Nachdruck den Kopf. »Meine hier beschriebenen Aktivitäten ... Man kann frühere Aufzeichnungen unmöglich so verändert haben, um dies hier glaubwürdig erscheinen zu lassen. Die Logbücher müssen von einem zukünftigen Bashir geschrieben worden sein.« Er maß Dax mit einem kummervollen Blick. »Die Daten stammen aus einer Zukunft, von der ich hoffe, daß sie uns erspart bleibt.«

»Diesen Wunsch wird die ganze Föderation teilen – jetzt, da wir wissen, daß die Informationen authentisch sind.« Hayman nahm am oberen Ende des Tisches Platz und berührte die Schaltflächen vor ihr. Ein Fenster in der gegenüberliegenden Wand verwandelte sich in einen Bildschirm. »Ich möchte Ihnen den Grund dafür zeigen.«

Es flackerte blau, und dann erschien eine vertraute Szene: die Brücke der *Defiant*. Dax kannte diesen besonderen Blickwinkel aus nach Einsätzen stattfindenden Besprechungen, bei denen sie sich Aufzeichnungen ansahen, die vom automatischen Sensor in der Rückwand der Kontrollraums angefertigt worden waren. Bei dem derzeitigen Standbild konnte sie Siskos Schultern und Kopf über der Rückenlehne des Kommandosessels sehen. Sie erkannte auch sich selbst, an den Pilotenkontrollen. Das zentrale Projektionsfeld der *Defiant* zeigte die Schwärze des Alls und ferne Feuer, für Sterne zu groß und zu hell. Der Rand des Bildes war zerfranst und von blauen Flecken durchsetzt, wodurch die Gestalten an der Waffenstation und den technischen Kontrollen undeutlich blieben. Dax glaubte jedoch, in der visuellen Statik Kiras Ohrring auszumachen.

»Eigentlich sind die Bilder noch viel schlechter«, sagte Hayman. »Sie sehen hier eine Rekonstruktion des Computers auf der Grundlage jener wenigen Bytes, die wir dem Speicherpuffer des Sensors entnehmen konnten. Die Aufzeichnungen betreffen die letzten fünf Minuten, bevor die Energieversorgung der Brücke unterbrochen wurde. Alle vorher in den Hauptcomputer übertragene Daten gingen verloren.«

Sisko nickte und bestätigte damit die Warnung in den Worten der Admiralin. »Wir erleben jetzt also den letzten Kampf der *Defiant*.«

»Ja.« Haymans Finger berührten erneut einige Schaltelemente, und Kiras gepreßt klingende Stimme tönte durchs Konferenzzimmer.

»Drei fremde Schiffe nähern sich mit hoher Geschwindigkeit von null neun sieben. Wir können ihnen nicht entkommen.« Aus den Feuern auf dem Bildschirm wurden Explosionen, die einen charakteristischen Anblick boten – sie wiesen auf katastrophale Warpkern-Kollapse hin. Dax versuchte, sie zu zählen, aber es waren zu viele, verstreut in einem zu großen Raumbereich, als daß sie den Überblick hätte bewahren können. Sie schauderte voller Fassungslosigkeit. Wie konnten so viele Raumschiffe so schnell zerstört werden? Hatte Starfleet für diese hoffnungslose Schlacht in der Zukunft alle Schiffe aufgeboten?

»Sie sind zu schnell, um die Zielerfassung der Quantentorpedos auszurichten.« Dax hörte ihre eigene Stimme und staunte: Sie klang bemerkenswert ruhig, wenn man die Umstände berücksichtigte. Sie beobachtete, wie ihr zukünftiges Selbst zum Hauptschirm blickte. Der Gesichtsausdruck blieb verborgen; es ließ sich also nicht feststellen, was sie von den Darstellungen des Projektionsfelds hielt. »Unsere Kursänderung hat sie nicht abgeschüttelt. Vermutlich folgen sie unserer thermalen Spur.«

»Tarnschirm deaktivieren.« Captain Siskos fast tonlose Stimme wies Dax auf den Ernst der Situation hin. »Die gesamte Energie in die Schilde und Phaser leiten.«

Das Sensorbild flackerte blau und stumm, als es zu einem jähen Energieschub kam, stabilisierte sich dann wieder. Den vorherigen Flecken gesellten sich jetzt drei weitere auf dem Hauptschirm der *Defiant* hinzu.

»Was ist das?« fragte Bashir und deutete darauf.

Hayman schaltete auf Standbild um. »Damit weist der Computer darauf hin, daß er keine Struktur mit den betreffenden visuellen Bytes in Verbindung bringen konnte.«

»Die drei fremden Raumschiffe«, sagte Dax. »Es sind also weder Klingonen noch Romulaner.«

»Auch keine Cardassianer oder Jem'Hadar«, fügte Bashir leise hinzu.

»Soweit wir bisher wissen, entspricht die Konfiguration keinem uns bekannten Schiffstyp«, betonte Hayman. »Und genau das beunruhigt uns.«

Sisko stützte beide Ellenbogen auf den Tisch und betrachtete das Bild mit gerunzelter Stirn. »Müssen wir damit rechnen, von einer unbekannten Macht aus dem Gamma-Quadranten angegriffen zu werden?«

»Vielleicht ist es noch schlimmer.« Die Admiralin räusperte sich, wie beschämt von ihren eigenen dramatischen Worten. »Vielleicht haben Sie Gerüchte über die Invasoren gehört, die Captain Picard mit der *Enterprise* bei der Brundage-Station abwehrte. Nun, Sie werden gleich sehen, wie die Fremden ihre Waffen gegen Sie einsetzen. Auf der Basis einer Spektralanalyse der energetischen Entladungen hält es der Computer für möglich, daß es sich um eine weitere Invasionsflotte handelt.«

Es erschien Dax noch immer seltsam, auf diese Weise von einer möglichen Zukunft zu sprechen. »Sie glauben, die *Defiant* wird bei einem in der Zukunft stattfindenden Kampf gegen die Furien zerstört?«

»Wir wissen, daß sie diesen Raumbereich für ihre einstige Heimat halten«, erwiderte Hayman. »Wir wissen auch, daß sie hierher zurückkehren wollen. Darüber hinaus ist klar, daß wir bei der letzten Konfrontation nicht ihre ganze Flotte zerstörten, nur das künstliche Wurmloch, durch das sie zum Furien-Punkt gelangten. Wenn man bedenkt, daß die *Defiant* in der Nähe des bajoranischen Wurmlochs stationiert ist...« Die Admiralin unterbrach sich und deutete zum Bildschirm. »Ich sollte nichts vorwegnehmen. Sehen Sie sich den Rest der visuellen Aufzeichnungen an. Anschließend beantworte ich Ihre Fragen.« Sie zögerte kurz. »Wenn ich kann.«

Hayman berührte eine Schaltfläche, und es kam wieder Bewegung in die Darstellungen. Fast sofort blitzte ungewöhnlich intensives Phaserfeuer.

»Schäden an den Bugschildgeneratoren«, meldete O'Brien angespannt. »Kompensiere mit Energie aus den Heckdeflektoren.«

»Feuer erwidern!« Siskos vom Computer rekonstruierte Gestalt verschwamm, als er aufsprang und zu Dax eilte. »Ausweichmanöver, Programm Delta!«

Weitere Blitze gleißten über den Schirm und überstrahlten die Sterne. Bei Warpmanövern glitten die fernen Sonnen manchmal ziemlich abrupt hin und her, doch davon war in dem grellen Lodern nichts zu sehen. Das Phaserfeuer tauchte die Brücke der *Defiant* in so grelles weißes Licht, daß die Besatzungsmitglieder zu dunklen Silhouetten wurden. Unbehagen regte sich in Dax, als sie das Gefühl bekam, keine Personen zu beobachten, sondern Geister. Sie verstand nun, warum Starfleet diese Aufzeichnungen zunächst nicht für authentisch gehalten hatte.

»Ausweichmanöver funktionieren nicht!« In Kiras Stimme ließ sich eine seltsame Mischung aus Zorn und

Verzweiflung vernehmen. »Die Fremden feuern in alle Richtungen, nicht nur auf uns!«

»Der gegenwärtige Kursvektor bringt sie in unmittelbare Nähe der *Defiant,* und zwar in zwölf Sekunden«, warnte Dax. »Elf, zehn, neun ...«

»Bugschilde werden instabil!« rief O'Brien. Ein dumpfes Donnern folgte seinen Worten, und dann zischte es – sicherer Hinweis auf einen Riß in der Außenhülle, durch den Luft ins All entwich. »Sektoren siebzehn und einundzwanzig sind nicht mehr geschützt ...«

»Sechs, fünf, vier ...«

»Drehen Sie das Schiff, damit die Heckschilde in Richtung der Angreifer zeigen!« befahl Sisko. »Jetzt *sofort*!«

»Zwei, eins ...«

Erneut donnerte es – eine zweite Öffnung in der Außenhülle war entstanden, näher bei der Brücke. Ein weiterer Energieschub füllte das Projektionsfeld mit waberndem Blau. Dax hielt unwillkürlich den Atem an und rechnete mit einer Schwärze, die auf das Ende der *Defiant* hinwies. Doch das Blau wich erneut den vertrauten Konturen des Kontrollraums. Notlichter glühten jetzt an den einzelnen Stationen; in ihrem matten Schein wirkten Sisko und die anderen noch schemenhafter und unwirklicher.

»Schadensbericht«, sagte der Captain.

»Risse in der Außenhülle bei allen Sektoren über fünfzehn«, meldete O'Brien ernst. »Außerdem haben wir die linke Warpgondel verloren.«

»Die fremden Schiffe drehen mit Vektor fünf eins sechs Komma neun ab.« Kira klang sowohl überrascht als auch mißtrauisch. Ihre Silhouette zeichnete sich vor der Waffenstation ab, und ein Ohrring funkelte kurz. »Nach den Sensoranzeigen zu urteilen, feuern sie noch immer in alle Richtungen. Und aus irgendeinem Grund versagen ihre Schilde.« Weit entfernt entstand der rote

Feuerball einer Explosion, und es folgten noch mehr. »Es ist nicht zu fassen, Captain – die fremden Raumer explodieren einfach!«

Dax beobachtete, wie sie selbst sich umdrehte und zu Kira sah. Dadurch bekam sie zum erstenmal Gelegenheit, ihre eigenen Züge zu erkennen. Soweit sie es feststellen konnte, unterschieden sie sich kaum von denen, die sie an diesem Morgen im Spiegel gesehen hatte. Jene Ereignisse konnten also nicht sehr weit in der Zukunft liegen.

»Vielleicht richteten unsere Phaser ebenso großen Schaden bei ihnen an wie die Waffen der Fremden bei uns«, sagte sie hoffnungsvoll. »Oder sogar noch größeren.«

»Das bezweifle ich.« O'Briens Stimme klang jetzt noch grimmiger. »Ich habe versucht, unsere Heckschilde wieder zu stabilisieren, aber irgend etwas stimmt nicht. Ein externer Faktor leitet Energie ab.« Der Chefingenieur legte eine kurze Pause ein und fügte dann verblüfft hinzu: »Die Energie des Warpkerns wird direkt durch die Schildgeneratoren abgesaugt!«

»Eine neue Waffe?« fragte Sisko. »Etwas, das wir mit den Phasern neutralisieren können?«

»Nein«, brachte O'Brien hervor. »Es ist kein Energiestrahl. Es sieht eher nach ...«

An dieser Stelle wurde der Bildschirm schwarz, mit einer Plötzlichkeit, die ein flaues Gefühl in Dax' Magengrube entstehen ließ. Sie versteifte sich unwillkürlich und hörte, wie sich Bashir neben ihr bewegte. Sisko fluchte leise.

»Ich weiß«, erwiderte Hayman schlicht. »Die zentralen Schaltkreise wählten einen denkbar schlechten Zeitpunkt, um auszufallen. Mehr Daten haben wir leider nicht.«

»Da irren Sie sich.« Bashir sprach fast monoton, und in seinen Worten kam keine Zufriedenheit zum Ausdruck. Dax vermutete, daß er es vorgezogen hätte, die nächsten Informationen für sich zu behalten. »Die meisten medizinischen Logbücher muß ich mir erst noch ansehen, aber ich habe bereits welche gefunden, deren Einträge sich auf die Zeit nach der Schlacht beziehen.«

Hayman musterte ihn verblüfft, und in ihrem Blick zeigte sich weitaus mehr Respekt als noch vor wenigen Sekunden. »Es gibt medizinische Daten, die den Kampf und die Zeit danach betreffen? Das hat niemand bemerkt.«

»Weil ich private Abkürzungen für die Namen der Besatzungsmitglieder verwendet habe«, erklärte Bashir. »Ich habe in den Logbüchern nach den Bezeichnungen für die Personen gesucht, von denen ich glaubte, daß sie sich vielleicht an Bord befanden. Von den sechs Mitgliedern der üblichen Crew wurde Odo nicht erwähnt. Ich nehme an, er blieb auf *Deep Space Nine*. Was Kira und O'Brien betrifft... Aus den Aufzeichnungen geht hervor, daß sie bei einem Kampf ums Leben kamen, der an Bord gegen Angreifer stattfand. Sisko scheint dabei verletzt worden und später gestorben zu sein, aber der genaue Zeitpunkt läßt sich nicht feststellen. Was Dax betrifft ...« Er räusperte sich. »Zum Schluß der Auseinandersetzung wurde Jadzia so intensiver Strahlung ausgesetzt, daß ihr nur noch einige wenige Stunden blieben. Sie brach mit einer Rettungskapsel auf und lenkte so die Fremden ab, die uns angriffen. Dadurch konnte das Schiff entkommen.«

»Entkommen?« entfuhr es Sisko ungläubig. »Soll das heißen, jemand überlebte die Schlacht, die wir eben gesehen haben?«

Bashir verzog das Gesicht. »Wie sind diese medizinischen Logbücher wohl entstanden, Captain? Ich habe nicht nur die Schlacht überlebt, sondern bin auch später noch für ziemlich lange Zeit am Leben geblieben. Die Logbücher betreffen einen Zeitraum von mehreren Jahren.«

»Von mehreren *Jahren*?« wiederholte Dax erstaunt.

»Nach der Schlacht blieben Sie mehrere Jahre lang an Bord der *Defiant*? Und niemand kam, um Sie zu retten?«

»Nein.«

»Das ist doch unmöglich!« Sisko sprang auf, schien nicht imstande zu sein, seine Unruhe länger unter Kontrolle zu halten. »Selbst ein Wrack kann ein automatisches Notsignal senden«, knurrte er. »Wenn es keine Starfleet-Schiffe mehr gab, so hätte irgendein Föderationsraumer darauf reagieren müssen. *Wurde unsere ganze Zivilisation vernichtet?*«

»Nein«, sagte Hayman ernst. »Der Grund ist viel einfacher und auch schlimmer. Kommen Sie; ich zeige es Ihnen.«

Kalter Dunst wogte, als sich die Tür des Fusionsgewölbes öffnete. Dax schauderte und verharrte auf der Schwelle. Sisko blieb neben ihr stehen und beobachtete das Innere mit einer Mischung aus Vorahnung und Ehrfurcht. Diese gewaltige dunkle Kaverne spielte eine ganz besondere Rolle in der menschlichen Geschichte. Hier war das erste Fusionstriebwerk eines Raumschiffs gezündet worden – ein notwendiger Schritt, der schließlich zur Mitgliedschaft des Sol-Systems in der Föderation führte. Dax spähte durch die Schlieren aus Wasserdampf und Kohlendioxid, konnte jedoch nichts weiter erkennen als ein fernes Gerüst mit einigen matt leuchtenden Lampen.

»Bitte entschuldigen Sie das Kondensat«, sagte Admiral Hayman. »Wir haben die Wände nicht versiegelt, da die Temperaturen hier für gewöhnlich weit unter dem Gefrierpunkt liegen.« Sie öffnete ein Fach neben der Tür und reichte ihren Begleitern Antriebsgürtel. Dann stieß sie sich ab und sprang in die dunstige Leere. Sisko folgte ihrem Beispiel, wirkte dabei jedoch nicht ganz so elegant. Auch Bashir tauchte hinein in die grauen Schlieren. Dax atmete noch einmal tief durch und sprang ebenfalls, spürte dabei, wie sich der Symbiont in ihrem Innern bewegte, als Schwerelosigkeit sie erfaßte.

»Hier entlang.« Haymans Stimme warf ein Echo, als sie durch den Dunst schwebten. Die Wände blieben auch weiterhin in der Dunkelheit verborgen. Jadzia betätigte die Kontrollen des Antriebsgürtels, ließ sich dabei von Admiral Haymans rauher Stimme den Weg weisen. Kalte Luft strich ihr über Wangen und Nacken. Im Licht der Gerüstlampen zeichneten sich vor ihr drei Schemen in den Nebelschlieren ab. Dax tastete erneut nach dem Gürtel und gab sich ein zusätzliches Bewegungsmoment, um zu den anderen aufzuschließen.

»Nun, Admiral«, begann sie, »was ...«

Sie unterbrach sich, als sie sah, was sich weiter vorn befand. Die Wärme der Lampen vertrieb den Dunst und schuf einen freien Bereich, mit einem dunklen Objekt in der Mitte. Zuerst bemerkte Dax nur einen großen Klumpen Kometeneis, unter dessen schwarzer Kruste sich hier und dort gletscherblauer Glanz zeigte. Dann fiel ihr Blick auf Metall im Eis, auf seltsam vertraut anmutende Konturen. Jenseits davon erstreckte sich etwas, bei dem es sich um eine stummelförmige Tragfläche zu handeln schien, durchzogen von Rissen.

Dax holte tief Luft, als sie plötzlich verstand.

»Das ist die *Defiant*!«

»Beziehungsweise das, was von ihr übrig ist.« Siskos ernste Stimme hallte dumpf von den fernen Wänden wider. Dax wußte sofort, daß er recht hatte. Nach der Identifizierung des dunklen Objekts fiel es ihr nicht weiter schwer, Einzelheiten zu erkennen. Die linke Warpgondel fehlte, und auf der rechten Seite zeigte sich ein großes Loch im Rumpf, das wahrscheinlich von einem Torpedo stammte. Energiestrahlen hatten Dutzende von Brandspuren auf einer Außenhülle hinterlassen, die an mehreren Stellen geborsten war.

Dax sah zu Hayman. »Wo haben Sie das Wrack gefunden?«

»Hier in der Oort-Wolke des Sol-Systems«, antwortete die Admiralin und blickte dabei auch weiterhin zu dem im Eis steckenden Raumschiff. »Eine Bergbauexpedition von den Lagrange-Kolonien auf Pluto suchte nach Kometen mit Kernen aus Wassereis. Zwei Tage nach Beginn der Phaserbohrungen entdeckte sie das hier. Man erkannte die Starfleet-Symbole und verständigte uns. Die Struktur des Schiffes war zu instabil, um es dort draußen vom Eis zu befreien. Deshalb brachten wir es hierher – um den Kometenkern langsam schmelzen zu lassen.«

»Aber wenn die Schiffsstruktur so instabil ist ...« Jadzia Dax runzelte die Stirn, als die Wissenschaftlerin in ihr mit der Berechnung von Materialermüdung im All begann. Der andere, emotionale Teil ihres Ichs konnte noch immer kaum fassen, was sich ihren Augen darbot. »Es würde bedeuten, das Wrack hat sich mehrere Jahrtausende lang in dem Kometen befunden!«

»Fast fünftausend Jahre«, pflichtete ihr Hayman bei. »Dieser Wert ergibt sich aufgrund einer thermospektralen Untersuchung des Eises und einer radiometrischen Analyse der ... äh ... organischen Reste im Schiff.«

»Sie meinen die Leichen«, warf Bashir ein und beendete damit sein Schweigen.

»Ja.« Hayman aktivierte den Antriebsgürtel und flog zur gegenüberliegenden Seite des eisumhüllten Schiffes. Das hellere Licht mehrerer Lampen fiel dort auf die Hauptschleuse der *Defiant*. »Es gibt eine geringfügige Diskrepanz beim Radiokarbonalter von zwei Überlebenden, vermutlich wegen ...«

»... unterschiedlich langer Überlebenszeiten«, beendete Bashir den Satz. Dax nahm an, daß er diese Information bereits den medizinischen Logbüchern entnommen hatte. Sie sah ihn an, als sie Hayman zum Tisch folgten. Mit seltsam drängend klingender Stimme fragte der Arzt: »Wie groß war die Diskrepanz? Mehr als hundert Jahre?«

»Nein, etwa die Hälfte.« Die Admiralin drehte den Kopf und richtete einen verwunderten Blick auf Bashir. »Normalerweise ist die Lebenserwartung von Menschen nicht hoch genug, als daß ein Mensch einen Gleichaltrigen um mehr als hundert Jahre überleben könnte, Doktor.«

Dax hörte, wie Bashir zischend Luft holte – er schien überrascht zu sein. »Die ... sterblichen Überreste stammten also in beiden Fällen von Menschen?«

»Ja.« Hayman verharrte vor der offenen Schleuse und streckte den Arm aus, als Sisko an ihr vorbeifliegen wollte. »Ich sollte Sie besser warnen. Abgesehen von einigen Mikroproben für die C^{14}-Altersbestimmung haben wir alle Reste so gelassen, wie wir sie in der Krankenstation vorfanden. Im einen Fall gab es ein Stasisfeld, im anderen ... nicht.«

»Verstehe.« Sisko glitt an der Admiralin vorbei in die dunkle Schleuse. Ein gewisser Unterton in seiner Stimme teilte Dax mit, wie sehr es verabscheute, das erste Raumschiff unter seinem Kommando zerstört zu sehen. Bashir folgte dem Captain, die eine Hand so fest um den Tricorder geschlossen, daß die Knöchel weiß hervortraten.

Als Dax einmal mehr nach den Kontrollen des Antriebsgürtels tastete, berührte Hayman sie an der Schulter.

»Ich weiß, daß Ihr neuer Wirt Wissenschaftlerin ist, Dax. Bedeutet das, Sie wissen bereits, was hier passiert ist?«

Dax musterte die Admiralin neugierig. »Mir erscheint es offensichtlich. In einer zukünftigen Zeitlinie wird die *Defiant* bei einer gewaltigen Schlacht sowohl zerstört als auch in die Vergangenheit und auf die andere Seite der Galaxis versetzt. Deshalb kam niemand, um Julian zu retten.«

Hayman nickte und senkte die Stimme. »Bevor Sie sich das Innere des Schiffes ansehen ... Ich möchte ausdrücklich darauf hinweisen, daß die höchste Priorität von Starfleet darin besteht, jene Zeitlinie zu meiden. Um jeden Preis.« Sie drückte noch einmal Dax' Schulter und ließ dann los. »Denken Sie daran.«

»In Ordnung.« Zwar sprach sie gelassen, doch tief in ihrem Innern machten sich Zweifel breit. Curzons Erinnerungen teilten Jadzia folgendes mit: Als er Hayman damals gekannt hatte, war sie ein besonders pragmatischer und unerschütterlicher Starfleet-Captain gewesen. Eine mögliche Zukunft, die Haymans Stimme mit einer solchen Intensität erfüllte, mußte ziemlich abscheulich sein.

Und jetzt stand Dax ein Blick in eben jene Zukunft bevor.

Im Innern der *Defiant* schufen Stasisgeneratoren eine Kette aus roten Lichtern im zentralen Turboliftschacht. Dax vermutete, daß allein die vage glühenden Stasisfelder einen Kollaps der metallenen Wände verhinderten. In diesem Teil des Schiffes schien sich durch einen der vielen Risse in der Außenhülle das Vakuum des Alls ausgewirkt zu haben. Vielleicht war es auch zu einer größeren Explosion gekommen. Die Transferkapsel des Turbolifts zeigte sich als ein Haufen aus oxidierter Stahlschlacke und gesplitterten Keramikplatten. Dax schob sich in den Schacht und achtete darauf, nichts zu berühren, als sie vom Antriebsgürtel getragen nach oben schwebte.

»Captain?« rief sie in die Dunkelheit.

»Auf der Brücke.« Seine Stimme hallte seltsam dumpf zu Dax herab, was an den Stasisfeldern liegen mochte. Kurz darauf erreichte sie das Ende des Schachtes, schaltete dort auf lateralen Schub um und passierte die geborstene Tür. Wärmelampen waren hier installiert worden, um jenes Eis zu schmelzen, das noch immer am Navigationspult und an den wissenschaftlichen Stationen haftete. Das Summen der Heizfäden und das ständige Tröpfeln von Schmelzwasser schufen eine seltsame Geräuschkulisse. Sisko schwebte stumm und mit steinerner Miene in der Mitte des Kontrollraums. Bashir hatte vermutlich die kleine Krankenstation aufgesucht.

»Kaum zu glauben, daß diese *Defiant* wirklich fünftausend Jahre alt ist«, sagte Dax und hörte ein verräterisches Vibrieren in ihrer Stimme. Die vertrauten schwarzen Displays und Datenstationen der Brücke waren weniger stark beschädigt worden als der Rest des Schiffes. Abgesehen von dem Feuchtigkeitsfilm auf ihnen erweckten sie den Eindruck, nur ein wenig Energie zu brauchen, um wieder zu funktionieren. Sie blickte zur vereisten wissenschaftlichen Station und schauderte. Erst vor zwei Tagen hatte sie O'Brien geholfen, neue Sensoren in jener Konsole zu installieren. Unter dem Eis bemerkte sie das rote Display – nagelneue Sensoren, die jetzt älter waren als der Symbiont in ihrem Innern.

Dax schüttelte das Gefühl der Unwirklichkeit ab und gesellte sich Sisko hinzu, der noch immer neben dem Kommandosessel schwebte. Der Gedanke an die neuen Sensoren hatte sie auf eine Idee gebracht. »Sehen Sie irgendwelche Modifikationen, die Ihnen nicht vertraut sind?« fragte sie den Captain, davon überzeugt, daß er sich alle Einzelheiten der Brücke eingeprägt hatte. »Solche Dinge könnten uns einen Hinweis darauf geben, wie weit sich die *Defiant* in unserer Zukunft befand, als sie in die Vergangenheit versetzt wurde.«

Sisko betätigte die Kontrollen des Antriebsgürtels und drehte sich langsam um die eigene Achse. »Mir fällt nichts auf. Hier sieht alles wie an Bord jenes Schiffes aus, das wir bei *Deep Space Nine* zurückließen. Woraus sich vielleicht der Schluß ziehen läßt, daß der Angriff der Furien – wenn wirklich die Furien dahinterstecken – bald erfolgt.«

Haymans Brummen erklang von der Tür her. »Das sind genau die Informationen, die wir uns von Ihnen erhofft haben, Captain. Wir möchten herausfinden, wo und wann sie erscheinen. Damit wir uns vorbereiten und sie in Empfang nehmen können.«

»Und dieses … dieses Phantom aus der Zukunft.« Sisko streckte die Hand aus, um die Pilotenkonsole zu berühren, ließ sie aber wieder sinken, als er die warnende Lumineszenz eines Stasisfelds bemerkte. »Sie glauben, hiermit können wir herausfinden …«

Das Zirpen seines Insignienkommunikators unterbrach ihn. »Bashir an Sisko.«

Der Captain runzelte die Stirn und klopfte auf das kleine Kom-Gerät. »Hier Sisko. Haben Sie die Leichen identifiziert, Doktor?«

»Ja, Sir.« Bashirs Stimme klang ausgesprochen sonderbar, fand Dax. Nun, es war sicher nicht einfach, seine eigene Leiche oder die der besten Freunde zu untersuchen. »Die in der Leichenkammer des Schiffes erlitt starke Verletzungen, bevor man sie in der Stasis unterbrachte, aber sie ist noch immer erkennbar – offenbar handelt es sich um Sie, Captain. Von der anderen Person ist nicht viel übriggeblieben, doch eine erste genetische Analyse anhand einiger Knochenfragmente deutet darauf hin, daß dies meine Leiche ist.« Der Arzt seufzte leise. »Es gibt hier noch etwas anderes, Captain. Etwas, das Sie und … auch Jadzia sich ansehen sollten.«

Dax wechselte einen nachdenklichen Blick mit Sisko. Julian Bashir mochte jung sein, aber wenn es um medizinische Dinge ging, konnte ihn normalerweise kaum etwas erschüttern.

»Wir sind unterwegs«, sagte der Captain. »Sisko Ende.«

Sie kehrten in den dunklen Schacht des Turbolifts zurück. Als das Licht der Wärmelampen im Kontrollraum hinter ihnen zurückblieb, zeigte sich ein anderer, matterer Schein, den Dax auf dem Weg nach oben übersehen hatte. Er stammte von den Notlichtern in der kleinen Krankenstation der *Defiant*, ein Deck unterhalb der Brücke. Sie folgte Sisko durch einen schmalen, feuchten Korridor. »Steht in diesem Bereich des Schiffes noch immer die ursprüngliche Energie zur Verfügung?« fragte sie ungläubig.

In der Dunkelheit hinter ihr schnaubte Hayman. »Ja – was dem enorm hohen energetischen Potential Ihres Schiffes zu verdanken ist. Da abgesehen von der Lebenserhaltung alle anderen Bordsysteme ausgefallen waren, blieb der Energieverbrauch außerordentlich gering. Unsere Techniker glauben, Beleuchtung und Geräte in diesem Bereich hätten noch einmal tausend Jahre lang funktionieren können.« Die Admiralin näherte sich, schwebte dann neben Dax und Sisko im Zugang der Krankenstation. »Ein Beweis für die Qualität der Starfleet-Technik. Und für Ihre Tüchtigkeit, Dr. Bashir.«

Der junge Arzt sah überrascht auf. Er hatte sich über eine der beiden Stasiseinheiten gebeugt und schien erst jetzt zu merken, daß er nicht mehr allein war. Im sanften Glühen der grünen Notlichter sah Dax in Bashirs Gesicht eine sehr ungewöhnliche Mischung aus Hilflosigkeit und Selbstvorwürfen.

»Derzeit bin ich mir nicht sicher, ob ich stolz auf mich sein soll«, sagte er, und es klang fast zornig. Er deutete auf die Stasiseinheit, die ganz offensichtlich verändert worden war. Jemand hatte ihr mehrere Pumpen und Minigeneratoren hinzugefügt, sie anschließend mit einem gläsernen Gehäuse umgeben.

Eine jähe Ahnung erfaßte Dax, und sie schauderte erneut, heftiger als vorher. »Warum haben Ihre Leute in dieser Hinsicht nichts unternommen?« wandte sie sich an die Admiralin.

Hayman wandte sich ihr zu. »Weil wir auf Sie gewartet haben.«

Das genügte Dax als Bestätigung. Sie glitt an Sisko vorbei und spürte, wie ihr Gewicht zurückkehrte, als sie das Schwerkraftfeld der Krankenstation erreichte. Sie schätzte die künstliche Gravitation auf etwas weniger als ein G und fühlte sich deshalb seltsam leicht, als sie zur anderen Seite der modifizierten Stasiseinheit trat.

»Julian, ist es …?«

Dax blickte über den gläsernen Kasten hinweg in die braunen Augen des Arztes.

»Ich fürchte, ja«, erwiderte er leise, bewegte die Hand und wischte Kondensfeuchtigkeit von der Außenseite des Kastens. Darunter kam zum Vorschein, was Bashir bereits gesehen hatte – die unverkennbare grauweiße Masse eines nackten Trill-Symbionten. Er ruhte in einer Flüssigkeit, in der sich das erstarrte Muster bioelektrischer Aktivität abzeichnete.

Dax mußte tief Luft holen, um ihre Stimme wiederzufinden. Diesmal kam ihr die langjährige Erfahrung des Symbionten zustatten.

»Nun«, sagte sie langsam und sah auf jenen Teil ihres Selbst hinab, der unermeßlich älter war, »jetzt weiß ich, warum ich hier bin.«

3

JR1, TG6, 2340

Patient bewegungslos + ohne Reaktion. Begrenzter Kontakt + Manipulation des Subjekts aufgrund physischer Fragilität und wahrscheinlicher Strahlenschäden, keine invasive px/tx solange unerläßlich, Tokal-Benar-Stabilisierung. Isoboraminwerte in der Flüssigkeit < 47 %, biospektraler Scan = kortikale Aktivität < vorh. Beobachtete Norm, Ionenkonzentration noch immer instabil. (siehe Lab.- + chem. Analysen) Bisher noch keine Abfallprodukte. Nährstoffmischung um 10 % angepaßt, um Aufnahme zu verbessern. Ich fürchte allmählich, daß ich ihn nicht am Leben erhalten kann.

Julian Bashir blickte in die grauen Schatten des Stasisbehälters und blinzelte, als er sich an diesen Eintrag in den medizinischen Logbüchern erinnerte. Behutsam strich er mit der Hand über die unsichtbare Barriere zwischen den beiden Realitäten. Das Stasisfeld verursachte ein sanftes Prickeln, so als kröchen winzige Käfer über die Haut. »Offenbar habe ich mich geirrt.«

»Bedeutet das, Ihrer Meinung nach steckt kein Leben mehr in ihm?«

Bashir hob den Kopf. Er bedauerte plötzlich, daß jemand seine halblaut gesprochenen Worte gehört hatte, und aus der Verlegenheit wurde ein vages Schuldgefühl, als ihm die Bedeutung von Haymans Frage klar wurde. Er zog die Hand vom Kraftfeld zurück. »Nein, ich bin ziemlich sicher, daß der Symbiont noch lebt.«

Darauf deuteten zumindest die Anzeigen der Stasiseinheit hin. »Jedenfalls lebte er, als das Feld vor fünftausend Jahren aktiviert wurde. Den heutigen Zustand kann ich erst nach Beendigung der Stasis beurteilen.« Er erschauerte innerlich bei der Vorstellung, den Symbionten in die Hand zu nehmen.

Die Admiralin stand auf der anderen Seite des Tisches, verschränkte die Arme und starrte auf den Behälter hinab. Das wäßrige Grün der Notlichter verlieh ihren Augen einen gefühllosen bronzefarbenen Ton und verwandelte einige silbergraue Haarsträhnen in Neonstreifen. »Wenn er sich in einem einigermaßen stabilen Zustand befindet: Welche Instrumente brauchen Sie, um diesen Symbionten in einem Trill-Wirt unterzubringen?«

Die Frage traf ihn wie ein Fausthieb in den Magen. »Das kann doch nicht Ihr Ernst sein!« platzte es aus ihm heraus, obwohl er eigentlich gar nicht daran zweifelte, daß Hayman es tatsächlich ernst meinte. »Admiral, Trill-Symbionten kann man nicht so einfach wechseln wie ein Paar Socken! Mit der Verpflanzung sind große Risiken verbunden, wenn keine vollständige Kompatibilität gewährleistet ist ...«

»Welche Risiken?« Mit einer Hand deutete Hayman auf Dax, die stumm neben ihr stand. »Es ist der gleiche Symbiont, den sie jetzt in sich trägt!«

Bashir erinnerte sich einmal mehr daran, daß er diese Frau nicht mochte. Er fragte sich, was Curzon Dax jemals in ihr gesehen hatte. »Es handelt sich um einen genetisch identischen Symbionten, der *fünftausend Jahre älter ist*! Durch die physiologischen Ähnlichkeiten zwischen den beiden Dax-Versionen könnte es Jadzia noch schwerer fallen, sich den psychologischen Unterschieden anzupassen.« Dax hatte sich gleich zu Anfang aus der Diskussion zurückgezogen. Ihre Aufmerksamkeit galt dem Stasisbehälter und seinem Inhalt. Bashir fragte sich, welche ihrer Persönlichkeiten für die Mischung aus Zuneigung und Kummer in ihrem Gesicht verantwortlich war. Konnte er Hayman irgendwie erklären, was es bedeutete, mit einem Geschöpf zu spielen, das Jahrtausende alt war? »Wir sprechen hier von *Leben*, Admiral, nicht von irgendwelchen Unannehmlichkeiten. Wenn wir versuchen, was Sie vorschlagen ... Es könnte den Tod für einen der drei bedeuten.«

Hayman musterte ihn mit einer kühlen Überheblichkeit, die Bashir gut kannte. Mit einem solchen Blick teilten hochrangige Offiziere den Bordärzten von Raumschiffen oder Raumstationen mit, daß sie nur deshalb zu Ärzten geworden waren, weil sie nicht für den ›richtigen‹ Starfleet-Dienst taugten. »Wenn wir nicht herausfinden, wer die *Defiant* zerstört und in die Vergangenheit versetzt hat, kommen vielleicht Millionen von Personen ums Leben«, sagte die Admiralin frostig.

Bashir preßte die Lippen zusammen und schwieg. *Das ist der Unterschied zwischen uns,* dachte er. Als Offizierin im ›richtigen‹ Starfleet-Dienst konnte sich Hayman den Luxus erlauben, intelligentes Leben auf Zahlen und Abstraktionen zu reduzieren: Es war wichtiger, eine Million Leben zu retten als nur eins; und wer nach dem Krieg die meisten Überlebenden hatte, errang den Sieg. Als Arzt hatte Bashir nur einen Patienten. Selbst eine Million Patienten wurden zu einem und immer wieder einem. Arithmetische Vergleiche irgendeiner Art konnten ihn nicht veranlassen, seine Pflicht zu ignorieren – dem Himmel sei Dank dafür.

Hayman schnaufte verärgert, als er nicht antwortete, verlagerte ihr Gewicht aufs andere Bein und nahm eine bedrohliche Haltung an. »Muß ich Ihnen einen Befehl erteilen, Dr. Bashir?«

Er schob trotzig das Kinn vor. »Ich bin der ranghöchste anwesende Medo-Offizier, Sir. Die Starfleet-Vorschriften gestatten es mir, jeden Ihrer Befehle außer Kraft zu setzen, von dem ich glaube, daß er nicht den besten Interessen meines Patienten gerecht wird.« Bashir nickte kurz in Richtung Stasisbehälter. »Dies ist ein solcher Befehl.«

Überraschung und Zorn huschten durch Haymans Miene. Ein oder zwei schreckliche Sekunden lang stellte sich Bashir vor, wegen Insubordination in eine Arrestzelle gesteckt zu werden, was der Admiralin Gelegenheit gab, ganz nach Belieben mit dem Symbionten zu verfahren. Er wollte nicht, daß die Dinge einen solchen Verlauf nahmen, aber es geschah auch nicht zum erstenmal, daß ihm die Konsequenzen seiner Äußerungen erst einige Sekunden später klar wurden. Er öffnete den Mund, um die scharfen Worte wenigstens teilweise zurückzunehmen, doch Hayman kam ihm zuvor und wandte sich an Sisko. »Möchten Sie mit dem Doktor reden, Captain?«

Sisko hob die Brauen. »Warum denn?« Er trat vom zweiten Untersuchungstisch fort – dort lagen Knochen, die Bashir nur kurz untersucht hatte, um sie dann ganz bewußt zu ignorieren. »Er kommt auch ohne meine Hilfe gut zurecht.«

Die Admiralin ließ verärgert den Atem entweichen, der sofort zu einer weißen Fahne kondensierte. *Wie Drachenodem,* dachte Bashir.

»Muß ich Sie daran erinnern, daß Starfleet Sie hierherholte, um Ihnen dabei zu helfen, Ihren Tod zu verhindern?« fragte Hayman.

»Wie auch immer die Situation beschaffen sein mag«, warf Bashir ein. »Ich lasse nicht zu, daß Jadzia oder die beiden Dax-Symbionten wie Opfer behandelt werden.«

Dax erwachte aus ihrer Starre. »Darf ich etwas dazu sagen?«

Bashir hielt den Blick auf Hayman gerichtet, als könnte er sie auf diese Weise festhalten. »Ich bitte darum.«

»Julian, ich weiß Ihre Sorge um mein Wohlergehen zu schätzen, ebenso die Mühe, die es Sie gekostet hat, den Symbionten so lange am Leben zu erhalten ...« Dax streckte die Hand aus, um seine Finger zu berühren, und erst daraufhin merkte Bashir, daß seine eigene Hand wieder im Stasisfeld steckte. »Aber ich glaube, diese Entscheidung steht nicht Ihnen zu.«

Er glaubte zu spüren, wie Eis nach seinem Herzen tastete. »Jadzia ...«

»Dax.« Sie schloß die Hand um sein Handgelenk, drückte sanft zu. »Ich bin *Dax*, Julian. Und *dies* ...« Sie deutete auf den Inhalt des Behälters. »*Dies* ist ebenfalls Dax.« Die graue Masse ruhte in spezieller Flüssigkeit, wie der Fötus in einer Gebärmutter. »Ich vertraue Ihnen und weiß, daß Sie in dieser Sache keine akademische Übung oder etwas in der Art sehen. Ihnen muß klar gewesen sein, daß die Erhaltung des Symbionten meinen – beziehungsweise Dax' – Wünschen entsprach. Meiner Ansicht nach gibt es dafür nur eine Erklärung: Ich wäre nur dann bereit, Jahrtausende in einem derartigen Behälter zu verbringen, wenn es irgendwann die Möglichkeit gäbe, uns zu warnen und dadurch zu verhindern, was geschehen ist oder geschehen wird.«

Sisko trat durchs Zimmer und blieb hinter Dax stehen. Zwar blieben seine Arme unten, aber etwas wies auf den Wunsch hin, sie an den Schultern zu ergreifen. »Wir können nicht sicher sein, alter Knabe. Wenn wir Jadzia *und* die Symbionten beim Überprüfen einer Theorie verlieren ...« Er sprach nicht weiter.

Die Erkenntnis, daß Sisko ebenso besorgt war wie er selbst, ermutigte Bashir nicht gerade.

»Wir sprachen von einem vorübergehenden Austausch«, beharrte Dax. »Julian hat einen Bruttümpel offenbar gut genug simuliert, um meinen derzeitigen Symbionten für ein oder zwei Stunden am Leben zu erhalten.«

Das stimmte vielleicht, aber es blieben dennoch Zweifel in Bashir. »Wir dürfen den psychologischen

Aspekt nicht vergessen«, sagte er. »Wir wissen nicht, wie sich die lange Isolation auf die psychische Stabilität des Symbionten ausgewirkt hat.« Etwas versteifte sich in ihm. »Er könnte Ihr eigenes inneres Gleichgewicht bedrohen.«

Dax fing seinen Blick ein, und ihr angedeutetes Lächeln wies auf ein gemeinsames Geheimnis hin. Diesmal griff sie nach beiden Händen, wie eine Mutter, die versuchte, ihr Kind zu trösten. »Ich weiß, daß ein Trill mit sieben Leben nicht einmal dann Schaden nimmt, wenn er sechs *Monate* lang geistiger Instabilität ausgesetzt ist. Sechs Stunden mit einem anderen Aspekt meines Selbst werden mich wohl kaum dem Wahnsinn anheimfallen lassen.« Ihr Lächeln wuchs in die Breite. »Das versichere ich Ihnen.«

»Wenn Sie nicht bereit sind, die Verpflanzung vorzunehmen, Doktor ...«, ließ sich Hayman vernehmen. »Bestimmt gibt es in dieser Starbase einen anderen Arzt, der sich darum kümmern könnte.«

Zorn entflammte in Bashir, als er diese Worte der Admiralin hörte. Dax drehte sich abrupt um. »Nein, Judith!« sagte sie. »Er soll nicht dazu gezwungen werden.«

Die Schärfe in Dax' Stimme schien Hayman mehr zu erstaunen als zu verärgern. Stumm verschränkte sie die Arme, und Bashir glaubte, in dieser Geste eine gewisse Unsicherheit zu erkennen. Insgeheim freute er sich darüber. Er wollte nicht der einzige sein, der unter den gegebenen Umständen unsicher war.

»Vielleicht gibt es eine andere Möglichkeit«, wandte er sich an Dax. Sie öffnete den Mund, um zu antworten, und Bashir fuhr rasch fort: »Symbionten können auch miteinander kommunizieren, ohne einen Wirt zu teilen, oder? In den Bruttümpeln auf Trill läßt sich das bewerkstelligen. Dort ist auch Ihnen die Kommunikation mit anderen Symbionten möglich, oder?«

Das war ihr offenbar noch nicht in den Sinn gekommen. Dax wölbte eine elegant geschwungene Braue, und für einige Sekunden blickte sie ins Leere. »Dabei wird nicht das gesamte Wissen des Symbionten transferiert, so wie bei einer Vereinigung«, sagte sie nach einigen Sekunden. »Aber eine direkte Kommunikation ist tatsächlich möglich.«

Hoffnung keimte in Bashir. »Bei einer wahren Vereinigung würde Jadzia alle Erinnerungen des Symbionten behalten, auch nach seiner Entfernung.«

Dax nickte nachdenklich. »Das stimmt.«

»Also könnte es nichts schaden, es zuerst damit zu versuchen.«

»Womit wollen Sie es zuerst versuchen?« Allem Anschein nach war Haymans Selbstvertrauen nicht sehr stark erschüttert worden, denn ihre Stimme klang nun wieder ungeduldig. »Wovon reden Sie da?«

Bashir blickte über Dax' Schulter hinweg zur Admiralin und versuchte, in einem möglichst neutralen Tonfall zu sprechen, um professioneller zu wirken. »Wenn sie sich nicht in einem Wirt befinden, verwenden Trill-Symbionten elektrochemische Signale, um sich in der Flüssigkeit zu verständigen, in der sie leben. Selbst der Symbiont eines Wirts kann mit seinen Artgenossen auf diese Weise Kontakt aufnehmen, wenn der Wirt in die Flüssigkeit eines Bruttümpels taucht.« Er blickte in die Stasiseinheit, und seine Gedanken rasten plötzlich. »Wenn wir die Nährlösung für den Symbionten replizieren und einen ausreichend großen Behälter damit füllen, sollten die beiden Dax-Versionen fähig sein ...« Er zögerte kurz und entschied sich dann für einen leicht verständlichen Ausdruck. »... miteinander zu reden, ohne daß Jadzias derzeitiger Symbiont entfernt werden muß.«

Hayman schürzte die Lippen. »Könnten wir dem nicht an einen Wirt gebundenen Symbionten Fragen stellen? Wäre er fähig, durch Dax zu uns zu sprechen?«

»Durch Jadzia«, berichtigte Bashir automatisch. Seine

Wangen begannen zu glühen, als die Admiralin einen mißbilligenden Blick auf ihn richtete. »Ja, das müßte möglich sein«, fügte er hinzu.

»Julian hat recht«, bestätigte Dax. »Es sollte eigentlich funktionieren.«

»Und wenn es nicht funktioniert?« Hayman musterte Bashir so argwöhnisch, als rechnete sie damit, daß er sie belog. »Wie groß ist das Risiko, den Symbionten zu verlieren?«

»Ich weiß es nicht«, gestand der Arzt. Er wünschte, die Wahrheit wäre hilfreicher gewesen. »Mir ist nicht bekannt, wie empfindlich das Geschöpf in der Stasiseinheit ist, welcher Strahlendosis es damals ausgesetzt war. Vielleicht stirbt es unmittelbar nach der Deaktivierung des Stasisfelds. Außerdem habe ich keine Ahnung, wie sich der Transfer von einem Behälter in einen anderen auswirken könnte.« Er blickte Dax in die Augen, damit sie sehen konnte, daß er es ehrlich meinte, als Arzt ebenso wie als Freund. »Vielleicht ist ein solcher Vorgang nicht weniger traumatisch als der Versuch, unter solchen Umständen eine Vereinigung durchzuführen.«

Dax deutete ein verständnisvolles Lächeln an und nickte kurz, legte dann die Hände auf den Rücken. »Lassen Sie es uns trotzdem versuchen.«

»Ganz meine Meinung.« Hayman bedachte Bashir mit einem anerkennenden Lächeln – sie bekam jetzt, was sie wollte, und deshalb vergab sie ihm alle seine Sünden. Dadurch fühlte sich der Arzt um so schuldiger. »Verlieren wir keine Zeit. Lieutenant...« Sie winkte Dax und Sisko zu sich. »Von Ihnen und dem Captain möchte ich wissen, wieviel Flüssigkeit notwendig ist und wie groß der Behälter sein muß. Anschließend können Sie mir helfen, alle notwendigen Dinge hierherzuschaffen. Doktor, Sie wecken den Symbionten.« Sie beugte sich vor und klopfte Bashir auf die Schulter, was dem Arzt ganz und gar nicht gefiel. »Es wird Zeit, daß Sie zu Ende bringen, was Sie vor fünftausend Jahren begannen.«

»Oh, wie aufregend! Mein Bruder hat überall im Kasino Schnüffler installiert, aber jetzt sehe ich zum erstenmal *legale* Überwachungsgeräte!«

Ferengi. Während der letzten Tage war Kira zu dem Schluß gelangt, daß die Propheten sie für ihre Sünden dadurch bestraften, daß sie die Gesellschaft unerträglicher Ferengi hinnehmen mußte, noch dazu an Bord einer Raumstation, die sie nicht einfach so verlassen konnte. Es war die einzige Erklärung, die sich mit ihrem Sinn für Gerechtigkeit vereinbaren ließ. Alles in ihr sträubte sich gegen die Vorstellung, daß reiner Zufall sie nach *Deep Space Nine* geführt hatte und es keine Hoffnung gab, ihr Schicksal könnte sich jemals ändern.

Als sie jetzt in das grinsende Gesicht Roms sah, dachte sie darin, daß sie unmöglich so viel verbrochen haben konnte, um eine solche Strafe zu verdienen.

»Verschwinden Sie, Rom«, sagte O'Brien. Er lag halb zur Seite gedreht in einem schmalen Wartungsschacht. »Der Major und ich haben Arbeit zu erledigen.«

Die fast gleichgültig klingende Abfuhr des Chefingenieurs erstaunte Kira – man hätte meinen können, daß es ihnen nur darum ging, einen defekten Schaltkreis zu reparieren. Sie kannte diesen besonderen Tonfall von Leuten, die jahrelang zur Widerstandsbewegung gehört hatten. Nun, vielleicht unterschied sich Starfleet gar nicht so sehr davon. Ein guter verbaler Trick – wenn Rom imstande gewesen wäre, derartige Hinweise zu verstehen.

»Das ist ein EM-Schnüffler, nicht wahr?« Er drückte sich seine kleine Werkzeugtasche mit beiden Händen an den Bauch und ging in die Hocke, um in den kleinen Schacht zu spähen. »Was wollen Sie überwachen? Befindet es sich auf diesem Deck?« Das begeisterte

Grinsen verschwand aus seinem Gesicht, und er lachte kurz. »Nun, das muß es wohl. Mit dem Ding können Sie keine Energiequelle orten, die weiter als einige hundert Meter entfernt ist.«

O'Brien warf Kira einen fragenden Blick zu und gefährdete damit seinen Status als Quasi-Mitglied des Widerstands. Hinter Roms Rücken zuckte sie mit den Achseln und wandte sich dann ab.

Es wäre ihr sicher gelungen, Rom durch Drohungen zu vertreiben, doch damit verrieten sie und der Chefingenieur, daß es sich nicht um einen gewöhnlichen Wartungseinsatz handelte. Vermutlich hätte Rom bei Quark darüber gejammert, daß die unhöfliche Kira ihn nicht mit O'Brien über Überwachungsgeräte reden lassen wollte – ein Hinweis, der jeden wirklich intelligenten Ferengi argwöhnisch werden ließ. So etwas galt es zu vermeiden. Alles hatte ganz einfach und diskret sein sollen – warum wurde jetzt ein Problem daraus?

Es war Kiras Idee gewesen. Das gab die Bajoranerin gern zu, denn sie hielt ihre Idee noch immer für gut. Wenn sie von der Annahme ausgingen, daß sich tatsächlich Angehörige der Miliz an Bord von *Deep Space Nine* befanden, so folgte daraus: Sie konnten nicht die Replikatoren der Station benutzen, um die notwendigen Teile für eine Plasmabombe herzustellen. Immerhin waren die hiesigen Standard-Replikatoren mit speziellen Schaltkreisen ausgestattet, die eine Replikation bestimmter Teile verhinderten, unter ihnen Zünder und Zielvorrichtungen. Die Milizionäre mußten also einen eigenen Replikator mitgebracht haben, und zwar ein Exemplar ohne die integrierten Schutzkomponenten. Kiras erster Gedanke hatte darin bestanden, mit den Sensoren von *Deep Space Nine* nach einer Energiequelle zu suchen, die nicht zum allgemeinen energetischen Versorgungssystem der Raumstation gehörte. Doch O'Brien wies darauf hin, daß sich ein solcher Scan selbst mit dem billigsten auf dem Schwarzmarkt erhältlichen Horchgerät registrieren ließ. Die Milizionäre würden sich bestimmt fragen, warum Starfleet die eigene Raumstation sondierte. Eine Diskussion darüber, wie man unbemerkt Ortungen vornehmen konnte, führte schließlich zu dem handtellergroßen Gerät, das O'Brien gerade zu installieren versuchte. Es handelte sich um eine sehr empfindliche Sensorweiche, die selbst auf geringfügige Fluktuationen des Energiestroms an Bord reagierte. Damit sollte Kira in der Lage sein, von Siskos Büro aus die Aktivitäten eines unabhängigen Replikators zu bemerken und ihn zu lokalisieren. Eine sehr elegante Lösung für das Problem, die Möchtegern-Terroristen zu entlarven.

Bis Rom erschien.

»Darf ich raten, nach welchem EM-Feld Sie damit scannen wollen?« Der Ferengi schnaubte mit geschickt geheuchelter Bescheidenheit. »Ich habe vielleicht keine guten Ohren fürs Geschäft, aber bei Ratespielen bin ich immer sehr gut gewesen.«

»Rom ...« Kira beugte sich zu ihm herab. »Haben Sie jemals daran gedacht, daß Überwachung auch ein gewisses Maß an Diskretion erfordert?«

Es schien Rom zu schockieren, daß sie ihn daran erinnern mußte. »Ich verrate niemandem etwas!«

»Wenn wir noch länger an diesem Ort verweilen und dieses Gespräch fortsetzen, gibt es an Bord von *Deep Space Nine* bald niemanden mehr, der *nicht* Bescheid weiß!« Kira griff nach Roms Schultern und stellte verblüfft fest, wie dünn und fragil sie sich anfühlten. Waren die Ferengi so geizig, daß sie sogar bei der eigenen Ernährung sparten? Sie achtete darauf, nicht zu fest zuzudrucken. »Dies ist eine geheime Starfleet-Angelegenheit, Rom. Wenn ich Sie für ein Sicherheitsrisiko halte, könnte ich Sie von Odo einsperren lassen, bis alles vorbei ist. Haben Sie verstanden?«

Rom klappte den Mund zu, schnitt eine verdrießliche Grimasse und nickte stumm.

»Gut. Kehren Sie jetzt zu Ihrer Arbeit zurück. Und kein Wort zu Quark, wenn Sie nicht die nächsten Jahre in einer Zelle verbringen wollen.«

»Aber …«

Kira hielt ihm die Hand auf den Mund, fühlte dabei kalte, ledrige Haut. »Kein. Einzelnes. Wort.«

Rom brummte unglücklich, und Kira bedauerte es kurz, ihm diese eine, ehrliche Freude nehmen zu müssen. Es war bestimmt nicht einfach, in Quarks Schatten zu leben.

Der Ferengi trat vom einen Bein aufs andere und schien nicht recht zu wissen, wie er sich verhalten sollte. Schließlich schlang er die Arme noch fester um seine Werkzeugtasche, trat an O'Brien vorbei und eilte zur Promenade.

Nach einigen Metern blieb er unschlüssig stehen, drehte sich um und hastete in Richtung Habitatring, kam dadurch erneut an O'Brien und Kira vorbei.

Die Bajoranerin drehte den Kopf und sah, wie er hinter einer Ecke verschwand. »Rom!«

Der haarlose Kopf mit den großen Ohren geriet wieder in Sicht.

»Zum Kasino geht's dort lang«, sagte Kira und deutete mit dem Daumen in die entsprechende Richtung.

Rom lächelte, nickte und wurde dann wieder ernst. Er zeigte um die Ecke. »Aber ich habe hier zu tun.«

Kira runzelte die Stirn. »Sie meinen die Gästequartiere?«

»Ja.« Rom kam wieder näher, angetrieben von seinem Enthusiasmus. »Nebenbei erledige ich Reparaturarbeiten für Gäste. Dadurch kann ich Nog etwas mehr Geld schicken. Wenn kein Unterricht stattfindet, geht er gern mit seinen menschlichen Freunden aus.« Jähe Bestürzung veränderte seinen Gesichtsausdruck. »Aber bitte sagen Sie meinem Bruder nichts davon! Wenn er wüßte, daß ich während der Arbeit im Kasino Gäste als Kunden gewinne ... Er würde bestimmt die Hälfte meiner Einnahmen verlangen!«

O'Brien kroch aus dem Wartungsschacht und setzte sich auf. »Ich weiß nicht, ob ich Ihr Verhalten befürworten kann.«

»Es ist vollkommen in Ordnung«, verteidigte sich Rom. Wieder trat er vom einen Bein aufs andere und brummte. »Im wesentlichen. Eigentlich. Sozusagen. Gibt es bei Menschen keine Erwerbsregel, die lautet: ›Wenn dein Bruder nichts weiß, kann er dir nichts wegnehmen?‹«

»Ich meine die Reparaturen.« O'Brien stand auf, schob die Verkleidungsplatte vor den Zugang des Wartungsschachts und nickte Kira zu. »Sie sind nicht befugt, Starfleet-Geräte zu reparieren. Mir liegt kaum etwas daran, das in Ordnung zu bringen, was Sie beschädigen.«

Rom strahlte und winkte ab. »Oh, ich rühre keine Starfleet-Geräte an. Ich befasse mich nur mit den Dingen, die meine Kunden mitbringen: Datenkonvertierungsmodule, Holoplatten, mobile Replikatoren, Massage-Instrumente fürs Zahnfleisch ...«

»Replikatoren?« entfuhr es Kira. »Jemand an Bord der Station hat seinen eigenen Replikator mitgebracht?«

Rom nickte würdevoll. »Ich weiß nicht, was die betreffenden Leute damit anstellen, aber ich mußte den Apparat bereits viermal reparieren!«

Kira hielt den Ferengi am Arm fest und schüttelte ihn, bevor er mit einer detaillierten Beschreibung seiner Tätigkeit beginnen konnte. »Können Sie uns das Quartier zeigen?«

Rom erwiderte ihren Blick mit einer Schläue, die sie in diesem Ausmaß bei ihm zum erstenmal sah. »Wenn ich Ihnen helfe – erklären Sie mir dann die Funktion der Überwachungsgeräte?«

Quarks Verschlagenheit schien tatsächlich in der Familie zu liegen.

»Ja, einverstanden«, erwiderte Kira. »Also: Wo befindet sich der mobile Replikator?«

Sofort grinste Rom wieder und forderte sie auf, ihm zu folgen. »Es sind sehr gute Kunden«, flüsterte er vertraulich, so als ließe sich damit alles entschuldigen. »Deshalb bitte ich Sie: Seien Sie nicht zu schockiert, wenn Sie das Quartier sehen. Ich habe sie nicht beleidigen wollen – immerhin zahlen sie in bar –, aber ich verstehe einfach nicht, wie Bajoraner auf eine solche Weise leben können. In dem Zimmer sieht es aus, als sei dort eine Bombe explodiert!«

In letzter Zeit hatte Kira ziemlich oft an Bomben gedacht, und als sie das Durcheinander in dem Gästequartier sah, rückten jene Gedanken erneut ins Zentrum ihres Selbst.

Wenn auch nicht aus den Gründen, die Rom vermutet hätte.

Es lag vor allem an der Kleidung. Die Bewohner dieses Quartiers hatten alles beiseite geschoben: einen Tisch nach dort, das Bett zur Wand, die Stühle in einer Ecke aufeinandergestapelt. Es war nichts zerbrochen, nichts gesplittert. Doch hier und dort lagen Kleidungsstücke, so als seien sie einfach von den Personen abgefallen, die sie bis dahin getragen hatten. Dieser Anblick weckte Erinnerungen in Kira, an damals, als sie zusammen mit ihrer Widerstandsgruppe am Rand der Veska-Provinz kampiert hatte.

Zu jener Zeit war sie jung gewesen, kaum zwanzig. Der Anführer ihrer Gruppe, Shakaar, hatte den Auftrag übernommen, bei den Resten einer Bauerngemeinschaft aufzuräumen. Sie war vernichtet worden, als eine andere Gruppe sogenannter Freiheitskämpfer in einem nahen Tal unabsichtlich eine Fusionsbombe zündete. Es gab nicht viel, das es zu bergen lohnte. Eine gewaltige Druckwelle hatte Gebäude, Bäume und Zäune fortgefegt. Selbst durch die Stiefel der Strahlenschutzanzüge fühlte sich der schwarze Boden heiß an. Wenn sie Leichen fanden, so waren sie von Brandblasen übersät und wie Mumien ausgedörrt. Kira staunte damals immer wieder über die Nacktheit der Toten.

»Was ist hier passiert?« hatte sie mit jugendlicher Empörung gefragt. »Haben die Leute erst alles in die Luft gejagt, um den Toten dann die Kleidung zu rauben?«

Als sie das überraschte Mitgefühl in Shakaars Gesicht sah, kam sie sich plötzlich närrisch und dumm vor. »Niemand hat hier etwas geraubt«, erwiderte er kummervoll. »Die Erbauer dieses Grabes hinterließen nicht einmal genug Leichen, um es zu füllen.« Sein Blick verharrte bei den Überresten einer Frau mit kahlgebranntem Kopf. »Die Druckwelle hat ihnen die Kleidung fortgerissen. Säume sind nicht so widerstandsfähig wie Haut und Knochen.«

Aber *wohin* war all die Kleidung verschwunden?

Noch Monate nach jenem schrecklichen Erlebnis hatte Kira jenes Bild vor Augen. Es erfüllte sie mit Abscheu vor Strahlenschutzanzügen – eine irrationale Reaktion, die sie aber nie ganz überwinden konnte. Wenn sie das leise Zischen von Pumpen hörte und wiederaufbereitete Luft atmete, die nach ihrem eigenen Schweiß roch … Dann entstand vor ihrem inneren Auge wieder das Bild der verbrannten Frau. Und dann fragte sie sich erneut, was aus ihrer Kleidung geworden war.

Der Ausflug mit dem Schutzanzug an diesem Morgen hatte sie ziemlich stark belastet. Es folgten Odos Hinweise darauf, daß jemand an Bord von *Deep Space Nine* versuchte, eine Plasmabombe zu bauen. Daraufhin erwachten die alten Erinnerungen mit einer fast Übelkeit verursachenden Intensität. Wenn Kira daran dachte, am Abend in ihr Quartier zurückzukehren, fühlte sie sich von Unbehagen erfaßt. Wahrscheinlich würde sie kaum Ruhe finden.

Die Tasten eines Datenterminals klickten unter O'Briens Fingern und brachten Kira in die Gegenwart zurück. Sie seufzte lautlos und beobachtete, wie Rom einen weiten Bogen um die Kleidungshaufen machte – er schien zu befürchten, daß sie radioaktiv waren. Gelegentlich setzte sich seine Neugier durch. Dann trat er näher an bestimmte Objekte heran und befingerte sie kurz, bevor er seine unruhige Wanderung fortsetzte. Kira wandte sich von ihm ab und richtete ihre Aufmerksamkeit auf O'Brien.

»Haben Sie etwas entdeckt?« fragte sie.

»Nein«, brummte der Chefingenieur enttäuscht. Er deutete auf eine Seite des Terminals: Dort ragten einige Kabel aus dem Gehäuse und verschwanden in der Wand. »Man hat ein spezielles Prioritätssystem benutzt, um die Sicherheitsschranken zu umgehen und eine Verbindung mit dem Hauptcomputer herzustellen. Ich dachte zunächst, wir könnten vielleicht eine Vorstellung davon gewinnen, woran die Leute gearbeitet haben, doch womit auch immer sie beschäftigt gewesen sind: Als sie fertig waren, löschten sie den Zwischenspeicher.«

Kira vernahm ein verächtliches Schnauben und drehte sich um. Rom hielt ihre Reaktion offenbar für eine Einladung, denn er wandte sich von den Kleidungsstücken ab und kam näher. »Ihr Bajoraner«, sagte er und schüttelte den Kopf. »Ihr hört nie zu! Ich habe sie darauf *hingewiesen*, daß sie erst die Verbindung unterbrechen und *dann* den Zwischenspeicher löschen sollen.« Er blickte auf die Kabel hinab und gab ein mißbilligendes Geräusch von sich. »Weil es sonst zu einem Datenecho kommt, das die letzten Megabyte des Speichers in die Schaltkreise des Prioritätssystems überträgt.«

Kira ballte die Hände zu Fäusten, um der Versuchung zu widerstehen, Rom an seinen großen Ohren zu packen und ihn fortzuzerren. Unterdessen beugte sich O'Brien vor und begann damit, die Kabel zu lösen.

»Gibt es sonst noch etwas, das Sie über diese Gruppe wissen?« fragte Kira den Ferengi.

»Äh ...« Rom überlegte. »Ich schätze, sie mögen keine Leute, die sich hier während ihrer Abwesenheit umsehen.«

Das überraschte Kira nicht sonderlich.

»Major?«

Die Bajoranerin schob Rom beiseite und trat dicht neben O'Brien, in der Hoffnung, daß sie dem Ferengi auf diese Weise wenigstens teilweise den Blick versperrte.

Der Chefingenieur hatte die Kabel inzwischen mit seinem Tricorder verbunden, und auf dem kleinen Bildschirm zeigte sich die letzte Datenaktivität des Terminals. O'Briens Lippen bildeten einen dünnen Strich, und seine Miene wirkte sehr ernst – die Darstellungen des Displays schienen ihm nicht sehr zu gefallen.

Kira nahm das Gerät von ihm entgegen, blickte auf die Anzeigefläche und betrachtete eine graphische Darstellung von *Deep Space Nine.* Das blauweiße Diagramm der Raumstationen drehte sich mehrmals.

Dann fanden die rotierenden Bewegungen ein Ende. Die Station kippte, und der Fokus richtete sich auf eine ganz bestimmte Stelle an ihrer Unterseite. Ein von Hand gezeichneter Kreis erschien im Bereich der untersten Reaktorkammer. Die Hand eines Phantoms schrieb folgende Worte neben den Kreis: »Dro – gute Stelle, wenn eine Kettenreaktion ausgelöst werden soll.«

»O mein Gott ...«

Kira drehte den Kopf und sah in die kummervollen Augen des Chefingenieurs.

»Die Waffe ist nicht für den Export bestimmt«, kam es leise von den Lippen der Bajoranerin. »Sie soll hier bei uns eingesetzt werden.«

4

Das Wiederbeleben des Symbionten nahm mehr Zeit in Anspruch als die Vorbereitung des Nährbads. Bashir untersuchte alle Aspekte der modifizierten Diagnoseliege, die nun als Stasisbehälter fungierte. Er sah sie sich von unten an, überprüfte jeden einzelnen Schaltkreis und die Verbindungen, bedauerte dabei, nicht die Komponenten im Innern des Stasisfelds erreichen zu können. Der Arzt wollte herausfinden, wie die einzelnen Teile zusammenwirkten und was geschah, wenn er diesen Schalter betätigte und jenes Ventil öffnete. Im Grunde genommen ging es ihm darum, jene Überlegungen zu rekonstruieren, die ihn vor fünftausend Jahren veranlaßt hatten, einen derartigen Apparat zu konstruieren.

Zusätzliche Lampen wurden installiert, um jeden Schatten aus dem Raum zu verbannen. Dadurch stieg die Temperatur in der kleinen Krankenstation. Hände und Finger blieben kalt, aber der Atem kondensierte nicht mehr, wenn Personen miteinander sprachen. Aus irgendeinem Grund wirkte das Zimmer dadurch noch kleiner und fragiler.

Als Sisko einen Antigravschlitten hereinschob, tastete Bashir hinter das diagnostische Display und stellte fest, daß es sich nicht im Innern des Stasisfelds befand. Es war deaktiviert worden, und zwar mit Hilfe eines Laserskalpells, das die Steuerungsschaltkreise durchschnitten hatte. Das zukünftige/vergangene Selbst des Arztes war offenbar der Ansicht gewesen, daß es in erster Linie Energie zu sparen galt.

Außerdem: Was nützte dem Symbionten ein Display, dessen Anzeigen er ohnehin nicht verstand?

Mit einem Tricorder untersuchte Bashir die erste Probe der Nährflüssigkeit und gelangte dabei zu folgender Erkenntnis: Was er bisher für eine Abflußmöglichkeit gehalten hatte, war in Wirklichkeit Teil des Kühlsystems für den Behälter. Die an der Unterseite der Liege befestigte Pumpe diente allem Anschein nach dazu, den N_2-Druck stabil zu halten. Aber auf welche Weise war sie ins energetische System integriert worden? Und wenn einer der empfindlichen Schläuche riß – welche Ersatzteile hatte er für eine Reparatur vorgesehen?

Als Dax in einem fast peinlich kurzen Medo-Kittel eintraf, um sich mit Hayman und Sisko zu beraten, fand Bashir heraus: Der transparente Tank des Symbionten bestand aus jenem Aluminium, das auch in der Außenhülle verwendet wurde. Der aus vierzehn Ziffern bestehende Komponentencode war in Dreier- und Vierer-Fragmente aufgeteilt. Die letzten beiden Zahlen zeigten sich umgedreht am Boden des Tanks, unter neunzig Litern milchiger Flüssigkeit. Über die Positionierung schien er sich kaum Gedanken gemacht zu haben, als er die Teile zusammenfügte. Bestimmt hatte er das später bereut. Mehr als ein halbes Jahrhundert lang jeden Tag auf die umgedrehten Zahlen hinabzustarren ... Es mußte ihn an den Rand des Wahnsinns getrieben haben.

»Julian?«

Es fiel ihm schwerer als erwartet, sich von dem Behälter abzuwenden. Fester als nötig schloß er die Hand um die elektronische Sonde, mit der er Untersuchungen vorgenommen hatte, sah Dax an und versuchte zu lächeln. Es schien ihm nicht recht zu gelingen, denn in Dax' sanfter Miene zeigte sich verständnisvolle Anteilnahme.

»Von mir aus kann es losgehen«, sagte sie und klopfte ihm beruhigend auf den Arm.

Er hatte nicht einmal gehört, wie sie die große Wanne füllten. »Dann laßt uns beginnen.«

Bashir legte die Sonde beiseite und trachtete danach, alle persönlichen Empfindungen zu verdrängen. Es kam jetzt auf Genauigkeit an, nicht auf Gefühle. Mit Rationalität konnte er größeren Einfluß auf Hayman entfalten als mit Emotionalität. Andererseits: Es war ihm noch nie sehr leicht gefallen, über das hinwegzutäuschen, was er empfand. Unter den gegebenen Umständen fiel es ihm doppelt schwer.

»Ich würde es vorziehen, den Patienten langsam aus der Stasis zu bringen«, sagte Bashir und trat zum Kopfende der Liege. Dax stand dicht neben ihm, und er war dankbar für ihre Nähe. »Aus den medizinischen Logbüchern geht hervor, daß sich der Symbiont vor dem Beginn der Stasis nicht in einem guten Zustand befand. Der Wiederbelebungsschock könnte zuviel für ihn sein.«

Hayman blickte in den wartenden Behälter, und ihre Miene verfinsterte sich. »Was meinen Sie mit ›langsam‹?« fragte sie und machte einmal mehr keinen Hehl aus ihrer Ungeduld.

Bashir seufzte und schüttelte den Kopf. »Ich habe davon gesprochen, daß mir ein solcher Vorgang lieber wäre. Aber wie dem auch sei: Ich habe diese Stasiseinheit aus Teilen zusammengebastelt, die normalerweise ganz anderen Zwecken dienen, und ihre Funktion zeichnet sich durch eine rein binäre Natur aus: Sie ist entweder ein- oder ausgeschaltet.« Er wollte Hayman ansehen, doch statt dessen blickte er in Dax' kühle grauen Augen. »Ich möchte nur auf folgendes hinweisen: Der Vorgang beschränkt sich nicht einfach darauf, das Stasisfeld zu deaktivieren, den Symbionten zu nehmen und ihn in die Wanne zu setzen. Wir müssen sehr vorsichtig sein.«

Hayman schnitt eine Grimasse und schien eine scharfe Antwort geben zu wollen. Aber sie überlegte es sich anders und schwieg, begnügte sich damit, erst Dax und dann auch Bashir mit einem Blick zu durchbohren.

»Ich verstehe«, brummte die Admiralin schließlich.

Dax nahm Bashirs Besorgnis mit einem Lächeln zur Kenntnis. »Geben Sie sich einfach nur Mühe.«

Das war selbstverständlich.

Die Hauptkontrolle für das Stasisfeld bestand aus einem kleinen Keramikschalter unter der Liege. Bei den ersten Überprüfungen hatte Bashir einen Ein-Aus-Kapazitor entdeckt, der mit einem Datenmodul verbunden war und im Innern des Stasisfelds steckte. Ein oder zwei schreckliche Sekunden lang glaubte er, dumm genug gewesen zu sein, die einzigen Kontrollen für die Stasis ausgerechnet im *Innern* des Stasisfelds untergebracht zu haben, vielleicht als eine Art Ausweg für den Symbionten, wenn die Einsamkeit der quälend langsam vergehenden Jahrhunderte zuviel für ihn wurde.

Bashir tastete nach dem Schalter und schickte sich an, das Geschöpf im Behälter aus der Vergangenheit in die Gegenwart zu katapultieren. Er hoffte, daß es ihm beide Rollen verzieh, die er bei seiner langen Gefangenschaft gespielt hatte.

»Ich deaktiviere jetzt das Stasisfeld.«

Das Kraftfeld löste sich mit einem jähen Schimmern auf, und der süßliche, scharfe Geruch des fünftausend Jahre alten Symbionten wogte dem Arzt und seinen Begleitern entgegen.

Bashir blickte sofort auf die Anzeigen seines medizinischen Tricorders. Die Diagrammbalken zuckten wie erschrocken und begannen dann mit einem langsamen Pulsieren, als sie die Biochemie des Symbionten analysierten. Die kortikale Aktivität nahm zu, und das Neurotransmitterniveau in der Nährflüssigkeit stieg abrupt. Ansonsten blieb die aktuelle Situation erstaunlich stabil. Bashir atmete erleichtert auf. Im Innern des Behälters zeichnete sich ein zartes Wellenmuster ab, als der Symbiont schauderte. Dünne Fäden aus Elektrizität tasteten dorthin, wo Bashir stand. In einer unbewußten Reaktion legte er eine Hand auf den Tank.

Er berührte eine Kühle, die ihn überraschte. Bashir blinzelte und begriff plötzlich.

»Welche Temperatur hat die Nährflüssigkeit in der Wanne, Dax?« fragte er.

Dax griff nach einem Tricorder, durchquerte den Raum und richtete das Gerät auf den größeren Behälter. Bashir bemerkte erst jetzt, daß zarte Dampfschleier über die Flüssigkeit darin zogen.

»Vierunddreißig Grad«, sagte die Trill.

Dampf, dachte er. Davon hatte er sich täuschen lassen. Kondensationsflecken zeigten sich an der Innenseite des Stasistanks und ließen ihn vermuten, daß es in seinem Innern warm und feucht war. Doch die Hand spürte Kühle, trotz der niedrigen Temperaturen in der Krankenstation. Ein Blick aufs Tricorderdisplay bestätigte, daß die Nährflüssigkeit in der Wanne mindestens zehn Grad wärmer war, als sie es eigentlich sein sollte.

»Wir müssen die Temperatur der Flüssigkeit auf einundzwanzig Grad senken.« Bashir zögerte kurz, als ihm der Tricorder einen weiteren abweichenden Wert zeigte. »Und erhöhen Sie den Salzgehalt um elf Prozent.« Ärgerlich auf sich selbst schüttelte er den Kopf. »Was ist mir nur durch den Kopf gegangen, als ich dieses Ding konstruierte? Warum habe ich nicht daran gedacht, Notizen zu hinterlassen?«

Sisko erkannte die rhetorische Natur der beiden letzten Fragen und nickte knapp. »Ich kümmere mich um die Erhöhung des Salzgehalts.«

Dax hielt die Hand ins Wasser und sah mit gerunzelter Stirn zu Bashir auf. »Die Bruttümpel auf Trill sind wärmer, Julian.«

Der Arzt nickte geistesabwesend, während er die Schaltflächen seines Tricorders betätigte. »Aber im Tank ist es kälter. Ich möchte beim Symbionten keinen metabolischen Schock verursachen, indem ich seine Körpertemperatur zu schnell erhöhe.« Er vergewisserte sich, daß die Pumpen mit einem vorübergehenden Feuchtigkeitsverlust fertig werden konnten, strich dann mit den Fingerkuppen am Rand des Deckels entlang und suchte nach einer Öffnung.

»Ich muß ebenfalls in die Wanne«, murmelte Dax. Doch sie stellte die Entscheidung des Arztes nicht in Frage und half Sisko bei der Installation des Geräts, das den Salzgehalt erhöhen sollte.

Hayman schnaubte abfällig, als Bashir einen Ansatzpunkt fand und den Deckel hob. »Die Wanne enthält fast zweitausend Liter Flüssigkeit«, betonte sie. »Erwarten Sie allen Ernstes von mir, vierundzwanzig Stunden zu warten, damit die Temperatur um zehn Grad sinkt?«

Bashir widerstand der Versuchung, eine zornige Antwort zu geben, reichte der Admiralin statt dessen den Deckel. »Es ist mir gleichgültig, *wie* wir vorgehen. Es kommt nur darauf an, *daß* wir die Temperatur senken. Andernfalls könnte mein Patient in Gefahr geraten, und dann müßten *Sie* darauf verzichten, ihm Fragen zu stellen.« Er streifte dünne Gummihandschuhe über, ohne den Blick von Hayman abzuwenden, die ihn argwöhnisch musterte. »In dieser Hinsicht bin ich nicht zu Zugeständnissen bereit, Admiral. Wenn Sie meine Dienste als Arzt in Anspruch nehmen wollen, so müssen Sie sich mir fügen.«

In Haymans Augen blitzte es kurz, doch in ihrer Miene zeigte sich keine Veränderung. Dax legte ihr die Hand auf die Schulter. »Schon gut, Judith.« Die Trill bedachte Bashir mit einem amüsierten und gleichzeitig vorwurfsvollen Blick. »Bestimmt finden wir irgendwo eine supraleitende Spule. Es dauert keine vierundzwanzig Stunden, um die Flüssigkeit abzukühlen.«

Hayman überraschte den Arzt mit einem kurzen, hintergründigen Lächeln, ließ sich dann von Dax zum

Ausgang führen. Bashir sah ihnen verwundert nach, bis sie in den dunklen Bereichen des Schiffes verschwanden.

»Die meisten Leute würden es nicht für klug halten, einen Starfleet-Admiral zu verärgern, Doktor.«

Bashir sah zum Captain, der unterdessen zur modifizierten Liege zurückgekehrt war. Sisko lächelte, als er die Verlegenheit des Arztes bemerkte. »Elf Prozent mehr«, sagte er und deutete zur Wanne. »Wie angeordnet.«

Bashir nickte und konzentrierte sich wieder auf seine Aufgabe. »Mir geht es nicht darum, sie zu verärgern«, erwiderte, als er die Gummihandschuhe zurechtzog. »Es ist nur ...« *Woran liegt es? Gefällt mir ihre Einstellung nicht? Wünsche ich mir, daß sie mehr Rücksicht nimmt auf den Angehörigen einer nichtmenschlichen Spezies? Sollte sie nicht so deutlich den Eindruck erwecken, dazu bereit zu sein, sowohl Jadzia als auch Dax zu opfern?* Er zog noch immer an den Handschuhen, obwohl sie längst richtig saßen. »Offenbar ist sie daran gewöhnt, immer zu bekommen, was sie will.«

»Sie ist ein Konteradmiral«, sagte Sisko schlicht. »Bei Starfleet gibt es nur wenige Leute, die es wagen, ihr die Stirn zu bieten.«

Er fügte nicht hinzu: *Und Sie sind einer von ihnen.* Aber Bashir verstand trotzdem. Erneut spürte er, wie seine Wangen heiß wurden, und er beugte sich rasch über den Tank, um die Verlegenheitsröte zu verbergen.

Dax und Hayman kehrten einige Minuten später mit einer Wärmediffusionsspule aus dem Maschinenraum der *Defiant* zurück. Sisko half ihnen dabei, das Gerät richtig anzuschließen. Bashir legte den Tricorder auf die eine Seite des Stasisbehälters und begann mit einer direkten Untersuchung des Symbionten. Die Flüssigkeit im Tank erwies sich tatsächlich als recht kühl. Sie war nicht so kalt, daß er das Gefühl aus den Fingern verlor, aber er verstand jetzt, warum Dax unter solchen Umständen nicht gern ein Bad nahm.

Bashir schob eine Hand unter den Symbionten, ohne ihn zu berühren. Er wollte sich zunächst an die Nährflüssigkeit gewöhnen und gleichzeitig dem wurmartigen Geschöpf Gelegenheit geben, mit der Präsenz seiner Hände vertraut zu werden.

Das Wesen erzitterte, wand sich wie in Zeitlupe hin und her.

»Es ist alles in Ordnung ...«, hauchte Bashir, als könnte er den Symbionten auf diese Weise beruhigen. »Sie kennen mich doch, Dax, nicht wahr?« Seine Lippen deuteten ein schiefes Lächeln an, als er an die Knochen dachte, die von seinem anderen Selbst übriggeblieben waren. »Wir haben viel Zeit miteinander verbracht.«

Ein chemischer Blitz zuckte und traf die Hand des Arztes.

Bashir gab einen erschrockenen Schrei von sich und zog die Hände so jäh zurück, daß Nährflüssigkeit an seinen Uniformpulli spritzte. Weitere Blitze gingen von dem Symbionten aus, der nun in der milchigen Flüssigkeit hin und her schwappte.

»Schon gut, es ist alles in Ordnung!« versicherte Bashir, als die anderen besorgt näher kamen.

»Was ist passiert?« fragte Dax in jenem ernsten Tonfall, von dem Bashir glaubte, daß er von einem früheren Wirt stammte.

»Nichts«, erwiderte er und versuchte, mit einem Lächeln über seine neuerliche Unsicherheit hinwegzutäuschen. Er hob die Hand und zeigte Dax ein kleines Loch, das die Entladung im Gummihandschuh hinterlassen hatte. »Der Symbiont ... *Sie* sind ein wenig aktiver, als ich dachte.«

Dax erwiderte das Lächeln, und in ihren Augen schimmerte es schelmisch. »Man unterschätze nie das Durchhaltevermögen eines Trill.«

»Ist das ein gutes Zeichen?« fragte Hayman.

Bashir streifte den beschädigten Handschuh ab und warf ihn zur Medo-Tasche. »Ja, Admiral, das ist tatsächlich ein gutes Zeichen.«

Mit einem neuen Handschuh ausgerüstet, schickte er die anderen zur Wanne zurück und griff dann wieder in die Nährflüssigkeit. Zwar kam es auch diesmal zu chemoelektrischen Entladungen, aber sie waren nicht annähernd so stark wie vorher – er spürte sie nicht einmal durchs Gummi der Handschuhe.

»Es ist alles in Ordnung …« Der Symbiont schmiegte sich in seine gewölbten Hände. Bashir hatte ihn größer in Erinnerung, und nicht ganz so zerfurcht. »Es ist meine Schuld. Ich habe zu heftig reagiert. Es tut mir leid, daß ich Sie erschreckt habe.« Ein ruhiger, abseits stehender Teil von ihm nahm sich vor, mehr klinische Zeit mit Trill-Symbionten zu verbringen, vielleicht während seines nächsten Urlaubs, wenn er eine entsprechende Genehmigung von der Symbiosekommission bekommen konnte. Immerhin war er an Bord von *Deep Space Nine* der einzige Starfleet-Arzt im Umkreis mehrerer Parsec; er hielt es für seine Pflicht, sich möglichst gut mit allen Spezies auszukennen. Jadzia Dax war die einzige Trill an Bord der Raumstation, was jedoch nicht weniger Verantwortung für ihn bedeutete. Außerdem mußte er wesentlich besser über nicht an einen Wirt gebundene Symbionten Bescheid wissen, wenn er sich siebzig Jahre lang um Dax kümmern wollte, nachdem …

Nein. Bashir schüttelte den Kopf und verbannte diese Gedanken in einen fernen Winkel seines Selbst. Immerhin ging es hier und jetzt darum, eben jene Zeitlinie zu vermeiden. Na schön, beim nächsten Urlaub. Während seines nächsten Urlaubs würde er die Heimatwelt der Trill besuchen, wenn auch nur um Jadzia und der Gegenwart willen.

»Einundzwanzig Grad, Doktor.« Haymans Stimme

ließ Bashir innerlich zusammenzucken, und er mußte sich sehr beherrschen, um die Hände ruhig zu halten. »Wir sind soweit.«

Er holte tief Luft und wußte, daß jetzt der entscheidende Augenblick kam.

Vorsichtig hob er den Symbionten aus dem Wasser.

Es plätscherte leise, aber die Farbe des Geschöpfs blieb unverändert, und es kam auch nicht zu Entladungen. Irgend etwas in Bashir hatte mit einem nervösen Zappeln des Symbionten gerechnet, aber vielleicht waren diese Wesen gar nicht dazu imstande. Aufgrund von medizinischen Sondierungen und Gesprächen mit Jadzia wußte er, daß die Symbionten lethargisch wurden, wenn sie sich mit einem Wirt verbanden: Sie rührten sich nicht mehr, sobald sie einen geeigneten Platz zwischen den Organen gefunden hatten. Wie beweglich konnten sie nach einer langen Zeit der Trennung werden?

... muß die Heimatwelt der Trill besuchen ...

Der Symbiont schien nicht beunruhigt zu sein. Ganz im Gegenteil: Offenbar entspannte er sich in Bashirs Händen. Schlaff ruhte er darin, und seine Haut fühlte sich so empfindlich an, als genügte selbst geringer Druck, um sie aufzureißen. Bashir hatte Hirnmasse berührt, die einen weniger fragilen Eindruck machte.

Langsam trat er durch den Raum, hielt den Blick dabei auf das Geschöpf gerichtet. Er begnügte sich damit, es in den gewölbten Händen zu halten, achtete darauf, nicht mit den Fingern zuzudrücken, fürchtete gleichzeitig, daß seine Schritte zu Erschütterungen führten, die das Wesen belasteten. Er merkte erst, daß er die Wanne erreicht hatte, als Sisko den Arm ausstreckte und ihn davor bewahrte, an die Seite des großen Behälters zu stoßen.

»Bitte bringen Sie mir meinen Tricorder.« Sein Gaumen war trocken, und er konnte nur flüstern. Als

Sisko das Gerät holte, beugte Bashir ein Knie und schickte sich an, den Symbionten in die Wanne zu setzen.

Nach der kalten Luft fühlte sich die Flüssigkeit lauwarm an.

Zuerst trugen seine Hände auch weiterhin das Gewicht des Wesens, denn er fürchtete instinktiv, daß es auf den Boden sinken und ertrinken würde. Aber Symbionten atmeten natürlich nicht – ein Wirtskörper oder spezielle Flüssigkeit übernahmen die Versorgung mit Sauerstoff.

Dax kletterte behutsam in die Wanne, und Bashir sah zu ihr auf. »Vielleicht sollten Sie ihn in der Nähe der Oberfläche halten. Ich weiß nicht, wie gut er derzeit schwimmen kann.«

Sie nickte ernst – und schnitt eine übertriebene Grimasse, als sie bis zur Brust ins Wasser sank. »Das zahle ich Ihnen heim, Julian! Indem ich Ihre Warmwasserrationen für *eine Woche* streiche!«

Er lächelte unwillkürlich. »Dann muß ich eben bei Ihnen duschen.«

Sie spritzte ein wenig Wasser nach ihm, doch das machte ihm nichts aus – immerhin war er bereits naß.

Dax streckte die Arme aus, um den Symbionten so sanft in Empfang zu nehmen wie eine Mutter ihr neugeborenes Kind. Er bewegte sich, als sie ihn berührte, zuckte kurz. Bashir öffnete den Mund, um sie aufzufordern, reglos zu verharren und dem alten Dax Gelegenheit zu geben, sich an ihre Präsenz zu gewöhnen. Doch ein solcher Hinweis war gar nicht nötig. Jadzia rührte sich nicht mehr von der Stelle, während ihr Blick an dem kleinen grauen Wesen festklebte. Nach einigen langen, stummen Sekunden zog Bashir die Hände zurück und überließ es Jadzia, den Symbionten zu stützen. Ein verträumtes Lächeln erschien auf ihren Lippen, und der Arzt fragte sich, was sie dachte, als ihre Finger wie zärtlich nach dem Geschöpf tasteten.

Es blitzte in der Nährflüssigkeit, doch die Entladungen blieben schwach, reichten nicht bis zum Rand der Wanne. Vermutlich erforschte der Symbiont nun seine neue Umgebung. Inzwischen wußte er sicher, daß er sich nicht mehr im Stasisbehälter befand. Zweifellos fragte er sich, was es mit dem neuen Ort auf sich hatte und wer ihm Gesellschaft leistete. Bashir ging in die Hocke, nahm den Tricorder von Sisko entgegen und beobachtete, wie eine elektrische Ranke über Jadzias Unterarm kroch. Sie zuckte zusammen und schnappte nach Luft.

»Ist alles in Ordnung mit Ihnen?« fragte der Arzt besorgt.

Energie sprang vom Symbionten zum Wirt, stark genug, um das Wasser zischen zu lassen. Jadzia versteifte sich, als Spiralen aus Licht über ihren Oberkörper tasteten und das Gesicht erreichten. Bashir hätte sich fast dazu hinreißen lassen, die Frau aus der Wanne zu ziehen. Statt dessen konzentrierte er sich auf die Anzeigen des Tricorders.

Jadzia ließ die Hände sinken, und mit ihnen verschwand auch der Symbiont in der trüben Nährflüssigkeit. Dann schloß sie die Augen, neigte den Kopf und begann zu weinen.

»Was ist los?« Hayman trat vor und stützte sich am Rand der Wanne ab. »Was hat das zu bedeuten?«

»Nichts.« Das hoffte Bashir jedenfalls. Er beobachtete, wie sich die Biowerte Jadzias und des uralten Symbionten überlagerten, um dann einen einigermaßen parallelen Rhythmus zu bilden. »Ich glaube, es findet eine Kommunikation statt«, sagte er, mehr zu Sisko als zu Hayman. »Ich ...« Die Biowerte des Symbionten nahmen abrupt zu, um sich dann wieder den anderen anzugleichen. »Vermutlich sehen wir jetzt nicht Jadzia, sondern Dax, den *alten* Dax.«

Bashir wandte sich an den Captain. »Sie sollten jetzt in der Lage sein, mit ihm zu reden. Aber seien Sie vorsichtig.«

Sisko nickte, obwohl die Warnung vor allem Hayman galt.

»Jadzia?« Die Stimme des Captains war sanfter denn je. Sisko kniete am Ende der Wanne, so als ginge es darum, mit einem Kind zu sprechen. »Hören Sie mich, Jadzia?«

Als sie auch weiterhin schluchzte, schlug Bashir vor: »Wenden Sie sich an Dax.«

Sisko nickte erneut.

»Dax ...« Er berührte die Trill an der Schulter. »Ich bin's, alter Knabe, Benjamin.«

Jadzia öffnete Augen, die dunkler und trüber zu sein schienen. Es waren die Augen des alten Dax, der die Welt viel zu lange nicht gesehen hatte. Jadzia hob den Kopf und drehte ihn ruckartig, als sie sich in der Krankenstation umsah. Doch der Blick jener alten Augen blieb ohne Fokus.

»... gleich alles gleich und kalt am Leben bleiben draußen und zuerst am Leben bleiben null Komma neun nicht einmal soviel alle überleben und am Leben bleiben bitte am Leben bleiben nicht viel länger ...«

»Daraus wird niemand schlau.« Hayman geriet auf der anderen Seite der Wanne in Bashirs Blickfeld. »Was will sie uns mitteilen?«

Der Arzt vermutete, daß sie sich klare Auskünfte von der Trill erhoffte. »Geben Sie ihr – ihm – ein wenig Zeit, um sich zu orientieren.«

Die kortikale Aktivität des Symbionten nahm rapide zu, als Bashirs Stimme erklang. Jadzia zuckte heftig, wodurch die Nährflüssigkeit in Bewegung geriet.

»Julian ...?«

Das Flüstern reichte bis in den Kern von Bashirs Ich und ließ ihn dort erbeben. »Ich bin hier.« Mehr fiel ihm nicht ein.

Es blitzte vage in der milchigen Flüssigkeit, und Jadzia beugte sich so weit vor, daß ihr Kinn fast ins Wasser tauchte. »Sie ... sind ... es ... *wirklich* ...« Sie hob eine Hand und streckte sie dem Gesicht des Arztes entgegen, ohne es zu berühren. »So ... *jung* ... Julian, Sie haben es geschafft ...!«

Neue Tränen strömten über Jadzias Wangen, und plötzlich war es zuviel für Bashir. »Wir sollten damit aufhören ...«

Sisko legte ihm die Hand auf die Schulter und drückte fest zu, als der Arzt aufstehen wollte. »Immer mit der Ruhe, Doktor.«

»Aber, Captain ...« Bashir ahnte, welche Worte Sisko an ihn gerichtet hätte: Dax und Jadzia wußten, auf was sie sich einließen, und sie wären ihm wohl kaum dankbar gewesen, wenn sich die Katastrophe nur deshalb nicht vermeiden ließ, weil er kalte Füße bekam. Er preßte die Lippen zusammen und versuchte, die Mischung aus Schuldgefühl und Besorgnis aus sich zu verdrängen. Mit einem Schulterzucken schüttelte er Siskos Hand ab und konzentrierte sich wieder aufs Display des Tricorders. »Das Neurotransmitterniveau ist um dreiundzwanzig Prozent gestiegen. Sowohl bei Jadzia als auch bei Dax lassen sich gefährliche Isoboromin-Schwankungen feststellen.«

Er brauchte Sisko nicht extra darauf hinzuweisen, was das bedeuten konnte. »Wir holen sie heraus, bevor es zu einer Abstoßung kommt«, versicherte der Captain mit einer Zuversicht, die Bashir nicht teilte. »Keine Sorge.«

»Dax ...« Hayman griff von hinten nach Jadzias Schulter. Die Trill reagierte wie ein Blinder, der eine ferne Stimme hörte: Sie hob den Kopf und schien zu lauschen. »Hier spricht Judith, Dax. Bitte sagen Sie uns, was mit der *Defiant* passiert ist. Wer hat Sie angegriffen? Und wo fand der Angriff statt?«

Wann fand er statt? dachte Bashir. Die ungewöhnliche

Kommunikation führte bereits zu erheblichem Streß. Die kortikale Aktivität im trüben Wasser nahm ständig zu, bis sie sich bei einem manischen Wert stabilisierte. Der Trill in Jadzia reagierte nur schwach auf sein viel älteres Selbst, und Jadzia begann zu zittern. Als sie erneut die Hand nach Bashir ausstreckte, griff er danach und hielt sie fest.

»Sagen Sie es ihnen«, flüsterte er. *Sagen Sie es ihnen und verlassen Sie die Wanne, bevor es für Sie und den Symbionten zu spät ist!*

»Passieren Sie nicht das Wurmloch.« Jadzia formulierte die Worte ganz langsam, mit der vorsichtigen Sorgfalt eines Kindes, das Dinge aufsagt, die es eigentlich gar nicht versteht. Bashir fragte sich, wieviel Zeit seiner Gefangenschaft der Symbiont damit verbracht hatte, immer wieder die folgenden Worte zu wiederholen. »Wenn wir nicht das Wurmloch passieren, erfolgt kein temporaler Transfer. Wenn wir nicht das Wurmloch passieren, findet der Kampf ohne uns statt. Dann werden wir nicht in die Vergangenheit versetzt, und alle bleiben, wo sie sind, wo sie sind, im Damals.«

Hayman runzelte verwirrt die Stirn. »Wen meinen Sie?«

Dax schien sie überhaupt nicht zu hören. »Sie müssen es beenden, bevor es beginnt. Diesmal kann es anders sein. Diesmal bin ich dabei. Versuchen Sie, einen gefangenzunehmen.«

Bashir spürte, wie sich Sisko und Hayman unruhig bewegten. Beide wollten nach Details fragen, sich nach Einzelheiten erkundigen. Aber er wußte, daß es sinnlos war. Was sie jetzt hörten ... In gewisser Weise handelte es sich um eine Aufzeichnung, die nun abgespielt wurde. Jadzia sah den Arzt an, und in ihren Augen zeigte sich dabei eine ganz besondere Intensität. Er begriff plötzlich, daß ihre Worte *ihm* galten, und nur ihm – nach fünftausend langen Jahren des Wartens.

Tief in seinem Innern fragte er sich, von wem die Botschaft eigentlich stammte.

»Nehmen Sie einen gefangen. Nehmen Sie einen gefangen und sprechen Sie mit ihm. Sie brauchen nur zu fragen!« Jadzia schloß beide Hände um die Bashirs und versuchte verzweifelt, sich ihm verständlich zu machen. »Nehmen Sie einen gefangen und *sprechen Sie mit ihm*!«

»Wen sollen wir gefangennehmen?« fragte Hayman ungeduldig. »Eine Furie?«

Sisko brachte sie mit einem Wink zum Schweigen.

»Nehmen Sie einen gefangen und sprechen Sie mit ihm; sprechen Sie mit ihm, was gegessen wurde, und fragen Sie ihn …«

»Was sollen wir fragen, Jadzia?« Bashir wollte nicht in ihre Fugue verwickelt werden und diese Angelegenheit auf keinen Fall in die Länge ziehen, aber er konnte die Verzweiflung in ihrer Stimme unmöglich ignorieren. »Ich verstehe nicht!«

»… beim erstenmal zu viele, doch diesmal bin ich dabei, wenn ich am Leben bleibe, wenn ich am Leben bleibe, dann ist es nicht zu spät, denn es gibt keine Zeit mehr …« Jadzia verschloß die Augen vor einer Zukunft, die nur der ungebundene Symbiont sehen konnte. Sie senkte den Kopf, und Blitze zuckten durch die Nährflüssigkeit. »… zu früh, um sie zu verlassen, warten, es gefällt mir nicht, kann nicht anders, die Kälte hat mir noch nie gefallen …«

Bashir fühlte, wie sich Jadzias Hände fest um seine schlossen, und plötzlich wußte er, was geschehen war. Eine Sekunde später schlug der Tricorder Alarm. »Holt sie aus der Wanne!«

Ein jäher Krampf ließ die Frau im Behälter sich so abrupt aufbäumen, daß sie fast nach hinten kippte. Sisko sprang vor, und Bashir griff nach dem Medo-Kittel, um Jadzias Kopf über Wasser zu halten. Der Captain platschte in die milchige Flüssigkeit und erzeugte

Wellen, die über den Rand des Beckens hinwegschwappten. Er streckte die Arme nach der Trill aus, hob sie hoch und verließ mit ihr die Wanne. Hayman eilte mit einem viel zu kleinen Handtuch herbei. Bashir begriff nur, daß Jadzia gut aufgehoben war, daß ihr derzeit keine Gefahr drohte. Er traf eine rasche Entscheidung, holte tief Luft, und tauchte den Oberkörper ins wogende Wasser.

Nährflüssigkeit brannte ihm in den Augen und auf den Lippen. Er drehte den Kopf von einer Seite zur anderen und blinzelte mehrmals, um deutlich zu sehen. Dann gab er diese Bemühungen auf, als ihn ein verärgerter Instinkt daran erinnerte, daß er in der grauweißen Brühe ohnehin nichts erkennen konnte. In gewisser Weise half die plötzliche Dunkelheit. Die kalte Krankenstation wich fort, zusammen mit Siskos ernster Stimme und Jadzias Ächzen – das alles verschwand nun hinter dem Horizont von Bashirs Aufmerksamkeit. Er fühlte nur den Rand der Wanne an den Hüften und die salzige Nässe der Flüssigkeit an Flanken und Brust, nahm gleichzeitig einen hefeartigen Geruch war. Mit den Händen tastete er am Boden des Behälters hin und her, versuchte dabei, trotz der Eile vorsichtig zu sein – er durfte auf keinen Fall die Empfindlichkeit des Symbionten vergessen. Ein Handgelenk stieß an etwas Weiches, Nachgebendes, das die gleiche Temperatur hatte wie die Nährflüssigkeit und deshalb von den tauben Fingern kaum entdeckt werden konnte. Der Arzt wandte sich zur Seite, schob beide Hände unter das Etwas und hob es behutsam an die Oberfläche.

Weitere Blitze zuckten durch die Nährflüssigkeit, kamen Schreien gleich. Bashir fühlte die elektromagnetischen Entladungen durchs Gummi der Handschuhe. Sie bescherten ihm ein Prickeln, das die Finger an den papierdünnen Seiten des Symbionten zucken ließ. *Schluß damit!* forderte er den alten Dax auf. *Ich will Sie nicht fallen lassen!* Vorsichtig hob er den Symbionten hoch, konzentrierte sich dann ganz darauf, durch die Krankenstation zur leeren Stasiseinheit zu gehen.

Sie erschien ihm lächerlich klein und friedlich nach dem Aufruhr in der wesentlich größeren Wanne. Bashir fragte sich kurz, ob die Größe seines Gefängnisses eine Rolle für den Symbionten spielte, als er ihn wieder in die fünftausend Jahre alte Nährflüssigkeit setzte. Neuerliche Entladungen gingen von dem wurmartigen Wesen aus, und dann sank es in die Brühe. Es klickte, als der Arzt den Keramikschalter betätigte, und ein buntes Flimmern legte sich über den Behälter. Von einem Augenblick zum anderen erstarrte alles: die von Bashirs Händen verursachten kleinen Wellen, der Symbiont, die Entladungen, die ihn mit einem Halo aus dünnen Linien umgaben.

Sofort kehrte die Aufmerksamkeit des Arztes zu den anderen zurück. Ruckartig drehte er sich um, streckte die eine Hand nach der Stelle aus, wo er zuvor den Tricorder zurückgelassen hatte. Der Tricorder war leichter zu finden als zuvor der Symbiont – er lag auf dem Boden und wartete darauf, wieder benutzt zu werden. Bashir griff danach; sofort erwachte der Apparat mit einem leisen Zirpen zu neuer Aktivität und war bereit, über Jadzias Biowerte Auskunft zu geben, als der Arzt vor ihr kniete.

»Zehn Kubikzentimeter Diazradol.«

Einige rasche Bewegungen, und dann drückte Sisko einen geladenen Injektor in Bashirs Hand. Jadzias Haut fühlte sich kalt und feucht an, als er die Halsschlagader zu finden versuchte. Doch dann merkte er, daß die feuchte Kälte von seinen eigenen Händen stammte, derem Tastsinn er jetzt nicht mehr vertrauen konnte. Er verabreichte das neurale Stimulans, strich dann das Handtuch beiseite, hob den Medo-Kittel und gab auch dem Symbionten – dem jüngeren Dax – eine Dosis. Fast sofort atmete Jadzia tief durch und bewegte sich, während das Display des Tricorders verbesserte Biowerte anzeigte. Bashir trachtete danach, seine Patientin mit dem kleinen Handtuch so gut wie möglich zu bedecken, wich dann ein wenig zurück und seufzte.

»Wir brauchen Decken und sollten sie an einem wärmeren Ort unterbringen, bis sie erwacht.« Er streifte die Gummihandschuhe ab und merkte dabei, daß er am ganzen Leib bebte. »Ich brauche eine Bahre.«

Sisko stand auf, und Hayman griff nach Bashirs Handgelenk, als der Arzt seiner Medo-Tasche einen zweiten Injektor entnehmen wollte. »Ist mit Dax alles in Ordnung?«

Schon im ersten Jahr des medizinischen Studiums hatte Bashir gelernt, Vorgesetzten gegenüber nie die Worte »Ich habe es ja gesagt« zu benutzen. Doch es gelang ihm, mit einem für solche Gelegenheiten bestimmten Gesichtsausdruck eine derartige Botschaft zu vermitteln. »Ihr Zustand hat sich stabilisiert. Es ist noch zu früh, um festzustellen, ob sich Auswirkungen auf die Beziehung zwischen Wirt und Symbiont ergeben. Morgen früh kann ich genauere Auskunft geben.«

In Haymans Gesicht zeigte sich fast so etwas wie Erheiterung, und der Blick ihrer grauen Augen glitt über Bashirs Schulter hinweg, als sie das Handgelenk des Arztes losließ und aufstand. »Eigentlich habe ich *Dax* gemeint. Den älteren Symbionten.« Sie deutete zur Staseinheit. »Wird er überleben?«

Ärger regte sich in Bashir. »Ich weiß es nicht«, erwiderte er und versuchte, seinen Groll nicht zu deutlich zu zeigen. »Eins steht fest: Wir können keine weiteren Experimente dieser Art durchführen und erwarten, daß er am Leben bleibt.«

Die Admiralin brummte enttäuscht und schwieg einige Sekunden lang. »Wenigstens nicht jetzt sofort«, entgegnete sie schließlich. Bashir vermied es, den Kopf zu heben – Hayman sollte nicht die kühle Gleichgültigkeit in seiner Miene sehen und sie als Provokation empfinden. »Bitte geben Sie mir Bescheid, sobald Sie bereit sind, ihn erneut aus der Stasis zu holen.«

»In Ordnung.« Dieses Versprechen fiel dem Arzt nicht weiter schwer. Er hoffte allerdings, weit von Hayman entfernt zu sein, wenn die Sache aktuell wurde.

5

Wie jeder Starfleet-Offizier in einem fernen Raumsektor hatte auch Benjamin Sisko gehört, daß Kollegen davon sprachen, dem Tod ins Auge gesehen zu haben. Vielleicht war dieser Ausdruck sogar von ihm selbst benutzt worden, bei der einen oder anderen Gelegenheit. Doch er hatte nie erwartet, daß irgendwann einmal Realität daraus wurde.

Es gab nicht den geringsten Zweifel: Im Stasisfeld lag er selbst. Beziehungsweise jener Sisko, der er einmal sein würde, wenn es nicht gelang, jene Zeitlinie zu vermeiden. Eine Explosion hatte ihre Spuren an der linken Körperseite hinterlassen, Haut und Fleisch von Rippen und Bein gerissen, doch das dunkle Gesicht blieb unverkennbar, zeigte jenen Bart, den der Captain am Morgen im Spiegel gesehen hatte. Er reckte den Hals und betrachtete den schiefergrauen Kragen unter dem vagen Flimmern des Stasisfelds. Vielleicht bildete er es sich nur ein, aber einer der vier Rangknöpfe glänzte etwas mehr als die anderen. Aus einem Reflex heraus hob er die Hand zum eigenen Kragen.

»Ich wollte neue bestellen«, murmelte er.

»Sir?«

Sisko sah zu Bashir, der so still und reglos auf der anderen Seite des Kraftfelds stand, daß der Captain die Präsenz des Arztes vergessen hatte. Der junge Doktor wirkte erschöpfter, als eine schlaflose Nacht dies erklären konnte. Als an diesem Morgen weder er noch Dax mit der Admiralin beim Frühstück erschienen war, hatte Sisko angenommen, daß sie nach der anstrengenden Nacht noch schliefen. Aber beim Eintreffen in der Krankenstation der *Defiant* sah er einen Bashir, der sich mit den medizinischen Logbüchern befaßte. Was auch immer er in ihnen gelesen hatte – es schien seine Stimmung nicht zu verbessern.

»Schon gut, Doktor.« Siskos Blick kehrte zur Leiche seines zukünftigen Selbst zurück. »Haben Sie die genaue Todesursache festgestellt?«

Bashir strich sich übers zerzauste Haar und wirkte ein wenig verlegen. »Tut mir leid, Captain. Als ich zum erstenmal hierherkam, habe ich mir nur wenig Zeit genommen, Ihre sterblichen Überreste zu untersuchen. Und später ...«

»Ich verstehe«, erwiderte Sisko ruhig. »Allerdings wäre ich Ihnen dankbar, wenn Sie jetzt einige Minuten für eine Untersuchung erübrigen könnten. Wenn wir das, was geschehen ist oder geschehen wird, verhindern wollen, müssen wir soviel wie möglich herausfinden.«

»Ja.« Bashir holte seinen Tricorder und kehrte mit gerunzelter Stirn zurück. »Für eine komplette Sondierung muß das Stasisfeld vorübergehend deaktiviert werden. Haben Sie irgendwelche Probleme damit?«

Sisko schüttelte den Kopf. »Nicht nachdem ich einen Angriff der Borg überlebt habe, Doktor. Ergreifen Sie alle notwendigen Maßnahmen.«

Bashir streckte die Hand aus und betätigte den Schalter. Das Flimmern des Kraftfelds verschwand, und sofort nahm Sisko den metallischen Geruch von Blut wahr. Etwas anderes gesellte sich hinzu: der Gestank von verschmorten Schaltkreisen und Ozon.

»Ein Torpedotreffer«, sagte der Captain, noch bevor Bashir den Scan beenden konnte. Seine Erinnerungen brachten jene besondere Geruchskombination in Zusammenhang mit den Photonentorpedos, die die *Saratoga* zerstört, Jennifer und viele andere getötet hatten.

Erneut bildeten sich Furchen in der Stirn des jüngeren Mannes. »Die *Explosion* eines Torpedos«, berichtigte er nach einigen Sekunden. »Nach den Anzeigen des Tricorders hat die Reststrahlung eine Frequenz, wie man sie von einem Quantentorpedo der *Defiant* erwarten könnte.«

»Etwas hat also eine Quantentorpedo-Explosion an Bord ausgelöst, und ich habe sie zu spüren bekommen.« Sisko zwang sich, die Verletzungen an der linken Körperseite genauer zu betrachten. »Keine Vakuumschäden? Es kam nicht zu einem Riß in der Außenhülle?«

»Offenbar nicht.« Bashir berührte die Schaltflächen des Tricorders und richtete das Gerät erneut auf die Leiche. Anschließend warf er einen Blick aufs Display, und in seiner Wange zuckte ein Muskel. »Es gibt aber Hinweise auf eine teilweise Knochenoxidation und ein sekundäres Trauma bei den wichtigsten Blutgefäßen.«

»Was bedeutet das?«

»Daß Sie nach der Explosion noch eine Zeitlang lebten«, erwiderte Bashir steif. »Und daß ich Sie nicht schnell genug in der Stasis unterbrachte, um Ihnen das Leben zu retten.« Er überraschte Sisko, indem er den Schalter mit mehr Nachdruck betätigte, als nötig war. Erneut wölbte sich das Flimmern eines Stasisfelds über dem Toten. »Ich frage mich allmählich, warum zum Teufel ich all jene Entscheidungen getroffen habe, die ich allem Anschein nach treffen werde.«

Sisko kniff die Augen zusammen und sah auf seine eigene Leiche hinab. »Ich schätze, als dies geschah, wußten oder ahnten wir bereits, daß wir zu weit in die Vergangenheit versetzt worden waren, um auf Rettung zu hoffen. Was mich betrifft ... Vermutlich mußte ich lange genug bei Bewußtsein bleiben, um das Schiff in Sicherheit zu bringen.«

»Aber warum?« entfuhr es Bashir. »Damit ich die nächsten siebzig Jahre damit verbringen kann, Dax lange genug am Leben zu erhalten, um ihn überschnappen zu lassen? Es wäre besser gewesen, Sie rechtzeitig in der Stasis unterzubringen, auch auf die Gefahr hin, das Schiff zu verlieren.«

»Nein, Julian. In dem Fall hätte uns nichts davor gewarnt, daß sich solche Ereignisse anbahnen.«

Beim Klang dieser ruhigen Stimme drehte sich Sisko um und sah Jadzia Dax, die nun das Gravitationsfeld der Krankenstation erreichte. Sie wirkte noch immer ein wenig blaß, aber in ihren Bewegungen kam keine Schwäche zum Ausdruck.

»Guten Morgen, alter Knabe«, sagte Sisko und wich ein wenig zur Seite, damit Dax zu ihnen ans Stasisfeld treten konnte. »Wie geht es Ihnen?«

»Nicht gut genug, um schon auf den Beinen zu sein«, meinte Bashir, bevor die Trill antworten konnte. Er hielt den Tricorder in ihre Richtung und sah aufs Display. »Ihre Isoboraminwerte schwanken noch immer zu sehr, Jadzia. Sie sollten noch nicht herumspazieren.«

Dax seufzte. »Ich fühle mich nicht so schlecht, wie Sie aussehen. Was haben Sie angestellt?«

Bashir schnitt eine Grimasse. »Ich bin die ganze Nacht über auf der Suche nach Hinweisen darauf gewesen, was mit uns geschehen ist. Es will mir nicht in den Kopf, daß ich siebzig Jahre lange medizinische Logbücher geschrieben habe, ohne jemals zu erwähnen, was uns zur prähistorischen Erde brachte.« Mit der einen Hand fuhr er sich durchs Haar, das dadurch noch zerzauster wurde. »Mindestens ebenso rätselhaft finde ich, daß ich für die vielen Einträge kein Stichwort- oder Inhaltsverzeichnis angelegt habe.«

»Wie ich Sie kenne, Julian, existiert sowohl das eine als auch das andere«, sagte Dax. »Bestimmt haben Sie beides in einem Datenchip gespeichert, den Sie anschließend an einem sicheren Ort unterbrachten. Allerdings herrschte zu jenem Zeitpunkt schon eine besondere Situation …«

»… und wer weiß, was ich unter solchen Umständen

für einen sicheren Ort hielt.« Bashir verzog erneut das Gesicht. »Wie dem auch sei: Bisher habe ich nur einige wenige Anhaltspunkte entdeckt. Und es könnte Wochen dauern, den Rest der Aufzeichnungen durchzugehen.«

»Das Problem ist nur, daß wir vielleicht nicht soviel Zeit haben«, sagte Sisko ernst. Er deutete auf sein totes Selbst im Stasisfeld. »Für wie groß halten Sie den Altersunterschied, Dax?«

Die Trill blickte durchs Kraftfeld. »Nicht für sehr groß, Benjamin«, entgegnete sie nach einigen Sekunden. »Ich bin mir nicht einmal sicher, ob es überhaupt einen Altersunterschied gibt.«

»Das entspricht auch meiner Einschätzung. Es bedeutet: Was auch immer mit uns geschieht – es könnte in einem Zeitraum passieren, der von morgen an maximal ein halbes Jahr in die Zukunft reicht.« Nachdenklich strich Sisko mit dem Daumen über die Rangknöpfe an seinem Kragen. »Dr. Bashir, gibt es irgendeine Möglichkeit, den Zeitpunkt etwas mehr einzugrenzen?«

»Indem ich Ihre gegenwärtige Physiologie mit der Ihres zukünftigen Selbst vergleiche?« Der junge Arzt mochte müde sein, aber seine Intelligenz blieb wach. »Nun, das funktioniert nur, wenn Sie von jetzt an bis zu dem Zwischenfall, der Ihnen das Leben kosten wird, nicht mehr das Wurmloch passieren.«

»Wie meinen Sie das?«

»Durch einen solchen Transfer wird die molekulare Uhr zurückgesetzt.« Bashir sah vom Tricorder auf, und in seinen braunen Augen schimmerte wieder der für ihn typische schelmische Humor. »Erinnern Sie sich nicht mehr an meinen Artikel, der letzten Monat im *Journal für Quantenmedizin* erschien? Es ging darin um die submolekularen Folgen von Wurmlochpassagen.«

»Äh, ich entsinne mich vage daran.«

Dax bedachte ihn mit einem mißbilligenden Blick. »Ich erinnere mich daran, Julian. Sie wiesen darauf hin, daß Partikelfluß-Effekte im Wurmloch kleine Fehler bei den molekularen Uhren verursachen, nicht wahr?«

»Was zu Differenzen zwischen unserem biologischen und chronologischen Alter führt«, erläuterte Bashir. Er sondierte Sisko mit dem Tricorder, aktivierte dann ein Analyseprogramm. Wenige Sekunden später wölbte er die Brauen. »Die allgemeine Molekularverschiebung Ihrer Mitochondrien-DNS deutet darauf hin, daß Ihr zukünftiges Selbst genauso alt ist wie Sie, wobei es natürlich die Unbestimmbarkeitstoleranz des Wurmlochs zu berücksichtigen gilt.«

»Und wie groß ist diese Toleranz, Doktor?«

»Plus oder minus eine Woche, wenn wenigstens ein Transfer durchs Wurmloch stattgefunden hat. Für jeden weiteren müssen zwei oder drei Tage hinzugefügt werden.«

»Das genügt nicht«, erwiderte Sisko. »Wenn wir vermeiden wollen, auf diese Weise zu enden, brauchen wir eine genauere Zeitangabe.«

Bashir zuckte mit den Schultern und schob die Stasiseinheit, in der die Leiche des anderen Sisko ruhte, ins Wandfach zurück. »Medizinische Untersuchungen helfen uns da nicht weiter.«

»Vielleicht kann uns der Warpkern des Schiffes solche Informationen liefern«, sagte Dax. »Indem wir den isotopischen Zerfall der hiesigen Dilithiumkristalle feststellen und die Werte mit den Wartungsaufzeichnungen der *Defiant* vergleichen, die sich derzeit bei *Deep Space Nine* befindet.«

Sisko wölbte eine Braue. »Glauben Sie, Admiral Hayman gestattet uns, mit O'Brien zu reden?«

Erheiterung schimmerte in den Augen der Trill. »Oh, ich bin sicher, Curzon kann sie dazu überreden.«

»Sie möchten *was* wissen?«

Sisko musterte den Chefingenieur von *Deep Space Nine*. Zwar trennten sie viele Lichtjahre voneinander, und der abgeschirmte Hochsicherheits-Kommunikationskanal verursachte ein dumpfes Brummen, aber er glaubte trotzdem zu hören, wie hinter O'Briens Stirn die metaphorischen Zahnräder eines sehr leistungsfähigen Intellekts klickten. Nach etwa einer Stunde hatte Dax Admiral Hayman davon überzeugt, daß sie jene Informationen, die O'Brien ihnen geben konnte, dringend genug benötigten, um ein Risiko einzugehen. Es galt zu vermeiden, daß jemand Verdacht schöpfte. Wenn der Chefingenieur und vielleicht auch Kira Nerys ahnten, was sich in der Starbase 1 zutrug, so wäre die Situation noch komplizierter geworden.

»Halten Sie sich nicht mit der Frage auf, warum wir solche Informationen brauchen, Chief«, sagte Sisko und legte gerade genug Schärfe in seine Stimme, um darauf hinzuweisen, daß es sich um einen Befehl handelte. »Teilen Sie uns die aktuellen isotopischen Werte der Dilithiumkristalle im Warpkern der *Defiant* mit.«

O'Brien hob beide Brauen, verzichtete jedoch auf weitere Einwände. »In Ordnung, Sir«, erwiderte er und wählte einen neutralen Tonfall. »Normalerweise zeichne ich diese Daten nicht auf. Ich muß eine entsprechenden Scan vornehmen, und das dauert einige Minuten.«

In Siskos Mundwinkeln zuckte es kurz, als er die Ungeduld im Gesicht von Kira Nerys sah, die hinter dem Chefingenieur stand. »Ich bin sicher, daß mich meine Stellvertreterin beschäftigt hält, bis Sie fertig sind. Beginnen Sie sofort mit der Untersuchung, Chief.«

O'Brien nickte und verschwand vom Bildschirm. Zu Siskos großer Erleichterung fragte Kira nicht, warum er für seine Anfrage einen abgeschirmten Kom-Kanal mit höchster Starfleet-Priorität benutzte. Statt dessen stützte sie sich mit beiden Händen auf der Kom-Konsole ab, beugte sich vor und schnitt eine finstere

Miene – die nicht etwa Sisko galt, sondern der neben ihm stehenden Admiralin.

»Hat Starfleet eine Ahnung, wann Sie nach *Deep Space Nine* zurückkehren können, Captain?« fragte die Bajoranerin.

Sisko wechselte einen Blick mit Hayman. »Das wissen wir noch nicht genau, Major. Vielleicht in ein oder zwei Tagen. Warum?«

»Weil sich die Dinge hier auf eine Weise entwickeln, die mir nicht gefällt«, antwortete Kira. »Ich befürchte, eine paramilitärische bajoranische Gruppe versucht, an Bord von *Deep Space Nine* taktische Nuklearwaffen zu konstruieren. Eine nicht geringe Wahrscheinlichkeit spricht dafür, daß ein Anschlag auf die Raumstation geplant ist.«

Sisko runzelte die Stirn. Seit einem Tag suchten sie nach Möglichkeiten, den Verlauf der Zeit zu beeinflussen, und im Vergleich dazu weckte die Konfrontation mit einer bajoranischen Krise fast so etwas wie Nostalgie in ihm. Damit hatte er es so oft zu tun bekommen, daß seine Reaktion automatisch erfolgte. »Wissen Sie, wer dahintersteckt?«

Kira hob und senkte die Schultern. »Noch nicht. Chief O'Brien und ich haben einen mobilen Replikator entdeckt, der im Habitatring verwendet wurde. Odo überwacht den Ort, bisher allerdings ohne Erfolg.«

»Ich nehme an, Sie brauchen mich nicht unbedingt auf der Station, oder?«

Das Gesicht der Bajoranerin verfinsterte sich erneut. »Haben Sie daran gedacht, was Kai Winn unternehmen wird, wenn – sobald! – sie von dieser Sache erfährt? Sie wirft uns bestimmt vor, den bajoranischen Widerstand zu unterstützen.«

»Wenn ich mich recht entsinne, Major, hat einer meiner Führungsoffiziere bereits derartige Aktivitäten zugegeben«, sagte Sisko ruhig.

Verlegenheit huschte durch Kiras Miene, aber sie

machte keinen Rückzieher. »Deshalb dürfen wir Winn keinen weiteren Grund geben, Bajors Verbindungen mit der Föderation zu unterbrechen.«

»Da bin ich ganz Ihrer Meinung«, stimmte Sisko zu. »Ich schlage vor, Sie nehmen mit Bajors Sicherheitskräften Kontakt auf und bitten sie um Hilfe bei der Suche nach den Milizionären.«

Kira musterte ihn ungläubig. »Obwohl die paramilitärischen Gruppen bei den regulären Streitkräften viele Sympathisanten haben? Genausogut könnten wir den Bombenbauern mitteilen, daß wir ihnen auf der Spur sind.«

»Eben, Major.« Sisko lächelte. »Mit ein wenig Glück lassen sie sich dadurch aus ihrem Versteck scheuchen.«

»Es könnte klappen«, räumte Kira ein, obwohl in ihren Augen ein Rest von Zweifel verharrte. »Ich kümmere mich sofort darum.«

»Gut.« Auf dem Bildschirm war noch immer nichts von O'Brien zu sehen. »Haben sich während meiner Abwesenheit weitere Probleme ergeben?«

Kira blickte kurz auf die Anzeigen der Ops-Instrumente und schüttelte dann den Kopf. »Nein, keine wichtigen. Das Wurmloch hat nichtgeplante Aktivität entfaltet, aufgrund natürlicher Ursachen, und beim Kommunikationssystem kam es zu geringfügigen Quanteninterferenzen. Aber damit werden wir ohne weiteres fertig.«

»Freut mich, das zu hören.« Sisko sah, wie eine vertraute Gestalt hinter der Bajoranerin erschien. »Nun, was ist mit den isotopischen Werten, Chief?«

»Ich habe sie hier.« O'Brien schob ein Speichermodul in die Kom-Konsole und begann mit dem Transfer der Daten.

Zahlen wanderten über ein Display, und das Symbol *i* begleitete viele von ihnen. Sisko sah zu Hayman, die ihm mit einem Nicken bestätigte, daß alles aufgezeichnet wurde.

»Sind das die von Ihnen benötigten Informationen, Sir?« fragte der Chefingenieur.

»Ich hoffe es, Chief. Wenn nicht ...« Sisko zögerte und begriff, daß er eigentlich gar nicht wußte, wie er den Satz beenden sollte. »Nun, Sie sind wahrscheinlich der erste, der es erfahren wird. Sisko Ende.«

Admiral Hayman schnaubte leise, zog einen Datenchip aus ihrem privaten Kommunikator und warf ihn Sisko zu. »Glauben Sie wirklich, daß Sie auf diese Weise erfahren, wann die *Defiant* in Schwierigkeiten gerät?« fragte sie skeptisch.

»Dax hält es für möglich.« Sisko drehte sich um und ging zu jener Tür, hinter der sich das große Kommandozentrum von Starbase 1 erstreckte.

»*Jadzia* Dax hält es für möglich.« Hayman begleitete den Captain. »Eine junge wissenschaftliche Offizierin während ihrer ersten Dienstperiode.«

»Aber sie trägt einen sehr klugen alten Mann in sich.« Sisko trat in den Turbolift und wartete, bis die Admiralin ebenfalls in der Transferkapsel stand. Dann wies er den Computer an: »Kontrollraum, Fusionsgewölbe eins.«

Hayman schwieg und schien dem Summen des Turbolifts zu lauschen. »Nun, eins muß ich Jadzia lassen«, sagte sie schließlich. »Ich weiß nicht, ob sich Curzon Dax gestern abend so sehr dafür eingesetzt hätte, den alten Symbionten zu empfangen.« Unerwartete Erheiterung zeigte sich im von Falten durchzogenen Gesicht der Admiralin. »Andererseits: Wenn es Curzon gewesen wäre, hätte Ihr junger medizinischer Offizier vielleicht nicht so nachhaltige Einwände erhoben.«

Die Tür des Turbolifts öffnete sich, bevor Sisko eine Antwort geben konnte, gewährte Blick in einen Kontrollraum, der direkt aus einem Buch für Raumfahrtgeschichte zu stammen schien. Monitore und optische Schaltkreise beanspruchten drei Seiten des kleinen Zimmers. Die vierte Wand bestand aus einzelnen Glasflächen. Ein seltsamer Glanz ging von ihnen aus, wie von altem Gold – Hinweis auf die vielen Fusionszündungen, die auf der anderen Seite stattgefunden hatten. Jenseits davon, im riesigen Gewölbe, waren die Dunstwolken dünn genug geworden, damit man die alte *Defiant* sehen konnte. Sie schwebte in einem Halo aus Scheinwerfern.

Dax wandte sich vom Fenster ab, und wache Aufmerksamkeit schimmerte in ihren grauen Augen. »Hat Ihnen O'Brien die isotopischen Werte durchgegeben?«

»Ja.« Sisko reichte ihr den Datenchip und trat dann an die Scheiben heran. Der alte Kometenkern verbarg noch immer einen großen Teil dessen, was einst sein Schiff gewesen war. Aber inzwischen hatte sich genug Eis aufgelöst, um ihm die Stelle zu zeigen, an der ein Quantentorpedo sein destruktives Potential in unmittelbarer Nähe des ungeschützten Rumpfs entfaltet hatte.

Er runzelte die Stirn. »Blieb vom Warpkern genug für eine Untersuchung übrig?«

»Er ist vollkommen intakt, Benjamin.« Mit ungeduldigen Fingern schob Dax den Chip ins Lesegerät. »Deshalb funktionierte Julians Krankenstation noch.«

»Natürlich.« Sisko schüttelte den Kopf, verärgert darüber, daß er nicht selbst daran gedacht hatte. Als er jetzt sah, wie stark die *Defiant* beschädigt worden war, erschien es ihm wie ein Wunder, daß der Warpkern noch immer funktionierte. »Ich wußte gar nicht, daß der Kern so gut abgeschirmt ist.«

»Ich auch nicht. Deshalb dauerte es auch eine Weile, bis ich den richtigen Justierungsmodus für die Sensoren fand.« Etwas piepte, und Dax berührte einige Tasten, blickte dann aus dem Fenster. Im Fusionsgewölbe geriet eine der schwebenden Maschinen in Bewegung und brachte sich in eine neue Position über dem Wrack. »Ein weiterer Scan sollte uns Auskunft über die gegenwärtigen isotopischen Werte der Dilithiumkristalle geben.«

Sisko wandte sich der Trill zu. »Und dann wissen wir genau, wann der Transfer in die Vergangenheit stattfindet?«

»Nein«, erwiderte Dax sofort. »Dann wissen wir, wie oft von jetzt an das Warptriebwerk benutzt wird, bis es zur Zerstörung des Schiffes kommt.« Sie deutete auf die Zahlen- und Buchstabenkolonnen, die durchs Display der Sensoranzeige wanderten. »Jedesmal dann, wenn wir die Lichtmauer durchstoßen, macht sich Pedones Gesetz von der Verwendung imaginärer Energie bemerkbar. Danach verändert sich das Verhältnis der Dilithiumisotopen um den Faktor *i*. Indem wir die isotopischen Veränderungen zwischen der gegenwärtigen *Defiant* und der alten messen, läßt sich feststellen, wie viele Warptransite durchgeführt werden, bevor der Sprung in die Vergangenheit erfolgt.«

Sisko brummte. »Das ist nicht sehr hilfreich, alter Knabe. Immerhin ist die *Defiant* nicht jeden Tag unterwegs. Drei Flüge könnten sich auf einen Zeitraum von drei Wochen verteilen.«

»Das stimmt«, entgegnete Dax und klang dabei überhaupt nicht verlegen. »Aber wenn wir wieder nach *Deep Space Nine* zurückkehren, wissen wir genau, wie viele sichere Warpflüge sich mit der *Defiant* durchführen lassen. *Und* wir wissen, welcher Warptransfer fatal ist.«

»Unter der Voraussetzung, daß Sie in dieser Zeitlinie die gleichen Entscheidungen treffen, die Sie auch ohne den Fund der alten *Defiant* getroffen hätten«, wandte Hayman ein, die im rückwärtigen Teil des Zimmers stand.

Dax nickte, ohne den Blick vom Bildschirm abzuwenden. In dem komplexen Datenmuster veränderten sich inzwischen nur noch wenige Zahlen, als sich der Scan dem Ende näherte. »In diesem Fall können uns

Chief O'Brien und Major Kira in der Raumstation helfen. Sie wissen nichts von der alten *Defiant*. Wenn sie beide die Entscheidungen von Captain Sisko befürworten ...«

Sie unterbrach sich und runzelte die Stirn, wirkte plötzlich sehr ernst, als sie mit der Kuppe des Zeigefingers über eine Zahlenkolonne strich. Ein Tastendruck brachte eine zweite Kolonne auf den Schirm, die sich kaum von der ersten zu unterscheiden schien.

»Nun, wie groß ist die Differenz?« fragte er.

»Sie beläuft sich auf genau einen Faktor *i*«, sagte die Trill langsam. Sie sah Sisko an, in dessen Gesicht sich eine Erkenntnis abzeichnete. »Es bedeutet: Wenn wir das nächste Mal mit der *Defiant* auf Warpgeschwindigkeit beschleunigen ...«

Der Captain nickte und sah hinaus in die Fusionskammer, zu dem Wrack im Eis. »... kehren wir nicht zurück.«

Ein gleißender Energieblitz raste an Kiras Wange vorbei, kam ihr nahe genug, um sie zu blenden und die Kette des metallenen Ohrrings zu erwärmen. *Dies ist das letzte Mal, daß ich einen Rat von Sisko beherzigt habe.*

»Major, vielleicht sollte ich nicht ausgerechnet jetzt darauf hinweisen ...«

Die Bajoranerin sah zu Odo auf der anderen Seite des Korridors. Er hatte sich hinter einem schmalen Stützsegment an die Wand gepreßt und war jetzt nur noch wenige Zentimeter dick.

»... aber ich glaube, es war keine besonders gute Idee, mit den bajoranischen Sicherheitskräften Kontakt aufzunehmen.«

Kira biß die Zähne zusammen und feuerte ungezielt durch den Gang – sie wollte nur darauf hinweisen, daß sie noch immer an Ort und Stelle weilte. »Der Captain hatte recht – die Milizionäre wurden tatsächlich aufgescheucht.«

Odos Antwort bestand aus einem wortlosen Brummen.

»Na schön, mein Plan sah nicht vor, daß sie wild um sich schießend durch *Deep Space Nine* ziehen.« Erneut fauchten Energiestrahlen durch den Korridor und verstärkten den scharfen Geruch von Ozon. Kira wandte sich von Odo ab und klopfte auf ihren Insignienkommunikator. »Kira an Eddington! Wo zum Teufel bleiben Ihre Leute? Wir könnten hier ein wenig Verstärkung gebrauchen.«

»Hier Eddington.« Im Hintergrund ertönten die dumpfen Stimmen von Menschen. Flüche erklangen. »Zusammen mit Kirich, Glotfelty und Robb sitze ich an der Kreuzung der Korridore elf und sechs fest. Ich fürchte ...« Ein Teil der Ruhe verschwand aus Eddingtons Stimme, und er sprach schneller. Kira stellte sich vor, wie er eine Grimasse schnitt. »Die Milizionäre haben das hydraulische System der Schotten kristallisieren lassen, und dadurch sind wir zwischen zwei Sektoren gefangen. Die manuellen Kontrollen funktionieren nicht. Wir müßten uns durch die Wand brennen.«

»Was Stunden dauern würde«, kommentierte Odo abfällig.

»Ja, Sir.« Eddington schien die eigene Zunge verschlucken zu müssen, um es zuzugeben. »Ich glaube, da haben Sie recht.«

Kira seufzte und klopfte mit dem Kolben des Phasers an ihr Bein. *Es ist nicht seine Schuld,* dachte sie. *Es ist nicht seine Schuld, daß er ein Mensch ist.* Als Bajoraner wäre er sicher nicht in eine solche Lage geraten. In der ganzen Raumstation gab es vermutlich keinen einzigen Bajoraner, der nicht einen Teil seines Lebens damit verbracht hatte, Cardassianer in jene Art von Sackgasse zu locken, in der Eddington und seine Begleiter nun feststeckten. Jeder Widerstandskämpfer, der etwas taugte, kannte jene Kreuzungen auf *Deep Space Nine*, die sich am besten für ein Versagen der hydraulischen Systeme der Schotten eigneten. Starfleet-Angehörigen fehlten entsprechende Erfahrungen, und es war falsch, ihnen deswegen Vorwürfe zu machen. Trotzdem gelang es Kira nicht, den Ärger ganz aus ihrer Stimme zu verbannen.

»Schon gut, Eddington. Lassen Sie vom Ops einen Techniker kommen, um die betroffene Hydraulik auszutauschen.« Das war der schnellste Weg, die Leute zu befreien, ohne ein Loch in die Wand zu schweißen. »Einen *bajoranischen* Techniker.« Im Lauf der Zeit hatte Bajor viele Cardassianer durch Fallen im hydraulischen System umgebracht.

»In Ordnung, Sir.« Mit steifem Bedauern fügte der Mann hinzu: »Tut mir leid, Sir. Eddington Ende.«

Die Entschuldigung des Menschen weckte sonderbare Schuldgefühle in Kira. Sie bedauerte plötzlich, sich über ihn geärgert zu haben – und dieser Umstand erfüllte sie mit neuerlichem Groll. »Wissen Sie, worin das Problem von Starfleet besteht?« fragte sie Odo.

»Meinen Sie, daß die Starfleet-Offiziere nicht verschlagen genug sind?«

Kira lächelte. Der Gestaltwandler verstand nicht nur; er nahm auch kein Blatt vor den Mund. »Etwas in der Art.«

Odo nickte ernst. »Zum Glück gibt es genug bajoranisches Personal, um einen Ausgleich zu schaffen.«

Kira fragte sich, ob er damit die bajoranischen Sicherheitswächter meinte, die nicht zusammen mit Eddington festsaßen. Oder bezogen sich seine Worte auf den Umstand, daß sie diesen verrückten Plan ausgearbeitet hatte? Sie hielt es für besser, nicht danach zu fragen, als die Terroristen erneut schossen.

»Haben Sie Einsatzgruppen am Rand der Promenade postiert?« erkundigte sich Kira statt dessen. Unangenehmen Dingen wich man am besten aus, indem man sich auf die Arbeit konzentrierte.

»Kleine Teams«, erwiderte Odo. »Das sollte genügen, um die Milizionäre daran zu hindern, in die öffentlichen Bereiche zu gelangen.«

Um das zu vermeiden, mußten sie in Bewegung bleiben. »Wer bewacht Sektor Beta?«

»Sergeant Nes.«

Kira erinnerte sich sofort an die junge Bajoranerin: intelligent und ausgelassen, kaum alt genug, um den Erwachsenen-Ohrring zu tragen. Sie gehörte zu jener Generation, die in einigen Jahren mehr Zeit in Freiheit verbracht haben würde als unter cardassianischer Herrschaft. Die Existenz solcher Bajoraner kam für Kira noch immer einem wundervollen Traum gleich und erfüllte sie mit Stolz. »Kira an Nes. Wie sieht's bei Ihnen aus?«

»Wir haben die Milizionäre aufgehalten«, antwortete die junge Frau sofort. »Aber ich glaube, wir können sie nicht sehr weit zurückdrängen.«

»Schon gut. Ich möchte sie in Ihre Richtung treiben, fort von der Promenade.« Sie bedeutete Odo, sich vorzubereiten, nahm den Phaser wieder in die rechte Hand. »Ziehen Sie sich zum Habitatring zurück, wenn wir die Burschen von hier aus unter Druck setzen ...«

Nes zögerte nur kurz. »Aber wenn sie versuchen, den Andockring zu erreichen, Major ...«

»Genau.« Kira lächelte hintergründig, was Nes allerdings nicht sehen konnte. »Leisten Sie kurzen Widerstand und ziehen Sie sich dann zurück, Sergeant. Alles klar?«

»Ja, Sir, Major.« Die Stimme der jungen Frau brachte die Entschlossenheit einer erfahrenen Widerstandskämpferin zum Ausdruck. »Nes Ende.«

Kira schob sich am nächsten gewölbten Stützelement vorbei – was leichter war, als die Aufmerksamkeit der Sicherheitsgruppe im Seitengang zu wecken. Kira widerstand der Versuchung, eine Kom-Verbindung herzustellen. Sie wollte vermeiden, die Milizionäre mit wiederholten Kontakten darauf hinzuweisen, daß sich irgend etwas anbahnte. Auf der anderen Seite des Ganges floß Odo durch einen Spalt im Stützelement und verfestigte sich dann wieder.

»Und wenn die Milizionäre nichts von der Erzrutsche wissen?« fragte der Constable, während er kaum noch mehr war als eine glänzende Patina an der Wand. »Wenn sie keine Fluchtmöglichkeit sehen, treiben wir sie in den Habitatring.«

Kira winkte immer wieder, um die Blicke der anderen Gruppe auf sich zu lenken. Die Milizionäre erwiesen sich als wesentlich aufmerksamer und zwangen sie mit mehreren Strahlblitzen, wieder in Deckung zu gehen. Allerdings veranlaßten sie damit auch die Sicherheitswächter, sich endlich umzudrehen. »Oh, sie wissen von der Rutsche«, als sie Handzeichen benutzte, um sich mit dem bajoranischen Leiter der Gruppe zu verständigen. »Sie sind lange genug an Bord der Raumstation, um bis auf Quarks Kasino alles zu stehlen. Vermutlich wissen sie von Rutschen, die wir noch gar nicht entdeckt haben.«

Odo nahm wieder seine übliche Gestalt an. »Hoffen wir nur, daß sie alle zum Andockring führen.«

Die aus dem Seitengang kommende Gruppe war größer, als Kira erwartet hatte. Die Milizionäre schienen ebenfalls überrascht zu sein, denn sie setzten sich fast sofort ab, riefen und fluchten dabei. Kira hörte, wie sich die Stimmen durch den gewölbten Korridor entfernten, spürte dann, wie die Bodenplatten vibrierten, als die Sicherheitswächter losliefen. Phaser zischten zornig, und diesmal erwiderte Nes' Gruppe nicht das Feuer.

»Los! Schließt zu ihnen auf!« Kira rief, so laut sie konnte, während sie durch den Gang sprintete. Sie wollte, daß die Milizionäre ihre Entschlossenheit hörten – und gleichzeitig sollte Nes wissen, daß sie sich richtig verhalten hatte.

Als sie wenige Sekunden später mit gezücktem Phaser eine Ecke hinter sich brachte, stand sie nicht etwa den Terroristen gegenüber, sondern einigen verblüfften Angehörigen der Sicherheitsabteilung von *Deep Space Nine*.

»Wo sind sie?« Nes drehte sich um die eigene Achse und schien zu vermuten, daß sich die Milizionäre unter ihren eigenen Leuten versteckten. »Sie sind nicht an uns vorbeigekommen, Sir, das schwöre ich!«

»Ich hoffe, Sie haben recht«, entgegnete Kira. Sie wußte natürlich, daß sie Nes vertrauen konnte. Wenn die Milizionäre nicht an ihrer Gruppe vorbeigekommen waren, so bedeutete das ...

Die Bajoranerin steckte ihren Phaser ins Halfter, winkte Nes ungeduldig beiseite und tastete an den Kanten der nächsten Wandplatte entlang. Ihre Finger fanden die Rillen im Metall, bevor die Augen sie bemerkten. Ein kurzer Schlag mit der Faust an die betreffende Stelle, und schon schwang die Platte auf. Dahinter kam eine Zugangsluke zum Vorschein, die den Eindruck erweckte, von übergeschnappten Laserbohrern attackiert worden zu sein: Sie wies mindestens ein Dutzend Löcher auf.

Kira wechselte einen Blick mit Odo, lächelte zufrieden und aktivierte erneut ihren Insignienkommunikator. »Es geht los, Chief! Sie sind auf dem Weg zum Andockbereich!«

»Alles klar, Major«, erwiderte O'Brien. »Die Sensoren weisen gerade auf ein aktiviertes Triebwerk hin. Andockmast zwei, Ebene vier.« Er schwieg einige Sekunden lang, und Kira nutzte die Gelegenheit, Nes und die anderen auf ihre ursprünglichen Posten zurückzuschicken. Dann ging sie zusammen mit Odo zum nächsten Turbolift. »Die Milizionäre versuchen, die Steuerungssignale der Verkehrskontrolle zu neutralisieren und die Andockklammern zu lösen«, fügte der Chefingenieur hinzu. »Sagen Sie mir, wann ich sie lösen soll.«

Kira betrat den Lift. »Spielen Sie ein wenig mit ihnen und geben Sie die Klammern dann frei.« Die Bajoranerin wartete, bis Odo neben ihr stand, gab dann den Code des Andockrings ein. »Bereiten Sie den Indikator vor.«

»Er ist einsatzbereit.«

»Gute Arbeit, Chief.« Kira schloß eine Hand ums Geländer, als sich der Lift in Bewegung setzte. Ungeduldig klopfte sie mit dem rechten Fuß auf den Boden – sie wollte so schnell wie möglich zum Andockring, um dort mit der nächsten Phase ihres Plans zu beginnen.

»Wissen Sie, Major ...« Odo lehnte an der gegenüberliegenden Wand des Lifts und zeigte die Lässigkeit eines Geschöpfs, in dessen Körper keine Knochen steckten. »Wenn die Milizionäre ihr Schiff durchs Wurmloch steuern, neutralisiert die Subraum-Matrix alle Spuren.«

Diese Besorgnis erschien Kira so absurd, daß sie fast gelacht hätte. »Oh, sie fliegen nicht durchs Wurmloch. Sie haben die Komponenten der Bombe für Bajor gestohlen.« Ganz gleich, wie fehlgeleitet solche Leute waren: Immer glaubten sie, für Bajor zu handeln. »Entweder kehren sie zu ihren Gesinnungsgenossen zurück, um dort Schutz zu suchen, oder sie hoffen, die Komponenten weitergeben zu können, bevor sie erwischt werden. In beiden Fällen steht kein Transfer durchs Wurmloch bevor.«

Odo schnitt eine Grimasse, in der Kira Skepsis zu erkennen glaubte. »Um unser aller willen hoffe ich, daß Sie recht haben.«

Der Bajoranerin gingen ähnliche Gedanken durch den Kopf. Aber sie behielt ihre Sorgen für sich, um den Constable nicht noch mehr zu beunruhigen.

Als der Lift schließlich am Runabout-Hangar anhielt, war Kira zu folgendem Schluß gelangt: Irgendein heimtückischer Fehler im cardassianischen Computersystem schien immer dann Leistung und Arbeitsgeschwindigkeit der Bordinstallationen zu verlangsamen, wenn es jemand eilig hatte. Welche andere Erklärung gab es dafür, daß die Turbolifte in Notfällen viermal so lange brauchten, um einen bestimmten Ort zu erreichen? Auch das Kommunikationssystem schien gestört zu sein, denn es dauerte eine halbe Ewigkeit, bis O'Brien meldete: »Das Schiff hat sich von der Station gelöst und leitet den Warptransfer ein.«

Kira nahm im Pilotensessel der *Rio Grande* Platz, ohne dem Chefingenieur Trägheit vorzuwerfen – zweifellos lag die Schuld nicht bei ihm. »Markieren Sie jetzt den Raumer, Chief!«

Er verlor keine Zeit damit, die Anweisung zu bestätigen; vermutlich rechnete er nicht damit, daß das viel zu langsam arbeitende Kom-System seine Worte rechtzeitig übermittelte. Kira hörte ein dumpfes Summen, als die Phaserbatterien des Waffensegels nebenan Energie aufnahmen. Mit einigen Tastenbefehlen sorgte sie dafür, daß die *Rio Grande* zum externen Startfeld befördert wurde. Die allgemeine Funktionsverzögerung schien die Phaser auszusparen: Sie entluden sich, als der Runabout ins Vakuum des Alls glitt. Kira beobachtete, wie schimmernde Energie nach dem ungeschützten Rumpf des Schiffes tastete, mit dem die Milizionäre zu entkommen versuchten.

»Ins Schwarze getroffen!« freute sich Kira.

O'Brien klang nicht ganz so begeistert, als ein kurzes Aufblitzen darauf hinwies, daß der Raumer den Warptransfer eingeleitet hatte. »Wollen wir nur hoffen, daß es funktioniert.«

»Das kann ich bestätigen.« Odo betrachtete die Sensorkontrollen des Runabouts. »Ich registriere eine schwache, aber stabile Ionenspur, selbst nach dem Beginn des Warptransits. Wir sollten in der Lage sein, den Milizionären in einem Abstand von einigen Lichtminuten zu folgen.«

»Wohin sind sie unterwegs?« fragte Kira. Sie trachtete danach, nicht übermäßig zufrieden zu wirken, als sie die *Rio Grande* startete.

Odo warf ihr einen kurzen Blick zu, und sein lippenloser Mund wölbte sich zu einem Lächeln. »Kurs null eins sieben Komma drei«, sagte er. »Fort vom Wurmloch.«

»Na bitte.« Kira verbarg ihre Genugtuung nicht. »Chief, kümmern Sie sich um den Laden, während wir fort sind.«

»Ich werde verhindern, daß sich Quark während Ihrer Abwesenheit alles unter den Nagel reißt und verschwindet«, erwiderte der Chefingenieur mit einem Lächeln in der Stimme. »Viel Glück, Major. O'Brien Ende.«

Eigentlich kann ich von Glück sagen, daß wir Terroristen an Bord der Raumstation gefunden haben. Der Gedanke verblüffte Kira. Sie hoffte, daß Odo nicht den roten Glanz sah, der über ihr Gesicht huschte, als sie den Runabout an einem Andockmast vorbeisteuerte und denn beschleunigte. Sie wollte natürlich nicht, daß es an Bord von *Deep Space Nine* zu irgendeinem Unglück kam, und die Angehörigen der bajoranischen Miliz hielt sie auch weiterhin für Idioten. Aber Aktivität – irgendeine Art von Aktivität – war ihr lieber als die Verwaltungsarbeit, mit der Sisko so gut zurechtzukommen schien. Es ließ wahrscheinlich bezeichnende Rückschlüsse auf ihre Psyche zu, daß sie lieber ein Schiff mit Terroristen und Bombenbauern verfolgte, als herauszufinden versuchte, wie man auf der Promenade klingonische Todesikonen neben Menora von der Erde zur Schau stellen konnte, ohne dabei irgend jemandes Gefühle zu verletzen. Als der Runabout Warpgeschwindigkeit erreichte und diese sich bis auf immer noch recht gemütliche Warp 2,3 erhöhte, empfand es Kira als große Erleichterung, Ferengi, Strahlungslecks und Todesikonen weit hinter sich zu lassen. In ihr breitete sich eine Ruhe aus, die in keinem Verhältnis zu der gegenwärtigen Situation stand.

»Wie läuft's?« wandte sie sich an Odo. Eigentlich fragte sie nur, um nicht den Eindruck zu erwecken, sich zu sehr zu entspannen.

»Die Spur bleibt stabil. Nach der Zerfallsrate zu urteilen sind die Milizionäre achtzehn Lichtminuten vor uns und fliegen mit Warp fünf.« Seine Hände verharrten an den Kontrollen, als er den Kopf drehte. »Angesichts des Alters ihres Schiffes ist das wahrscheinlich die Höchstgeschwindigkeit.«

Kira nickte und warf einen kurzen Blick auf die Sensoranzeigen, obwohl sie es eigentlich nicht für nötig hielt, auf diese Weise eine Bestätigung für die Angaben des Constable einzuholen. Sie hatte den Blick schon wieder nach vorn gerichtet, auf das Projektionsfeld mit der vom Computer korrigierten Darstellung von Sternstreifen, als etwas an ihrer Aufmerksamkeit kratzte. Sie beugte sich ein wenig zur Seite und nickte mit gerunzelter Stirn in Richtung von Odos Display. »Was ist das?«

Er drehte den Kopf, richtete den Blick erst auf die Bajoranerin und dann auf den Monitor. »Was ist was?«

»Das!« Kira zeigte mit dem Finger auf ein nicht identifiziertes Schiff. »Es handelt sich doch nicht um einen Raumer der Miliz, oder?«

Odo neigte den Kopf auf eine Weise zur Seite, den Kira mit einem Achselzucken assoziierte. »Es scheint ein Sublicht-Transporter zu sein. Wahrscheinlich ein Erzfrachter; immerhin sind wir hier in der Nähe des Asteroidengürtels.«

Ein Erzfrachter. Kira sah noch einmal auf die angezeigten Daten, als die Entfernung zu dem fremden Schiff schnell schrumpfte. »Wenn es wirklich ein Erzfrachter ist ...«, sagte sie langsam. »Warum bewegt er sich dann nicht?«

»Weil er angehalten hat?« In Odos Stimme erklang

jene müde Resignation, die normalerweise sturen Repräsentanten der Föderation vorbehalten blieb – Leuten, die einfach nicht glauben wollten, daß es in der Welt nicht immer so zuging, wie sie es wollten. »Major«, sagte er behutsam und beugte sich vor, um die Koordinaten abzulesen, »wir haben keine Autorität über zivile Schiffe im bajoranischen Sonnensystem. Wenn jemand anhält …«

»Niemand hält einfach so mitten im Nichts an, Constable. Sehen Sie nur!« Kira deutete zu den Sensoranzeigen und veranlaßte Odo damit, erneut aufs entsprechende Display zu blicken. »Der nächste Mond ist dreißig Lichtminuten entfernt.«

»Und Chief O'Briens Markierung bleibt nur drei Stunden lang aktiv.«

Guter Hinweis, dachte die Bajoranerin und spürte, wie sich einmal mehr Ärger in ihr regte. Sie verabscheute es, wenn sie die Dinge nicht so erledigen konnte, wie sie es für richtig hielt. »Es ist nicht notwendig, hier drei Stunden zu verbringen. Im schlimmsten Fall beamen wir die Crew an Bord.«

Wenn es wirklich ein Schiff war, das allein dazu diente, Erz zu transportieren … In solchen Fällen bestand die Besatzung meistens nur aus drei oder vier Personen.

»Wie lange kann das dauern?« fuhr Kira fort. »Fünf Minuten? Außerdem sollten wir ohnehin einen genügend großen Abstand zu den Milizionären wahren.«

Odo beugte sich nicht vor, um sie daran zu hindern, die Geschwindigkeit des Runabouts auf Sublicht zu verringern. Aber vermutlich drängte es ihn danach, denn er versteifte sich und schien dabei um fast zehn Zentimeter größer zu werden.

»Major, für solche Angelegenheiten ist die bajoranisches Systempatrouille zuständig. Wohingegen *unsere* Aufgabe darin besteht …«

Kira merkte nicht sofort, daß sich der Constable unterbrochen hatte. Ihre Gedanken erstarrten einfach, und die Sekunden schienen sich zu dehnen, als sie auf den Bildschirm starrte und ein Raumschiff betrachtete, das reglos vor dem Hintergrund der Sterne hing. Die völlige Dunkelheit des Schiffes war es, die ihr einen ersten Schreck bescherte. Es folgte ein Entsetzen, das mit Eiseskälte durch ihren Leib tastete. An mehreren Stellen zeigten sich Risse in der Außenhülle des Raumers, und entweichendes Gas war dort zu sonderbaren Strukturen gefroren. Langsam dahintreibende Trümmer folgten dem Schiff, wie der von Zeitlupe erfaßte Schweif eines Kometen.

»Schon gut«, sagte Odo schließlich. »Ich schätze, die Milizionäre können warten.«

6

An der Besprechung nahmen die ranghöchsten Admiräle von Starfleet teil, vom ehrenwerten Hajime Shoji bis zur eisernen Alynna Nechejew. Zwar blieb ihre Präsenz auf die Bildschirme beschränkt, aber Sisko fühlte sich trotzdem wie ein Kadett bei der mündlichen Abschlußprüfung. So wie damals faltete er die Hände auf dem Tisch, damit die Finger nicht zitterten. Es gab allerdings einen Unterschied: Diesmal versuchte er nicht, Nervosität zu verbergen, sondern wachsende Ungeduld.

»Ich weiß gar nicht, wo das Problem liegt«, sagte Nechejew und brachte mit diesen Worten einen Ärger zum Ausdruck, der auch in Sisko brodelte. Diesmal konnte er der Sektorenkommandantin voll und ganz zustimmen – so etwas geschah selten genug. »Wir haben festgestellt, daß die *Defiant* bei einem Kampf vernichtet wurde, der in der Vergangenheit stattfand, nicht wahr?«

»Ja«, sagte Admiral Hayman, bevor Sisko antworten konnte. Er lehnte sich zurück und vertraute darauf, daß Haymans schroffe Stimme überzeugender klang als sein eigener neutraler Tonfall. »Bei unserem Kontakt mit dem überlebenden Trill-Symbionten bekamen wir einen deutlichen Hinweis darauf. Die *Defiant* flog ins Wurmloch, wurde um fünftausend Jahre in die Vergangenheit versetzt und begegnete *dann* den Fremden, die sie zerstörten.«

Nechejew zuckte mit den Schultern, doch in ihren Zügen ließ sich noch immer eine gewisse Grimmigkeit erkennen. »Dann können wir daraus folgenden Schluß ziehen: Wer auch immer die *Defiant* in ein Wrack verwandelte – er ist ebenso lange tot wie die Pharaonen. Und die Fremden haben ganz offensichtlich nicht die historischen Entwicklungen auf der Erde gestört, denn immerhin gibt es uns. Ich schlage vor, wir bringen die *Defiant* im Dock von *Deep Space Nine* unter – bis unsere Version aus der Starbase Eins verschwindet. Dann wissen wir, daß es nie zu jener anderen Zeitlinie kam.«

»Allerdings verlieren wir dann auch das einzige bekannte stabile Wurmloch in der Galaxis.« Diese ruhige, seidenweiche Stimme kam nicht von einem Bildschirm, sondern von der dritten im kleinen Konferenzzimmer von Starbase Eins anwesenden Person. Hayman hatte die Vulkanierin in mittleren Jahren nur knapp als T'Kreng vorgestellt. Aufgrund der zivilen Kleidung und des Platinmedaillons nahm Sisko an, daß sie von der vulkanischen Akademie der Wissenschaften kam. Dort bekleidete sie offenbar einen sehr hohen Rang, denn immerhin war sie bei einer Besprechung zugegen, an der Dax und Bashir nicht teilnehmen durften. »Ich glaube, ein solches Ergebnis wäre weder in wissenschaftlicher noch in diplomatischer Hinsicht wünschenswert.«

Ein jüngerer Admiral, den Sisko nicht kannte, preßte die Fingerspitzen aneinander und beugte sich vor. »Steht der Verlust des Wurmlochs fest, Professor T'Kreng? Könnte die *Defiant* das Opfer einer zufälligen Quantenfluktuation im Wurmloch geworden sein, zu der es während ihres Transfers kam?«

»Das komplexe Formelsystem der Wurmlochphysik schließt eine solche Möglichkeit nicht aus«, räumte T'Kreng ein. »Außerdem könnte die von einer solchen Fluktuation ausgelöste räumliche Verschiebung durchaus von Bajor bis zur Erde reichen. Doch ich möchte Sie auf folgendes hinweisen, Admiral Kirschbaum: Nach meinen Berechnungen könnte der maximale temporale

Transfer durch eine spontane Quantenfluktuation höchstens zwei Jahrhunderte betragen, plus minus zehn Jahre.« Sie hob die Hand und vollführte eine knappe Geste, die die Größe des Problems erahnen ließ. »Ein Zeitsprung von fünftausend Jahren geht weit über das Potential der internen Energiequellen des Wurmlochs hinaus.«

Sisko sah die Vulkanierin an und runzelte die Stirn. »Soll das heißen, das Wurmloch ist Ihrer Meinung nach gar nicht imstande, uns so weit in die Vergangenheit zu schleudern?«

T'Kreng bedachte ihn mit einem frostigen Blick. Hatte er sie mit seiner offenen Frage verärgert? Oder lag es daran, daß er über keine spezielle wissenschaftliche Ausbildung verfügte? Ihre Augen hatten die bei Vulkaniern sehr ungewöhnliche Farbe von Mondsteinen, wodurch sie noch unnahbarer wirkte. »Eine solche Feststellung liegt mir fern, Captain Sisko. Ich habe nur betont, daß eine so starke temporale Verschiebung nicht von normalen Quantenfluktuationen im Innern des Wurmlochs verursacht werden kann. Sie wird nur möglich, wenn man der Singularitätsmatrix erhebliche externe Energie zuführt.«

»Und diese zusätzliche externe Energie vernichtet das bajoranische Wurmloch?« fragte Kirschbaum.

»Ja.« T'Krengs Blick kehrte zum Wandschirm zurück. »Die für einen temporalen Transfer von fünftausend Jahren notwendige Energie kann ein Raumschiff nur mit einer Warpkern-Explosion liefern. Ich schließe daraus: Nicht die *Defiant*, sondern etwas anderes destabilisierte das bajoranische Wurmloch. Die Zeitreise der *Defiant* war also ein Symptom und nicht etwa die Ursache des Problems.«

»Und nach der Destabilisierung findet das Wurmloch nicht in einen stabilen Zustand zurück?« fragte Hayman.

Die Vulkanierin seufzte. »Mit ziemlicher Sicherheit

bewirkt die Explosion im Wurmloch eine endlose Folge von chaotischen gravitemporalen Fluktuationen. Selbst wenn ein Raumschiff den wechselhaften Gravitationsfluß in der Singularitätsmatrix überstehen könnte – der Retransfer auf der anderen Seite würde irgendwann während der vergangenen oder zukünftigen fünftausend Jahre erfolgen. Es gäbe das Wurmloch nach wie vor, aber es wäre praktisch nutzlos.«

»Ich möchte Ihnen eine andere Frage stellen, Professor.« Diese höfliche, dünne Stimme gehörte dem ältesten Admiral, dem Zentenar Hajime Shoji. »Könnte die Destabilisierung des bajoranischen Wurmlochs absichtlich von jemandem herbeigeführt worden sein, mit der Absicht, das Wurmloch anschließend zu eigenen Zwecken zu nutzen?«

Sisko beobachtete, wie die Vulkanierin ansatzweise eine Braue wölbte. Er fragte sich, ob diese Reaktion noch jemand anders bemerkte, abgesehen von ihm und Hayman.

»Es ist sehr unwahrscheinlich, daß die temporalen Verschiebungen im Wurmloch bewußt verursacht wurden«, erwiderte T'Kreng. »Nicht einmal ich bin imstande, die dafür erforderlichen Gleichungen zu entwickeln.«

Kirschbaum räusperte sich. »Ich glaube, Admiral Shoji meint folgendes, Professor: Die Zeitverschiebung könnte unabsichtlich von Fremden ausgelöst worden sein, die versuchten, das Wurmloch unter ihre Kontrolle zu bringen.«

Dünne Falten entstanden in T'Krengs Stirn. »Ich bin keine Expertin im Bereich Politik, Admiral, aber soweit ich weiß werden Bajors Hoheitsansprüche auf das Wurmloch von allen Völkern anerkannt.«

»Nicht von allen.« Hayman griff in eine Tasche ihres Overalls und überraschte Sisko, indem sie die kleine Figur eines gehörnten Wesens mit gelben Augen hervorholte. Die Admiralin ließ sie vor ihrem Monitor hin und her baumeln. Reflektiertes Licht glitt über eine dämonenhafte Fratze. »Das gilt insbesondere für diese Spezies.«

»Oh.« T'Kreng kniff die Augen zusammen. »Sie vermuten, daß die unter der Bezeichnung ›Furien‹ bekannte Koalition versuchen könnte, das bajoranische Wurmloch zu übernehmen. Warum?«

Hayman sah zu Shoji, dessen ruhige Gelassenheit darauf hindeutete, daß er lange über diese Frage nachgedacht hatte. »Unsere Kenntnisse über die Geschichte der Furien sind unvollständig, Professor. Aber wir wissen, daß sie vor Jahrtausenden nach einem Krieg gegen eine fremde Macht aus den hiesigen Raumsektoren vertrieben wurden.« Der alte Admiral maß Sisko mit einem nachdenklichen Blick. »Jene Schlacht vor fünftausend Jahren, die Ihr zukünftiges Selbst beobachtete, bevor die *Defiant* von fremden Schiffen zerstört wurde ... Zweifellos war sie Teil des Krieges, der die Furien schließlich auf die andere Seite der Galaxis verbannte.«

Sisko nickte und vermied es, die gehörnte Figur in Haymans knochiger Hand zu betrachten. »Das habe ich bereits vermutet, Admiral.«

»Wir wissen auch, daß die Furien seit damals zweimal mit Hilfe von künstlichen Wurmlöchern versucht haben, hierher zurückzukehren und wieder Anspruch auf ihre alte Heimat zu erheben.« Kirschbaums Blick schien an Haymans Figur geradezu festzukleben. »Die *Enterprise* hat ihren Dimensionstunnel beim Furien-Punkt zerstört. Vielleicht bemühen sie sich jetzt, das bajoranische Wurmloch für eine Invasion zu nutzen.«

T'Kreng überlegte kurz. »Das ist möglich. Allerdings halte ich es für wahrscheinlich, daß die temporale Verschiebung aufgrund eines natürlichen Energie-Inputs erfolgt. In Frage kämen zum Beispiel ein kleines schwarzes Loch oder ein kosmischer String.«

Shoji rieb sich die Hände – es klang nach knisterndem alten Papier. »Unser Ziel ist klar: Wir müssen versuchen, die Stabilität des bajoranischen Wurmlochs zu bewahren und den fatalen Flug der *Defiant* zu verhindern. Läßt sich das bewerkstelligen, ehrenwerte Professorin?«

Erneut geriet eine Braue der Vulkanierin in Bewegung, aber sie wölbte sich nur ein oder zwei Millimeter weit. »Wenn Ihre Frage der wissenschaftlichen Durchführbarkeit gilt, Admiral, so lautet die Antwort: Ja. Da das Hinzufügen externer Energie kein natürlicher Vorgang in der Evolution des Wurmlochs ist, gibt es kein Naturgesetz, das uns an präventiven Maßnahmen hindert.«

»Aber wie groß sind dabei unsere Erfolgsaussichten?« erkundigte sich Nechejew. »Wir wissen nicht einmal, woher die zusätzliche Energie stammt.«

Sisko runzelte erneut die Stirn, als er sich an die von Kira entdeckte paramilitärische Gruppe und ihre taktischen Waffen erinnerte. Er öffnete den Mund, um der Sektorenkommandantin zu widersprechen, aber T'Kreng kam ihm zuvor.

»Der Ursprung jener Energie ist irrelevant, Admiral. Wenn ich den gegenwärtigen Resonanzzustand des Wurmlochs untersuche, kann ich mit Hilfe eine Extrapolation feststellen, wann und wo es zum energetischen Input kommt. Anschließend ist es nur noch notwendig, ein Raumschiff zu dem betreffenden Ort zu schicken, um den Apparat zu vernichten, der die Energie produziert – oder um das verantwortliche kosmische Phänomen zu neutralisieren.«

Hayman schnaubte leise und stellte die kleine Figur mit einem plötzlichen Ruck auf den Tisch. »Wenn Sie Extrapolationen in Hinsicht auf ein Ereignis anstellen können, das noch gar nicht stattgefunden hat, Professor T'Kreng ... Warum spielen Sie dann nicht Dabo, anstatt vierhundert Seiten lange Projektbeschreibungen zu verfassen, um Ihr Forschungsschiff zu finanzieren?«

Diesmal galt die Kühle in den farblosen Augen der Admiralin mit dem silbergrauen Haar. »Weil die Theorie temporaler Symmetrie nur für Objekte außerhalb des Einsteinschen Gravitationsrahmens gilt. Und da ein Dabo-Tisch weder ein schwarzes Loch noch ein Wurmloch oder kosmischer String ist, finden die entsprechenden Gleichungen bei ihm keine Anwendung.«

Admiral Shoji räusperte sich diplomatisch. »Ich nehme an, Sie müssen das Wurmloch zunächst direkt untersuchen, bevor eine Extrapolation möglich wird, oder?«

T'Kreng nickte erneut. »Ich muß mehrmals durch die Singularitätsmatrix fliegen, um Daten mit der notwendigen Genauigkeit zu gewinnen.«

»Wann können Sie nach Bajor aufbrechen?« fragte Kirschbaum.

Die Vulkanierin vollführte eine weitere knappe Geste. »Mein Forschungsschiff ist voll ausgerüstet und kann Starbase Eins innerhalb der nächsten Stunde verlassen. Der Flug nach Bajor sollte nicht mehr als elf Stunden dauern.«

Shoji richtete fragende Blicke auf die anderen Admiräle. In jedem Fall bestand die Antwort aus einem bestätigenden Nicken. »Dann werden Ihnen hiermit alle erforderlichen Mittel zur Verfügung gestellt, um während der nächsten Woche Forschungsarbeit höchster Priorität zu leisten, Professor. Ihre Tätigkeit ist direkt dem Kommando von Admiral Nechejew unterstellt, und Captain Sisko fungiert an Bord Ihres Schiffes als Verbindungsoffizier. Sind diese Bedingungen akzeptabel für Sie?«

»Ja.« T'Kreng musterte Sisko. »Aber sind Sie bereit, als Passagier meines Schiffes zu reisen, Captain?«

Sisko dachte an die Alternative: ein letzter Flug mit der *Defiant*, ein Sprung in die Vergangenheit. Unter solchen Umständen blieb ihm wohl kaum eine Wahl. »Ja«, sagte er. »Vorausgesetzt, ich kann meinen wissenschaftlichen Offizier mitnehmen.«

T'Kreng hob andeutungsweise die Schultern. »Das scheint kaum nötig zu sein, Captain. Die Hälfte meiner Crew hat akademische Grade in Singularitätsphysik oder Quanten-Chronodynamik.«

Sisko verzichtete darauf, seine Argumente an die Vulkanierin zu richten. Er mußte nicht sie überzeugen, sondern jemand anders. »Mein wissenschaftlicher Offizier Jadzia Dax ist jene Trill, deren Symbiont fünf Jahrtausende an Bord der *Defiant* überlebt hat«, sagte er zu dem aufmerksam zuhörenden Hajime Shoji. »Es kam inzwischen zu einem Kontakt zwischen ihnen. Wir wissen nicht, wieviel sie dabei in Erfahrung gebracht hat, aber sie könnte zusätzliche Informationen liefern, die wir sonst nicht bekämen.«

Shoji nickte. »In dem Fall ist Professor T'Kreng sicher bereit, Sie beide aufzunehmen.« Sisko fand, daß die Vulkanierin nicht sehr erfreut aussah. Andererseits: Vielleicht wäre er gar nicht imstande gewesen, Freude in dieser vulkanischen Miene zu erkennen. »Ich schlage vor, Sie treffen unverzüglich Vorbereitungen für die Abreise. Nachdem ich mir die visuellen Aufzeichnungen von der *Defiant* angesehen habe, beunruhigt mich der Aspekt des Problems, den Admiral Nechejew vorhin angesprochen hat.«

Nechejew wirkte verwirrt, und in T'Krengs Mondsteinaugen zeigte sich diesmal keine Gewißheit. Doch es war Judith Hayman, die genug Mut aufbrachte, um zu fragen: »Welchen Aspekt meinen Sie, Sir?«

Shojis weiße Brauen neigten sich nach oben. »Wer auch immer die *Defiant* vor fünftausend Jahren zerstörte – die Furien oder jene unbekannten Eroberer, mit denen sie uns verwechseln –, es kam nicht zu Auswirkungen auf die damalige Erde. Haben Sie sich nicht ebenfalls nach dem Warum gefragt?«

Sisko holte tief Luft und spürte, wie sich das Unbehagen in ihm verdoppelte, zu einer Erkenntnis wurde. »Weil die Fremden nicht in jener Zeitlinie blieben?«

»Genau, Captain.« Shoji mochte über hundert Jahre alt sein, aber er hatte sich sein taktisches Genie bewahrt. Er bedachte T'Kreng mit einem ironischen Blick. »Zwar fehlt mir ein akademischer Grad in Quanten-Chronodynamik, aber ich kenne die grundlegenden Gleichungen der Zeitreise. Außerdem bin ich in einem Punkt ganz sicher: Ein Vorgang, der Materie in die Vergangenheit versetzen kann, ist auch imstande, sie von dort aus in die Gegenwart oder Zukunft zu transferieren.«

»Warten Sie! Vorsichtig um den Replikator herum ... Ja, so ist es richtig. Zurück ... Zurück! Zurück! Jadzia, was *machen* Sie da?«

»Ich versuche, mir einen guten Grund dafür einfallen zu lassen, Sie nicht zu schlagen.«

Sie brachte diese Worte zwischen zusammengebissenen Zähnen hervor, mit einer Stimme, die Bashir als ›Joran-Stimme‹ kannte. Sie erklang immer dann, wenn man befürchtete, daß Widerrede zu einem Mordanschlag führen mochte. Bisher hatte Jadzia noch niemanden umgebracht, doch Bashir wußte aus Erfahrung, daß man fremden Lebensformen mit Vorsicht begegnen sollte, selbst dann, wenn sie jung waren und hinreißend aussahen. Er winkte die Trill fort vom Ende des Behälters mit der Nährflüssigkeit, zwängte sich dann zwischen das Stasisfeld und die Wand, um den Tank in Richtung Ecke zu schieben. »Tut mir leid«, brachte Bashir hervor, als er sich gegen den Behälter stemmte. »Ich habe gestern abend versucht, aus den medizinischen Logbüchern schlau zu werden. Und außerdem mußte ich eine Batterie zusammenbasteln, um dieses Ding zu bewegen. Leider blieb mir nicht viel Zeit, um zu schlafen.« In Wirklichkeit hatte er überhaupt nicht geschlafen. Doch darauf wies er lieber nicht hin, um einen weiteren Konflikt zu vermeiden. »Deshalb bin ich vielleicht ein wenig gereizt.«

»Sie brauchen sich nicht zu entschuldigen.« Jadzia bückte sich, griff nach dem Stromkabel und zog es unter der einen Koje im Zimmer hindurch. »Ich hätte wissen müssen, daß ich bei einer solchen Sache meine Gelassenheit verliere.« Ein Hauch von Rot zierte ihre Wangen, als sie sich aufrichtete und das Kabel dem Arzt reichte. »So etwas habe ich nie zuvor getan.«

Bashir lächelte und nahm das Kabel entgegen. »Sie haben sich nie zuvor selbst entführt?«

»Ich meine *dies alles*!« Jadzia wich beiseite und setzte sich aufs schmale Bett, gab dem Arzt damit Gelegenheit, ein Wandfach zu öffnen. »Starfleet-Ausrüstung stehlen, den Frachtraum des Forschungsschiffes aufsuchen, durch mehrere Sicherheitskontrollen schlüpfen ...«

Bashir hielt die gelöste Verkleidungsplatte fest, bevor sie zu Boden fallen konnte. Vorsichtig legte er sie aufs Bett. »Ach, kommen Sie! Ich kann mir kaum vorstellen, daß sich Curzon zu seiner Zeit nie einen Starfleet-Runabout ausgeliehen hat.«

»Oh, *Curzon* ist einmal mit einem ganzen *Grakh'rahad* verschwunden, als Verhandlungen mit den Klingonen stattfanden«, erwiderte Jadzia und zeigte ein Lächeln, das nicht ganz ihr gehörte und auch nicht allein auf ihren Erinnerungen basierte. »Und *Torias* ...« Sie sprach nicht weiter, und Bashir warf ihr einen erstaunten Blick zu. Gab es bei den Trill vielleicht ein ethisch-moralisches Prinzip, das einen Wirt daran hinderte, Erlebnisse eines anderen preiszugeben? Bevor er fragen konnte, reichte sie ihm ein Werkzeug, das er eigentlich noch gar nicht brauchte. »*Jadzia* hat nie zuvor solche Aktivitäten entfaltet.« Sie zögerte kurz und fügte hinzu: »Im Vergleich mit den meisten anderen Wirten von Dax ist sie anständig und langweilig.«

»Anständig, ja«, entgegnete Bashir und merkte verblüfft, wie seine Wangen heiß wurden. »Aber langweilig auf keinen Fall.« Er verband das Stromkabel des Behälters mit der energetischen Transferleitung des Replikators. »Stellen Sie sich die ganze Sache als einen interstellaren Akademie-Scherz vor. Wir bringen das Cochrane-Denkmal nicht in die obere Kammer des Brin-Planetariums, sondern nach Trill.«

Der Arzt sah auf, als die wiederhergestellte Energieversorgung das kaum merkliche Summen der Stasiseinheit in ein deutliches Brummen verwandelte. »In einem fünftausend Jahre alten Behälter, der nur etwas weniger wiegt als das Brin-Planetarium.«

Dax lächelte und klopfte ihm auf den Rücken, als er neben ihr auf der Koje Platz nahm. »Wie wollen Sie den zusätzlichen Energieverbrauch vor den Schiffssensoren verbergen?« Offenbar bemerkte sie auch das höhere energetische Niveau des Stasisbehälters.

»Der Tank verbraucht nicht soviel Energie, wie Sie glauben«, sagte Bashir und blickte auf den Symbionten hinab: Reglos ruhte er in der Nährflüssigkeit, umgeben von erstarrten Wellen. »Nun, als der Captain mir sagte, daß wir mit der *Sreba* fliegen ... Daraufhin habe ich offiziell um zusätzliche Replikatorzeit gebeten. T'Kreng glaubt, daß ich die von Hayman angeordneten Experimente in Hinsicht auf Geweberekonstruktion und Cloning durchführe. Was die zusätzliche Masse betrifft ... Sie läßt sich mit meinen sehr komplizierten und schweren medizinischen Geräten erklären.« Sein Blick glitt vom alten Dax zum jüngeren. »Solange nur sporadisch der Energieverbrauch überprüft wird, sollte kein Muster zu erkennen sein, das Verdacht erregt.«

Dax lächelte sanft. »Das hoffen Sie zumindest.«

»Ja«, gestand Bashir und seufzte. »Ja, das hoffe ich.«

Es klopfte an der Tür, und der Arzt zuckte so heftig zusammen, als hätte sich in unmittelbarer Nähe ein Phaser entladen. Ruckartig drehte er sich auf dem Bett um, von einem so starken Schuldgefühl erfaßt, daß er fast gestöhnt hätte. *Ich eigne mich nicht für so etwas,* dachte er, erhob sich und überlegte, wie er auf den unerwarteten Besucher reagieren sollte. Nach einigen Sekunden setzte er sich wieder. Er errötete und stotterte, wenn er etwas verbrochen hatte. Schon in seiner Kindheit hatte sich diese Tendenz als recht ungünstig erwiesen, und auch im Leben als Erwachsener war sie nicht sehr hilfreich. Das mochte einer der Gründe dafür sein, warum er sich an der Akademie nie irgendwelche Scherze erlaubt hatte.

Erneut klopfte es an der Tür, noch lauter diesmal. Bashir richtete einen hilflosen Blick auf Dax.

»Es ist *Ihr* Zimmer«, flüsterte sie und zeigte zur Tür.

Ja, das stimmte. Was vermutlich bedeutete, daß der Besucher eine Antwort von ihm erwartete und nicht einfach fortgehen würde. »Äh …« Er holte tief Luft und straffte die Schultern, als sei die unbekannte Person im Korridor imstande, ihn zu sehen. »Es tut mir leid, aber derzeit bin ich beschäftigt. Könnten Sie später wiederkommen?« Eigentlich gar nicht schlecht: höflich, professionell und angemessen vage. Er sah Dax an und lächelte, erleichtert darüber, eine Katastrophe verhindert zu haben.

»Doktor …«, erklang Siskos Stimme im Gang. »Öffnen Sie.«

Ein oder zwei absurde Sekunden lang zog Bashir in Erwägung, es einfach abzulehnen, dieser Aufforderung nachzukommen. Er spielte tatsächlich mit dem Gedanken, sein unleugbares Recht auf Privatsphäre in Anspruch zu nehmen und den Captain aufzufordern, ihn nicht zu stören. Doch als Dax ihn vom Bett in Richtung Tür schob, fielen ihm die Konsequenzen eines derartigen Wahnsinns ein. Ihm blieb nicht einmal genug Zeit, sich eine einigermaßen plausibel klingende Erklärung zurechtzulegen, denn kaum war die Tür geöffnet, blickte er auch schon ins Siskos Gesicht.

»Captain«, brachte der Arzt hervor, »leider habe ich derzeit keine Zeit, um …«

»Ist Dax bei Ihnen?«

Bashir versuchte, nicht über die Schulter zu sehen, doch es war schwer, den Blickkontakt mit einem zornigen Sisko aufrechtzuerhalten.

»Ich bin hier, Benjamin«, erwiderte die Trill. Damit nahm sie Bashir die Entscheidung ab, ob er ihre Präsenz verraten sollte oder nicht.

In Siskos Augen blitzte es, als er auch weiterhin Bashir anstarrte und brummte: »Ich meine nicht Sie.«

Der Arzt glaubte zu spüren, wie sich in seiner Magengrube ein Vakuum ausdehnte. »Ich kann es erklären, Captain …«

»Da bin ich sicher.« Sisko streckte den Arm aus, und Bashir wich von der Tür zurück, so als befürchtete er, am Kragen gepackt zu werden. Statt dessen tastete der Captain nach dem Kontrollfeld an der Innenwand und berührte dort eine Schaltfläche, woraufhin das Schott ganz beiseite glitt. »Darf ich eintreten?«

Bashir erkannte sofort die rhetorische Natur dieser Frage. Er gab den Weg frei und versuchte nicht, weitere Erklärungen zu stammeln. Dax saß noch immer auf der Koje und nahm die finstere Miene des Captains mit hochgezogenen Brauen zur Kenntnis. Sisko bedachte sie nur mit einem kurzen Blick, trat dann an den Stasisbehälter heran und starrte auf den Symbionten hinab.

»Ist Ihnen beiden eigentlich klar, daß man Sie deswegen vors Kriegsgericht stellen könnte?« fragte er, ohne sich umzudrehen.

Bashir wußte um diese Möglichkeit, aber die Sorge um die eigene Zukunft war nichts im Vergleich mit der Verantwortung jenem Wesen gegenüber, das er fünftausend Jahre lang am Leben erhalten hatte. Allerdings bedauerte er nun, Jadzia an der Sache beteiligt zu haben. Es war nicht richtig, jemand anders in sein moralisches Dilemma zu verwickeln, ungeachtet der nahen Verwandtschaft zwischen ihr und seinem Patienten.

Siskos Warnung schien Jadzia kaum zu erschüttern. »Ich glaube, Judith hätte es vor dem Ermittlungsausschuß nicht leicht, wenn es darum geht, den Grund für die Anklage zu erklären. Will sie uns etwa vorwerfen, auf die Wünsche eines intelligenten Lebewesens eingegangen zu sein, das nicht einmal zu Starfleet gehört?«

Daraufhin wandte sich Sisko ihr zu. »Sie wird darauf hinweisen, daß Sie nicht über die Wünsche eines Lebewesens Bescheid wissen können, das kaum bei Bewußtsein ist.«

»*Ich* weiß darüber Bescheid.« Die alte Gewißheit in Dax' grauen Augen duldete keinen Widerspruch.

Sisko brummte und drehte sich wieder zum Stasisbehälter um. Bashir beobachtete, wie die zur Faust geballte rechte Hand des Captains mehrmals ans Bein klopfte. Stunden schienen zu vergehen, und schließlich konnte er die Stille nicht mehr ertragen. »Wie haben Sie es herausgefunden?« fragte der Arzt. »Ich bin so vorsichtig gewesen ...«

»Ich wußte es von Anfang an.« Sisko seufzte tief und fast väterlich. »Als Sie das Stasisfeld zum erstenmal deaktivierten, war mir sofort klar, daß Sie nicht einfach so fortgehen konnten. Und du, alter Knabe ...« Er benutzte diesmal die vertrauliche Anrede, und als er sich einmal mehr umwandte, zeigte sein Gesicht einen überraschend sanften Ausdruck. »Du hast dich immer so verhalten, wie es dir in den Kram paßte – ganz gleich, in welchem Körper du steckst. Selbst fünftausend Jahre in einem Stasisbehälter konnten daran nichts ändern.«

Dax schenkte dem Captain eine ganz spezielle Version ihres allwissenden Lächelns, und Sisko überraschte Bashir, indem er lachte und dann den Kopf schüttelte.

»Sie wollen Admiral Hayman also nicht Bescheid geben?« fragte der Arzt.

Sisko sah auf, und ein Teil der Schärfe kehrte in seine Stimme zurück. »Das ist gar nicht nötig. Was auch immer Sie versuchen, um Ihre Spuren zu verwischen, Doktor: Sie können wohl kaum über die Tatsache hinwegtäuschen, daß der *Defiant* in Starbase Eins jetzt ein Passagier fehlt.« Er verschränkte die Arme und lehnte sich an den Behälter. »Einige Stunden nach dem Start der *Sreba* machte sich Admiral Hayman auf den Weg, um den Status des Symbionten zu überprüfen. Sie fand die Krankenstation leer vor: Es fehlte nicht nur der alte Dax, sondern auch der Tank, in dem er die letzten fünf Jahrtausende verbrachte.«

Bashir wußte nicht genau, was schlimmer war: die Mißbilligung in Siskos Stimme oder der erstaunte Blick, den die Trill auf ihn richtete. Mit einem jungenhaften Lächeln versuchte er, über seine Verlegenheit hinwegzutäuschen. »Ich schätze, in diesem besonderen Fall hätte es nicht viel genützt, ein Kissen unter die Bettdecke zu legen.«

Weder Sisko noch Dax wirkten sehr amüsiert.

»Vor fünf Minuten übermittelte mir Admiral Hayman eine Botschaft, wobei sie einen Starfleet-Prioritätskanal benutzte«, sagte der Captain. »Sie verlangt, daß wir sofort nach Starbase Eins zurückkehren, natürlich mit dem Symbionten.«

Dax beugte sich neugierig vor. »Und was haben Sie geantwortet?«

»Ich habe darauf hingewiesen, daß ich Verbindungsoffizier bin und nicht der Kommandant dieses Schiffes«, erwiderte Sisko glatt. »Ich riet der Admiralin, Ihre Anfrage an T'Kreng zu richten.«

Eine enorme Last wich von Bashirs Schultern, und Erleichterung durchströmte ihn. »Danke.«

Sisko maß ihn mit einem durchdringenden Blick. »Danken Sie mir nicht zu früh, Doktor. Hayman sprach noch mit Professor T'Kreng, als ich die Brücke verließ.«

»Aber T'Kreng kann es gar nicht abwarten, endlich in Sensorreichweite des Wurmlochs zu gelangen.« Jadzia lehnte sich zurück und wirkte nun wieder völlig entspannt. »Ich kenne die Vulkanier. Die Rückkehr zur Starbase Eins würde sechs Stunden dauern, und so viel Zeit will T'Kreng bestimmt nicht verlieren. Gewiß ist sie eher bereit, eine Stunde für einen kleinen Umweg zu opfern, der uns nach Trill bringt.«

»Eine Kursänderung kommt nicht in Frage.« T'Kreng trat so an Bashir vorbei, als sei er durch ihre Worte in chronodynamischer Hinsicht bedeutungslos geworden. Demonstrativ wandte sie ihre Aufmerksamkeit einem der vielen wissenschaftlichen Displays im Kontrollraum der *Sreba* zu. »Wir fliegen auch weiterhin mit maximaler Geschwindigkeit nach Bajor.«

»Aber ...« Bashir zog den Arm fort, bevor aus Siskos warnender Berührung ein fester Griff werden konnte. »Professor T'Kreng«, beharrte er und folgte ihr, als sie von Station zu Station trat, »ich glaube, Sie verstehen nicht. Wir haben einen ungebundenen Trill-Symbionten ...«

»... der ohne einen Zwischenfall fast fünftausend Jahre überlebt hat. Er dürfte problemlos fähig sein, einige weitere Tage in der Stasis zu verbringen.« T'Kreng strich mit den Fingerkuppen über eine Anzeige, was eine dahingleitende Datenkolonne erstarren ließ. Dann drehte sie sich so abrupt um, daß Bashir aus einem Reflex heraus zur Seite wich und dadurch fast über den Rand der Brückenplattform gefallen wäre. T'Kreng beobachtete seine emotionale Reaktion mit jener Art von stoischer Verachtung, zu der nur Vulkanier fähig zu sein schienen. »Sie sollten mit Logik an dieses Problem herangehen, Doktor, nicht mit Gefühl. Wenn wir das Wurmloch schnell erreichen, können wir dort die temporale Verschiebung verhindern, die den Symbionten in

Ihren Besitz brachte. Wenn die temporale Verschiebung aus unserer Zeitlinie entfernt wird, hört auch der Symbiont auf, Teil dieser Realität zu sein. Deshalb ist es gar nicht nötig, ihn zur Heimatwelt der Trill zu bringen.«

»Vorausgesetzt natürlich, es gelingt Ihnen, die Zeitverschiebung zu verhindern«, sagte Dax.

T'Kreng musterte die junge wissenschaftliche Offizierin kühl. Bashir fragte sich, ob sie das gleiche Maß an Respektlosigkeit ausgestrahlt hätte, wenn ihr das wahre Alter von Dax bekannt gewesen wäre. »Nach meinen theoretischen Modellen spricht eine Wahrscheinlichkeit von 93,789 Prozent dafür, daß ich Zeit und Ort der Destabilisierung des Wurmlochs feststellen kann.« Sie sah Bashir an, und erneut deutete etwas Subtiles in ihrer Miene auf Verachtung hin. »Wenn wir nicht aufgehalten werden.«

Er strich sich mit der Hand übers Haar. »Geben Sie mir ein Shuttle. Ich bringe den Symbionten nach Trill, und anschließend sehen wir uns auf *Deep Space Nine* wieder.«

Diesmal gelang es Sisko, die Hand um den Arm des Arztes zu schließen. »Doktor ...«

»Ich werde hier nicht gebraucht«, sagte Bashir. Er wußte nicht recht, an wen er zuerst appellieren sollte, entschied sich schließlich für Sisko, von dem er mehr Verständnis erwartete als von T'Kreng. »Was auch immer mit dem Wurmloch geschieht – es handelt sich dabei bestimmt nicht um ein medizinisches Problem. Und im Gegensatz zu Professor T'Kreng bin ich nicht imstande, die Bedürfnisse meines Patienten nur deshalb zu ignorieren, weil eine hohe Wahrscheinlichkeit dafür spricht, daß er bald tot sein wird.«

»Verstehen Sie meine Bemerkungen ganz bewußt falsch?« entgegnete T'Kreng, und in ihrer Stimme erklang dabei fast so etwas wie ehrliche Neugier. »Oder ist es ein natürlicher, Fehler erzeugender Effekt undisziplinierter menschlicher Emotionen?«

Ärger entstand in Bashir, doch er drängte ihn beiseite. »Geben Sie mir ein Shuttle?« fragte er betont ruhig. Er wollte dem rassistischen Elitedenken der Vulkanierin nicht mit einer emotionalen Antwort Genugtuung verschaffen.

T'Kreng neigte den Kopf ein wenig zur Seite, und ihre Pupillen erweiterten sich, als es in ihrer nicht existierenden Stimmung zu einer geringfügigen Veränderung kam. Vielleicht wunderte sie sich über Bashirs Hartnäckigkeit. Oder es überraschte sie, daß er nicht wie alle anderen an Bord bestrebt war, sie zu beschwichtigen. »Die *Sreba* ist ein wissenschaftliches Forschungsschiff«, sagte T'Kreng schließlich und schien noch immer nicht recht zu wissen, warum sie dem menschlichen Arzt so etwas erklären mußte. »Wir verfügen über Rettungskapseln, die für den Notfall bestimmt sind und keine eigenen Triebwerke haben. Hinzu kommen siebenundvierzig unbemannte Sonden, mit denen wir Daten sammeln und Proben nehmen, sowie sieben verschiedene Sensorvorrichtungen, die ausgeschleust werden können. Aber es befinden sich keine Shuttles an Bord.«

Bashir suchte nach den passenden Worten für eine Antwort, doch er fand keine. Ein kummervoller Gedanke ging ihm durch den Kopf: Er schien einfach nicht in der Lage zu sein, dem Symbionten zu helfen – weder in der Starbase Eins noch hier oder fünftausend Jahre in der Vergangenheit. Jene Mischung aus Verzweiflung und Zorn, die bei der Durchsicht der ersten medizinischen Logbücher in ihm entstanden war, verdichtete sich immer mehr.

»Gibt es sonst noch etwas?« fragte T'Kreng.

Bashir spürte Siskos Hand an der Schulter, wußte aber nicht, ob es sich dabei um ein für ihn bestimmtes Signal handelte. Vielleicht war es eine unbewußte Bewegung, die darauf hindeutete, daß die gegenwärtige Situation auch dem Captain nicht gefiel. »Ich glaube, das wär's zunächst, Professor.«

»Gut.« Mit einer knappen Handbewegung aktivierte T'Kreng das Display hinter ihr. Doch anstatt dem Bildschirm Beachtung zu schenken, trat sie zu einer anderen Station und nahm dort einen Datenchip von einem Besatzungsmitglied entgegen. »P'sel«, sagte sie dann, ohne jemanden anzusehen, »bitte begleiten Sie Captain Sisko und seine Offiziere hinaus.«

Ein dunkelhaariger Mann wandte sich von einer Konsole neben der Tür ab und stand auf. Nach vulkanischen Maßstäben war er recht jung, erwies sich jedoch als ebenso kühl und wortkarg wie die anderen. Er versuchte gar nicht, sie zu eskortieren, stellte Bashir fest. Er stand einfach nur da, verabschiedete sie mit einem knappen Nicken und schloß das Schott hinter ihnen. Der Arzt betrachtete das Indikatorlicht neben den externen Kontrollen. Selbst mit seinen irrationalen menschlichen Gefühlen wußte er, daß die Anzeige gleich von Grün zu Rot wechseln und auf die Verriegelung des Zugangs hinweisen würde. Es geschah tatsächlich, und etwas an dieser Reaktion erschien Bashir auf eine geradezu herrliche Weise menschlich-banal. Doch dieses Empfinden änderte nichts daran, daß ihn die eigene Hilflosigkeit mit Ärger erfüllte.

»Ich lasse von O'Brien einen Runabout vorbereiten, sobald wir *Deep Space Nine* erreichen«, sagte Sisko sanft. »Ich würde Ihnen die *Defiant* geben, aber ...«

Bashir nickte – diese Möglichkeit kam natürlich nicht in Frage. »Ich verstehe.«

Dax streckte die Hand aus und berührte ihn am Arm. »Keine Sorge, Julian. Es sollte uns nicht länger als achtundvierzig Stunden aufhalten, und der Symbiont befindet sich in Stasis.« Sie zuckte mit den Schultern und lächelte schief. »Er spürt überhaupt nichts davon.«

»Nein.« Bashir wandte den Blick von der verschlossenen Tür ab und versuchte, nicht mehr an die unnachgiebige Vulkanierin im Kontrollraum zu denken.

»Nein«, wiederholte er. »Natürlich nicht. Danke.« Er drückte Jadzias Hand, ließ sie dann wieder los. Sein eigenes Lächeln wirkte vermutlich nicht echter als ihres. »Wenn Sie mich jetzt bitte entschuldigen würden… Ich ziehe mich in mein Quartier zurück. Fünftausend Jahre alte medizinische Logbücher warten darauf, von mir gelesen zu werden.«

7

Abendessen?« – Dax sah völlige Leere in Bashirs Gesicht und wußte nicht, ob sie lachen oder ihn schlagen sollte. Sie respektierte das Verhalten fremder Lebensformen, aber manchmal war der menschliche Arzt so besessen von seiner Arbeit, daß sie sein Gebaren nicht länger tolerieren konnte.

Sie schloß einen Kompromiß mit sich selbst und seufzte verärgert.

»Abendessen, Julian. Jene Mahlzeit, die man einnimmt, nachdem man die Arbeit des Tages erledigt hat und bevor man zu Bett geht.« Dax musterte das hohlwangige Gesicht des Doktors kritisch. »Sie erinnern sich doch daran, was es mit Betten auf sich hat, oder? Man schläft darin.«

Bashir hob eine Hand zur Stirn und verzog das Gesicht, so als hätte ihn Dax an eine unangenehme Aufgabe erinnert, die es zu erledigen galt. »Ich weiß, ich weiß ... Heute abend lege ich mich hin, das verspreche ich. Aber vorher muß ich noch zwei Stunden arbeiten, um den Symbionten für die Reise zu stabilisieren.« Er bedachte Jadzia mit dem jungenhaften Blick, mit dem er an Bord von *Deep Space Nine* viele Herzen gewonnen hatte. »Könnten Sie mir etwas bringen? Und mich eine Stunde lang bei der Schutzheiligen aller Singularitäten vertreten? Dadurch wäre es mir möglich, mich eine Stunde früher hinzulegen.«

Diesmal schlug Dax zu, aber sie lachte dabei. »Ich sollte Ihnen besser mitteilen, daß T'Kreng gleich *zwei*

Nobel/Z-Magnees-Preise für ihre Arbeit in bezug auf Quanten-Chronodynamik und Singularitätsmatrizen bekommen hat. Es sollte eine Ehre sein, mit ihr zu sprechen.«

Bashir rieb sich die Schulter, an der ihn Jadzias Faust getroffen hatte. »Und bestimmt ist ein solches Gespräch nicht interessanter, als O'Brien dabei zuzuhören, wie er die letzte Neuprogrammierung der Nahrungsmittelreplikatoren erklärt. Nein, danke, darauf verzichte ich.«

»Wie Sie wollen.« Dax blieb in der Tür der kleinen Passagierkabine stehen. Der Stasisbehälter mit den Pumpen und Schläuchen beanspruchte den größten Teil des Platzes. Bashir beugte sich über die Schalttafel, und Falten bildeten sich in seiner Stirn. »Julian ...« Sie wartete, bis er den Kopf hob. »Versuchen Sie, sich nicht schuldig zu fühlen, weil Sie mich die ganze Zeit über am Leben erhielten. Mit den Bräuchen der Erde kenne ich mich nicht besonders gut aus, aber auf der Trill-Heimatwelt ist es der Patient, der über die Euthanasie entscheidet, nicht der Arzt.«

»Ich weiß.« Bashir blickte in den Behälter, und in seiner Wange zuckte ein Muskel. »Ich hoffe nur, daß es sich dieser Patient nach dem Tod des Arztes nicht anders überlegte.«

In dieser Hinsicht konnte ihm Dax keinen Trost spenden. Die vom älteren Symbionten stammenden Erinnerungen waren nur klar, soweit sie den letzten Kampf der *Defiant* betrafen. Der Rest bestand aus kaum mehr als bedeutungslosen Gedanken und vagen Halluzinationen.

Sie trat in den Korridor, schloß leise die Tür hinter sich und ließ Bashir mit ihrem katatonischen zukünftigen Selbst allein.

Den Speisesaal der *Sreba* fand sie, indem sie sich einfach von den Stimmen leiten ließ. Die innere Struktur des vulkanischen Forschungsschiffs ähnelte der von diplomatischen Kurieren: Auf dem unteren Deck lagen der Maschinenraum und die Lebenserhaltungssysteme, auf dem oberen die Brücke und die Laboratorien. Dazwischen befanden sich die Mannschaftsquartiere, wo Besatzungsmitglieder wohnten und ihre Mahlzeiten einnahmen. Ein Freizeitbereich schien an Bord der *Sreba* nicht zu existieren, aber das wunderte Dax kaum, denn immerhin bestand die Crew aus Vulkaniern.

In der kleinen, schmucklosen Messe saßen mehrere Wissenschaftler an einem langen Tisch. Einige von ihnen setzten die Arbeit beim Essen fort und nahmen Berechnungen mit Hilfe von kleinen Taschencomputern vor. Captain Sisko hatte am einen Ende des Tisches Platz genommen, der frostigen T'Kreng gegenüber. Sein dunkles Gesicht blieb ausdruckslos, doch eine gewisse Anspannung in den Schultern wies darauf hin, daß er sich an einen anderen Ort wünschte. Dax unterdrückte ein Lächeln, bestellte eine Schüssel *Chfera* beim Replikator und näherte sich dem ungleichen Paar.

»... die Theorie, nach der die Bewohner des Wurmlochs irgendeine Rolle bei der Stabilisierung der Singularitätsmatrix spielen«, sagte T'Kreng, als Dax den Tisch erreichte. »Ich bin nicht einmal sicher, ob die bisherigen Daten tatsächlich die Existenz jener Lebensformen bestätigen.«

»Es gibt sie«, erwiderte Sisko schroff genug, um einige der Anwesenden zu veranlassen, den Kopf zu drehen. »Ich habe sie gesehen.«

Die vulkanische Wissenschaftlerin wölbte eine Braue. »Nach den mir bekannten Berichten lassen sich Ihre Erlebnisse kaum mit dem Wort ›sehen‹ beschreiben, Captain. Stimmt es nicht, daß Ihnen jene Wesen nur in Gestalt von Menschen aus Ihrer Vergangenheit erschienen?«

»Ja.«

T'Kreng vollführte eine vage Geste mit der freien Hand. »Dann gibt es keine konkreten Beweise für die

Existenz jener Entitäten. Ihre Erlebnisse könnten auf Sinnestäuschungen zurückgeführt werden, die sich durch den Kontakt mit der Singularitätsmatrix ergaben.«

Dax kam Sisko zuvor und antwortete: »Wenn das stimmt, Professor T'Kreng – warum hat dann niemand sonst von entsprechenden Halluzinationen berichtet? Wenn ich mich recht entsinne, läuft Sterchaks Prinzip auf folgendes hinaus: Alle komplexen Phänomene, die nur einmal auftreten, deuten mit hoher Wahrscheinlichkeit auf intelligentes Leben hin.«

Einige der anderen am Tisch sitzenden Vulkanier murmelten zustimmend, und T'Kreng kniff die Augen zusammen. »Das stimmt«, bestätigte sie kühl. »Allerdings erstaunt es mich, daß sich eine Trill mit diesem kleinen Nebenzweig der vulkanischen Philosophie auskennt.«

»Ich *bin* Starfleet-Offizier«, erwiderte Dax ruhig. »Und zufälligerweise habe ich Professor Sterchak kennengelernt, als er die Heimatwelt der Trill vor dreihundert Jahren besuchte.« Sie lächelte schelmisch und sah zu Sisko. »Nach einigen Gläsern *ghiachanischem* Brandy wurde er sehr philosophisch.«

Nicht nur der Captain lachte, sondern auch noch jemand anders. Dax sah überrascht zum anderen Ende des Tisches und bemerkte ein lächelndes Gesicht zwischen den ernsten vulkanischen Mienen. Es gehörte einer jungen menschlichen Frau, die nicht den verzierten Umhang einer Professorin trug, sondern den einfachen Laborkittel einer Jungakademikerin. Sie sah sofort wieder auf ihren Teller hinab, als sie Dax' Blick bemerkte, doch die Grübchen in ihren Wangen blieben.

T'Kreng gab ein mißbilligendes Geräusch von sich, mehr ein Zischen als ein Seufzen. »Ich bezweifle, ob Sterchaks Trinkgewohnheiten wichtig genug sind, um Gegenstand dieser Diskussion zu werden, Lieutenant. Außerdem ist das nach ihm benannte Prinzip kein fundamentales Naturgesetz, sondern nur eine Anleitung für logische Schlußfolgerungen.« Sie deutete mit ihren Eßstäbchen auf Dax. »Wenn es wirklich intelligente Geschöpfe gibt, die im bajoranischen Wurmloch leben und es mit einer für uns unvorstellbaren Technik stabil halten – kämen sie dann nicht einer evolutionären Anomalie gleich? In einer so lebensfeindlichen Umgebung können sie sich wohl kaum entwickelt haben.«

»Vielleicht haben sie das auch gar nicht, ehrenwerte Professorin.« Diese Worte stammten von einer ganz und gar unvulkanischen Stimme. Sie versuchte, logisch zu klingen, doch es vibrierte auch unüberhörbare Aufregung in ihr. Dax stellte fest, daß der Diskussionsbeitrag von der menschlichen jungen Frau stammte. »Möglicherweise fand das erste Stadium der Entwicklung in einer lebensfreundlicheren Umgebung statt, woran sich später die Kolonisierung des Wurmlochs anschloß.«

»Das halte ich für sehr unwahrscheinlich«, entschied T'Kreng.

Erheiterung schimmerte in Siskos dunklen Augen. »Es ist ebenso unwahrscheinlich wie der Umstand, daß sich Menschen zunächst auf einem Planeten entwickelten und dann ins All zogen. Wenn eine andere Spezies uns nur aufgrund unserer Raumstationen kennen würde – vielleicht hielte sie dann *uns* für eine evolutionäre Anomalie.«

Ein Schatten huschte über die steinerne Miene der Vulkanierin. Dax sah darin einen Hinweis darauf, daß sich T'Kreng der Logik von Siskos Argument nicht ganz entziehen konnte. »Komparative Kultur gehört nicht zu meinen Fachgebieten, Captain, im Gegensatz zu Quantensingularitäten. Ich sehe mich außerstande, ebenso unbekümmert über die hypothetische Entwicklung völlig unbekannter Lebensformen zu spekulieren wie meine junge menschliche Assistentin. Aber ich kann folgendes mit Gewißheit feststellen: Ob die Bewohner des Wurmlochs existieren oder nicht – sie wären nicht imstande, der Energiemenge zu widerstehen, die das bajoranische Wurmloch beim temporalen Transfer der *Defiant* aufnimmt. Wenn ihnen eine solche Möglichkeit zur Verfügung stünde, hätten sie logischerweise bei der ursprünglichen Entwicklung dieser Zeitlinie davon Gebrauch gemacht.« Sie legte die Eßstäbchen gerade und absolut parallel zueinander auf ihr Tablett, sah Sisko an und wölbte diesmal gleich beide Brauen. »Habe ich Ihre Frage beantwortet?«

»Das haben Sie in der Tat, Professor.«

T'Kreng nickte knapp. »Dann lasse ich Sie jetzt mit Ihrer Kollegin allein. Wir sollten *Deep Space Nine* morgen um vier Uhr fünfzig Bordzeit erreichen. Bitte sorgen Sie dafür, daß Ihr Erster Medo-Offizier bereit ist, seine Fracht zu jenem Zeitpunkt mit maximaler Effizienz zu entladen. Ich möchte nicht länger als eine Stunde angedockt bleiben.«

Siskos Nicken fiel ebenso knapp aus wie das der Vulkanierin. »Ich gebe ihm Bescheid.«

Dax runzelte die Stirn und beobachtete, wie T'Kreng den Speisesaal hoch erhobenen Hauptes verließ. »Ich bin mir nicht sicher, ob Julian den Symbionten so schnell von Bord bringen kann«, wandte sie sich leise an Sisko. »Bestimmt will er das Stasisfeld erst deaktivieren, wenn wir den Warptransfer unterbrechen.«

Sisko zeigte seine Zähne, aber es wollte kein Lächeln daraus werden. »Ganz gleich, was die ehrenwerte Professorin denkt: Für die Andocksysteme von *Deep Space Nine* ist nicht sie zuständig, sondern ich. Wenn mein Erster Medo-Offizier mehr Zeit braucht, um seine Sachen von Bord zu bringen, so bekommt er sie.« Er rieb sich die Schläfe und schnitt eine Grimasse. »Wenn ich mit Vulkaniern rede, bekomme ich immer Kopfschmerzen. Was dagegen, wenn ich dir beim Rest der Mahlzeit keine Gesellschaft leiste, alter Knabe?«

Dax sah auf die leere Schüssel hinab. »Wieso glaubst

du, daß ich noch nicht fertig bin?« fragte die Trill erstaunt und benutzte ebenfalls die vertrauliche Anrede.

Sisko schnaubte. »Seit der Unterzeichnung des Vertrages mit den Klingonen habe ich nicht erlebt, daß du dich mit nur einer Schüssel *Chfera* begnügt hast, Dax.« Er stand auf und klopfte ihr freundschaftlich auf die Schulter. »Genieß den Rest des Essens.«

Die Trill lachte und folgte ihm bis zum Replikator, wartete dort hinter zwei Vulkaniern, die dem Ausgabefach Raktajino-Tassen entnahmen. Jemand anders trat hinter sie und räusperte sich demonstrativ – ein Geräusch, das nur von einem Menschen stammen konnte.

Dax drehte sich um und erkannte T'Krengs junge Assistentin.

»Doktorarbeit?« fragte sie und deutete auf den Datenblock, den sich die junge Terranerin unter einen Arm geklemmt hatte.

»Äh, ja.« Die Wangen der menschlichen Frau gewannen einen rötlicheren Ton. »Deshalb wollte ich mich vorstellen – obwohl Sie mich schon kennen. Ich bin Heather Petersen, die Studentin von der Starfleet-Akademie, die Ihnen im letzten Jahr dabei geholfen hat, Daten über Subraum-Zeitverzerrungen des bajoranischen Wurmlochs auszuwerten. Äh ... Sie sind Lieutenant Dax von *Deep Space Nine*, nicht wahr?«

»Ja, natürlich.« Dax' Lächeln wuchs in die Breite. »Und *Sie* sind die brillante Physikstudentin, die endlich eine Erklärung dafür fand, warum sich das Wurmloch mit einem so hohen Maß an Rotationsenergie öffnet. Hat Ihnen Professor T'Kreng erlaubt, Ihre Gleichungen des vierdimensionalen Zeittransits zu veröffentlichen?«

Petersen erwiderte das Lächeln. »Ihr blieb gar keine Wahl, nachdem die Herausgeber des *Magazins für Subraum-Physik* beschlossen, meinen Artikel zu publizieren. Vielen Dank für den Rat, Lieutenant.«

»Gern geschehen.« Dax zog die gefüllte *Chfera*-Schüssel aus dem Replikator und wartete, während Petersen elasianischen Wolkenapfelmus wählte. Anschließend kehrten die beiden Frauen zum Tisch zurück, um dort die Plätze von Sisko und T'Kreng einzunehmen. »Wieso nehmen Sie an dieser Mission im All teil, Heather? Das derzeitige Semester an der Starfleet-Akademie ist doch noch nicht zu Ende, oder?«

»Dies ist mein Praktikum«, erklärte die jüngere Frau. »Was bedeutet, daß ich derzeit keine Vorlesungen besuchen muß.« Sie senkte die Stimme zu einem vertraulicheren Murmeln. »Außerdem glaube ich, daß Starfleet wenigstens eine Person mit militärischer Sicherheitsklassifikation an Bord haben wollte. Selbst wenn es sich dabei nur um einen Senior-Kadett wie mich handelt.«

Dax hob die Brauen und wußte, daß Petersen mit diesen Worten großes Vertrauen bewies. Offenbar verbarg sich mehr hinter der jungen Wissenschaftlerin, als ihr sanftes Gesicht und die ruhige Stimme verrieten. »Sie sind der einzige Offizier an Bord? Wer führt das Kommando über dieses Schiff?«

»T'Kreng«, antwortete Petersen. »Als Starfleet-Captain hatte sie den Befehl über ein kleines Forschungsschiff, bevor sie den aktiven Dienst verließ, um ihren zweiten Doktortitel zu erwerben und zu unterrichten.«

»Kein Wunder, daß sich Admiral Hayman für sie entschieden hat.« Dax kratzte den Rest in ihrer Schüssel zusammen und überlegte. »Wieviel hat T'Kreng ihrer Crew von dieser Mission erzählt?«

Die junge Terranerin bedachte sie mit einem durchdringenden Blick. »Wir haben von ihr nur erfahren, daß wir in den nächsten Wochen das bajoranische Wurmloch verlieren könnten. Mit einer präzisen chronodynamischen Analyse sollen Zeit und Ort des betreffenden Ereignisses festgestellt werden.« Petersen zögerte, und dünne Falten entstanden in ihrer Stirn. »Ich glaube, daß es bei diesem Problem auch um Zeitreise geht, denn die Hälfte der Wissenschaftler an Bord sind nicht nur Wurmloch-Physiker, sondern auch Zeitspezialisten wie ich. Stimmt meine Vermutung?«

Jadzia beriet sich einige Sekunden lang mit ihrem Symbionten, wog ihre früheren Erfahrungen mit Petersens Intelligenz und Zuverlässigkeit gegen ihre Jugend und den Ernst der Situation ab. »Ja«, sagte sie schließlich und zog die Terranerin vom Tisch fort, bevor sie noch mehr fragen konnte. »Fast hätte ich vergessen, daß ich meinem Freund Julian versprochen habe, ihm etwas zu essen zu bringen. Helfen Sie mir beim Tragen?«

»Natürlich.« Der plötzliche Themawechsel überraschte Petersen ein wenig, aber sie erhob keine Einwände, als Dax für Bashir eine Mahlzeit orderte, die aus Lamm, Linsen und Kuskus bestand. Anschließend reichte sie der jungen Frau eine Tasse Raktajino und zwei Portionen Wolkenapfelmus. »Offenbar hat Ihr Freund etwas für leckeren Nachtisch übrig.«

»Eigentlich nicht.« Dax hielt den warmen Kuskus-Teller in der einen Hand und griff mit der anderen nach zwei Gabeln. »*Ich* habe eine Vorliebe für leckere Desserts. Und bei Ihnen duftete er vorhin sehr verlockend.«

Petersen lachte leise und folgte der Trill aus dem Speisesaal. Sie schwieg, bis alle Stimmen hinter ihnen verklungen waren. »Nun, Lieutenant … Wie vertraulich ist das, was Sie mir mitteilen möchten?«

Dax warf ihr einen amüsierten Blick zu. »War es so offensichtlich? Nun, lassen Sie es mich so ausdrücken: Wenn Sie Bescheid wissen, befinden Sie sich in der Gesellschaft von Admirälen.«

Daraufhin wirkte Petersen sehr ernst. »Halten Sie es für richtig, mich einzuweihen?«

»Ich brauche Input«, erwiderte Dax ebenso ernst. »Vorzugsweise von einem Wissenschaftler, der sich mit

Quanten-Zeitparadoxa besser auskennt als ich. Ich wollte die Professorin um Rat fragen, aber sie scheint neuen Ideen gegenüber nicht sehr aufgeschlossen zu sein.«

Petersen lachte erneut. »Oh, T'Kreng ist neuen Ideen gegenüber sogar sehr aufgeschlossen, Lieutenant – solange es ihre eigenen sind.«

Dax blieb vor der Tür von Bashirs Kabine stehen, balancierte das Tablett und betätigte den Melder. »Deshalb spreche ich lieber mit Ihnen über diese Angelegenheit. Soweit ich weiß, hat bisher noch niemand diese Hypothese überprüft.« Sie hörte Bashirs leise Bestätigung und wich ein wenig zurück. Eine Sekunde später glitt die Tür beiseite. »Vielleicht liegt es daran, daß niemandem geeignete Testobjekte zur Verfügung standen.«

Bashir sah von einem Bildschirm auf, der seine alten medizinischen Aufzeichnungen zeigte. Er schien ganz darin vertieft gewesen zu sein, denn er nahm den Besuch der beiden Frauen mit offensichtlicher Verwirrung zur Kenntnis. »Wollten Sie irgend etwas, Jadzia?«

Sie seufzte, wich einigen Schläuchen aus und hielt ihm das Tablett unter die Nase. »Ja, ich will tatsächlich etwas: daß Sie dies essen. Außerdem möchte ich Sie einer Freundin vorstellen.« Dax sah zu Petersen, die das Zimmer betreten hatte. Neugierig betrachtete sie die ihr unvertrauten Installationen. »Heather, das ist Julian Bashir, Erster Medo-Offizier von *Deep Space Nine*. Julian, das ist Heather Petersen, eine Forschungskollegin von der Starfleet-Akademie.«

Der Arzt hob die Brauen und schenkte dem Tablett, das Dax vor ihm absetzte, zunächst keine Beachtung. »Von mir aus könnte sie auch ein Mitglied des Obsidian-Kommandos sein, wenn die Tasse *Raktajino* in ihrer Hand für mich bestimmt ist.«

»Natürlich ist sie das. Sie wissen doch, daß ich keinen Haselnußgeschmack mag.« Dax reichte ihm die dampfende Tasse und einen Dessertteller; den anderen beanspruchte sie selbst. Der Wolkenapfelmus schmeckte noch viel besser, als sein Duft versprach. »Heather schreibt ihre Doktorarbeit über die Zeitverzerrungseffekte von Singularitäten«, sagte sie mit vollem Mund. »Ich habe sie für eine Konsultation mitgebracht.«

Bashir wirkte erneut verwirrt. »Für eine medizinische Konsultation?«

»Nein, für eine Beratung in Sachen Quanten-Chronodynamik. Essen Sie.« Als sich Bashir müde dem Lammfleisch zuwandte, zog Dax die jüngere Frau zum Behälter. Die Stille der Stasis umhüllte dort den uralten Symbionten. »Kennen Sie die Theorie der ansiblen Technik, Heather?«

Die Frage schien Petersen zu erstaunen. »Meinen Sie die Vorstellung, daß die einzelnen Elemente von Quantenpartikelpaaren ewig synchron zueinander schwingen, ganz gleich, wie groß die Entfernung zwischen ihnen ist? Ja, ich kenne diese Theorie. Sie bildet die Basis für die Relaisstationen bei unserer interstellaren Kommunikation. Warum fragen Sie?«

Die junge Frau blickte auf den reglosen Symbionten hinab. »Und was hat das mit diesem Trill-Symbionten zu tun?«

»Ich habe nachgedacht«, sagte Dax langsam. »Vielleicht funktioniert die ansible Technik nicht nur im Raum, sondern auch in der Zeit. Hat jemand eine solche Möglichkeit untersucht?«

Petersen hob und senkte kurz die Schultern. »In den wissenschaftlichen Computernetzen wird gelegentlich darüber gesprochen. Doch ein praktischer Test ist unmöglich. Wir können echten Synchronismus zwischen zwei Partikel herstellen, die im Raum voneinander getrennt sind. Aber bei einer Trennung in der Zeit läßt sich nicht verifizieren, ob die Schwingungen wirklich synchron sind.«

»Aber wenn wir es nicht mit Quantenpartikeln zu tun haben, sondern mit intelligenten Wesen ...« Dax spürte, wie Bashir den Kopf drehte und sie ansah. »Dann könnten wir eine ansible Verbindung aufgrund von geteilten Gedanken testen, oder?«

Petersen runzelte die Stirn. »Dazu wären zwei absolut identische intelligente Wesen erforderlich. Selbst das Cloning ist nicht exakt genug, um ...« Sie unterbrach sich, und ihr verblüffter Blick kehrte zum Stasisbehälter zurück. »Es sei denn ... Lieutenant, wollen Sie etwa behaupten, daß dieser Trill-Symbiont ...« Sie sprach den Satz nicht zu Ende.

»Ja«, bestätigte Dax ruhig. »Er ist mein inneres Selbst, Partikel für Partikel. Aber wir sind fünftausend Jahre voneinander getrennt.«

In den Augen der jungen Terranerin blitzte es, als sie verstand. »Der Zwischenfall mit dem bajoranischen Wurmloch – er versetzte Sie so weit in die Vergangenheit? Und der Symbiont hat bis heute überlebt, was dem Wirt nicht möglich war?«

»Ja.« Die Trill tastete nach dem Deckel des Behälters, spürte dabei eine Mischung aus Jadzias vagem Entsetzen und Dax' amüsierter Zuneigung. »Ich bin hier, und gleichzeitig bin ich dort. Die Frage ist: Besteht eine ansible Verbindung?«

Petersen kaute auf der Unterlippe und überlegte konzentriert. »Es gibt keinen theoretischen Grund, der dagegen spricht«, erwiderte sie nach einigen langen Sekunden. »Natürlich spüren Sie nichts davon, solange Ihr ... anderes Selbst in der Stasis liegt, ohne die Möglichkeit einer synchronen Schwingung. Nur wenn Sie beide wach sind, haben Untersuchungen in Hinsicht auf Resonanzsynchronismus einen Sinn.«

Dax sah zu Bashir, bemerkte in seinen braunen Augen sowohl Ehrfurcht als auch fassungslose Ungläubigkeit. Sie erriet seine Gedanken und lächelte. »Ich bin nicht gerade begeistert von der Vorstellung, fünftausend Jahre in einem solchen Behälter zu verbringen, aber da es tatsächlich geschehen ist, sollten wir diesen Umstand ruhig zu unserem Vorteil nutzen. Uns bietet sich hier eine wahrhaft einzigartige wissenschaftliche Chance. Können wir den Symbionten aus der Stasis holen?«

Der Arzt schüttelte sich, als wollte er auf diese Weise die Bilder eines Wachtraums abschütteln. »Nein, das können wir nicht«, sagte er fest. »Jadzia, Sie mögen eine ausgezeichnete Wissenschaftlerin sein, aber Sie sind nicht realistisch. Ich bin nicht einmal sicher, ob der Symbiont den Streß dieser Reise übersteht. Ihn jetzt einem wissenschaftlichen Experiment zu unterziehen ... Wir könnten kaum etwas Schlimmeres mit ihm anstellen.«

Dax runzelte die Stirn. »Wenn wir *Deep Space Nine* erreicht haben, sind solche Experimente nicht mehr möglich, Julian. Captain Sisko möchte, daß ich mit ihm an Bord der *Sreba* bleibe. Und wenn es uns gelingt, die Stabilität des Wurmlochs zu bewahren ...« Nachdenklich sah sie zum Behälter. »Dann wird mein zukünftiges Selbst für immer verschwinden.«

Bashir seufzte und ließ die Gabel auf den Teller sinken. »Wie lange dauern die Untersuchungen?«

Dax wechselte einen Blick mit Heather Petersen. »Mindestens eine Stunde?« fragte sie, und die junge Wissenschaftlerin nickte. »Soll das heißen, wir können gleich beginnen?«

»Nein. Es bedeutet, daß Sie die Experimente durchführen können, sobald ich den Symbionten aus der Stasis geholt und seinen Zustand stabilisiert habe, und zwar an Bord von *Deep Space Nine*.« Bashir sah die Enttäuschung in den Gesichtern der beiden Frauen. »Stimmt was nicht?«

Dax schnaubte leise. »Die Schutzheilige aller Singularitäten will maximal eine Stunde angedockt bleiben. Obwohl ...« Sie zögerte kurz. »Benjamin versprach,

Ihnen genug Zeit zu geben, um Ihre Sachen von Bord zu schaffen.«

Ein zufriedenes Lächeln umspielte Bashirs Lippen. »Dann überlassen Sie alles mir. Wenn ich die Dinge nicht langsam genug zur Raumstation transferieren kann, um Ihnen Gelegenheit zu dem Experiment zu geben, bitte ich O'Brien, mir zu helfen. Dann brauchen wir doppelt solange.«

Dax lachte leise. Heather Petersens verwunderter Blick glitt zwischen dem Arzt und der Trill hin und her. »Wieso dauert es länger, wenn Ihnen jemand hilft?«

»Weil die Hilfe von unserem Chefingenieur stammt«, erklärte Dax. »Und wenn er diese Installationen sieht …«

»… weist er mich bestimmt in allen Einzelheiten darauf hin, was bei der Konstruktion hätte besser gemacht werden können«, beendete Bashir den Satz.

Zerfranstes, scharfkantiges Metall wölbte sich am Rand des Risses in der Außenhülle, neigte sich wie anklagend den Sternen entgegen. Eis glänzte am Rand – entweichendes Gas hatte sich hier vor einigen Stunden niedergeschlagen. *Es kann noch keine zehn Stunden her sein*, dachte Kira, als sie den im Raumhelm steckenden Kopf drehte und sich umsah. Sie brachte das zerstörte Schiff ganz automatisch mit den Milizionären in Verbindung, und die waren vor weniger als zehn Stunden aufgescheucht worden. Als sie das Wrack auf Odos Sensorschirmen entdeckt hatte, spürte sie zunächst so etwas wie Zufriedenheit. Doch dieses Gefühl wich aus ihr, als die vergebliche Suche nach Überlebenden begann. Inzwischen überprüften sie das dritte Wrack, und längst war die Benommenheit in Kira dumpfem Zorn gewichen.

Eine Bewegung spiegelte sich am Visier des Raumhelms wider. Die Bajoranerin drehte sich um, froh darüber, der schwarzen Unendlichkeit den Rücken kehren zu können. Langsam schritt sie über das an mehreren Stellen geborstene Deck und näherte sich der glänzenden Masse vor einem Schott. Es handelte sich um ein altes Schiff, das auch früher nicht besonders stabil und widerstandsfähig gewesen war. Destruktive Energie hatte eine lange Öffnung in den Rumpf gebrannt und auch die meisten Schotten zerstört. Die Folge: eine explosive Dekompression. Die Luft an Bord entwich schlagartig ins All, was der Besatzung den Tod bescherte.

Es mangelte nicht an Rissen, durch die Odo in seiner flüssigen Form gleiten konnte.

Der Constable wuchs nun vor Kira in die Höhe, stabilisierte seine Gestalt und zeigte ein Gesicht, dessen Stirn bereits dünne Falten aufwies. Kira beneidete ihn zwar um die Fähigkeit, sich auch im Vakuum zu bewegen, ohne einen Raumanzug tragen zu müssen, nicht jedoch um die Verantwortung, die manchmal damit einherging. Sie fühlte sich noch immer schuldig, weil sie ihn allein zu den unteren Decks geschickt hatte. *Für dich wäre es viel schwieriger gewesen, nach unten zu gelangen,* dachte sie. Außerdem stellte primäre Strahlung für sie eine größere Gefahr dar.

Sie wartete, bis Odo das Visier des Raumhelms berührte, bevor sie fragte: »Haben Sie was gefunden?«

»Es ist wie bei den beiden anderen Schiffen.« Vibrationen übertrugen sich von der Hand auf den Raumhelm, vermittelten nur den Hauch einer Stimme, ein vages Echo, das aus dem Nichts zu kommen schien. »Auch hier ist die Reaktionsmasse verschwunden. Der Maschinenraum wurde geplündert.« Bei den drei Schiffen handelte es sich um alte, primitive Sublicht-Frachter, ausgestattet mit den billigsten Fusionstriebwerken, die sich legal erwerben ließen. »Die Angreifer hatten es offenbar sehr eilig: Der Fusionsreaktor wurde einfach herausgeschnitten, ohne irgendwelche Rücksicht zu nehmen. Es erstaunt mich, daß die Diebe überlebten.«

Kira nickte. Aus einem Reflex heraus ballte sie die Hände zu Fäusten. »Kein Hinweis auf die Crew?«

Odo schüttelte den Kopf. »Nicht einmal Leichen«, erklang wieder seine geisterhafte Stimme. »Entweder haben die Piraten nach ihrem Überfall alle Toten verschwinden lassen, oder sie waren nicht sehr vorsichtig, als sie ins Innere der Schiffe vorstießen und dabei die Besatzung dem Vakuum aussetzten.«

Sie hatten sich nicht die Zeit genommen, die Fracht der Transporter fortzuschaffen. Kira konnte sich kaum vorstellen, daß die Aggressoren bereit gewesen waren, lange nach Überlebenden zu suchen. Andererseits: Bei Sondierungen der anderen beiden Wracks zeigten sich in einem Radius von hunderttausend Kilometern keine Anzeichen von organischen Resten. Konnte eine explosive Dekompression Leichen ein so starkes Bewegungsmoment geben, daß sie innerhalb einiger Stunden noch weiter forttrieben?

»Wie sind Bajoraner fähig, sich so etwas anzutun?« fragte Kira leise.

Odo neigte den Kopf zur Seite, doch es blieb unklar, ob er damit Neugier oder Mißbilligung zum Ausdruck brachte. »Es gibt keinen Beweis dafür, daß die Milizionäre in diese Sache verwickelt sind, Major.«

Er entschied sich also für eine pragmatische Einstellung – Kira hätte es wissen sollen.

»Wer kommt sonst in Frage?« Sie widerstand der Versuchung, sich umzudrehen und mit einer unruhigen Wanderung zu beginnen. Dadurch wäre der Kontakt mit Odo unterbrochen worden, und dann hätte sie nicht mehr seine Stimme hören können. »Sie flogen in diese Richtung, und wir verfolgten sie.«

»Genau.« Die Stimme des Gestaltwandlers blieb ein Hauch, aber trotzdem ließ sich jetzt eine gewisse Schärfe darin vernehmen. »Warum sollten sie Zeit damit vergeuden, drei Frachter anzugreifen und ihre Fusionsreaktoren zu entwenden?«

»Um uns aufzuhalten. Sie wußten, daß wir nicht einfach weiterfliegen würden, ohne nach Überlebenden Ausschau zu halten.«

Kira vernahm Odos Schnauben als ein leises Summen an der Helmscheibe. »Damit würde ich nicht unbedingt rechnen, wenn ich mit einer illegalen Plasmabombe unterwegs wäre«, entgegnete der Constable. »Außerdem hätten sie mit einer solchen Aktion dafür gesorgt, daß sie viel leichter zu orten sind. Ein Schiff mit drei Fusionsreaktoren an Bord läßt sich noch in einer Entfernung von einem halben Lichtjahr lokalisieren.«

Kira hob ruckartig den Kopf. »Wir verfolgen sie nicht mehr, Odo!«

Er musterte sie überrascht. »Major …«

»Wir haben einen Runabout!« platzte es aus der Bajoranerin heraus. Sie ergriff Odo an den Schultern, als sei es auf diese Weise leichter, sich ihm verständlich zu machen. »Aber die Milizionäre haben einen Plasmasprengkopf und genug Plutonium, um eine kleine Sonne entstehen zu lassen! Hatten Sie jemals Gelegenheit, sich das anzusehen, was nach der Explosion einer thermonuklearen Bombe übrigbleibt?«

Die Frage erschien dem Gestaltwandler seltsam. »Ich habe entsprechende Holofilme gesehen«, antwortete er verwundert.

Kira nickte und ließ die Hände sinken. »Ich kenne die Realität.« Sie drehte sich um, bis der breite Riß in der Außenhülle des Schiffes in ihr Blickfeld geriet. Odo trat näher, um auch weiterhin den für die Kommunikation notwendigen Kontakt zu halten.

»Drei Jahre vor dem Ende der Besatzung.« Erinnerungsbilder formten sich, und Kira nahm sie behutsam zur Kenntnis, achtete jedoch darauf, sich nicht in ihnen zu verlieren. »Damals überfiel die unter dem Kommando von Pak Dorren stehende Widerstandsgruppe eine alte Plutoniummine in der Provinz Veska. Ihre Absicht bestand darin, eine abgeschirmte Atombombe nach Terek Nor zu schmuggeln. Eine gewaltige Explosion sollte nicht nur den Präfekten der Cardassianer ins Jenseits schicken, sondern auch ihre Operationsbasis zerstören.«

Kiras Lippen formten ein bitteres Lächeln. »Außerdem wollte Pak zu denen gehören, von denen unsere Lieder handeln.« Sie dachte an ihre erste und einzige Begegnung mit Pak Dorren. Damals fungierte sie als Shakaars Leibwächterin, als sich die beiden lebenden Legenden des Widerstands trafen, um Paks verrückten Plan zu erörtern. Erneut hörte sie selbstgefälliges Lachen und sah das falsche Lächeln einer Frau, die vor allem an ihren eigenen Ruhm dachte. »Aber sie brachten Bajor nicht die ersehnte Freiheit. Statt dessen unterlief ihnen ein Fehler, noch bevor sie die Konstruktion der Bombe beendeten. Es kam zu einer Explosion, die im Umkreis von zwanzig Kilometern alles zerstörte. Noch heute besteht das ganze Tal aus schwarzem Glas.«

Geschmolzenes Gestein, verbrannte Leichen, nackte Tote ...

Kira schnappte unwillkürlich nach Luft und verdrängte die Erinnerungsbilder.

Wenn Odo ihren Schmerz bemerkte, so ging er nicht darauf ein. »Die Schilde eines Runabouts sind stark genug, um mit einem direkten Photonentorpedotreffer fertig zu werden. Selbst drei thermonukleare Explosionen könnten sie nicht durchdringen.«

»Wenn es im All zur Konfrontation kommt«, erwiderte Kira. »Aber wenn die Milizionäre zu einer Kolonie unterwegs sind oder vielleicht zu einer ihrer Mondbasen ... Ich würde mich nicht unbedingt wie ein Sieger fühlen, wenn nur unser Runabout unbeschädigt davonkäme. Nein, wir müssen zur Raumstation zurück und Bajor warnen. Die Katastrophe von Veska darf sich nicht wiederholen.«

Sie löste Odos Hand von ihrem Helm, bevor er weitere Einwände erheben konnte.

Sie gab dem Gestaltwandler Gelegenheit, in ihren Instrumentengürtel zu kriechen, bevor sie durch den Riß nach draußen trat. Auf dem schwerelosen Deck eines Raumschiffs gab es überall Dinge, die ihm Halt gaben, doch außerhalb des Frachters konnte er vom Sonnenwind erfaßt und fortgetrieben werden. Die magnetischen Sohlen der Stiefel verbanden Kira mit dem Rumpf des Schiffes, und sie blieb einige Sekunden lang stehen, um sich zu orientieren. Dann blickte sie zum Bug des Transporters, dorthin, wo die *Rio Grande* wartete. Kira hatte zunächst direkt auf der ›Nase‹ des Schiffes landen wollen, als sie feststellte, daß Reststrahlung den Einsatz des Transporters verhinderte. Aber Odo und der Bordcomputer überzeugten sie davon, daß der Runabout problemlos genug an die Eigenbewegungen des größeren Schiffes angepaßt werden konnte, um einen kurzen Sprung durchs All zu ermöglichen.

Reue erfaßte Kira, als sie drei blauweiße Lichter sah: Sie strahlten heller als die Sterne und bildeten ein perfekt geformtes Dreieck.

Sie berührte Odo mit der einen Hand und wartete, bis er ein Pseudopodium nach dem Helmvisier ausgestreckt hatte. »Wir können wohl nicht hoffen, daß sich zufälligerweise drei Starfleet-Schiffe in der Nähe befinden, oder?«

Der Gestaltwandler formte ein Gesicht und drehte es so, daß er zu den Lichtern blicken konnte. »Sie kommen nicht aus der Richtung der Badlands.«

»Halten Sie sich gut fest.« Überall in der Außenhülle des Frachters zeigten sich größere und kleinere Risse. Auf dem Weg vom Runabout hierher hatte Kira jedesmal einen kleinen Umweg eingelegt, um kein Risiko einzugehen. Jetzt ließ sie sich einfach von ihrem Bewegungsmoment über die Öffnungen hinwegtragen. Dadurch kam sie ein wenig schneller voran. Aber es schien trotzdem eine Ewigkeit zu dauern, um die *Rio*

Grande zu erreichen und durch die Luke ins Innere zu klettern.

Als der Luftschleusenindikator grün aufleuchtete, nahm Kira sofort Handschuhe und Helm ab, eilte dann zur Kontrollkonsole. »Computer! Identifiziere die Schiffe, die sich mit Kurs ...« Sie warf einen Blick aufs Sensordisplay, als sie im Pilotensessel Platz nahm. »... eins zwei eins Komma sieben nähern.«

»Bestätigung.« Um sie herum erwachten die Systeme des Runabouts zu neuer Aktivität; Displays und Bildschirm erhellten sich.

Odo floß gerade aus Kiras Instrumentengürtel, als der Computer meldete: »Ein Jäger der Kronos-Klasse, Registrierung unbekannt. Ein Kreuzer der Corsair-Klasse, Registrierung unbekannt. Ein Schlepper der Vinca-Klasse, Registrierung unbekannt.«

Odo setzte sich und streckte sofort die Hände nach den Kontrollen aus. »Das klingt nicht danach, als wollte uns jemand einen freundlichen Empfang bereiten.«

»Die Entfernung beträgt fünfzehntausend Kilometer und verringert sich weiter«, erklang die Sprachprozessorstimme des Computers.

Kira deaktivierte den Autopiloten und schaltete auf manuelle Kontrolle um. »Ich glaube, wir sollten uns besser aus dem Staub machen.«

Ein Erztransporter, ganz gleich wie groß, hatte nur ein geringes Gravitationsfeld, selbst mit Fracht, Treibstoff und Crew an Bord. Trotzdem war es ein Risiko, in unmittelbarer Nähe einer anderen Masse den Warptransfer einzuleiten. Dadurch konnte sich die atomare Struktur auflösen, was bedeutete, daß man seine eigene Masse von hier bis in die Unendlichkeit verteilte. Kira hatte noch nie von einem solchen Fall gehört, aber sie wollte vermeiden, auf diese Weise in die Geschichte einzugehen. Sie brachte die *Rio Grande* ›über‹ den Frachter, obwohl es dafür eigentlich gar keinen Grund gab. Die Bajoranerin fühlte sich nun ein wenig sicherer, weil das große Schiff unter ihr war und nicht mehr dicht über ihrem Kopf schwebte.

Als Kira die erste Erschütterung spürte, dachte sie verärgert daran, daß sie die Entfernung falsch eingeschätzt und an die Seite des Frachters geprallt war. Doch dann kam es zu einem zweiten, stärkeren Stoß. Das Triebwerk der *Rio Grande* heulte auf, und Dutzende von roten Kontrollampen blinkten.

Die Anzeigen wiesen auf vollen Schub hin, aber der Runabout rührte sich trotzdem nicht mehr von der Stelle.

8

Bevor Benjamin Sisko in seiner Kabine an Bord der *Sreba* einschlief, wies er den Computer an, ihn zu wecken, sobald das Schiff den Rand des bajoranischen Sonnensystems erreichte. Er rechnete damit, von einer höflichen Computerstimme aus dem Schlaf geholt zu werden, doch statt dessen hörte er ein rhythmisches Läuten. Sisko hob die Lider und fragte sich, wieso ein modernes vulkanisches Schiff über ein so altmodisches Wecksystem verfügte.

Es läutete noch immer, als er sich aufsetzte.

»Ich bin wach«, knurrte er und sah im Halbdunkel zum Computerterminal. »Schalte den Alarm aus.«

Die erwartete Wirkung dieser Anweisung stellte sich nicht ein – das akustische Signal ertönte auch weiterhin. »Passagiere sind nicht befugt, einen solchen Befehl zu erteilen«, verkündete der Computer mit vulkanischem Akzent.

»*Was?*« Sisko verließ das Bett, und sofort wurde es heller im Zimmer. Der Captain konnte daraufhin die Anzeige des Chronometers erkennen. Drei Uhr – anderthalb Stunden vor der geplanten Ankunft in *Deep Space Nine.*

Die Benommenheit fiel von Sisko ab, und er hörte ein Echo des Läutens, das durchs ganze Schiff zu hallen schien.

»Was hat es mit diesem Alarm auf sich?« fragte er und zog hastig seine Uniform an.

»Captain T'Kreng hat einen allgemeinen wissenschaftlichen Alarm veranlaßt«, informierte ihn der

Computer. »Passagiere brauchen nicht darauf zu reagieren.«

Sisko schnaubte. »Nun, in diesem Fall erfolgt eine Reaktion, ob es T'Kreng paßt oder nicht.« Er trat in die Stiefel und eilte zur Tür. Zu seiner großen Erleichterung öffnete sie sich. Welche Situation auch immer einen ›wissenschaftlichen Alarm‹ bewirkte – es schien nicht notwendig zu sein, die Passagiere zu ihrer eigenen Sicherheit einzusperren.

Im Korridor traf er Dax, die recht schläfrig wirkte. Sie trug noch das Schlafband für ihr langes Haar, und dadurch waren an ihrem Hals mehr Flecken sichtbar als sonst.

»Was soll der wissenschaftliche Alarm?« fragte sie und fügte ihren Worten ein Gähnen hinzu.

»Genau das will ich herausfinden.« Sisko schritt zum einzigen Turbolift der *Sreba,* gefolgt von der Trill. Kurze Zeit später betraten sie die Brücke, wo sie angespannte Stille erwartete. Die meisten aktiven Stationen dienten dazu, den beständigen Datenstrom der Fernbereichsensoren zu verarbeiten. Bei den Deflektor- und Navigationskontrollen schien es völlig normal zuzugehen.

Sisko spürte, wie sich zumindest ein Teil seiner Besorgnis verflüchtigte.

»Captain ...« T'Kreng sah von einer Sensorstation auf, und in ihren hellen Augen zeigte sich nun ein seltsames Schimmern. »Veranlassen Sie Ihren wissenschaftlichen Offizier, unverzüglich eine Prioritätsverbindung mit *Deep Space Nine* herzustellen.«

Dieser Gedanke war ihm längst durch den Kopf gegangen, doch es widerstrebte ihm, Anweisungen von einer arroganten Vulkanierin entgegenzunehmen. Er kämpfte gegen den irrationalen Drang an, ihr nicht zu gehorchen, erinnerte sich in diesem Zusammenhang an seinen Status als Passagier an Bord dieses Schiffes. Mit einem knappen Nicken schickte er Dax zur unbesetzten Kommunikationskonsole. »Haben Sie die Station nicht mit einem normalen Subraum-Kanal erreichen können?« fragte er.

Nur das kontinuierliche Läuten des wissenschaftlichen Alarms antwortete ihm. T'Krengs Aufmerksamkeit galt wieder ganz den Anzeigen der Sensoren; der Schirm vor ihr zeigte komplexe graphische Muster, die sich ständig veränderten.

»Das Wurmloch bewirkt zu starke Subraum-Interferenzen, Benjamin«, erklärte Dax. »Es fällt mir sogar schwer, einen Starfleet-Prioritätskanal zu öffnen.«

»Das Wurmloch bewirkt Interferenzen?« fragte Sisko so scharf, daß sich einige Vulkanier zu ihm umdrehten. »Was geht hier eigentlich vor, zum Teufel?«

T'Kreng runzelte die Stirn. »Vor einigen Minuten registrierten unsere Sensoren ungewöhnliche Subraum-Oszillationen beim bajoranischen Wurmloch.« Sie blickte auf ein Display. »Es scheint sich alle zehn Sekunden zu öffnen und zu schließen.«

Sisko spürte, wie sich tief in seinem Innern etwas zusammenkrampfte. Seit er das Kommando über *Deep Space Nine* führte, hatte er nie einen so schnellen Aktivitätsrhythmus des Wurmlochs erlebt.

Im dunklen Gesicht des Captains zeigten sich Ungläubigkeit und Vorahnungen, als er fragte: »Wie ist so etwas möglich, Dax?«

Sie beobachtete die Anzeigen der Fernbereichssensoren fast ebenso aufmerksam wie T'Kreng. »Es könnte sich um eine Wechselwirkung zwischen der Subraum-Symmetrie und unserer Warpgeschwindigkeit handeln«, entgegnete die Trill nach einigen Sekunden. »Unter gewissen Umständen kann es dabei zu einer Quantenreflexion kommen, die die Frequenz des tatsächlichen Signals verdoppelt oder gar vervierfacht. Haben Sie das überprüft?«

Ihre Frage erstaunte Sisko – bis er begriff, daß sie nicht ihm galt, sondern dem einzigen Menschen in

T'Krengs Crew. Die junge Frau nickte, ohne den Blick von einem Bildschirm abzuwenden, der Dutzende von Formeln zeigte.

»Ja, Sir. Wir haben auch die Möglichkeit von falschen Ortungsreflexen und künstlichen Signalmodulationen in Betracht gezogen. Es ist tatsächlich eine Subraum-Oszillation, und sie geht vom Wurmloch aus.«

»Aber was bedeutet das?« fragte Sisko und hoffte, daß wenigstens die terranische Wissenschaftlerin bereit war, ihm Auskunft zu geben. Erstaunlicherweise kam die Antwort von der Vulkanierin, wobei sie im pedantischen Tonfall eines Akademie-Professors sprach. Praktischen Fragen schenkte sie keine Beachtung, aber offenbar konnte sie nicht der Versuchung widerstehen, einen Vortrag über ihr Spezialgebiet zu halten.

»Nun, Captain, eine mögliche Hypothese besteht darin, daß wir gewissermaßen den Nachhall von massiven Störungen in der Singularitätsmatrix sehen. Die einfachste und eleganteste Erklärung läßt jene Störung vermuten, die Ihr Schiff in die Vergangenheit versetzte. Was sich ohne einen genauen Scan natürlich nicht beweisen läßt.«

Sisko rieb sich das Kinn. »Das Wurmloch ist also bereits zerstört? Ohne daß wir uns in seinem Innern befinden? Aber wenn das stimmt...« Er sprach nicht weiter und richtete einen verblüfften Blick auf Dax. Wenn der uralte Symbiont zusammen mit seiner Zeitlinie verschwunden wäre, hätte Bashir ihnen sicher schon Bescheid gegeben.

T'Krengs Zähne klickten – ein Geräusch, das bei Vulkaniern auf eine Mischung aus Ungeduld und stoischer Resignation hindeutete. »Sie denken in dieser Hinsicht zu linear, Captain Sisko. Singularitäten wie das bajoranische Wurmloch verzerren nicht nur Raum und Gravitation, sondern auch die Zeit. Veränderungen in ihrer internen Matrix breiten sich *in alle Richtungen* durch das Raum-Zeit-Gefüge aus.« Sie deutete auf die graphischen Darstellungen im Projektionsfeld vor ihr. »Jener Nachhall, den wir jetzt sehen – falls es wirklich so etwas wie ein Nachhall ist –, stellt das nach vorn gerichtete Echo der Störung im Wurmloch dar.«

»Ein nach vorn gerichtetes Echo?« wiederholt Sisko und runzelte die Stirn. Wurmlochphysik bereitete ihm das gleiche Unbehagen wie der Aufenthalt in der Schwerelosigkeit. »Soll das heißen, wir sehen die Folgen von etwas, das noch gar nicht geschehen ist?«

»Eine ziemlich grobe Beschreibung, die im wesentlichen korrekt ist.« T'Kreng preßte nachdenklich die Fingerspitzen aneinander. »Natürlich haben derartige Überlegungen nur den Status einer Hypothese. Es gibt noch eine zweite, weniger elegante Möglichkeit, die aktuellen Ereignisse zu erklären. Ohne einen Kontakt mit *Deep Space Nine* läßt sich leider nicht feststellen, welche der beiden denkbaren Erklärungen die Realität widerspiegelt.«

»Was ist mit der zweiten Möglichkeit?« fragte Sisko.

T'Kreng bewegte ihre Finger, und der Captain erkannte die Bewegung als das vulkanische Äquivalent eines Achselzuckens. »Die Oszillationen könnten auch das Resultat einer intensiven Benutzung des Wurmlochs sein. Man stelle sich viele Raumschiffe vor, die in Abständen von jeweils zehn Sekunden durchs Wurmloch fliegen. Das Ergebnis wäre eine identische Subraum-Oszillation.«

»Ausgeschlossen«, entgegen Sisko sofort. »Es dauert mindestens fünfzehn Sekunden, bis sich die Subraum-Wellen auflösen, die durch eine Passage durchs Wurmloch hervorgerufen werden. Es wäre viel zu gefährlich, vor Ablauf dieser Frist ein zweites Schiff in den Transfer zu schicken.«

»Unter normalen Bedingungen«, schränkte Dax ein.

T'Kreng wölbte eine Braue. »Vielleicht sind die Bedingungen nicht mehr normal.«

Sisko durchquerte die kleine Brücke mit einigen wenigen Schritten und trat zu Dax an die Kom-Station. »Ist es Ihnen noch immer nicht gelungen, *Deep Space Nine* zu erreichen?«

Sie schüttelte den Kopf. »Ich könnte einen Kontakt herstellen, wenn mir das Kommunikationspotential der *Defiant* zur Verfügung stünde, oder wenn die Kurzfrequenz-Empfänger der Raumstation auf uns gerichtet wären. Die Kommunikationsanlagen der *Sreba* können unsere Signale nicht so sehr verstärken, daß sie in der Lage sind, die Interferenzen zu durchdringen. Ich fürchte, eine Kom-Verbindung wird erst möglich, wenn wir bis auf normale Reichweite heran sind.«

»Bis dahin ist es vielleicht zu spät.«

»Falls T'Krengs zweite Hypothese zutrifft, meinen Sie?« Die Trill sah zum Captain auf. »Ich bezweifle, daß eine Notfall-Evakuierung in den Gamma-Quadranten das Risiko wert wäre, alle zehn Sekunden einen Wurmloch-Transfer durchzuführen.«

»Meine Besorgnis gilt nicht etwa einer Notfall-Evakuierung, sondern einer Invasion«, erwiderte Sisko.

»Man hält uns fest!«

»Und zwar mit einem Traktorstrahl der Stärke vier.« Odo bestätigte, was Kira bereits mit einem kurzen Blick auf die Anzeigen herausgefunden hatte. »Er geht vom Schlepper der Vinca-Klasse aus.«

Kira schnaufte leise. »Natürlich ...« Sie war anderthalb Jahre lang an Bord eines Vinca tätig gewesen, als die Cardassianer noch jene schwerfälligen Schiffe verwendeten, um Bergungsgut zu den Verwertungsanlagen zu bringen. Irgendwann stellte jemand fest, daß es billiger war, Wracks einfach zu pulverisieren und dann einen Materiesammler durch den entsprechenden Raumbereich zu schicken, um das Rohmaterial einzusammeln. In den meisten Fällen fanden sich dabei genug Gold und seltene Isotope, um eine Menge Geld zu verdienen. Dadurch endeten die Vincas auf den

Raumschifffriedhöfen – abgesehen natürlich von den Exemplaren, die man auf dem Schwarzmarkt verkaufte. Als Abnehmer kamen Leute in Frage, die genug Traktorpotential brauchten, um einen Erzfrachter festzuhalten.

»Solche Schiffe wurden verwendet, um Wracks abzuschleppen«, sagte Kira, als sie die Schildenergie in den Antrieb leitete. »Mal sehen, ob der Traktorstrahl auch mit einem leistungsfähigen Triebwerk fertig wird.«

Sie erhöhte die Impulskraft, bis automatische Sicherheitsmechanismen aktiv wurden und das energetische Niveau senkten. Kira aktivierte auch die Manövrierdüsen, in der Hoffnung, daß ein bißchen mehr Schub genügte, um den Runabout zu befreien. Im Heck knirschte etwas, und die Bajoranerin spürte, wie die Konsole unter ihren Fingern vibrierte.

Odo beobachtete ihren Kampf mit den Kontrollen. »Offenbar wird der Traktorstrahl tatsächlich mit unserem Triebwerk fertig.«

Sarkasmus von einem schlecht gelaunten Gestaltwandler – damit konnte Kira unter den gegenwärtigen Umständen kaum etwas anfangen. »Läßt sich eine Subraum-Verbindung mit der Raumstation herstellen?« fragte sie und deaktivierte das Triebwerk.

Nach einigen Versuchen schüttelte Odo den Kopf. »Unsere Signale werden gestört.« Er zögerte kurz und sah zu seiner Begleiterin. »Das Schiff der Kronos-Klasse hat einen Kom-Kanal geöffnet.«

»Offenbar wollen die Leute erst mit uns reden, bevor sie das Feuer auf uns eröffnen.« Mit einem Nicken bedeutete Kira dem Constable, den Hauptschirm einzuschalten. Dann lehnte sie sich zurück, damit man ihr die Anspannung nicht zu deutlich ansah. »Hier spricht Major Kira Nerys von *Deep Space Nine*. Ich hoffe, Sie können einen guten Grund dafür nennen, einen Traktorstrahl auf uns gerichtet zu haben. Starfleet nimmt solche Angriffe nicht einfach so hin.«

Auf dem Hauptschirm erschien eine ältere Bajoranerin, deren faltiges, wettergegerbtes Gesicht ein bitteres Lächeln zeigte. »Offenbar zieht es Starfleet vor, selbst anzugreifen.«

Am einen Ohr der Frau baumelte ein schlichter Ring, der Kiras Aufmerksamkeit fesselte – sie mußte sich zwingen, den Blick davon abzuwenden. Düstere Erinnerungen erwachten in ihr. »Wovon reden Sie da?«

»Wir haben diesen Frachter und zwei weitere während eines offiziellen Patrouillenfluges entdeckt«, erklärte Odo, der die Worte der älteren Bajoranerin offenbar ernst nahm. »Für das, was hier geschehen ist, sind wir nicht verantwortlich.«

Die Frau gab ein verächtliches Geräusch von sich, und ihr Ohrring baumelte. »Das behaupten Sie.«

Die gleichgültige Zurückweisung der Wahrheit weckte Empörung in Kira. »Starfleet ist hier, um Bajor zu helfen. Warum sollte jemandem von der Raumstation daran gelegen sein, bajoranische Schiffe anzugreifen?«

»Vielleicht erfolgen solche Angriffe, damit Sie etwas haben, wovor Sie Bajor schützen können. Wenn wir uns nicht dauernd fürchten und hilflos fühlen ... Vielleicht stellen wir dann eines Tages fest, daß die Besatzung gar nicht zu Ende ist.«

»Was für ein Unsinn!« Kira beugte sich vor und bedauerte, daß die Frau vor ihr nur ein Bild war. Andernfalls hätte sie sie jetzt an den Schultern gepackt und geschüttelt. »Offenbar haben Sie nie mit Starfleet zusammengearbeitet. Sonst wäre Ihnen klar, wie absurd Ihre Vorwürfe sind.«

Die Verbitterung in den Zügen der älteren Frau wurde erst jetzt wirklich deutlich. Sie wirkte auf Kira sowohl fremdartig als auch seltsam vertraut. »Ich weiß, daß die Starfleet-Angehörigen hübschere Uniformen tragen«, sagte eine ältere und zynischere Version von ihr selbst. »Außerdem verwenden sie freundlicher klingende Worte. Aber sie bleiben so weit entfernt, daß man sie nicht berühren kann, und sie kontrollieren alles.« Sie spuckte, und Haß loderte in ihren Augen. »Sklaverei ist Sklaverei, ganz gleich, wie attraktiv die Herren erscheinen.«

Diese Worte waren es, die Kira plötzlich verstehen ließen. Sie hatte sie schon einmal gehört, vor langer Zeit, von einer Stimme, die monoton und gleichgültig klang. Und das Spucken ... Damals hatte es Kira erstaunt, wieviel *Chaat*-Saft Pak Dorren über eine Entfernung von bis zu zwei Metern zielsicher spucken konnte.

Damals war sie eine junge Widerstandskämpferin gewesen, von der man erwartete, daß sie Pak respektierte. Doch dazu sah sie sich damals ebensowenig imstande wie heute. »Glauben Sie, etwas Besseres zu sein, weil Sie die Angehörigen des eigenen Volkes mit Bomben terrorisieren?«

In den hellen Augen der Terroristin blitzte es, und ihr Lächeln offenbarte Zähne, denen man das *Chaat*-Kauen ansah. »Sie kennen mich?«

Kira nickte ernst. »Ich habe Sie für tot gehalten.«

»Vielleicht wäre der Tod für mich besser gewesen.« Der aufrichtige Kummer in Paks Stimme weckte einen Hauch Anteilnahme in Kira. »Ich hätte es keinen Kindern überlassen sollen, etwas zu beenden, das ich für leicht hielt. Ich hätte wissen müssen: Was mir keine Schwierigkeiten bereitet, kann für andere doch sehr problematisch sein.« Ihr Blick kehrte aus der Ferne zurück und richtete sich wieder auf Kira. »Was durch meine Schuld mit der Provinz Veska geschah ... Ich leide deshalb noch immer an Alpträumen. Es ist eine besonders schwere Bürde, die auf mir lastet.«

Kira verbannte das Mitgefühl aus sich. »Aber anscheinend sind Sie nicht bereit, aus Ihren Fehlern zu lernen.«

Die Terroristin hob und senkte die Schultern, nahm den Vorwurf einfach hin. »Heute passe ich besser auf«, erwiderte sie und sprach wie eine Managerin, die ihre Geschäftspolitik erklärte. »Ich beaufsichtige die Konstruktion jeder Bombe bis zu ihrer Fertigstellung. Dadurch kommt es nicht mehr zu Unfällen.«

»Heute töten Sie nicht mehr unabsichtlich, sondern ganz bewußt«, warf Odo ein.

Pak lächelte. »Wie seltsam, daß Sie das ausgerechnet jetzt erwähnen.«

Kira hatte nicht auf irgendeinen Hinweis von Pak gewartet – sie reagierte instinktiv, ohne zunächst zu verstehen. Ihre Finger huschten über Schaltflächen und starteten zwei Photonentorpedos. Als die beiden Geschosse an den Bugschilden des Vinca-Schleppers explodierten, wandte sie sich den Navigationskontrollen zu. Die energetischen Druckwellen der beiden Detonationen drängten den Schlepper in bezug auf die *Rio Grande* nach oben und hinten ab. Kira neigte den Bug des Runabouts nach unten und gab Vollschub. Während der anderthalb Jahre an Bord eines Vincas hatte sie folgendes gelernt: Traktorstrahlen konnten enorme Kraft entfalten, wenn Objekte versuchten, sich auf der gleichen Ebene zu bewegen. Doch in der Vertikalen waren seinem Leistungspotential wesentlich engere Grenzen gesetzt.

Die *Rio Grande* zögerte wie ein Geländewagen, der halb im Schlamm feststeckte. Dann raste sie so plötzlich los, daß die Trägheitsabsorber die Andruckkräfte nicht vollständig neutralisieren konnten: Kira wurde jäh an die Rückenlehne ihres Sessels gepreßt und stieß mit dem Nacken an den steifen Halsrand des Raumanzugs. Mühsam versuchte sie, Kontrollen zu erreichen, die sich eben noch direkt unter ihren Fingerkuppen befunden hatten. Sie zog sich an der Konsole nach vorn, griff nach den Steuerungselementen und lenkte die *Rio Grande* hinter den Frachter, ohne die Koordinaten zu verifizieren. Es donnerte dumpf, als das Heck des Runabouts die Außenhülle des Transporters berührte. Einen Sekundenbruchteil später gleißten Phaserstrahlen und krochen über den bereits geborstenen Rumpf des Wracks. Direkt vor dem kleinen Schiff bildete sich eine Wolke aus kleinen Trümmerstücken. Kira trachtete danach, den Runabout unter Kontrolle zu halten, als sie den Flug zum Heck des großen Erzfrachters fortsetzte, von dort aus ins All sprang und den Warptransfer einleitete. Diesmal vergeudete sie keinen Gedanken an das Risiko, das der Transporter hinter ihr darstellte – es kam nur darauf an, den Milizionären zu entwischen.

Sie flogen seit fünf Sekunden im Warptransit, als Kira es wagte, den Kopf zu drehen und festzustellen, ob der Constable ihr noch immer Gesellschaft leistete. Odo blickte nachdenklich zum Hauptschirm, und etwas in seiner Miene wies auf Verdrießlichkeit hin.

»Glauben Sie noch immer, daß wir uns allein um diese Angelegenheit kümmern sollten?« fragte Kira.

»Als ich jene Ansicht vertrat, verfolgten wir neun Flüchtige an Bord eines überladenen orionischen Transporters«, erwiderte Odo mürrisch. »Angesichts der jüngsten Entwicklungen halte ich die Rückkehr nach *Deep Space Nine* für angebracht.«

Kira konnte ein Lächeln nicht ganz unterdrücken. »Freut mich, daß wir einer Meinung sind.« Sie berechnete einen Kurs zur Raumstation und schaltete dann den Autopiloten ein. Nacheinander verschwanden die blinkenden Ortungsreflexe vom Monitor der Sensoranzeigen. »So etwas dürfen wir auf keinen Fall zulassen.« Die Bajoranerin sah Leere dort, wo sich eben noch Paks drei Schiffe befunden hatten, und eine Idee formte sich in ihr. »Mir ist völlig gleich, ob sich Pak Dorren für eine Patriotin hält oder nicht. Ich erlaube ihr nicht, all das in die Luft zu jagen, wofür Bajor gearbeitet hat.« Abrupt beugte sie sich vor und öffnete einen Subraum-Kanal. »*Rio Grande* an *Deep Space Nine*. Chief, bereiten Sie die *Defiant* auf den Start vor …«

»Captain Sisko?«

Sisko hatte ungeduldig mit den Fingern auf der Kommunikationskonsole des vulkanischen Schiffes getrommelt und sah nun auf. Zwar flog die *Sreba* auf sein Drängen hin mit maximaler Warpgeschwindigkeit, aber sie mußten noch einige Lichtjahre zurücklegen, bevor sie in normale Kom-Reichweite von *Deep Space Nine* gelangten. Das Warten stellte die Geduld des Captains auf eine harte Probe. Jede einzelne Minute verstrich quälend langsam, während ihm seine Phantasie Bilder von einer Raumstation zeigte, die von den Furien angegriffen wurde. Dax hatte seine Unruhe gespürt und klugerweise entschieden, ihn sich selbst zu überlassen und der jungen menschlichen Frau an einer nahen wissenschaftlichen Station Gesellschaft zu leisten. Die Stimme jener Jungakademikerin erklang nun, blieb dabei leise genug, um nicht die Aufmerksamkeit von T'Kreng und den anderen Vulkaniern an den Kontrollen der Fernbereichsensoren zu wecken.

»Was?« Die Anspannung führte dazu, daß er schärfer antwortete als beabsichtigt. »Tut mir leid, Fähnrich«, fügte er sanfter hinzu. »Leider erinnere ich mich nicht an Ihren Namen …«

»Petersen, Sir. Vielleicht möchten Sie sich das hier ansehen.«

Das hier erwies sich als eine einzige Gleichung, die alle anderen Formeln vom Monitor der jungen Frau verdrängt hatte. Sie erwies sich als erstaunlich kurz im Vergleich mit den komplexen Darstellungen, die Sisko vor einer Weile gesehen hatte. Er betrachtete sie einige Sekunden lang, wölbte dann eine Braue und sah die junge Wissenschaftlerin fragend an.

»Was hat es damit auf sich?«

»Die Gleichung bedeutet, daß keine Invasion stattfindet«, erläuterte Dax.

Der Captain wagte kaum zu hoffen. »Wie können Sie das von hier aus feststellen?«

»Wir haben ein multisensorisches Entzerrungsprogramm verwendet, um eine bessere Auflösung in Hinsicht auf die Quellenfrequenzkurve zu erzielen«, sagte Petersen.

Sisko schüttelte langsam den Kopf. »Ich wäre Ihnen sehr dankbar, wenn Sie es mit einfacheren Worten erklären könnten, Fähnrich.«

Verlegenheitsröte überzog die Wangen der Terranerin. »Ich bitte um Entschuldigung, Sir. Lieutenant Dax und ich haben herausgefunden, wie schnell sich das Wurmloch öffnet und schließt, und zwar unter Berücksichtigung unserer eigenen Warpgeschwindigkeit.« Sie berührte eine Schaltfläche, und die Gleichung verschwand vom Monitor. Eine weiße Kurve ersetzte sie, und bunte Punkte gesellten sich ihr hinzu. »Das sind die Daten sowie die angepaßte Kurve. Sie kommt dem von T'Kreng erwähnten Zehn-Sekunden-Intervall nahe, aber das tatsächlich Muster ist weitaus komplexer.«

»Ach?«

Dax beugte sich vor und strich mit einer Fingerkuppe über die Kurve. »Aus dieser Darstellung läßt sich folgender Schluß ziehen, Benjamin: Das Wurmloch öffnet und schließt sich in Oktetten, die jeweils durch präzise, umgekehrt logarithmische Zeitintervalle voneinander getrennt sind. Selbst wenn eine Invasionsflotte versuchen würde, sich einem so komplizierten Transferrhythmus anzupassen ...«

»Bei der individuellen Passage käme es bestimmt zu geringfügigen Abweichungen, die zur Zerstörung der betreffenden Schiffe führen würden«, sagte Sisko. Erleichterung verbannte einen Teil der Anspannung aus ihm. »Also sehen wir tatsächlich die Folgen unseres Zeitsprungs?«

»Wir haben noch nicht genug Daten, um einen solchen Schluß zu ziehen«, erklang T'Krengs scharfe Stimme hinter ihm. Sisko drehte sich um und begegnete dem frostigen Blick der Vulkanierin. »Lieutenant Dax, ich wäre Ihnen sehr dankbar, wenn Sie an Bord meines Schiffes darauf verzichten würden, spekulative Hypothesen zu entwickeln. Fähnrich Petersen, Sie wissen, daß Sie ohne meine ausdrückliche Erlaubnis nicht befugt sind, den Bordcomputer für umfangreiche Datenelaborationen zu verwenden. Und Captain Sisko ...« Sie trat zurück und zeigte kurz zur Kommunikationsstation. »Sie vernachlässigen die Ihnen zugewiesene Aufgabe. Wenn Sie die Kom-Anzeigen im Auge behalten hätten, wäre Ihrer Aufmerksamkeit wohl kaum entgangen, daß jemand versucht, sich mit uns in Verbindung zu setzen.«

Sisko fluchte halblaut und kehrte sofort zur Kommunikationskonsole zurück. Warum verteilte die pedantische vulkanische Professorin ihre Informationen nicht nach Wichtigkeit, sondern nach der Bedeutung für die eigenen akademischen Belange?

Mit zwei raschen Scans richtete er den Kommunikationsfokus auf die eintreffenden Signale und schaltete zum Hauptschirm um, ohne zuvor T'Krengs Erlaubnis einzuholen. Die vertrauten Konturen des Kontrollraums von *Deep Space Nine* erschienen im zentralen Projektionsfeld, und daraufhin wich auch der Rest von Sorge aus Sisko. Erst jetzt wurde ihm klar, wie sehr er befürchtet hatte, die Raumstation könnte zerstört sein.

Stimmen erklangen im Hintergrund und deuteten darauf hin, daß es im Ops recht hektisch zuging. »An das vulkanische Schiff im Anflug«, sagte ein untersetzter Mann, der einen fleckigen Technikeroverall trug. Er sah nicht von seiner Station auf. »Der gesamte Verkehr durch das Wurmloch ...«

»Chief O'Brien ... Ich bin's, Sisko.«

»Captain!« Der Chefingenieur hob den Kopf, und Erleichterung zeigte sich in seinem Gesicht. »Dem Himmel sei Dank, daß Sie zurück sind. Ich habe versucht, Ihnen mit Hilfe eines Prioritätskanals eine Nachricht zu übermitteln, doch die vom Wurmloch verursachten Quanteninterferenzen sind zu stark.«

»Ich weiß.« Nach mehreren Jahren auf *Deep Space Nine* war Siskos innere Uhr genau an die Vorgänge an Bord der Raumstation angepaßt, und deshalb wußte er: Jetzt sollte die Tagschicht im Dienst sein. »Wo ist Major Kira?«

O'Brien strich sich über die Wange, wirkte gestreßt und müde. »Sie und Odo verfolgen einige bajoranische Milizionäre. Gestern abend brachen sie auf.«

Dem Captain stockte der Atem. »Sind sie mit der *Defiant* unterwegs?«

Der Chefingenieur schüttelte den Kopf. »Nein. Es blieb nicht genug Zeit für die Startvorbereitungen. Die Milizionäre an Bord der Station begannen mit einer Schießerei, als sie entdeckt wurden. Major Kira beschloß, sie mit einem Runabout zu verfolgen. Als sie sich zum letztenmal mit uns in Verbindung setzte, befand sie sich gerade außerhalb des bajoranischen Sonnensystems.«

An den bajoranischen Terroristen ärgerte Sisko insbesondere der Umstand, daß sie immer dann Probleme bereiteten, wenn andere Dinge seine Aufmerksamkeit verlangten. »Sind Sie den ganzen Tag über im Ops gewesen? Wie viele Schiffe flogen durchs Wurmloch?«

»Keins, Sir.« Die Müdigkeitsfalten in O'Briens Gesicht vertieften sich. »Als das Wurmloch vor drei Stunden begann, sich aus keinem ersichtlichen Grund zu öffnen und zu schließen, habe ich alle bereits erteilten Transfergenehmigungen annulliert. Ohne den Rat von Lieutenant Dax wollte ich kein Risiko eingehen.« Er lächelte schief. »Vor dem Eingang des Kontrollraums wartet eine Gruppe aus zornigen Ferengi und Orionern, die behaupten, ich hätte meine Befugnisse überschritten. Vielleicht hören Sie ihre Stimmen.«

Sisko brummte. »Öffnen Sie die internen Kom-Kanäle der Station«, sagte er und wartete, bis O'Brien nickte. »Hier spricht Captain Benjamin Sisko, Kommandant von *Deep Space Nine*. Hiermit erkläre ich einen Sektornotfall der Klasse fünf. Ich berufe mich auf die Autorität von Starfleet Command und verbiete bis auf weiteres jeden Wurmloch-Transfer. Alle Besucher, die die Raumstation innerhalb der nächsten drei Standardstunden nicht verlassen, werden an Bord ihrer Schiffe unter Arrest gestellt. Wenn jemand versucht, ins Wurmloch zu fliegen, so eröffnen wir mit den Phasern der Station das Feuer auf ihn.« Mit einer knappen Geste forderte er O'Brien auf, die internen Kanäle zu deaktivieren. »Nun, hat das gewirkt, Chief?«

»Die Ferengi und Orioner sind wie cardassianische Wühlmäuse geflohen, die Giftgas gewittert haben«, erwiderte der Chefingenieur. »Mit ein wenig Glück sind Sie zurück, bevor Quark kommt und über seine verlorenen Profit klagt.«

In Siskos Mundwinkeln zuckte es kurz. »Ich hoffe es. Wir erreichen *Deep Space Nine* in ...« Er sah zu Dax, die einen mürrisch wirkenden vulkanischen Wissenschaftler an den Navigationskontrollen abgelöst hatte.

»... etwa zehn Minuten«, beendete sie den Satz.

»Gut. Am zweiten Mast gibt es Platz zum Andocken. O'Brien Ende.«

Leises statisches Zischen wies auf das Ende der Kom-Verbindung hin. Sisko drehte sich um und begegnete T'Krengs eisigem Blick. Sie saß nun wieder im Kommandosessel, und ihre dünnen Finger glitten über die Schaltelemente in den Armlehnen.

»Ich gehe davon aus, daß Ihr Verbot von Flügen ins

Wurmloch nicht auch für die *Sreba* gilt, Captain«, sagte sie.

Sisko erwiderte ihren Blick und trachtete danach, seine Miene ebenfalls steinern wirken zu lassen. »Auch Ihnen ist es nicht gestattet, ins Wurmloch zu fliegen. Mein Chefingenieur hat recht: Unter den gegenwärtigen Umständen wäre ein Transfer viel zu gefährlich. Und wenn ich Ihnen die Erlaubnis gäbe ... Die Orioner und Ferengi würden der *Sreba* sofort folgen. Sie müssen Ihre Untersuchungen der Singularität aufschieben, Professor.«

Nichts veränderte sich in T'Krengs Gesicht, aber der Glanz in den Augen schien noch kühler zu werden. »Wenn wir warten, gibt es bald gar kein bajoranisches Wurmloch mehr. Wir können die temporale Avulsion nur verhindern, wenn wir Zeit und Ort ihres Beginns lokalisieren.«

Sisko bemühte sich nicht länger, seinen Ärger zu unterdrücken. T'Kreng gehörte offenbar zu der Kategorie von Wissenschaftlern, die sich imstande glaubten, ein Problem zu lösen, ohne seine genaue Ursache zu kennen. »Und wenn Ihnen eine solche Lokalisierung gelingt – was dann? Wir können nicht die *Defiant* schicken, falls sich das Problem auf der anderen Seite des Wurmlochs befindet, und es ist kein anderes schwerbewaffnetes Schiff in der Nähe. Vorausgesetzt, Starfleet wäre überhaupt bereit, eins in die instabile Singularität zu schicken.«

T'Kreng setzte zu einem Einwand an, aber Sisko sprach einfach lauter und übertönte ihre Stimme. »Falls das Problem auf unserer Seite liegt ... Dann brauchen wir nur das Wurmloch zu beobachten und alle Objekte zu vernichten, die sich ihm nähern.«

Ein leichtes Vibrieren in T'Krengs Stimme verriet so etwas wie vulkanischen Zorn. »Das ist eine typisch militärische Lösung, Captain, bei der die wissenschaftliche Komplexität der Situation völlig außer acht gelassen wird. Ich muß Sie daran erinnern, daß Sie nicht befugt sind, den von Starfleet Command erteilten Forschungsauftrag zu widerrufen.«

»Aber ich bin sehr wohl befugt, das bajoranische Wurmloch zu verteidigen«, entgegnete Sisko. Er blickte sich kurz um und sah nicht nur Jadzias bestätigendes Nicken, sondern auch eine unerwartete Geste der neben ihr sitzenden Terranerin. Petersen ballte die linke Hand zur Faust und streckte dann die Finger. An dieses Zeichen erinnerte sich Sisko von seiner Zeit an der Starfleet-Akademie her. Es bedeutete, daß bei einem simulierten Gefechtsmanöver das einem bestimmten Kadetten zugewiesene Schiff explodiert war.

Der Captain wandte sich wieder an T'Kreng, die Schaltflächen in den Armlehnen des Kommandosessels betätigte. Er senkte nun die Stimme und sprach mit einem Ernst, der erneut die Aufmerksamkeit der Vulkanierin weckte. »Wenn die *Sreba* bei ihrer Passage durchs Wurmloch vernichtet wird, Professor ... Wäre es nicht möglich, daß Sie damit die temporale Avulsion auslösen, die Sie eigentlich verhindern wollen?«

Die Quantenphysikerin wirkte fast beleidigt. »Ich halte das für sehr unwahrscheinlich.«

»Aber es ist zumindest theoretisch möglich, nicht wahr?«

Sisko hatte sie mit vulkanischer Logik in die Enge getrieben, und das wußten sie beide. T'Krengs Brauen neigten sich einander entgegen – ein überraschend deutlicher Hinweis auf vulkanischen Ärger. »Ja, rein theoretisch.«

»Dann wird Ihr Schiff nach dem Andocken bei der Raumstation bleiben – es sei denn, Starfleet Command übermittelt einen anders lautenden Befehl«, sagte Sisko mit Nachdruck. »Wenn Sie *Deep Space Nine* verlassen und sich dem Wurmloch nähern, müssen Sie mit den gleichen Maßnahmen rechnen, die bei anderen Schiffen zur Anwendung gelangen.«

Sisko hatte eine wahre Flut von vulkanischen Argumenten erwartet, aber T'Kreng überraschte ihn, indem sie kurz nickte. »Damit treffen Sie eine Entscheidung, bei der Sie keine Intervention von Starfleet Command zu befürchten brauchen. Immerhin wissen Sie ebensogut wie ich, daß angesichts der starken Quanteninterferenzen alle Subraum-Kommunikationskanäle blockiert sind.« Sie zuckte andeutungsweise mit den Schultern, wobei sich der mit Stickereien verzierte Umhang kaum bewegte. »Und später, wenn sich ein Kom-Kontakt herstellen läßt, ist es längst zu spät. Dann existiert das bajoranische Wurmloch nicht mehr.«

»Vorausgesetzt, Ihre wissenschaftlichen Analysen sind korrekt, Professor«, wandte Dax ruhig ein. »Wir sind jetzt in visueller Reichweite der Raumstation und des Wurmlochs, Benjamin.«

Sisko blickte zum Hauptschirm und sah die vertrauten Umrisse von *Deep Space Nine* vor dem Glühen eines Wurmlochs, das sich immer wieder öffnete und schloß. Die gewaltige Lichtspirale hatte ihre prächtige Symmetrie verloren. Ranken und Fasern aus ionisiertem Gas tasten jetzt durch die Leere, bewahrten selbst dann ihr phosphoreszierendes Glühen, wenn sich das Wurmloch schloß. Bei jeder Öffnungsphase wirkten die Ränder zerfranster, so als lösten sie sich allmählich auf.

»Niemand fliegt mehr durch dieses Wurmloch«, sagte Sisko, und jeder Zweifel wich aus ihm. Er drehte den Kopf und richtete einen durchdringenden Blick auf die Vulkanierin im Kommandosessel. »Wir sind zu spät gekommen, Professor. Ihre Mission ist gescheitert, bevor sie begann.«

»Glauben Sie?« erwiderte T'Kreng mit verdächtiger Höflichkeit. »Ich kann Ihre Meinung nicht teilen.«

Bisher hatte sich die vulkanische Professorin immer langsam und würdevoll bewegt, doch nun zuckte ihre Hand plötzlich nach vorn und berührte ein ganz bestimmtes Schaltelement. Sisko erschrak und ahnte, was

T'Kreng beabsichtigte. Er trat vor, doch es war bereits zu spät. Ein vertrautes Summen erklang, und die schimmernde Energie eines Transporterfelds tastete nach ihm. Noch während der Entmaterialisierung hörte er einen verblüfften Schrei von Dax und einen zweiten, der offenbar von Petersen stammte. Dann umfing ihn das Nichts.

9

Mit typisch vulkanischer Präzision rematerialisierten sie mitten auf der zentralen Transporterplattform von *Deep Space Nine*. Aus irgendeinem Grund führte die Perfektion des Manövers dazu, daß Siskos Zorn auf T'Kreng noch heißer brannte. Als sich das Prickeln des Transporterstrahls verflüchtigte, klopfte er sofort auf seinen Insignienkommunikator.

»Sisko an Ops«, knurrte er. »Lokalisieren Sie das vulkanische Schiff *Sreba* ...«

»Medizinische Priorität!« ertönte Bashirs Stimme hinter ihm. Sisko drehte sich um und sah, wie der Arzt zum ebenfalls transferierten Stasisbehälter sprang. Dunkel und seltsam still stand er am Rand der Plattform. »Eine aktivierte medizinische Stasiseinheit ist gerade ohne autarke Energieversorgung transferiert worden. Ich wiederhole: Das Gerät verfügt nicht über eine autarke Energieversorgung. Es muß so schnell wie möglich zur Krankenstation gebracht werden ...«

»Ich kümmere mich darum, Julian«, kam O'Briens Stimme aus den Kom-Lautsprechern.

»Außerdem brauche ich technische Hilfe bei der energetischen Verbindung ...«

Bashir verschwand zusammen mit der Stasiseinheit, die den Symbionten enthielt. Ein oder zwei Sekunden lang starrte Dax dorthin, wo der Behälter eben noch gestanden hatte. Dann seufzte die Trill und wandte sich an Sisko. »Wir müssen ins Ops und versuchen, T'Kreng aufzuhalten.«

Der Captain eilte bereits zur Tür. Im Korridor klopfte er erneut auf seinen Insignienkommunikator. »Sisko an Ops. O'Brien, hindern Sie das vulkanische Schiff daran, ins Wurmloch zu fliegen!«

Es antwortete nicht der Chefingenieur, sondern Commander Eddington. »Chief O'Brien hat sich in die Krankenstation gebeamt, um Dr. Bashir zu helfen, Sir. Der Computer meldet, daß derzeit keine vulkanischen Schiffe angedockt sind ...«

Sisko betätigte die Ruftaste des Turbolifts. »Das Schiff ist nicht angedockt, Mr. Eddington. Es befindet sich im Transit ...«

»Die Entfernung dürfte etwa fünfhundert Kilometer betragen«, fügte Dax hinzu. »Sondieren Sie insbesondere die Sektoren neunzehn, zwanzig und einundzwanzig.«

»Ja, Sir.«

Die Tür des Lifts öffnete sich viel zu langsam. Sisko und Dax traten ein. »Ops, höchste Priorität«, wies der Captain den Liftcomputer an. Daraufhin schloß sich die Lifttür etwas schneller, wobei sie allerdings leise quietschte. »Wann haben wir die Turbolifte zum letzten Mal überholt?« wandte sich Sisko an den wissenschaftlichen Offizier von *Deep Space Nine*.

»Erst vor einem Monat, Benjamin«, erwiderte Dax. »Ich wies bei jener Gelegenheit darauf hin, daß viele von ihnen ausgetauscht werden müssen. Diese Raumstation war nie dafür vorgesehen, einen so starken kommerziellen Verkehr zu bewältigen.«

Sisko brummte leise. »Das Problem könnte sich bald von selbst lösen.«

»Ja.«

Es folgte angespannte Stille. Sisko konzentrierte seine Aufmerksamkeit auf das Anzeigefeld des Turbolifts und versuchte, nicht zu ungeduldig zu werden, als eine Meldung vom Ops ausblieb. Zumindest ein Teil seines Ärgers basierte auf der ebenso unlogischen wie unerschütterlichen Überzeugung, daß längst ein Traktorstrahl auf die *Sreba* gerichtet wäre, wenn sich Kira Nerys im Kontrollraum von *Deep Space Nine* befunden hätte. Sie mochte nicht gerade die beste Diplomatin von Bajor sein, und in gewissen Situationen konnte sich Sisko einen besseren Stellvertreter vorstellen. Aber wenn es um militärische Dinge ging, vertraute er ihren Instinkten und Fähigkeiten fast ebenso sehr wie seinen eigenen.

»Wir haben das vulkanische Schiff lokalisiert, Captain«, tönte Eddingtons Stimme aus dem kleinen Lautsprecher des Insignienkommunikators.

»Gut.« Die Tür des Turbolifts öffnete sich mit einem neuerlichen Quietschen, und Sisko betrat das Ops. Es fühlte sich gut an, zurück zu sein, wieder das Kommando über *Deep Space Nine* zu führen. Der Hauptschirm zeigte eine winzige *Sreba* vor dem Ionisationsdunst des pulsierenden Wurmlochs. »Ist das Schiff außerhalb der Reichweite unserer Traktorstrahlen?«

»Ja«, bestätigten Eddington und Dax gleichzeitig. Die Trill hatte sofort ihren üblichen Platz an der wissenschaftlichen Station eingenommen.

Sisko atmete tief durch und versuchte, allen Ärger von der Entscheidung fernzuhalten, die er nun treffen mußte. »Eröffnen Sie unverzüglich das Feuer mit den Phasern, Mr. Eddington.«

Der Starfleet-Commander wandte sich halb von der Waffenkonsole ab und richtete einen ungläubigen Blick auf Sisko. »Ich soll auf ein *unbewaffnetes* Föderationsschiff schießen, Captain? Können wir nicht ...«

»Sie sollen die Phaser abfeuern, Mr. Eddington. Das ist ein Befehl.«

Eddingtons schmales Gesicht zeigte deutliche Mißbilligung, aber er erhob nicht den nachdrücklichen Protest, auf den Kira an seiner Stelle kaum verzichtet hätte – dafür steckte die Starfleet-Ausbildung zu tief in ihm. Er betätigte Schaltelemente, ließ sich dabei mehr Zeit als unbedingt nötig – zumindest gewann Sisko diesen Eindruck. »Phaser werden jetzt abgefeuert, Captain.«

Weiße Energiestrahlen gingen von *Deep Space Nine* aus und rasten zum Wurmloch. Sisko runzelte die Stirn, als er beobachtete, wie sich die Strahlen immer mehr wölbten. Als Eddington den Mund öffnete, wußte Sisko bereits, was er sagen wollte.

»Die Phaser-Entladungen haben das Ziel um null Komma vier Bogensekunden verfehlt.« Er sah sich verblüfft um. »Das Feuerleitsystem bestätigt die Richtigkeit der Koordinaten. Soll ich die Phaser noch einmal einsetzen?«

Sisko schüttelte den Kopf. »Was geht hier vor, Dax?«

»Die Fluktuationen des Wurmlochs krümmen den lokalen Raum, Benjamin.« Die Trill hob den Kopf. Der Bildschirm vor ihr zeigte ein Computermodell des Wurmlochs, das im gleichen Rhythmus pulsierte. Rotes und goldgelbes Licht ging davon aus, spiegelte sich in ihrem Gesicht wider. »Entweder befindet sich die *Sreba* nicht genau dort, wo sie sich nach den Anzeigen unserer Instrumente befinden müßte. Oder die Phaserstrahlen werden von der Singularitätsmatrix abgelenkt.«

»Läßt sich eine Kompensation für die Krümmung bewerkstelligen?«

Dax' Finger huschten bereits über die Kontrollen. »Ich transferiere neue Koordinaten ins Feuerleitsystem, Commander.«

»Zu spät«, sagte Eddington. »Das vulkanische Schiff fliegt ins Wurmloch.«

Sisko blickte zum Hauptschirm. Das einst so majestätisch wirkende Portal des Wurmlochs hatte sich jetzt in einen gierig auf- und zuschnappenden Schlund verwandelt, von dem ein unstetes Flackern ausging. Vor diesem unheilverkündend anmutenden Feuer im All hatte die *Sreba* zunächst wie eine kleine Flocke dunkler Asche gewirkt. Doch jetzt war sie von einem Halo aus ionisiertem Gas umgeben und blitzte jäh auf, als sie im Wurmloch verschwand.

»Ist das Schiff beschädigt worden?« fragte Sisko, ohne den Blick vom Hauptschirm abzuwenden. Er gewann den Eindruck, daß es nach dem Transfer der *Sreba* etwas länger dauerte, bis der nächste Pulsationszyklus des Wurmlochs begann.

»Die Sensoren registrieren weder Trümmer noch von einem Warpkern-Kollaps verursachte ionische Impulse«, antwortete Dax nach einigen Sekunden. »Es scheint dem Schiff tatsächlich gelungen zu sein, ins Innere des Wurmlochs zu gelangen. Allerdings können wir nicht feststellen, ob am anderen Ende ein Retransfer erfolgte.«

Mit der flachen Hand schlug Sisko nach dem nächsten Objekt, das nicht zerbrechen konnte. Zufälligerweise handelte es sich dabei um das transparente Aluminium, aus dem die Tür seines Büros bestand. Es entstand genug Schmerz, um den Zorn zu vertreiben und ihm Gelegenheit zu geben, über seine Möglichkeiten nachzudenken.

»Erinnern Sie sich an die Hauptkommunikationsfrequenz der *Sreba*, Dax?« fragte er. »Können Sie einen gebündelten Signalstrahl ins Wurmloch schicken und auf diese Weise einen Kom-Kontakt herstellen?«

»Das sollte eigentlich möglich sein. Doch zuerst muß ich eine Kompensation für die Krümmung der Raum-Zeit durchführen. Bitte geben Sie mir ein wenig Zeit.« Jadzia sah von dem relativistischen Modell auf ihrem wissenschaftlichen Monitor auf und preßte die Lippen zusammen. Dadurch gewann ihr Gesicht einen Ausdruck, der Sisko an Curzon erinnerte. »Ich wäre dir dankbar, wenn du dir inzwischen einen Eindruck von der Situation bei Dr. Bashir verschaffen könntest«, fügte sie leise hinzu.

»Natürlich, alter Knabe.« Sisko sah sich im Kontrollraum um. Diesmal galt sein Blick nicht den Bildschirmen und Displays, sondern einer Crew, die aus Starfleet-Angehörigen und Bajoranern bestand. Nach kurzem Zögern betrat er sein Büro und wartete, bis sich die Tür hinter ihm geschlossen hatte. Dann aktivierte er seinen Insignienkommunikator.

»Sisko an Bashir. Wie geht es Ihrem Patienten, Doktor?«

Die Antwort kam nicht vom Arzt, sondern von O'Brien. »Wir haben die Energieversorgung des Stasisbehälters wiederhergestellt, Captain.« Eine kurze Pause. »Julian meint, der Patient hätte den Transfer besser als erwartet überstanden. Es kam weder zu einem zusätzlichen physiologischen Trauma noch zu einem neurologischen Schock. Der Zustand scheint jetzt sogar stabiler zu sein als vorher.«

Der vorsichtige Tonfall des Chefingenieurs wies Sisko darauf hin, daß Bashir O'Brien ins Vertrauen gezogen und aufgefordert hatte, alles streng geheimzuhalten. »Bitte richten Sie Bashir aus, dies seien die ersten guten Nachrichten seit unserer Rückkehr zur Raumstation.« Der Captain bemerkte, wie Dax aufsah und in seine Richtung blickte. Er deutete mit dem Daumen nach oben, woraufhin die Trill erleichtert lächelte, bevor sie sich wieder ihrem Monitor zuwandte. »Hat sonst noch jemand den … äh … Patienten gesehen?«

»Nein, Captain. Bashirs Assistentin befand sich nicht in der Krankenstation, als wir hier eintrafen.«

Sisko nahm im Sessel hinter dem Schreibtisch Platz und rieb sich nachdenklich das Kinn. »Können Sie die Stasiseinheit irgendwie vom Rest der Krankenstation abschirmen, Chief? Ich möchte nicht, daß jeder Besucher der medizinischen Abteilung den Behälter sieht.«

»Ich habe bereits die Installation einer mobilen Isolationsbarriere geplant, Captain.« O'Brien war auch deshalb ein so guter Chefingenieur, weil er Dinge voraussah und Vorbereitungen traf, noch bevor er die Anweisung erhielt, ein bestimmtes Problem zu lösen.

»Damit läßt sich eine ganze Sektion abriegeln, in der genug Platz bleibt, um ein Notbett und einen Replikator für Julian unterzubringen. Wenn Sie mich nicht im Ops brauchen, mache ich mich sofort an die Arbeit.«

»Einverstanden«, sagte Sisko. »Und teilen Sie Dr. Bashir mit, daß er sich irgendeine Erklärung für seine Assistentin einfallen lassen soll. Ich möchte vermeiden, daß Gerüchte entstehen.«

»Kein Problem«, ertönte die Stimme des Arztes. »Ich brauche nur eine Krankheit zu finden, der ich schon einmal ausgesetzt gewesen bin, im Gegensatz zu ihr.«

»Wie wär's mit Tarthapocken?« schlug O'Brien vor. »Keiko erzählte mir, daß es in Mollys Tagesstätte auf Bajor vor einigen Wochen zu mehreren Krankheitsfällen kam. Wie ich hörte, litten die bajoranischen Kinder sehr daran.«

Sisko lächelte amüsiert. »Ich halte eine gefährlichere Krankheit für angemessener, Chief. Wer auch immer neugierig wird und sich fragt, wen wir an Bord gebeamt haben – Dr. Bashir sollen entsprechende Besuche erspart bleiben.«

»Zum Beispiel von Garak«, sagte der Arzt trocken.

»Oder von Quark«, fügte O'Brien hinzu.

»Genau. Sisko Ende.«

Er griff nach den Armlehnen des Sessels, wollte sich mit beiden Händen hochstemmen und spürte dabei Steifheit in den Schultermuskeln, das Resultat von zuviel Streß und zuwenig Schlaf. Doch bevor er aufstehen konnte, erhellte sich der Kom-Schirm auf dem Schreibtisch und zeigte ein Farbmuster, das einen Anruf signalisierte. Sisko stöhnte leise und sank zurück.

»*Deep Space Nine*, Captain Benjamin Sisko.«

»Endlich.« Der affektierte Ärger in der Stimme wies Sisko sofort auf die Identität des Anrufers hin. Eine halbe Sekunde später verdichteten sich die Farbschlieren zu Kai Winns hochmütigem Gesicht. »Seit *zwei Stunden* versuche ich, Sie zu erreichen, Abgesandter.«

Sisko seufzte innerlich und hoffte, daß er nicht so schmutzig und ungewaschen aussah, wie er sich fühlte. »Ich bin erst vor wenigen Minuten von einer wichtigen Starfleet-Mission zurückgekehrt, für die es notwendig wurde, *Deep Space Nine* zu verlassen.«

»Nun, vielleicht wissen die Propheten, warum Sie während einer für Bajor so kritischen Zeit fort mußten«, sagte Kai Winn mit einer Stimme, die melodischen Klang mit Boshaftigkeit vereinte. »Haben Sie wenigstens begonnen, sich mit unserem Problem zu befassen, Abgesandter?«

Zum zweiten Mal innerhalb kurzer Zeit verfluchte Sisko die Abwesenheit seiner Stellvertreterin. »Ich glaube, Major Kira verfolgt derzeit die ... äh ... mutmaßlichen Terroristen ...«

»Sie vermuten, daß es sich um die Aktionen von *Terroristen* handelt?« Winn hob die Brauen und wirkte fast aufrichtig erstaunt. »Aber warum sollte der Maquis gewöhnliche bajoranische Frachter angreifen und zerstören?«

»Wer hat vom Maquis gesprochen?« fragte Sisko geistesabwesend. Sein Blick glitt durchs Fenster des Büros zu Dax, die sich noch immer bemühte, eine Kom-Verbindung zur *Sreba* im Wurmloch herzustellen. Doch bisher zeigte der Hauptschirm nur die wirren Muster von Subraum-Statik.

Der Captain konzentrierte sich wieder auf die Darstellung von Kai Winns Gesicht, und ihre Worte gewannen eine neue Bedeutung. »Und wer hat bajoranische Frachter erwähnt?«

Sie bedachte ihn mit einem verärgerten Blick. »Ich – in meiner ersten Botschaft an Sie. Während der vergangenen zwölf Stunden wurden in unserem Sonnensystem drei bajoranische Erzfrachter angegriffen und zerstört. Die Aggressoren sind unbekannt. Ich möchte noch einmal betonen, daß der Angriff *in unserem Sonnensystem* stattfand.«

Bei den letzten Worten zeigte sich die innere Härte, die die Kai normalerweise unter mehreren Schichten aus falscher Freundlichkeit verbarg. Sisko musterte sie aufmerksam. Zwar schreckte Winn auch nicht vor unsauberen Methoden zurück, um ihre Macht zu bewahren, aber eins stand fest: Es ging ihr in erster Linie um die Zukunft ihres Heimatplaneten. Wenn sie Bajor bedroht sah, ließ sie die scheinheilige Maske aus sanfter Zuvorkommenheit fallen, und darunter kam ein Tiger zum Vorschein.

»Ich meinte eben bajoranische Terroristen – eine Gruppe von Milizionären, die Major Kira auf *Deep Space Nine* entdeckte«, erklärte Sisko. »Könnten sie hinter dem Angriff auf die Frachter stecken?«

»Nein«, antwortete Winn, und etwas in ihrer Stimme teilte dem Captain mit, daß sie die Wahrheit sprach. »Ich habe Beobachter sowohl in jener Gruppe, die sich an Bord der Raumstation befand, als auch bei den Milizionären auf Bajor. Niemand von ihnen verfügt über das notwendige Waffenpotential, um Erztransporter zu zerstören.«

Jäher Ärger erfaßte Sisko. »Sie wußten also, daß sich Terroristen an Bord von *Deep Space Nine* aufhielten – und Sie haben mich nicht gewarnt?«

Kai Winn lächelte gleichzeitig zuckersüß und spöttisch. »Wie hätte ich Sie warnen können, Abgesandter? Ich mußte doch mit der Möglichkeit rechnen, daß jemand aus Ihrem eigenen Mitarbeiterstab zu den Terroristen zählt.«

Und Sie hätten bestimmt nicht viele Tränen vergossen, wenn Deep Space Nine *durch eine Bombenexplosion zerstört worden wäre,* dachte Sisko und bedauerte, diese Worte nicht laut aussprechen zu können. Er biß die Zähne zusammen und versuchte, die Mischung aus Zorn und Enttauschung zu ignorieren, die häufig das Ergebnis von Gesprächen mit Kai Winn darstellte. Cardassianern machte es nichts aus, wenn man deutlich sagte, was man von ihnen hielt. Doch wenn man Winn eine machtbesessene Manipulantin nannte, so riskierte man, daß sie eingeschnappt davonstolzierte und für lange Zeit die Beleidigte spielte.

»Gibt es Besatzungsmitglieder der Frachter, die den Angriff überlebt haben?« fragte Sisko.

»Nein.« Das Lächeln verschwand von Winns Lippen, und sie faltete die Hände im Schoß. »Jeder Transporter wies lange Risse in der Außenhülle auf. Die explosive Dekompression ließ niemandem an Bord eine Chance. Wir sind nicht einmal sicher, ob Waffen eingesetzt wurden, um die Crewmitglieder zu töten.« Die Kai bedachte den Captain mit einem Blick, der so kalt und hart war wie Latinum. »Unsere ökonomische Erholung hängt von den neuen erzverarbeitenden Anlagen ab. Eine Bedrohung unserer Frachter bedroht den ganzen Planeten.«

»Ich verstehe.«

Kai Winn vollführte eine Geste, die nicht so knapp blieb wie T'Krengs Bewegungen, aber doch Sicherheit und Selbstbeherrschung zum Ausdruck brachte. »Dann müssen Sie sofort mit der Suche nach den Angreifern beginnen und ihnen das Handwerk legen. Das dürfte Ihre Verantwortung als Captain des einzigen Starfleet-Schiffes sein, das permanent in diesem Sektor stationiert ist.«

»So etwas gehört tatsächlich zu meinen Aufgaben«, sagte Sisko. Auf dem Hauptschirm des Ops bildeten sich erste Konturen in der visuellen Statik. »Meine wichtigste Verantwortung betrifft allerdings Starfleet und jene Prioritätsmission, die derzeit meine Aufmerksamkeit erfordert. Ich fürchte, die unbekannten Angreifer müssen warten.«

»*Abgesandter.*« Die Kai musterte ihn verwirrt, doch in ihren hellen Augen sah Sisko kühle Berechnung. »Das kann unmöglich Ihr Ernst sein.«

»Tut mir leid.«

»Wir haben nur deshalb der Starfleet-Präsenz in diesem Raumgebiet zugestimmt, damit uns jemand schützt, während wir die Folgen der cardassianischen Besatzung überwinden. Wenn Sie uns keinen Schutz gewähren können, müssen wir uns an jemand anders wenden.«

»Zum Beispiel an die Romulaner?« schlug Sisko mit gelindem Spott vor.

Winn blickte auf ihre gefalteten Hände hinab, bot damit ein Bild religiöser Demut. »Vielleicht«, erwiderte sie leise. »Oder an die Klingonen.«

Sisko preßte kurz die Lippen zusammen. »Beide wären überhaupt nicht an Bajor interessiert, nur an dem einzigen stabilen Wurmloch in der Galaxis. Bevor Sie damit beginnen, Starfleet Ultimaten zu stellen, sollten Sie sich an Ihre Universitätsastronomen wenden und feststellen, wie stabil Ihr Wurmloch eigentlich noch ist.« Er zögerte kurz und beobachtete voller Genugtuung, wie sich Winns heuchlerische Maske vollkommen auflöste. Schockierte Verblüffung zeigte sich nun in ihrem Gesicht, und argwöhnisch kniff sie die Augen zusammen. »Sobald Major Kira wieder an Bord von *Deep Space Nine* ist, beauftragte ich sie damit, Ihre Erzfrachter zu schützen. Sisko Ende.«

Er unterbrach die Verbindung, bevor Winn protestieren konnte. Nur einen Sekundenbruchteil später piepte sein Insignienkommunikator. Offenbar hatte Dax das Rufsignal so programmiert, daß es erst nach dem Ende des Kom-Gesprächs mit der Kai aktiv wurde. »Es ist uns gelungen, einen Kontakt mit der *Sreba* herzustellen«, sagte die Trill.

Sisko war sofort auf den Beinen und verließ sein Büro. Auf dem Hauptschirm hatte sich inzwischen ein großer Teil der Subraum-Statik verflüchtigt. Der Captain beobachtete das verschwommene Bild der *Sreba*-Brücke: Geisterhafte Vulkanier saßen an schemenhaften Konsolen.

Dax sah von ihrer wissenschaftlichen Station auf. »Die Signalresonanz deutet darauf hin, daß sie sich noch im Innern des Wurmlochs befinden. Ich versuche, die Subraum-Fluktuationen so gut wie möglich zu kompensieren.«

Sisko brummte, betätigte Tasten und öffnete einen Kom-Kanal. Er glaubte, im Kommandosessel eine vertraute Gestalt zu erkennen. »Hier ist *Deep Space Nine*. Wir rufen die *Sreba*. Hören Sie mich, T'Kreng?«

»Sie stören unsere Sondierung der Singularitätsmatrix«, erwiderte die Vulkanierin. Ihre Stimme war überraschend klar und deutlich, während das Bild noch immer keine Einzelheiten zeigte. »Schließen Sie unverzüglich den Kommunikationskanal.«

Nach dem Gespräch mit der Kai war Sisko nicht in der richtigen Stimmung, Befehle von einer anderen arroganten Zivilistin entgegenzunehmen. »Warum sind Sie noch im Innern des Wurmlochs? Können Sie es nicht verlassen?«

»Wir waren gerade mit dem vierten und letzten Scan beschäftigt ...« Statik überlagerte die modulierten Signale, sorgte für visuelle und akustische Verzerrungen. »... müssen wir den Vorgang jetzt am anderen Ende wiederholen.«

»Nein!« entfuhr es Sisko scharf. Aus den Augenwinkeln sah er, wie sich die anderen Personen im Ops zu ihm umdrehten. Er konzentrierte seine ganze Aufmerksamkeit auf den elfenbeinfarbenen Fleck von T'Krengs Gesicht. »Was auch immer Sie anstellen – fliegen Sie auf keinen Fall zum anderen Ende des Wurmlochs!«

Die Vulkanierin schien dem Navigator eine Anweisung zu erteilen, aber die Bedeutung ihres Winks blieb unklar. Ihre Stimme klang weniger angespannt, als sie erwiderte: »Wir sind nicht in Gefahr, Captain. Inzwischen konnten wir den Beginn des Zeitrisses mit hoher Wahrscheinlichkeit feststellen und haben eine angemessene Toleranzspanne, um etwas dagegen zu unternehmen. Wir treffen nun Vorbereitungen dafür, das Wurmloch zu verlassen …«

Ihre Stimme verklang nicht einfach, sondern verlor sich in einer jähen Kakophonie, die aus dem Donnern einer Explosion, heulenden Alarmsirenen und dem Fauchen von ins Vakuum entweichender Luft bestand. Der Hauptschirm zeigte nur noch wogende Farben, und wenige Sekunden später herrschte Stille.

»Wir haben den Kontakt verloren«, meldete Dax betroffen.

»Wurde die *Sreba* vom Wurmloch zermalmt, als es sich schloß?«

»Vielleicht.« Falten furchten die fleckige Stirn der Trill, als sie auf die Anzeigen der Sensoren blickte. »Ich weiß nicht, ob und wodurch das Schiff zerstört wurde. Es läßt sich nicht einmal feststellen, ob es den Gamma-Quadranten erreichte oder nicht.«

In Siskos Wangen mahlten die Muskeln. Besorgnis und nicht Intelligenz veranlaßte ihn, den nächsten Befehl zu erteilen. »Den Hauptschirm auf eine Erfassung des Wurmlochs umschalten.«

Dax' Finger glitten über Schaltelemente, und der bereits vertraute Anblick von ionisierten Gasschlieren erschien im zentralen Projektionsfeld. Sisko wartete und rechnete jeden Augenblick damit, daß sich das Wurmloch mit gleißendem Schimmern öffnete. Die Sekunden verstrichen, ohne daß irgend etwas geschah.

»Captain!« entfuhr es Eddington. Vielleicht glaubte er, daß er den Kommandanten von *Deep Space Nine* extra darauf hinweisen mußte. »Das Wurmloch ist nicht mehr da!«

Sisko hatte zunächst angenommen, daß nichts Beunruhigender wirken konnte als das von unsteten Leuchterscheinungen begleitete Pulsieren der Singularität. Diese Vermutung erwies sich nun als Irrtum. Das plötzliche und unerklärliche Fehlen jenes Glanzes bescherte ihm eine Beklommenheit, deren Intensität ihn verblüffte.

Er wandte sich an Dax. »Ist das Wurmloch vernichtet worden?«

Wieder flogen ihre Hände über die Kontrollen. »Nein. Die Instrumente weisen darauf hin, daß es noch immer existiert, nur geschlossen ist. Man könnte wieder von einem normalen Zustand sprechen.«

»Von einem normalen Zustand?« wiederholte Sisko leise. Hier und dort seufzte jemand erleichtert, doch in den Augen der Trill zeigte sich Sorge, als sie den Captain ansah. Sisko deutete zu seinem Büro. »Mr. Eddington, Sie haben das Kommando. Halten Sie einen externen Kom-Kanal offen, für den Fall, daß die *Sreba* wieder erscheint.«

»Ja, Sir.«

Dax schritt hinter Sisko die Stufen hoch. »Glauben Sie, T'Kreng hat sich in bezug auf den Zeitpunkt geirrt?« fragte sie, als sich die Tür hinter ihnen geschlossen hatte.

»Möglicherweise.« Er drehte sich um und blickte durchs Fenster zum Hauptschirm. Das Glühen der ionisierten Gaswolken am Rand des Wurmlochs ließ allmählich nach und wich dem Glanz ferner Sterne. »Bei irgend etwas muß ihr ein Fehler unterlaufen sein. Wenn der Zustand des Wurmlochs jetzt wieder normal ist, so läßt sich daraus folgender Schluß ziehen: Entweder hat sich das, was geschehen sollte, bereits ereignet, oder es wurde irgendwie verhindert.«

»Das ist auch meine Ansicht«, pflichtete Dax dem Captain bei. »Soll ich überprüfen, ob Julian noch immer einen Patienten hat?«

Sisko nickte ernst. »Ja. Wie dem auch sei ... Ich glaube, Starfleet Command wird sich nicht darum scheren, wie die Antwort lautet. Nach dem Ende der Pulsationen möchte man dort bestimmt herausfinden, was sich auf der anderen Seite des Wurmlochs befindet.«

Dax musterte ihn aufmerksam. »Glaubst du, die neue Stabilität bedeutete, daß die Furien bereit sind, das Wurmloch als Sprungbrett hierher zu benutzen?« fragte sie im Curzon-Tonfall.

»Ja.« Sisko atmete tief durch und war plötzlich dankbar dafür, daß Jake seine Ferien als Keikos Assistent auf Bajor verbrachte. Er befürchtete, daß die gegenwärtige Situation bald noch schlimmer wurde. »Was mit der *Sreba* geschah ... Ich glaube nicht, daß es sich dabei um ein Unglück handelte. Vielleicht bereiten die Furien in diesem Augenblick eine Invasion vom Gamma-Quadranten aus vor.«

»Das wäre möglich«, erwiderte Dax. »Vielleicht sollten wir Judith bitten, uns einige der Schiffe zu schicken, die sie bei Starbase Eins hortet.«

Sisko nahm den alten Baseball vom Schreibtisch, schloß die Finger fest darum und spürte, wie das Leder nachgab. »Die *Defiant* ist das einzige Starfleet-Schiff, das eine eventuelle Invasionsflotte der Furien finden und entsprechende Informationen zurückbringen kann, ohne entdeckt zu werden.« Er sah auf und begegnete dem ernsten Blick der Trill. »Ob es uns gefällt oder nicht, alter Knabe: Wir müssen noch einmal durchs Wurmloch fliegen.«

Nach zwei Tagen in einem Runabout, ohne Dusche oder Bett, wünschte sich Kira nur noch, die verschwitzte Uniform auszuziehen, unter die Decke zu kriechen und zu schlafen. Doch die Pflicht sorgte immer dafür, daß alles kompliziert wurde. Zuerst führte die Pflicht dazu, daß sie wachte, während sich Odo im rückwärtigen Bereich des Passagierabteils verflüssigte. Einerseits erfüllte es sie mit Verlegenheit, zugegen zu sein, während der Gestaltwandler in seinen ursprünglichen Zustand zurückkehrte – ein Vorgang, den er in regelmäßigen Abständen wiederholen mußte. Andererseits bedauerte sie, nicht ebenfalls einen so zwingenden Grund für eine Ruhepause zu haben. Später zwang die Pflicht sie zu einem ebenso kurzen wie unangenehmen Gespräch mit Eddington, als sie die *Rio Grande* zum Hangar steuerte. Immerhin hielt sie es für angemessen, jemanden zu fragen, was während ihrer Abwesenheit auf *Deep Space Nine* geschehen war. Nein, Chief O'Brien konnte derzeit nicht mit ihr reden, ja, die Raumstation war noch heil, und ob Major Kira etwas dagegen hätte, wenn Mr. Eddington die Beantwortung weiterer Fragen auf später verschob, wenn sie Gelegenheit bekamen, direkt miteinander zu sprechen? Als ob der zimperliche Starfleet-Stutzer irgend etwas zu sagen hätte, das sich abzuhören lohnte. Nun, immerhin genügte es als Vorwand, den Kom-Kanal wieder zu schließen und sich darauf zu konzentrieren, die *Rio Grande* im Hangar zu landen.

Jetzt hatte die Pflicht Kira zur Luftschleuse vor dem Liegeplatz der *Defiant* gebracht. Sie hoffte, daß sich O'Brien dort aufhielt und das Schiff gemäß ihrer Bitte auf den Start vorbereitete. Statt dessen traten ihr zwei Sicherheitswächter entgegen, als sie sich der Schleuse näherte.

»Guten Abend, meine Herren.« Sie wollte diese Worte höflich klingen lassen, hörte jedoch den scharfen Unterton von Ärger in ihrer Stimme. »Ist O'Brien hier?«

Der größere der beiden Männer versperrte der Bajoranerin den Weg, als sie versuchte, an ihm vorbeizutreten. Er machte sich nicht einmal die Mühe, eine kurze Kollision zu vermeiden. »Tut mir leid, Sir, aber dieser Bereich ist autorisierten Starfleet-Angehörigen vorbehalten.«

Kira lachte humorlos. »Zufälligerweise bin ich der Erste Offizier dieser Raumstation, Mister. Ich schätze, das ist Autorität genug.«

Der Mann hinderte sie erneut daran, den Weg fortzusetzen, und diesmal hatte er wenigstens den Anstand, so etwas wie Reue zu zeigen. »Unter den gegenwärtigen Umständen genügt Ihr Rang nicht. Ich bedauere sehr.«

Zorn quoll in Kira empor, und sie versuchte, ihn unter Kontrolle zu halten. Es war nicht die Schuld des Sicherheitswächters, daß sie zwei sehr anstrengende Tage hinter sich hatte. »Von wem stammt der Befehl?« fragte sie und beschloß, mit Eddington abzurechnen, dem zuständigen Sicherheitsoffizier.

»Von Captain Sisko, Sir.«

»Captain Sisko?« Mit dieser Antwort hatte sie nicht gerechnet. »Aber er ist doch gar nicht an Bord!«

Die beiden Sicherheitswächter wechselten einen Blick, der vermutlich diskret sein sollte. »Er kehrte in der vergangenen Nacht zurück, Sir«, antwortete der jüngere Mann.

Das vereinfachte die Situation erheblich, fand Kira. Sie klopfte auf ihren Insignienkommunikator und richtete einen finsteren Blick auf die beiden Männer, als sie sagte: »Kira an Sisko. Ich stehe vor dem Liegeplatz der *Defiant* im Andockmast drei. Zwei von Eddingtons Burschen ...«

»Einen Augenblick, Major.« Siskos Stimme war so glatt und ruhig wie immer, aber Kira glaubte trotzdem, einen recht brüsken Klang in ihr zu hören. »Ich bin gleich bei Ihnen.«

An diesem Tag schien niemand bereit zu sein, sich auf ein längeres Kom-Gespräch mit ihr einzulassen. Kira verschränkte die Arme, obgleich sie dadurch noch aggressiver wirkte, und ging vor den beiden Sicherheitswächtern auf und ab. Eine seltsame Leere breitete sich in ihr aus – sie war viel zu müde, um zornig zu bleiben. Sie ärgerte sich nur darüber, hierhergekommen zu sein, anstatt ihr Quartier aufzusuchen und sich dort schlafen zu legen.

Sie kehrte der Luftschleuse den Rücken zu und blickte durch den Korridor, obwohl sie so schnell nicht mit dem Eintreffen des Captains rechnen durfte. Plötzlich grollte es hinter ihr, als das Schott beiseite rollte. Kira drehte den Kopf und stellte erstaunt fest, daß Sisko in den Gang trat.

»Major ...«, grüßte er mit neutraler Freundlichkeit. »Willkommen daheim. Commander Eddington kam einige Minuten vor Ihnen und berichtete mir von Ihrer Rückkehr.«

Kira wippte auf den Zehenspitzen und versuchte zu erkennen, was hinter dem Captain vor sich ging. Doch seine hochgewachsene Gestalt und die beiden Sicherheitswächter bildeten eine Barriere, die ihr den Blick durch die Schleuse verwehrte. Einige Sekunden später war es zu spät: Das Schott hatte sich wieder geschlossen.

»Was geht hier vor?« fragte Kira.

Sisko deutete zum anderen Ende des Korridors, fort von den beiden Sicherheitswächtern. Kira verstand und nickte. Nachdem sie etwa zehn Meter weit gegangen waren, konnte sie Ungeduld und Neugier nicht länger im Zaum halten. »Warum hat mich Eddington nicht darauf hingewiesen, daß Sie wieder an Bord sind? Ich hatte keine Ahnung von Ihrer Rückkehr.«

»Manchmal ist Commander Eddington zu vorsichtig. Ich habe ihn nicht dazu aufgefordert, Ihnen Bescheid zu gehen, und er wollte in dieser Hinsicht keine Eigeninitiative entwickeln.« Sisko blieb stehen und drehte Kira herum, so daß sie die beiden Sicherheitswächter nicht mehr sehen konnte. Oder damit sie ihren Blicken verborgen blieb. Der zweite Gedanke ließ sie erschauern. »Dax und O'Brien leisten mir hier Gesellschaft. Wir bereiten die *Defiant* auf den Start vor.«

Zumindest einige Dinge schienen sich in der erwarteten Richtung zu entwickeln. »Wann brechen wir auf?«

»*Wir* fliegen nirgendwohin«, erwiderte Sisko und betonte das erste Wort. »*Sie* bleiben in der Raumstation und behalten die Aktivitäten der Miliz im Auge, während Dax und ich den Gamma-Quadranten aufsuchen.«

Kira war so erschöpft, daß sich ihre Reaktion auf ein verärgertes Zischen beschränkte. »Die Aktivitäten der Miliz sind bereits hinreichend bekannt! Odo und ich haben sechsunddreißig Stunden damit verbracht, ihnen in die Badlands zu folgen, nachdem sie drei Sublicht-Frachter in Wracks verwandelten!« Verärgert deutete sie zur Luftschleuse. »Ich bin zur Station zurückgekehrt, um die Verfolgung mit der *Defiant* fortzusetzen.«

Eine sonderbare Starre erfaßte Siskos Gesicht. »Die *Defiant* steht nicht zur Verfügung.«

Kira hatte ihn selten auf diese Weise gesehen. Sein Gesicht war nun völlig ausdruckslos, verwandelte sich in eine dunkle, undurchdringliche Maske. Und wenn man ihm in die Augen sah ... Dann erahnte man intensive Gefühle hinter jener Maske, eine profunde emotionale Kraft. Kira hatte oft beobachtet, wie sich die eindrucksvolle Kühle in den Zügen des Captains ausbreitete: cardassianischen Guls gegenüber, die noch immer glaubten, in diesem Raumsektor das Sagen zu haben; bei Kai Winn, wenn sie ihre persönlichen Ziele im Namen der Propheten durchsetzen wollte; oder auch bei Bajoranern, die trotz seiner Einwände darauf bestanden, in ihm den Abgesandten zu sehen, den ihre Religion prophezeite. Einmal hatte Sisko diese Miene sogar Dr. Bashir gegenüber gezeigt, als der Arzt dumm genug gewesen war, eine offizielle Subraum-Sendung zu unterbrechen.

Zum erstenmal bekam es Kira nun selbst mit jenem Gesicht zu tun.

»Sie sind der Kommandant dieser Raumstation, nicht wahr?« fragte sie und ging aus einem Reflex heraus zum verbalen Angriff über. »Sie können dafür sorgen, daß die *Defiant* zur Verfügung steht.«

»Ich fürchte, so einfach ist das nicht«, erwiderte Sisko ungerührt.

»Wieso denn nicht? Weil Starfleet beschlossen hat, daß die isotopischen Werte des Warptriebwerks wichtiger sind als einige bajoranische Erztransporter?« Kira hoffte, den Captain damit aus der Reserve zu locken, hielt in den dunklen Augen nach dem Aufblitzen von Überraschung Ausschau. Statt dessen musterte er sie mit einem Blick, der bis in den Kern ihres Selbst zu reichen schien. Nach einigen Sekunden konnte sie ihm nicht mehr standhalten und gab vor, ihrer Nervosität nachzugeben: Erneut begann sie mit einer unruhigen Wanderung. »Ich fasse es einfach nicht, daß wir ein solches Gespräch führen. Sie haben mich einmal darauf hingewiesen, daß es Ihnen wirklich darum geht, Bajor zu helfen – ungeachtet der Gründe, die Starfleet hat, in diesem Raumsektor präsent zu sein.« Sie blieb auf der anderen Seite des Korridors stehen und nahm die Distanz zum Anlaß, neuen Mut zu schöpfen. »Ist das jetzt nicht mehr der Fall?« Nach kurzem Zögern fügte sie jene Frage hinzu, die ihren Vermutungen nach den Kern des Problems betraf. »Was haben Sie in Starbase Eins erfahren?«

Sisko öffnete den Mund, um zu antworten, überlegte es sich dann aber anders. Schließlich gab er sich einen inneren Ruck. »Glauben Sie mir, Major: Meine Sorge um dieses Sonnensystem ist größer als jemals zuvor. Außerdem lassen sich die Motive von Starfleet und das Wohl von Bajor manchmal durchaus miteinander vereinbaren.« Er blickte zur Seite und schien kurz nachzudenken. Als er den Blick wieder auf Kira richtete, existierte die Maske nicht mehr – sein Gesicht zeigte emotionales Chaos. »Derzeit kann ich Ihnen nur folgendes sagen: Admiral Hayman hat die *Mukaikubo* nach *Deep Space Nine* geschickt. Sie ist nicht so schwer bewaffnet wie die *Defiant*, sollte jedoch in der Lage sein, mit den Milizionären fertig zu werden.«

Kira fragte sich, was sie mehr beunruhigte: was Sisko ihr verschwieg oder was er ihr zwischen den Zeilen mitteilte. »Einem Konteradmiral wie Hayman dürfte es ziemlich gleichgültig sein, ob irgendwelche Milizionäre die bajoranischen Verkehrswege bedrohen. Warum schickt sie die *Mukaikubo* hierher?«

»Wenn wir im Gamma-Quadranten erfolgreich sind«, sagte Sisko mit einer Vorsicht, die es Kira kalt über den Rücken laufen ließ, »spielt es keine Rolle mehr, warum die *Mukaikubo* kam.«

Kira nickte und verabscheute es, nicht mehr zu wissen. »Und wenn Sie nicht erfolgreich sind?«

Sie sah die Entschuldigung in seinen Augen, als er die Lippen zusammenpreßte, sich geradezu *zwang*, ihr keine Auskunft zu geben.

»Behandeln Sie mich nicht auf diese Weise!« platzte es aus ihr heraus. »Lassen Sie mich nicht im dunkeln!«

»Mir bleibt keine Wahl ... Eigentlich kenne ich nicht mehr Fakten als Sie.«

»Aber Sie wissen genug, um besorgt zu sein«, hielt Kira dem Captain entgegen.

Er musterte die Bajoranerin. »Sie nicht?«

Diesmal wandte Kira den Blick ab.

»Die *Mukaikubo* sollte in zwei Tagen hier sein«, fuhr Sisko fort. »Captain Regitz kennt Sie als meine Stellvertreterin. Sie können auf ihre volle Kooperationsbereitschaft zählen.«

Kira drehte sich um, als sie das Geräusch von Schritten hörte. Sie folgte Sisko und schloß zu ihm auf, kurz bevor er die beiden Sicherheitswächter an der Luftschleuse erreichte. »Was ist mit Ihnen?« fragte sie. »Wann bringen Sie die *Defiant* zurück?«

Der Schatten eines Lächelns huschte über Siskos Lippen. »Das ist eine gute Frage, Major.« Er drückte Tasten und wartete darauf, daß das Schott beiseite rollte. »Hoffentlich bekomme ich die Chance, Ihnen eine Antwort zu geben.«

10

»Sie machen einen großen Fehler, Jadzia.« Dax kniete neben der Pilotenkonsole der *Defiant* und sah auf, überrascht von dem Nachdruck in der vertrauten Stimme. Bashir zeichnete sich nur als schmale Silhouette im grellen Licht des Laserbrenners ab, mit dem O'Brien neben der Trill arbeitete. Dennoch glaubte sie, in seiner Haltung Sorge zu erkennen. Auf der anderen Seite der Brücke war Sisko damit beschäftigt, zusammen mit Eddington die Waffenstation neu zu programmieren. Er drehte den Kopf und bedachte Bashir mit einem langen Blick. Soweit Dax wußte, hatte der Doktor seit dem Transfer an Bord des Schiffes jetzt zum erstenmal die Krankenstation verlassen.

»Mir bleibt nichts anderes übrig, Julian. Bei unserem Flug durchs Wurmloch befindet sich nur eine minimale Crew an Bord.« Dax blickte auf die Glasfaserkabel hinab, die sie für O'Brien hielt, und vergewisserte sich, daß sie nichts durcheinandergebracht hatte. »Keine Sorge. Meine Reflexe sind so gut, daß ich die technischen Kontrollen bedienen und gleichzeitig das Schiff steuern kann. Das ist einer der Vorteile, wenn man zwei Großhirnrinden hat.«

»Ich meine etwas anderes, und das wissen Sie genau.« Bashir kam näher und ging neben O'Brien in die Hocke, so als wollte er die Arbeit des Chefingenieurs kontrollieren. Glasfaserkabel verschmolzen miteinander, als der Laserbrenner immer wieder zischte und die Worte des Arztes vom Rest der kleinen Brücke abschirmte. »Wie können Sie auch nur daran *denken*, mit der *Defiant* zum Gamma-Quadranten zu fliegen? Die isotopischen Werte im Warpkern der alten *Defiant* bedeuten doch, daß der Zeitsprung beim nächsten Warptransfer erfolgt, oder?«

»Das würde stimmen, wenn wir noch immer in der alten Zeitlinie festsäßen«, sagte Dax. »Aber inzwischen ist das Wurmloch schon seit sechs Stunden stabil. Was auf eine hohe Wahrscheinlichkeit dafür hindeutet, daß der ursprüngliche Zeitriß verhindert wurde.«

»Warum ist der alte Dax-Symbiont dann nicht verschwunden?« fragte Bashir.

Die Trill zuckte mit den Schultern, wobei sie darauf achtete, die Kabel nicht zu bewegen. »Die alte *Defiant* und ihre Crew sind seit fünftausend Jahren Teil dieser Zeitlinie. Bei Starfleet Command glaubt man, daß sie dadurch genug temporale Trägheit entwickelt haben, um auch nach der Elimination des ursprünglichen Zeitsprungs von Bestand zu bleiben. Es hat etwas mit dem Erhalt von Raum-Zeit-Energie zu tun.«

Bashir wirkte entsetzt. »Bedeutet das, der andere Dax muß für immer in unserer Zeitlinie bleiben? Als ... Relikt?«

»Ich glaube, der Fachausdruck lautet ›Zeitlinien-Waise‹.« Jadzia beobachtete, wie die Flamme des Laserbrenners die letzten Glasfaserkabel miteinander verband. »Bisher ist es nur ein theoretischer Begriff gewesen. Die *Defiant* könnte zum ersten dokumentierten Fall werden.«

»Aber nur, wenn es nicht zu einem Zeitsprung kommt.« O'Brien ließ das Schweißgerät sinken und befestigte die Verkleidungsplatte. »Und wenn ich mich recht entsinne, Lieutenant, erwähnten Sie in diesem Zusammenhang eine Wahrscheinlichkeit von achtundsechzig Prozent.«

Dax warf ihm einen verärgerten Blick zu. Sie hätte nicht versuchen sollen, Bashir zu beruhigen, solange sich ein Chefingenieur in der Nähe befand, der immer alles sehr genau nahm. »Bei der Schätzung bin ich von sehr ungünstigen Annahmen ausgegangen«, schränkte sie ein und sah, wie sich wieder Falten in der Stirn des Arztes bildeten.

»Und wenn Sie die Situation optimistisch beurteilen?« fragte Bashir. »Wie groß ist die Wahrscheinlichkeit dann?«

Dax biß sich auf die Lippe und stand auf, damit der Doktor ihren Gesichtsausdruck nicht sah. »Zweiundsiebzig Prozent«, antwortete sie, beugte sich über die Pilotenkonsole und gab vor, beschäftigt zu sein. »Ich starte ein Diagnoseprogramm, um zu überprüfen, ob alle Schaltkreise verbunden sind, Chief. Vielleicht sollten Sie Captain Sisko und Commander Eddington dabei helfen, die Aktivierungssequenz der Phaser zu automatisieren.«

O'Brien bedachte Bashir mit einem scharfsinnigen Blick. »Ich schätze, damit kommt der Captain ganz gut zurecht. Möglicherweise wäre es besser, wenn ich stattdessen die Krankenstation aufsuche und Julians Patienten im Auge behalte.«

»Ja.« Bashir nickte dankbar. »Das ist eine ausgezeichnete Idee.«

O'Brien erhob sich und klopfte dem Arzt auf die Schulter. »Duschen Sie und essen Sie etwas, bevor Sie an die Arbeit zurückkehren«, riet er dem Chefingenieur. »Wenn Lieutenant Dax recht hat, bleibt Ihr medizinisches Problem dort, wo es ist.«

»Leider weiß ich nicht, ob ich das für eine gute oder für eine schlechte Nachricht halten soll.« Bashir blieb in der Hocke, lehnte sich an die Seite der Pilotenkonsole und schloß die Augen. Dax und O'Brien wechselten einen besorgten Blick. Dann zuckte der Chefingenieur mit den Achseln und ging.

Dax respektierte das Schweigen des Arztes und startete ein Diagnoseprogramm, das die neu geschaffene

Verbindung aus technischen und Navigationssystemen untersuchte. Technische Diagramme glitten über den Bildschirm, während das Navigationsgitter zu einem Fenster in der einen Ecke schrumpfte. Die Trill veränderte Farben und Kontrast, um beide Anzeigen möglichst deutlich zu gestalten.

»Welche Besatzungsmitglieder nehmen Sie ins Wurmloch mit?« fragte Bashir nach einer Weile. Seine Worte klangen fast geistesabwesend, aber in seinem Gesicht zeigte sich Anspannung. »Die gleichen Personen, die wir in den visuellen Aufzeichnungen gesehen haben?«

»Nein.« Dax schloß kurz die Augen und warf dann einen kurzen Blick auf die Konsole, um festzustellen, ob die für den Piloten bestimmten Anzeigen noch immer gut zu erkennen waren. »Selbst *wenn* der Zeitriß verhindert wurde: Benjamin glaubt, daß mit einer anderen Crew die Wahrscheinlichkeit eines Zeitsprungs geringer wird. Wir haben die Besatzung auf drei Techniker und drei Brückenoffiziere reduziert. Ich kümmere mich um Navigation und die technischen Systeme. Commander Eddington bedient die Kontrollen der Waffenstation, und Fähnrich Hovan ist für die Tarnvorrichtung zuständig.«

»Und wer übernimmt die Kommunikation?«

»Ich«, sagte Sisko hinter ihnen. Dax drehte sich um und sah, wie der Captain die kleine Kom-Konsole überprüfte, die O'Brien neben dem Kommandosessel installiert hatte. »Wir bleiben die ganze Zeit über getarnt, und deshalb dürfte wohl kaum viel Kom-Aktivität zu erwarten sein. Wenn wir auf der anderen Seite des Wurmlochs tatsächlich Furien antreffen, so kann uns sicher nichts daran gelegen sein, sie auf unsere Präsenz hinzuweisen. Wir halten uns lange genug im Gamma-Quadranten auf, um einen genauen Eindruck von Anzahl und Stärke des Gegners zu gewinnen und den Status der *Sreba* zu überprüfen. Dann kehren wir sofort zurück, um Starfleet Command zu benachrichtigen.«

Die Skepsis in Bashirs Zügen teilte Dax mit, daß er sich wünschte, es sei tatsächlich alles so einfach. »Was ist mit dem medizinischen Personal?«

»Darüber wollte ich ohnehin mit Ihnen sprechen.« Sisko preßte die Fingerspitzen aneinander und bedachte den Arzt mit einem durchdringenden Blick. »Wie sicher ist Ihr Patient in der Krankenstation?«

Bashir hob und senkte die Schultern. »Chief O'Brien hat mit einigen Zwischenwänden eine zusätzliche Behandlungsnische geschaffen. Aber wir können Odo nicht darum bitten, dort Sicherheitswächter zu postieren, ohne ganz *Deep Space Nine* mitzuteilen, daß es nicht nur um einen am *Mactru*-Fieber erkrankten vulkanischen Wissenschaftler geht.«

»Das dachte ich mir«, erwiderte Sisko. »Und deshalb nehmen wir Ihre medizinische Assistentin mit.«

Bashir hob ruckartig den Kopf. »An meiner Stelle?«

»Sie können nicht an dieser Mission teilnehmen, Julian«, sagte Dax, bevor der Captain antworten konnte. »Sie müssen bei meinem ... bei Ihrem Patienten bleiben.«

»Aber wenn Sie sich irren, was die Zeitlinie anbelangt ...«

»Nicht hier«, warf Sisko abrupt ein. Er stand auf, bedeutete Bashir und Dax mit einer knappen Geste, ihm zu folgen. Eddington sah ihnen verwundert nach, als sie die Brücke der *Defiant* verließen, stellte jedoch keine Fragen.

»Krankenstation«, wies Sisko den Computer des Turbolifts an, als sich die Tür geschlossen hatte.

Dax runzelte die Stirn. »Dort gibt es nur wenig Platz, Benjamin. Sollten wir nicht besser Ihr Quartier aufsuchen?«

Der Captain schüttelte den Kopf. »Die Krankenstation enthält etwas, das ich dem Doktor zeigen möchte.«

Die Tür des Turbolifts öffnete sich wieder, und dahinter erstreckte sich ein Zimmer, das eigentlich kaum mehr war als eine kleine Kammer. Die Krankenstation erweckte den Eindruck, bei der Konzeption dieses Prototyps eines leistungsstarken Kampfschiffes erst später berücksichtigt worden zu sein. Sie schien jetzt noch weniger Platz zu bieten als vorher, und Dax brauchte einige Sekunden, um den Grund dafür zu erkennen.

Neben ihr murmelte Bashir etwas, aber seine Stimme blieb so leise, daß die Trill nicht feststellen konnte, ob es ein Fluch oder ein Dankgebet war. Dax folgte seinem Blick und sah einen vertraut anmutenden Behälter, der die zentrale Diagnoseliege ersetzte. Seitenflächen und Deckel bestanden aus transparentem Aluminium und ruhten in einem Gehäuse aus stoßdämpfendem Kunststoffschaum. Die einzelnen Komponenten der Energieversorgung bildeten hier kein wirres Durcheinander. Statt dessen formten Kabel und Schläuche ein wohlgeordnetes Bündel, das von einer Pumpe im unteren Teil des Behälters ausging, einem kleinen Aggregat, das seine Betriebsenergie aus Dilithium bezog.

»O'Brien«, sagte Bashir und schüttelte bewundernd den Kopf. »Als er heute morgen auf einem vollständigen technischen Scan des Symbiontentanks bestand … Ich dachte, er wollte mich auf alle meine Fehler hinweisen. Wo hat er die Pumpe aufgetrieben?«

»Ich glaube, er besorgte sich zwei Exemplare von einem Handelsschiff mit flüssiger Atmosphäre«, sagte Sisko. »Nun, ich habe darauf bestanden, daß er zunächst die *Defiant* mit einem solchen Stasisbehälter ausstattet; später repliziert er eine zweite Version für Ihren Patienten auf *Deep Space Nine.*« Sein Blick kehrte zu Dax zurück, die noch immer zu dem Gerät starrte. »Was hältst du davon, alter Knabe?«

Die Trill atmete tief durch und versuchte, jenes seltsame Durcheinander aus Empfindungen zu sortieren, das der Anblick des Stasisbehälters in ihr geschaffen hatte. Normalerweise überlagerten sich die Emotionen von Wirt und Symbiont so sanft, daß sie sich längst nicht mehr fragte, aus wessen Gehirn sie stammten. Das war einer der Gründe für den Erfolg solcher Trill-Gemeinschaften. Diesmal aber kam es zu einer Diskrepanz: Jadzias Unbehagen angesichts der Vorbereitungen auf eine fünftausend Jahre lange Gefangenschaft blieb ohne Echo im Empfinden des Symbionten. Statt dessen reagierte Dax mit ironischer Erheiterung, was Jadzia einmal mehr daran erinnerte: Angesichts einer Lebenserwartung von Jahrtausenden fürchteten sich Symbionten nicht vor langen Zeitspannen.

»Während der nächsten Tage sollte ich besser dafür sorgen, daß du keinen Quantentorpedo-Explosionen zu nahe kommst, Benjamin«, sagte sie. »Immerhin kann ich mich nicht selbst da drin unterbringen, oder?«

Sisko schnaubte leise. »Und wie kommst du darauf, daß *ich* dir dabei helfen könnte, alter Knabe?«

»Oh, ich habe gesehen, wie gut du eine Forelle zurechtschneidest.«

Bashir kommentierte diesen Wortwechsel mit einem erstickt klingenden Laut, und Dax seufzte leise. Was auch immer geschah: Der Arzt fühlte sich nicht wohl in seiner Rolle als Beschützer des Symbionten. Sie wagte nicht daran zu denken, wie sich ein zweiter Zeitriß auf die bereits sehr komplexe Mischung aus Verantwortung und Schuld auswirken mochte.

»Keine Sorge, Julian«, sagte die Trill in einem beruhigenden Tonfall. »Denken Sie daran: Eine Wahrscheinlichkeit von siebzig Prozent spricht dafür, daß wir den Stasisbehälter überhaupt nicht brauchen.«

Bashir schnitt eine Grimasse. »Das bedeutet eine Wahrscheinlichkeit von dreißig Prozent, daß Sie ihn benutzen werden!« Er wandte sich an Sisko. »Meine Assistentin absolviert ihr Medizinalpraktikum. Sie ist weder Ärztin noch Spezialistin für die Trill-Physiologie. Wenn Sie Dax' Symbionten noch einmal retten wollen, müssen Sie mich mitnehmen.«

Sisko hob eine Braue. »Und der Symbiont, den Sie bereits gerettet haben, soll in *Deep Space Nine* zurückbleiben?«

»Das muß er nicht unbedingt.« Bashir deutete auf den Stasisbehälter. »Wir können den alten Symbionten mitnehmen. Vielleicht gelingt es uns sogar, mit ihm zu kommunizieren und mit seiner Hilfe zu vermeiden, erneut in den Zeitriß zu geraten.«

»Hmm. Dieser Hinweis hat durchaus etwas für sich ...«

»Nein!« sagte Dax scharf. Beide Männer musterten sie erstaunt. »Wir nehmen den alten Symbionten nicht mit durchs Wurmloch. Lieber riskiere ich, ohne Sie in die Vergangenheit versetzt zu werden, Julian.«

»Jadzia ...«

»Alter Knabe, ich weiß nicht, warum ...«

Die Trill verspürte den Wunsch, die beiden Männer zu packen und heftig zu schütteln. Selbst wenn sie sich Mühe gaben: Menschen konnten unmöglich die wahre Ethik der Symbiose begreifen. »Jetzt hört mir mal zu. Als Trill gibt es derzeit nur eine Sache, die für mich wichtig ist: Ich bin vor allem bestrebt, den Symbionten am Leben zu erhalten. Dabei spielt es keine Rolle, um *welchen* Symbionten es geht. Wenn der alte Dax sein geistiges Gleichgewicht wiederfindet – was ihm mit Julians Hilfe bestimmt gelingt –, so wird *ein* Dax überleben und in die Erinnerungstümpel auf Trill zurückkehren, selbst wenn ich in die Vergangenheit geschleudert werde oder beim Transfer durchs Wurmloch ums Leben komme. Dax' Weisheit und Wissen bleiben erhalten.« Sie sah Bashir an und beobachtete, wie sich Kummer in seinem Gesicht ausbreitete. »Und *ich* existiere dann ebenfalls, im Innern des Symbionten. Das wissen Sie.«

Er nickte, obwohl er dabei nicht viel glücklicher wirkte. »Und wenn sich Starfleet Command in Hinsicht auf die Theorie von der temporalen Trägheit irrt? Wenn Sie in die Vergangenheit geraten, und wenn diesmal niemand da ist, um den Symbionten zu retten – dann verschwinden vielleicht *beide* Versionen von ihm.«

»Ihr Argument enthält dreimal das Wörtchen ›wenn‹«, entgegnete Dax. »In meinem kommt es nur einmal vor: Wenn wir beide Symbionten an Bord der *Defiant* unterbringen, so ist das Risiko zu groß, daß keiner von ihnen einen Angriff der Furien im Gamma-Quadranten überlebt.«

Ernste Stille breitete sich in der kleinen Krankenstation aus. Nach einigen Sekunden räusperte sich Sisko. »Dr. Bashir, Sie bleiben auf *Deep Space Nine* und kümmern sich dort um die Rehabilitation des alten Dax-Symbionten. Ihre medizinische Assistentin erhält vorübergehenden Starfleet-Status an Bord der *Defiant*.«

Der Arzt nickte widerstrebend. »Ich kopiere alle physiologischen Trill-Daten in den Medo-Computer und füge meine Aufzeichnungen von der alten *Defiant* hinzu.« Er strich über den transparenten Deckel des Stasisbehälters, und seine Miene blieb dabei undeutbar. »Wenn es zum Schlimmsten kommt … Vielleicht bleibt meiner Assistentin Zeit genug, um schlau daraus zu werden.«

Sisko wollte nicht ins Wurmloch fliegen.

Acht Stunden waren seit dem Verschwinden der *Sreba* vergangen, und in dieser Zeit hatten sich die ionisierten Gaswolken am Zugang des Dimensionstunnels aufgelöst. Der Raumbereich, in dem sich das Wurmloch öffnete, sah nun aus wie immer: Bajors Sonne strahlte im Hintergrund, und viel weiter entfernt leuchteten Sterne in der Schwärze. Nichts deutete darauf hin, daß es hier die einzige stabile Singularität in der bekannten Galaxis gab.

»Irgendwelche Anzeichen von Subraum-Fluktuationen?« wandte sich der Captain an Dax.

Sie betätigte Schaltelemente ihrer modifizierten Konsole und betrachtete die Displays. Sisko gewann den Eindruck, daß sie sich diesmal mehr Zeit ließ als sonst. »Ich glaube, die Sensoren registrieren nur die üblichen Emissionen des Wurmlochs«, erwiderte die Trill schließlich.

Der Captain kannte ihre Stimme gut genug, um eine Andeutung von Zweifel darin zu erkennen. »Was ist nicht in Ordnung damit?« fragte er.

»Die Frequenz«, antwortete Dax. »Sie scheint verzerrt zu sein, so als sei die Gravitationsstruktur im Bereich der Singularität noch nicht zu ihrem normalen Zustand zurückgekehrt.« Sie blickte über die Schulter. »Sollen wir den Anflug fortsetzen?«

Sisko trommelte mit den Fingern auf die improvisierte Kommunikationskonsole neben dem Kommandosessel, war sich dabei des aufmerksamen Schweigens von Eddington am Feuerleitstand und von Hovan an den Kontrollen der Tarnvorrichtung bewußt. Bei der Auswahl der Besatzungsmitglieder hatte er sowohl die Sicherheitsklassifikation berücksichtigt als auch den Umstand, daß die Betreffenden keine Angehörigen hatten – sie waren erst vor kurzer Zeit nach *Deep Space Nine* versetzt worden. Niemand von ihnen nahm sich die Freiheit, einen Vorschlag an den Kommandanten zu richten. Derzeit mußte Sisko auf Kiras manchmal recht drastische Meinungsäußerungen ebenso verzichten wie auf Odos unverblümte Fragen und O'Briens Einfallsreichtum. Schließlich kehrte seine Aufmerksamkeit zu Dax zurück.

»Wir müssen herausfinden, ob das Wurmloch noch funktioniert«, sagte er. »Wenn nicht, braucht sich Starfleet in Hinsicht auf eine drohende Invasion keine Sorgen zu machen.«

»So sehe ich das ebenfalls«, pflichtete Dax dem

Captain bei. »Ich bringe uns zum üblichen Transferpunkt.«

Sisko brummte zustimmend und lehnte sich zurück, während Dax die Kursdaten eingab. Die *Defiant* beschleunigte mit dem für sie typischen Ruck. Das Impulstriebwerk zeichnete sich durch ein außerordentlich hohes energetisches Niveau aus und sollte bei Kampfmanövern eine besondere Wendigkeit des Schiffes gewährleisten. Allerdings reagierten die Trägheitsabsorber manchmal zu langsam, um die starken Andruckkräfte zu neutralisieren. Das Ergebnis bestand darin, daß die Crew immer wieder heftig durchgeschüttelt wurde – vermutlich einer der Gründe dafür, warum der Prototyp nie zu einem Starfleet-Standardmodell geworden war. Sisko hatte sich inzwischen so sehr daran gewöhnt, daß er bei komfortableren Schiffen wie der *Enterprise* überhaupt nicht mehr das Gefühl von *Bewegung* hatte.

»Wir nähern uns dem Wurmloch.« Dax betätigte einen Schalter, und auf dem Schirm erschien etwas, das Sisko schon an Bord der *Sreba* gesehen hatte: Es handelte sich um eine graphische Darstellung der Raum-Zeit-Struktur. Die *Defiant* wurde als blinkender blauer Punkt dargestellt und näherte sich jener Stelle, an der die gewölbten weißen Linien zusammenführten. Es sah auf unangenehme Weise nach einer Fliege aus, die direkt aufs Zentrum des Spinnennetzes zuhielt.

»Tarnvorrichtung aktivieren, Mr. Hovan«, sagte Sisko. »Niemand soll sehen, wie wir auf der anderen Seite aus dem Wurmloch kommen.«

»Aye, aye, Sir.« Hovans Stimme klang lobenswert ruhig für eine junge Offizierin, die gerade erst die Starfleet-Akademie verlassen hatte und nun die erste wichtige Mission erlebte.

Im Kommandodisplay leuchtete das romulanische Symbol auf und wies auf die erfolgte Aktivierung hin. Im zentralen Projektionsfeld flackerte es kurz, als sich die *Defiant* in den Tarnschirm hüllte. Dann glichen die Nahbereichsensoren die zusätzlichen elektromagnetischen Emissionen aus, woraufhin das Flackern verschwand.

»Subraum-Strahlung gewinnt an Intensität«, meldete Dax. Sisko beobachtete, wie sich die weißen Linien zu einer Spirale anordneten. Er blickte gerade rechtzeitig zum Hauptschirm, um zu sehen, wie sich der schimmernde kosmische Blütenkelch des Wurmlochs vor ihnen öffnete. Die Erscheinung bot einen vertrauten Anblick, wirkte so prächtig wie immer. »Mit der Singularität scheint alles in Ordnung zu sein, Captain.«

Sisko holte lautlos Luft. »Dann bringen Sie uns in den Gamma-Quadranten.«

»Aye, aye, Sir.« Dax gab einen neuen Kurs ein, und wieder spürte Sisko einen Ruck, als die *Defiant* Fahrt aufnahm und in die Öffnung des Wurmlochs flog.

Eine Sekunde später verschwand alles.

»Die Zerstörung steht unmittelbar bevor«, ertönte die kristalline Stimme von T'Kreng.

Sisko blinzelte und drehte sich um. Er wußte nicht, wo er sich befand und wie er an diesen unbekannten Ort gelangt war. Er spürte nicht mehr das vibrierende Zerren von Beschleunigung und schloß daraus, daß er sich nicht länger an Bord der *Defiant* aufhielt.

»Die Zerstörung ist bereits erfolgt.«

Er glaubte, die Brücke der *Sreba* zu erkennen, doch seinen Bewegungen haftete etwas Unwirkliches an, und deshalb wußte der Captain: Was auch immer er sah – es handelte sich nicht tatsächlich um das vulkanische Forschungsschiff. Seiner Wahrnehmung mangelte es an Schärfe: T'Krengs Gestalt blieb an den Rändern verschwommen, und die Konsolen hinter ihr wirkten wie undeutliche Zeichnungen und nicht wie echte Geräte.

»Die Zerstörung wird erfolgen.«

Jahre waren seit seinem letzten Erlebnis dieser Art vergangen, doch er erkannte es sofort wieder. Einerseits fühlte es sich an wie eine Mischung aus Schlafwandeln und Fiebertraum, doch andererseits zeichnete es sich durch eine ganz besondere und sehr intensive Realität aus. Die zeitlosen Bewohner des Wurmlochs hatten erneut beschlossen, einen Kontakt mit ihm herzustellen.

»Wessen Zerstörung?« fragte er T'Kreng beziehungsweise ihr Abbild, das die fremden Entitäten seinen Erinnerungen entnommen hatten. »Ihre oder meine?«

Die Vulkanierin sah von einem Monitor auf, und in ihrem Gesicht zeigte sich eine ruhige Gelassenheit, die nicht von ihr selbst stammte. »Alle Geschöpfe, die unweit der Zeitbrücke leben, gelebt haben und leben werden ...«

»... werden das gleiche Schicksal erfahren.« Admiral Hayman trat aus dem Turbolift der *Sreba*. Ihre Stimme klang rauh, und in den Augen blitzte es. Sisko fragte sich kurz, ob die Bilder, die er nun sah, auf Projektionen seines Unterbewußtseins beruhten. Oder wählten die Bewohner des Wurmlochs Gestalten und Szenen, die ihrem jeweiligen Zustand entsprachen?

»Wenn die Stränge der Zeitbrücke zerfasern, entweicht die gesamte Energie.«

»Es steht also doch eine Explosion des Wurmlochs hervor.« Sisko ballte die Fäuste, fühlte dabei einen Druck, der eigentlich gar keiner war. »Aber *warum*?«

»Es gab und es gibt und es wird zuviel Energie geben«, erwiderte T'Kreng schlicht.

Hayman schnaufte leise. »Wir nehmen die energetischen Emissionen Ihrer Schiffe hin, Sisko. Sie nähren uns, und wir benutzen sie, um die Brücke zu erhalten. Doch die von der anderen Seite schicken mehr, als wir absorbieren können.«

»Wir haben die Zeitbrücke bewegt, bewegen sie und werden sie bewegen, um zu entkommen.« T'Kreng vollführte eine knappe Geste des Bedauerns. »Sobald die Auflösung nicht mehr möglich war, ist und sein wird.«

Sisko runzelte die Stirn. »Was für eine Auflösung?«

Der Kontrollraum der *Sreba* verwandelte sich in den der *Defiant*. Schemenhafte Darstellungen der Besatzungsmitglieder sprachen gleichzeitig.

»Nachwirkungen …«, sagte Hovan.

»Echos …«, sagte Eddington.

»Schockwellen …«, sagte Dax.

Sisko holte tief Luft, doch seine Lungen blieben leer. »Die Subraum-Fluktuationen, die das Wurmloch zu zerreißen drohten. Sie haben sie von innen neutralisiert.«

»Wir können, haben, werden«, bestätigte Eddington. Seine Stimme hatte sich nicht verändert, obwohl andere Wesen seine Gestalt benutzten.

»Doch unsere Ressourcen sind begrenzt.« In Dax' Augen blitzte es ebenso wie zuvor in denen von Hayman. »Wir können die Zeitbrücke nicht an allen Punkten des Kontinuums bewahren. Ein Riß ist unvermeidlich.«

»Zerstörung ist unvermeidlich.« In Hovans Stimme erklang plötzlich ein Nachdruck, den sich der Fähnrich erst im Lauf vieler Jahre aneignen würde. »Alle Zeiten und Orte sind eins für uns, Sisko. Wir können nicht verschwinden lassen, was für uns existiert. Dazu sind allein jene imstande, die in dem Fluß leben, den unsere Brücke überspannt.«

Dax nickte. »Jene, die in der Zeit leben. Sie müssen die Energie fortnehmen oder der Zerstörung zum Opfer fallen.«

»Sie müssen die Zeitbrücke passieren, haben sie passiert, werden sie passieren«, verkündete Eddington mit einer Ruhe, die überhaupt nicht zur Situation paßte.

Furcht kroch über Siskos Nacken. Die Szene um ihn herum veränderte sich erneut, präsentierte die Konturen einer anderen, ganz und gar unvertrauten Raumschiffbrücke. Im Licht externen Phaserfeuers sah der Captain Dutzende von Waffenkontrollen. Ein gehörntes, monströses Wesen hob den Kopf, und sein Atem kondensierte, wirkte wie aus einem Ventil entweichender Dampf. Bernsteinfarbene Lider hoben sich, und in den Augen darunter loderte es. Sisko hoffte, daß dieses Bild aus seinem eigenen Gedächtnis stammte, auf Erinnerungen an Admiral Haymans kleine Figur zurückging. Oder war es zwischen diesem Wesen und den Bewohnern des Wurmlochs zu einer direkten Begegnung gekommen?

»Wir halten die Brücke offen für Ihren Transfer zur anderen Seite«, grollte die Furie mit so tiefer Stimme, daß sie kaum zu verstehen war. Dennoch hörte Sisko die Autorität darin. »Wir versprechen keine Rückkehr. Verhindern Sie das Hereinströmen weiterer Energie; andernfalls sollten Sie nicht versuchen, die Brücke noch einmal zu benutzen.«

»Ich verstehe«, erwiderte Sisko. »Ich werde mir alle Mühe geben.«

Die Furie durchbohrte ihn mit einem feurigen Blick – und verwandelte sich dann in die verstorbene Frau des Captains. »Sie leben nicht mehr in der Vergangenheit, Benjamin Sisko«, sagte sie. »Das ist gut. Wir möchten, daß Sie auf diese Weise fortfahren.«

Er öffnete den Mund, um eine Antwort zu geben, aber plötzlich fühlte er sich in den Sessel gepreßt und wußte, daß er wieder an Bord der *Defiant* war. Dax musterte ihn über die Schulter hinweg.

»Haben Sie mich gehört, Captain? Die Sensoren registrieren neutralisierte Quantenfluktuationen in der Singularitätsmatrix – das gleiche Muster sahen wir an Bord der *Sreba*.«

»Ich weiß.« Sisko stand ruckartig auf und wollte festen Boden unter den Füßen spüren. Der Hauptschirm zeigte die funkelnde Energie im Innern des

Wurmlochs. Der Captain versuchte, das Schimmern nicht zu aufmerksam zu beobachten – aus Furcht davor, daß plötzlich das Gleißen einer Explosion daraus wurde. »Die Entitäten im Wurmloch lösen die vom Zeitriß nach vorn gerichteten Echos aus.«

»Woher wissen Sie ...?« Dax unterbrach sich, kniff die Augen zusammen und musterte ihn fast mit der gleichen Intensität wie jener Wurmlochbewohner, der sich ihre Gestalt ausgeliehen hatte. »Sind Sie ihnen erneut begegnet? Was haben Ihnen die Fremden sonst noch mitgeteilt?«

Sisko trachtete danach, in seinen wirren Reminiszenzen Ordnung zu schaffen. »Sie wiesen mich darauf hin, daß die fürs Wurmloch gefährliche Energie aus dem Gamma-Quadranten kommt. Offenbar beabsichtigen die Entitäten, das Wurmloch zu bewegen – in der Zeit –, um sich zu schützen. Außerdem können wir nur dann zurückkehren, wenn wir verhindern, daß auch weiterhin Energie in den Dimensionstunnel strömt.«

Dax holte zischend Luft. »Dann hatte Julian recht. Wir sind noch immer in der ursprünglichen Zeitlinie.« Sie wirkte ein wenig ernster als zuvor, doch mehr verriet ihr Gesicht nicht – die Trill-Disziplin hinderte sie daran.

Das ist einer der Vorteile, die mehrere Jahrhunderte Lebenserfahrung mit sich bringen, fuhr es Sisko durch den Sinn. Er wünschte sich eine ebenso gute Selbstbeherrschung, spürte jedoch, wie mit jeder verstreichenden Sekunde mehr Adrenalin durch seine Adern floß.

»Die Bewohner des Wurmlochs konnten Ihnen nicht mitteilen, von welcher Quelle die destruktive Energie ausgeht?« fragte Dax.

»Nein.« Sisko schritt durch die Brücke und warf einen kurzen Blick auf Fähnrich Hovans Kontrollen, bevor er den Weg zu Eddington fortsetzte. Der Sicherheitsoffizier führte Computersimulationen der automatisierten Phaserfeuer-Sequenzen durch – offenbar bemühte er sich, durch Feinabstimmungen einige weitere Millisekunden zu gewinnen. Sisko wollte ihn zuerst auffordern, damit aufzuhören, Computerzeit zu vergeuden, doch dann überlegte er es sich anders. Der Flug durchs Wurmloch bescherte ihnen eine Anspannung, mit der jeder auf seine Weise fertig wurde. Darüber hinaus mochten sich jene Millisekunden einmal als sehr wichtig erweisen.

Als er Dax' Pilotenkonsole erreichte, trommelte er erneut mit den Fingern. »Bilde ich es mir nur ein, oder dauert diese Wurmlochpassage wirklich länger als sonst?«

Die Trill sah aufs Chronometer. »Die Transferzeiten sind unterschiedlich und hängen vor allem von der Eintrittsgeschwindigkeit ab. Wir sind absichtlich mit geringer Geschwindigkeit ins Wurmloch geflogen. Derzeit haben wir die durchschnittliche Transitdauer um fünf Prozent überschritten.« Dax rief wieder das Modell der Singularitätsmatrix auf den Monitor und deutete auf die Position des blinkenden blauen Punkts im pulsierenden Strang aus weißen Linien. »Nach dieser Anzeige zu urteilen, müßten wir bald das Ende erreichen.«

Sisko beugte sich vor. »Die hier dargestellten Intensitätsveränderungen ... Handelt es sich dabei um eine Subraum-Fluktuation?«

Dax nickte. »Sie erreichte ihr Maximum im Zentrum der Singularitätsmatrix und verringert sich seitdem. Ich glaube, sie ...«

Etwas änderte den Kurs der *Defiant*. Die subtile Verschiebung des Flugvektors wies Sisko darauf hin, daß sie das Ende des Wurmlochs erreicht hatten. Er sah auf den Monitor und beobachtete, wie das Muster aus Quanteninterferenzen schwarzem All wich. Nichts deutete auf die Nähe anderer Raumschiffe hin.

»Dax, gehen Sie mit dem Impulstriebwerk auf Minimalschub und bringen Sie uns fort vom Transferpunkt«, sagte er und fühlte, wie sich die Anspannung der Hilflosigkeit auflöste, dem ruhigen Rhythmus des Kommandos wich. Das Wurmloch spuckte die *Defiant* aus, verabschiedete sie mit einem bläulichen Strahlen und schloß dann seinen spiralförmigen Zugang. »Ich möchte eine möglichst geringe Ionenspur hinterlassen. Mr. Eddington, scannen Sie mit den Fernbereichsensoren nach fremden Raumschiffen.«

»Aye, aye, Sir.«

Sisko wandte sich an Hovan. »Gibt es in unserem Tarnschirm energetische Schwankungen, die ein Anzeichen dafür sein könnten, daß uns jemand zu orten versucht, Fähnrich?«

Der junge Mann blickte nervös vom Hauptschirm auf die Displays seiner Konsole. »Nein, Captain. In der Feldstärke gibt es nicht die geringsten Variationen.«

Sisko brummte und drehte sich zur Waffenstation um. »Was ist mit den Fernbereichsensoren?«

»Sie erfassen nichts, Captain.« Eddington starrte so argwöhnisch auf die Anzeigen, als hielte er es für möglich, daß die Sensoren von einem verborgenen Feind getäuscht wurden. »Keine Raumschiffe, keine energetische Reststrahlung eventueller Tarnschirme, nicht einmal Ionenspuren von Warptriebwerken. Offenbar sind wir das einzige Schiff im Umkreis von mehreren Parsec.«

Falten bildeten sich in Siskos Stirn, als er im Kommandosessel Platz nahm und die Hände fest um die Armlehnen schloß. Es gab nur ein Szenario, auf das er sich nicht vorbereitet hatte: daß sie das Wurmloch am anderen Ende verließen und dort niemanden vorfanden. Irgendeine Gefahr *mußte* sich im Gamma-Quadranten verbergen – jene Energie, die eine Explosion des Wurmlochs bewirkte, konnte wohl kaum aus dem Nichts kommen.

»Gibt es keine Spuren des vulkanischen Forschungsschiffs, das vor uns durchs Wurmloch geflogen ist, Commander?«

Eddington berührte Schaltflächen und betrachtete die Displays. Nach einigen Sekunden schüttelte er den Kopf. »Es gibt keine energetischen Emissionen, die auf die *Sreba* hinweisen, Sir.«

»Was vielleicht daran liegt, daß keine derartigen Emissionen von ihr ausgehen«, sagte Dax leise. »Captain, die Navigationssensoren entdecken eine Masse bei neun eins drei Komma drei. Die Größe entspricht der der *Sreba*.«

Sisko nickte. »Nehmen Sie Kurs darauf und umkreisen Sie das Objekt in einem Abstand von zehn Kilometern.«

Die Defiant flog durch interstellaren Raum, und ihr Hauptschirm zeigte Sterne, deren Glanz nicht von planetaren Atmosphären gefiltert oder einer nahen Sonne überstrahlt wurde. Kurz bevor sie die Minimaldistanz erreicht hatten, bemerkte Sisko einen Schatten, der sich kurz vor das beständige Leuchten der Sterne schob.

»Ich glaube, ich sehe die Masse«, meinte der Captain. »Vergrößern Sie die Darstellung von Sektor achtzehn und neunzehn, Commander Eddington.«

»Ja, Sir.«

Die fernen Sterne rutschten jäh zur Seite, als die Nahbereichsensoren ihren Fokus änderten. Der Schatten wurde etwas deutlicher – ein dunkles Objekt, das ziellos durchs All driftete. Kein Raumschiff, sondern ein Wrack.

Sisko richtete einen fragenden Blick erst auf Dax und dann auf Eddington.

»Analyse?«

»Die Anzeigen der taktischen Sensoren deuten darauf hin, daß es sich mit einer Wahrscheinlichkeit von achtundneunzig Prozent um ein Schiff handelt«, sagte Eddington. »Sechzig Prozent Wahrscheinlichkeit sprechen dafür, daß es unbewaffnet ist.«

»Aber die Fernbereichsensoren entdecken keine Anzeichen eines Warpkerns«, meldete Dax.

Sisko schnitt eine finstere Miene. »Soll das heißen, bei der *Sreba* kam es zu einem Warpkern-Kollaps? Kam es zu einer Explosion, die zumindest ein Teil des Schiffes irgendwie überstand?«

»Die bisherigen Ortungsdaten bieten uns keine Erklärung.« Dax drehte sich um und bedachte den Captain mit einem verwirrten Blick. »Bei dem Wrack lassen sich keine Kern-Emissionen feststellen. *Überhaupt* keine.«

Sisko rieb sich nachdenklich das Kinn, als für einige Sekunden das Gefühl der Unwirklichkeit zurückkehrte. »Nun, wenn das Wrack dort draußen keinen Warpkern hat, so brauchen wir auch nicht mit einem Angriff zu rechnen. Bringen Sie uns bis auf visuelle Reichweite heran, Lieutenant.«

»Aye, aye, Sir.« Angesichts des leistungsfähigen Impulstriebwerks der *Defiant* nahm das Erteilen dieses Befehls mehr Zeit in Anspruch als seine Ausführung. Der dunkle Fleck auf dem Hauptschirm wurde jäh größer, zeigte Details und erwies sich tatsächlich als die *Sreba* – beziehungsweise als das, was von ihr übrig war. Nicht einmal die Notlichter des vulkanischen Schiffes glühten.

Eddington pfiff leise durch die Zähne, als er das Wrack im zentralen Projektionsfeld betrachtete. »Der Raumer scheint regelrecht *aufgeschnitten* worden zu sein, Captain.«

»Ja.« Fassungslos beobachtete Sisko die Schäden. Es zeigten sich keine Brandspuren von Energiestrahlen am Rumpf der *Sreba*, und es fehlten auch jene klaffenden Öffnungen, die auf Explosionen von Photonentorpedos hinwiesen. Statt dessen sah der Captain mehrere Risse, die fast wie chirurgische Schnitte wirkten. Sie hatten den oberen Teil der Brücke abgetrennt, reichten durch die Warpgondeln und mehrere Decks, um dort, wo sich zuvor der Warpkern befunden hatte, nur gähnende Leere zu hinterlassen.

»Haben Sie jemals solche Schäden gesehen, Dax?«

Die Trill schauderte. »Nein«, erwiderte sie langsam. »Nein, ich glaube nicht.« Die Ungewißheit wich aus ihrer Stimme. »Eins steht fest: Es ist nicht das Werk der Jem'Hadar.«

»Romulaner, Klingonen oder Cardassianer stecken auch nicht dahinter.« Sisko lehnte sich zurück und richtete einen durchdringenden Blick auf das Wrack, als könnte er es allein mit Willenskraft zwingen, alle seine Geheimnisse preiszugeben. »Gibt es irgendwelche Lebenszeichen an Bord?«

»Negativ, Sir«, antwortete Eddington.

»Ich habe einen Kohlenstoff-Scan nach organischen Resten durchgeführt«, fügte Dax hinzu. »Das Ergebnis ist ebenfalls negativ, Captain.«

Sisko runzelte die Stirn. »Deutet irgend etwas auf interne Reserveenergie hin? Wenn die Speichermodule des Computers noch mit Energie versorgt werden, könnten wir die aufgezeichneten Daten kopieren und auswerten.«

Dax' Finger tanzten über die Schaltflächen der modifizierten Konsole. Als sie die veränderten Anzeigen der Displays sah, versteifte sie sich unwillkürlich. »Captain, es gibt tatsächlich eine Energiequelle im Schiff. Offenbar gehört sie zu einem Notfall-Stasisgenerator, der sich in der Krankenstation befindet.«

Sisko beugte sich ruckartig vor. »Ein verletzter Überlebender?«

»Das ist möglich.« Dax drehte sich um und richtete einen beschwörenden Blick auf Sisko. »Bitte um Erlaubnis, den Stasisbehälter an Bord beamen zu dürfen.«

»Läßt sich ein solcher Transfer ohne eine Deaktivierung des Stasisfelds bewerkstelligen?«

»Ja.«

Sisko erhob sich. »In Ordnung. Beamen Sie das Ding direkt auf die Brücke. Commander Eddington, Fähnrich Hovan – ziehen Sie Ihre Phasern, behalten Sie den

Transferort im Auge und seien Sie bereit für den Fall, daß es zu feindlichen Aktivitäten kommt. Dax ... Halten Sie den Transferfokus die ganze Zeit über auf den Behälter gerichtet, so daß wir ihn sofort zurückschicken können, wenn er sich als eine Art Trojanisches Pferd erweist.«

»Ja, Sir.« Dax wandte sich wieder ihrer Konsole zu und programmierte den Transporter. »Es sind alle notwendigen Vorbereitungen getroffen, Captain.«

Sisko atmete tief durch, zog seinen eigenen Phaser und trat zur rechten Seite der Brücke, damit sie den Transferort von allen Seiten unter Kontrolle halten konnten. Hovan hatte ihren Phaser griffbereit auf die Konsole gelegt, und Eddington hielt seinen in beiden Händen. Der Captain hoffte, daß sie nicht zu nervös waren und sofort schossen, wenn sich etwas bewegte.

»Energie«, sagte er.

11

Der Raumhelm prallte an die Rückwand des Spinds, rollte wieder auf den Boden und schien um einen Tritt zu bitten. Kira erfüllte ihm diesen Wunsch, warf dann die übrigen Teile des Raumanzugs hinterher. Sie holte jeweils mit ganzer Kraft aus, damit es ordentlich krachte. Anschließend kramte sie einzelne Komponenten des Schutzanzugs noch einmal hervor, um sie erneut in den Spind zu schleudern. Daß dadurch ziemliche Unordnung im Schrank entstand, störte sie wenig. Die farblich codierten und nach Größe sortierten Anzüge stellten ihrer Meinung nach nur ein weiteres Beispiel für Starfleets Besessenheit in Hinsicht auf Regeln und Vorschriften dar. Es schien überhaupt keine Rolle zu spielen, was *richtig* war. Unter solchen Umständen hielt es Kira für einen Akt der Unterwerfung, ihren Raumanzug auf vorgeschriebene Weise im Spind unterzubringen.

Die *Defiant* war ins Wurmloch geflogen, als sie gerade den schweren Schutzanzug aus dem Runabout zerrte. Helles Licht, strahlend wie der Glanz einer Träne des Propheten, lockte sie an ein Fenster, und die Bajoranerin hatte ihre Arbeit unterbrochen, um das Öffnen des Dimensionstunnels zu beobachten. Wie eine winzige schwarze Perle glitt das Raumschiff in den Rachen der Singularität, wirkte bedeutungslos im Vergleich zu der riesigen, schimmernden Erscheinung. Ein Hauch von religiösem Respekt regte sich in Kira, um unmittelbar darauf von Zorn verdrängt zu werden. Plötzlich fühlte sie sich wie eine hilflose Einheimische, die erlebte, wie wohlmeinende Fremde ihr Welt, Volk und Glauben nahmen, um alles an einem angeblich sicheren Ort aufzubewahren. »Spielt eine Zeitlang«, schien der weise Vater Starfleet zu sagen. »Wir kehren später zurück und kümmern uns um euch.«

Ein solches Bild erschien vor ihren Augen, als sich das Wurmloch wieder schloß, doch ein rationaler Teil von ihr wußte, daß sie die Dinge aus der falschen Perspektive sah. Noch während sie die Einzelteile des Schutzanzugs in den Spind trat, flüsterte die Stimme der Vernunft in ihr: Die Präsenz von Starfleet im bajoranischen Sonnensystem bedeutete mehr für die wachsende Unabhängigkeit ihrer Heimat, als alle zu hoffen gewagt hatten. Außerdem war Siskos Ankunft als seit langem prophezeiter Abgesandter eins der wichtigsten Ereignisse in der bajoranischen Geschichte. Kira sollte sich geehrt fühlen, an so großartigen Ereignissen teilzunehmen und jeden Tag dabei zu helfen, den Weg für die Zukunft zu bestimmen.

Statt dessen kam sie sich wie ein Kind vor, das einen Spielzeug-Raumhaufen zum Geburtstag bekommen hatte – um anschließend festzustellen, daß ihr Vater allein damit spielte.

Erneut glänzte Licht durchs Fenster, und diesmal hätte sich Kira fast nicht umgedreht. Es widerstrebte ihr, noch einmal das Wurmloch zu sehen und daran erinnert zu werden, daß sie auf dieser Seite davon festsaß, während der Mann, dem ihr Zorn galt, auf der anderen unerreichbar war. Doch es gab natürlich die Möglichkeit, daß Sisko und die *Defiant* schon nach kurzer Zeit zurückkehrten, vielleicht aufgrund einer temporalen Verschiebung. Und der Gedanke, nicht auf die *Mukaikubo* warten zu müssen, um Pak Dorren zu verfolgen, übte einen großen Reiz auf sie aus. Kira schloß die Tür des Spinds und trat zum Fenster, um ihre Neugier zu befriedigen und nicht mit der Frage zu Bett gehen zu müssen, ob sie etwas verpaßt hatte.

Ein lethianisches Passagierschiff trieb in der Nähe von *Deep Space Nine* und reflektierte gelegentlich das Licht der bajoranischen Sonne. Natürlich. Warum hoffen, daß die *Defiant* bereits zurückgekehrt war oder die *Mukaikubo* früher als erwartet eintraf? Kira zischte verärgert und wollte sich vom Fenster abwenden, als ihr ein Detail auffiel und jähes Unbehagen in ihr weckte.

Positionslichter. Das lethianische Schiff glitt ohne Positionslichter durchs All.

Nachdenklich klopfte die Bajoranerin auf ihren Insignienkommunikator. »Kira an Ops. Chief, haben Sie Kontakt mit dem lethianischen Schiff, das gerade an der Station vorbeifliegt?«

In O'Briens Stimme erklang eine Spur von Verwunderung. »Uns ist nichts von einem lethianischen Schiff in diesem Sektor bekannt.«

»Etwa fünfzig Kilometer von Runabout-Hangar F entfernt, dreißig Grad über der Ekliptik.«

Kira faßte sich in Geduld, während der Chefingenieur den betreffenden Raumbereich sondierte. Das Passagierschiff setzte den stummen, geisterhaften Flug fort und kroch zum Rand des Fensters. Der längliche Bug verschwand gerade aus Kiras Blickfeld, als sich O'Brien wieder meldete. »Konfiguration und Größe entsprechen tatsächlich einem lethianischen Schiff«, sagte er, und Kira stellte sich vor, wie er dabei auf die Displays blickte. »Aber die Masse ist geringer, und außerdem läßt sich kein aktiver Antrieb feststellen.«

»Weil er nicht aktiv ist.« Ein Verdacht keimte in Kira, und sie schauderte innerlich. »Chief, ziehen Sie das lethianische Schiff mit dem Traktorstrahl in den Frachtraum vier und geben Sie Bashir Bescheid. Er soll dort auf mich warten.« Obwohl sie eigentlich nicht mit Überlebenden rechnete – in dieser Hinsicht war sie ziemlich sicher.

Dennoch quoll neuerlicher Ärger in ihr empor, als sie sich der Luftschleuse des Frachtbereichs näherte und dort nicht etwa den Arzt vorfand, sondern Odo, mit dem sie die letzten beiden Tage verbracht hatte.

»Ich habe Ihr Gespräch mit Chief O'Brien mitgehört«, sagte der Gestaltwandler, bevor Kira eine Frage stellen konnte. »Daraufhin nahm ich mir die Freiheit, diesen Ort aufzusuchen.«

»Das freut mich.« Das Deck unter Kiras Füßen vibrierte, als Pumpen aktiv wurden. Unruhig wanderte die Bajoranerin vor der Luftschleuse auf und ab, sah dabei immer wieder durch den Korridor. »Wo bleibt Bashir?«

»Er kommt nicht.« Odo zuckte kurz mit den Achseln, als er Kiras finstere Miene sah. »Er schickt Fähnrich Maile, damit er bei Professor Stel in der Krankenstation bleiben kann.« Er zögerte kurz und fügte hinzu: »Einer der vulkanischen Physiker leidet am *Mactru*-Fieber.«

Kira hob die Hände und ließ sie wieder sinken. »Vulkanische Physiker? Welche vulkanischen Physiker?«

»Captain Sisko kehrte mit ihnen von Starbase Eins zurück.« Odos Gesicht gewann einen Ausdruck, den Kira kannte. Sie assoziierte ihn mit einem Lehrer, der seine Enttäuschung über einen unaufmerksamen Schüler nicht länger verbergen konnte. »Sie sollten es nicht versäumen, sich über den neuesten Stand der Dinge zu informieren, wenn Sie länger als eine Stunde fort gewesen sind, Major.«

Sie lächelte schief und näherte sich dem Schott, als im Innern des Frachtraums wieder normaler Luftdruck herrschte und das Leuchten des Indikators von Rot zu Grün wechselte. »Tut mir leid, Odo. Leider bin ich nicht in dem Maße wie Sie fähig, ›zufälligerweise‹ die Gespräche anderer Leute mitzuhören.«

»Das ist bedauerlich. Es würde uns viel Zeit ersparen.« Der in Kiras Worten zum Ausdruck kommende Vorwurf schien ihm keine Verlegenheit zu bescheren.

Das Geräusch eiliger Schritte kündigte eine von Bashirs Assistentinnen an, und angesichts ihrer Präsenz hielt Kira es besser, auf eine weitere Erörterung dieses besonderen Themas zu verzichten. Sie nickte der jungen Frau einen wortlosen Gruß zu und aktivierte dann ihren Insignienkommunikator.

»In Ordnung, Chief, wir sind alle zugegen. Öffnen Sie jetzt.«

Es zischte leise, als sich der Zugang öffnete und kalte Luft der wärmeren im Korridor entgegentrieb. Fähnrich Maile klappte einen medizinischen Tricorder auf, und sein elektronisches Zirpen klang ungewöhnlich laut. Es vermischte sich mit dem leisen Knirschen und Knacken, das vom Passagierschiff stammte – sein Rumpf erwärmte sich nun.

Ein Kloß entstand in Kiras Hals, und sie wünschte sich einen Phaser, als sie den Frachtraum betrat.

Das Schiff war nicht besonders groß. Es bot etwa fünfundzwanzig erwachsenen Lethianern Platz, vielleicht auch fünfzig, wenn es ihnen nichts ausmachte, ein wenig zusammenzurücken. Ihre eigene Gestalt spiegelte sich in der gedrungenen, unregelmäßigen Form wider. Außerdem brachte der Raumer zum Ausdruck, welchen großen Wert die Lethianer der Privatsphäre beimaßen. Es gab weder Fenster noch äußere Markierungen – nichts deutete auf das Ziel der Reise und den Grund dafür hin.

Kira bemerkte etwas, das sicher nicht zur üblichen Struktur des Passagierschiffes gehörte: lange Risse in der Außenhülle, wie Schnitte.

»Ich registriere schwache Lebenszeichen ...«

Kira blieb abrupt stehen, als sie Fähnrich Mailes Stimme hörte. Sie hatte fast vergessen, daß sie nicht allein war.

»In der lethianischen Luftschleuse«, fuhr Maile fort, ohne den Blick von den Anzeigen ihres Tricorders abzuwenden. »Oder in unmittelbarer Nähe davon.«

»Lethianische Lebenszeichen?« fragte Odo.

Kira glaubte zunächst, daß Maile ihn nicht gehört

hatte, aber dann schüttelte sie den Kopf und runzelte die Stirn. »Ich weiß es nicht. Der Rumpf weist eine ziemlich starke transperiodische Ladung auf. Die meisten Sondierungssignale des Tricorders werden davon reflektiert.«

Ein radioaktives Wrack – das hatte ihnen gerade noch gefehlt. Kira wich einige Schritte zurück. »Sind wir hier sicher?«

Maile gesellte sich an ihre Seite und nickte. »Mindestens eine halbe Stunde lang.« Ihre Lippen deuteten ein unsicheres Lächeln an, als sie vom Tricorder aufsah. »Ich würde Ihnen allerdings nicht raten, sich dort an irgendwelche Wände oder Schotten zu lehnen.«

Oh, Humor. Etwas, das Kira durchaus zu schätzen gewußt hätte, wenn sie nicht so müde und besorgt gewesen wäre. »Constable …« Sie vollführte eine einladende Geste, die dem lethianischen Schiff galt. »Wenn Sie so freundlich wären …«

Ihren seltsamen Sarkasmus verstand Odo vielleicht nicht, aber er wußte, was sie von ihm erwartete. Er hob einen Arm in Schulterhöhe, streckte sich dann über die Distanz hinweg, die sie vom Passagierschiff trennte, und löste den Öffnungsmechanismus der Schleuse aus. Kira hielt das für unnötig – immerhin existierten genug Öffnungen im Rumpf, um ins Innere zu gelangen. Aber um das Wrack zu betreten, hätten sie die sperrigen Strahlenschutzanzüge verwenden müssen, und danach stand Kira derzeit nicht der Sinn. Außerdem hatte sie während der beiden vergangenen Tage genug von solchen Schiffen gesehen, um auch in diesem Fall einen detaillierten Bericht schreiben zu können. Eigentlich handelte es sich hier nur um eine Formsache – es wiederholte sich ein Muster, das in den vergangenen achtundvierzig Stunden zur Routine geworden war.

Durch Verformungen des Rumpfes schien sich das Außenschott verzogen zu haben. Servomotoren summten, und etwas mahlte. Kira nahm plötzlich einen scharfen chemischen Geruch wahr.

»Einen Augenblick!«

Maile stand ganz dicht neben Kira und betrachtete mit großer Aufmerksamkeit den kleinen Datenschirm des Tricorders. »Ich …« Sie schürzte die Lippen. »Die Anzeigen sind jetzt anders. Das Etwas da drin scheint sich bewegt oder … verändert zu haben.«

Metall kreischte, als das Außenschott schließlich nachgab und aufschwang. Kira drehte sich ruckartig zum lethianischen Schiff um und tastete unwillkürlich nach dem Phaser, den sie gar nicht bei sich führte. Maile schrie und zuckte so heftig zusammen, daß sie gegen die Bajoranerin stieß. Etwas bewegte sich in der offenen Luftschleuse, ein dunkler, glatter, langer und niedriger Schatten. Aus einem Reflex heraus wich Kira beiseite, und im gleichen Augenblick zuckte Odo fort von dem schrillen Kratzen, das Klauen auf dem Metall des Decks verursachten. Das Geschöpf sprang aus der Schleuse, jagte durch den Frachtraum und verschwand in den Korridoren der Raumstation.

»Oh, verdammt!« brachte Kira hervor, als alles vorbei war und wieder Stille herrschte.

Maile hatte sich an der Bajoranerin festgeklammert und löste sich nun verlegen von ihr. Sie ging zwei Schritte, bückte sich dann und griff nach dem medizinischen Tricorder. »Nun, was auch immer es sein mag – ein Lethianer ist es gewiß nicht.«

Kira kommentierte dieses Beispiel gut trainierter Starfleet-Aufmerksamkeit mit einem Schnauben. »Es ist eine cardassianische Wühlmaus.« Erstaunt stellte sie fest, wie sehr es sie beruhigte, diese Worte auszusprechen. Offenbar war ihre Besorgnis größer gewesen, als sie sich selbst eingestanden hatte. »Genau das, was Chief O'Brien braucht.« Sie seufzte und fügte entspannter hinzu: »Frisches Zuchtmaterial.«

Odo untersuchte die lethianische Luftschleuse und

drehte sich nicht um. »Ich versuche, es ihm schonend beizubringen.«

Kira war froh, daß ihr zumindest diese eine Sache erspart blieb. Das Zirpen des Tricorders weckte ihre Aufmerksamkeit, und sie sah zu Maile. »Gibt es weitere Lebenszeichen?«

Die junge medizinische Assistentin wirkte nun gefaßt, doch auf ihren Wangen zeigten sich rote Flecken, die auf Verlegenheit hindeuteten, wie Kira vermutete. Sie schüttelte den Kopf. »Nein, nicht einmal von cardassianischen Wühlmäusen.«

Mist.

Odo richtete sich neben der offenen Luftschleuse auf. »Jetzt sind es vier«, sagte er schlicht und fing Kiras Blick ein.

»Allerdings ist dies kein bajoranisches Schiff.« Ihre Faust klopfte ans Bein, und ein Teil von ihr wünschte sich, etwas zu zertrümmern. Nun, es hatte Nachteile, in einem fast leeren Frachtraum die Beherrschung zu verlieren. »Versiegeln Sie die hiesigen Zugänge, bis O'Brien Gelegenheit findet, das Wrack gründlich zu untersuchen«, wies sie Odo an. »Und stellen Sie Sicherheitsgruppen zusammen – von jetzt an müssen alle andockenden Schiffe kontrolliert werden. Ich möchte vermeiden, daß sich weitere Milizionäre an Bord schleichen, während wir der Frage nachgehen, was sie mit den gestohlenen Triebwerken anfangen.«

Damit wandte sich Kira zum Gehen.

»Und was haben Sie vor?« rief ihr der Constable nach.

»Ich rede mit Starfleet.« Sie zögerte in der Luftschleuse des Frachtraums und sah noch einmal zum lethianischen Schiff. »Jetzt ist eine Regierung betroffen, die mehr Geld hat als Bajor. Unter diesen Umständen erübrigt Starfleet vielleicht ein wenig Zeit für uns.«

Das Summen des Transporterstrahls verklang, wich dem leisen Zischen und Knacken von weltallkaltem Metall, das plötzlich normaler Zimmertemperatur ausgesetzt war. Dax drehte sich um und beobachtete, wie sich eine dichte Dunstwolke im Kontrollraum der *Defiant* ausbreitete. Sisko und Eddington verwandelten sich dadurch in Schemen, und Hovan war überhaupt nicht mehr zu sehen. Was auch immer der Transporter an Bord geholt hatte: Es verbarg sich hinter einem grauweißen Schleier. Immerhin war das Objekt groß genug, um die Lebenserhaltungssysteme zu veranlassen, ihr energetisches Niveau zu erhöhen.

Die Trill blickte auf den Prioritätsschirm ihrer modifizierten Konsole und stellte fest: Die Temperatur auf der Brücke war um fünfzehn Grad gesunken.

»Können Sie den Dunst auflösen, Dax?« erklang Siskos angespannte Stimme. »Ich sehe überhaupt nichts.«

»Ich rejustiere die Lebenserhaltungssysteme.« Sie änderte die programmierten Parameter, reduzierte den Wert für Luftfeuchtigkeit und autorisierte das System, mit mehr Energie zu heizen, als es sonst üblich war. Trockene, warme Luft strich durch den Kontrollraum und weckte unangenehme Empfindungen in der Trill, vertrieb jedoch den Dunst. Zum Vorschein kam hier und dort von Rauhreif bedecktes Metall – ein Behälter, der aussah wie ein aufrecht stehender Sarg. Allem Anschein nach handelte es sich um jene Stasiseinheit, die Dax erwartet hatte, aber sie konnte noch immer nicht erkennen, ob sich jemand im Innern befand.

Sisko trat etwas näher an das Objekt heran und reckte den Hals, schnaufte dann verärgert. »Auf dieser Seite ist das Fenster noch immer beschlagen. Sehen Sie etwas, Fähnrich Hovan?«

»Ich glaube schon, Sir.« Die junge Frau wirkte sowohl überrascht als auch unsicher. »Es scheint sich ein Starfleet-Kadett im Innern des Behälters zu befinden.«

»Petersen!« Dax erinnerte sich daran, daß T'Kreng

nur Sisko, Bashir und sie zur Raumstation transferiert hatte – Fähnrich Petersen war an Bord des vulkanischen Forschungsschiffes geblieben.

Sie stand auf, ohne die Genehmigung des Captains abzuwarten. Sisko bedeutete Eddington, sich um ihre Station zu kümmern, wich dann zurück, um die Trill passieren zu lassen. Dax runzelte die Stirn, als sie bemerkte, daß er noch immer den Phaser in der Hand hielt.

»Benjamin, du glaubst doch nicht etwa, daß Heather ...«, begann sie leise.

»Wer weiß?« Er folgte ihr zum vorderen Teil des Stasisbehälters, wo sich der Rest des Rauhreifs auflöste. Im dunklen Gesicht des Captains zeigte sich eine Wachsamkeit, die Dax von Gefechtssituationen her kannte – irgend etwas hatte die militärischen Instinkte Siskos geweckt. »Warum befindet sie sich dann in einer Stasiseinheit, alter Knabe? Kannst du irgendwelche Verletzungen erkennen?«

Dax wischte Kondensfeuchtigkeit von der Scheibe aus transparentem Aluminium, das noch immer sehr kalt war, musterte dann die erstarrte Gestalt von Heather Petersen. Nirgends zeigte sich Blut, und ihre Starfleet-Uniform wies nicht einen Schmutzfleck auf. Die Wangen des runden Gesichts hatten noch immer den rötlichen Glanz von Gesundheit. Nur eins paßte nicht in dieses Bild: Die junge Frau war mit einer Grimasse erstarrt, mit Brauen, die sich einander entgegenneigten.

»Vielleicht hat sie innere Verletzungen«, spekulierte Hovan.

Dax schüttelte den Kopf. »Das bezweifle ich. Aber ich brauche einen medizinischen Tricorder, um Gewißheit zu erlangen.« Sie sah zu Sisko. »Soll ich einen aus der Krankenstation holen, bevor wir das Stasisfeld deaktivieren? Wenn der Scan negativ ist, müssen wir trotzdem entscheiden, ob wir die Stasis beenden oder nicht.«

Der Captain nickte widerstrebend. »Na schön. Deaktivieren Sie das Kraftfeld – aber achten Sie darauf, nicht zwischen Petersen und mich zu gelangen.«

Dax verlor keine Zeit damit, diese unnötige Anweisung zu bestätigen. Sie beugte sich vor und drückte eine Taste der Kontrolleinheit, wich dann einen Schritt zurück, als die Siegel des Aluminiumdeckels zischend nachgaben. Eine Sekunde später verschwand das vage Glühen des Stasisfelds, und es kam zu jäher Bewegung. Doch Petersen sprang nicht etwa vor, sondern fiel zurück, so als sei sie recht unsanft in den Stasisbehälter hineingestoßen worden.

»... *unerhört!* Verdammt, dies ist eine Starfleet-Mission, T'Kreng! Sie können nicht ...« Petersen unterbrach sich, als sie Dax erkannte. Sie riß die Augen auf, schnappte nach Luft und trat vorsichtig aus der Stasiseinheit. »Sie sind zurückgekehrt?« fragte sie und sah von Dax zu Sisko. Dann bemerkte sie die Brücke der *Defiant* und erbleichte. »Dies ist nicht die *Sreba*! Was geht hier vor?«

»Sie befinden sich an Bord des Starfleet-Schiffes *Defiant*, Heather. Wir haben Sie gerade von der *Sreba* zu uns gebeamt.« Dax zögerte und suchte nach den richtigen Worten, um der jungen Frau den Rest zu erklären. »Wir fanden das vulkanische Forschungsschiff als treibendes Wrack im Gamma-Quadranten. Sie sind offenbar die einzige Überlebende.«

»Aber ...« Petersen schüttelte verwirrt den Kopf. »Das ist unmöglich, Lieutenant. Wenn es im Innern des Wurmlochs zu einem Unglück kam, so wäre die *Sreba* von den Gravitationswellen zermalmt worden. Der Stasisbehälter hätte so etwas nicht unbeschädigt überstanden.«

»Die *Sreba* fiel nicht dem Wurmloch zum Opfer«, erwiderte Sisko ruhig. »Ihr Schiff wurde angegriffen, als es den Gamma-Quadranten erreichte. Erinnern Sie sich nicht daran?«

»Nein.« Petersens Stimme klang nun bitter. »Fünf Minuten nach Ihrem Transfer befahl Professor T'Kreng, mich in der Stasis unterzubringen. Angeblich wollte sie mich damit vor dem Vorwurf schützen, Starfleet-Befehlen keine Beachtung geschenkt zu haben. Aber bestimmt traf sie diese Entscheidung vor allem deshalb, weil ich sie immer wieder laut darauf hinwies, unlogisch zu handeln. Dadurch wurde die Crew nervös.«

»Sie sollten T'Kreng dankbar sein.« Dax drehte die Starfleet-Kadettin herum, damit sie den Hauptschirm sehen konnte. Petersen schnappte entsetzt nach Luft, als sie das Wrack der *Sreba* sah. »Wer auch immer das Forschungsschiff angriff: Er hat den Warpkern gestohlen und alle Besatzungsmitglieder umgebracht oder verschleppt. Sie sind vermutlich nur deshalb mit dem Leben davongekommen, weil Sie sich in dem Stasisbehälter befanden.«

»Aber *warum*?« Es war keine Frage, die auf Kummer basierte oder philosophische Bedeutung hatte. Aufrichtige Verblüffung glänzte in Petersens Augen, als sie Dax ansah. »An der Akademie haben wir folgendes gelernt: Wenn man nach einer feindlichen Crew sucht, sollte man zunächst in den Stasiskammern der Krankenstation nachsehen. Das dürften auch die Romulaner, Klingonen und Cardassianer wissen – oder wer auch immer uns angegriffen hat.«

»Es waren keine Romulaner, Klingonen oder Cardassianer.« Sisko steckte seinen Phaser an den Gürtel zurück und ging zur unbesetzten Waffenstation. Dort berührte er Schaltflächen, woraufhin die *Sreba* im zentralen Projektionsfeld anschwoll. Einzelheiten wurden erkennbar, auch und vor allem die vielen Risse in der Außenhülle. Sie bildeten ein erstaunlich regelmäßiges Muster, und die Kanten der an Schnitte erinnernden Öffnungen waren so glatt wie poliertes Latinum. »Der Feind weiß nicht mehr über uns als wir über ihn.«

Dax neigte den Kopf zur Seite, als sie neue Entschlossenheit in der Stimme des Captains hörte. »Ist Ihnen eine Möglichkeit eingefallen, das zu ändern?«

Sisko nickte in Richtung des Wracks. »Man kann viel über den Feind erfahren, wenn man sich ansieht, was er auf dem Schlachtfeld zurückläßt«, sagte er grimmig. »Vielleicht bietet die *Sreba* den einen oder anderen Hinweis.«

Zwar meldete Dax Bedenken an, aber Heather Petersen erklärte sich trotzdem bereit, das vierte Mitglied der Einsatzgruppe zu sein. »Der Captain hat recht. Ich weiß besser als Sie, was an Bord der *Sreba* normal ist und was nicht«, sagte die Kadettin, während sie eine Scheibe Brot mit Wolkenapfel-Marmelade verspeiste. Dax hatte darauf bestanden, daß sie etwas aß – immerhin lag ihre letzte Mahlzeit schon eine ganze Weile zurück. »Außerdem möchte ich feststellen, ob die wissenschaftlichen Daten noch gespeichert sind. Wenn sie sich abrufen lassen, waren die Sondierungen im Innern des Wurmlochs nicht umsonst.«

Dem konnte die Wissenschaftlerin in Dax kaum widersprechen. »Gute Idee«, erwiderte sie. »Vielleicht finden wir Gelegenheit, die Daten zu analysieren und dadurch den Ursprung des Zeitrisses festzustellen.«

Petersen runzelte die Stirn, so als sei ihr gerade etwas eingefallen. »Sind Sie sicher, daß es nicht bereits zu der Zeitverschiebung gekommen ist?« fragte sie und schob den Teller fort, obwohl sie noch nicht alles gegessen hatte. »Ich erinnere mich nicht daran, irgendwelche Singularitätsfluktuationen in der Nähe der *Sreba* gesehen zu haben. Und der Captain meinte, daß die *Sreba* unmittelbar nach ihrem Retransfer im Gamma-Quadranten angegriffen wurde.«

»Das Wurmloch stabilisierte sich nach der Passage Ihres Schiffes.« Dax führte die junge Frau aus der spartanischen Messe und zum nächsten Turbolift. »Vorbereitungsraum für Außeneinsätze«, wies sie den Computer an und wandte sich dann wieder an Petersen. »Wir interpretierten die Normalisierung zunächst als ein Zeichen dafür, daß es nicht zu dem Zeitriß kam. Doch als wir Ihnen folgten, fanden wir heraus, daß die destabilisierenden Echos von den Wesen neutralisiert wurden, die im Wurmloch leben. Sie teilten uns dies mit: Vom Gamma-Quadranten fließt so viel Energie in den Dimensionstunnel, daß die Entitäten ihn in die Vergangenheit versetzen müssen, um der Vernichtung zu entgehen.«

In Petersens Augen leuchtete es auf. »Haben Sie jene Geschöpfe gesehen, Lieutenant?«

Dax schüttelte bedauernd den Kopf. »Nein, sie sprachen nur zu Captain Sisko.« Die Tür des Turbolifts öffnete sich, gewährte Zugang zu einem Raum mit Schutzanzügen und Rückstoßaggregaten. Dax hob die Stimme und fügte hinzu: »Aus irgendeinem Grund ziehen die Wurmloch-Entitäten den Captain als Gesprächspartner vor. Was eigentlich seltsam ist. Man sollte meinen, daß sie einen Trill interessanter fänden.«

Sisko war gerade damit beschäftigt, die Ausrüstungsteile zu sortieren, wobei ihm ein Sicherheitswächter half. Er sah auf, und das amüsierte Glitzern in seinen Augen teilte Dax mit, daß er die scherzhaften Worte gehört hatte. »Vielleicht sind die Wesen bereit, bei unserem Rückflug mit dir zu plaudern, alter Knabe. Aber bis es soweit ist, gibt es noch einiges zu tun. Wir sollten uns in der *Sreba* umsehen, bevor die unbekannten Angreifer zurückkehren. Zusammen mit Fähnrich Pritz habe ich die notwendige Ausrüstung zusammengestellt. Streifen Sie einen passenden Schutzanzug über und lassen Sie uns aufbrechen.«

»Aye, aye, Sir«, antworteten Petersen und Pritz sofort, bewiesen damit, gerade erst ihre Ausbildung abgeschlossen zu haben. Dax wölbte eine Braue, als sich die beiden jungen Frauen beeilten, Siskos Anweisung zu befolgen.

»Laß dich von einer Crew, die frisch von der Starfleet-Akademie kommt, nicht zu sehr verwöhnen«, sagte sie so leise, daß ihre Stimme nicht weit trug.

Sisko lächelte und warf ihr einen Schutzanzug zu. »Mit deiner Hilfe wird es mir bestimmt nicht zur Angewohnheit, daß man alle meine Befehle sofort befolgt. Was hältst du von ...«

»... zehn Kubikzentimeter Borominzitrat in fünfzehn Prozent starker Kochsalzlösung. Neurotransmitter sind jetzt stabil ...«

»Dax?«

Die Trill blinzelte und sah sich um. »Hat jemand von Ihnen gerade Neurotransmitter erwähnt?« wandte sie sich an Petersen und Pritz, obwohl der logische Teil ihres Selbst die Antwort bereits kannte. Normalerweise merkte sie kaum, welche ihrer beiden Großhirnrinden Sinneswahrnehmungen verarbeitete, aber in diesem Fall wußte sie: Dax hatte jene vertraute Stimme vernommen; in Jadzias Hirn fehlten entsprechende Erinnerungen.

»Nein, Sir«, erwiderte Pritz überrascht. Petersen schüttelte den Kopf und bedachte Dax mit einem besorgten Blick.

Jadzia rang sich ein Lächeln ab. »Nun, vermutlich habe ich es mir nur eingebildet«, sagte sie, während in ihrem Innern Dax darauf bestand, tatsächlich Bashirs Stimme gehört zu haben, hier und jetzt. Sie sah Sisko an, der inzwischen einen Schutzanzug trug; nur der Helm fehlte noch. Seine gerunzelte Stirn wies darauf hin, daß er sich nicht mit einer so lapidaren Erklärung zufriedengab.

»Na schön, alter Knabe«, brummte er. »Was ist passiert?«

Die Trill holte tief Luft und begann ebenfalls damit, einen Schutzanzug anzulegen. »Sensorische Separation«, sagte sie, ohne den Captain anzusehen. »Dax hörte etwas, im Gegensatz zu Jadzia.«

»Und warum bist du kurz geistesabwesend gewesen, während ich mit dir sprach?«

»Keine Ahnung, Benjamin.« Sie versiegelte den Brustverschluß, bückte sich und griff nach dem Helm. Es ging ihr nicht etwa darum, Furcht vor dem Captain zu verbergen. Ein ganz anderes Gefühl regte sich in ihr – eine geradezu peinlich unwissenschaftliche Aufregung angesichts der möglichen Bedeutung dieses sonderbaren Zwischenfalls. *Es ist sinnlos, auf der Grundlage so weniger Daten zu extrapolieren,* mahnte Dax. *Vielleicht steckt nicht mehr dahinter als zufällige neurale Aktivität, die alte Erinnerungen zum falschen Zeitpunkt weckte.*

Mit hoffnungsvoller Vorsicht brachte die Trill ihre Aufregung unter Kontrolle und begegnete Siskos forschendem Blick. »Vielleicht ist es eine Nachwirkung der Kommunikation mit dem anderen Symbionten in Starbase Eins.« Dies kam der Wahrheit nahe genug, um Dax Verlegenheit zu ersparen. »Ich glaube nicht, daß dadurch meine Leistungsfähigkeit bei diesem Einsatz eingeschränkt wird.«

Sisko musterte sie aufmerksam. »Das hoffe ich.«

Er setzte den Helm auf und arretierte ihn, griff dann nach Lampe und Laserbrenner. Pritz hatte bereits ein Phasergewehr auf dem Rücken befestigt, um die Hände frei zu haben für eine Taschenlampe und einen Handphaser. Petersen nahm die für den Notfall bestimmte Medo-Tasche. Damit blieben eine Lampe und ein Tricorder für Dax übrig. Sie verstaute beide Gegenstände in den großen Taschen des Schutzanzugs und hakte einen Phaser an den Instrumentengürtel.

»Ist die Einsatzgruppe für den Transfer ins Vakuum bereit, Captain?« tönte Eddingtons Stimme aus dem Helmkommunikator

»Bestätigung, Commander.« Sisko winkte seine Gefährten näher. »Während unserer Abwesenheit haben Sie das Kommando über die *Defiant*, Mr. Eddington.

Was auch immer geschieht: Fliegen Sie *nicht* ins Wurmloch. Unter gar keinen Umständen.«

»Verstanden, Captain. Vier Personen für den Transfer?«

Sisko bedachte Dax mit einem letzten nachdenklichen Blick. Sie nickte und gab sich zuversichtlich. »Ja, vier Personen für den Transfer«, bestätigte der Captain. »Energie.«

Als Dax das Prickeln der Entmaterialisierung spürte, glaubte sie, erneut die Stimme Dr. Bashirs zu hören: »... noch immer nicht genug Isoboromin ...«, brachte der Arzt verärgert hervor.

12

Es sah nicht einmal aus, als würde es sich um dasselbe Schiff handeln.

Dax leuchtete mit ihrer Taschenlampe und versuchte, die leere Dunkelheit zu durchdringen, in der die Einsatzgruppe rematerialisiert war. Nach ihrem halbtägigen Aufenthalt an Bord der *Sreba* hätte die Trill schwören können, alle öffentlichen Bereiche gesehen zu haben, deren Größe über die eines Besenschranks hinausgingen. Doch dieses zwei Stockwerke hohe Atrium kannte sie nicht. Sie wollte Heather Petersen fragen, wo sie sich befanden, doch plötzlich weckte etwas anderes ihre Aufmerksamkeit. Die rechte Schultertasche ihres Schutzanzugs vibrierte – im Vakuum der einzige Hinweis darauf, daß ihr Tricorder Alarm gab. Dax holte ihn hervor und fluchte auf klingonisch, als sie die Strahlungsanzeigen sah.

»Hier war der Warpkern installiert!« sagten sie und Petersen fast gleichzeitig. Doch Dax drängende Stimme übertönte die der Kadettin. »Ich registriere intensive Subraum-Strahlung und einen starken ionischen Partikelstrom, Captain. Wir müssen uns so schnell wie möglich davor abschirmen.«

Sisko gab keine Antwort, doch das Licht seiner Lampe wies darauf hin, daß er sich um die eigene Achse drehte und den Blick durchs Gewölbe gleiten ließ. »Das dort drüben sieht nach der Öffnung einer Jeffriesröhre aus«, sagte er und deutete mit der Taschenlampe in die entsprechende Richtung. »Sie gehen voraus, Pritz, mit schußbereitem Phaser. Ich bilde den Abschluß.«

Die Sicherheitswächterin bestätigte den Befehl, indem sie ihr Phasergewehr zur Hand nahm und das Rückstoßaggregat aktivierte. Komprimierte Luft entwich aus einem Schubventil und kondensierte in der Kälte zu winzigen Eiskristallen. Pritz glitt durch die Schwerelosigkeit und verschwand in der dunklen Öffnung, die Sicherheit versprach.

»Alles klar«, meldete sie nach einigen Sekunden. Dax bedeutete Petersen, ihr zu folgen. Die Kadettin zögerte kurz und orientierte sich an der langen Achse des Tunnels, bevor sie sich hineinschob. Dax betätigte ihre eigenen Schubkontrollen und klemmte sich die Taschenlampe so unter den Arm, daß ihr Licht auf die Anzeigen des Tricorders fiel. Der Schein von Siskos Lampe hinter ihr genügte, um Einzelheiten im Innern der Jeffriesröhre zu erkennen.

»Was ist mit der Strahlung?« fragte der Captain nach einer Weile.

»Sie wird schwächer.« Die Röhre bog seitlich ab, und Dax brachte die Kurve hinter sich, um dann fast gegen die magnetischen Sohlen von Petersens Stiefeln zu stoßen. Eine Sekunde später vibrierte der Tricorder nicht mehr – hier sank die Strahlung auf ein ungefährliches Niveau. »Jetzt sind wir sicher.«

»Sehen Sie weiter oben irgendeinen Ausgang, Pritz?« fragte Sisko.

»Ja, Sir. Ich fürchte allerdings, es handelt sich nicht um die Art von Ausgang, die Sie sich wünschen.«

Diesmal stieß Dax gegen Petersen, und zwar hart genug, um das Isoliermaterial des Schutzanzugs knirschen zu lassen. »Derzeit wäre mir jede Möglichkeit recht, diese Röhre zu verlassen, Fähnrich«, sagte sie und merkte plötzlich, daß sich die Stiefel vor ihr nicht mehr bewegten. »Heather, ist alles in Ordnung mit Ihnen?«

»Äh, ja, Sir.« Die Stimme der jungen Frau zitterte ein wenig. »Ich brauche nur noch ein paar Sekunden …«

Dax reckte den Hals, um an der Kadettin vorbeizusehen. Über ihr erstreckte sich eine Dunkelheit, die der Schein von Siskos Lampe nicht durchdringen konnte. Sie richtete auch den Lichtstrahl ihrer eigenen Taschenlampe nach oben, doch die Finsternis weigerte sich nach wie vor, irgend etwas preiszugeben. Als sich Petersen an einem Hindernis vorbeischob, sah Dax das Leuchten ferner Sterne und begriff: Sie verließen das Schiff durch eine Öffnung in der Außenhülle.

»Wir verlassen die *Sreba* durch eine Bruchstelle im Rumpf«, teilte sie Sisko mit.

»Angesichts der starken Beschädigungen kommen wir vielleicht am schnellsten voran, wenn wir auf der Außenhülle gehen.« Der Captain klopfte an einen Stiefel der Trill. »Ich stecke hier drin fest, solange du dich nicht von der Stelle rührst, alter Knabe.«

Dax aktivierte erneut ihr Rückstoßaggregat und glitt an einem scharfkantigen Metallstück vorbei, das in die Röhre ragte und teilweise den Weg versperrte. Kurz darauf schwebte sie ins All. Petersen und Pritz standen bereits auf dem Rumpf der *Sreba;* die magnetischen Sohlen ihrer Stiefel verliehen ihnen den notwendigen Halt. Dax gab umgekehrten Schub, bevor das Bewegungsmoment sie vom Wrack forttragen konnte. Wenige Sekunden später bekamen auch ihre Stiefel Kontakt mit der Außenhülle.

Sisko kam langsamer aus der Öffnung – aufgrund seiner breiteren Schultern mußte er darauf achten, sich an dem scharfkantigen Metallstück nicht den Schutzanzug aufzureißen. Schließlich gesellte er sich den anderen hinzu.

»Zuerst die Brücke«, sagte er. »Kennen Sie den Weg, Petersen?«

»Ja, Sir.« In Hinsicht auf die Verwendung des Rückstoßaggregats mochte es der Kadettin an Erfahrung mangeln, aber sie offenbarte ein erstaunliches Maß an Selbstsicherheit, als es darum ging, mit Magnetstiefeln über die Außenhülle der *Sreba* zu wandern. Mit langen Schritten ging sie dem gewölbten ›Horizont‹ des Wracks entgegen. Dax vermutete, daß an der Starfleet-Akademie inzwischen entsprechende Holo-Kurse stattfanden – Petersen erweckte einen gut vorbereiteten Eindruck.

Sie folgte ihr und dem Captain, achtete immer darauf, daß ihre Stiefel guten Kontakt mit dem Metall des Schiffsrumpfes hatten. Nach einigen Metern blieb sie stehen. Eine lange, kratzerartige Vertiefung zeigte sich hier in der Duranium-Legierung, ohne die Außenhülle ganz zu durchdringen. Pritz verharrte neben der Trill und hielt das Phasergewehr in der Armbeuge.

»Stimmt was nicht, Sir?«

»Das hier ist interessant.« Dax ging in die Hocke, wobei sie die Füße flach am Rumpf hielt. Mit dem Tricorder sondierte sie die Vertiefung. Auf dem kleinen Display erschien das Ergebnis der Analyse: mehrere Schichten einer Duranium-Titan-Stahl-Legierung, insgesamt zehn Zentimeter dick. Dax runzelte die Stirn, betätigte die Kontrollen des kleinen Geräts und programmierte es auf einen Scan, der insbesondere Spurenelementen galt.

Es verging ungewöhnlich viel Zeit, und dann erschien ein Wort im Anzeigefeld: Difluor.

Dax gab einen gedämpften Schrei von sich, für den nicht etwa Erschrecken der Grund war, sondern Verblüffung. Neben ihr drehte sich Pritz ruckartig um, hob das Phasergewehr und hielt nach einem Feind Ausschau.

»Was ist los, alter Knabe?« tönte Siskos Stimme aus dem Kommunikator in Dax' Helm.

»Ich habe etwas Überraschendes entdeckt.« Die Trill stand auf und wich langsam von der Furche im Rumpf zurück, spürte dabei, wie ein Prickeln von den beiden

Fleckenbändern an ihrem Hals ausging. »Vermeiden Sie es, die Kanten der an Schnitte erinnernden Risse zu berühren. Die *Sreba* wurde mit chemischen Waffen angegriffen.«

»Mit *chemischen* Waffen?« wiederholte Sisko ungläubig. »Welche Chemikalie kann Duranium im Vakuum bei einer Temperatur von zwei Grad Kelvin auflösen?«

»Eine, die außerhalb der Starfleet-Laboratorien nicht existieren dürfte.« Dax kletterte über die Reste der Steuerbordgondel hinweg und näherte sich dem Rand eines Kraters – mehr war nicht von der Brücke des vulkanischen Forschungsschiffes übriggeblieben. An dieser Stelle schien sich ein großer Teil des Rumpfes einfach aufgelöst zu haben, ohne daß die angrenzenden Bereiche irgendwelche Schäden aufwiesen. »Die unbekannten Aggressoren verwendeten Difluor, Benjamin. Das reaktivste und instabilste transperiodische Element.«

Sisko pfiff leise, und jemand anders – Petersen oder Pritz – schnappte verblüfft nach Luft. »Ist die Substanz noch immer präsent?«

»Das hängt davon ob, mit welchen Materialien sie es zu tun bekam«, erwiderte Dax. »Metalle wie Duranium sollten sich bei einem Kontakt einfach auflösen. Ich registriere hier nur wenige Teile Difluor pro eine Billion anderer Teile – nicht genug, um Lecks in unseren Schutzanzügen entstehen zu lassen. Doch die an Kohlenstoff reichen Fasern und Kunststoffmischungen im Innern des Schiffes ...« Sie deutete ins Durcheinander aus geborstenen Instrumententafeln und Plasmadisplays der früheren Brücke. »Dort sieht die Sache ganz anders aus. Wenn sich dort irgendwo Reaktionskrusten aus Difluorkarbid bildeten, so gibt es vielleicht noch Konzentrationen von Difluor, das sich sein Zerstörungspotential bewahrt hat.« Die Trill drehte sich halb um und fing Siskos Blick durch die beiden Helmvisiere ein. »Ich glaube, ich sollte mich allein um diese Angelegenheit kümmern, Benjamin.«

Der Captain verzog das Gesicht. »Na schön«, sagte er widerstrebend. »Ich bin einverstanden. Unter der Voraussetzung, daß du außerordentlich wachsam bist, alter Knabe. Petersen, können Sie ihr von hier aus den Weg weisen?«

»Ja, Sir.«

»Gut. Sisko an *Defiant*.«

»Hier Eddington, Sir.«

»Verwenden Sie einen Traktorstrahl, um unser Bewegungsmoment unter Kontrolle zu halten. Sorgen Sie dafür, daß der Brückenbereich ständig in Ihrem Blickfeld bleibt. Und beamen Sie Lieutenant Dax sofort an Bord, wenn die internen Sensoren Ihres Schutzanzugs auf einen Druckabfall hinweisen.«

»Aye, aye, Sir.« Das fast ultraviolette Glühen eines Traktorstrahls ging vom scheinbar leeren All über der *Sreba* aus. Dax fühlte ein vages Zerren, als sich die Eigenbewegungen des Wracks stabilisierten.

»Alles klar, alter Knabe.« Sisko klopfte Dax auf die Schulter. »Nimm dir zuerst die Daten der Schiffssensoren vor, dann die der Navigation und schließlich die Aufzeichnungen der wissenschaftlichen Stationen.«

»Ja, Captain.« Dax widerstand der Versuchung, tief durchzuatmen – das zusätzliche Kohlendioxid hätte nur eine Belastung für das Lebenserhaltungssystem des Schutzanzugs dargestellt. Sie löste die Stiefel von der Außenhülle, aktivierte dann das Rückstoßaggregat und flog in den Krater hinein.

»Die Kontrollen der Schiffssensoren befinden sich links von Ihnen, Lieutenant«, tönte Petersens ruhige Stimme aus dem Helmkommunikator. »Auf der anderen Seite des offenen optischen Kabelkanals. Nein, nicht die Schalttafel. Die nächste.«

»Ja, jetzt sehe ich sie.« Dax schwebte über der auseinandergebrochenen Konsole und sondierte mit ihrem

Tricorder. Das Display des kleinen Ortungsgeräts zeigte zwar Difluorkarbid an, aber nur Spuren des Oxidationsmittels. »Es besteht keine Gefahr bei Berührungen. Ich versuche jetzt einen Download der Daten ...«

»Captain!« meldete sich plötzlich Eddington von der *Defiant*. »Ich habe gerade die Warpsignaturen von zwei Schiffen geortet, die sich uns nähern. Nach den Angaben des taktischen Computers handelt es sich um zwei Jäger der Jem'Hadar. Aufgrund des Tarnschirms bleibt ihnen die *Defiant* verborgen, aber er hindert sie nicht daran, den Traktorstrahl zu orten.«

»Von uns auf der Außenhülle des Wracks ganz zu schweigen«, brummte Sisko. »Wann treffen die beiden Schiffe hier ein, Mr. Eddington?«

»In sieben Minuten, Sir.«

»Dax?«

Sie hatte erneut ihr Rückstoßaggregat aktiviert und glitt fort von den Kontrollen der Schiffssensoren. »Das Difluor hat die Speichermodule der Sensoren zerstört. Ich überprüfe jetzt die Navigation.« Diesmal wiesen die Anzeigen des Tricorders auf reines Difluor hin, was Dax zum Anlaß nahm, rasch zurückzuweichen. »Die Navigationsstation ist kontaminiert. Bleibt mir genug Zeit, um die wissenschaftlichen Sensoren zu überprüfen?«

»Nur wenn es weniger als fünf Minuten dauert«, erwiderte Sisko.

»Versuchen Sie es mit einem direkten Download durchs optische Interface«, schlug Petersen vor. »Das geht schneller als ein Scan, wenn die Speicherbänke noch in Ordnung sind. Die Auswertung kann später erfolgen.«

»Welche wissenschaftliche Station soll ich mir vornehmen?« fragte Dax.

»Das zentrale Analysedisplay in der Mitte des Kontrollraums scheint am wenigsten beschädigt zu sein.«

Die Trill sah sich um und bemerkte im allgemeinen

Durcheinander einen vertikalen Plasmaschirm. Eine rasche Sondierung ergab dort kaum Difluorkarbid und noch viel weniger reines Difluor. Lag es vielleicht daran, daß Dax den Scan aus einer Entfernung von zwei Metern durchführte? Anspannung erfaßte sie, als sie den Schirm berührte. Das Zischen plötzlich aus dem Schutzanzug entweichender Luft blieb aus. Sie seufzte erleichtert und verband ihren Tricorder mit dem in Kniehöhe befindlichen optischen Interface.

»Die Jem'Hadar-Warpsignaturen wurden bestätigt, Captain«, erklang Eddingtons nervöse Stimme. »Die Jäger sind nur noch drei Flugminuten entfernt und kommen weiterhin näher.«

»Richten Sie den Transferfokus auf die Einsatzgruppe«, sagte Sisko. »Treffen Sie Vorbereitungen dafür, auf meinen Befehl hin den Traktorstrahl zu deaktivieren und uns an Bord zu beamen. Dax, bekommen Sie Daten?«

Die Trill mußte sich zum Interface bücken und konnte deshalb keinen Blick auf den Schirm werfen, aber die leichten Vibrationen des Tricorders – im Vakuum das Äquivalent eines beständigen Piepens – wiesen darauf hin, daß tatsächlich ein Download stattfand. »Bestätigung, Captain. Die Aufzeichnungen werden gerade in den Speicher des Tricorders kopiert.«

»Die beiden Jäger der Jem'Hadar sind nur noch zwei Flugminuten entfernt und nähern sich weiter.«

»Gib mir *sofort* Bescheid, wenn der Download abgeschlossen ist, alter Knabe.«

»In Ordnung.« Dax schloß die Hand fester um den Tricorder und wartete auf ein Ende der Vibration. Wie viele Daten konnte T'Kreng während der kurzen Passage durchs Wurmloch gesammelt haben?

»Die beiden Jäger der Jem'Hadar sind nur noch eine Flugminute entfernt und nähern sich weiter.«

Der Tricorder vibrierte noch ein letztes Mal und lag dann ruhig in Dax' Hand. »Download abgeschlossen,

Captain.« Die Trill richtete sich auf und schloß beide Hände um den Tricorder, um ihn bloß nicht fallen zu lassen.

»Transfer einleiten!« befahl Sisko. »Traktorstrahl ...«

Die Entmaterialisierung unterbrach ihn kurz. Als Dax wieder hören konnte, vernahm sie die vom Raumhelm gedämpften akustischen Signale der Alarmstufe Rot. Sie sah sich um und stellte fest, daß sie auf der Brücke der *Defiant* stand.

»... deaktivieren«, beendete Sisko die begonnene Anweisung. Er nahm den Helm ab und schritt zum Kommandosessel. Dax warf ihren Tricorder Heather Petersen zu und trat zur modifizierten Navigationskonsole.

»Traktorstrahl ist deaktiviert, Sir.« Hovan überließ ihren Platz dankbar der Trill und kehrte zu den Kontrollen der Tarnvorrichtung zurück. Dax blickte auf die Anzeigen und vergewisserte sich, daß alles in Ordnung war. Dann legte sie Raumhelm und Handschuhe ab. Links von ihr saß Eddington an der Waffenkonsole und meldete: »Die Jäger der Jem'Hadar kommen jetzt in visuelle Reichweite, Sir. Ich glaube nicht, daß sie uns gesehen haben.«

»Gute Arbeit«, lobte Sisko. »Zeigen Sie uns die beiden Schiffe auf dem Hauptschirm, Eddington. Dax, bringen Sie uns auf eine sichere Distanz, und zwar mit einzelnen Schubfolgen. Ich möchte vermeiden, daß unsere Freunde dort draußen eine kontinuierliche Thermospur orten.«

»Beginne mit erster Schubphase, Kurs zwei neun null Komma null neun sieben.« Die Trill sah zum zentralen Projektionsfeld und beobachtete, wie sich die beiden Kampfschiffe der Jem'Hadar näherten. »Offenbar sind sie zur *Sreba* unterwegs«, wandte sie sich an Sisko.

Seine Aufmerksamkeit galt auch weiterhin dem Hauptschirm. »Wir sollten mit der Feier warten, bis sie an uns vorbeigeflogen sind. Hovan, halten Sie sich bereit, die Tarnvorrichtung auf mein Kommando hin zu deaktivieren. Eddington, richten Sie den Zielerfassungsfokus von Photonentorpedos auf beide Schiffe.«

»Photonentorpedos ausgerichtet und bereit, Sir.« Die Hände des Sicherheitsoffiziers verharrten über den Kontrollen, doch wenige Sekunden später seufzte er. »Die Jäger haben uns in einem Abstand von sechzig Kilometern passiert, Sir. Sie gleichen ihre Geschwindigkeit dem Bewegungsmoment der *Sreba* an.«

»Na bitte«, murmelte Dax und behielt die Anzeigen ihrer Konsole im Auge. Ein leises Schnaufen wies sie darauf hin, daß Sisko die Bemerkung gehört hatte. »Position halten, Captain?«

»Ja. Ich möchte wissen, warum die Jem'Hadar hierhergekommen sind.«

Zunächst blieb diese Frage unbeantwortet. Die beiden Kampfschiffe der Jem'Hadar glitten langsam um das Wrack herum und untersuchten es von allen Seiten. Ganz plötzlich gingen von beiden Schiffen zwei Energiestrahlen aus und trafen die *Sreba*. Wenige Sekunden später explodierte das Wrack und verwandelte sich in einen Gutball.

»Warum haben sie das Schiff vernichtet?« brachte Petersen fassungslos hervor. Pritz hatte die Alarmstufe Rot zum Anlaß genommen, zu ihrer Gefechtsstation zurückzukehren, und so stand die junge Kadettin allein neben der deaktivierten technischen Konsole. »Bei ihren Sondierungen haben sie doch bestimmt festgestellt, daß es sich um ein Wrack handelte!«

»Bei ihrem Scan scheinen die Jem'Hadar etwas entdeckt zu haben, das ihnen Sorgen bereitete.« Sisko trat neben die Navigationsstation und beobachtete, wie die beiden Schiffe dort mit Suchmanövern begannen, wo sich eben noch die *Sreba* befunden hatte. »Offenbar halten sie nach irgend etwas Ausschau.« Er senkte den Kopf, begegnete Dax' Blick und traf eine rasche Entscheidung. »Wir folgen den Jägern, wenn sie zu ihrem

Stützpunkt zurückfliegen. Ich glaube, die Jem'Hadar wissen von etwas, das uns ebenfalls bekannt sein sollte.«

»Aye, aye, Sir.« Dax berührte Schaltelemente, stellte eine Verbindung zwischen den Flugkontrollen und den Ortungsdaten der Jem'Hadar-Schiffe her. »Die Jäger beschleunigen mit Kurs acht neun vier Komma fünf eins vier.«

»Die energetischen Emissionen deuten darauf hin, daß der Warptransfer eingeleitet wird«, berichtete Eddington. »Warp fünf.«

»Wir folgen ihnen mit dem gleichen Warpfaktor. Alarmstufe Rot beenden und Zielerfassung für die Photonentorpedos deaktivieren. Wir bleiben auch weiterhin getarnt.« Sisko sah zu Heather Petersen, die unsicher im rückwärtigen Bereich der Brücke stand, mit Dax' Tricorder in den Händen. »Ich wäre Ihnen dankbar, wenn Sie das wissenschaftliche Laboratorium aufsuchen und dort die Daten auswerten würden. Erstatten Sie Dax Bericht, wenn Sie etwas entdecken.«

»Aye, aye, Sir.« Petersen eilte zum Turbolift, und der wichtige Auftrag verbannte die Unschlüssigkeit aus ihrer Miene.

Dax nickte Sisko anerkennend zu. »Danke, Benjamin. Sie braucht das Gefühl, die Zerstörung der *Sreba* zu irgendeinem sinnvollen Zweck überlebt zu haben.«

»Ja, ich weiß, wie man unter solchen Umständen empfindet.« Sisko faltete nachdenklich die Hände und beobachtete die vom Computer korrigierten Streifenmuster der Sterne. »Setzen die beiden Schiffe der Jem'Hadar ihren Flug mit dem ursprünglichen Kurs fort?«

Dax nickte. »Diesen Teil des Gamma-Quadranten kennen wir kaum. Aus einigen Aufzeichnungen der Ferengi wissen wir, daß die Jem'Hadar Anspruch auf mehrere Sonnensysteme in den hiesigen Sektoren erheben, ohne sie für irgend etwas zu verwenden.«

»Sie dienen als strategische Pufferzonen«, meinte Eddington.

»Ja, Commander.« Sisko öffnete das Brustsiegel, streifte den Schutzanzug ab und bedeutete Dax, seinem Beispiel zu folgen, während er sie an den Navigationskontrollen vertrat. »Was vielleicht bedeutet, daß wir geradewegs zu einem Stützpunkt der Jem'Hadar fliegen.«

Dax hatte den Raumanzug noch immer nicht ganz abgelegt und sah zu Sisko auf. »Eben hatte ich den Eindruck, daß genau dies deiner Absicht entspricht, Benjamin.«

Sisko zuckte mit den Schultern. »Wenn wir die Jem'Hadar beobachten ... Möglicherweise finden wir dann heraus, ob das Dominion irgendwelche Vereinbarungen mit den Furien getroffen hat. Allerdings möchte ich solche Beobachtungen nicht unbedingt von einem Bereich aus durchführen, in dem starker Raumschiffverkehr herrscht. Die Tarnvorrichtung schützt uns zwar vor Ortung, nicht aber vor einer Kollision.«

»Diese Aufgabe kommt dem Piloten zu.« Nach einer langen, von Aufregung geprägten Stunde im Schutzanzug fühlte es sich gut an, wieder kühle Luft an der Haut zu spüren. Es war fast so angenehm wie der Aufenthalt in einem Trill-Bad. Dax nahm wieder an ihrer Konsole Platz, und daraufhin kehrte Sisko zum Kommandosessel zurück. »Es erscheint mir seltsam, daß die Jem'Hadar zwei Jäger von einem Stützpunkt zur *Sreba* schicken und sie anschließend sofort zurückkehren lassen.« Sie runzelte die Stirn. »Es sei denn ...«

»Hältst du es für denkbar, daß man uns in eine Falle locken will? Nun, eine solche Erklärung ist nicht völlig auszuschließen. Gibt es Anzeichen von anderen Warpsignaturen in diesem Abschnitt des Alls, Mr. Eddington?«

Der Sicherheitsoffizier schüttelte den Kopf. »Nichts deutet auf die Präsenz anderer Raumschiffe hin. Allerdings registrieren die Sensoren Restemissionen von Phasern und ionische Interferenzen. Hier scheint eine Schlacht stattgefunden zu haben.« Ein leises Piepen der taktischen Konsole weckte seine Aufmerksamkeit. »Die Jem'Hadar beenden den Warptransfer, Sir.«

»Kurs angleichen.« Sisko beugte sich ein wenig vor. »Gibt es bereits Hinweise auf das Ziel?«

Dax glich die Geschwindigkeit an und blickte auf die Anzeigen. »Wir nähern uns einem Objekt in sechs neun eins Komma sieben acht null. Es sieht nach einer kleinen Basis der Jem'Hadar aus.«

»Steuere uns in eine weite Umlaufbahn, sobald wir wieder auf Sublicht sind. Halte uns gerade innerhalb der visuellen Reichweite.« Der Captain preßte die Fingerspitzen aneinander und blickte erneut zum Hauptschirm. Ein dunkler Fleck schwoll an, als die *Defiant* langsamer wurde und in einen weiten Orbit steuerte. Dax erhöhte die Vergrößerung, und daraufhin verwandelte sich der Fleck in eine Raumstation der Jem'Hadar. Sie zeichnete sich durch die schlichte, asymmetrische Form aller Stützpunkte der Jem'Hadar aus – bei ihrem Bau war es nur auf Effizienz angekommen, und ästhetische Aspekte hatten keine Rolle gespielt.

In diesem Fall wirkte irgend etwas seltsam. Dax sah mit gerunzelter Stirn zum Projektionsfeld und versuchte herauszufinden, was ihr sonderbar erschien. Die Instrumente gaben ihr schließlich Antwort.

»Die Station bewegt sich«, sagte überrascht. »Können Sie das bestätigen, Eddington?«

»Ja, Sir.« Der Sicherheitsoffizier blickte über die Schulter hinweg zum Hauptschirm, als sei er nicht bereit, den Anzeigen seiner eigenen Konsole vorbehaltlos zu vertrauen. »Die taktischen Sensoren messen eine Sublicht-Geschwindigkeit von null Komma sieben C.«

»Das ist ziemlich schnell für eine Raumstation, selbst für eine der Jem'Hadar.« Sisko stand ruckartig auf und begann mit einer unruhigen Wanderung, so als hätte sich sein Vorrat an Geduld erschöpft. »Ich habe bei dieser Sache ein sehr ungutes Gefühl. Sind die Deflektoren der Basis aktiv, Commander?«

»Nein, Sir. Weder bei den defensiven noch bei den offensiven Systemen läßt sich Aktivität feststellen.« Eddington zögerte kurz und blickte auf seine Displays. »Die beiden Jäger der Jem'Hadar, denen wir hierher gefolgt sind, docken nicht an, Sir. Sie sind ebenfalls in eine Umlaufbahn geschwenkt.«

»Handelt es sich dabei um einen ähnlichen Sondierungsorbit wie im Fall der *Sreba*?« fragte Sisko.

»Ja, Sir. Die beiden Kampfschiffe scannen die Raumstation.«

Sisko blieb stehen, sah zum Hauptschirm und überlegte. »Dax, bringen Sie uns mit einzelnen Schubphasen näher heran«, sagte er und ging wieder zum förmlicheren Sie über. »Ich möchte wissen, was dort geschieht.«

»Aye, aye, Sir.« Die Trill gab neue Kursdaten ein, und das Impulstriebwerk der *Defiant* reagierte sofort. Die Basis der Jem'Hadar kam näher, und gelegentlich zeichneten sich die Silhouetten der beiden Jäger davor ab. Nur wenige Notlichter blinkten an den dunkeln Rampen und Waffentürmen.

Dax hörte, wie der neben ihr stehende Sisko tief Luft holte. »Maximale Vergrößerung auf die Außenbereiche der Basis«, sagte er.

Die Trill nahm entsprechende Rejustierungen vor, und daraufhin zeigte das zentrale Projektionsfeld den Rumpf der Raumstation. Er wirkte normal – bis durch die Rotation ein Bereich sichtbar wurde, in dem sich zahllose Risse zeigten, die wie rasiermesserscharfe Schnitte wirkten. Gas entwich aus den Öffnungen und bildete grauweiße Fahnen, die sich schließlich in der Schwärze des Alls verloren.

Eddington pfiff leise durch die Zähne. »Wer auch immer die *Sreba* angriff und vernichtete – er scheint sich auch den Stützpunkt der Jem'Hadar vorgenommen zu haben.«

»Aber es gibt einen wichtigen Unterschied«, sagte Dax und versuchte, trotz der vom Tarnschirm verursachten Interferenzen möglichst genau zu sondieren. »Die interne Energiequelle der Raumstation ist nach wie vor aktiv.« Sie legte eine kurze Pause ein und nahm die Botschaft der Anzeigen mit Erstaunen zur Kenntnis. »Offenbar existieren sogar *mehrere* interne Energiequellen. Bei einer davon haben die energetischen Emissionen genau die Subraum-Frequenzen eines Föderations-Warpkerns der Mariah-Klasse.«

»Ein derartiger Warpkern gehörte zur Ausstattung der *Sreba*, nicht wahr?« erkundigte sich Sisko. Als Dax bestätigend nickte, trat er zur Kommandokonsole und öffnete die internen Kom-Kanäle. »Gefechtsstationen besetzen«, sagte er. »Alarmstufe Rot.«

Kristallen schimmert der Atem explodierenden Glanzes ... Stahlgraues und schwarzes Versprühen von Metall auf Metall in der kalten dunklen Leere des Nirgendwo – oh, wie lange! Und die Hitze! Die schreckliche Hitze jeden leeren Verstreuens, überlassen der erstickenden Nähe, bis in die Eingeweide, ruckartiges Entweichen, wenn sich die Hitze dem Vakuum öffnet, ins ...

»Julian?«

Bashir erwachte und schnappte so nach Luft, als hätte er einige Minuten lang den Atem angehalten. Erinnerungsfragmente glitten an seinem inneren Auge vorbei: Bewegung, ein Schwärmen von Schwarz auf Schwarz, vor dem Hintergrund gräßlicher Helligkeit, begleitet von einer Furcht, die jenseits des Denkens wurzelte.

Dann lösten sich die Reste des Traums abrupt auf. Er stand vor dem Stasisbehälter, hatte die Ellenbogen auf den Rand gestützt und blickte nun zum Zugang der abgeschirmten Kammer. Eine untersetzte Gestalt zeigte sich dort. »Chief …« Er selbst hörte den benommenen Klang in seiner Stimme und fragte sich, ob die Umstände weitere Worte von ihm verlangten. Aber auch wenn das der Fall sein sollte – ihm fielen keine ein.

O'Brien schüttelte den Kopf, kam näher und blickte in die Nährflüssigkeit. »Wie lange haben Sie auf diese Weise geschlafen?« fragte er den Arzt, klang dabei sowohl mißbilligend als auch besorgt.

»Auf diese Weise?« Hatte er tatsächlich geschlafen? Bashir blickte in den Behälter, sah seine leeren Hände und den Symbionten, der ruhig in trüber Flüssigkeit lag. Allmählich wich die Verwirrung von ihm, und daraufhin konnte er wieder klar denken. Er entsann sich nun daran, das Stasisfeld deaktiviert zu haben – zum erstenmal seit dem Aufenthalt in Starbase Eins sah er darin keine Gefahr für den Symbionten. Er hatte den biochemischen Anfall des alten Dax neutralisiert und dann versucht, das Neurotransmitterniveau mit einer Borominzitrat-Lösung zu heben. Danach …

Er beugte sich vor, um erneut eine Hand in die Nährflüssigkeit zu tauchen. Gleichzeitig bedachte er O'Brien mit einem verlegenen Lächeln und tastete nach dem Tricorder, der seinen Fingern zuvor entglitten war. »Nicht lange«, antwortete er schließlich. Zumindest glaubte er, nicht lange geschlafen zu haben. Seinem Gefühl nach war er die ganze Zeit über wach gewesen. »Ich schätze, die Anstrengungen der letzten Tage machen sich bemerkbar. Offenbar kann ich nicht mehr so mühelos wie früher rund um die Uhr arbeiten.« Er fand den Tricorder, zog das Gerät aus der Flüssigkeit und schüttelte es. Dann versuchte er, es an seinem bereits recht feuchten Uniformpulli abzuwischen. »Danke dafür, daß Sie mich geweckt haben.«

O'Brien holte einen fleckigen Lappen hervor und bot ihn dem Arzt als Handtuchersatz an. »Vielleicht haben Sie gar keinen Grund, mir zu danken. Quark sucht nach Ihnen.«

Bashir hatte sich mit dem Lappen die Stirn abwischen wollen, doch jetzt zögerte er. »Quark?«

»Es geht um einen kranken Gast.« O'Brien zuckte mit den Schultern. »Er meinte, es sei sehr dringend. Und er läßt sich von *Odo* bei der Suche nach Ihnen helfen. Dadurch merkten wir, daß Sie nicht auf Kom-Anrufe reagieren.«

Bashir tastete nach seinem Insignienkommunikator und wußte nicht recht, was er antworten sollte. Er fragte sich, ob er jemals zuvor so tief und fest geschlafen hatte, daß ihn nicht einmal das Piepen des Kommunikators weckte.

»Sie möchten bestimmt nicht, daß der Constable hier herumschnüffelt, während Sie sich um Professor Stel kümmern«, fuhr O'Brien fort und deutete dabei auf den Patienten, der wohl kaum mit einem Vulkanier verwechselt werden konnte. »Deshalb nahm ich mir die Freiheit, bei Ihnen vorbeizuschauen. Zum Glück, wie sich eben herausstellte. Vielleicht habe ich Sie vor dem Ertrinken bewahrt.« Den letzten Worten fügte er ein Lächeln hinzu, das Bashir gar nicht bemerkte – er war damit beschäftigt, den Stasisbehälter zu schließen und seine medizinischen Sachen einzusammeln.

»Was ist mit Quarks Gast los?« fragte der Arzt, während er Tricorder, Injektor und einen Diagnosescanner in der Tasche verstaute, die seit dem Verlassen von Starbase Eins neben der Stasiseinheit des Symbionten bereit stand.

O'Brien beobachtete ihn mit mäßigem Interesse. »Keine Ahnung. Es handelt sich um einen Andorianer mit viel Geld. Mehr wollte mir Quark nicht verraten.«

Nun, es bot zumindest einen gewissen Hinweis. Andorianer zeichneten sich durch ein komplexes Stoffwechselsystem aus. Selbst geringfügige Verletzungen konnten zu einem Schock führen, der sofortige Behandlung erforderte. Bashir wollte der andorianischen Botschaft nicht erklären müssen, warum er zu spät auf einen Notfall reagierte, obwohl das betreffende Kasino nur etwa zwanzig Meter von seiner Krankenstation entfernt war. Er blieb kurz am Arzneischrank stehen und entnahm ihm ein für Andorianer bestimmtes Behandlungssortiment. Als er sich zur Tür umwandte, fiel sein Blick noch einmal auf den Stasisbehälter, mit dem Ergebnis, das eine sonderbare Leere in ihm entstand.

Es war alles viel einfacher, als es nur zwei Teile von Dax gab. Wenigstens hatten sie sich immer an der gleichen Stelle befunden. Nun, er konnte natürlich nicht den Rest seiner Pflichten ignorieren und darauf verzichten, auch andere Patienten zu behandeln. Aber die Vorstellung, den Symbionten immer dann allein zu lassen, wenn irgendwo jemand medizinische Hilfe benötigte, machte ihn nicht nur nervös, sondern erfüllte ihn auch mit sonderbaren Schuldgefühlen. Unter solchen Umständen mochte es ganz gut sein, daß ihm einfach so die Augen zugefallen waren – er wußte nicht, wann er Gelegenheit finden würde, sich hinzulegen und auszuruhen.

»Ich bleibe bei ihm, bis Sie zurück sind.«

Bashir richtete einen überraschten Blick auf O'Brien, während seine Hand unbewußt über den Rand des Stasisbehälters tastete. »Es kann doch nicht viel anders sein, als auf ein schlafendes, drei Monate altes Kind aufzupassen, oder?« fügte der Chief hinzu. »Außerdem bekomme ich dadurch Gelegenheit, wenigstens einen Teil des Durcheinanders in Ordnung zu bringen, das Sie bei der Konstruktion des Tanks angerichtet haben.«

Ein Teil der Anspannung in Bashir verflüchtigte sich. »Geben Sie mir sofort Bescheid, wenn sich die Anzeigen verändern.«

»Und Sie nehmen sich zwei Stunden frei, wenn Keiko das nächste Mal die Station besucht.« O'Brien musterte ihn mit einem Ernst, der einen auffallenden Kontrast zum schelmischen Humor in seinen Augen bildete. »Im Multiplex gibt es ein Holo-Stück namens Billy der Brontosaurier, das sich Molly gern ansehen würde.«

Bashir nickte und lächelte galant. »Es wäre mir eine Ehre, Mr. O'Brien. Ich verspreche, Ihre Tochter bis zum Tagesanbruch zurückzubringen.«

Das Entsetzen in O'Briens Miene war mehr wert als der Eintrittspreis für das Holo-Stück. »Sie wollen mit meiner Tochter ausgehen?« brummte er und sah sich die Verkabelung des Stasisbehälters an. »Nur über meine Leiche.«

Bashir verließ den kleinen Raum, während der Chefingenieur einige Werkzeuge hervorholte – er schien ständig welche bei sich zu haben.

Als er durch die Tür der Krankenstation trat, empfingen ihn Helligkeit und der Verkehr der Promenade. Lärm herrschte hier; er hallte von allen Läden, Kiosken und Wänden wider. Bashir hatte von Orten gehört, die von sich behaupteten, nie zu schlafen – eine Beschreibung, die zweifellos auf die Promenade von *Deep Space Nine* zutraf. Hier herrschte ständig rege Aktivität. Wenn nicht gerade ein Dieb bei den Geldwechselautomaten erwischt wurde, fand eine Prügelei im klingonischen Restaurant statt, oder Quark veranstaltete im Hinterzimmer seines Kasinos eine Tongo-Partie. Und ganz gleich, wann und wo es zu einem Zwischenfall kam: Immer schien sich mindestens die Hälfte aller Personen an Bord der Raumstation beim Ort des Geschehens einzufinden. Die Leute wurden davon angezogen wie Krankheitserreger von einer offenen Wunde.

Dadurch bekam Bashir den ersten Hinweis darauf, daß Quarks Notfall vielleicht gar nicht so dringend war: Es herrschte kein Chaos, und nirgends hatten sich größere Ansammlungen von Schaulustigen gebildet. Das Hin und Her auf der Promenade erfolgte mit ganz gewöhnlicher Hektik. Der Arzt ließ sich von Quarks schriller Stimme den Weg weisen und überlegte, ob er mit einem Dauerlauf beginnen sollte, um ein größeres Maß an Besorgnis zum Ausdruck zu bringen – obgleich nichts darauf hindeutete, daß der Patient des Ferengi dem Tode nahe war. Bashir beschloß, zumindest eine angemessen ernste Miene zur Schau zu tragen, als er sich dem Kasino näherte.

Quark tanzte auf den Zehenspitzen, als er den Arzt bemerkte. »Da ist er!« rief er und deutete mit dem Zeigefinger an Odos Schulter vorbei.

Bashir versuchte, nicht zu seufzen, als er neben ihnen beiden stehenblieb.

»Doktor ...«, grüßte Odo mit unüberhörbarem Sarkasmus in der Stimme. »Wie nett von Ihnen, daß Sie gekommen sind. Gibt es einen bestimmten Grund dafür, warum Sie nicht auf die Kom-Anrufe reagiert haben?«

Quark schob den Constable ungeduldig beiseite. »Was *machen* Sie hier?« heulte er und griff nach dem Uniformpulli des Arztes.

Die beiden in unterschiedliche Richtungen zielenden Fragen verwirrten Bashir. »Ich ... äh ... war beschäftigt«, wandte er sich knapp an Odo und blickte dann ins fratzenhafte Gesicht des Ferengi. »Und was ich hier mache? Was soll das heißen? Ich dachte, Sie hätten hier einen kranken Andorianer!«

»Nein!« stieß Quark nahezu verzweifelt hervor. »Ich habe einen kranken Andorianer *zu Ihnen geschickt*. Heute morgen, kurz nach dem Frühstück.« Er preßte die Hände an den Brustteil seiner üppig bestickten Jacke und zeigte eine Bestürzung, die Bashir nicht nur für gespielt hielt. »Wollen Sie etwa behaupten, daß er nicht bei Ihnen eingetroffen ist?«

»Den ganzen Tag über hat niemand die Krankenstation betreten.«

Odo schnaufte. »Welch eine Überraschung! Ein gesuchter Schmuggler erkrankt schwer, als er erfährt, daß sich der Captain wieder an Bord der Station befindet.

Und dann verschwindet er auf dem Weg zur Krankenstation.« Er richtete einen skeptischen Blick auf Quark. »Es ist mir ein Rätsel, was aus ihm geworden sein könnte.«

Die großen Ohrläppchen des Ferengi verfärbten sich, was ein Zeichen von Ärger oder auch Sorge sein mochte. »Na los, lachen Sie nur! Es steht ja auch nicht Ihr Kasino auf dem Spiel, wenn der Bursche lange genug überlebt, um mich zu verklagen! Argelianisches Mokkasorbet ist derzeit bei meinen rigelianischen Kunden sehr beliebt«, wandte er sich in einem um Verständnis flehenden Tonfall an Bashir. »Woher sollte ich wissen, daß Andorianer keine Schokolade vertragen?«

»Wie wär's, wenn Sie vor dem Servieren fragen?« schlug Odo vor.

Quark quiekte einen empörten Protest, doch der Arzt verlor das Interesse an ihm, als er ein hochfrequentes Pfeifen wahrnahm, das er mehr in den Ohren spürte als hörte. Er drehte sich halb um, sah zur Promenade und fühlte, wie ihm etwas die Kehle zuschnürte. »Ein Transporterstrahl ...«

Odo unterbrach Quarks Gejammer, indem er die Hand hob. »Doktor?«

Hier und dort schimmerte es blauweiß in der Luft unweit des Atriums. Mit erschrockenen Schreien stoben Fußgänger davon, um nicht vom Transporterfeld erfaßt zu werden. Bashir schloß die Hand fester um den Griff der Medo-Tasche und rang mit seinem medizinischen Instinkt, der ihn veranlassen wollte, zu den materialisierenden Gestalten zu eilen. Es war nicht nur gesunder Menschenverstand, der ihn davon abhielt, den Transferbereich aufzusuchen. Hinzu kam jene Vorahnung, die ihn seit dem Verlassen der Starbase Eins mit Unbehagen erfüllte – eine fast abergläubische Gewißheit, daß jeden Augenblick etwas Schreckliches geschehen konnte. Aus dem fast unhörbaren Pfeifen des Transporters wurde ein Schrillen, und in dem unsteten

Flackern eines alles andere als stabilen Transporterfelds zeichneten sich die Konturen von Humanoiden ab, die zerrissene, rußgeschwärzte Kleidung trugen. Vielleicht bemerkte nur Bashir den Staub, der am Rand des Transferbereichs zu Boden rieselte: Überbleibsel von Personen, die zu weit vom Zentrum des Transporterfelds entfernt gestanden hatten.

Mitten in der Gruppe bemerkte Bashir eine ältere Bajoranerin. Er wußte nicht, ob sie auf den jähen scharfen Geruch reagierte, der deutlich darauf hinwies, daß einige Personen den Transfer nicht überstanden hatten. Jedenfalls hob sie unmittelbar nach der Rematerialisierung einen Strahler und richtete ihn auf die zurückgewichenen Passanten in der Promenade. In ihren weit aufgerissenen Augen irrlichterte es, als sie Bashir auf der anderen Seite des Atriums bemerkte, den Phaser herumriß und auf ihn zielte.

»Ich gebe Ihnen eine Minute Zeit, um den Kommandanten der Raumstation zu holen!« stieß sie mit heiserer, den Tränen naher Stimme hervor. »Andernfalls sterben hier alle!«

13

Phaserstrahlen zuckten über den Bildschirm und desintegrierten einen Teil der ungeschützten Jem'Hadar-Raumstation. Sisko drehte sich ruckartig um, sah den Sicherheitsoffizier an und versuchte, seinen Zorn unter Kontrolle zu halten. Er war nicht so dumm zu glauben, daß Major Kira die Phaser der *Defiant* nie abgefeuert hätte, ohne einen Befehl abzuwarten. Aber sie wäre bestimmt nicht bereit gewesen, eine solche Eigeninitiative zu entwickeln, während die *Defiant* getarnt bleiben sollte.

»Ich habe befohlen, die Gefechtsstationen zu besetzen, Commander«, grollte Sisko. »Ein Angriff wurde von mir nicht angeordnet. Warum haben Sie die Tarnvorrichtung deaktiviert und unsere Waffen eingesetzt?«

Der Starfleet-Offizier bedachte ihn mit einem fast beleidigt wirkenden Blick. »Es waren nicht *unsere* Phaser, Captain. Der Tarnschirm ist nach wie vor aktiv.«

Sisko fluchte leise und sah zu Dax, die bereits den Sensorfokus neu ausrichtete. Die Basis der Jem'Hadar wich im zentralen Projektionsfeld zurück, und dadurch gewann man einen besseren Überblick. Immer wieder gingen Strahlblitze von den beiden Kampfschiffen aus – sie nahmen ihren eigenen Stützpunkt unter Beschuß.

»Sofort nach dem Scan eröffneten sie das Feuer«, sagte Dax. »So wie auch bei der *Sreba*.«

»Sie wissen also, daß sowohl das Schiff als auch die Station dem gleichen Feind zum Opfer fielen.« Sisko sah aus zusammengekniffenen Augen zum Hauptschirm und beobachtete den einseitigen Kampf. Er wußte nicht recht, ob er besorgt oder erleichtert sein sollte. »Und wir werden nie erfahren, um wen es sich dabei handelt. Ohne Schilde kann die Station nicht länger als fünf Minuten standhalten.«

»Da wäre ich mir nicht so sicher, Benjamin.« Dax veränderte die Darstellung, und einer der beiden Jäger rückte näher. »Wer auch immer den Stützpunkt übernommen hat – ich glaube, er setzt sich zur Wehr.«

»Die Sensoren registrieren keine Waffenaktivität bei der Station«, wandte Eddington ein.

Das Bild auf dem Hauptschirm wurde dunkler, als sich eine seltsame Dunstwolke um den betreffenden Jäger der Jem'Hadar schloß. Hunderte von kleinen Meteoriten schienen beschlossen zu haben, sich genau an dieser Stelle zu versammeln.

Sisko spürte, wie sich das Unbehagen in ihm verdichtete. »Weil keine Waffen eingesetzt werden. Die Vergrößerung erhöhen, Dax. Ich möchte genau erkennen, was dort draußen vor sich geht.«

»Wir sind bereits bei maximaler Auflösung der Sensoren, Captain«, gab die Trill zu bedenken. »Wenn wir noch weiter vergrößern, wird die Darstellung unscharf.«

»Versuchen wir's trotzdem.«

Dax zuckte mit den Schultern und kam der Aufforderung nach. Die Konturen des Jägers verschwammen, und gleichzeitig schwoll der Jäger an, um das ganze Projektionsfeld zu füllen. Kleinere Objekte umgaben ihn, sahen aus wie Wespen aus Metall. Mit Klauen und segmentierten Leibern krochen sie über die äußeren Schilde; Vakuum und Kälte des Alls schienen ihnen überhaupt nichts auszumachen.

»Was hat es damit auf sich, Dax?«

Sie atmete tief durch und wandte den Blick lange genug vom Hauptschirm ab, um auf die Anzeigen ihrer Konsole zu sehen. »Offenbar bestehen die Objekte aus einer Duraniumkarbid-Legierung, und ihre Betriebsenergie stammt aus internen Dilithium-Generatoren.« Sie wandte sich wieder dem Projektionsfeld zu. »Vielleicht sind es Kampfroboter, Benjamin. Trotz des Kontakts mit den Schutzschilden des Jem'Hadar-Schiffes scheinen sie keine Schmerzen zu empfinden.«

»So sieht's aus, ja.« Immer wieder blitzten kleine Entladungen, wenn die sonderbaren Angreifer versuchten, die Schilde zu durchdringen. Die metallischen Geschöpfe schienen dadurch nur ein wenig langsamer zu werden. Ihre Bewegungen wirkten chaotisch und ziellos, aber Sisko bemerkte, daß sie jene Bereiche mieden, wo sie von den unablässig feuernden Phasern des Jägers getroffen werden konnten. Nach einer Weile schimmerten die Entladungen nicht mehr so hell wie zu Anfang, und Sisko ahnte, was das bedeutete. »Täusche ich mich, oder sinkt das energetische Niveau der Schilde?«

»Nach den taktischen Sensoren haben die Schutzschirme des Jägers nur noch eine Kapazität von fünfzehn Prozent, und sie sinkt weiter«, bestätigte Eddington. »Die ständigen Entladungen stellen eine zu große Belastung für die Generatoren der Deflektorfelder dar. In etwa zwei Minuten wird die Schwelle struktureller Instabilität erreicht.«

»Und dann haben die fremden Objekte Zugang zur Außenhülle.« Sisko beobachtete, wie zwei Metallwespen einen gemeinsamen Angriff durchführten, der den externen Sensoren des Schiffes galt. Fast wäre es ihnen gelungen, sie durch den schwächer gewordenen Schild zu erreichen. »Dax, läßt sich feststellen, ob sich Piloten im Innern befinden?«

»Beginne mit Sondierung nach internen Lebensformen.« Dax zögerte und gab dann eine Lautfolge von sich, die nach einem klingonischen Fluch klang. »Das kann unmöglich stimmen! Vermutlich wirkt sich unser Tarnschirm störend auf die Sondierungssignale aus.«

»Was zeigt der Scan?« fragte Sisko. Wieder regten sich Ahnungen in ihm, hervorgerufen von der Zielstrebigkeit jener seltsamen Objekte, von der *vitalen* Eleganz, die ihren Bewegungen anhaftete. Keine ihm bekannten Roboter, nicht einmal die von Borg konstruierten Exemplare, bewegten sich in der Schwerelosigkeit des Alls mit der gleichen mühelosen Anmut wie Delphine im Wasser. Die Metallwespen schienen dazu geboren und nicht gebaut zu sein.

Dax berührte einige Schaltflächen und richtete dann einen ernsten Blick auf Sisko. »Nach den Anzeigen der Sensoren gibt es im Innern der Objekte auf DNA basierende neurale Netze, die sich bis in die Duraniumkarbid-Hüllen erstrecken.«

»Bioneurale Computer-Schaltkreise?«

Dax schüttelte den Kopf. »Das glaube ich nicht. Ich registriere keine rein technischen Schaltkreissysteme, nicht einmal bei den Dilithium-Energiezellen.« Sie legte eine kurze Pause ein und beobachtete den Kampf auf dem Hauptschirm. Der Pilot des Jägers versuchte, das Schiff mit einigen Ausweichmanövern in Sicherheit zu bringen, doch der sonderbare Schwarm blieb auch weiterhin an den schwachen Schilden haften. »Ich glaube, die Objekte dort draußen sind *lebendig*, Benjamin.«

Er nickte langsam. »Das bestätigt meine eigenen Vermutungen.«

Die Schilde des Jem'Hadar-Schiffes flackerten ein letztes Mal und lösten sich dann auf. Dünne Dunststreifen gingen plötzlich von den wespenartigen Geschöpfen aus, bildeten ein filigranes Netz aus versprühten Chemikalien. Zwei oder drei Sekunden später kam es zu einer explosiven Dekompression, die alles in eine weiße Wolke aus entweichender, zu Eiskristallen kondensierender Luft hüllte. Und als sich dieser Halo des Verderbens auflöste …

Der Schwarm aus Angreifern schleppte das Wrack des Jem'Hadar-Schiffes ab, und zwar in Richtung Raumstation.

Eine Zeitlang herrschte betroffene Stille auf der Brücke der *Defiant*.

»Nun«, sagte Dax mit jenem schwarzen Humor, den sich Curzon für solche Gelegenheiten bewahrte, »wenigstens sind es keine Furien.«

»Nein«, erwiderte Sisko grimmig. »Es sind keine Furien. Aber vielleicht handelt es sich um jene, vor denen die Furien einst flohen.«

»Vor denen sie flohen?« wiederholte Dax verblüfft. »Soll das heißen, die drei fremden Schiffe auf der anderen Seite, in den visuellen Aufzeichnungen, die uns Admiral Hayman zeigte ...«

»Sie feuerten in alle Richtungen. Klingt das irgendwie vertraut?« Sisko sah zu Eddington und bedauerte es nun, zuvor so scharfe Worte an den Sicherheitsoffizier gerichtet zu haben. Doch während der Alarmstufe Rot durfte er sich keine Zeit für eine Entschuldigung nehmen. »Was ist mit dem zweiten Schiff der Jem'Hadar, Commander?«

»Es hat den Angriff abgebrochen und verläßt das Sonnensystem mit Warp sechs.« Eddington drehte sich um und schnitt eine finstere Miene. Sisko dachte zuerst, daß der Ärger ihm galt, doch die nächsten Worte wiesen auf etwas anderes hin. »Die taktischen Sensoren können nichts mit den Fremden anfangen, die den Jäger attackierten, Captain! Offenbar geht nicht die geringste elektromagnetische Strahlung von ihnen aus. Ihren derzeitigen Aufenthaltsort kann ich ebensowenig feststellen wie ihr Flugziel.«

»Vielleicht ist es möglich, mit einer fokussierten Sensorreflexion entsprechende Daten zu gewinnen.« Dax zögerte und warf Sisko einen warnenden Blick zu. »In der Zwischenzeit halte ich es für ratsam, unsere eigenen EM-Emissionen auf ein Minimum zu reduzieren.

Die Phaserstrahlen scheinen die Wesen zum Schiff geführt zu haben.«

»Was bedeutet: Wenn wir weder das Impulstriebwerk benutzen noch die Waffen einsetzen, bleiben wir für die Fremden praktisch unsichtbar?« Sisko nickte kurz. »Na schön, Lieutenant. Wir halten den gegenwärtigen Kurs.« Er drehte sich zu der Frau im hinteren Bereich der Brücke um. »Fähnrich Hovan, bitte achten Sie selbst auf geringfügige energetische Schwankungen bei unserer Tarnvorrichtung. Wenn sich die Geschöpfe der *Defiant* nähern, so möchte ich davon erfahren, bevor sie unsere Schilde schwächen.«

»Ja, Sir.« Ein anfängliches Zittern verschwand nach wenigen Worten aus Hovans Stimme. »Ich könnte einen internen Alarm programmieren, der aktiv wird, sobald die energetischen Variationen über das von Mikrometeoriten verursachte Niveau hinausgeht, Sir. Allerdings dauert das einige Minuten.«

Sisko lächelte. »Dann fangen Sie am besten sofort an, Fähnrich. Dax, können wir inzwischen einen Eindruck davon gewinnen, was unsere neuen Nachbarn dort draußen treiben?«

»Ich denke schon.« Wie üblich blieb die Stimme der Trill ohne Furcht. Sie brachte nur Zufriedenheit darüber zum Ausdruck, einer neuen wissenschaftlichen Herausforderung gerecht geworden zu sein. »Die kritische Auflösungsstruktur der Sensorreflexionen im Duraniumkarbid-Spektrum wird jetzt im zentralen Projektionsfeld sichtbar.«

Das Bild auf dem Hauptschirm veränderte sich und zeigte wieder die Raumstation der Jem'Hadar. Außerdem blendete der Computer ein Muster aus unterschiedlichen Farben ein. Sisko stellte fest, daß die hellsten weißen und gelben Bereiche sich tief im Innern der Station befanden, während an der Außenfläche hier und dort grüne Flecken glühten. In der Leere zwischen den Waffentürmen und Rampen leuchteten einige blaue Punkte.

»Was bedeutet die Darstellung, Lieutenant?«

»Etwa vierhundert der Fremden bilden einen Pulk im Innern der Raumstation«, erläuterte Dax. »Weitere hundert Exemplare befinden sich am Rumpf.«

»Externe Wächter«, spekulierte Sisko und sah, wie Eddington stumm nickte. »Und die Reflexionen außerhalb der Jem'Hadar-Basis?«

»Es scheinen Fragmente von Geschöpfen zu sein, die von Phaserstrahlen oder explodierenden Photonentorpedos auseinandergerissen wurden. Die DNA-Signaturen sind unvollständig, und die Sensoren registrieren keine Dilithium-Energiequellen.«

»Also *können* die Wesen getötet werden.« Sisko betrachtete die pulsierende Masse der Fremden. Sie füllte ein Drittel der Raumstation, schien sich jedoch nicht weiter auszudehnen. »Haben Sie nach Bereichen Ausschau gehalten, in denen es noch eine Atmosphäre oder lebende Jem'Hadar gibt?«

Dax bedachte ihn mit einem überraschten Blick. »Sie glauben, einige Jem'Hadar könnten den Angriff überlebt haben?«

»Ich frage mich, warum die Geschöpfe in einem Teil der Station isoliert sind«, erwiderte Sisko. »Wenn wir den Grund dafür herausfinden, haben wir vielleicht etwas, das wir gegen sie verwenden können.«

Dax nahm diese Worte nicht zum Anlaß, einen neuen Scan durchzuführen. Statt dessen drehte sie sich zum Captain um. »Warum gehen Sie von der Annahme aus, daß wir gegen die Wesen kämpfen müssen?« fragte die Trill und blieb beim Sie. »Wir können uns noch nicht einmal mit ihnen verständigen. Bisher deutet nichts darauf hin, daß es sich um intelligente, uns feindlich gesinnte Wesen handelt.«

Sisko verzog das Gesicht. »Was sie mit der *Sreba* und dem Stützpunkt der Jem'Hadar anstellten ...«

»... ist vielleicht nichts anderes als eine instinktive Verteidigungsreaktion, so wie bei Wespen, die ihr Nest beschützen!«

»Dadurch sind sie keine geringere Bedrohung für den Alpha-Quadranten!«

Sie durchbohrten sich mit Blicken und schwiegen.

Nach einigen Sekunden räusperte sich Eddington. »Lieutenant Dax, gehe ich recht in der Annahme, daß wir zum Gamma-Quadranten geflogen sind, um herauszufinden, welcher Zwischenfall das Wurmloch in die Vergangenheit versetzt?«

»Ja«, antworteten Trill und Captain gleichzeitig.

»Nun, bevor Sie Ihre Diskussion über die eventuellen feindlichen Absichten der fremden Wesen fortsetzen ...« Der Sicherheitsoffizier berührte Schaltflächen der taktischen Station. »Sie sollten sich ansehen, wohin die Raumstation der Jem'Hadar gebracht wird.«

Dax holte tief Luft, wandte sich wieder ihren Displays zu und betrachtete die von Eddington transferierten Daten. Als sie kurz darauf den Kopf drehte und Sisko ansah, bemerkte er Überraschung in ihren blaugrauen Augen.

»Commander Eddington hat recht. Der Kurs ist zu exakt, um ein Zufall zu sein. Die Raumstation fliegt direkt zum Wurmloch.«

Auch Sisko atmete tief durch und nickte ernst. »Wir müssen den Grund dafür feststellen«, sagte er. »Und wir müssen verhindern, daß die Station ins Wurmloch gerät. Wieviel Zeit bleibt uns, bis sie den Transferpunkt erreicht?«

»Mindestens fünfzig Stunden«, entgegnete Dax sofort. »Vorausgesetzt, sie fliegt auch weiterhin mit siebzig Prozent der Lichtgeschwindigkeit.«

»Gut.« Sisko blickte wieder zum Hauptschirm. »Ich kann mir nicht vorstellen, daß alle Jem'Hadar an Bord der Station ums Leben kamen. Sie sind intelligent und wurden genetisch darauf vorbereitet, die Gründer vor solchen Gefahren zu schützen. Suchen Sie nach Lebenszeichen von Jem'Hadar, Dax. Und vergleichen Sie die entsprechenden Koordinaten mit den Sektionen der Station, in denen die Lebenserhaltungssysteme noch funktionieren.«

Die Trill nickte, während ihre Finger über die Sensorkontrollen huschten. »Und dann?«

»Und dann stellen wir fest, ob die fremden Wesen auch Transporterstrahlen zu ihrem Ausgangspunkt zurückverfolgen können«, sagte Sisko.

Bashir hatte sie zwar gewarnt, aber trotzdem verzog Kira voller Abscheu das Gesicht, als sie die Ecke zur Promenade hinter sich brachte. Eigentlich war es nicht schlimmer als das, was sie häufig in den Konzentrationslagern erlebt hatte – die cardassianischen Methoden der Leichenbeseitigung rochen fast genauso schlimm. Trotzdem fühlte sich Kira von Entsetzen berührt; sie ging langsamer und versuchte, einen kühlen, professionellen Eindruck zu erwecken. Es lag an den Schatten des Grauens in den hohlwangigen Mienen jener Gestalten, die zitternd Rücken an Rücken standen.

Zwei Bajoraner lagen schreiend in einem Staub, der von anderen Personen stammte. In beiden Fällen handelte es sich um Opfer eines Transfers, der über eine zu große Distanz hinweg erfolgt war, mit dem Ergebnis, daß sich die Struktur des Transporterstrahls aufzulösen begann. Kira nahm mit Dankbarkeit zur Kenntnis, daß Odo die Zivilisten fortgeschickt hatte, bevor es zu einer Panik kommen konnte.

Einer der noch stehenden Milizionäre flüsterte Pak etwas ins Ohr, als sich Kira näherte, woraufhin sich die ältere Bajoranerin zu ihr umdrehte. Sie lächelte humorlos und deutete mit ihrem Phaser auf Bashir, der im einst lebendigen Staub kniete und die Verletzten behandelte.

»Nützlich und auch attraktiv«, sagte sie. Ihre Stimme

klang dünn, obgleich sie sich bemühte, den Worten Nachdruck zu verleihen. »Meinen Sie nicht auch?«

Bashir hob den Kopf, als er die Frage hörte, verzichtete jedoch darauf, sich nach Kira umzudrehen oder seine Arbeit zu unterbrechen. Seine Haltung brachte tiefes Unbehagen zum Ausdruck, und die jüngere Bajoranerin fragte sich, ob er beschämt war. »Dr. Bashirs Dienste stehen allen zur Verfügung, die sie brauchen«, sagte sie. »Selbst Ihnen.« Kira trat etwas näher an den Arzt heran. »Bringen Sie diese Leute zur Krankenstation.«

Er nickte und wirkte seltsam erleichtert, als er auf seinen Insignienkommunikator klopfte. Kira ging weiter, um Paks Aufmerksamkeit auf sich zu lenken und Bashir weitere sarkastische Bemerkungen zu ersparen.

»Zuerst die Provinz Veska«, sagte sie zu Pak und schüttelte den Kopf, als sie zwischen Odo und seinen in Braun gekleideten Sicherheitswächtern verharrte. »Jetzt dies. Offenbar lieben Sie große Auftritte.«

Ein schiefes, verzerrtes Lächeln huschte über Paks Lippen. »Wenn die Lage verzweifelt ist, muß man verzweifelte Maßnahmen ergreifen.« Sie winkte mit dem Phaser. »Wo ist der Kommandant von *Deep Space Nine*?«

»Sie sprechen mit ihm.« Kira verschränkte die Arme und trachtete danach, keine zu finstere Miene zu schneiden.

»Sparen Sie sich die Mühe – ich habe Bilder von ihm gesehen. Ein Mensch hat den Befehl über diese Raumstation, ein Mann, der größer ist als Sie und dunklere Haut hat.«

»Captain Sisko befindet sich derzeit nicht an Bord.« *Wenn ich doch nur wüßte, warum er fort ist und wann er zurückkehrt!* »Ich bin seine Stellvertreterin. Sie müssen mit mir vorliebnehmen.« Sie wartete, bis das leise Summen von Bashirs Nottransport zur Krankenstation verklang. Pak riß unwillkürlich die Augen auf, als sie sah, wie sich ihre Leute im Schimmern des Transferfelds auflösten.

»Wenn Sie mit mir reden wollen ...«, sagte Kira.

Pak drehte so ruckartig den Kopf, als überraschte es sie, noch immer am Leben zu sein. »Wie kann ich Sie überzeugen?«

Kira runzelte die Stirn und musterte die ältere Frau. »Wovon wollen Sie mich überzeugen?«

»Wenn ich es Ihnen sage ...«, begann Pak. »Wenn ich es Ihnen sage, müssen Sie mir glauben. Andernfalls wünschen wir uns bald alle, dieses Schicksal geteilt zu haben.« Sie scharrte mit einem Stiefel im Staub, der sie umgab.

Dies waren keine menschlichen Touristen, die gerade ihre erste Konfrontation mit den Cardassianern überlebt hatten. Es handelte sich vielmehr um Kinder der cardassianischen Besatzung, um Veteranen der Veska-Provinz und der Mordebene von Kotar. Was Pak Dorren betraf ...

Sie fürchtet sich vor nichts, dachte Kira. *Weder vor den Cardassianern noch vor Shakaar oder ihren eigenen verdammten Bomben.* Trotzdem hatte sie zusammen mit wer weiß wie vielen Leuten einen Langstreckentransfer versucht, ohne durch irgend etwas zu erkennen zu geben, daß sie jene Entscheidung und ihre Konsequenzen bereute. Welche Gefahr mochte eine Frau wie Pak zu einem derartigen Verhalten veranlaßt haben?

Kira schauderte innerlich, als sie sich diese Frage stellte.

»Na schön, ich glaube Ihnen.«

Odo knurrte verärgert, doch die tiefe Erleichterung in Paks Zügen besorgte Kira weitaus mehr als die Mißbilligung des Constable. »Was ist passiert?«

Pak holte tief Luft und ließ den Phaser sinken. »Ich habe herausgefunden, wer die Frachter angegriffen hat.«

»Sie waren es wirklich nicht.« Eigentlich wollte Kira

diese Worte nicht laut aussprechen, aber sie konnte sie nicht zurückhalten – die Überraschung war einfach zu groß.

Pak hob den Kopf, lachte kurz und bitter. »Sie haben dort draußen überhaupt nicht auf meine Worte geachtet, oder? Uns geht es darum, Bajor zu *befreien*. Es liegt uns fern, die bajoranische Ökonomie noch mehr zu ruinieren. Wir wußten ebensowenig wie Sie, wer hinter den Angriffen auf die Frachter steckte.«

»Und das hat sich inzwischen geändert?«

Die ältere Bajoranerin starrte einige Sekunden lang ins Leere. »Vielleicht.« Ihr Blick kehrte zu Kira zurück, als die jüngere Frau seufzte. »Ich habe so etwas noch nie zuvor gesehen, nicht einmal davon gehört«, fuhr sie leise fort. »Mehr als zehn unserer Schiffe überwachten die üblichen Frachterrouten, als wir es plötzlich mit ihnen zu tun bekamen ...« Ihren Augen wurden trüb, als Erinnerungsbilder in ihr aufstiegen. »Die Sensoren orteten eine verstreute Masse aus Duranium-Titan-Legierung.« Sie sprach nun nachdenklich, fast sanft. Mit weniger Alkohol und *Chaat* hätte sie vielleicht eine sehr angenehm klingende Stimme gehabt. »Ich dachte, es seien die Trümmer eines weiteren Frachters, und deshalb unterbrachen wir den Warptransfer, um nach Überlebenden zu suchen. Als sie über unsere Schilde herfielen ... Da begriff ich, daß es besser gewesen wäre, den Warptransit fortzusetzen. Aber zu jenem Zeitpunkt war es bereits zu spät.«

Kira wartete, doch das Schweigen dauerte an. »Zu spät für wofür?« hakte sie nach. »*Wer* hat Sie angegriffen?«

Die Frage der jüngeren Bajoranerin schien Pak ins Hier und Jetzt zurückzuholen. Sie blinzelte, sah dann wieder Kira an. »Wesen. Irgendwelche fremden Wesen. An die kalte Leere des Alls angepaßte Geschöpfe, die Phaserfeuer verschlangen und durch unsere Schilde krochen.«

Pak gestikulierte vage und ärgerte sich ganz offensichtlich darüber, den Vorgang nicht besser beschreiben zu können. »Ich habe gesehen, wie sie drei unserer Schiffe öffneten. Stellen Sie sich Jil-Vögel vor, die Rotfrüchte aufpicken ... Nun, daraufhin hielt ich es für besser, einen strategischen Rückzug anzuordnen. Doch die fremden Wesen ließen nicht locker. Sie folgten uns, ließen sich von der Wärme unserer Triebwerke den Weg weisen, orientierten sich an unseren Phaserstrahlen und orteten den Ausgangspunkt abgefeuerter Photonentorpedos ...«

Die Stimme der älteren Bajoranerin verklang, und sie schüttelte den Kopf, schien es noch immer nicht fassen zu können. »Ich habe nicht an einen Erfolg des Transfers hierher geglaubt. Ich dachte nur, es sei besser, auf diese Weise zu sterben als an den Folgen einer explosiven Dekompression.«

Und solche Worte stammten von einer Frau, die ein ganzes Tal in Glas verwandelt hatte. Kira räusperte sich, und ihre Gedanken rasten. »Wir sollten das bajoranische Militär benachrichtigen«, sagte sie zu Odo. »Man sollte einige Schiffe losschicken und dieses Problem lösen, bevor weitere Frachter vernichtet werden.«

»Sie haben nicht verstanden, oder?« warf Pak ein und trat näher an Kira heran. »Es geht mir nicht darum, die Tempelwache zu alarmieren. Wir begegneten den fremden Wesen, als wir mit achtzig Prozent der Lichtgeschwindigkeit *hierher* flogen! Wenn sie den Flug in die gleiche Richtung fortsetzen, was ich für sehr wahrscheinlich halte, sind sie in knapp vier Stunden hier.« Sie breitete die Arme aus, so als seien die Konsequenzen für jedermann deutlich sichtbar. »Möchten Sie nun in Panik geraten, oder soll ich das für Sie übernehmen?«

14

Kälte prickelte über Siskos Haut, als er rematerialisierte. Er verfluchte sein Vertrauen in die Starfleet-Sensoren – es hatte ihn veranlaßt, sich mit offenem Raumhelm in einen Teil der Jem'Hadar-Station zu beamen, in dem es noch Luft gab. Er hob die Hand bereits zum Visier, als ihm plötzlich klar wurde, daß er nicht den erbarmungslosen Sog des Vakuums spürte, nur Kälte. Daraufhin ließ er den Helm offen und atmete vorsichtig. Zwar klagten Nase und Hals über eine zu niedrige Temperatur, aber die Lungen versicherten ihm, daß die Luft ausreichend Sauerstoff enthielt.

Sisko blickte sich um und sah, daß seine Gefährten in der Nähe standen, Rücken an Rücken – sie nahmen die gleiche Verteidigungsposition ein wie vor dem Transfer im Kontrollraum der *Defiant*.

»Keiner rührt sich!« befahl er, als sich eine Gestalt zu bewegen begann. »Scannen Sie nach Difluor, Dax.«

Die Trill programmierte den Tricorder, sondierte dann den für sie sichtbaren Teil des Raums und reichte das Gerät anschließend an Sisko weiter. Dieser wiederholte den Vorgang und gab den Tricorder dann dem Sicherheitswächter an seiner Seite. Während er auf die Vervollständigung des Scans wartete, beobachtete er den Bereich der Raumstation, in dem sie rematerialisiert waren. Seine Augen hatten sich inzwischen an die Dunkelheit gewöhnt, und deshalb konnte er Dutzende von gleich strukturierten hüfthohen Konsolen erkennen, die lange Reihen bildeten. Ihre Form berührte irgend etwas in seinem Gedächtnis.

Dax nahm ihren Tricorder von Pritz auf der anderen Seite entgegen und prüfte die Anzeige des Displays. Ihr erleichterter Atem kondensierte in der kalten Luft. »Hier gibt es offenbar kein Difluor. Vielleicht haben die fremden Wesen es nur verwendet, um den Rumpf zu öffnen und ins Innere zu gelangen.«

»Weil sie vermeiden wollten, daß die Station auseinanderbricht, bevor sie das Wurmloch erreicht.« Sisko trat aus dem Kreis und wandte sich den drei Sicherheitswächtern zu. Stumm warteten sie auf seine Anweisungen und hielten ihre Phasergewehre in der Armbeuge. Zur Ausrüstung des Captains gehörte ebenfalls ein Phasergewehr, das er derzeit auf dem Rücken des Schutzanzugs trug. Nur Dax war nicht bewaffnet. »Goldman und Fernandez, lokalisieren Sie den nächsten Ausgang und sichern Sie ihn. Pritz, Sie schützen Lieutenant Dax.«

Die beiden jungen Männer gingen los. Einer von ihnen stolperte über etwas und leuchtete mit der Taschenlampe. Sisko schwang seine eigene Lampe herum und stellte erstaunt fest, daß überall Jem'Hadar-Waffen verstreut auf dem Boden lagen, wie welke Blätter nach einem Sturm. Hier und dort wiesen die stählernen Bodenplatten dunkle Flecken auf.

»Offenbar haben die Jem'Hadar hier versucht, Widerstand zu leisten«, kommentierte Dax. »Seltsam, daß Leichen fehlen. Ob die Überlebenden die Verwundeten mitgenommen haben?«

Im Licht von Siskos Lampe erschien ein sonderbares, gewölbtes Fragment, das wie ein Torpedogehäuse aussah. In seinem Innern zeigten sich fransige Gewebefetzen, aus denen eine klare, schleimige Flüssigkeit quoll – fremdes Blut?

»Das bezweifle ich«, sagte Sisko grimmig. »Es sei denn, sie brachten auch die toten Angreifer fort. Wo sind wir hier, Dax?«

Sie sondierte die hüfthohen Konsolen mit dem Tricorder. »Es handelt sich um Stasisfeldgeneratoren, aber sie sind zu klein, um medizinischen Zwecken zu dienen. Ich glaube, wir befinden uns hier in einer Art Krippe der Jem'Hadar, Benjamin.«

Sisko schnappte verblüfft nach Luft, und die Kälte stach so sehr in seinen Lungen, daß er hustete. Er erinnerte sich an einen ähnlich beschaffenen Apparat, in dem Quark einmal ein Kind der Jem'Hadar gefunden hatte. »Wir sind hier in einem Hort voller kleiner Kinder?« fragte er und sah zu den langen Behälterreihen, die sich bis in die Dunkelheit erstreckten.

»Es dürfte eher ein Lager mit neonataler Verstärkung sein«, korrigierte Dax sanft. »Die hiesigen Lebenskeime warten darauf, bei Bedarf zu erwachsenen Jem'Hadar-Soldaten heranzuwachsen.«

Sisko brummte zustimmend. »An Bord des Schiffes haben wir schwache Jem'Hadar-Lebenszeichen festgestellt. Ging es dabei vielleicht um die hier untergebrachten Kinder?«

»Nein.« Dax sondierte noch einmal mit ihrem Tricorder, ging dann an einigen Konsolen vorbei und nahm einen neuerlichen Scan vor. Pritz folgte ihr wachsam. »Die Sensoren können keine biologische Aktivität bei einem Jem'Hadar in Stasis feststellen. Außerdem wurden die Lebenszeichen an einem anderen Ort registriert. Dies war nur der nächste geeignete Transferbereich.«

Sisko brummte erneut. »Ich finde es interessant, daß die fremden Angreifer die Kinder der Jem'Hadar ebenso ignorierten wie Petersen.«

Pritz räusperte sich. »Es bedeutet, daß sie nicht viel über die Jem'Hadar wissen, Sir. Andernfalls hätten sie das Gefahrenpotential der neonatalen Verstärkung erkannt und eliminiert.«

»Vielleicht ist die Sache noch einfacher, Fähnrich.« Dax zögerte, sondierte noch einmal und sah auf die

Anzeigen des Tricorders. »Vielleicht sind die Fremden nicht imstande, ein Wesen in der Stasis als lebenden Organismus zu erkennen.« Ein Piepen des Ortungs- und Analysegeräts deutete auf den beendeten Scan hin. Dax blickte einmal mehr aufs Display und runzelte die Stirn. »Ich habe jetzt die Koordinaten des Ortes, an dem die Jem'Hadar-Lebenszeichen festgestellt wurden. Allerdings ...«

»Wo?« fragte Sisko.

»Weiter draußen, hundert Meter rechts von uns. Aber es ist mir ein Rätsel, wie der betreffende Jem'Hadar noch am Leben sein kann.«

Der Captain sah sich um – das gleichmäßige Licht von zwei Taschenlampen kennzeichnete die Tür. Er bedeutete Dax und Pritz, ihn zu den beiden wartenden Sicherheitswächtern zu begleiten. »*Ist* er noch am Leben oder nicht?«

»Ja, zumindest nach den neuralen Aktivitätsmustern zu urteilen. Herzschlag und Atmung behaupten allerdings das Gegenteil.«

Sisko zögerte an der Tür und leuchtete zu dem Durcheinander aus geborstenen Stützelementen und heruntergefallenen Deckenplatten im Korridor. »Bleibt der Jem'Hadar lange genug am Leben? Wir brauchen eine Weile, um hier weiterzukommen.«

Der größere der beiden Sicherheitswächter hob sein Phasergewehr. »Wir könnten uns mit gut gezielten Schüssen einen Weg bahnen, Captain.«

»Dadurch riskieren wir, Aufmerksamkeit zu erregen, Fähnrich Fernandez. Wer und was auch immer die Fremden sind: Offenbar können sie energetische Entladungen zu ihrem Ausgangspunkt zurückverfolgen. Wir müssen die Hindernisse manuell beiseite räumen.« Sisko legte seine Taschenlampe so auf eine auseinandergebrochene Wandkonsole, daß sie in die richtige Richtung leuchtete. Dann ging er in die Hocke und griff unter ein Stützelement, das die Tür blockierte. Fernandez schulterte das Phasergewehr und half ihm. »Eins, zwei, drei ...«

Das Element kippte und fiel zur Seite, prallte mit lautem Krachen auf den Boden und wirbelte Staub auf. Sisko hustete, rieb sich die Augen und bedauerte, das Helmvisier nicht heruntergeklappt und versiegelt zu haben.

»Na schön, Dax. Und wohin jetzt?«

Keine Antwort. Sisko drehte sich verwundert um, blickte zurück zum grünlichen Glühen der Krippe. Pritz warf ihm einen besorgten Blick zu, als die Trill auch weiterhin nicht antwortete. Sie starrte auf ihren Tricorder hinab, doch ihr leeres Gesicht wies darauf hin, daß ihre Gedanken ganz woanders weilten.

Der Captain trat vor, ergriff Dax an den Schultern und schüttelte sie.

»Alter Knabe? Was ist los mit dir?«

Er erhielt auch diesmal keine Antwort. Sisko seufzte tief, und sein Atem kondensierte zu einer grauweißen Fahne. So etwas hatte er bereits befürchtet, als sie sich an Bord der *Sreba* beamten: ein Rückfall in die sonderbare Starre, die Dax schon einmal erfaßt hatte. Atmung und Gesichtsfarbe schienen völlig normal zu sein, aber ein Klaps auf die Wange entlockte ihr keine Reaktion.

»Pritz, Fernandez – bleiben Sie bei Lieutenant Dax, bis sie erwacht.« Sisko zog der Trill den Tricorder aus der Hand und blickte auf die Anzeigen. »Goldman, Sie begleiten mich. Gehen wir.«

Sie brauchten fünfzehn Minuten, um die vielen Trümmerbarrieren im kurvenreichen Korridor zu überwinden – und dann standen sie plötzlich vor einer Wand. Goldman sah Sisko an; Staub klebte wie eine Maske in seinem Gesicht.

»Wohin wenden wir uns jetzt, Sir?«

»Keine Ahnung.« Sisko blickte auf die Anzeigen des Tricorders. »Inzwischen müßten wir uns eigentlich in der Nähe der von Dax georteten Lebensform befinden ...«

Er unterbrach sich, als es in der Dunkelheit links von ihnen plötzlich zischte. Sofort leuchtete er in die entsprechende Richtung, und aus den Augenwinkeln nahm er wahr, wie Goldman mit dem Phasergewehr zielte.

»Nein, nicht schießen! Vielleicht ist es ein Überlebender des Angriffs.«

Goldman schauderte, als sich in der Dunkelheit etwas bewegte. »Das sieht mir nicht nach einem Jem'Hadar aus, Sir ...«

»Ich bin trotzdem ziemlich sicher, daß es einer ist.« Sisko hatte den gezackten Knochenhöcker im Gesicht des Wesens bemerkt. Wachsam trat er vor, um weitere Einzelheiten zu erkennen. Unmittelbar darauf hörte er metallisches Schaben – ein Geräusch, das irgendwo hinter dem liegenden Jem'Hadar seinen Ursprung hatte.

Sisko hob die Taschenlampe ein wenig, und in ihrem Schein erschien ein mehr als anderthalb Meter großes schwarzes Geschöpf, dessen Körper aus einzelnen Segmenten bestand und von flexiblen Schuppen bedeckt war. Das Wesen wandte sich ihm zu, wie angezogen von dem Licht. Der Captain hörte, wie Goldman leise fluchte. Den Grund dafür sah er eine Sekunde später: Der Jem'Hadar steckte halb in einer großen, zentralen Öffnung im Unterleib des Wesens. Zwei Reihen segmentierter und in Klauen endender Gliedmaßen hatten sich fest um den Jem'Hadar geschlossen; nur Arme, Schultern und Kopf ragten aus der Umklammerung. Die Augen rollten, und blutverkrustete Lippen bewegten sich.

»Tötet mich ...«, brachte der halb verschlungene Krieger hervor.

Aus einem Reflex heraus hob Goldman den Phaser, doch Sisko stieß den Lauf der Waffe beiseite.

»Warten Sie«, sagte er und versuchte, Abscheu und Ekel aus sich zu verdrängen. »Vielleicht können wir ihn retten.«

»*Wie?*« fragte der Sicherheitswächter ungläubig.

Sisko ließ den Lichtstrahl der Taschenlampe durch die Nische wandern, in die das Wesen den Jem'Hadar gezogen hatte. An einer Seite zeigten sich mehrere herabgefallene Deckenplatten.

»Arbeiten Sie sich zur linken Seite vor und gehen Sie dort irgendwo in Deckung. Verpassen Sie dem Wesen einen Streifschuß, wenn ich Sie dazu auffordere. Möglicherweise ist es dadurch so abgelenkt, daß ich den Jem'Hadar herausziehen kann ...«

»Und wenn das Biest Difluor versprüht?«

»Sie sind in Deckung, und ich bleibe auf dieser Seite«, erwiderte Sisko grimmig.

»Sinnlos ...« Der Jem'Hadar preßte die Arme an den Panzer des Geschöpfs und stemmte sich weit genug hoch, um zu zeigen: Sein Rückgrat endete in einem offenen Bündel aus Nervensträngen und Blutgefäßen. »Nicht genug übrig, um zu überleben. Man hat mich nur ... am Leben erhalten, um ... Sie hierherzubringen. Töten Sie mich, schnell ...«

Goldman atmete tief durch. »Es ist eine Falle, Captain!«

Im Korridor hinter ihnen polterte es. Der Sicherheitswächter drehte sich ruckartig um, hob das Phasergewehr und feuerte, bevor Sisko ihn daran hindern konnte.

»Nicht schießen!« klang Dax' Stimme aus der Dunkelheit. »Wir sind's!«

Sisko fluchte, ergriff Goldman am Arm und zog ihn herum. »Behalten Sie das Wesen im Auge!« knurrte er und leuchtete dann in die Richtung, aus der sie gekommen waren. Dax duckte sich gerade an einem Stützelement vorbei, gefolgt von Pritz. Der wachsame Fernandez bildete den Abschluß.

»Alles in Ordnung, alter Knabe?« fragte Sisko.

»Ja, natürlich.« Dax blieb neben ihm stehen, und Aufregung vibrierte in ihrer Stimme. »Ich hatte vorhin Kontakt mit *Deep Space Nine,* Captain! Der ansible Effekt funktioniert!«

»Der was?«

Sie lächelte, und in ihren grauen Augen funkelte es. »Die wissenschaftliche Erklärung ist ziemlich komplex, und deshalb sollten wir uns mit folgendem Hinweis begnügen: Die beiden Dax-Symbionten können ungeachtet ihrer Entfernung miteinander kommunizieren, weil sie aus den gleichen Quantenpartikeln bestehen. Ich bin in der Lage, mich mit meinem älteren Selbst im Alpha-Quadranten zu verständigen, Benjamin.«

Sisko musterte die Trill aus großen Augen. »Soll das heißen, es kam tatsächlich zu einem direkten Kontakt mit dem anderen Dax an Bord von *Deep Space Nine*?«

Sie nickte. »Der alte Dax war noch immer durcheinander, aber er warnte mich vor fremden Wesen, die ...«

Der Captain sah unwillkürlich dorthin, wo sich das Geschöpf mit dem halb verschlungenen Jem'Hadar in den Schatten verbarg. Dax folgte seinem Blick und versteifte sich. Ihr Verhalten erinnerte Sisko an die gute Nachtsicht der Trill.

»Das ist es.« Ihre Stille war ungewöhnlich leise, kaum mehr als ein Flüstern. Sisko leuchtete wieder in die Nische und stellte fest, daß sich der Brustkorb des Jem'Hadar nach innen neigte – das Wesen fuhr damit fort, ihn zu fressen. »Das fremde Wesen, von dem der alte Dax mir erzählte. Wir ...«

Die Trill unterbrach sich entsetzt, als der Jem'Hadar den Kopf hob. Blut floß aus dem Mund und tropfte übers Kinn, als er zu sprechen versuchte. »Töten Sie mich und das Wesen!« stieß er hervor. »Schießen Sie mit allen Ihren Phasern. Die Fremden haben es auf Ihre DNS abgesehen. Sie nehmen sie auf, und dann ...«

Es lief Sisko kalt über den Rücken, als er zu verstehen glaubte. »Jadzia ... Der alte Dax *wußte* von diesen fremden Wesen?«

»Ja.« Dax holte tief Luft, bevor sie fortfuhr: »Er forderte mich immer wieder dazu auf, eins zu finden und mit dem zu sprechen, was es gefressen hat. Ich habe in diesen Worten zunächst keinen Sinn erkannt.«

»Also begegneten wir diesen Aliens, als wir mit der *Defiant* in die Vergangenheit versetzt wurden.«

»Aber wieso sind sie jetzt hier?« fragte Dax. »Das Wurmloch hat noch keinen temporalen Transfer hinter sich ...«

»Nein, aber diese Raumstation wird ihn bald auslösen.«

Ihre Blicke trafen sich. Bevor jemand von ihnen etwas hinzufügen konnte, gab der Gürtelsensor eines Sicherheitswächters Annäherungsalarm.

»Captain!« rief Fernandez und trat rasch zu ihnen. »Im Korridor bewegt sich etwas. Die Entfernung beträgt zweihundert Meter und verringert sich rasch. Es handelt sich um mehrere Objekte.«

Sisko klopfte auf seinen Insignienkommunikator. »Eddington, halten Sie sich bereit, uns zur *Defiant* zurückzubeamen!«

»Die Fremden ... wollen Ihre DNS«, flüsterte der Jem'Hadar. Das Wesen schien sich nun aus irgendeinem Grund von ihm trennen zu wollen, würgte ihn in rhythmischen Schüben aus der Öffnung in seinem Unterleib. Trotzdem gelang es dem halb gefressenen Soldaten, auch weiterhin den Mund zu bewegen. »Hat noch keine ... menschliche DNS. *Töten Sie mich!*«

Die letzten Worte heulte der Jem'Hadar, als er ganz aus der Öffnung herausrutschte. Kaum hatte sich das fremde Wesen von dieser Last befreit, wandte es sich Goldman zu, der sofort das Phasergewehr hochriß und feuerte. Die Reste des Jem'Hadar lösten sich in dem Strahlblitz auf, doch das schwarze Geschöpf schien die destruktive Energie einfach zu absorbieren, ohne irgendeinen Schaden zu nehmen.

»Verdammt!« Sisko zog das eigene Phasergewehr vom Rücken, als Pritz und Fernandez auf das schossen, was sich ihnen durch den Korridor näherte. Goldman verlor das Gleichgewicht, fiel und schrie entsetzt, als ihn die Klauen des dunklen Wesens packten. Sisko feuerte. Funken stoben vom Panzer des Aliens, doch ansonsten geschah nichts. Das Geschöpf wich nicht zurück.

»Mit unseren Waffen können wir nichts ausrichten, Captain!« rief Pritz, um das Fauchen der Phaser zu übertönen. In der Dunkelheit rasselte und schabte Metall. »Die Wesen sind nur noch fünfzig Meter entfernt und kommen *schnell* näher!«

Sisko aktivierte erneut seinen Insignienkommunikator. »*Defiant!* Richten Sie den Transferfokus aus und berücksichtigen Sie möglichen Feindkontakt. Holen Sie uns *sofort* zurück!«

Die beiden Enden der Datenleitungen paßten nicht perfekt zusammen, aber es blieb Kira nicht genug Zeit, um eine Anpassung vorzunehmen. Sie drehte sich in der engen Jeffriesröhre auf die Seite und tastete nach dem Instrumentengürtel, den sie sich von O'Brien ausgeliehen hatte. Einmal mehr bedauerte sie den Umstand, daß sie nicht alle notwendigen Dinge in den vorderen Taschen unterbringen konnte – dann wäre sie nicht allein auf ihren Tastsinn angewiesen. Nun, zusätzliche Schwierigkeiten wiesen nur darauf hin, wie dringend dies alles war. An solche Dinge hatte sie sich während ihrer Zeit in der Widerstandsbewegung gewöhnt. Damit einher ging eine ganz besondere Aufregung: Man wußte, daß man wichtige – manchmal sogar lebenswichtige – Arbeit leistete, für die nur wenig Zeit blieb. Kira spürte keine Zufriedenheit, als sie die Verbindungsstelle mit Klebeband provisorisch versiegelte, aber etwas an der derzeitigen Situation erschien ihr vertraut genug, um fast beruhigend zu wirken – obgleich es jetzt um den Fortbestand von *Deep Space Nine* und das Leben aller Personen an Bord ging.

Sie biß den Rest des Bands ab und kroch dann zurück, nur für den Fall, daß die Verbindung nicht hielt. »In Ordnung, Chief – Sie können jetzt abschalten.«

»Aye, aye, Sir«, tönte es aus dem kleinen Lautsprecher des Insignienkommunikators. O'Brien klang angespannt, und Kira kam sich plötzlich töricht vor, eine spezielle Art von Trost in ihrer Tätigkeit gefunden zu haben. Wenn bestimmte Aktivität nichts bewirkte – urteilte dann das letztendliche Resultat über sie, oder genügte der Umstand, daß man überhaupt aktiv geworden war?

Das Licht in der Jeffriesröhre flackerte und erlosch. Kira beschloß, ihre philosophischen Überlegungen auf einen späteren Zeitpunkt zu verschieben. Zunächst kam es darauf an, die neuen Verbindungen herzustellen.

»Das war die letzte Datenleitung auf Ihrem Deck, Major«, tönte O'Briens Stimme aus dem Lautsprecher des Insignienkommunikators, nachdem er die Anzeigen im Ops überprüft hatte. »Wenn Sie auch Deck fünf separieren wollen, müssen Sie mir zuerst ein neues energetisches Gitter besorgen – wir sind nämlich schon achtzehn Prozent über der Normkapazität.«

»Ich schätze, es muß jetzt genügen.« Kira kroch zurück und erreichte kurz darauf das Ende der Röhre. Wenige Sekunden später stand sie wieder und atmete erleichtert auf. »Gute Arbeit, Chief. Ich hätte nicht gedacht, daß wir es bis hierher schaffen.«

»Ich bin noch immer nicht sicher, ob es wirklich möglich ist«, erwiderte der Chefingenieur. »Fragen Sie mich noch einmal in drei Stunden.«

Kira lächelte und hob den Kopf, als im Korridor das Geräusch von Schritten hörte. »Ich verspreche es Ihnen. Kira Ende.«

Odo näherte sich und half ihr dabei, den Zugang der Jeffriesröhre zu schließen. »Wenn Pak Dorren recht behält, haben wir in drei Stunden vielleicht gar keine Gelegenheit mehr, uns über Energieverbrauch und dergleichen Sorgen zu machen.«

»Glauben Sie, ich hätte nicht auf sie hören sollen?« fragte die Bajoranerin.

Der Constable wich beiseite, als Kira die Bolzen befestigte. Sie musterte ihn kurz und stellte fest, daß er über eine Antwort nachdachte.

»Sie hat nicht gelogen«, sagte Odo schließlich. Er verzichtete auf Argumente, nannte einfach nur die Fakten. »Gegen was auch immer die Milizionäre kämpften: Es jagte ihnen einen solchen Schrecken ein, daß sie einen Nottransfer riskierten. Allerdings bin ich mir nicht sicher, ob es sinnvoll ist, allein auf der Grundlage eines solchen Berichts alle peripheren Decks von *Deep Space Nine* zu evakuieren.«

Kira nickte und spürte, wie sie erneut von widerstreitenden Empfindungen heimgesucht wurde. Zum hundertsten Mal erging es ihr so, seit sie Paks gequälten Blick auf der Promenade gesehen hatte. Wie oft sie auch darüber nachdachte: Immer wieder kehrte sie zu einer schlichten Wahrheit zurück. »Sie wissen, in welchem Zustand sich die Erzfrachter befanden.« Kira öffnete einen Schaltkasten und unterbrach die Energieversorgung für alle lokalen Systeme, mit Ausnahme eines Turbolifts. »Wenn es Paks Vakuumwesen wirklich gibt, so können wir es uns nicht leisten, einen Runabout loszuschicken, um ihre Geschichte zu überprüfen. Was hätten wir in Erfahrung gebracht, wenn er nicht zurückkehrt?« Sie schloß den Kasten wieder und schüttelte voller Abscheu den Kopf. »Welche Alternativen haben wir? Nun, wir können entweder hoffen, daß Sisko bald zurückkehrt, oder wir warten geduldig auf das Eintreffen der *Mukaikubo*.«

»Und Sie ertragen es nicht, unterdessen die Hände in den Schoß zu legen.«

Kira fragte sich manchmal, ob sie Odo für seine offenen, unverblümten Bemerkungen dankbar sein sollte. Immerhin schärften sie ihren Sinn für die Realität. »Stellen Sie sich die ganze Sache als eine Art Übung vor«, sagte sie, ohne direkt auf seinen Kommentar einzugehen. »Wenn nichts passiert, wissen wir wenigstens, wie schnell wir die Stationsfunktionen komprimieren können, ohne die Energiegitter zu überladen. Aber wenn uns fremde Wesen besuchen ... Dann haben wir eine aus vier Decks bestehende Pufferzone, in der die Vakuumwesen herumkriechen können, bevor vitale Systeme betroffen sind.« Sie entdeckte eine weitere offene Jeffriesröhre, ärgerte sich über ihre Nachlässigkeit und schnitt eine Grimasse. »Das ist doch gar nicht schlecht, oder?«

Zunächst wußte Kira nicht, was sie veranlaßte, vom Zugang der Jeffriesröhre zurückzuweichen. Ihr stockte plötzlich der Atem, und es kam zu einem jähen Adrenalinschub, der ihren Puls rasen ließ. Es schloß sich die Erkenntnis an, daß sie nie durch diese besondere Jeffriesröhre gekrochen war.

Etwas bewegte sich vor der Bajoranerin. Ein Schatten raste ihr entgegen, prallte gegen die Verschlußplatte und ließ Kira nach hinten fallen.

Sie sah das Geschöpf nicht deutlich, bemerkte nur ein dunkles, schemenhaftes Etwas, zu klein und amorph, um ein Humanoide zu sein. Winzige Hände tasteten über ihre Stiefelspitzen hinweg, und saurer Schweißgeruch brannte ihr wie Feuer in der Nase. Kira zischte einen Fluch, der ihr seit dem Aufenthalt in den Konzentrationslagern nicht mehr über die Lippen gekommen war, versuchte gleichzeitig, die Platte zu heben und wieder auf die Beine zu kommen. Der Angreifer reagierte, indem er immer wieder nach dem Rand des Metallobjekts schlug und schließlich ihren Oberarm traf.

Die Platte rutschte beiseite und prallte auf den Boden.

Schmerz explodierte in Kira. Sie neigte sich zur Seite, der Wand entgegen, um zu vermeiden, in die Jeffriesröhre gezerrt zu werden, und daraufhin wich der Schmerz ein wenig zurück. Gut, so sollte es sein. Pein gehörte zum Leben und war nichts, das einen zerstören konnte, kein Dämon, vor dem man sich fürchten mußte. Tiere ließen sich vom Schmerz überwältigen – Bajoraner benutzten ihn. Kira biß die Zähne zusammen und zog die Beine an, damit sie einen Keil vor der Öffnung der Röhre bildeten. Anschließend sorgte sie dafür, daß Zorn den Schmerz fraß und ihr neue Kraft verlieh.

Ein kalter, glatter Tentakel schlang sich ihr um Schultern, Brust und Taille, zerrte sie in Richtung Korridor. Sie schrie und trat, wütend darüber, daß es irgendein fremdes Geschöpf gewagt hatte, sie anzugreifen. Das Wesen reagierte, indem es noch hartnäckiger zog. Metallene Finger betasteten sie, folgten den Konturen ihres Körpers. Der Strang an ihrer Brust zog sich plötzlich zusammen und schnürte ihr die Luft ab. Kira wollte erneut schreien, aber dazu fehlte ihr der Atem. Der Korridor, die Jeffriesröhre und selbst der Schmerz – alles verschwand in einer grauen Wolke. Der eine Arm flog über ihren Kopf hinweg nach hinten, als sie abrupt in die Tunnelöffnung gezogen wurde. Warme Nässe glitt ihr über die Wange und verriet sich durch einen vertrauten Geschmack. Kira fragte sich, ob das Blut von ihr stammte oder von einem Bajoraner, der hier vor ihr seinen Lebenssaft vergossen hatte.

Ihre Knie prallten gegen den Röhrenrand, und Kira versteifte sich, hielt die Beine auch weiterhin gebeugt, um nicht ganz im Innern des Tunnels zu verschwinden. Sie fühlte sich im wahrsten Sinne des Wortes hin und her gerissen: Der feste Griff am Ellenbogen blieb bestrebt, sie tiefer in die Jeffriesröhre zu zerren, während sich die weichere Ranke an ihrer Taille bemühte, sie aus dem Tunnel herauszuziehen.

Mit der freien Hand griff Kira nach ihrem Gürtel und schloß die Finger um etwas, das sie für ihren Phaser hielt. Sie wagte nicht daran zu denken, was geschehen mochte, wenn sie jetzt anstatt der Waffe irgendein Werkzeug hervorholte. Entschlossen neigte sie den Kopf nach hinten, um dem Angreifer ins Gesicht zu sehen, hob den Phaser und feuerte.

Für einen Sekundenbruchteil bemerkte sie andorianisches Blau, und der Rest verlor sich im grellen Blitz der Entladung. Der bisherige Schmerz verlor sich in noch viel heftigerer Pein, die wie flüssiges Feuer über Kiras Arm, Hand und Schulter rann. Wie aus weiter Ferne hörte sie ihre eigenen Schrei im Fauchen des Phasers. Später konnte sie sich nicht daran erinnern, auf welche Weise sie die Jeffriesröhre verlassen hatte. Nur eins war ihr klar: Sie verdankte es nicht ihrer eigenen Kraft.

»Stehen Sie auf, Major!« drängte eine leise Stimme. »Entfernen Sie sich von der Röhre!«

Ich kann nicht ... Odo versuchte, ihr zu helfen, brachte sie auf die Knie. Sie wollte sich aus eigener Kraft bewegen, aber irgend etwas schien die Verbindungen zwischen ihrem Gehirn und den Muskeln unterbrochen zu haben – der eigene Körper verweigerte ihr den Gehorsam. Hinzu kam etwas anderes: Zwischen ihr und dem Rest der Wirklichkeit entstand plötzlich eine sonderbare Distanz. Etwas trennte sie von der Realität um sie herum, eine Membran, die Geräusche dämpfte und Kanten glättete. Als ein seltsam geformtes *Ding* aus der Jeffriesröhre rutschte und klackende Geräusche auf dem Boden verursachte, wurde sich Kira der Erscheinung nicht im üblichen Sinne bewußt. Allein Furcht schien dafür zu sorgen, daß sie von einem Augenblick zum anderen an der gegenüberliegenden Wand lehnte. Wie gelähmt fühlte sie sich, in einem Kokon der Starre gefangen, während das Feuer des Schmerzes immer heißer in ihr loderte.

»Major ...« Odos Stimme erklang in unmittelbarer Nähe, klang jedoch falsch und dünn. »Bitte feuern Sie nicht den Phaser ab, während ich Sie bedecke.«

Zuerst konnte sie den Blick nicht von dem Wesen vor ihr abwenden. Glatt wie poliertes Metall war es, schien das Licht aufzusaugen. Die Konturen erwiesen sich als so seltsam, daß Kira den Kopf nicht vom Schwanz unterscheiden konnte. Doch eins erkannte sie sofort: Sie hatte das Wesen verletzt. Was ihr zuvor wie das Blau eines andorianischen Gesichts erschienen war, erwies sich nun als der Unterleib des Geschöpfs. Der Phaserstrahl hatte dort ein glänzendes, wie verbrannt wirkendes Saphirblau geschaffen.

Das Blut der Bajoranerin bildete Streifenmuster auf dem Boden, als das Wesen blind umhertastete.

»Major?«

Ruckartig drehte sie den Kopf und hielt Ausschau. »Wo sind Sie?« Sie hatte diese Frage gerade erst gestellt, als sie spürte, wie ihr etwas Dünnes über den Mund glitt. Sie schauderte, als sich irrationales Unbehagen in ihr bildete. »Ich ... Odo!« Sie erinnerte sich plötzlich an seine Bitte und ließ langsam den Phaser sinken. Das Gewebe des Gestaltwandlers umhüllte sie ganz.

»Das Geschöpf scheint mich nicht wahrnehmen zu können«, stellte Odo ruhig fest. Vermutlich hatte er eine vibrierende Verbindung zu Kiras Ohr hergestellt; auf ähnliche Weise hatte er durchs geschlossene Visier des Raumhelms mit ihr gesprochen. »Oder es kann nichts mit mir anfangen. Wie dem auch sei: Dies ist offenbar die eleganteste Lösung des Problems.« Er schwieg einige Sekunden lang, als das Ding in die Jeffriesröhre zurückwich. Kira hörte das Klicken metallener Füße, als sich das Wesen entfernte. »So ist es schon besser.« Odos Masse übte kurzen Druck auf

Kiras Brust aus, wie eine schnelle Umarmung. Der Insignienkommunikator piepte. »Medizinischer Nottransport. Transferfokus auf das ID-Signal dieses Kommunikators richten.«

»Nein!« Kira stand auf und taumelte, als schier unerträglicher Schmerz ihr den Atem nahm und das Bild vor ihren Augen verschwimmen ließ. »Transferieren Sie mich nicht, Odo! Das ist ein Befehl!«

Er wich sanft von ihr fort, glitt durch die Finger einer Hand, die vergeblich versuchten, ihn festzuhalten. »Tut mir leid, Major, aber ohne Sie komme ich in einer Jeffriesröhre schneller voran.« Am Zugang des Tunnels verharrte er kurz und formte ein zuversichtliches Gesicht, das zu ihr zurücksah. »Keine Sorge – nach meiner Rückkehr bekommen Sie einen vollständigen Bericht.«

»Odo!« Kira wollte sich auf ihn werfen, um dafür zu sorgen, daß er zusammen mit ihr transferiert wurde – damit ihn das Etwas nicht zerfetzte oder auf eine andere Weise umbrachte. Doch sie kam nur einen Schritt weit, bevor das Prickeln des Transporterstrahls sie erfaßte. Sie versteifte sich, und die Umrisse ihrer Umgebung lösten sich auf, als sie nach Luft schnappte, um einen zornigen Schrei auszustoßen.

15

Stimmen erklangen im Nichts des Transfers, wurden mal lauter und mal leiser, wie das Donnern einer fernen Brandung.

»... mit ihnen reden, können wir sie nur von innen her aufhalten ...«

»... ist das Neurotransmitterniveau inzwischen wesentlich stabiler ...«

»... mit dem reden, was gefressen wurde, einen holen und mit dem sprechen, was sich in seinem Innern befindet ...«

Zum erstenmal versuchte Jadzia, die quantentiefe Resonanz zwischen den beiden Symbionten in echte Konversation zu verwandeln. »Ich bin ihnen begegnet«, erwiderte sie und formte die Worte mit ihren Gedanken. »Den fremden Wesen, vor denen du mich gewarnt hast.«

Ein Funken schien über eine unermeßliche Kluft aus Zeit und Raum hinwegzuspringen. *»... mit dem gesprochen, was gefressen wurde?«* fragte ein fernes, älteres Echo der vertrauten Symbiontenstimme.

»Ja, mit einem Jem'Hadar. Er meinte, die Wesen töten uns, weil sie es auf unsere DNS abgesehen haben.«

»Nicht töten, trennen. Trennen und die DNS teilen. Trennen und die Großhirnrinde teilen.«

»Sie übernehmen Wissen und Erinnerungen der absorbierten Organismen?« Sie wußte nicht, ob diese Frage von Jadzia oder Dax stammte, aber die Antwort kam mit Nachdruck.

»Ja! Finde einen, der euch hilft ...«

»Bitte reichen Sie mir den Thermodiffusor, Chief …«

»… versuche ich, dafür zu sorgen, daß Julian versteht.«

Jadzia spürte eine Trauer, die nicht aus ihrem eigenen Innern stammte, sondern sie zusammen mit dem letzten übermittelten Gedanken erreichte. »Was soll er verstehen?«

»Daß es besser gewesen wäre, wenn ihr mich mitgenommen hättet.«

»Alles in Ordnung, alter Knabe?«

Dax öffnete die Augen und merkte plötzlich, daß sich die Starre des Transfers vollkommen verflüchtigt hatte. Sie schüttelte ein seltsames Gefühl von Déjà-vu ab, das bei der Kommunikationstrance in ihr entstand.

»Ja, Benjamin. Ich habe vom alten Dax weitere Informationen über die fremden Wesen bekommen.« Sie sah sich um und stellte fest, daß nur vier in staubige Schutzanzüge gekleidete Gestalten im Vorbereitungsraum der *Defiant* standen. Zwei Sicherheitswächter entfernten stumm die Energiekapseln aus ihren Phasergewehren. »Was ist mit dem Alien passiert, der uns unmittelbar vor dem Transfer angriff?«

»Keine Ahnung.« Sisko streifte die Handschuhe ab und schlug sie gegen den Oberschenkel, schuf auf diese Weise eine dichte Staubwolke. »Ich weiß auch nicht, was mit Fähnrich Goldman passiert ist. Offenbar hat Eddington beide in der Raumstation gelassen.«

»Nein, Captain«, brachte Heather Petersen atemlos hervor. Sie kam herein und erweckte den Eindruck, den ganzen Weg vom Transporterraum hierher gelaufen zu sein. »Ich habe sowohl den Fähnrich als auch das Wesen in Stasiskammern der Krankenstation gebeamt.«

»Leben sie noch?« fragte Sisko. Er griff nach dem Ellenbogen der jungen Frau und führte sie in Richtung Tür zurück. Dax trennte sich von Handschuhen und Helm, folgte dann dem Captain und der Kadettin zum nächsten Turbolift.

»Goldman lebte noch, als wir ihn an Bord beamten, doch die Bioindikatoren zeigten bei ihm schwere innere Verletzungen an. Ich habe noch nicht mit der Medizinerin gesprochen, glaube jedoch, daß er in der Stasis bleiben muß, bis wir *Deep Space Nine* erreichen.«

»Brücke«, wies Sisko den Computer des Turbolifts an und wandte sich dann wieder an Petersen. »Was ist mit dem fremden Wesen, das ihn angriff?«

»Es wurde ebenfalls transferiert. Ich habe die beiden Transfermuster voneinander getrennt und die Rematerialisierung in verschiedenen Stasisbehältern stattfinden lassen.«

Bei diesen Worten der jungen Frau hob Dax die Brauen. Sie wußte: Selbst Chief O'Brien wäre es sehr schwer gefallen, so komplexe Berechnungen rechtzeitig genug durchzuführen, um einen stattfindenden Transfer zu beeinflussen. »Ich bin mir allerdings nicht sicher, ob das Geschöpf noch lebt. Wahrscheinlich traf nur ein Teil von ihm bei uns ein.«

»Das könnte ein Vorteil sein«, erwiderte Dax. »Wenn es uns gelingt, bestimmte Teile der vom Alien absorbierten Hirnmasse zu aktivieren ...«

Die Tür des Turbolifts öffnete sich mit einem leisen Zischen und gab den Weg frei zur Brücke der *Defiant*. Der Hauptschirm zeigte noch immer die farblichen Markierungen der fokussierten Sensorreflexion.

Siskos Züge verhärteten sich. »Derzeit sollten wir keine wissenschaftlichen Experimente durchführen, Dax. Ich möchte zunächst feststellen, ob wir in Sicherheit sind.« Er trat an Eddington heran und legte ihm die Hand auf die Schulter, was den Sicherheitsoffizier veranlaßte, überrascht aufzusehen. »Irgendwelche Bewegungen von der Jem'Hadar-Station, Commander?«

»Darauf deutet nichts hin, Sir.« Er zeigte zum Hauptschirm, wo sich die weißen und grünen Muster in der Raumstation verändert hatten. »Die fremden Wesen durchsuchen den Bereich, in dem Sie sich aufgehalten haben. Aber es gibt keine Anzeichen dafür, daß sie ins All vorstoßen. Vermutlich waren sie nicht in der Lage, den Transporterstrahl zum Schiff zurückzuverfolgen.«

»Gut.« Sisko ließ sich in den Kommandosessel sinken, und wieder wogte Staub. »Normalerweise würde ich jetzt eine Besprechung der Führungsoffiziere anberaumen, aber ich glaube, das ist gar nicht nötig – wir sind bereits alle zugegen. Steh nicht einfach so da, Dax – setz dich.«

Sie bedachte ihn mit einem verärgerten Blick, nahm jedoch an den Pilotenkontrollen Platz. »Es besteht keine Gefahr, daß ich zusammenbreche, Benjamin. Ich bin nicht plötzlich zur Epileptikerin geworden.«

»Es spielt gar keine Rolle, zu was du geworden bist, alter Knabe. Fest steht: Du bist nicht durchsichtig und hast mir die Sicht auf den Hauptschirm versperrt.« Wieder beobachtete Sisko die grünen und weißen Markierungen jener Sektionen der Raumstation, die von den fremden Wesen kontrolliert wurden. »Was ist mit dem Kurs der Basis, Eddington?«

Der Sicherheitsoffizier räusperte sich; er schien auf diese Frage gewartet zu haben. »Ich habe das Analysepotential der taktischen Sensoren bis auf eine Sechzehntel Bogensekunde verbessert, Captain. Die Raumstation der Jem'Hadar hält genau aufs Wurmloch zu und wird es in knapp siebzehn Stunden erreichen.«

Sisko brummte bestätigend. Eddington wirkte enttäuscht, und Dax wandte sich halb ab, um ein Lächeln zu verbergen. Man mußte Benjamin Sisko etwas länger kennen, um zu wissen, daß er mit Komplimenten nicht sehr großzügig umging. Eddington fehlten entsprechende Erfahrungen – er versuchte immer wieder, ein Lob zu bekommen.

»Na schön, Petersen, jetzt sind Sie an der Reihe.« Sisko drehte den Kommandosessel und sah die Kadettin an. »Was haben Ihre Elaborationen der *Sreba*-Daten ergeben?«

Petersen zögerte kurz. »Nun ... Lieutenant Dax hat fast alle wissenschaftlichen Daten kopieren können, die T'Kreng während der Passage durchs Wurmloch aufzeichnete. Mit einem numerischen Modell der im Zeitstrom nach vorn gerichteten Subraum-Echos konnte ich Zeitpunkt und Ort des temporalen Risses feststellen. Die Singularitätsmatrix wird im hiesigen Teil des Wurmlochs reißen, und zwar in etwa achtzehn Stunden. Plus minus vierzig Minuten, Sir«, fügte sie in einem entschuldigenden Tonfall hinzu.

In Siskos Mundwinkeln zuckte es kurz. »Ein akzeptabler Fehlerspielraum. Den Fremden bleibt also eine Stunde, um die Raumstation nach ihrer Ankunft im Zugangsbereich des Wurmlochs explodieren zu lassen.«

»Aber welchen Grund könnten sie dafür haben?« fragte Eddington. »Sie scheinen kaum intelligent zu sein.«

»Vielleicht verfügen sie gar nicht über Intelligenz, so wie wir sie verstehen«, entgegnete Dax. »Aber sie sind imstande, DNS und Hirnmasse intelligenter Lebensformen nicht nur aufzunehmen, sondern auch für ihre eigenen Zwecke zu verwenden. Warum sie eine solche Aktivität entfalten ...« Die Trill zögerte und spürte das mentale Pulsieren zwischen den beiden Symbionten. Sie verglich es mit einem hin und her schwappenden Gezeitenstrom unter einer Brücke namens Jadzia.

»Der alte Dax begegnete solchen Wesen in jener Zeit, in die das Wurmloch versetzt wird«, fuhr sie fort. »Die Geschöpfe in der Raumstation versuchen vielleicht, zu ihren Artgenossen in der Vergangenheit zu gelangen. Oder es geht ihnen darum, sie in die aktuelle Gegenwart zu holen.«

»Was auch immer sie planen – wir können nicht zulassen, daß sie einen temporalen Transfer des Wurmlochs herbeiführen«, sagte Sisko entschieden. »Wir müssen die Basis der Jem'Hadar zerstören, bevor die Singularitätsmatrix beschädigt wird. Irgendwelche Ideen?«

»Ich habe keine Idee anzubieten, nur einen Hinweis«, sagte Dax ernst. »Die Fremden sind in der Lage, den Ausgangspunkt von energetischen Entladungen zu orten, was für uns bedeutet: Wir müssen die Raumstation sehr schnell zerstören. Sonst destabilisieren die Fremden unsere Schilde, und dann erleidet die *Defiant* das gleiche Schicksal wie das Kampfschiff der Jem'Hadar.«

»Kann unsere besondere Panzerung keinem Angriff mit Difluor standhalten?« fragte Sisko.

»Höchstens eine Minute lang, mehr nicht«, erwiderte Dax.

Sisko wandte sich an den Sicherheitsoffizier. »Und wie lange dauert es, bis Strukturlücken in unseren Schilden entstehen?«

Eddington berührte Schaltflächen und übermittelte dem taktischen Computer eine entsprechende Anfrage. Er schien sich darüber zu ärgern, nicht selbst daran gedacht zu haben. »Unsere Schilde halten etwa vier Minuten lang durch, Sir.«

»Das heißt also, für den Angriff bleiben uns maximal fünf bis sechs Minuten.« Sisko trommelte mit den Fingern auf die Armlehne des Kommandosessels. »Wieviel Zeit ist notwendig, um den Stützpunkt der Jem'Hadar zu vernichten, Mr. Eddington?«

Diesmal hatte der Sicherheitsoffizier die Antwort parat. »Mit den Phasern müßten wir aus geringer Entfernung acht Minuten lang auf die Station feuern, um sie zu zerstören. Bei der gegenwärtigen Distanz wäre doppelt soviel Zeit erforderlich.«

»Die Phaser nützen uns also nichts«, meinte Sisko. »Und wenn wir alle unsere Quantentorpedos einsetzen?«

»Das würde die Gefechtsreichweite erhöhen und die Angriffszeit auf unter vier Minuten verringern. In diesem Zusammenhang gibt es allerdings ein Problem. Wir müssen zunächst eine komplette Strukturanalyse durchführen, um die schwachen Punkte der Station festzustellen. Andernfalls gäbe es keine Garantie für eine völlige Vernichtung.«

»Und wieviel Zeit brauchen wir für eine solche Analyse?«

»Etwa eine Stunde.«

Sisko sah zum Hauptschirm, der nach wie vor die relativ langsam fliegende Raumstation zeigte. »Bisher deutet alles darauf hin, daß wir uns nicht beeilen müssen, Commander. Beginnen Sie mit der Strukturanalyse. In der Zwischenzeit ...« Er stand auf und trat zur modifizierten Navigationskonsole. »Wie wär's, wenn du jetzt herausfindest, wie es um das an Bord gebeamte fremde Wesen steht, alter Knabe?«

»Das wollte ich gerade vorschlagen«, erwiderte Dax. »Kann mir Fähnrich Petersen dabei helfen, das Stasisfeld zu deaktivieren?«

»Nehmt auch noch einen Sicherheitswächter mit.« Sisko streckte den Arm aus und hielt die Trill fest, als sie sich abwenden wollte. »Und noch etwas. Wenn du das Geschöpf untersucht hast ... Finde heraus, wie man es töten kann. Ich glaube, wir brauchen solche Informationen.«

»Odo, *verdammt*!«

Bashir drehte abrupt den Kopf, von der lauten Stimme ebenso überrascht wie von dem Zorn in ihr. An diesem Tag schien das Ungewöhnliche zur Norm zu werden. Inzwischen war fast der Punkt erreicht, an dem der Arzt das Summen des Transporters fürchtete.

»Übernehmen Sie«, wandte er sich an die Assistentin. Sie nickte, trat vor ihn und übernahm den Regenerierungsstab, damit es bei der Behandlung nicht zu einer Unterbrechung kam. Sie hatten jetzt ein Stadium erreicht, in dem sie den beiden Patienten nur noch mit einem Cloningtank und einem voll ausgerüsteten Rehabilitationslabor weiterhelfen konnten. Unter solchen Umständen konnte Pak Dorren dem Arzt wohl kaum einen Vorwurf daraus machen, daß er die beiden verletzten Milizionäre der Obhut einer medizinischen Assistentin überließ.

»He, wohin wollen Sie?« entfuhr es Dorren, doch Bashir achtete nicht darauf und verließ die Intensivstation, davon überzeugt, daß ihm die ältere Bajoranerin folgte. Während der vergangenen beiden Stunden hatte sie sich ständig in der Nähe aufgehalten und immer wieder die Behandlung kommentiert, trotz der Bitte des Arztes, still zu sein. Die Vorstellung, daß sie auch bei einem zweiten Notfall nicht von seiner Seite wich, erschien Bashir unerträglich. Er spielte mit dem Gedanken, sie unter irgendeinem Vorwand zu Odo zu schicken oder in einem Schrank einzusperren, bis sich die Situation wieder normalisiert hatte.

Als er den Hauptraum der Krankenstation erreichte, verschwanden die Gedanken an Pak Dorren abrupt aus ihm. Der Geruch von Blut und Säure wehte ihm entgegen.

Er setzte den Weg fort und versuchte dabei, die Situation zu erfassen: Kiras schmerzerfülltes Keuchen, als sie in Richtung Ausgang wankte; dunkle Blutflecken, die sich unter ihr auf dem Boden bildeten; ein leises Zischen, das auf verbrennende, sich auflösende Haut hinwies. Sie torkelte, und Bashir hielt sie an der Hüfte fest. Er vermied jeden Kontakt mit dem verletzten Arm, als er sie zur Untersuchungsliege führte. »Immer mit der Ruhe, Major ...«

»Lassen Sie mich gehen!«

Sie hätte ihn vermutlich geschlagen, wenn sie kräftig genug gewesen wäre. Mit sanftem Nachdruck geleitete Bashir Kira zur Liege, und unterwegs versuchte sie immer wieder, Widerstand zu leisten. »Kommt nicht in Frage. Erst sehe ich mir Ihren Arm an.«

Vorsichtig half er Kira, sich auf die Liege zu setzen. Pak eilte herbei, um ihm zu helfen, und er warf ihr nur einen kurzen Blick zu.

»Was ist passiert?« fragte er Kira und bedeutete Pak Dorren, eine Medo-Tasche von der anderen Seite des Raums zu holen.

Kira blinzelte und schien erst jetzt zu begreifen, wo sie sich befand. Mit benommener Gleichgültigkeit blickte sie auf die blutverschmierten Wunden an ihrem rechten Arm. »Keine Ahnung«, brachte sie verwirrt hervor.

»Sie wissen es nicht?« Pak Dorren kehrte mit einem skeptischen Schnaufen zurück und reichte Bashir die Tasche, ohne seinen finsteren Blick zur Kenntnis zu nehmen. »Hat Ihnen der Arm etwa nicht den ganzen Tag über Gesellschaft geleistet?«

Kira sah sie an, und Wut flackerte in ihren Augen. »Ich weiß nicht, wie ich es erklären soll!«

»Das ist etwas anderes, als keine Ahnung zu haben, oder?«

Bashir hob eine mahnende Hand und öffnete den Mund, um Pak aus der Krankenstation zu verbannen. Doch er überlegte es sich anders, als sein Blick aus reiner Angewohnheit zu den Anzeigen des diagnostischen Scanners glitt. Ein einzelnes chemisches Symbol schien ihm entgegenzuspringen, und jähe Sorge erfaßte ihn. *»Maile!«*

Die Assistentin eilte herbei, noch bevor die Stimme des Arztes ganz verklungen war. Er hörte ihre Schritte, wandte sich jedoch nicht um. Statt dessen griff er nach dem rechten Arm Kiras und hielt ihn so, daß er nicht den Rest des Körpers berührte.

»Bringen Sie mir die Instrumente, die wir vorhin in der Intensivstation verwendet haben«, sagte er und suchte nach irgend etwas, um Kiras Arm nicht mit bloßen Händen anfassen zu müssen. »Und einen osteodermalen Regenerator! Und einige Körpertücher aus Polyteflon!«

Maile war bereits losgelaufen, aber Bashir vertraute darauf, daß sie alle benötigten Dinge mitbrachte, auch wenn sie seine letzten Worte vielleicht nicht gehört hatte. Er entnahm der Medo-Tasche einen Injektor, justierte ihn mit dem Daumen, hielt ihn an Kiras Hals und betätigte den Auslöser. Wenn die Bajoranerin glaubte, jetzt Schmerzen zu haben ... In einigen Minuten würde sie sich wünschen, nicht mehr in ihrem eigenen Körper zu stecken. Deshalb hatte er ihr gerade ein starkes schmerzstillendes Mittel verabreicht, um die Pein von ihr fernzuhalten, während er sich bemühte, den von der Säure angerichteten Schaden zu begrenzen. Er neigte den Arm zur Seite, hielt den Rand des Ärmels mit einer Zange und verwendete ein Laserskalpell, um den Stoff bis zum Ellenbogen aufzuschneiden.

»Was ist denn los?« fragte Kira. Aufgrund der Pupillenerweiterung wirkten ihre Augen dunkler als sonst. Sie beobachtete die vorsichtigen Bewegungen des Arztes, als er den Ärmel zur Seite zupfte. Darunter kam blasige Haut zum Vorschein. »Was hat mir das Ding angetan?«

Bashir sah sie an und versuchte, aufmunternd zu lächeln, ließ dann einen weiteren blutigen Stoffstreifen im Abfallbeseitiger neben der Liege verschwinden. Mit einem leisen Zischen löste er sich im Desintegrationsfeld auf. »Was auch immer mit Ihnen geschehen ist – wir bringen es wieder in Ordnung.« *Das hoffe ich jedenfalls.* »Sie können schon bald ins Ops zurück, das verspreche ich Ihnen.« *Vorausgesetzt, wir lösen das Problem der Kontamination mit einer transperiodischen Substanz.*

Maile kehrte mit den Tüchern und Instrumenten zurück. Bashir scannte die eigenen Hände, suchte dort nach Spuren der Säure, während seine Assistentin die Tücher auf der Liege ausbreitete und dann dafür sorgte, daß sich Kira auf ihnen ausstreckte.

»Sie haben nicht nur einige tiefe Fleischwunden erlitten, sondern auch von Difluorsäure hervorgerufene

Verbrennungen«, sagte er, während er auf den Diagnoseschirm sah, der ihm das Ergebnis des Scans zeigte. Neben ihm fuhr Maile damit fort, blutige Stofffetzen vom Abfallbeseitiger auflösen zu lassen. »Hinzu kommen Blutverlust und eine Kompressionsfraktur in Ihrem Oberarm. Ich habe Ihnen etwas gegen die Schmerzen gegeben, doch es wird eine Weile dauern, die Säure zu neutralisieren. Sobald das erledigt ist, kümmern wir uns um den Rest.«

Das Ergebnis des Scans war negativ, und Bashir atmete erleichtert auf: Er selbst blieb von der Kontamination verschont.

»Difluorsäure?« wiederholte Kira verwundert.

»Ja.« Bashir legte den Scanner wie beiläufig zur Seite und griff statt dessen nach dem Subraum-Umkehrer. »Difluor ist ein seltenes transperiodisches Element, Major. Ich wußte gar nicht, daß sich eine solche Substanz an Bord von *Deep Space Nine* befindet. Wo und auf welche Weise sind Sie damit in Kontakt geraten?«

Kira sah ernst zu ihm auf. »Ein Andorianer hat mich gebissen.«

Bashir musterte sie verblüfft, und Pak schnaubte abfällig.

»Na schön, es war kein Andorianer«, brummte Kira, bevor die ältere Bajoranerin einen Kommentar abgeben konnte. »Aber das Wesen sah zunächst wie ein Andorianer aus. Ich meine, ich hielt es zuerst für einen. Aber dann ...« Sie schüttelte den Kopf, und Bashir beobachtete, wie sich ihre Augen trübten – das schmerzstillende Mittel begann erst jetzt richtig zu wirken.

»Odo verfolgt das Wesen ...«, fügte Kira noch etwas benommener hinzu. »Er meinte, es sei nicht imstande, ihn zu sehen ...«

Die Lider kamen herunter, und Bashir unternahm nichts dagegen, daß die Bajoranerin einschlief. Sie brauchte Gelegenheit, neue Kraft zu schöpfen. Außerdem würde sie später, wenn die Behandlung mit dem

Osteoregenerator begann, kaum Ruhe finden, denn das beschleunigte Zusammenwachsen der Knochen verursachte ein unangenehmes Jucken. Bashir strich noch einmal mit dem Subraum-Umkehrer über den Arm und ließ sich dann von einem weiteren Scan bestätigen, daß alle Difluorpartikel in die transperiodische Sphäre zurückgekehrt waren.

»Wenn Odos Körperstruktur Silikate aufweist, sollte er wirklich hoffen, daß ihn der ›Andorianer‹ nicht sehen kann«, meinte Pak Dorren.

Von Terroristen hatte Bashir nicht erwartet, daß sie Worte wie ›Silikate‹ kannten. Er maß die ältere Bajoranerin mit einem nachdenklichen Blick und nahm den Geweberegenerator, um die schlimmsten Fleischwunden in Kiras Arm zu schließen. »Was wissen *Sie* über Difluor?«

Pak zuckte mit den Schultern und wirkte ein wenig überrascht. »Zusammen mit einem Kohlenstoffstöpsel kann man die Substanz als Verzögerungszünder für Bomben benutzen.« Es klang so, als sei allgemein bekannt, wozu man illegal erworbene transperiodische Substanzen verwenden konnte. Nun, vielleicht wußten tatsächlich alle bajoranischen Milizionäre darüber Bescheid.

»Hatten Sie einen Vorrat davon an Bord Ihres Schiffes?« erkundigte sich Bashir.

Pak lachte. »Sind Sie übergeschnappt? Das Zeug ist viel zu gefährlich. Wir bewahren es in speziellen planetaren Lagern auf, bis wir es brauchen.« Sie bemerkte etwas im Gesicht des Arztes und neigte argwöhnisch den Kopf zur Seite. »Warum fragen Sie?«

»Vielleicht deshalb, weil die beiden verletzten Mitglieder Ihrer Crew ebenfalls Difluor-Verbrennungen aufweisen«, erklang eine trockene Stimme von der Tür her. »Das stimmt doch, Doktor, oder?«

»Ja.« Bashir drehte den Kopf und sah Odo. Seine Stimme klang wie immer, doch dieser Umstand beruhigte den Arzt kaum. Abgesehen davon, daß er die gewölbten Hände aneinanderpreßte, sah der Constable so aus wie immer. Nichts deutete darauf hin, daß er an diesem Nachmittag etwas Außergewöhnliches erlebt hatte.

»Haben Sie den Andorianer gefunden, von dem Kira angegriffen wurde?« fragte Bashir.

»In gewisser Weise.« Odo hob die miteinander verbundenen Hände zu einer Geste, die sowohl erklärend als auch entschuldigend wirkte. Im Innern der glänzenden, transparenten Masse zeigte sich ein dicker, weißer Wurm, der mehrmals um sich selbst geschlungen zu sein schien. Stummelförmige Beine zuckten immer wieder. »Ich schlage vor, Sie bringen dieses Wesen in einem Stasisfeld unter, bevor Sie sich eingehender damit beschäftigen, Doktor. Auf dem Weg hierher habe ich alles versucht, aber offenbar gibt es keine Möglichkeit, das Geschöpf zu töten.«

16

Das fremde Wesen lebte noch. – »Es ist mir ein Rätsel, wie es noch am Leben sein kann«, sagte die bajoranische Medizinerin Yevlin Meris, die Bashir an Bord der *Defiant* vertrat. »Allem Anschein nach wurde nur die Hälfte von ihm hierher transferiert.«

Dax betrachtete den abgetrennten Bereich der metallenen Hülle, die in einem Stasisbehälter der Krankenstation lag. Gewebefasern ragten daraus hervor. »Weniger als die Hälfte«, erwiderte sie. »An Bord der Raumstation war das Geschöpf mehr als zwei Meter lang. Haben Sie bei der partiellen Deaktivierung des Stasisfelds wirklich biologische Aktivität festgestellt?«

»Sehen Sie selbst.« Yevlin reichte Dax ihren medizinischen Tricorder und betätigte die Stasiskontrollen. Das Glühen des Kraftfelds löste sich teilweise auf, und sofort registrierte das Ortungsgerät Stoffwechselfunktionen, Zellteilung und Synapsenaktivität. Die beiden aus der Hülle ragenden und mit Gelenken versehenen Gliedmaßen bewegten sich ganz langsam, so als wollten sie die Grenzen ihres Gefängnisses erkunden.

Yevlin Meris stellte rasch die volle Stasis wieder her. »Nun?«

»Ja, Sie haben recht.« Dax rejustierte den Tricorder auf eine Sondierung der neuralen Verbindungen und begann dann mit einem entsprechenden Scan. »Ich glaube, es liegt an dem weitverzweigten zerebralen System. Es fehlt ein zentrales Gehirn, und das bedeutet: Selbst kleine Fragmente der Hirnmasse haben die

Möglichkeit, unabhängig voneinander zu denken und zu funktionieren – sie sind nur nicht so intelligent wie der gesamte Organismus.« Sie wiederholte den Scan, hielt diesmal nach Dilithium und Difluor Ausschau. »Offenbar erzeugt und speichert das Wesen transperiodische Elemente im Schalenmaterial der Beine.« Sie sah zu Fähnrich Pritz, die am Eingang der kleinen Krankenstation stand. »Wenn wir die volle Stasis für jene Stellen bewahren, sollte keine Gefahr bestehen.«

»Na schön.« Die Sicherheitswächterin hob ihr Phasergewehr. »Trotzdem möchte ich jederzeit imstande sein, auf die weiche Masse des Unterleibs zu feuern, Lieutenant. Soweit wir bisher wissen, können Phaserstrahlen nur dort Schaden anrichten.«

Dax nickte bestätigend. »Yevlin, können Sie das Wesen so drehen, daß der Bauch nach oben zeigt?«

Die Assistentin streckte erneut die Hand nach den Kontrollen aus, und es summte leise, als das erstarrte Geschöpf in Bewegung geriet – es drehte sich, bis die untere Seite nach oben wies. Das Gewebe bestand aus dicken Muskelfasern, die sich um drahtseilartige Bänder wanden. Es zeigten sich nur wenige Sinnesorgane oder komplexere Strukturen. Krenelierte Verwachsungen aus grauem Hirnmaterial ruhten in Gallerttaschen, wirkten wie exotische Perlen in der Fleischmasse. Dax betrachtete sie aufmerksam und sah dann zu Heather Petersen.

»Können Sie den Stasisgenerator so programmieren, daß er einzelne Hirnmassenbereiche aus der Stasis entläßt?«

Die Starfleet-Kadettin öffnete die Kontrolleinheit und warf einen Blick auf die Schaltkreise. »Einzelne Bereiche lassen sich vermutlich nicht isolieren. Aber vielleicht ist es möglich, jeweils ein Band aus der Stasis zu holen. Dazu brauche ich einen Phasenmodulator.«

»Hier.« Yevlin reichte ihr eine kleinere, medizinische

Version des Geräts. »Wie kann ich Ihnen helfen, Leutenant?«

»Mit einer allgemeinen genetischen Analyse der Hirnsubstanz.« Dax reichte ihr den medizinischen Tricorder und holte ein Translatormodul hervor. »Die fremden Wesen beziehen ihre Hirnmasse von den Organismen, die sie in sich aufnehmen. Wir müssen die anderen Lebensformen identifizieren, bevor ein Versuch lohnt, mit ihnen zu reden.«

»Sie wollen mit ihnen *reden*?« Yevlin warf Pritz einen ungläubigen Blick zu. Die Sicherheitswächterin zuckte nur mit einer Schulter, zielte auch weiterhin auf das Geschöpf in der Stasiseinheit. »Halten Sie es für möglich, mit Teilen absorbierter Hirnmasse zu kommunizieren?«

Dax sah zu ihr auf. »Es klingt seltsam, nicht wahr? Aber ich bin ziemlich sicher, daß sich so etwas tatsächlich bewerkstelligen läßt.« Sie hob den Translator. »Ich habe die Programmierung dieses Geräts verändert. Es reagiert jetzt nicht mehr auf Schallwellen, sondern auf mikroelektrische Synapsenaktivität. Damit sollten wir in der Lage sein, alle bewußten und unbewußten Sprachmuster in den Hirnsubstanzen zu empfangen.«

»Und wie wollen Sie antworten, Lieutenant?« fragte Pritz.

»Das will ich gar nicht«, erwiderte Dax. »Wir lauschen einfach nur und hoffen, daß wir dabei etwas Interessantes in Erfahrung bringen.«

Petersen schnitt eine skeptische Miene. »Aber woher sollen die absorbierten Bewußtseinsstrukturen wissen, daß wir zuhören? Können wir sie nicht irgendwie darauf hinweisen?«

Dax wechselte einen nachdenklichen Blick mit Yevlin Meris. »Wie wär's mit einer Adrenalininjektion? Oder mit mikroelektrischen Schocks?«

Die bajoranische Medizinerin schüttelte den Kopf. »Ein externer magnetischer Impuls könnte bessere

Dienste leisten. Wir leiten ihn direkt durch das Stasisfeld, und er wirkt so auf das neurale Material, daß es dort zu einer internen elektrischen Stimulation kommt. Angesichts der Größe der Hirnfragmente sollte es möglich sein, allein mit dem magnetischen Resonanzsensor des Tricorders eine ausreichend hohe Feldstärke zu gewährleisten.«

Yevlins intuitiver Sprung entlockte Dax ein Lächeln. Offenbar war Bashir nicht nur ein guter Arzt, sondern auch ein ausgezeichneter Mentor. »Klingt gut«, pflichtete sie der Bajoranerin bei. »Beginnen wir mit dem kortikalen Band auf meiner Seite des Stasisbehälters.«

»Stasis für das erste Band wird deaktiviert.« Petersens Phasenmodulator summte, und ein langer Streifen des Stasisfelds verschwand. »Vielleicht muß das Wesen mit Hilfe der Feldgeneratoren richtig ausgerichtet werden, um das ganze Band aus der Stasis zu entlassen.«

Yevlin bediente die Kontrollen der Antigravmodule und bewegte das Geschöpf, bis der lange, von Gallert umgebene Strang ganz im deaktivierten Bereich des Stasisfelds lag. »Neutralisierung der Stasis komplett. Ich registriere Synapsenaktivität im ganzen Band.« Sie richtete den Tricorder auf das erste Segment aus Hirnmaterial, betrachtete das Display und runzelte die Stirn. Wortlos wiederholte sie den Scan.

»Ein Problem?« fragte Dax.

»Die Datenbank des Tricorders enthält keine Informationen über diese besondere DNS, Lieutenant. Sie stammt nicht von einer Lebensform, die wir aus dem Alpha- oder Gamma-Quadranten kennen.«

»Das ergibt durchaus einen Sinn«, sagte Pritz. »Wer oder was auch immer diese Geschöpfe sind: Sie haben sich seit langer Zeit nicht in unserem Teil des Universums aufgehalten.«

»Ja.« Dax blickte auf den Translator, schaltete das Gerät ein und hielt es über die Hirnmasse. »Ohne linguistische Daten hören wir wahrscheinlich nur Kauderwelsch, aber ein Versuch kann nicht schaden. Bitte stimulieren Sie mit einem magnetischen Impuls.«

Yevlin programmierte den Tricorder und richtete ihn auf das kortikale Fragment. Sofort drangen seltsame Laute aus dem Lautsprecher des Translators. Es handelte sich um schnell aufeinander folgende Pfeif- und Klicktöne, die Dax an Delphine erinnerten. Es schien tatsächlich eine Sprache zu sein, doch ohne eine wesentlich größere Datenbasis konnte der Translator nicht übersetzen.

Dax seufzte und trat zurück.

»Die nächste Hirnmasse.«

Diesmal piepte Yevlins Tricorder. »Diese Fragment stammt eindeutig von einem Jem'Hadar. Wir kennen keine andere Lebensform, deren DNS nicht ein einziges überflüssiges Gen enthält. Sind Sie bereit, Lieutenant?«

»Ja.« Dax hielt den Translator über das zweite, zerfasert wirkende Fragment, doch als Yevlin den Impuls auslöste, blieb alles still.

Die Trill warf der Medizinerin einen verwirrten Blick zu. »Haben Sie die Hirnmasse stimuliert?«

Yevlin nickte.

Ein dumpfes Brummen kam aus dem Lautsprecher des Translators, und Dax erhöhte die Lautstärke. »Werde nicht gehorchen, nicht gehorchen, nicht gehorchen ...«, ertönte eine entschlossene Stimme.

»Untergeordnete Gehirne widersetzen sich der Übernahme.« Mikroelektrische Impulse und die Schaltkreise des Translators filterten die Stimme, aber sie war trotzdem unverkennbar. Dax sah zu Heather Petersen und bemerkte Verblüffung in ihrem Gesicht. »Ich habe keinen Kontakt mehr mit den anderen Hirnfragmenten ...«

»Das ist T'Kreng!« Petersen sprang auf und beugte sich über das fremde Wesen, so als könnte sie die Vulkanierin im Durcheinander aus Muskelfasern und Gallertbeuteln erkennen. »In diesem neuralen Band muß sich ein Teil ihres Gehirns befinden – durch den Strang kommuniziert sie mit dem Jem'Hadar!«

»Sondieren Sie das ganze Band und halten Sie dabei nach vulkanischer DNS Ausschau«, wies Dax Yevlin an.

Die Medizinerin rejustierte ihren Tricorder und scannte dann die Hirnmassen. Bei der fünften verharrte sie.

»Dies ist vulkanisches Gewebe, und es stammt von einer Frau. Soll ich einen magnetischen Impuls auslösen?«

»Ja.« Dax wandte sich von der Kante des Stasisbehälters ab, um den Translator auf das fünfte kortikale Fragment zu richten. Sofort drangen die präzisen Worte einer Vulkanierin aus dem Lautsprecher.

»... deutet der Umstand, daß die ambulatorischen Systeme nicht mehr reagieren, auf Stasis hin, woraus sich der Schluß ziehen läßt, daß wir uns an Bord eines Föderationsschiffes befinden. Ich habe den Kontakt zu Solvik und dem Ferengi-Händler verloren. Die von ihnen dominierten Bänder sind entweder noch immer in Stasis oder wurden während des Transfers abgetrennt. Als wir entschieden ...«

»Impuls erfolgt jetzt«, sagte Yevlin.

»Was?« Die Schärfe von Ärger erklang in T'Krengs kristalliner Stimme. »Ich nehme an, daß mir dort draußen jemand zuhört. Wenn Sie nicht besser kommunizieren können, sollten Sie mich sprechen lassen, ohne mir unnötige visuelle Halluzinationen zu bescheren.«

»Es ist wirklich T'Kreng, kein Zweifel,« kommentierte Dax.

»Ich beginne noch einmal von vorn. Hier spricht Professor T'Kreng von der vulkanischen Akademie der Wissenschaften. Ein fremdes Wesen hat mich getötet und absorbiert. Es gehört zu einem Schwarm, der unser Forschungsschiff kurz nach dem Verlassen des bajoranischen Wurmlochs umgab. Mein Großhirn wurde zwischen mehreren Geschöpfen aufgeteilt, aber in diesem Individuum ist genug davon intakt, um mir fast vollständige Kontrolle über seine Aktivitäten zu ermöglichen.«

Dax wölbte die Brauen und sah zu Pritz. »Das könnte der Grund dafür sein, warum wir dieses Wesen abseits der anderen gefunden haben.«

Die Sicherheitswächterin schüttelte verwundert den Kopf. »Aber wenn die Vulkanierin es kontrollierte – warum hat es dann Goldman angegriffen?«

Petersen blickte ernst auf. »Sie ahnen nicht, wie erbarmungslos Professor T'Kreng sein kann. Vermutlich hat sie den Mann angegriffen, um uns zu veranlassen, das Wesen an Bord des Schiffes zu beamen und zu untersuchen.«

»Und der Jem'Hadar, den der Alien bei lebendigem Leib fraß ...«, murmelte Dax. »Vielleicht diente er nur dazu, uns anzulocken.«

»Wenn Sie aus der Föderation stammen, wie ich vermute«, tönte erneut die vulkanische Stimme aus dem Translator, »so muß ich Sie vor der enormen Gefahr warnen, die uns allen droht. Diese fremden Wesen sind imstande, die kortikale Materie der von ihnen absorbierten Lebensformen zu erhalten. Sie formen daraus das organische Äquivalent von Parallelprozessoren und verwenden die einzelnen Hirnmassen, bis ihre Struktur zerfällt, was zu einem völligen Verlust der Wahrnehmungsfähigkeit und der letzten Reste des Eigenbewußtseins führt. Wenn sie sich zu einer Kernmasse versammeln, verbinden die Wesen ihre individuellen neuralen Bänder zu gewaltigen lebenden Supercomputern. Solche Kernmassen sind zu erstaunlichen theoretischen Berechnungen imstande. Das weiß ich aus eigener, direkter Erfahrung. Ich gehörte zu der Kernmasse, die sich in der Jem'Hadar-Station bildete – bis es mir gelang, dieses Individuum zu übernehmen und es fortzubringen.«

Dax staunte stumm. Nur jemand, der so genial – und arrogant – war wie T'Kreng, brachte genug geistige Kraft auf, um sich aus einer so gräßlichen Gefangenenschaft zu befreien. Die Trill mußte sich mehrmals daran erinnern, daß T'Kreng tot war, daß sie nur mit einem Fragment ihres absorbierten Gehirns sprachen.

»Mit Bedauern muß ich feststellen, daß die Fremden vor dem Angriff auf unser Schiff nicht beabsichtigten, das bajoranische Wurmloch zu zerstören«, fuhr die Vulkanierin fort. »Sie führten einfach nur das für sie normale Leben. Vermutlich entwickelten sie sich als Parasiten in einer dicht bevölkerten Region des Alls. Sie trieben im All und griffen alle raumfahrenden Lebensformen an, denen sie begegneten, absorbierten das fremde genetische Material und die Intelligenz ihrer Opfer. Außerdem übernahmen sie die energieerzeugenden Anlagen der jeweiligen Raumschiffe. Vermutlich hätten sie ihr Leben auf diese Weise fortgesetzt, doch der Einfluß von vulkanischem Intellekt und astrophysikalischem Wissen gab jener Spezies ein neues Ziel, das es nun mit allen Mitteln anstrebt.

Durch Kontakte mit den ältesten kortikalen Fragmenten in den neuralen Bändern konnte ich eine Vorstellung von der Geschichte dieser Wesen gewinnen. So zahlreich sie auch erscheinen mögen – früher muß es viel mehr von ihnen gegeben haben. Vor langer Zeit zogen gewaltige Schwärme durch weite Bereiche der Galaxis und zerstörten alle raumfahrenden Zivilisationen, die sie fanden. Es war immer ihr Wunsch, zu ihrer einstigen Größe zurückzukehren. Jetzt, nach einer langen Epoche des Hungers und der Entbehrungen, glauben sie, eine Möglichkeit dazu gefunden zu haben. Mit Hilfe des bajoranischen Wurmlochs wollen sie Zeit und Raum überbrücken und dorthin zurückzukehren, wo ihre letzte große Schlacht stattfand, damals, als sie auf dem Höhepunkt ihrer Macht waren.«

»In jene Schlacht geriet die *Defiant*, als sie in die Vergangenheit versetzt wurde«, sagte Dax leise. Als sie die verwirrten Mienen von Petersen, Yevlin und Pritz sah, schüttelte sie den Kopf und fügte hinzu: »Ich weiß, daß es verrückt klingt. Aber allmählich fügen sich die einzelnen Mosaiksteine zu einem einheitlichen Bild zusammen.«

»Das Wurmloch mit genau der richtigen Energiemenge zu destabilisieren, damit eine Verbindung mit der richtigen Zeit und dem richtigen Ort erfolgt – eine solche Aufgabe ist außerordentlich komplex und schwierig«, fuhr T'Kreng im Tonfall eines Dozenten fort. »Allerdings stehen den Fremden fünfzehn vulkanische Hirne zur Verfügung, darunter auch jene Teile meines eigenen Gehirns, das mein Wissen über Singularitätsmatrizen enthält. Was einzelne Vulkanier kaum verstehen können, sollte für die kollektive Intelligenz der Kernmasse kein unlösbares Problem darstellen.«

Wieder ließ sich Schärfe in T'Krengs Stimme vernehmen, aber diesmal wies sie nicht auf Ärger hin, sondern verlieh den nächsten Worten besondere Bedeutung. »Wer auch immer zuhört: Bitte glauben Sie mir, wenn ich sage, daß die Föderation in großer Gefahr ist. Wenn allen fremden Wesen ein Transfer in unsere Zeit und unseren Quadranten gelingt, so können selbst die vereinten Kräfte von Föderation, Klingonen, Cardassianern und Romulanern nichts gegen die Invasion ausrichten. Dann sind wir ebensowenig in der Lage, ihnen Widerstand zu leisten, wie damals die Furien. Die Parasiten sind mit den ›Unreinen‹ identisch, von denen vor Jahrtausenden die Furien aus dem heutigen Raumgebiet der Föderation vertrieben wurden. Es kommt einer Ironie des Schicksals gleich, daß wir, die wir auf dem verlassenen Schlachtfeld heranwuchsen, nun gegen die damaligen Sieger und Verlierer kämpfen müssen.«

»Es ist natürlich nur ein Teil des Wesens.«

Bashir nickte geistesabwesend, als Odo auf der anderen Seite des offenen Stasisfachs in die Hocke ging, um das Geschehen zu beobachten. Das Kraftfeld flackerte und schimmerte, als der Arzt eine medizinische Sonde in den Körper des fremden Geschöpfes einführte. Durch die energetischen Schlieren verschwammen die Konturen von Odos Gesicht auf der anderen Seite.

»Als der Alien auf Deck sechs ein Eindämmungsfeld der Stufe zwei durchstieß, entschied ich mich gegen den Versuch, das ganze Wesen einzufangen«, fuhr der Constable fort. Sein Blick reichte nun über Bashirs Schulter hinweg, und der Arzt ahnte, was seine Aufmerksamkeit geweckt hatte. Durch die offene Tür der Leichenkammer war Kira zu sehen – sie schlief tief und fest, während Maile ihre Wunden behandelte. »Außerdem hielt ich es für unangebracht, andere Personen in Gefahr zu bringen. Zuerst müssen wir herausfinden, womit wir es zu tun haben.«

»Ich bin froh, daß Sie beschlossen haben, vorsichtig zu sein.« Was das Wesen innerhalb weniger Sekunden mit Kira angestellt hatte, bot einen deutlichen Hinweis auf seine Gefährlichkeit.

Der Arzt schob die Sonde vorsichtig tiefer in das wurmartige Geschöpf, ließ sie dann los und aktivierte den Scan.

Einige Meter entfernt saß Pak Dorren verkehrt herum auf einem Stuhl und trommelte mit den Fingern auf die Rückenlehne, während ihre Füße an die Querstäbe klopften. Unter anderen Umständen hätte Bashir vermutet, daß die Nähe des fremden Wesens – beziehungsweise eines Teils davon – sie nervös machte. Aber inzwischen leistete sie ihm schon seit einigen Stunden Gesellschaft, und daher wußte er: Sie zappelte dauernd. Vielleicht brauchte sie ein Sedativ.

»Glauben Sie, daß sich dieses Dingsbums zusammen

mit uns nach *Deep Space Nine* gebeamt hat?« fragte sie, ohne auch nur eine Sekunde lang stillzusitzen.

Odo richtete sich mit einem leisen Schnaufen auf, verschränkte die Arme und wollte antworten, doch Bashir kam ihm zuvor.

»Nein«, sagte der Arzt und deutete auf den Wurm, in dem die Medo-Sonde steckte. »Das ist ein andorianischer Fühler. Zumindest in gewisser Weise.« Er deutete auf das sanft gewölbte Endoskelett und die scheibenförmige Erweiterung an der Spitze. »Quark meldete seinen andorianischen Gast als vermißt, bevor Pak Dorrens Gruppe eintraf.« Er schüttelte den Kopf, als die ersten Daten auf dem Display der Sonde erschienen. »Wenn dieses organische Segment zu dem Geschöpf gehört, das Major Kira angriff, so ist der Aggressor entweder mit dem Andorianer identisch, oder er tarnte sich mit einem entsprechenden Erscheinungsbild.«

Odo neigte den Kopf ein wenig zur Seite. »Er scheint nicht viel von Quarks rigelianischer Schokolade zu halten.«

»Kann ich ihm kaum verdenken.« Pak Dorren beugte sich vor, um den Inhalt des offenen Stasisfachs in der Leichenkammer etwas besser zu erkennen, ohne dabei ihre sichere Distanz aufzugeben. »Normalerweise sind andorianische Fühler nicht mit Beinen ausgestattet, oder?«

»Normalerweise nicht, nein.« Bashir schwenkte das Display der medizinischen Sonde herum und scrollte durch die Anzeigen, auf der Suche nach vertrauten Mustern. Nach einigen Sekunden hielt er die über den Bildschirm wandernden Darstellungen an und betrachtete eine unterbrochene Kette von Aminosäuren. Vorsichtig zog er die Medo-Sonde aus Körper und Stasisfeld, wählte dann einen anderen Untersuchungspunkt, nur wenige Millimeter vom ersten entfernt. Zuerst wollte die Sonde nicht das mehrgelenkige Bein durchdringen, und Bashir mußte ein wenig mehr Druck ausüben. Als die Schale des Beins schließlich nachgab, glaubte er, ein leises Klicken zu hören. Zufrieden lehnte er sich zurück, startete den neuen Scan und blickte wieder aufs Display, das ihm die Resultate zeigte.

»Das ist seltsam ...«

»Was meinen Sie?« Odo erschien plötzlich neben ihm, und Pak Dorren stand auf, näherte sich ebenfalls. »Was sehen Sie da?«

Viele Dinge. Und er wußte nicht, wie er sie erklären sollte. »Nun, das hier ...« Er öffnete ein zweites Bildschirmfenster und suchte in den Daten des ersten Scans, bis er schließlich die Helixstruktur fand. »Das Chromosomenmuster des Wesens ist fast ganz andorianischer Natur. Diese besondere Verbindung hier ...« Mit dem Zeigefinger deutete er auf eine bestimmte Aminosäurenkette. »Dabei handelt es sich um ein Charakteristikum des Haslev-Rahn-Syndroms, einer Erbkrankheit, an der vor allem die Andorianer der Shesh-Kaste leiden. Aber hier ...« Er zeigte auf eine andere Helix und fragte sich dabei, ob Pak und Odo den Unterschied ebenso deutlich erkennen konnten wie er. »An dieser Stelle sind nicht einmal die gleichen Aminosäuren wie in den andorianischen Chromosomen vorhanden. Trotzdem vereinen sich beide Strukturen in den Genen.«

»Könnte der Andorianer mit irgend etwas infiziert worden sein?« fragte Pak. Sie blickte mit einem Ernst auf die Daten, den Bashir kaum zu interpretieren vermochte. »Viren können sich selbst kopieren und Teile von Chromosomen ersetzen, nicht wahr?«

Es erstaunte ihn, daß die ältere Bajoranerin genug wußte, um eine solche Frage zu stellen. »Hier scheint sich tatsächlich ein virusartiges Verhalten zu manifestieren«, räumte er ein. »Allerdings nicht auf die von Ihnen vermutete Weise.« Er drehte sich um und versuchte, ruhig zu sprechen und verständliche Sätze zu formulieren. Es fiel ihm nicht leicht, denn seine Gedanken rasten und befaßten sich bereits mit den möglichen Konsequenzen der Entdeckung. »Für gewöhnlich verändern Viren keine fremden genetischen Strukturen, sondern ihre eigene. Sie übernehmen individuelle Zellen in einem Organismus und veranlassen sie, Kopien des betreffenden Virus herzustellen. Manchmal nutzen die Viren diesen Vorgang, um einzelne Teile des fremden genetischen Codes in sich aufzunehmen. Dadurch entgehen sie den Versuchen des Immunsystems, die Eindringlinge zu identifizieren und zu vernichten. Darüber hinaus gewinnen sie neue Eigenschaften, die zum Beispiel höhere Widerstandskraft nach erfolgter Infektion zur Folge haben können.« Der Arzt sah wieder zum Stasisfeld und dem seltsamen Geschöpf darin. »Ein erstaunlich eleganter Organismus, wenn man bedenkt, daß er kaum mehr ist als ein Band codierter Proteine.«

»Welche Bedeutung hat dies in bezug auf Quarks verschwundenen Andorianer?« fragte Odo.

Bashir trachtete danach, alle Spekulationen zu verdrängen. »Nun, dies ist kein einfacher Organismus mit ein oder zwei andorianischen Elementen. Wir haben es vielmehr mit einem andorianischen Organismus zu tun, dessen Struktur um einige völlig fremde Funktionen erweitert wurde.« Er lenkte die Aufmerksamkeit der beiden Zuschauer wieder auf den Bildschirm, scrollte durch die Datenflut und deutete gelegentlich auf einzelne Stellen. »Hier haben wir den Code für Verdauungsenzyme. Dieser Bereich des Fühlers könnte also ›essen‹, indem er organisches Material direkt absorbiert. Hier haben wir den genetischen Code für Sinnesorgane, die Licht und Wärme wahrnehmen. Hier sehen Sie den Zentralbereich einer tholianischen elektromagnetischen Organelle. Und das hier …« Er zeigte auf die rechte Seite der Darstellung; seltsame, schnörkelartige Zeichen glitten dort durch ein Bildschirmfenster. »Das ist ein mir unbekannter genetischer Code. Ich vermute, daß hier mindestens drei verschiedene genetische Familien präsent sind, jede von ihnen mindestens zehntausend Jahre alt, nach dem genetischen Zerfall zu urteilen.« Bashir sah über die Schulter. »Es handelt sich hier nicht um einen Andorianer, der von Virus-DNS infiziert wurde. Das Stasisfach beinhaltet eine viroide Lebensform, die den andorianischen genetischen Code aufgenommen hat, um ihn für eigene Zwecke zu verwenden.«

Pak starrte auf die Daten hinab, als könnte sie allein mit Willenskraft dafür sorgen, daß sie verständlicher wurden. »Soll das heißen, meine Schiffe wurden von einem Andorianer angegriffen, den vorher Tholianer verspeisten?«

»Ich bezweifle, daß der andorianische Genotyp bereits dazugehörte, als der Angriff auf Sie erfolgte«, erwiderte Bashir. »Wie dem auch sei: Die von Ihnen entdeckten Duranium-Titan-Spuren könnten durchaus von einem tholianischen Panzer stammen.«

»Aber wie kam das Wesen an Bord der Raumstation?« fragte Odo. »Seit Captain Sisko von Starbase Eins zurückkehrte, findet kein Verkehr mehr statt.« Er warf Pak einen Blick zu, in dem Bashir so etwas wie Spott zu erkennen glaubte. »Und die Sensoren haben uns in letzter Zeit keine im All schwebenden Tholianer gemeldet.«

»Der lethianische Transporter.«

Bashir sprang auf, als Kira hereinwankte. Beim Reinigen der Wunden hatte es Maile offenbar für notwendig gehalten, die Patientin von der Uniformjacke zu befreien – Kira trug nur noch die Hose und ein weißes Baumwollhemd, auf dem sich die Blutflecken deutlicher abzeichneten als auf dem rostbraunen Stoff der Uniform. Die Bajoranerin wirkte dadurch noch blasser und schwächer.

»Das dort hat Paks Streitmacht außer Gefecht gesetzt?« fragte sie und deutete auf das wurmartige Wesen im Stasisfach.

Bashir trat an sie heran und griff nach ihrem Ellenbogen. Er wollte sie schelten, weil sie die Liege verlassen hatte, obwohl die neue Haut erst noch fest werden mußte. Außerdem brauchte sie noch die eine oder andere Bluttransfusion. Dann erinnerte er sich an den organischen Staub am Rand des Transporterfelds, das Pak Dorren und ihre Leute nach *Deep Space Nine* gebracht hatte, an die Wunden der beiden verletzten Milizionäre, die einen Hinweis auf ihren Gegner boten. Wenn sich jene Gefahr jetzt an Bord der Raumstation befand, so spielte es kaum eine Rolle, ob zuwenig Blut in Kiras Adern floß – dann gab es andere, wichtigere Probleme.

»Vermutlich haben Sie recht«, sagte Bashir.

Kira schien seine Gedanken zu erahnen, denn sie stieß seine Hand nicht beiseite, als er sie zum freien Stuhl neben dem Stasisfach führte. »Jetzt wissen wir, wer die Erzfrachter zerstört hat.« Haßerfüllt blickte sie auf das Fragment des fremden Wesens hinab. »Und wer für die Löcher in der Außenhülle des lethianischen Transporters verantwortlich ist.«

Odo nickte langsam. »Die fehlende Crew.«

»Natürlich!« Bashir begriff erst, daß er dieses Wort laut ausgesprochen hatte, als sich alle Blicke auf ihn richteten. Er versuchte, nicht zu aufgeregt zu klingen, als er hinzufügte: »Das Geschöpf hat die Besatzungsmitglieder absorbiert und ihr genetisches Material benutzt.«

Kira biß so fest die Zähne zusammen, daß die Muskeln in ihren Wangen mahlten. »Und es kam in Gestalt einer cardassianischen Wühlmaus an Bord.«

Diese Möglichkeit fiel dem Arzt erst jetzt ein – obgleich Maile von einem schrecklichen Tier berichtet hatte, das aus dem lethianischen Schiff gekommen und irgendwo in der Raumstation verschwunden war.

»Ich weiß nicht, ob das Wesen die Gene einer solchen Wühlmaus absorbiert hat«, sagte Bashir und blickte wieder aufs Display der Medo-Sonde. »Aber eins steht fest: Es hat cardassianische DNS aufgenommen.«

Kira lehnte sich zurück und verzog schmerzerfüllt das Gesicht, bevor sie den Ellenbogen auf den Rand des offenen Stasisfachs stützte. »Na schön. Wie können wir das Biest töten?«

Eigentlich eine ganz einfache Frage. Aber aus irgendeinem Grund hatte Bashir nicht damit gerechnet, daß man die Antwort ausgerechnet von *ihm* erwartete. Zum wiederholten Male seit dem Aufbruch der *Defiant* bedauerte er, nicht auf die Hilfe von Jadzia zurückgreifen zu können.

»Ich weiß es nicht«, erwiderte er.

Pak wandte sich mit einem Fluch ab. Kira rieb sich nur müde die Augen – eine Geste, die seltsame Schuldgefühle in Bashir weckte.

»Das Geschöpf hat keinen Blutkreislauf«, sagte er so, als müßte er sich entschuldigen. »Außerdem fehlen ein echtes Nervensystem und ein Verdauungstrakt. Doch es ist imstande, sich jederzeit mit solchen Dingen auszustatten! Wir reden hier von einem Organismus, dem zahlreiche physische Charakteristiken zur Verfügung stehen. Wenn es Photosynthese braucht, stattet es seine Haut mit Chlorophyll und entsprechenden Pflanzenzellen aus. Es kann zu jedem beliebigen Zeitpunkt Gliedmaßen, Nerven und Organe regenerieren. Abgesehen von der Auflösung auf molekularer Ebene fällt mir keine Methode ein, es zu töten.«

Kira seufzte leise und erwiderte den Blick des Arztes. In ihren müden Augen rangen Enttäuschung und Resignation miteinander. Sie wollte etwas sagen, doch das Piepen ihres Insignienkommunikators hinderte sie daran.

»Major ...« O'Briens Stimme klang so ernst, als hätte er das Gespräch mitgehört, um an der Antwort ebensowenig Gefallen zu finden wie die anderen. »Ich glaube, Sie sollten besser hierher zum Ops kommen.«

Kiras Faust berührte das Stasisfeld, das sofort flackerte und schimmerte. »Ich bin derzeit beschäftigt, Chief.«

»Trotzdem, Ma'am«, beharrte er. »Wir brauchen Sie. Die *Mukaikubo* ist gerade eingetroffen ...«

»Sie können mich auch von hier aus mit Captain Regitz verbinden.«

»Das ist es ja gerade, Major. Bisher sind alle Versuche gescheitert, einen Kontakt mit Captain Regitz herzustellen. Niemand reagiert auf unsere Kom-Signale. Das Schiff scheint leer zu sein.«

17

Irgendwann während der letzten drei Stunden schien das Wurmloch verrückt geworden zu sein.

Ultraviolette Blitze zuckten durchs All, blieben für normale Augen ebenso unsichtbar wie Risse in einem dunklen Spiegel. Doch der Hauptschirm im Ops zeigte alle Einzelheiten. Kira spürte tiefes Unbehagen, als sie beobachtete, wie die *Mukaikubo* vor dem Flackern und Wogen vorbeidriftete. Sie fragte sich, ob sie O'Brien bitten sollte, die UV-Filter zu aktivieren – der Anblick des Chaos wurde immer unerträglicher für sie.

»Wie haben die Wesen das Schiff veranlaßt, den Warptransfer zu unterbrechen?« Eigentlich wollte sie diese Worte nicht laut aussprechen, aber sie kamen ihr trotzdem über die Lippen.

Odo stand neben ihr und beobachtete das Raumschiff mit einer unerschütterlichen Ruhe, um die Kira ihn beneidete. »Vermutlich benutzten sie den gleichen Trick wie bei Pak Dorrens Leuten – sie boten sich den Sensoren als Schiffstrümmer dar.«

Es konnte doch nicht so einfach sein. Nichts sollte die Möglichkeit haben, ein Schiff der Galaxy-Klasse aus dem Warptransit zu locken und zu übernehmen, ohne daß sich die Crew zur Wehr setzen konnte. Doch der Anblick der *Mukaikubo* im zentralen Projektionsfeld ließ keinen Platz für Hoffnung. Der sekundäre Rumpf wies mehrere große Öffnungen auf, und beim Diskussegment fehlte der gesamte Brückenbereich. Das Schiff erweckte den Eindruck, von innen her zerfressen und verfault zu sein. Die einzigen Bewegungen stammten von den fremden Wesen, die an der Außenhülle hin und her krochen. Die Positionslichter leuchteten nicht mehr; tot und fragil hing das Wrack vor dem Hintergrund des lodernden Wurmlochs.

O'Brien stand auf dem oberen Laufsteg. Kira sah nicht in seine Richtung, aber vielleicht spürte er den Wechsel ihrer Aufmerksamkeit. »Soll ich einen Traktorstrahl auf das Schiff richten und es zum Stillstand bringen?« fragte er.

Die Bajoranerin dachte an Paks Flotte und erinnerte sich daran, daß die fremden Wesen imstande waren, energetische Emissionen jeder Art zu ihrem Ausgangspunkt zurückzuverfolgen. »Nein.« Und da ein so guter Offizier wie O'Brien eine Erklärung verdiente, fügte sie hinzu: »Ich möchte nicht riskieren, daß sie uns bemerken.«

»Wir müssen etwas unternehmen«, erwiderte der Chefingenieur. Das mochte Kira so sehr an ihm: Er war nie respektlos, verzichtete jedoch nicht darauf, seine Meinung zu äußern. »In etwa dreißig Minuten gerät die *Mukaikubo* in den Gravitationsschacht des Wurmlochs, und der Transfer sorgt bestimmt dafür, daß ihr Triebwerkspulk explodiert.«

»Ich weiß, Chief.« Darüber hatten sie bereits gesprochen, als Kira das seltsame Glühen an der Unterseite des Schiffes bemerkte und O'Brien die besondere Fracht der *Mukaikubo* identifizierte: vier nicht abgeschirmte Reaktionsmassen. Jetzt wußten sie wenigstens, was aus den gestohlenen Triebwerken der Frachter und des lethianischen Transporters geworden war.

»Wir könnten versuchen, das Schiff von hier aus zu vernichten«, schlug Odo vor. »Vielleicht gelingt es uns, die Reaktionsmassen mit Phaserfeuer oder Torpedos zur Explosion zu bringen.«

O'Brien gab ein skeptisch klingendes Geräusch von

sich. »Dadurch würde so viel Energie freigesetzt, daß es angesichts der derzeitigen Oszillationen des Wurmlochs zu einem sofortigen Kollaps käme.«

»Eine Explosion des Schiffes *im* Wurmloch hätte die gleiche Wirkung, nicht wahr?«

Diese Frage ließ sich mit einem klaren Ja beantworten, und deshalb überraschte es Kira nicht, als Odo nur leise brummte.

»Wir werden nicht zulassen, daß die *Mukaikubo* das Wurmloch zerstört.« Die Bajoranerin mußte sich zwingen, den Blick vom Hauptschirm abzuwenden. Sie humpelte einige Schritte in Richtung Laufsteg, sah dann zu O'Brien auf. »Können wir den Transferfokus auf das Schiff richten?«

Nachdenklich hob er die Brauen und sah zum Schirm. »Es ist nicht von Schilden geschützt und befindet sich innerhalb der Transporterreichweite. Aber die vom Wurmloch ausgehenden Emissionen verhindern vielleicht die Beibehaltung stabiler Strukturmuster.«

»Das spielt keine Rolle«, entgegnete Kira. »Mir kommt es überhaupt nicht auf stabile Muster an.«

Sie trat die Stufen der nächsten Treppe hoch, hielt sich dabei am Geländer fest. Was auch immer Bashir behauptete: Es schien kein schmerzstillendes Mittel zu geben, das die dumpfe Pein aus ihren Muskeln vertreiben und etwas gegen die Anspannung ausrichten konnte, die sich vom Nacken aus einen Weg in den Hinterkopf bahnte. Sie hatte das Gefühl, vierzig Kilometer mit einem schweren Rucksack und schlechten Stiefeln marschiert zu sein, von dem handtellergroßen Bluterguß an ihrem Oberschenkel ganz zu schweigen. Die Säurewunden an den Armen waren derzeit die einzigen Stellen ihres Körpers, von denen keine Schmerzen ausgingen.

Odo folgte ihr die Treppe hoch, und in der Präsenz anderer Besatzungsmitglieder verzichtete er klugerweise darauf, Kira zu helfen.

»Was haben Sie vor?« fragte er mit einem Hauch Argwohn in der Stimme.

Kira ließ sich in den Sessel sinken, den O'Brien nie benutzte, versuchte dabei, keine Grimasse zu schneiden. »Bashir sprach von der Auflösung auf molekularer Ebene. Nur damit kann man die Wesen töten.« Sie blickte am Chefingenieur vorbei zum Hauptschirm. »Ich möchte die Geschöpfe von der *Mukaikubo* ins All beamen, mit einem auf breite Streuung justierten Transporterstrahl.«

O'Brien nickte und streckte die Hände nach den Kontrollen aus. »Dafür sollten wir den Frachttransporter verwenden. Damit können jeweils bis zu zehn Kubikmeter gebeamt werden. Selbst auf diese Weise lassen sich bei jedem Transfer nur eine Handvoll der Fremden erfassen – immerhin sind sie ziemlich groß. Aber der Einsatz des Personentransporters würde bedeuten, daß wir nur in der Lage sind, einzelne Wesen zu entmaterialisieren.«

Der Chefingenieur wartete keine Antwort ab – seine Finger huschten bereits über die Schaltflächen.

»Pak Dorren meinte, die Geschöpfe seien imstande, den Ausgangspunkt von Phaserstrahlen festzustellen.« Odo blickte über O'Briens Schulter. »Vielleicht gilt das auch für Transporterstrahlen.«

»Das bezweifle ich«, sagte Kira. »Als sich Pak und ihre Leute zu uns beamten, nahmen die fremden Wesen nicht die Verfolgung auf. Aus irgendeinem Grund scheinen sie nicht imstande zu sein, einen Transporterstrahl zu orten, und diesen Umstand werden wir ausnutzen.«

»Es handelt sich um einen hochenergetischen Strahl«, erklärte O'Brien im geistesabwesenden Tonfall eines Mannes, der auf seine Arbeit konzentriert war. »Aber er ist von wesentlich kürzerer Dauer als die von den Milizionären verwendeten Phaserentladungen. Wahrscheinlich bleibt den Wesen nicht genug Zeit, um das Transfersignal anzupeilen.« Er sah von den Kontrollen auf. »Wir sind soweit, Major.«

»Dann los. Schicken Sie möglichst viele von ihnen ins Jenseits.«

Kira rechnete halb damit, das Summen des leistungsstarken Transporters einige Decks weiter unten zu hören. Sie erinnerte sich an eine Zeit, in der er praktisch ständig aktiv gewesen war, rund um die Uhr – damals ging es darum, die große Raumstation mit neuer Ausrüstung zu versorgen. Zu jenem Zeitpunkt hatte sich *Deep Space Nine* noch in einer Umlaufbahn um Bajor befunden, und deshalb stellte der Frachttransporter eine gute Alternative für den Einsatz von Containerschiffen dar. Doch jetzt, einige Jahre später, betrug die Entfernung zwischen der Station und Bajor drei Lichtstunden, was bedeutete, daß der für Fracht bestimmte Transporter nur noch sehr selten verwendet wurde.

Sie spürte leichte Vibrationen, als die Kompensatoren aktiv wurden, doch das war nicht der Grund, warum sich ihre Hände plötzlich krampfhaft fest um die Armlehnen des Sessels schlossen. Das Licht im Ops flackerte, und das Glühen vieler Displays trübte sich.

»Die Kapazitoren werden überlastet«, warnte Odo.

O'Brien preßte die Lippen so fest zusammen, daß sie nur noch einen dünnen Strich bildeten.

»Sie werden mit der Belastung fertig.«

Das Flackern wiederholte sich, und bei einigen Konsolen wurden die Displays dunkel. Auf dem Hauptschirm sah Kira das vage, silbrige Schimmern eines Transporterfelds irgendwo zwischen der *Mukaikubo* und *Deep Space Nine*. Einen Sekundenbruchteil später funkelte es, und eine Wolke aus winzigen Materiefragmenten entstand, verlor sich fast sofort in der Dunkelheit des Alls.

Erleichterter Jubel erklang im Ops.

»Das war die erste Gruppe«, stellte O'Brien zufrieden fest.

Kira ballte triumphierend die Faust. »Fahren Sie fort.« Eigentlich erstaunlich: Wenn man wußte, wie man den Gegner töten konnte, bekam man sofort das Gefühl, die Situation unter Kontrolle zu haben. »Eliminieren Sie alle fremden Wesen, ganz gleich, wie lange es dauert.«

Wieder flackerte das Licht, aber nicht so stark wie vorher, und wieder bildete sich eine auseinandertreibende Materiewolke zwischen Raumstation und Schiff. Beharrliches Piepen an der Kommunikationsstation erinnerte Kira daran, daß man die starken energetischen Belastungen überall an Bord spürte. Sie bedeutete einem Besatzungsmitglied, die Kom-Anrufe von den anderen Abteilungen entgegenzunehmen, wandte sich dann an O'Brien. »Chief ...«

Der Chefingenieur nickte kurz, ohne den Blick von seinen Kontrollen abzuwenden. »Die Materiekonverter reagieren nicht ganz so schnell. Gleich sind sie wieder einsatzbereit ...«

Im Anschluß an diese Worte wurde es fast völlig dunkel im Ops, und eine dritte Wolke entstrukturierter Materie dehnte sich im All aus. Es schien eine Ewigkeit zu dauern, bis es im Kontrollraum wieder hell wurde.

Kira ließ O'Brien für den vierten Transfer doppelt soviel Zeit und fragte dann: »Können wir die Intervalle nicht irgendwie verkürzen?«

»Dann riskieren wir den Ausfall wichtiger Bordsysteme.« Der Chefingenieur kaute auf der Unterlippe und brummte leise vor sich hin, während er an den Kontrollen arbeitete. »Bei Frachttransportern kommt es vor allem auf Kapazität an, Major. Geschwindigkeit spielt bei ihnen eine untergeordnete Rolle.«

»Vielleicht sollten wir jetzt besser Schluß machen.« Odo berührte Kira an der Schulter und deutete zum

Hauptschirm. »Die Wesen haben offenbar gemerkt, daß einige ihrer Artgenossen fehlen.«

So etwas wie Öl schien aus den offenen Wunden im Rumpf der *Mukaikubo* zu fließen. Kira überlegte, ob es sich dabei um jene Säure handelte, mit der die Fremden Löcher in den Außenhüllen von Raumschiffen entstehen ließen. Wie schnell konnte sich die Substanz durch die peripheren Bereiche von *Deep Space Nine* fressen?

Wenige Sekunden später verriet das Strömen seine wahre Natur: Es bestand aus einzelnen Punkten, aus Geschöpfen, die einen Schwarm bildeten. Die am Rumpf der *Mukaikubo* hin und her krabbelnden Wesen gesellten sich ihm hinzu.

Kira stand langsam auf. »Chief ...«

Er antwortete nicht, schwieg auch, als der Schwarm ins All sprang, sich von dem Schiff entfernte. Es konnte kein Zweifel daran bestehen, welches Ziel er hatte.

Der Frachttransporter summte und grollte noch einmal, desintegrierte eine kleine Gruppe der Wesen. Das Flackern im Ops wiederholte sich einmal mehr – und dann ging das Licht aus.

Als sich Kiras Augen an die fast vollständige Finsternis gewöhnten, konnte sie nicht einmal mehr erkennen, wo sich das Transferfeld beim letzten Mal ausgewirkt hatte. Wie Sporen trieben die Wesen durchs All, angetrieben nicht vom Wind, sondern von Gas, das aus düsenartigen Körperöffnungen entwich.

»Major ...«

Sie schenkte Odo keine Beachtung, hörte stattdessen, wie O'Brien murmelte: »Nur noch einmal, ihr verdammten Biester – nur noch einmal.«

Diese Worte boten einen deutlichen Hinweis darauf, wie die gegenwärtige Situation beschaffen war.

»Major«, wiederholte Odo mit etwas mehr Nachdruck. »Es hat keinen Sinn.«

Natürlich nicht. Die Angriffe mit dem Transporterstrahl konnten den Feind nicht vernichten. Aber es kam auch keine Flucht in Frage.

Tief im Innern der Raumstation schwoll ein dumpfes Summen an, wurde fast zu einem Heulen. »Gleich ist es soweit!« rief der Chefingenieur.

Die Vorhut des Schwarms kam bis auf kritische Distanz heran.

»Schilde hoch!« befahl Kira.

Deep Space Nine hüllte sich in Deflektorschirme, noch bevor die Stimme der Bajoranerin verklungen war. Erst zwei, dann drei und dann Dutzende von wespenartigen, mit Duraniumpanzern ausgestattete Wesen prallten an die Schilde und glitten zur Seite. Gleichzeitig tastete der Transferfokus nach einem Ziel, das er nicht mehr erreichen konnte. Transporterenergie flutete von innen an die Deflektoren und zerstob zu einer energetischen Kaskade.

Die ganze Raumstation erbebte, so als sei sie mit einem Asteroiden kollidiert. Kira wußte sofort, was es mit den Erschütterungen auf sich hatte: Die von den Schilden reflektierte Transferenergie zertrümmerte den Frachttransporter. Unstete Lichter glühten über die Decke des Ops und vermittelten eine andere Botschaft: In angrenzenden Abteilungen waren Feuer ausgebrochen. Schreie erklangen, verloren sich aber schon bald im Zischen von Löschgeräten.

Ein Teil von Kiras Bewußtsein nahm all diese Details zur Kenntnis, als sie sich übers Geländer beugte und einen haßerfüllten Blick auf die ferne *Mukaikubo* richtete.

Immer mehr fremde Wesen stießen an die Schilde von *Deep Space Nine,* und schließlich wurde das Schimmern der Entladungen zu hell, als daß man jenseits davon noch irgend etwas hätte erkennen können.

Etwas geschah in der Raumstation der Jem'Hadar. Unter normalen Umständen hätte Sisko vielleicht gar nichts gemerkt, aber er war die ganze Zeit über auf den mittleren Bereich des Stützpunkts konzentriert gewesen, um seine Anspannung unter Kontrolle zu halten. Die farblichen Markierungen veränderten sich: Aus reinem Weiß wurde allmählich helles Grün.

»Zeigen die Sensoren Bewegungen der fremden Wesen in der Raumstation an, Dax?«

Sie gab eine entsprechende Anfrage ein und runzelte die Stirn, als sie das Resultat sah. »Die Anzahl der Geschöpfe verringert sich offenbar, aber es gibt keinen Hinweis darauf, wohin die fehlenden Individuen verschwinden. Ich habe in einem weiten Umkreis sondiert, doch Duranium existiert nur im Bereich der Station.«

Sisko spürte, wie es ihm kalt über den Rücken lief. »Scannen Sie in der Nähe des Schiffes nach Bewegungen. Justieren Sie die Sensoren auf möglichst hohe Auflösung – ich möchte sicher sein, daß uns die Wesen keine Überraschung bescheren. Eddington, wie steht's mit der strukturellen Analyse der Raumstation?«

»Dreiundachtzig Prozent sind komplett, Captain. Geschätzte Zeit bis zur Zielerfassung: zehn Minuten.«

Sisko brummte. Die Stimme des Instinkts in ihm wies darauf hin, daß ihnen nicht mehr viel Zeit blieb. Der logische Teil seines Selbst lehnte dies ab, doch das Gefühl hielt daran fest. »Wenn wir auf der Grundlage unserer bisherigen Daten das Feuer eröffnen ... Wie groß sind dann die Aussichten, den Stützpunkt zu vernichten?«

Eddington bedachte ihn mit einem erstaunten Blick. »Dreiundsechzig Prozent. Aber warum sollten wir schon jetzt auf die Raumstation feuern?«

»Keine Ahnung. Ich halte es nur für besser, auf alles vorbereitet zu sein.« Sisko stand auf, trat an Dax heran und sah ihr über die Schulter. »Was ist mit dem Bewegungsscan?«

»Wird jetzt initialisiert. Ich habe ihn so programmiert, daß schon Mikrometeoriten einen Annäherungsalarm auslösen.«

»Gut.« Sisko straffte die Gestalt und beobachtete die Raumstation der Jem'Hadar im Projektionsfeld. Die farblichen Veränderungen zeichneten sich jetzt deutlicher ab. Der Innenbereich wies nun keine weißen Stellen mehr auf, präsentierte nur noch helles Grün. Der Captain ging eine mentale Liste der Vorsichtsmaßnahmen durch, die er noch ergreifen konnte. »Geben Sie einen Kurs zum Wurmloch ein, Dax. Der Navigationscomputer soll sofort einen Transit mit Warp fünf einleiten, wenn irgend etwas unsere Schilde durchdringt. Ich möchte auf keinen Fall Difluor-Lecks riskieren.«

Im Gegensatz zu Eddington kam Dax der Aufforderung nach, ohne eine Frage zu stellen. Anschließend drehte sie sich halb um und maß ihn mit einem ernsten Blick. »Du hast etwas über die Fremden herausgefunden, nicht wahr, Benjamin?« meinte sie und ging dabei wieder zum Du über.

Sisko wollte widersprechen, doch einen Sekundenbruchteil später begriff er, daß die Trill recht hatte. Während der letzten Stunde war er bestrebt gewesen, ruhig zu bleiben, und diese Zeit hatte sein Unterbewußtsein genutzt, um wichtige Erkenntnisse zu gewinnen. »Die Wesen übernehmen die DNS und Hirnmassen ihrer Opfer, stimmt's? Nun, warum sollten sie die DNS absorbieren, wenn sie nicht auch bereit sind, Gebrauch davon zu machen?«

Er zögerte und hielt in Dax' Gesicht nach einer Reaktion Ausschau. Als sie zustimmend nickte, fügte er hinzu: »Wozu wird sie genutzt?«

»Allem Anschein nach verwenden die Fremden die absorbierte DNS nicht, um übernommene Hirnmassen zu rekonstruieren«, sagte Dax nachdenklich. »T'Kreng meinte, die kortikalen Fragmente werden erhalten, bis ihre Struktur zerfällt.«

Sisko nickte. »Die DNS wird also verwendet, um

andere Teile des Körpers zu ersetzen – oder um völlig neue Körper zu schaffen, die anderen Umweltbedingungen angepaßt sind.«

»Zum Beispiel Körper, die sich im Vakuum bewegen können, ohne bei einem Duraniumscan aufzufallen?« Dax runzelte die Stirn. »Aber ohne die Duraniumpanzer wären die Wesen kaum imstande, ihr Difluor sicher zu speichern. Was könnten sie uns in einem solchen Zustand anhaben?«

Eddington sah über die Schulter. »Sie hätten die Möglichkeit, unsere Schilde allein mit ihrer Masse zu durchdringen.«

Sisko nickte erneut. »Sie könnten sich Körper zulegen, die für den Aufenthalt in einer Atmosphäre geeignet sind, um anschließend das offensive Potential der Raumstation zu nutzen.«

Die Falten fraßen sich tiefer in Dax' Stirn. »Wie sollen sie auf uns schießen, solange wir getarnt sind?«

Auf der gegenüberliegenden Seite der Brücke räusperte sich Fähnrich Hovan. »Sir, ich wollte Sie schon darauf hinweisen ... Sie haben mich doch gebeten, auf energetische Fluktuationen in unserem Tarnschirm zu achten. Nun, während der letzten Viertelstunde kam es zu einem kontinuierlichen Spannungsverlust von fünfzehn Millivolt. Dieser Wert liegt innerhalb der normalen Toleranzgrenzen. Außerdem ist der Energieverlust viel zu gering, um von einem fremden Wesen mit der bisher beobachteten Masse verursacht zu werden.«

Sisko bedachte sie mit einem durchdringenden Blick. »Aber da die Fremden ihre Gestalt verändern und wesentlich kleiner werden können ... Wo kommt es zu dem Spannungsverlust, Fähnrich?«

»Im Bereich der hinteren Thermodiffusoren, Sir.«

Dax schüttelte den Kopf, verärgert über sich selbst. »Dort entweicht die Abwärme unseres Warpkerns ins All. Eine Spezies, die im All lebt und Raumschiffen auflauert, dürfte imstande sein, entsprechende Thermospuren zu entdecken. Daran hätte ich denken sollen.«

Sisko traf eine rasche Entscheidung. »Eddington, richten Sie die Zielerfassung der Quantentorpedos aus. Dax, wir beschleunigen, sobald …«

Das akustische Signal des Annäherungsalarms erklang, übertönte die letzten Worte des Captains und den Fluch, der ihnen folgte.

»Die Sensoren entdecken fremde Wesen, die sich aus allen Richtungen nähern.« Dax' Finger flogen über die Kontrollen. »Nach ersten Schätzungen sind es mehr als zweihundert Individuen.«

»Der Spannungsverlust macht sich jetzt auch in anderen Sektionen des Tarnschirms bemerkbar«, fügte Hovan hinzu. »Die Geschöpfe nähern sich den Schilden, Captain.«

»Die Sensoren registrieren energetische Aktivität in den Phaserbänken der Jem'Hadar, Sir«, warnte Eddington. »Offenbar bereitet man sich darauf vor, das Feuer auf uns zu eröffnen.«

Sisko schnitt eine finstere Miene. »Können wir die Wesen genau genug lokalisieren, um unsere Phaser gegen sie einzusetzen?«

Dax schüttelte den Kopf. »Die Scans zeigen weder Duranium noch andere Metallegierungen an. In ihrer gegenwärtigen Form scheinen die Fremden allein aus leichten Kohlenstoffpolymeren zu bestehen. Für unsere Sensoren sind sie praktisch unsichtbar.« Sie warf Sisko einen kurzen Blick zu. »Ich orte auch kein Difluor.«

»Weil es sich um Stoßtrupps handelt, deren Aufgabe darin besteht, unsere Schilde instabil werden zu lassen. Anschließend soll die Station auf uns feuern.« Sisko sah zum Bildschirm und spürte eine seltsame Art von Hilflosigkeit, die ihn mit Wut erfüllte. Wie sollte man mit einiger Aussicht auf Erfolg gegen einen Feind kämpfen, dessen Stärken und Schwächen sich dauernd veränderten? Allmählich verstand er, warum die Furien damals geflohen waren.

Eine leichte Vibration erfaßte das Schiff, als die ersten Geschöpfe die Schilde berührten.

»Wann können wir die Torpedos einsetzen, Mr. Eddington?« fragte Sisko.

»In zwei Minuten, Sir.«

»Status der Schilde?«

»Sind und bleiben stabil«, erwiderte Dax. Die Vibrationen wiederholten sich und wurden stärker, als weitere Wesen die Schilde der *Defiant* erreichten. »Der Energieverlust nimmt rapide zu. Selbst wenn die Schilde noch zwei Minuten lang halten – wir haben dann kein Triebwerkspotential mehr.«

»*Verdammt!*« Sisko atmete tief durch. »Na schön, Dax. Volle Impulskraft – *jetzt!*«

Das Schiff beschleunigte mit dem typischen Ruck. Stumm beobachtete Sisko, wie die Raumstation der Jem'Hadar zu einem grünlichen Fleck in der Ferne schrumpfte. »Begleiten uns noch Passagiere, Dax?«

»Wir haben einige von ihnen verloren, aber nicht alle«, antwortete die Trill. »Der Energieverlust in den Schilden bleibt nun konstant bei der Hälfte des vorherigen Werts.«

»Reduzieren Sie die Geschwindigkeit auf ein Viertel Impulskraft.« Er bemerkte den besorgten Blick der Trill und lächelte schief. »Keine Sorge. Ich habe mir alles genau überlegt. Eddington, starten Sie einen Quantentorpedo und bringen Sie ihn unmittelbar außerhalb unserer Schilde zur Explosion. Ohne ihre Duraniumpanzer müßten die Wesen dort draußen ziemlich empfindlich auf EM-Emissionen reagieren.«

»Torpedo wird gestartet, Sir.« Grelles Hyperlicht blitzte neben der linken Warpgondel, und die *Defiant* schüttelte sich in der energetischen Druckwelle.

»Torpedo explodiert«, fügte der Sicherheitsoffizier unnötigerweise hinzu.

»Der Energieverlust in den Schilden ist auf null gesunken«, sagte Dax kurz darauf. »Die Aliens sind eliminiert.« Über die Schulter hinweg sah sie zu Sisko und wölbte fragend eine Braue. »Woher wußtest du, daß es klappt, Benjamin?«

»Weil wir die *Defiant* vor fünftausend Jahren auf diese Weise vor den fremden Wesen retteten«, erwiderte Sisko. »Es gab nur einen Unterschied: Diesmal konnten wir uns auf den Schutz stabiler Schilde verlassen.«

Dax verzog das Gesicht. »Soll ich einen Kurs zur Raumstation der Jem'Hadar programmieren?«

Sisko strich sich mit der Hand übers Gesicht und seufzte tief. Zum erstenmal seit Stunden spürte er eine Müdigkeit, die auf zuviel Anspannung und zuwenig Schlaf zurückging. Er sah sich auf der Brücke um und stellte fest, daß es seinen Begleitern ähnlich erging. »Nein«, sagte er. »Wir fliegen zum Wurmloch. Uns bleiben noch sechzehn Stunden, bis die Station der Jem'Hadar dort eintrifft. Wir wissen jetzt, womit wir es zu tun haben, und ich glaube, wir könnten Verstärkung gebrauchen.«

18

Als das letzte Donnern ferner Zerstörung verhallte, blickte Dr. Julian Bashir zur Decke der Krankenstation, so als könnte sie ihm mitteilen, was gerade geschehen war. Seiner Meinung nach handelte es sich dabei um einen interessanten Reflex. Selbst wenn er in einem medizinischen Institut auf der Oberfläche eines Planeten gearbeitet hätte – der Blick nach oben konnte ihm nicht mehr mitteilen als die Farbe der Decke. Trotzdem reagierten alle Menschen auf diese Weise, wenn sie plötzlich mit etwas Unerwartetem konfrontiert wurden. Vermutlich brachten sie dabei nicht mehr in Erfahrung als Bashir in diesem Fall. Als er den Blick vom leise blubbernden Tank mit dem Symbionten hob, flackerte das Licht und erlosch. Schwärze strömte von allen Seiten herbei, und das zornige Grollen in der Ferne verstummte, wich unheimlicher Stille.

Von einem Augenblick zum anderen befand sich Bashir in einem finsteren Raum, stand dort neben einem Lebenserhaltungstank, in dem es nicht mehr blubberte.

Vorsichtig zog er die Hand aus der Nährflüssigkeit. Er fürchtete nicht etwa, den Symbionten zu erschrecken, aber es erschien ihm aus irgendeinem Grund falsch, unnötige Geräusche in der Dunkelheit zu verursachen. *Ich hätte O'Brien bitten sollen, den Symbiontentank mit einer autarken Energieversorgung auszustatten,* dachte er und tastete nach einem Tuch, um sich die Hände abzutrocknen. Eigentlich ließ sich so etwas recht einfach bewerkstelligen. Schon während seines ersten Monats an Bord von *Deep Space Nine* hatte er dafür gesorgt, daß die Intensivstation ein Notenergiesystem bekam. Außerdem: Der kleine Lagerraum im rückwärtigen Teil der Krankenstation enthielt drei mobile Generatoren. Aber er hatte den Chefingenieur, für den es ohnehin genug zu tun gab, nicht belästigen wollen, denn ein Ausfall der allgemeinen Energieversorgung erschien extrem unwahrscheinlich. Hinzu kam, daß er T'Kreng tief in seinem Innern recht gab: Inzwischen glaubte auch Bashir daran, daß er sich nicht mehr lange um den Symbionten kümmern mußte. Warum ein unabhängiges Energieversorgungssystem installieren, wenn der Symbiont in vierundzwanzig Stunden wahrscheinlich gar nicht mehr existierte?

Er faltete das Tuch in der Dunkelheit so ordentlich wie möglich und legte es auf den Stuhl, von dem er gerade aufgestanden war. Anschließend wandte er sich dem Symbionten zu und seufzte. »Als ich einmal sagte, daß ich Dax gern in einem dunklen Zimmer Gesellschaft leisten würde ... Dabei habe ich angenommen, daß auch Jadzia zugegen sein würde.«

Der Symbiont gab keine Antwort, was Bashir nicht überraschte.

Er wußte nicht, ob der alte Dax ihn verstehen konnte, aber aus den medizinischen Logbüchern ging hervor, daß er einen Teil der vergangenen fünftausend Jahre damit verbracht hatte, zu ihm zu sprechen. »Habe Dax heute erzählt, worauf es bei guter B'stella ankommt.« So lautete ein sich häufig wiederholender Eintrag in den Medo-Logbüchern. Vielleicht lag es allein daran, daß er einfach keinen Gefallen an der Vorstellung gefunden hatte, fast hundert Jahre lang zu schweigen. Oder gab es einen anderen Grund? Möglicherweise war er damals davon überzeugt gewesen, daß der Symbiont auf irgendeine Weise spürte, wann jemand mit ihm zu kommunizieren versuchte – auch wenn der Kommunikationsversuch von einem Menschen ausging, der nur Monologe halten konnte. Was auch immer der Fall sein mochte: Bashirs Angewohnheit, Worte an den Symbionten zu richten, hatte längst die Qualität einer Tradition gewonnen, die er nun fortsetzte.

»Ich weiß nicht, ob Sie es gemerkt haben, Dax, aber die Energieversorgung ist ausgefallen. Was bedeutet, daß ich hier im Dunkeln stehe und Sie in der Nährflüssigkeit eines Tanks schwimmen, dessen Lebenserhaltungssystem nicht mehr funktioniert.« In der Finsternis tastete er nach dem Rand des Behälters und bewegte die Hand darüber hinweg, bis seine Finger die Flüssigkeit berührten. »Ich hole einen Generator aus dem Hinterzimmer – er sollte genug Energie für den Tank und auch einige zusätzliche Geräte liefern. Es dauert nicht lange. Ich bin gleich wieder da, das verspreche ich.«

Er glaubte zu spüren, wie ihm die kühle und weiche Masse des Symbionten kurz über die Fingerkuppen strich, aber das Gefühl verflüchtigte sich sofort wieder.

Die Finsternis in der Krankenstation wirkte zunächst undurchdringlich, aber als sich Bashir der Tür des Untersuchungszimmers zuwandte, stellte er überrascht Unterschiede in der Dunkelheit fest. Im zentralen Teil der Krankenstation jenseits der Tür herrschte eisiges Grau. Dort gab es ein wenig Licht vom Isolationsfeld im Zugang der Intensivstation und von Notlaternen, die auf der Promenade glühten – ihr Schein filterte durch den offenen Vordereingang der Krankenstation. Unter normalen Umständen wären diese beiden Lichtquellen völlig unzureichend gewesen, aber im Vergleich mit der Schwärze in anderen Bereich der medizinischen Abteilung erwiesen sie sich als sehr hilfreich. Es fiel Bashir nicht weiter schwer, das Untersuchungszimmer zu verlassen und den Hauptraum der Krankenstation zu erreichen. Problematischer wurde es, als er den Weg in Richtung Leichenkammer fortsetzte, die sich ganz hinten befand, wo es am finstersten war.

Es gefiel ihm nicht sonderlich, Geräte dort zu verstauen, wo er gelegentlich Leichen unterbrachte. Ihm erschien es herzlos, eine Krankenschwester aufzufordern: »Bitte holen Sie den Dualorgan-Bypass aus der Leichenkammer.« Es klang so, als würden die Leichen in einer Abstellkammer untergebracht, weil es keinen anderen Aufbewahrungsort für sie gab. Nun, eigentlich verhielt es sich eher umgekehrt. Die Cardassianer legten während der Besatzung durchaus Wert darauf, die sterblichen Überreste ihrer Gefallenen zu konservieren, aber sie statteten die medizinische Abteilung nicht mit den lebenserhaltenden Apparaturen aus, die zur Standardausrüstung jeder Starfleet-Krankenstation gehörte. Seit die Föderation *Deep Space Nine* übernommen hatte, gab es keine Folterverhöre und tödlichen Disziplinarmaßnahmen mehr; außerdem kam es an Bord der Raumstation nicht mehr so häufig zu Anschlägen wie früher. Ein Ergebnis dieser neuen Entwicklung bestand darin, daß es die Krankenstation mit weniger Leichen zu tun bekam. Bashir nahm diesen Umstand zum Anlaß, mehr als die Hälfte der Stasisfächer zu entfernen, um Platz für Autopsien und Lagerung zu schaffen. (Von Untersuchungen nach dem Tode schienen Cardassianer nicht viel zu halten.) Den Hinweis, daß eine Leichenkammer existierte und gleichzeitig als Abstellraum diente, fand der Arzt noch herzloser und bizarrer. Deshalb vermied er lieber die genaue Bezeichnung des Raums, in dem die größeren Geräte aufbewahrt wurden. »Schwester Gerjuoy, holen Sie bitte den Bypass-Wagen. Sie wissen ja, wo er sich befindet.« Die allgemeine Effizienz litt nicht unter einer solchen Ausdrucksweise, und gleichzeitig schützte sie empfindliche Patienten vor angstbedingter Hypertonie.

Als er den Zugang der Leichenkammer erreichte, sträubte sich Bashir gegen die Vorstellung, daß es in ihr so finster war wie in einem Grab. Er trat in die Dunkelheit, gewann dabei den Eindruck, daß ihm die Wände erst entgegengestrebten, um dann in weite Ferne fortzurücken und eine Leere zu schaffen, in der seltsam dumpfe Geräusche erklangen. Ganz langsam setzte er auf dem glatten Boden einen Fuß vor den anderen, ging so vorsichtig, als könnte ihn ein falscher Schritt in einen unermeßlich tiefen Abgrund stürzen lassen. Allein dieser Gedanke genügte, um den Arzt schwindlig werden zu lassen. Er wollte gerade stehenbleiben, um das Schwindelgefühl unter Kontrolle zu bringen, als er mit der Hüfte dort gegen ein Hindernis stieß, wo sich eigentlich nur leere Luft befinden sollte. Von einem Augenblick zum anderen verlor er nicht nur das Gleichgewicht, sondern auch jede Orientierung. Er ruderte wild mit den Armen, kippte halb über das Hindernis und sank auf die Knie. Es gelang ihm schließlich, sich festzuhalten und an der seltsamen Barriere vorbeizuschieben. Verlegenheitshitze stieg ihm ins Gesicht, und plötzlich war er dankbar für die Dunkelheit, weil sie das Glühen seiner Wangen verbarg. Behutsam richtete er sich auf, und dabei berührte sein Knie ein leichtes, kantiges Objekt. Es rutschte mit einem leisen Surren fort, prallte kurz darauf gegen einen größeren, schwereren Gegenstand und verharrte dort.

Bashir atmete tief durch und preßte die Hände an eine flache, kühle Fläche vor ihm. *Du bist in deiner eigenen Krankenstation,* dachte er. *Du weißt, wo sich hier was befindet. Entspann dich und bewahr einen kühlen Kopf.* Unglücklicherweise hatte er noch nie zuvor versucht, sich im Dunkeln in der von Cardassianern konzipierten Krankenstation zurechtzufinden. Der lange und glatte Gegenstand, gegen den er gestoßen war … Handelte es sich dabei um den Autopsietisch? Eine andere Erklärung schien nicht in Frage zu kommen, doch Bashir konnte sich nicht daran erinnern, in jene Richtung gegangen zu sein. Außerdem behauptete sein Gedächtnis, daß die Entfernung zum Autopsietisch größer sein sollte. Und wenn er jetzt wirklich an jenem Tisch stand ... Dann müßte sich die Tür zum etwas helleren Zentralbereich der Krankenstation direkt voraus befinden, und es hätte kein Rollstuhl im Weg stehen dürfen ...

Immer mit der Ruhe. Er holte noch einmal tief Luft und trachtete ganz bewußt danach, sich zu beruhigen, den Pulsschlag auf ein halbwegs normales Maß zu senken. Nach einigen Sekunden preßte er beide Hände an die Taille, konzentrierte sich auf seinen Gleichgewichtssinn und schloß die Augen.

Die Dunkelheit änderte sich nicht in dem Sinn, aber Bashir verlor das Gefühl, durch ein Zimmer ohne Licht zu irren. Statt dessen wußte er, daß er die Augen geschlossen hatte und deshalb nichts sehen konnte. Dies verbannte zumindest einen Teil der Desorientierung und verlieh ihm neue Selbstsicherheit. Er stellte sich die Struktur der Leichenkammer vor, ohne zu versuchen, seinen derzeitigen Standort zu bestimmen. Dann tastete er erneut nach den Kanten des geheimnisvollen Hindernisses: glatt, breit, nicht dicker als ein Tisch, aber ohne Beine oder andere Stützvorrichtungen. Als Bashirs Ellenbogen gegen etwas stieß, das sich verdächtig nach einer Wand anfühlte, ließ er die Hand dorthin gleiten, wo der »Tisch« beginnen sollte – und spürte verwirrende Leere.

»Ach, das ist doch lächerlich!«

Seine Stimme hatte einen seltsam tiefen und unmittelbaren Klang, was an der Wand direkt vor ihm lag, doch weiter unten gab es eine Resonanz. Erneut streckte er die Hand aus, und diesmal fand er die Wand sofort. Als die Finger nach unten darüber hinwegstrichen, entdeckten sie plötzlich eine Öffnung, die ihn zunächst verwunderte – bis er ganz plötzlich begriff. Vor dem inneren Auge sah er die Wand mit den Stasisfächern und wußte nun, wo er sich befand. Jedes einzelne Fach konnte herausgezogen werden und formte dann eine Art Untersuchungstisch, während in der Wand gleichzeitig eine Öffnung entstand. Aber warum hatte jemand ein Stasisfach in der Leichenkammer offen gelassen?

Von einer Sekunde zur anderen erinnerte er sich: der Alien.

Bashirs Hand zuckte vom Stasisfach zurück, als hätte er sich verbrannt. Er war so sehr mit dem Symbionten beschäftigt gewesen, daß er weder an das Fragment des fremden Wesens noch daran gedacht hatte, daß die Stasisfächer in der Leichenkammer von der allgemeinen Energieversorgung abhingen. Wie viele Minuten waren inzwischen verstrichen? Nun, sicher genug.

Wohin würde sich ein Geschöpf wenden, das plötzlich wieder volle Bewegungsfreiheit bekam?

Der Arzt wirbelte herum und sah zum helleren Zentralbereich der Krankenstation, zur offenen Tür, hinter der sich die Promenade erstreckte.

Er fürchtete sich nicht davor, durch den dunklen Raum zu eilen, erinnerte sich viel zu deutlich an Kiras verbrannte, blasige Haut. Wenn er sich in der medizinischen Abteilung aufhielt, ließ er die Eingangstür fast immer offen. Alle sollten wissen, daß sie willkommen waren, ganz gleich, zu welcher Spezies sie gehörten. Als er nun mit der Schulter gegen den Türpfosten stieß, verfluchte er seine Angewohnheit und wünschte sich, alle Zugänge fest verschlossen zu haben. Dann hätte es für den Alien nicht die geringste Chance gegeben, die Krankenstation zu verlassen.

Er suchte an der ersten Tür nach einer Stelle, die seinen Händen Halt bot, bemühte sich dann, sie zuzuschieben. Unter den gegenwärtigen Umständen erwies sich sein geringes Gewicht als erheblicher Nachteil. Er stemmte sich an einen schmalen Sims, nahm seine ganze Kraft zusammen und dachte daran, daß jede der beiden Haupttüren doppelt soviel Masse hatte wie er selbst. Hinzu kam eine cardassianische Hydraulik, die bis auf Phaserfeuer praktisch allem widerstand.

Adrenalin strömte in seinen Adern, und damit gelang es ihm, den Eingang zu schließen. Als die zweite Tür gegen die erste stieß, wurde aus dem vagen Grau im Hauptraum konturlose Schwärze. Die hermetischen Siegel schlossen sich mit einem leisen Seufzen, und für Bashir klang es nach einem Deckel, der sich auf den Sarg herabsenkte. Diese Vorstellung schuf neuerliche Unruhe in ihm. Er drehte sich um, preßte Rücken und Hände an die nun geschlossene Tür. Ein matter Schein fiel durch die hohen Fenster über dem Eingang, genügte jedoch nicht, als daß er Einzelheiten hätte erkennen konnen.

Irgendwo am Boden krabbelte etwas durch die Finsternis.

Der Arzt starrte in die Dunkelheit und klopfte auf seinen Insignienkommunikator. »Bashir an Sicherheitsabteilung!«

Das kleine Kom-Gerät piepte nicht einmal. Irgend etwas in ihm sträubte sich gegen die Erkenntnis, daß er nicht mit Hilfe rechnen durfte und völlig auf sich allein gestellt war. »Bashir an Ops!«

Keine Antwort.

Er spitzte die Ohren und glaubte, in der Schwärze ein leises Klicken zu hören, das sich ständig wiederholte und wie das Trippeln kleiner Füße klang. Bashir versuchte, einen Eindruck von der Richtung zu bekommen, doch das Klicken entfernte sich, wurde noch leiser und ging in einem Rauschen unter, das vom Blut in den Ohren des Arztes stammte. Irgendwo tief in seinem Innern forderte ihn die Stimme der Furcht immer wieder auf, einfach loszulaufen und zu fliehen, ganz gleich in welche Richtung. Sollten sich andere Leute um das Wesen kümmern, Spezialisten, die sich auf den Umgang mit gefährlichen fremden Lebensformen verstanden.

Doch als Bashir zum Eingang der Intensivstation sah, der sich vage in der Finsternis abzeichnete, als er danach trachtete, die absolute Schwärze der Symbiontenkammer mit den Blicken zu durchdringen … Daraufhin siegte das Pflichtbewußtsein über die Angst.

»Ich kann die Patienten nicht im Stich lassen.« Das Aussprechen dieser Worte brachte den endgültigen Sieg über die Furcht. Die Patienten kamen immer an erster Stelle. Dieses Prinzip hatte ihn von den ersten Tagen des medizinischen Studiums bis hin zu jenem Tag begleitet, als er sich gegen einen schnellen Tod entschied und statt dessen fast ein Jahrhundert in Einsamkeit verbrachte, um das Überleben des Symbionten zu gewährleisten. Von diesem ehernen Grundsatz wollte er auch jetzt nicht abweichen.

Die separierte Kammer mit dem Trill-Symbionten wirkte jetzt nicht mehr ganz so dunkel wie unmittelbar nach dem Ausfall der Energieversorgung. Bashir konnte die Umrisse des Stasisbehälters erkennen. Das Innere des Tanks blieb ihm zwar verborgen, aber er wußte, daß dort der alte Dax wartete.

»Ich möchte nicht, daß Sie in Panik geraten«, flüsterte Bashir. Er setzte den Weg fort, schob dabei Sessel und Werkzeugkarren beiseite. »Aber leider beschränkt sich unser Problem nicht nur auf mangelndes Licht.« Er bückte sich, strich mit der Schulter über die schmale Seite des Behälters. »Ich bringe Sie zu Pak Dorrens Leuten in die Intensivstation. Dort gibt es ein Quarantänefeld der Stufe neun, das praktisch alles fernhalten sollte. Und wenn nicht …«

Wenn es dem Wesen trotzdem gelang, die Intensivstation zu erreichen … Bashir wagte kaum, über die möglichen Konsequenzen nachzudenken.

Der Boden erwies sich als so glatt, daß er immer wieder ausrutschte und Mühe hatte, auf den Beinen zu bleiben, während er den schweren Stasisbehälter schob. Zweimal verlor er fast das Gleichgewicht und hörte, wie Nährflüssigkeit von einer Seite zur anderen schwappte und über den Rand des Tanks hinwegspritzte. Er erinnerte sich an die scherzhafte Bemerkung, daß der Behälter nur etwas weniger wog als das Brin-Planetarium – es schien tatsächlich zu stimmen.

»Ich bin gleich wieder da!«

Vor fast zwei Jahren hatte Bashir zwei kleine Antigrav-Einheiten bestellt, und zwar aus gutem Grund: Damals war er zusammen mit Odo, O'Brien, Kira, Maile, Yevlin, Gerjuoy und Sisko gezwungen gewesen, in Hinsicht auf den narkoleptischen Morn Transportarbeit zu leisten. Bashir hatte versucht, eine für Morns Spezies geeignete Methode zu finden, um veganische Choriomeningitis zu behandeln. Eigentlich hätte es gar nicht möglich sein sollen, daß Morn daran erkrankte. Jener Zwischenfall gestattete es Bashir, einen allseits anerkannten Fachartikel zu schreiben, und außerdem bekam er die gewünschten Antigrav-Einheiten. Seitdem waren sie genau einmal verwendet worden: für den Transport des konfokalen Mikroskops bei einer Neustrukturierung der Krankenstation. Er erinnerte sich daran, sie in einem ganz bestimmten Schrank untergebracht zu haben, mit der Absicht, sie nicht zu vergessen – für den Fall, daß sie noch einmal benötigt wurden.

Manchmal kann Pedanterie auch recht nützlich sein …

Er wankte zu den Schränken und orientierte sich dabei hauptsächlich mit Hilfe seines Tastsinns, da er kaum etwas sehen konnte. Vor den glatten Türen an der Rückwand des Zimmers sank er auf die Knie und dachte daran, wie dunkel und eng es in dem Schrank sein würde. Daraufhin schauderte er und zögerte.

Der gegenwärtige Zeitpunkt eignete sich nicht besonders gut dafür, an Orten herumzukriechen, an denen man nicht einmal die eigene Hand vor den Augen sehen konnte.

Bashir griff nach der Arbeitsplatte weiter oben und

zog sich hoch. Die Schublade direkt über dem Schrank öffnete sich ruckartig, und ein metallenes Rasseln wies darauf hin, daß der Inhalt aus einem ziemlichen Durcheinander bestand: Schrauben und Muffen, viel zu nützlich, um sie einfach wegzuwerfen; Laserskalpelle mit dem einen oder anderen beschädigten Fokuselement – man konnte zwar kein Patientenfleisch mehr mit ihnen schneiden, aber vieles andere; außerdem Versiegelungsringe, Pinzetten, Medo-Sonden und nicht mehr ganz dichte Phiolen. Bashirs Finger tasteten durchs Chaos und verharrten immer dann, wenn sie einen Gegenstand berührten, der etwa die richtige Größe und Form hatte. Anschließend hob er das betreffende Objekt in das von der Promenade stammende schwache Zwielicht, um es zu identifizieren.

Er hatte etwa die Hälfte der Schublade geleert und auf der Arbeitsplatte ausgebreitet, als er nach etwas griff, das kalt und hart war, sich hin und her zu winden schien. Er schnappte nach Luft, ächzte voller Abscheu und schleuderte das Etwas fort, in Richtung der dunklen Leichenkammer. Es fiel dort auf den Untersuchungstisch, sauste über die glatte Oberfläche hinweg, fiel dann auf den Boden und verursachte dabei ein Geräusch, das Bashir schon seit vielen Jahren kannte. Es konnte nur von einer *K'fken*-Sonde für xenobiologische Biopsien stammen, wahrscheinlich von dem aus Aluminium bestehenden Modell vier. In den falschen Händen ein nutzloser Gegenstand, aber wohl kaum gefährlich.

Der Arzt seufzte und streckte erneut die Hand in die Schublade, um auch den Rest ihres Inhalts zu untersuchen.

Er fand die Taschenlampe ganz hinten in einer Ecke. O'Brien hatte sie ihm vor einigen Monaten aufgezwungen, als eine Tonsillitis-Epidemie dafür sorgte, daß Bashir überall besorgten Eltern begegnete, die eine unverzügliche Untersuchung ihrer Sprößlinge verlangten.

»Sie brauchen nicht alle Jungen und Mädchen in die Krankenstation zu holen«, hatte der Chefingenieur bei jener Gelegenheit betont. »Sie wissen doch, wie ein entzündeter Hals aussieht, oder? Leuchten Sie einfach kurz hinein und schicken Sie die Kinder dann nach Hause. Mehr erwartet man gar nicht von Ihnen.«

O'Brien hatte recht behalten, wie so oft, und fast zwei Monate lang trug Bashir die kleine Lampe wie eine besondere Waffe mit sich herum. Jetzt hoffte er, damit wenigstens einen kleinen Sieg über die Dunkelheit zu erringen.

Er kniete sich erneut nieder, hielt die Lampe in der einen Hand und öffnete mit der anderen die erste der beiden Schranktüren. Dutzende von verschiedenen Gegenständen drängten sich im dunklen Innern zusammen, doch zwischen ihnen blieb genug Platz für ein Geschöpf, das so klein war wie das Alien-Fragment. Behutsam beugte sich Bashir vor, leuchtete in den Schrank und betrachtete die Konturen jedes einzelnen Objekts, bevor er es beiseite schob.

Je weiter er sich vorarbeitete, desto einfacher wurde es, ruhiger zu atmen und das Zittern aus den Händen zu verbannen. Immerhin war der Schrank bis eben geschlossen gewesen, was bedeutete: Es gab nur eine äußerst geringe Wahrscheinlichkeit dafür, daß das fremde Wesen einen Weg hinein gefunden hatte. Darüber hinaus wäre es inzwischen längst vom Licht und von den Geräuschen verjagt worden. Es mußte sich also an einem anderen Ort befinden.

Trotzdem fühlte sich Bashir von tiefer Erleichterung erfaßt, als der schwache Lichtschein auf eine Antigrav-Einheit fiel. Er nahm die Lampe zwischen die Zähne und sank auf die Ellenbogen, um das Gerät aus dem Schrank zu ziehen.

Irgendwo klickte es, und dann schienen winzige Finger über die Beine des Arztes zu kriechen. Mit einem erschrockenen Schrei zuckte er zurück, schlug mit dem

Kopf an die obere Kante des Schranks, kippte zur Seite, stieß an eine Tür und spürte, wie Gegenstände aus der Schublade auf ihn herabfielen. Doch seine Aufmerksamkeit galt dem Empfinden, das ihm das rechte Bein vermittelte: Etwas kroch daran nach oben, stach gelegentlich durch den Stoff der Hose, erreichte das Knie, verursachte dort ein Brennen ...

Bashir schrie erneut, lauter diesmal und aus Furcht. Aus einem Reflex heraus wich er zurück, in Richtung Schrank, wagte es nicht, nach dem Geschöpf zu greifen. *Es ist kein Difluor,* versicherte ihm der rationale Teil seines Selbst. *Was auch immer das Wesen anstellt – es setzt kein Difluor ein.*

Derzeit kam es nur darauf an.

Bashir wandte sich zur Seite und versuchte dabei, das Bein mit dem brennenden Knie so ruhig wie möglich zu halten, als er sich hochstemmte, um die Dinge auf der Arbeitsplatte zu erreichen.

Sonden, Pinzetten und andere Objekte rasselten, verschwanden ebenso in der Dunkelheit wie die kleine Lampe, die sein Schrei fortgeschleudert hatte. Am Rand der Platte entdeckte die eine Hand schließlich den gesuchten Gegenstand.

Das Laserskalpell summte bereits, als er sein Hosenbein von den Knöcheln bis zum Knie aufschnitt.

Wo es vom Skalpell getroffen wurde, roch das fremde Wesen nach verbrennenden Walnüssen. Bashir rechnete halb damit, daß es quiekte oder fauchte. Statt dessen zuckte es kurz, sprang fort und verschwand erneut in der Finsternis.

Es suchte nach neuer DNS. Dieses Bestreben hatte es zu ihm gelockt, durch die Dunkelheit der Leichenkammer. Plötzlich wußte Bashir, wohin es jetzt unterwegs war. Er brauchte nicht einmal den klickenden Geräuschen zu lauschen, um festzustellen, welche Richtung das wurmartige Geschöpf einschlug. Die einzige andere DNS, die es wahrnehmen konnte, befand sich auf der anderen Seite der Krankenstation, lag hilflos in einem Tank mit Nährflüssigkeit.

»Dax!«

Er biß sich auf die Lippe, um einen neuerlichen Schrei zu unterdrücken, drehte sich herum, holte die kleine Lampe aus dem Schrank und stand dann auf. Blasses Licht glitt hin und her, als Bashir durch die Dunkelheit zur Symbiontenkammer eilte.

Das leise Platschen eines Körpers in der Nährflüssigkeit erschien dem Arzt so laut wie ein Donnern. Er stöhnte voller Verzweiflung, als im Schein der Lampe ein Wurm erschien, der einst ein Wahrnehmungsorgan gewesen war und sich nun in einen gefräßigen Angreifer verwandelt hatte. Mit beiden Händen griff Bashir in den Tank, packte das zuckende Wesen und riß es nach oben. Er hatte fast den Abfallbeseitiger erreicht, der über eine eigene Energiequelle verfügte, als der Alien zwischen seinen Fingern zu begreifen schien, daß ihm Gefahr drohte. Er gab Difluor frei – die Substanz zischte wie heißes Öl auf Eis.

Mit dem Ellenbogen öffnete der Arzt den Behälter, ohne zu wissen, ob er schrie oder nicht. Nur eins war ihm klar: Seine einzige Hoffnung bestand darin, das Wesen zu desintegrieren. Gab es ein schöneres Feuer als den kurzen Blitz, mit dem die Atome des wurmartigen Wesens ihre Struktur verloren?

Übelkeit quoll in ihm empor, und die Knie wurden ihm weich. *Nein!* dachte er und stieß gegen die nahe Wand. Das Platschen im Tank des Symbionten dauerte an, und er blickte in die Richtung, aus der er kam. Die kleine Lampe lag in dem Stasisbehälter, und in ihrem Schein sah Bashir, wie sich der alte Dax hin und her wand. Er schien aus der Nährflüssigkeit entkommen zu wollen, so als …

O Gott! Mit Wasser gemischt ergab Difluor eine der stärksten Säuren, die die Wissenschaft kannte. Sie konnte sich durch den Rumpf eines Raumschiffs fressen, ganz zu schweigen vom empfindsamen Fleisch eines uralten Symbionten. *O nein, bitte nicht! Nicht nach fünftausend Jahren! Ich habe ihn nicht fünf Jahrtausende lang am Leben erhalten, damit er auf diese Weise endet!*

Der in seinen Händen wütende Schmerz war inzwischen fast unerträglich geworden, aber das spielte keine Rolle. Er schob sie trotzdem in die Nährflüssigkeit hinein, obgleich er damit sich selbst einer erheblichen Gefahr aussetzte. Wenn er den Subraum-Umkehrer schnell genug erreichte, um die Säure in den Subraum zu verbannen und anschließend das von ihr geschädigte Gewebe zu regenerieren ...

»Es tut mir leid«, murmelte er. »Es tut mir so leid, Dax.« Vorsichtig schob er die Hände unter den heftig zitternden Symbionten ...

... und dann verwandelte sich die Krankenstation um ihn herum in ein Chaos aus Sternenschimmern und Blut, in dem sich seine Gedanken verloren.

»O nein, nicht schon wieder.«

Sisko sah von dem Logbucheintrag auf, den er gerade anfertigte. Der Ernst in Dax' Stimme weckte neue Besorgnis in ihm, doch als er zum Hauptschirm blickte, sah er nur die Streifenmuster der Sterne. »Was ist los?«

Die Trill saß an der modifizierten Navigationsstation. »Die Sensoren registrieren Quantenresonanzen im Subraum. Sie werden stärker, während wir uns dem Wurmloch nähern.«

Sisko schob den elektronischen Datenblock in die Armlehne des Kommandosessels zurück. »Im Zeitstrom nach vorn gerichtete Echos?«

»Danach sieht es aus, ja. Aber in diesem Zusammenhang würde ich gern Heather nach ihrer Meinung fragen. Sie ist noch immer unten bei T'Kreng.«

Sisko öffnete einen internen Kom-Kanal. »Fähnrich Petersen, bitte kommen Sie sofort zur Brücke.« Er lehnte sich zurück und hielt nach visuellen Anzeichen für die Resonanzmuster Ausschau. Doch er sah nur gleichmäßig leuchtende Sterne, als die *Defiant* den Warptransfer beendete und wieder auf Sublicht ging. »Wie weit sind wir vom Wurmloch entfernt?«

»Wir nähern uns ihm jetzt.« Dax runzelte verwundert die Stirn. »Das ist seltsam.«

Sisko wölbte fragend eine Braue. Das zentrale Projektionsfeld zeigte auch weiterhin nichts Außergewöhnliches. »Sieht alles ganz normal aus. Das Wurmloch öffnet und schließt sich nicht einmal.«

Die Trill schüttelte den Kopf. »Die Sensoren behaupten das Gegenteil. Ich verstehe das nicht ...« Sie sah auf, als sich die Tür des Turbolifts öffnete und eine atemlose Petersen hereinkam. »Haben Sie sich die Subraum-Anzeigen angesehen, Heather?«

Ein roter Schimmer huschte über die Wangen der jungen Frau. »Nein, Lieutenant. Entschuldigen Sie bitte. Zusammen mit T'Kreng habe ich in der Krankenstation versucht, eine magnetische Kommunikationsverbindung zu schaffen.«

Sisko blinzelte, überrascht von der Beiläufigkeit, mit der Petersen die tote Vulkanierin erwähnte. Die Trill zeigte keine besondere Reaktion. Sie schien es für völlig normal zu halten, mit dem noch vorhandenen Bewußtsein einer verstorbenen Person zu kommunizieren.

»Nun, werfen Sie einen Blick auf diese Anzeigen.« Dax ließ die entsprechenden Daten in einem Display erscheinen, und die beiden Wissenschaftlerinnen betrachteten sie eine Zeitlang. »Deutet das nicht auf eine neue Instabilitätsphase des Wurmlochs hin?«

»Es ist noch schlimmer als zuvor.« Petersen sah zum Hauptschirm und beobachtete die Darstellung des Alls. »Angesichts so starker energetischer Emissionen kam es vielleicht zu einer Verschiebung über die Grenzen des Sichtbaren hinaus. Haben Sie es schon mit einer Sondierung im Bereich der ultravioletten und Mikrowellenfrequenzen versucht?«

»Noch nicht.« Dax berührte in rascher Folge mehrere Schaltflächen. Statische Schlieren zogen durchs Projektionsfeld, wichen dann Schwärze.

»Ich glaube, das bringt uns nicht weiter, Dax«, sagte Sisko skeptisch.

»Subraum-Pulsation wird erneut aktiv«, meldete die Trill. Ganz plötzlich wich die Schwärze weißem Wogen, das wie ein Negativbild des Wurmlochs wirkte. Glitzernde Protuberanzen schossen durch den dunklen Weltraum und fielen dann ins Weiß zurück. »Sie haben recht, Heather. Das Wurmloch hat sich in den kurzwelligen Spektralbereich verschoben.«

Sisko spürte, wie die Falten in seiner Stirn tiefer wurden. »Bedeutet das, ein Transfer ist nicht mehr möglich?«

Die Trill wechselte einen nachdenklichen Blick mit der Jungakademikerin von Starfleet. »Die ultravioletten Emissionen stellen für sich genommen kein Problem dar«, erwiderte Dax geistesabwesend. »Unsere Schilde können mit viel stärkeren elektromagnetischen Strahlungen fertig werden. Doch das Instabilitätsniveau ist fast so hoch wie vor der neutralisierenden Intervention der Wurmlochbewohner. Ich fürchte, größere Objekte als ein Photonentorpedo können die Singularitätsmatrix jetzt nicht mehr sicher passieren.«

Sisko rieb sich das Kinn und überlegte. »Also können wir trotz deiner besonderen Verbindung mit der anderen Seite nicht hoffen, Verstärkung von *Deep Space Nine* zu erhalten.«

»Darauf läuft es hinaus, Benjamin.«

»Das ist nicht unser einziges Problem, Captain.« Petersen sah von dem Display auf, das Subraum-Daten zeigte. Der Ernst in ihrer Miene ließ sie älter erscheinen. »Das Wurmloch setzt weitaus mehr Energie frei, als es nach unseren ursprünglichen Berechnungen der Fall sein sollte. Wenn ich es nicht besser wüßte, würde ich daraus folgenden Schluß ziehen: Der Subraum-Riß ist so nahe, daß die Bewohner des Wurmlochs die Quantenresonanz-Fluktuationen nicht mehr kontrollieren können.«

Sisko verzog das Gesicht. »Aber da wir wissen, daß die Raumstation der Jem'Hadar erst in sechzehn Stunden hier eintrifft ...«

»Es bedeutet, daß der Riß viel größer und destruktiver ist, als wir erwartet haben«, sagte Dax. Sie drehte sich zu Sisko um. »Wenn wir ihn verhindern, retten wir nicht nur das Wurmloch und *Deep Space Nine*, Benjamin. Es geht jetzt auch um den Planeten Bajor.«

Sisko stand ruckartig auf, als Anspannung und Sorge rapide zunahmen. Jake befand sich auf Bajor. Zweihundert Millionen Personen lebten dort, und ihm fielen nur ein oder zwei ein, die es verdienten, von einer explodierenden Singularität verschlungen zu werden.

»*Wie* sollen wir den Riß verhindern?« fragte er und begann mit einer unruhigen Wanderung durch den Kontrollraum der *Defiant*. »Die fremden Wesen sind aufgrund der Abwärme des Warpkerns in der Lage, uns trotz der Tarnvorrichtung zu orten. Sie können nicht nur unsere Schilde durchdringen, sondern auch die spezielle Panzerung der Außenhülle. Sie sind sogar imstande, die Waffen der Jem'Hadar gegen uns einzusetzen! Wie sollen wir gegen sie vorgehen?«

»Mit einer Infiltration«, sagte Petersen. Sisko bedachte sie mit einem erstaunten Blick. Zwar röteten sich ihre Wangen ein wenig, aber sie machte keinen Rückzieher. »Die Idee stammt nicht von mir, sondern von T'Kreng. Und angesichts des gegenwärtigen Zustands der Singularitätsmatrix ...« Sie deutete zum rhythmischen weißen Wogen des sich immer wieder öffnenden und schließenden Wurmlochs. »Ich glaube, Sie sollten besser die Krankenstation aufsuchen und mit der Professorin reden, Captain.«

19

Der Alien sah wie etwas aus der Protestschrift telleritischer Antivivisektionisten aus. Er lag mit dem Bauch nach oben, und deutlich waren die krenelierten Verwachsungen aus grauem Hirnmaterial zu sehen, die in langsam pulsierenden Gallerttaschen ruhten. Sisko blieb in der Tür der Krankenstation stehen und nahm überrascht zur Kenntnis, daß der bläuliche Glanz eines Kraftfelds fehlte.

»Das Geschöpf sollte in der Stasis bleiben, Dax«, sagte er scharf. »Immerhin hätte es fast Fähnrich Goldman getötet.«

»Ein bedauerlicher Fehler, Captain.« Die Stimme war elektronischen Ursprungs und drang aus den Kom-Lautsprechern, doch in ihr kam ganz deutlich T'Krengs Gelassenheit zum Ausdruck. »Ich wollte ein Mitglied Ihrer Einsatzgruppe festhalten, um sicherzustellen, daß Sie mich mit ihm zusammen an Bord beamen.« Die beiden Gliedmaßen des fremden Wesens streckten sich kurz und erschlafften dann wieder. »Leider hatte ich zu jenem Zeitpunkt noch keine vollständige Kontrolle über das Jem'Hadar-Subhirn.«

Sisko sah über den Untersuchungstisch hinweg und richtete einen ungläubigen Blick auf Yevlin Meris. »Sie kann mich hören?«

Die Bajoranerin nickte. »Der medizinische Computer digitalisiert unsere Sprache und überträgt sie durch mikroelektrische Impulse. Es war Professor T'Krengs Idee.« Sie deutete auf winzige Elektroden in einer der größeren Hirnmassen. »Sie empfängt unsere Worte im binären Computercode und wandelt sie praktisch sofort in verständliche Sprache um.«

»Das ist bemerkenswert – selbst für eine Vulkanierin.« Dax beugte sich über die Stasiseinheit und schien überhaupt nicht auf die Klauen zu achten, die nur wenige Zentimeter von ihrem Gesicht entfernt waren und Difluor freisetzen konnten. Sisko biß die Zähne zusammen und widerstand der Versuchung, sie zurückzuziehen. »Professor, setzen Sie die Subhirne gewissermaßen als Parallelprozessoren ein, auf eine ähnliche Weise wie die Fremden, die aus den kortikalen Strängen ein neurales Netz schaffen?«

»Ja, Lieutenant Dax.« Selbst die künstliche Stimme der Vulkanierin brachte es fertig, arrogant und überlegen zu klingen. »Deshalb habe ich Petersen gebeten, die anderen Stränge aus der Stasis freizugeben. Ich brauche Sie, um Ihren verbalen Input korrekt zu verarbeiten.«

Sisko räusperte sich. »Haben Sie den Organismus wirklich vollkommen unter Kontrolle, Professor? Verfügt er nicht mehr über eine eigene Persönlichkeit und einen eigenen Willen?«

»Es gibt in ihm nur einige elementare Überlebensinstinkte und Triebe, Captain. Sie sind im genetischen Material seiner Zellen codiert – das nicht aus DNS besteht, wie ich vermute. Alle höheren logischen und emotionalen Vorgänge finden auf der Grundlage von Rivalität, Kooperation und Dominanz der aufgenommenen kortikalen Fragmente statt. Diesem Teil meines Gehirns fiel es nicht weiter schwer, die neuralen Bänder des ursprünglichen Organismus zu übernehmen, wobei ich allerdings erwähnen sollte, daß ich auf die Hilfe meiner vulkanischen Assistenten und eines recht zornigen Ferengi-Händlers zurückgreifen konnte.«

Sisko strich sich mit der Hand übers Gesicht und versuchte, sich eine intelligente Spezies vorzustellen, deren Individuen keine eigene Intelligenz besaßen.

»Wenn das Denken und Empfinden auf die absorbierten Organismen zurückgeht – wie sind diese Fremden dann imstande, Aktionen und Strategien zu planen? Wie können sie überhaupt die Absicht haben, den Rest ihrer Spezies durchs Wurmloch zu transferieren?«

T'Kreng schwieg einige Sekunden lang, so als sei ihr diese Frage bisher noch nicht in den Sinn gekommen. »Ich vermute folgendes. Durch den Kontakt mit der Selbstmatrix des individuellen Alien kommt es zu einer allgemeinen Identifizierung mit dem Wirt, zumindest für jene kortikalen Fragmente, denen es an Erinnerungen und Willen mangelt. Auch Teile meines eigenen Gehirns scheinen auf diese Weise beeinflußt worden zu sein. Andererseits: Hirnmassen, die sich durch eine starke Eigenpersönlichkeit auszeichnen, lehnen die Aufnahme in den Fremdorganismus ab und leisten auch nach Jahrhunderten noch Widerstand. Ich schätze, von ihnen dürfen wir Hilfe erwarten.«

Dax nickte. »Dann brauchen wir also nur ...«

»Dax«, sagte Sisko scharf, als er sah, wie das Gesicht der Trill mit dem Beginn einer neuen Trance leer wurde.

Sie zuckte zusammen und blinzelte mehrmals.

»Alles in Ordnung, alter Knabe?« fragte der Captain besorgt.

Blässe verbannte die Farbe aus Dax' Miene. »Mit mir schon – aber nicht mit dem anderen Dax. Benjamin, in der Krankenstation von *Deep Space Nine* treibt sich ein fremdes Geschöpf herum, greift Julian und den Symbionten an! Offenbar ist es einigen Wesen bereits gelungen, das Wurmloch zu passieren!«

»Was?«

»Die Kernmasse schickte eine aus zweihundertfünfzig Individuen bestehende Vorhut durch die Singularitätsmatrix, bevor es zu dem Angriff auf die *Sreba* kam«, erklärte T'Kreng. »Ich weiß nicht, welche Kommunikationsmethode sie verwenden, aber offenbar überwindet sie Zeit und Raum. Die hiesige Kernmasse hat die Wesen im Alpha-Quadranten aufgefordert, auf ihrer Seite einen Kollaps des Wurmlochs zu bewirken, wenn er sich hier nicht bewerkstelligen läßt.«

»*Verdammt!*« Sisko schlug die Fäuste so heftig aneinander, daß die Fingerknöchel schmerzten. Er sah, wie Yevlin Meris und Heather Petersen zusammenzuckten, versuchte daraufhin, sein Temperament unter Kontrolle zu halten. »Wir können das Wurmloch also gar nicht retten, selbst wenn wir die Raumstation der Jem'Hadar zerstören?«

T'Kreng widersprach. »Die Unfähigkeit, alle Aspekte eines Problems zu kontrollieren, ist keine Entschuldigung dafür, die kontrollierbaren Aspekte außer acht zu lassen, Captain. Wir müssen darauf vertrauen, daß es der Crew von *Deep Space Nine* gelingt, mit den Fremden fertig zu werden – während wir uns bemühen, *hier* einen Kollaps des Wurmlochs zu verhindern.«

Sisko atmete tief durch und spürte neue Entschlossenheit. »Na schön. Mit wie vielen Fremden haben wir es zu tun?«

»Als ich den Stützpunkt der Jem'Hadar verließ, hielten sich dort über fünfhundert Individuen auf.«

»Und Sie halten eine Infiltration für möglich? Wie wollen Sie dabei vorgehen?«

»Ein intaktes Gehirn muß einen direkten Kontakt mit dem neuralen Prozessorkern herbeiführen.« Diesmal beschränkte sich T'Kreng darauf, eine klare Antwort zu geben.

Dax blickte skeptisch auf den Strang aus kortikalen Fragmenten hinab, mit dem sie sprachen. »Halten Sie es für möglich, daß ein einzelnes Individuum in der Kernmasse Tausende von Hirnen beherrschen kann?«

»Das ist unwahrscheinlich«, räumte T'Kreng ein. »Aber ein sehr motiviertes und intelligentes Individuum könnte genügend Verbündete finden, um einen kleinen Teil der Kernmasse zu kontrollieren. Und jener

Teil wäre dann imstande, die Selbstzerstörungssequenz der Station einzuleiten, während sie noch weit genug vom Wurmloch entfernt ist.«

»Könnten Sie so etwas bewerkstelligen?« fragte Sisko.

T'Kreng zögerte, und der Captain glaubte, einmal mehr die Kühle der Vulkanierin zu spüren. »Natürlich könnte ich das – mit meiner ursprünglichen kortikalen Struktur. Aber Sie sprechen mit weniger als sechzig Prozent von T'Krengs Bewußtsein, und ich weiß nicht, wo sich der Rest von mir befindet. Sie benötigen eine vollständige Hirnmasse, um diesen Plan durchzuführen. Und es muß ein direkter Kontakt erfolgen.«

Dax kniff die Augen zusammen, als sie zu verstehen begann. Sie sah auf und begegnete Siskos ernstem Blick. Er sprach die gräßliche Schlußfolgerung in aller Deutlichkeit aus. »Sie meinen, jemand soll sich von einem fremden Wesen der Kernmasse angreifen und fressen lassen?«

»Um kurze Zeit später zu sterben, wenn die Raumstation der Jem'Hadar explodiert. Diese Strategie mag nicht sehr reizvoll erscheinen, aber sie wird zum Erfolg führen.« Absolute Gewißheit erklang in der Stimme der Vulkanierin. »Es gibt keine Alternative, Captain Sisko, das versichere ich Ihnen. Das Selbst der Kernmasse ist zweifellos imstande, alle anderen Angriffe abzuwehren.«

»Das muß sich erst noch herausstellen.« Sisko richtete sich zu seiner vollen Größe auf. Er wollte plötzlich fort von dem Alien und der in ihm gefangenen Vulkanierin. »Uns bleiben noch sechzehn Stunden Zeit, und wir haben eins der besten Kampfschiffe von Starfleet. Noch bin ich nicht zu irgendwelchen Selbstmordunternehmen bereit.«

»Natürlich nicht.« T'Krengs Stimme hallte kalt durch die Stille in der Krankenstation. »Aber in fünfzehn Stunden werden Sie Ihre Meinung ändern, und dann erwarte ich Sie für letzte Instruktionen. Anschließend sollten Sie dieses Geschöpf mit einem auf weite Streuung justierten Transporterstrahl ins All schicken.«

Sisko verharrte an der Tür der Krankenstation, als er einen seltsamen Unterton in den Worten der Vulkanierin hörte. »Ist das ein strategischer Vorschlag, ehrenwerte Professorin?«

»Nein«, erwiderte der Rest von T'Kreng. »Es ist eine Bitte um Gnade.«

»Wir müssen Dax in den Gamma-Quadranten bringen.«

Kira lag halb in einer offenen Sensorkonsole und fühlte sich fast zerquetscht vom Gewicht diverser Werkzeuge. Sie nahm Bashirs Worte mit einem leisen Schnauben zur Kenntnis. »Dax *ist* bereits im Gamma-Quadranten, Doktor. Das wüßten Sie, wenn Sie die Krankenstation ab und zu verlassen würden.« Sie löste zwei weitere, halb verschmorte isolineare Chips aus ihren Einfassungen und fügte sie den anderen schadhaften Teilen hinzu, die inzwischen einen ansehnlichen Haufen bildeten. »Wenn Sie jetzt so freundlich wären ...«

»O mein Gott! Was ist passiert, Julian?«

Der erschrockene Klang von O'Briens Stimme weckte ebenso jähe Besorgnis in Kira wie das Schrillen der Alarmstufe Rot.

»Der Energieausfall hat es unserem kleinen Gast offenbar ermöglicht, aus der Stasis zu entkommen«, bemerkte Odo.

Die Worte des Constable sorgten dafür, daß sich in Kiras Magengrube etwas zusammenkrampfte. Sie erinnerte sich an ihr eigenes Entsetzen und stellte sich vor, wie es dem Arzt ergangen sein mochte. Rasch kroch sie aus der Konsole. *Wir dürfen auf keinen Fall unseren Ersten Medo-Offizier verlieren!* dachte sie. *Wie sollte ich Sisko erklären, daß ich nicht einmal auf unseren Doktor aufpassen konnte?*

Bashir stand neben der Ops-Leiter und hielt die Hände ausgestreckt, als wüßte er nicht, was er mit ihnen anfangen sollte. Dunkle Flecken zeigten sich an seiner Uniform, stammten von Blut und Nährflüssigkeit. O'Brien erreichte ihn als erster und sorgte dafür, daß er in einem Sessel Platz nahm. Kira eilte herbei und schnappte unwillkürlich nach Luft, als sie den Zustand von Bashirs Händen sah. Wie hatte er damit von den unteren Decks bis hierher klettern können?

O'Brien blickte Bashir tief in die Augen, so wie ein Vater seinem Sohn. »Rühren Sie sich nicht von der Stelle!«

Der Arzt gehorchte nur teilweise. Als O'Brien forteilte, um eine medizinische Notausrüstung zu holen, beugte er sich vor und sah dem Chefingenieur nach.

»Was ist mit dem fremden Wesen?« fragte Kira und griff nach seiner Schulter.

»Ich bin soweit in Ordnung, Chief«, brachte Bashir hervor. Er schien Mühe zu haben, diese Worte zu formulieren. »Die Säure ist neutralisiert. Nicht nur ... bei mir, sondern auch ... bei ihm ...«

»Julian!« Kira schüttelte ihn, und er blinzelte. Sein blasses Gesicht wirkte hohlwangig, die Augen trüb. »Was ist mit dem fremden Wesen geschehen, Julian? Wo befindet es sich jetzt?«

Er schüttelte den Kopf. »Ich habe es aufgelöst. Im ... Abfallbeseitiger.«

Die Bajoranerin erinnerte sich an den Desintegrationsblitz, der ihre von Difluor zerfressene Jacke aufgelöst hatte. Erleichterung verdrängte die Anspannung aus ihr. Ein kleiner Sieg, zugegeben – aber immerhin etwas.

Kira klopfte dem Arzt kurz auf die Schulter und wich dann beiseite, um für O'Brien Platz zu schaffen.

Erstaunlicherweise wich Bashir vor dem Chefingenieur zurück und schnitt eine Grimasse. »Wir haben jetzt keine Zeit für solche Dinge! Wir müssen unbedingt einen Weg finden, um Dax in den Gamma-Quadranten zu bringen!«

O'Brien ließ die Medo-Tasche auf den Schoß des Arztes sinken und nahm seine Hände. »Julian ...«, sagte er, und seine Stimme vermittelte eine deutliche Warnung.

»Sie brauchen sich keine Sorgen zu machen, Doktor«, sagte Kira in einem beruhigenden Tonfall. »Dax ist bereits im Gamma-Quadranten.«

Bashir richtete einen verzweifelten Blick auf sie. »Ich meine nicht Jadzia, sondern *Dax*!«

»Julian!« sagte O'Brien so scharf, daß der Arzt den Kopf drehte. »Denken Sie an die Starfleet-Befehle ...«

»Die Befehle von Starfleet interessieren mich nicht!« stieß Bashir mit einer Vehemenz hervor, die Kira verblüffte. »Sie sind mit Dutzenden von viroiden Lebensformen konfrontiert, die unsere Energie absaugen, und ich habe einen Trill-Symbionten in der Krankenstation, der behauptet, uns helfen zu können.« Erneut wandte er sich Kira zu, und diesmal hatte sein Gesicht wieder ein wenig Farbe gewonnen. Doch seine Augen blieben trübe. »Uns bleibt nicht viel Zeit. Was auch immer mit dem Wurmloch geschieht – es passiert bald. Und ...« Sein Blick reichte ins Leere, und er runzelte die Stirn. »*Sie* sind irgendwie Teil davon. Die Zusammenhänge verstehe ich nicht ...«

Odo schnaufte und verschränkte die Arme. »Da geht es Ihnen genau wie uns.«

Kira brachte ihn mit einem kurzen Blick zum Schweigen. »Ich schlage vor, Sie erklären zunächst, wovon Sie überhaupt reden«, forderte sie den Arzt auf. »Wenn Dax bei Ihnen weilt – wer ist dann bei Jadzia?«

Bashir versuchte ganz offensichtlich, sich zusammenzureißen, schien jedoch nicht in der Lage zu sein, den Blick von O'Brien abzuwenden, der seine Hände untersuchte. »Wir wurden zur Starbase Eins gerufen, weil Starfleet ... Hinweise darauf gefunden hat, daß Captain Sisko, Jadzia und ich ...«

Er unterbrach sich und deutete auf einen Regenerator in der Medo-Tasche. Der Chefingenieur griff sofort danach.

»Bei Starfleet Command wußte man, daß wir aufgrund eines temporalen Risses des Wurmlochs in die Vergangenheit versetzt wurden«, fuhr Bashir fort, während ihm O'Brien mit dem Regenerator über die Hände strich. »Dax zählte zu den konkreten Hinweisen darauf. Jener Dax, der in die Vergangenheit geraten *würde*, der in die Vergangenheit *geriet* und ...« Er schloß die Augen und schüttelte den Kopf, als könnte er auf diese Weise seine Gedanken ordnen. »Er überlebte uns alle, und nur er weiß, was geschehen ist, und wenn wir ihn nicht in den Gamma-Quadranten bringen, wiederholt sich alles!«

»Dieser Symbiont ...« Odo lehnte sich an die Wand, und die Skepsis in seiner Stimme war unüberhörbar. »Er *spricht* zu Ihnen?«

Glanz kehrte in die Augen des Arztes zurück. »Natürlich nicht. Die Kommunikation solcher Symbionten erfolgt auf elektrochemischer Basis, sowohl mit den Wirten als auch untereinander. Ich ... mein anderes Selbst ... Nach dem Tod der anderen verbrachte ich viel Zeit bei dem Symbionten. Vielleicht hat er während jener Jahre gelernt, sich meinem bioelektrischen Muster anzupassen, irgendeine Art von Verbindung mit mir herzustellen, damit wir uns nicht mehr so einsam fühlten. Und jetzt, angesichts der offenen Wunden an meinen Händen ...« Seine Stimme verklang, verlor sich einmal mehr in einem Strudel aus Erinnerungen. »Ich höre keine Worte oder Gedanken. Ich ... ich *erfahre* einfach etwas und *weiß* plötzlich von Dingen.«

Bashir unterbrach sich hilflos, suchte nach den richtigen Worten und gab es schließlich auf. Einige Sekunden später sah er zu Kira. »Gestatten Sie mir, mit einem Runabout zum Gamma-Quadranten zu fliegen. Dax muß die *Defiant* erreichen, bevor es zu spät ist.«

Die Vorstellung, daß der Arzt in seinem gegenwärtigen Zustand ein Raumschiff durch den Dimensionstunnel steuerte, war absurd. Doch darauf wies O'Brien nicht hin. Statt dessen sagte er: »Ausgeschlossen, Julian. Derzeit können wir nichts durchs Wurmloch schicken, das größer ist als ein Photonentorpedo. Und selbst wenn wir dazu imstande wären: Die fremden Wesen würden die Abwärme des Triebwerks bemerken und über das Schiff herfallen.«

»Aber wenn wir nichts unternehmen, zerstören die Geschöpfe das Wurmloch und ändern vermutlich auch den Verlauf der Geschichte.«

Dunkle Ahnungen regten sich in Kira und bescherten ihr neue Anspannung. »Wie sollten jene Wesen imstande sein, das Wurmloch zu zerstören?«

»Ich weiß es nicht!« Ein Hauch Panik vibrierte jetzt in Bashirs Stimme. »Mir ist nur eins klar: Wenn wir Dax nicht durchs Wurmloch bringen, hat er völlig umsonst fünftausend Jahre in einem mit Nährflüssigkeit gefüllten Behälter verbracht.« Er fuhr sich mit einer gerade erst geheilten Hand durchs Haar. »So etwas kann ich nicht zulassen.«

»Welche Möglichkeiten stehen uns offen?« Mit noch immer verschränkten Armen trat Odo an Kiras Seite. Seine Haltung brachte eine Unzufriedenheit zum Ausdruck, die vor allem dem Umstand galt, daß es keine klaren Antworten gab. »Wir können den Symbionten nicht mit etwas fortschicken, das über eine Energiequelle verfügt. Und er dürfte wohl kaum in der Lage sein, das Wurmloch aus eigener Kraft zu durchqueren. Wie soll er unter solchen Umständen den Gamma-Quadranten erreichen?«

Bashir hob den Kopf, und Falten fraßen sich ihm tief in die Stirn. Kira dachte zunächst, daß er sich über

Odos Bemerkungen ärgerte, doch dann breitete sich ein Lächeln im Gesicht des Arztes aus. »Ich habe da eine Idee«, kam es langsam von seinen Lippen.

Jadzia Dax wußte, daß sie als wissenschaftlicher Offizier zumindest eine schlechte Angewohnheit hatte: Wenn sie nervös war oder sich langweilte, spielte sie mit den Farben des Sensordisplays. Derzeit spürte sie eine Mischung aus Nervosität *und* Langeweile. Was dazu führte, daß die hochenergetischen Pulsationen des Wurmlochs auf dem Hauptschirm immer wieder die Farbe veränderten. Rotes und violettes Wogen wurde zu einem kalten, gleißenden Blau, das in ein elektrisches Indigo überging, in dem hier und dort weiße Flecken blitzten. Welche Darstellung Dax auch wählte: Das sich rhythmisch öffnende und schließende Wurmloch wirkte immer unheilvoller.

»Ich meine nach wie vor, daß wir die Quantentorpedos einsetzen sollten«, sagte sie. Eigentlich erwartete Dax gar nicht, daß man ihr zuhörte – sie wollte sich nur von dem Anblick im zentralen Projektionsfeld ablenken. »Es sind unsere wirkungsvollsten Waffen.«

»Ihre thermale Signatur ist zu deutlich.« Siskos Stimme erklang irgendwo unter der Waffenkonsole; er löste dort die Verkleidungsplatte der Phaserkontrollen. »Einige gepanzerte Wesen könnten sie abfangen und vorzeitig zur Explosion bringen. Geben Sie mir den Phasenmodulator, Eddington. Und weisen Sie mich auf die richtige Wellenlänge hin.«

Dax drehte sich zu ihnen um und runzelte die Stirn. »Wie wär's, wenn wir die Torpedos miteinander verbinden und als stationäre Mine im All verwenden? Wir bringen sie zur Explosion, sobald sie ins Gravitationsfeld der Jem'Hadar-Station gerät. Auf diese Weise bleibt eine thermale Signatur aus.«

»Aber wir könnten nicht sicher sein, daß die Explosion an der richtigen Stelle erfolgt«, gab Eddington zu bedenken. »Wir müssen ganz sicher sein, daß der Reaktionskern vernichtet wird …«

»Die Wellenlänge«, erinnerte Sisko den Sicherheitsoffizier.

»Dreihundertdreiundneunzig Nanometer. Wir müssen den Reaktionskern zerstören, um zu verhindern, daß die Raumstation im Wurmloch explodiert.«

»Ja, ich *weiß*«, erwiderte Dax und ärgerte sich über Eddingtons Tendenz, Offensichtliches zu wiederholen. »Aber ich bin nicht sicher, ob wir die Vernichtung des Kerns gewährleisten können, indem wir die Phaser auf die Resonanzfrequenz der Reaktionsmassen justieren. Vierhundert mit Duraniumpanzern ausgestattete Wesen umgeben den Kern. Sie sind vermutlich imstande, einen großen Teil der Phaserenergie zu absorbieren.«

»Deshalb müssen wir sie irgendwie ablenken.« Sisko kam hinter der Waffenkonsole zum Vorschein. Winzige Flocken aus Isoliermasse zeigten sich in seinem Gesicht. »Und an dieser Stelle kommen die Quantentorpedos ins Spiel.«

Erneut veränderte Dax die Farben, und ein Schatten schien sich über purpurnes Glühen zu stülpen. Die Entladungen des Wurmlochs verloren sich fast in Schwärze. »Ich könnte die Quantentorpedos so modifizieren, daß sie die energetische Signatur eines Warpkerns aufweisen«, sagte die Trill nachdenklich. »Dadurch gelingt es uns vielleicht, eine große Anzahl der Wesen fortzulocken.«

»Erst recht dann, wenn wir ihnen zwei verschiedene Köder anbieten«, fügte Sisko hinzu. »Wie lange brauchen Sie für die notwendigen Modifikationen?«

Ein plötzliches warnendes Summen veranlaßte Dax, wieder auf die Anzeigen ihrer Konsole zu blicken. Jähe Anspannung erfaßte die Muskeln in Schultern und Nacken. »Es kommt darauf an, wie viele Torpedos übrig sind, Captain. Die Fernbereichsensoren orten fünf Kriegsschiffe im Anflug. Bitte bestätigen Sie ihre Identität, Eddington.«

Der Sicherheitsoffizier berührte Schaltelemente und nickte langsam, als Daten über die Displays wanderten. »Es handelt sich eindeutig um Einheiten der Jem'Hadar. Aber ihre Warp-Signatur ist seltsam. O *nein*!«

Dax warf ihm einen überraschten Blick zu. Der Sicherheitsoffizier konnte manchmal recht hochnäsig sein, aber er achtete immer auf ein ruhiges, professionelles Gebaren. Der Ausruf paßte nicht zu ihm.

Sisko hob die Brauen. »Was ist los?« fragte er.

Eddington drehte sich um. »Die Schiffe der Jem'-Hadar ... Sie haben Traktorstrahlen auf die Raumstation gerichtet, in der sich die fremden Wesen befinden.«

»*Was?*« Sisko durchquerte den Kontrollraum und warf selbst einen Blick auf die Anzeigen der Waffensensoren. »Dax, Abfangkurs mit maximaler Warpgeschwindigkeit!«

»Warptransfer beginnt«, sagte die Trill und warnte mit diesen Worten vor einem Ruck, der stark genug sein konnte, um jemanden von den Beinen zu reißen. Wenige Sekunden später sprang die *Defiant* durchs All und beschleunigte auf Überlichtgeschwindigkeit. »Wir erreichen die Schiffe in fünf Minuten. Visueller Kontakt in vier Minuten.«

»Legen Sie die Schiffe auf den Schirm, sobald wir in Sichtweite sind«, sagte Sisko. »Nun, hat jemand von Ihnen eine Ahnung, warum die Jem'Hadar ihre Raumstation zum Wurmloch bringen wollen?«

Hovan saß noch immer an den Kontrollen der Tarnvorrichtung und räusperte sich. »Vielleicht haben die fremden Wesen jene Schiffe unter ihre Kontrolle gebracht.«

»Ich vermute eher, daß die Jem'Hadar auf diese Weise ein Problem aus ihrem Quadranten entfernen wollen«, meinte Dax. »Wenn sie ganz plötzlich einen Warptransfer mit der Station begannen, konnten die Geschöpfe nicht mehr aus der Station heraus, um sie anzugreifen. Selbst aus Duranium bestehende Körper sind nicht imstande, jähen Warpbeschleunigungen standzuhalten.«

»Schade, daß wir nicht an diese Möglichkeit gedacht haben«, brummte Sisko. »Wir hätten die Raumstation in die andere Richtung abschleppen sollen.«

»Nach dem Warptransfer wäre es notwendig gewesen, die Station sofort zu vernichten«, erwiderte Dax. »Wenn die Jem'Hadar von Warpgeschwindigkeit auf Sublicht gehen, müssen sie damit rechnen, von den Wesen angegriffen zu werden.«

Sisko nickte und drehte den Kopf, als sich die Tür des Turbolifts öffnete.

»Was ist passiert?« fragte Heather Petersen besorgt. »Ich war gerade mit einer relativistischen Analyse beschäftigt, um festzustellen, wann der Zeitriß erfolgt, als ...« Sie sah zum Hauptschirm und erbleichte. Die fünf Kriegsschiffe der Jem'Hadar wurden gerade sichtbar, und ihre Traktorstrahlen hielten die von den fremden Wesen übernommene Raumstation fest. »O nein! Sie bringen die Station hierher!«

Sisko wandte sich von dem beunruhigenden Bild ab und musterte die Kadettin. »Wann kommt es Ihren Schätzungen nach zu dem Zeitriß, Fähnrich?«

Petersen schluckte, bevor sie antwortete: »Zuvor blieben noch fünfzehn Stunden Zeit. Aber dieser Wert schmolz plötzlich auf fünfundvierzig Minuten.«

Es lief Dax kalt über den Rücken, und sie wußte nicht, woher die Reaktion stammte, vom Symbionten in ihr oder von seinem uralten Zwilling. Sie schloß die Augen, atmete tief durch und sträubte sich gegen die Benommenheit einer beginnenden Trance.

»Die Jem'Hadar sind jetzt bis auf Gefechtsreichweite heran, Captain«, sagte Eddington. »Soll ich den Zielerfassungsfokus der Phaser auf die Schiffe oder auf die Station richten?«

Sisko preßte kurz die Lippen zusammen. »Angesichts der gegenwärtigen niedrigen Frequenz der Phaser können wir mit ihnen nichts gegen die Schilde der Jem'Hadar ausrichten. Wir würden nur unsere Position preisgeben, ohne irgendeinen Nutzen daraus zu ziehen. Richten Sie Quantentorpedos auf die Schiffe, Commander. Wir versuchen, so viele wie möglich zu zerstören, und anschließend vernichten wir die Raumstation.«

»Aye, Sir.« Eddingtons Finger tanzten über Schaltflächen hinweg. »Torpedos bereit.«

Dax wußte nicht, was sie warnte, vielleicht die Taubheit in ihren Fingerspitzen oder ein seltsames Funkeln in den Augenwinkeln. Etwas zerrte an ihren Gedanken, und diesmal war es sinnlos, sich der Trance widersetzen zu wollen.

»Benjamin!« rief sie. »Jemand soll meine Station übernehmen ...«

Sie sah noch, wie Sisko näher kam – dann lösten sich die Konturen der *Defiant*-Brücke auf. Normalerweise senkte sich dunkle Stille auf sie herab, wenn sie mit dem alten Dax kommunizierte, aber diesmal wogten ihr grelle Farben und Lärm entgegen. Entsetzt fragte sich die Trill, ob sie den Tod des alten Dax erlebte. Ein ungebundener Symbiont konnte unmöglich visuelle Stimuli empfangen ...

»... sensorische Illusionen, hervorgerufen von Veränderungen in starken Magnetfeldern ...« Es waren leise Worte, aber Dax erkannte sofort die Stimme. Das große Interesse an neuen Erfahrungen, so gefährlich sie auch sein mochten, wies eindeutig auf ihren Symbionten hin. »... nicht ausreichend vor solchen Einflüssen abgeschirmt, Überleben fraglich ...«

Heller Glanz raste einem Torpedo gleich durch die matter werdenden Farben und konfrontierte sie mit neuer Helligkeit. Die Geräusche schwollen zum donnernden Heulen von Statik an, das dann schnell dumpfer wurde, bis man es kaum noch hörte und nur als Vibration fühlte. War *Deep Space Nine* einer Katastrophe zum Opfer gefallen? Vergeblich lauschte die Trill im Hintergrund nach den Stimmen von Bashir und O'Brien. Vielleicht wurde die Station von den gleichen fremden Wesen angegriffen, gegen die sie hier kämpften. Ein Warpkern-Kollaps bedeutete, daß eine enorme Menge an Subraum-Energie freigesetzt wurde, was wiederum eine starke magnetische Schockwelle durch die Station schickte …

»… im mittleren Bereich, die Magnetfelder gewinnen noch immer an Intensität …«

Ein seltsames Zittern erfaßte Dax, schien chemischen Ursprungs zu sein. Sofort verschwanden Farben und Geräusche. Sie erweiterte ihr Bewußtsein, streckte mentale Hände aus und versuchte, den Kontakt wiederherzustellen.

»*Lieutenant!*« Finger bohrten sich ihr in die Schultern, fest und tief genug, um Dax eine schmerzerfüllte Grimasse schneiden zu lassen. Sie begriff plötzlich, daß sie auf der Brücke der *Defiant* war, schlug die Augen auf und sah verwirrt zu Yevlin Meris.

»Was ist passiert?«

»Ich habe Ihr Isoborominniveau gesenkt.« Die Bajoranerin hielt sich fest, als das Schiff ein jähes Ausweichmanöver flog und die Andruckabsorber zu spät reagierten. »Es war doppelt so hoch wie normalerweise. Heather hat mir zu erklären versucht, daß Sie auf irgendeine Weise mit dem anderen Symbionten in Verbindung stehen. Wie dem auch sei: Ich glaube nicht, daß es gut für Sie ist.«

Dax verzog das Gesicht und stand auf. »Was geht hier vor?« fragte sie, blickte zum Hauptschirm und sah Sterne, die ständig in Bewegung waren. »Wo sind die Jem'Hadar?«

Sisko blieb auf die Navigationskontrollen konzentriert. »Wir haben ein Schiff mit der ersten Torpedosalve zerstört, aber zwei weitere haben den Konvoi verlassen und es auf uns abgesehen. Sie feuern auf extrapolierte Bereiche unserer Ionenspur. Haben Sie den Zielerfassungsfokus auf das erste Schiff gerichtet, Eddington?«

»Wenn Sie mir einige Sekunden mehr Zeit geben, Captain ...«

Die *Defiant* änderte erneut den Kurs, schraubte sich in einer engen Spirale nach ›unten‹. Dax streckte die Hände nach der Armlehne des Kommandosessels aus, um nicht das Gleichgewicht zu verlieren und zu fallen. Weißes Licht gleißte vom Hauptschirm – es stammte von einem Phaserstrahl, dem sie gerade ausgewichen waren.

»Tut mir leid«, brachte Sisko zwischen zusammengebissenen Zähnen hervor. »Unglücklicherweise lassen uns die Jem'Hadar nicht soviel Zeit, um auf sie zu zielen.«

Dax runzelte die Stirn, schritt durch den Kontrollraum und näherte sich Eddington. »Haben Sie versucht, die Torpedos auf die energetische Signatur der Jem'Hadar-Schilde zu programmieren?«

»Natürlich. Aber als sie merkten, daß wir nicht die Phaser einsetzen ... Daraufhin senkten sie die Schilde.«

»Dann sollten wie die Torpedos auf das aktivierte Metallspektrum der Rumpfpanzerung justieren. Wenn die Schiffe mit so hoher Geschwindigkeit ohne Deflektoren fliegen, fangen sie sich ziemlich viel kosmische Strahlung ein.« Dax ließ sich in den Sessel neben Eddington sinken und übermittelte dem Computer des Feuerleitstands einige Anweisungen. »Wenn wir die nach Energie suchenden Sensoren der Torpedos durch Röntgenfluoreszenz-Detektoren ersetzen, die auf Indium-Emissionen von Duranium-Legierung reagieren ...«

Der Sicherheitsoffizier bedachte sie mit einem skeptischen Blick. »Besteht dadurch nicht die Gefahr, daß wir die Torpedos auf uns selbst abfeuern?«

»Solange unsere Schilde aktiv bleiben, sind wir geschützt.« Dax beendete die Neuprogrammierung und bereitete zwei der letzten fünf Torpedos vor. »Ich schlage vor, daß wir beide Katapulte gleichzeitig einsetzen, Commander – damit den Jem'Hadar nicht genug Zeit bleibt, ihre Schilde zu reaktivieren.«

»Was auch immer Sie unternehmen – beeilen Sie sich.« Sisko zwang die *Defiant* in eine weitere viel zu enge Kurve, und auch diesmal wurden die Andruckabsorber nicht mit dem ganzen Trägheitsmoment fertig. Dax wäre aus dem Sessel gerutscht, wenn sie sich nicht festgehalten hätten.

Der über den Hauptschirm zuckende Phaserblitz war so nahe, daß sich die *Defiant* schüttelte.

»Die Jem'Hadar werten unsere Ionenspur immer besser aus.«

»Torpedos zum Abschuß bereit«, sagte Eddington. Er holte tief Luft und betätigte dann zwei Schaltflächen gleichzeitig. »Quantentorpedos gestartet und unterwegs, Captain.«

»Gut.« Sisko bediente die Navigationskontrollen und flog im Zickzack. Zwei Phaserstrahlen passierten jene Stelle des Alles, wo sich die *Defiant* in diesem Moment befunden hätte, wenn keine neuerliche Kursänderung erfolgt wäre. »Wann erreichen sie das Ziel?«

»In fünf Sekunden«, sagte Dax, bevor Eddington antworten konnte. »Vier, drei ...«

Sie unterbrach sich, als im zentralen Projektionsfeld das Feuer eines Warpkern-Kollaps loderte. In einem anderen Bereich des Hauptschirms bildete sich kurz darauf eine grauweiße Gaswolke.

»Das zweite Schiff hat gerade noch rechtzeitig die Schilde aktiviert, aber es dürfte trotzdem einiges abbekommen haben.«

Sisko nickte dankbar und wandte sich von der Navigationsstation ab. »Danke, alter Knabe. Ich schlage vor, wir kehren jetzt in Richtung Wurmloch zurück. Unsere Aufgabe besteht nach wie vor darin, den Transfer der Raumstation zu verhindern.«

»Mit nur zwei Schiffen können die Jem'Hadar keine so hohe Warpgeschwindigkeit beibehalten haben.« Im rückwärtigen Teil der Brücke ließ Petersen die Rückenlehne von Hovans Sessel los und trat zwei Schritte vor. Dax ging an Yevlin Meris vorbei, die sich an der technischen Station festgehalten hatte. »Wenn wir sie dazu bringen können, den Kurs zu ändern, vom Wurmloch wegzufliegen und die Raumstation während des Warptransfers freizugeben ...«

Sisko sah die Kadettin an und schüttelte den Kopf. »Ich weiß nicht, was man Ihnen an der Akademie über die Jem'Hadar erzählt hat, Fähnrich, aber eins sollten Sie wissen: Die Krieger der Gründer neigen nicht dazu, auf irgendwelche Tricks hereinzufallen.«

Dax programmierte den neuen Kurs, und daraufhin flog die *Defiant* wieder in Richtung Wurmloch. »Wir sollten unsere restlichen Quantentorpedos gegen sie einsetzen, bevor sie wissen, daß wir zurück sind.«

Sisko nickte. »Vorausgesetzt natürlich, daß sie dem Wurmloch nicht zu nahe sind. Sonst könnten die Explosionen der Torpedos genau das bewirken, was wir verhindern wollen.«

»Darüber sollte uns Heather Auskunft geben können.« Dax warf der Kadettin einen fragenden Blick zu, und sie nickte bestätigend.

»Gut.« Sisko nahm wieder im Kommandosessel Platz und wirkte erstaunlich ruhig, obwohl die *Defiant* gerade einen schwierigen Kampf hinter sich hatte. Nur das gelegentliche Trommeln der Finger verriet seine Anspannung. »Wird die Raumstation der Jem'Hadar bereits von den Fernbereichsensoren erfaßt?«

Dax sah auf die Anzeigen. »Nein, sie ... Halt, sie

gerät gerade in den Erfassungsbereich.« Sie runzelte die Stirn und sah auch weiterhin auf die Displays hinab. »Das ist seltsam ...«

»Was?« fragte Sisko.

»Diese Daten deuten darauf hin, daß Schiffe und Raumstation der Jem'Hadar auf Relativgeschwindigkeit null gegangen sind, und zwar außerhalb des Wurmloch-Gravitationsfelds.«

Daraufhin bildeten sich auch Falten auf der Stirn des Captains. »Sie nähern sich dem Dimensionstunnel nicht mehr?«

»Nein. Die Entfernung zu ihm bleibt konstant.«

Sisko wirkte sehr nachdenklich. »Könnten die fremden Wesen mit einem Angriff auf die Jem'Hadar begonnen haben?«

»Das ist nicht auszuschließen.« Dax warf einen kurzen Blick über die Schulter. »Wir sind in zwei Minuten da, Captain. Anweisungen?«

»Wir setzen den Anflug getarnt fort und steuern in eine Umlaufbahn der Station, so wie zuvor«, entschied Sisko. »Wenn die Geschöpfe ausgeschwärmt sind, um die Jem'Hadar anzugreifen, erübrigt sich ein Ablenkungsmanöver mit den Quantentorpedos. In dem Fall feuern wir die Phaser mit maximaler Energie ab und zielen auf den Warpkern der Raumstation.«

»*Nein!*« Heather Petersens Stimme klang wie ein zorniges Quieken und sorgte dafür, daß sich die übrigen Anwesenden zu ihr umsahen. »Captain Sisko ... Die dadurch ausgelöste Subraum-Explosion wäre stark genug, um den Zeitriß auszulösen, trotz der gegenwärtigen Distanz.«

Sisko seufzte enttäuscht. »Was schlagen Sie vor, Fähnrich?«

Petersen biß sich auf die Lippe und wirkte unsicher. »Ich weiß es nicht«, antwortete sie schließlich. »Mir ist nur klar, daß wir nicht so vorgehen dürfen, wie Sie es eben vorschlugen.«

»Die Schiffe der Jem'Hadar sind jetzt in Gefechtsreichweite«, meldete Eddington. »Ihre Befehle, Captain?«

Sisko zögerte und beobachtete, wie die beiden Kriegsschiffe und die Raumstation auf dem Hauptschirm erschienen. Dax veränderte die Farben der Darstellung, und im Hintergrund erschien das purpurne Glühen des Wurmlochs. »Wir bleiben getarnt und schwenken in die Umlaufbahn«, wiederholte der Captain.

Dax betätigte Schaltelemente, und die *Defiant* änderte den Kurs, glitt in einer weiten Ellipse durchs All, die sie um die Raumstation herumtrug.

»Ich möchte zunächst feststellen, was hier vor sich geht«, fügte Sisko hinzu. »Wo befinden sich die fremden Wesen?«

»Beginne mit einem Scan.« Dax verwendete einen Sensor, der bisher aufs Wurmloch gerichtet gewesen war, das daraufhin im zentralen Projektionsfeld verblaßte. Sie gab neue Ortungsparameter ein, und die erste Sondierung nach Duranium zeigte weiße und grüne Flecken im Innern der Raumstation. Außerhalb davon waren nirgends die blauen Punkte einzelner Aliens zu erkennen.

»Offenbar unternehmen die Wesen nichts gegen die Schiffe der Jem'Hadar«, sagte Dax. »Vielleicht brauchen sie eine Weile, um sich von dem ungeschützten Warptransfer zu erholen.«

Sisko schüttelte verwundert den Kopf. »Aber warum haben die Jem'Hadar vor dem Wurmloch angehalten?«

Hinter ihm räusperte sich Fähnrich Hovan. »Sir, wenn mich nicht alles täuscht, hat das linke Schiff seinen Traktorstrahl auf etwas anderes gerichtet.«

Dax sah zum Hauptschirm und stellte fest, daß der betreffende Traktorstrahl tatsächlich nicht mehr der Raumstation galt. »Ich erhöhe die Vergrößerung – vielleicht können wir herausfinden, was die Aufmerksamkeit der Jem'Hadar geweckt hat.«

Schiffe und Raumstation schwollen an, füllten das ganze Projektionsfeld. Dax richtete die visuelle Erfassung auf den Traktorstrahl und folgte seinem Verlauf. An seinem Ende entdeckte sie die Silhouette einer einzelnen Gestalt, die einen speziell abgeschirmten Raumanzug trug. Die glitzernde Phosphoreszenz des Traktorstrahls ließ deutlich die Markierungen des Anzugs erkennen.

Sisko fluchte, und Dax' Mund klappte stumm auf – sie war völlig sprachlos.

»Was ist los?« Heather Petersen blickte sich um, ganz offensichtlich verwirrt von der allgemeinen Verblüffung. »Ich sehe nur jemanden, der einen Raumanzug trägt. Vielleicht hat ein Jem'Hadar Reparaturarbeiten im All durchgeführt.«

»Das bezweifle ich, Fähnrich.« Siskos Stimme klang jetzt wieder ruhig, aber in seinem Gesicht zeigte sich die gleiche Überraschung, die auch Dax spürte. »Ein Jem'Hadar würde bestimmt keinen Raumanzug mit den Insignien von *Deep Space Nine* benutzen, noch dazu ohne ein Lebenserhaltungsaggregat auf dem Rücken.«

»Ohne ein Lebenserhaltungsaggregat?« wiederholte Petersen. Die junge Frau beobachtete, wie sich die Gestalt im All drehte, so als wollte sie den Jem'Hadar zeigen, daß sie keinen Tornister mit Lebenserhaltungssystemen trug. »Aber wie kann jemand in einem solchen Schutzanzug überleben?«

»Ich kenne nur eine Person, der das möglich ist.« Sisko drückte eine Taste in der Armlehne des Kommandosessels, öffnete damit einen externen Kom-Kanal. »Sisko an Odo. Was machen Sie da draußen, Constable?«

20

»Riß in der Außenhülle!«

Verdammt! Kira wandte sich von dem Fenster unweit der kleinen Luftschleuse ab. Draußen trieb die winzige Gestalt von Odo in den flammenden Schlund des Wurmlochs. Bashir sah ihm und dem Symbionten nach, wirkte dabei so ernst wie selten zuvor. Die Bajoranerin war fast dankbar für die Unterbrechung, für die Möglichkeit, aktiv zu werden. »Wo, Chief?«

»Habitatring«, kam die knappe Antwort über den Kommunikator. »Sektion drei.«

Ein dumpfes Donnern hallte durch *Deep Space Nine,* noch bevor Kira Gelegenheit bekam, sich angesichts der Angaben des Chefingenieurs zu orientieren. Es folgte ein jähes Fauchen, das innerhalb weniger Sekunden leiser wurde und verstummte – Luft, die ins Vakuum des Alls entwich.

»Und noch einer in Sektion zwanzig!« rief O'Brien. Die Besorgnis in seiner Stimme wies in aller Deutlichkeit auf die Nähe des zweiten Lecks hin. »Verdammt, genau das habe ich befürchtet! An vielen Stellen der Außenhülle registrieren die Sensoren Objekte aus Duranium. Die Wesen greifen an, Major!«

Leider war ihnen keine Wahl geblieben. Sie hatten die Schilde senken müssen, um Odo auf die Reise zu schicken. Und an der Notwendigkeit, daß er den Symbionten zum Gamma-Quadranten brachte, konnte kein Zweifel bestehen. Kira erinnerte sich an ihren Besuch in der Krankenstation, an den alten Dax in seinem mit

Nährflüssigkeit gefüllten Tank – jener Anblick verdrängte alle Bedenken aus ihr.

»Chief ...« Bashir wandte sich ebenfalls vom Fenster ab und zeigte neue Entschlossenheit, als er nach Kiras Arm griff und mit ihr durch den Korridor eilte. »Isolieren Sie die betreffenden Sektoren so gut wie möglich. Wenn meine Vermutungen in Hinsicht darauf zutreffen, was die Viroiden anlockt, so werden sie versuchen, die Sicherheitszonen der Promenade zu erreichen. Ich glaube kaum, daß sie sich dabei von Wänden und dergleichen aufhalten lassen.«

Kira ächzte bei der Vorstellung, daß die Luft aus Bereichen entwich, in denen sich hilflose Personen aufhielten. Trotz der schmerzenden Muskeln zwang sie sich, noch schneller einen Fuß vor den anderen zu setzen.

»Was ist mit den Schilden?« fragte sie O'Brien, während sie zusammen mit Bashir durch einen Gang eilte, der tiefer in die Raumstation hineinführte. »Sind sie wieder aktiviert?«

»Ja. Fünfzig oder sechzig Biester drängen sich in jenen Bereichen, wo die Deflektoren stabil blieben. Hundert weitere haben *Deep Space Nine* erreicht.« Der Chefingenieur klang sehr angespannt. »Ich weiß nicht, wie lange wir durchhalten können.«

»Knöpfen Sie sich die Wesen vor, die über den Rumpf der Station kriechen oder durch die Risse eingedrungen sind«, sagte Kira. »Und verwenden Sie den Personentransporter im Ops, nicht den für Fracht bestimmten Apparat!« Selbst wenn die notdürftig reparierten energetischen Systeme mit der Belastung fertig werden konnten, die der Einsatz des Frachttransporters für sie darstellte: Sie wollte nicht riskieren, ganze Sektionen von *Deep Space Nine* ins All zu beamen. Auf diese Möglichkeit durften sie nur im äußersten Notfall zurückgreifen.

O'Briens Brummen klang nicht besonders glücklich.

»Mit dem Personentransporter kommen wir ziemlich langsam voran.«

»Es ist wenigstens ein Anfang.« Die Decksplatten erzitterten, als Difluor eine weitere Öffnung in der Außenhülle schuf. Kira nahm ein wiederholtes Pochen wahr, als sich Notschotten schlossen, um den Druckabfall auf wenige Räume zu beschränken. Sie betätigte die Kontrollen des Turbolifts und fühlte eine deutliche Vibration, als sie die Ruftaste drückte. »Ich versuche, von hier aus eine schnellere Methode zu finden. Sorgen Sie dafür, daß wir ein wenig mehr Zeit bekommen.«

»Das dürfte schwer sein, da die Zeit immer knapper wird«, entgegnete der Chefingenieur mißmutig, als Kira den Arzt in die Kabine des eintreffenden Lifts schob. »Ich gebe mir alle Mühe, Major. O'Brien Ende.«

Bashir trat zur Rückwand und gab der Bajoranerin damit mehr Platz, als sie eigentlich brauchte. Seine Hände schlossen sich ums Geländer. Einige Minuten mit dem Geweberegenerator und ein Stimulans hatten Wunder gewirkt. Allerdings zeigten sich dunkle Erschöpfungsringe unter seinen Augen, und er war noch immer recht blaß.

»Was haben Sie vor?« fragte er so ruhig und höflich, als erkundigte er sich danach, was sie zum Mittagessen bestellt hatte.

Kira seufzte und lehnte sich dem Arzt gegenüber an die Wand. »Wir können nicht darauf warten, daß Sisko zurückkehrt und die Probleme für uns löst«, sagte sie offen. »Wir müssen selbst einen Weg finden, die fremden Wesen zu eliminieren.«

Der Boden unter Kira schien sich abrupt zu heben. Sie fiel auf die Knie, begleitet von der schrecklichen Gewißheit, daß es um *Deep Space Nine* geschehen war. Sie sah zu Bashir, der auf allen vieren kauerte, und unnatürliche Stille wies sie darauf hin, daß sich der Turbolift nicht mehr bewegte.

Etwas prallte auf das Dach der Kabine.

Bashir sah nach oben. »Was auch immer Ihr Plan ist – wir sollten besser sofort mit der Ausführung beginnen.«

Kira hechtete nach vorn, stieß den Arzt ganz zu Boden und preßte ihm die Hand auf den Mund. In seinen Augen blitzte es verärgert, als er sich von der Überraschung erholte und die Hand der Bajoranerin fortzog.

»Die fremden Wesen sind ans Vakuum angepaßt, Major«, sagte er, während das Poltern auf dem Dach der Kabine lauter wurde. »Ich bezweifle, daß sie etwas hören können.«

Erneut hielt ihm Kira den Mund zu und beugte sich herab, bis ihre Lippen fast sein Ohr berührten. »Vielleicht haben Sie recht«, raunte sie. »Aber denken Sie an die *Mukaikubo*. Die Geschöpfe hatten Gelegenheit, die DNS einer ganzen Starfleet-Crew aufzunehmen, und darunter befanden sich bestimmt auch Leute, die sehr gut hören konnten.«

Daraufhin zeigte sich in den Augen des Arztes kein Ärger mehr, sondern Entsetzen. Er verzichtete auf einen Kommentar, nickte nur.

Wieder krachte es auf der Kabine, und Kira wandte sich von Bashir ab, kroch zur Tür. Sie bestand aus zwei seltsam verzierten Metallplatten, von den Cardassianern vor Jahren installiert. Eigentlich sollten sie nur verhindern, daß Passagiere hinausfielen. Beide Hälften wiesen einen dicken Rand auf, breit genug, um Händen Halt zu bieten. Kira griff danach und versuchte, eine Türhälfte aufzuziehen. Sie nahm ihre ganze Kraft zusammen, doch bevor sie Gebrauch davon machen konnte, gesellte sich Bashir an ihre Seite. Gemeinsam gelang es ihnen mit trügerischer Mühelosigkeit, die Tür aufzuziehen.

Dahinter kaum graues Metall zum Vorschein.

Wir sitzen zwischen zwei Decks fest, fuhr es Kira durch den Sinn.

Sie ballte die Fäuste und fluchte lautlos. *Was jetzt?* fragte Bashirs Blick, als ein heftiger Schlag von oben die ganze Kabine erbeben ließ.

Gute Frage, dachte die Bajoranerin. Sie kehrte der Tür den Rücken zu, sah sich um und hielt nach irgendeinem Ansatzpunkt Ausschau. Als ehemaliges Mitglied des bajoranischen Widerstands war sie daran gewöhnt, schwache Stellen bei technischen Einrichtungen zu erkennen. Ihre Aufmerksamkeit galt nun der Schalttafel, die etwa so breit und hoch war wie ihr Arm lang. Hinter solchen Tafeln erstreckten sich Nischen mit Kabeln und Schaltkreisen. Und dahinter wiederum gab es Außenwände, die man durchstoßen konnte.

Sie hatte die Schalttafel aus der Einfassung gelöst und sich auf die Knie gelegt, noch bevor Bashir neben ihr in die Hocke ging. Er nahm die Tafel, legte sie zwei Meter entfernt lautlos auf den Boden und schnitt eine Grimasse, als Kira Kabelstränge und Schaltkreisbündel aus der Öffnung riß.

»Major ...!« brachte er mit leisem Protest hervor.

Sie reichte ihm Kabel und elektronische Komponenten, bedeutete ihm dann, das Zeug beiseite zu schaffen. »Es funktioniert ohnehin nicht«, flüsterte sie und riß einen weiteren Schaltkreisblock fort. »Wollen Sie hier raus oder nicht?«

Bashir runzelte die Stirn, nahm die Teile dann entgegen und legte sie zur Schalttafel. Kira wollte darauf hinweisen, daß sie jederzeit Ersatzteile für den Turbolift bestellen konnten – und dann fiel ihr ein, daß den fremden Wesen eine entsprechende Möglichkeit für ihre Körper zur Verfügung stand. Dem Arzt gingen offenbar ähnliche Gedanken durch den Kopf, denn er beugte sich an Kira vorbei und löste die nächsten Kabel selbst.

Die Bajoranerin streckte den Arm in die nun halbwegs leere Schaltnische, berührte einen Teil der externen Kabinenverschalung und ertastete Nieten – es handelte sich also nicht um eine Tafel, die losgeschraubt werden konnte. Sie biß die Zähne zusammen – manchmal war es besser, nicht zu genau über die Konsequenzen des eigenen Handelns nachzudenken. Entschlossen griff sie nach dem Geländer, schwang die Beine in die Öffnung und trat zu, ohne Bashir vorher zu warnen. Ihre Füße prallten an Metall, verursachten einen Knall, der so laut zu sein schien wie das Krachen einer Warpkern-Explosion. Bolzen und Nieten gaben nach; das Verkleidungssegment löste sich und fiel durch den tiefen Liftschacht.

Kira packte Bashir am Kragen und zerrte ihn zur Öffnung.

Das Poltern auf der Kabine hörte plötzlich auf.

Bashir warf einen Blick über die Schulter. »Soviel zu Ihrem Taktgefühl.«

»Na los, *schnell*!« drängte Kira. Mit Händen und Füßen schob sie ihn durch die Öffnung. Panik quoll in ihr empor, und sie mußte sich sehr beherrschen, um Bashir nicht zu schlagen, damit er sich beeilte. Die Zeit schien sich zu dehnen, während Kiras Puls raste. Sicher brauchte Bashir nur wenige Sekunden, um durch die Öffnung zu kriechen, aber die Bajoranerin hatte den Eindruck, als verginge eine halbe Ewigkeit. Auf halbem Wege nach draußen drehte sich der Doktor auf den Rücken, suchte nach Halt und geriet dann außer Sicht. Kira hoffte, daß er sich tatsächlich in Sicherheit gebracht hatte und im Schacht nicht etwa von den fremden Wesen erwartet worden war.

Etwas fiel neben ihr auf den Boden der Kabine, und das Metall in unmittelbarer Nähe zischte bedrohlich.

Ein großes, sensenartiges Etwas schnitt durch die Decke. Bestimmt ertönten Geräusche – verursacht von Duraniumpanzern, die über Metall schabten –, aber Kira hörte nichts, sah nur, wie das Ding so mühelos durch die Kabinendecke glitt wie durch heiße Butter.

Plasmafarbene Flüssigkeit tropfte von der großen Klaue, fiel auf den Boden und löste dort das Metall auf.

Kira griff nach dem Rand der Öffnung und schwang sich durchs Loch. Sie wollte nicht feststellen, was der Säure ins Innere des Turbolifts folgte.

Draußen baumelten ihre Beine ein oder zwei Sekunden lang in leerer Luft. Dann griffen Hände nach ihren Knöcheln und stellten die Füße auf eine Leitersprosse. Gleichzeitig schlang ihr Bashir einen Arm um die Taille und zog. Kira hatte den Arzt nicht für sehr sportlich gehalten und sah nun erstaunt: Er hielt sich mit einer Hand fest und hatte ein Bein um den Leiterpfosten geschlungen, stützte sich mit dem anderen an der Außenseite der Kabine ab, während er die Frau zu sich zog.

Kira nickte dankbar, als sie nach den Sprossen griff. »Bleiben Sie in Bewegung!« Sie hakte die Füße hinter die Außenseiten der Leiter, schloß die Hände um die Pfosten und rutschte nach unten.

Sie achtete nicht darauf, welche Decks sie passierte und wie groß die zurückgelegte Entfernung sein mochte, blickte nur zur glatten Wand neben ihr. Die Hände wurden rasch wärmer, brannten schließlich, und Kira befürchtete, daß sie sich immer mehr Haut abschabte. Schließlich bemerkte sie die dunkle Öffnung eines Tunnels, schloß die Finger fester um die Leiterpfosten, hielt an und nutzte den Rest ihres Bewegungsmoments, um zur Seite zu schwingen. In dem dunklen Zugang ging sie in die Hocke und wartete darauf, daß Bashir herabkletterte.

Doch der Arzt kam nicht.

Für Sisko bestand kein Zweifel daran, daß ihn die Person im Raumanzug gehört hatte – trotz der großen Entfernung sah er, wie die Gestalt unwillkürlich den Kopf drehte, um nach der *Defiant* Ausschau zu halten. Wenige Sekunden später drang eine Stimme aus dem

Knistern der Statik. »... Augenblick, Captain, ich spreche gerade mit den Jem'Hadar und versuche ...«

Sisko verzog das Gesicht. »Können wir die Signale irgendwie verstärken, Dax?«

Die Trill schüttelte den Kopf, ohne ihren Blick von den Anzeigen abzuwenden. »Die Kommunikatoren von Raumanzügen sind nicht dafür vorgesehen, über solche Entfernungen hinweg zu senden, Benjamin. Es ist allerdings möglich, einen Teil der vom Wurmloch verursachten Interferenzen herauszufiltern, indem wir den Empfang auf die zentralen Frequenzbereiche beschränken.«

Sisko nahm die notwendigen Schaltungen vor, und das Knistern der Störungen wurde leiser. »Bitte wiederholen Sie, Odo.«

Sofort erklang erneut die Stimme des Constable. »Ich spreche gerade mit den Jem'Hadar und versuche, sie davon zu überzeugen, daß man seinen Müll nicht in die Wurmlöcher anderer Leute wirft. Das dürfte doch auch in Ihrem Sinne sein, oder?«

»In der Tat.« Odo hatte einen ausgeprägten Sinn für Richtig und Falsch, was Sisko unter den gegebenen Umständen mit Dankbarkeit erfüllte. Die einzige Person weit und breit, die den Jem'Hadar Befehle erteilen konnte, hatte gerade eine Katastrophe verhindert – ohne alle Aspekte der aktuellen Situation zu kennen. »Sie sollten die Jem'Hadar anweisen ...«

Dax unterbrach den Captain. »Die Jem'Hadar können nichts mehr unternehmen, Benjamin«, sagte sie und deutete zum Hauptschirm.

Sisko fluchte halblaut. Weißgrüne Wolken entstanden, als die fremden Wesen die Raumstation verließen, durch die vielen Risse ins All zurückkehrten. »Odo, fordern Sie die Jem'Hadar auf, den Traktorstrahl zu deaktivieren, damit wir Sie in Sicherheit beamen können!« Er wartete keine Antwort ab und eilte zu Dax. »Beam Odo an Bord, sobald ihn der Strahl freigegeben hat, alter Knabe. Gibt es irgendwelche Anzeichen dafür, daß einige der Geschöpfe in unserer Richtung unterwegs sind?«

Die Trill schüttelte den Kopf. »Der Tarnschirm schützt uns nach wie vor. Außerdem habe ich unsere Abwärme inzwischen zu den internen Wärmetauschern geleitet. Sie sollten wenigstens eine Stunde lang damit fertig werden können.«

»Wenn Petersen recht hat, bleibt uns ohnehin nicht mehr Zeit.« Sisko sah wieder zum Projektionsfeld. Der Schwarm aus fremden Wesen erreichte die beiden Kriegsschiffe der Jem'Hadar und bewirkte zahlreiche Entladungen an den Schilden. Beide Raumer setzten die Phaser ein, schossen damit auf die Angreifer, während der Traktorstrahl auch weiterhin auf Odo gerichtet blieb.

Sisko schnitt eine Grimasse und betätigte erneut die Kom-Kontrollen.

»Haben Sie die Jem'Hadar aufgefordert, den Traktorstrahl zu deaktivieren, Odo?«

»Derzeit scheinen sie nicht bereit zu sein, mir große Aufmerksamkeit zu schenken, Captain«, erwiderte der Constable trocken. »Ich schlage vor, Sie lassen sich eine alternative Strategie einfallen.«

Dax sah zu Sisko. »Wenn wir die Tarnvorrichtung vorübergehend deaktivieren, können wir einen eigenen Traktorstrahl projizieren und damit den der Jem'Hadar neutralisieren.«

Der Captain nickte. »Wir müssen unsere Tarnung ohnehin aufgeben, um Odo an Bord zu beamen.« Er drehte den Kopf und begegnete Heather Petersens erwartungsvollem Blick. »Fähnrich ... Begeben Sie sich in den Transporterraum und treffen Sie Vorbereitungen dafür, Odo unmittelbar nach der Deaktivierung der Tarnvorrichtung an Bord zu beamen. Hovan, ich möchte die Zeit ohne Tarnschirm auf ein Minimum beschränken. Synchronisieren Sie die Kontrollen und reaktivieren Sie die Tarnvorrichtung, sobald Odo an Bord ist.«

»Aye, aye, Sir«, erwiderten die beiden Frauen gleichzeitig. Petersen eilte zum Turbolift, und Hovan begann sofort damit, die Kontrollen der Tarnvorrichtung neu zu programmieren.

Siskos Blick kehrte zum Hauptschirm zurück. Die Schilde des rechten Jem'Hadar-Schiffes schienen dem Ansturm der Wesen nicht mehr gewachsen zu sein. Ihr Glühen trübte sich immer mehr, und es gingen weniger Phaserblitze von dem Raumer aus – sicherer Hinweis darauf, daß seine energetischen Reserven schwanden. »Status des Kampfes, Mr. Eddington?«

»Bei dem Schiff auf der Steuerbordseite ist die Kapazität der Deflektoren auf zwanzig Prozent gesunken, und es steht nur noch fünfzig Prozent Phaserenergie zur Verfügung. Die Zerstörung erfolgt in zwei Minuten oder weniger. Das andere Schiff ist etwas besser dran und kann noch etwa vier Minuten lang Widerstand leisten.«

Sisko traf eine rasche Entscheidung, aktivierte den Kommunikator und öffnete die Grußfrequenzen. »Hier ist die U.S.S. *Defiant*, wir rufen die Jem'Hadar«, sagte er. »Die Zerstörung Ihrer Schiffe steht unmittelbar bevor. Wenn Sie die Schilde auf mein Zeichen hin senken, beamen wir Sie in Sicherheit.«

Das Gesicht eines Jem'Hadar erschien auf dem Schirm. Die echsenartigen Schuppen in seinem Gesicht glänzten feucht; offenbar führte die starke Belastung der Schilde zu einer ungewohnt hohen Temperatur an Bord. Sisko fragte sich, welches der beiden Schiffe auf seine Kom-Signale reagierte. »Warum sollte ich Ihnen glauben?« fragte der Krieger. »Sie haben uns angegriffen!«

»Weil wir verhindern wollten, daß ...« Der Captain unterbrach sich, als plötzlich eine grauweiße Fontäne von dem Schiff ausging – Gas strömte aus ersten Rissen in der Außenhülle ins All. Er wandte sich an Dax. »Ist der Traktorstrahl noch immer aktiv?«

»Ja.« Sie bediente die Kontrollen schneller, als es einem Menschen möglich gewesen wäre: Zwei Gehirne lenkten die Finger über die vielen Schaltflächen. »Unser neutralisierender Traktorstrahl ist bereit. Wir können die Tarnvorrichtung jederzeit deaktivieren.«

Sisko drückte wieder eine Taste des Kommunikators. »An die Jem'Hadar, dies ist Ihre letzte Chance.« Seine Worte galten dem Schiff, das sich noch immer zur Wehr setzte. »Senken Sie die Schilde, sobald Sie uns orten. Dann beamen wir Sie zusammen mit dem Gründer an Bord.«

Keine Antwort. Sisko sah zum Hauptschirm und stellte fest, daß die Distanz zwischen Odo und der Kampfzone weiter schrumpfte.

Er gab sich einen inneren Ruck. »Hovan, deaktivieren Sie die Tarnvorrichtung«, sagte er. »Dax, Traktorstrahl auf Odo richten. Petersen, halten Sie sich bereit.«

Der eigentliche Vorgang nahm weniger Zeit in Anspruch als die Übermittlung der Befehle – ein deutlicher Hinweis auf die gute Kooperation an Bord.

»Tarnvorrichtung deaktiviert«, meldete Hovan.

»Neutralisierender Traktorstrahl ausgerichtet und aktiv«, ließ sich Dax unmittelbar darauf vernehmen. Dunkles Grau löste sich von der *Defiant* und tastete nach dem perlmuttfarbenen Glanz des Traktorstrahls, den das Schiff der Jem'Hadar auf Odo gerichtet hatte. »Petersen, leiten Sie den Trans ...«

»Transfer wird eingeleitet«, sagte Petersen, bevor Dax den Satz beenden konnte. »Transport beendet.«

Hovan reagierte unverzüglich. »Tarnvorrichtung reaktiviert. Wir sind wieder vor Ortung geschützt, Captain.«

Sisko atmete tief durch – und beugte sich vor, als der Hauptschirm erneut die deutlichen Anzeichen von explosiver Dekompression zeigte. Auch das zweite Schiff der Jem'Hadar war den Angreifern zum Opfer gefallen. Der Captain beobachtete, wie die fremden Wesen zornigen Wespen gleich um die beiden Wracks schwirrten.

»Gibt es Anzeichen dafür, daß uns ebenfalls ein Angriff droht?« fragte Sisko.

Dax schüttelte den Kopf. »Die Sensoren registrieren weder Duranium noch Bewegungen in der Nähe. Vielleicht reagieren die Geschöpfe nicht auf so kurze energetische Aktivität wie bei unserem Traktorstrahl.«

Sisko brummte und wandte sich an Eddington. »Wie schnell fliegt die Raumstation derzeit in Richtung Wurmloch, Commander?«

Eddington sprach so hastig wie jemand, in dessen Adern noch immer ziemlich viel Adrenalin floß. »Ein Schiff der Jem'Hadar hatte noch einen Traktorstrahl darauf gerichtet, als es zur explosiven Dekompression kam. Das Bewegungsmoment trägt die Station sogar vom Wurmloch fort. Ich weiß nicht, wie lange die fremden Wesen brauchen, um das zu merken und eine Kurskorrektur vorzunehmen. Doch derzeit besteht nicht die Gefahr, daß die Raumstation in den Dimensionstunnel gerät.«

»Gut.« Sisko stand auf und streckte sich, so daß die Knochen knackten. »Dann haben wir ein wenig Zeit, um herauszufinden, warum Constable Odo in einem Raumanzug durch das instabile Wurmloch flog. Sie haben das Kommando, Dax. Geben Sie mir sofort Bescheid, wenn die Raumstation ihren Kurs ändert.«

Die Trill drehte sich um und richtete einen bedeutungsvollen Blick auf ihn. »Wenn Sie gestatten, Captain ... Ich glaube, ich sollte Sie besser zum Transporterraum begleiten.«

Sisko wölbte eine Braue und erkannte den strengen Joran-Tonfall in Dax' Stimme – er wies auf den besonderen Ernst der Situation hin. »Möchtest du mit Odo reden, alter Knabe?«

»Nein, mit mir selbst«, erwiderte Dax schlicht.

Kira wußte, daß Bashir den fremden Wesen zum Opfer gefallen war.

Sie wußte es mit einer Gewißheit, die in ihrer Magengrube Leere schuf, als sie sich in den Schacht vorbeugte und nach oben blickte. Wenn er nicht von den Geschöpfen gefunden und in Stücke gerissen worden war, so wollte ihn Kira einer solchen Behandlung unterziehen – als Strafe dafür, daß er ihre Nerven auf so unerträgliche Weise belastet hatte.

»Doktor!« Sie sah keinen Sinn mehr darin, leise zu sein – die Wesen wußten ohnehin von ihrer Präsenz. Voller Anspannung beobachtete die Bajoranerin, wie Bashir die Leiter herunterkletterte. Rasch brachte er eine Sprosse nach der anderen hinter sich, gefährlich schnell für jemanden, der es nicht täglich mit Leitern zu tun hatte. Gleichzeitig befürchtete Kira, daß er nicht schnell genug war. »*Beeilen* Sie sich, verdammt! Dies ist kein gemütlicher Ausflug, sondern eine Flucht!«

Er starrte in die Tiefe, ohne seine Geschwindigkeit zu verändern. »Ich möchte mir trotzdem nicht die Beine brechen, wenn es Ihnen recht ist.«

Kira brummte leise und hätte den Arzt am liebsten geschlagen. »Wenn Sie sich noch mehr Zeit lassen, breche *ich* Ihnen die Beine …«, murmelte sie. Aber sie wich nicht in den Tunnel zurück, aus Angst davor, daß Bashir einfach verschwand, wenn sie ihn aus den Augen verlor.

Der Geruch von korrodierendem Metall zog durch den Schacht. Nur eine Armeslänge entfernt tropfte Säure herab, und Kira beobachtete entsetzt, wie oben die Liftkabine erbebte und dann zehn Meter fiel.

»Julian!«

Er versteifte sich erschrocken, und Kira befürchtete plötzlich, daß ihn Panik erstarren ließ. Doch er hielt sich nicht damit auf, nach oben zu sehen. Er entschloß sich, es der Bajoranerin gleichzutun und ebenfalls die Leiter herabzurutschen.

Kira trat auf eine Sprosse, um ihn aufzufangen, bevor er in die Tiefe stürzen konnte. Der Aufprall war weniger heftig als erwartet, genügte jedoch, um Kiras Füße von der Sprosse zu lösen. Das Herz klopfte ihr bis zum Hals empor, als sie versuchte, nicht den Halt zu verlieren. Später konnte sie sich nicht mehr daran erinnern, wer von ihnen zuerst in den Tunnel kroch. Sie wußte nur, daß aus dem Poltern im Schacht weiter oben ein jähes, schier ohrenbetäubendes Donnern wurde, als eine dunkle Masse herabstürzte. Kira warf sich zur Seite und zerrte Bashir von der Tunnelöffnung fort.

Die Liftkabine raste als ein finsterer Schemen vorbei. Flache, segmentierte Geschöpfe klebten wie Zecken auf dem Dach und an den Seiten. Kira duckte sich unwillkürlich und gab ihrem Instinkt nach, etwas zu schützen, das noch hilfloser war als sie selbst. Sie schlang die Arme um Bashir, achtete nicht auf sein empörtes Schnaufen und zog ihn fort von den Klauen eines Viroiden.

Der dunkle Körper des Wesens fiel am Tunnelzugang vorbei, aber eine Klaue mit drei Krallen klackte auf die Schwelle. *Es kann sich bestimmt nicht festhalten,* dachte Kira hoffnungsvoll. *Sicher wird es vom eigenen Gewicht in die Tiefe gerissen.* Sie hörte, wie der Duraniumpanzer an die Schachtwand prallte, aber die glänzenden Krallen bohrten sich so mühelos ins Metall, als sei es nicht fester als Kork. Unter der durchsichtigen Panzerung des Wesens sah Kira keine Muskeln, aber trotzdem kam in jeder einzelnen Bewegung enorme Kraft zum Ausdruck. Eine zweite, insektenartigere Gliedmaße gesellte sich der ersten hinzu, tastete über die Wände. Unmittelbar darauf zog sich das Geschöpf in den Tunnelzugang, öffnete ein schlitzförmiges Maul …

Und verschwand mit einem lauten Knall. Nur drei tiefe Rillen im metallenen Boden blieben zurück. Weit oben im Schacht ertönten jubelnde Stimmen.

»In manchen Fällen gibt es nichts Besseres als Sprenggeschosse!«

Kira fragte sich, ob sie erleichtert sein sollte oder gerade vom Regen in die Traufe geraten war.

Als sie im Schacht nach oben sah, bemerkte sie dort einen Riß in der Wand, wo sich zuvor die Kabine des Turbolifts befunden hatte. Pak Dorren hockte dort, winkte mit einem großkalibrigen Gewehr und heulte erneut.

»Nun?« rief sie dann und gestikulierte mit solchem Überschwang, daß Kira befürchtete, sie könnte den Halt verlieren und in die Tiefe stürzen. »Klappt den Mund zu und kommt hoch – wir müssen Ungeziefer erledigen.«

»Na schön«, brummte Sisko. »Wessen Idee war das?«

Zum Glück blieb menschlicher Zorn auf Odo ebenso wirkungslos wie das Gejammere eines Ferengi. »Dr. Bashir betonte, es sei der ausdrückliche Wunsch meines Passagiers.« Wie üblich wirkte der Constable ernst und würdevoll, trotz der deutlichen Vorwölbung im Bereich des Bauches. Dax betrachtete sie mit einer Mischung aus Fassungslosigkeit und Bestürzung. Odo hatte darauf hingewiesen, daß sich dort der alte Dax befand, in einer gebärmutterartigen Blase, die spezielle, mit Sauerstoff angereicherte Nährflüssigkeit enthielt. Dieser Hinweis vertrieb nicht die Besorgnis aus der Trill: Sie befahl Heather Petersen, den von Bashir vorbereiteten Reservetank zu holen.

»Er meinte, Sie würden ihn benötigen, um den Kollaps des Wurmlochs zu verhindern«, fügte Odo hinzu.

Sisko wechselte einen nachdenklichen Blick mit Dax.

»Das stimmt vermutlich«, räumte die Trill ein. »Andernfalls hätte es Julian bestimmt nicht zugelassen, daß der Symbiont so großer Gefahr ausgesetzt wird ...«

»Was bedeutet, daß der alte Dax mehr über die gegenwärtige Situation weiß als wir.« Sisko trat zurück, als sich die Tür des Transporterraums öffnete. Petersen und Dr. Bashirs Assistentin kamen herein, rollten den Karren mit dem Tank näher.

»Kein Wunder – immerhin hat er dies alles schon einmal erlebt.« Die vorgewölbte Stelle im Bauchbereich des Gestaltwandlers glitt plötzlich nach oben, stülpte sich vor und wuchs, bis sie den ganzen Karren umgab. Die bajoranische Medo-Assistentin schnappte nach Luft und wich zur Seite, als sich der Tank plötzlich mit Flüssigkeit füllte – ein zappelnder Symbiont schwamm darin. Odo hatte noch nicht ganz zu seiner üblichen humanoiden Gestalt zurückgefunden, als Dax auch schon die Hände in den Behälter streckte und nach dem Geschöpf darin tastete.

Sisko beobachtete, wie die Sorge in Dax' Gesicht der Leere einer neuen Trance wich.

»Wie ist die Lage an Bord von *Deep Space Nine*, Constable?« fragte er leise, um Jadzias Konzentration nicht zu stören.

Odo gab ein Geräusch von sich, das recht bitter klang. »Schlimm genug, um uns die Entscheidung treffen zu lassen, mich mit einem Raumanzug durchs instabile Wurmloch zu schicken. Genügt dieser Hinweis?«

Siskos Züge verhärteten sich. Manchmal bedauerte er, daß Odo über einen sehr speziellen Sinn für Humor verfügte. »Wird die Raumstation von den fremden Wesen auf der anderen Seite des Wurmlochs angegriffen?«

Odo neigte den Kopf ein wenig zur Seite – sein Äquivalent einer gewölbten Braue. »Wenn Sie mit ›fremde Wesen‹ die viroiden, ans Vakuum angepaßten Organismen meinen, die DNS und Reaktionsmasse von Triebwerken stehlen, so lautet die Antwort ja.«

»Sind sie bereits an Bord von *Deep Space Nine*?« Sisko richtete einen durchdringenden Blick auf den Constable. *»Wie viele?«*

»Nur ein Exemplar, als ich aufbrach«, erwiderte Odo. »Im All gab es jedoch genug von ihnen, um drei bajoranische Erzfrachter, einen lethianischen Transporter und die *Mukaikubo* in Wracks zu verwandeln, ganz abgesehen von einigen Schiffen der bajoranischen Miliz. Ich schätze die Anzahl der Wesen auf etwa zweihundert. Einige von ihnen konnten wir mit dem Frachttransporter desintegrieren, und Major Kira hat alle peripheren Sektoren der Station evakuiert, um eine Pufferzone zu schaffen, falls es zu Rissen in der Außenhülle kommt. Vielleicht will sie die Wesen dorthin locken, um sie dann zu töten.«

»Es dürfte nicht weiter schwer sein, sie anzulocken«, kommentierte Sisko. »Problematisch wird's, wenn es darum geht, sie umzubringen.«

»Das ist uns bereits aufgefallen«, erwiderte Odo.

Leises Platschen vom Tank weckte Siskos Aufmerksamkeit, und er sah wieder zur Trill. Ihre Hände blieben in die Nährflüssigkeit getaucht, obwohl die Feuchtigkeit in den Ärmeln des Uniformpullis immer weiter nach oben kroch. Das Gesicht war jetzt nicht mehr leer, sondern zeigte Entsetzen. Die Nässe auf den Wangen mochte vom Inhalt des Tanks stammen, doch irgend etwas teilte Sisko mit, daß es sich um Tränen handelte.

Er trat hinter Jadzia Dax und legte ihr die Hände auf die Schultern.

»Was ist los, alter Knabe?« fragte er.

Die Trill keuchte. »Der alte Symbiont ... Er hat gehört, wie wir über T'Krengs Plan sprachen, die Kernmasse der fremden Wesen zu infiltrieren, Benjamin. Er hat inzwischen zu seiner geistigen Stabilität zurückgefunden und bietet sich als Freiwilliger an ...« Wieder rasselte ihr Atem. »Und *Dax* pflichtet ihm bei!«

Diese Worte stammten ganz offensichtlich von Jadzia. Sisko verzichtete auf die scharfe Antwort, die er Curzon gegeben hätte, ersetzte sie durch eine neutral formulierte Frage. »Sie sind anderer Meinung?«

»Natürlich!« entfuhr es Jadzia. »Die erste Pflicht einer Trill besteht darin, den Symbionten am Leben zu erhalten! Ich kann weder den jungen noch den alten Dax zum Tod verurteilen ...«

»Selbst wenn es bedeutet, daß einem der beiden Dax-Versionen dadurch fünftausend Jahre Einsamkeit erspart bleiben?« Sisko schüttelte den Kopf. »Stellen Sie sich den alten Dax nicht als etwas vor, das Sie beschützen müssen, Jadzia! Er ist eine Erweiterung von Ihnen. Und Sie wären sicher bereit, sich selbst *und* den Symbionten zu opfern, wenn Sie den Alpha-Quadranten dadurch vor einer Invasion der fremden Wesen schützen könnten.«

»Selbstverständlich«, bestätigte die Trill sofort. Eine Sekunde später fiel ein Schatten auf ihr Gesicht. »Aber inzwischen ist es zu spät. Selbst wenn es gelingt, die Kernmasse zu infiltrieren ... Wir können die Raumstation der Jem'Hadar nicht zur Explosion bringen. Ihre Entfernung zum Wurmloch ist zu gering.«

»Wir schleppen sie fort und ...«

Jadzia schüttelte den Kopf. »Unmöglich. Ich habe die Berechnungen bereits durchgeführt. Die *Defiant* ist sehr leistungsfähig, aber sie kann nicht so viel Schub entfalten wie fünf Kriegsschiffe der Jem'Hadar. Eine gewisse Mindestgeschwindigkeit ist notwendig, um die Station in den Warptransit zu bringen.«

»Behaupten Sie jetzt bloß nicht, wir könnten nichts unternehmen, Dax!« platzte es verärgert aus Sisko heraus. »Nach allem, was wir hinter uns haben, und nach den Gefahren, die Odo auf sich genommen hat, um uns zu helfen ... Ich weigere mich, tatenlos zuzusehen, wie das Wurmloch kollabiert!«

Heather Petersen stand auf der anderen Seite des Transporterraums und räusperte sich. »Äh, Captain? Sie fragten mich doch, ob mir eine Möglichkeit bekannt sei, die Raumstation der Jem'Hadar zu vernichten, ohne mit den Phasern auf den Reaktionskern zu schießen ...«

»Ist Ihnen eine eingefallen?«

»Ich denke schon.« Die Kadettin sah zu Dax. »Die meisten Selbstzerstörungssequenzen sind doch so beschaffen, daß sie die Eindämmungsfelder der Reaktionsmassen deaktivieren, bevor sie die Explosion herbeiführen, nicht wahr? Auf diese Weise soll gewährleistet werden, daß die Detonation nicht zu stark ist – für den Fall, daß sich andere Raumschiffe in der Nähe befinden.«

»Ja.«

»Halten Sie es für möglich, daß eine Selbstzerstörungssequenz der Jem'Hadar auf die gleiche Weise programmiert ist?«

Sisko runzelte die Stirn. »Das ist sehr wahrscheinlich«, sagte er, bevor Dax antworten konnte. »Aber es nützt uns nicht viel, Fähnrich. Um die Selbstzerstörungssequenz der Raumstation einzuleiten, brauchen wir den richtigen Code.«

»Ich weiß«, entgegnete Petersen. »Vielleicht können Sie ihn dazu überreden, uns entsprechende Auskünfte zu erteilen.«

»Wen meinen Sie?« fragte Sisko verwirrt.

»Den Jem'Hadar-Piloten, den ich aus dem zweiten Kriegsschiff gebeamt habe, als es die Schilde senkte.« Petersen achtete nicht auf die Verblüffung in Siskos Miene und wandte sich an Dr. Bashirs Assistentin. »Oder ist er so schwer verletzt, daß wir nicht mit ihm reden können?«

Die Bajoranerin schüttelte den Kopf. »Nein. Als ich ihn behandelte, verfluchte er mich so hingebungsvoll, daß ich ihn nur mit einem Stasisfeld zum Schweigen bringen konnte. Er schien sich nicht sehr über seine Rettung zu freuen.«

»Vermutlich deshalb, weil er die Schilde nicht absichtlich senkte«, meinte Sisko. »Ich bin ziemlich sicher, daß sie genau in dem Augenblick versagten, als Sie den Transfer einleiteten, Fähnrich.«

Petersen schnitt eine Grimasse. »Oh. In dem Fall ist er vielleicht nicht bereit, uns den Aktivierungscode für die Selbstzerstörungssequenz zu nennen.« Sie richtete einen entschuldigenden Blick auf Sisko. »Glauben Sie, wir können ihn irgendwie zwingen, sein Wissen preiszugeben?«

»Solche Maßnahmen dürften nicht notwendig sein, Fähnrich«, sagte Odo und deutete ein hintergründiges Lächeln an. »Überlassen Sie ihn einfach mir.«

21

Sie nahmen den alten Dax mit zur Krankenstation. Eigentlich war das gar nicht nötig, denn der von O'Brien konstruierte Tank hätte auch an jedem anderen Ort perfekt funktioniert. Allerdings brachte es die Trill nicht über sich, den fünftausend Jahre alten Symbionten ausgerechnet im Transporterraum zurückzulassen, von wo aus er bald zu einer Mission aufbrechen würde, die den sicheren Tod für ihn bedeutete.

»... ist es endlich soweit ...« Während der Turbolift sie durch die *Defiant* trug, hörte Jadzia die geistige Stimme ihres anderen Selbst. Sie verzichtete auf eine Antwort – dazu wäre eine Trance notwendig gewesen. In den mentalen Worten vernahm sie eine Zufriedenheit, die auf folgendes hinwies: Der alte Dax hatte nicht nur zu Rationalität zurückgefunden, sondern war auch fest entschlossen, T'Krengs Plan auszuführen. »Darauf habe ich seit Julians Tod gewartet ...«

Diesen Hinweis nahm Dax mit einem Schaudern zur Kenntnis.

»Alles in Ordnung, alter Knabe?« fragte Sisko besorgt.

»Jadzia hat noch immer Bedenken, aber mit den beiden Dax-Versionen scheint soweit alles in Ordnung zu sein«, erwiderte sie. »Wir kommen schon zurecht.«

Odo schnaubte leise und preßte sich flach an die Wand des Lifts, damit Yevlin Meris den Tank des Symbionten in den Korridor rollen konnte. »Das hoffe ich, Lieutenant. Andernfalls wird es ziemlich lange dauern, bis wir nach *Deep Space Nine* zurückkehren. Vorausgesetzt natürlich, daß die Viroiden in der Zwischenzeit nicht alle Zivilisationen im Alpha-Quadranten auslöschen.«

Sisko verharrte kurz vor dem Zugang zur Krankenstation und warf dem Gestaltwandler einen verärgerten Blick zu. »Haben Sie jemals von der Macht des positiven Denkens gehört, Constable?«

»Auf Bajor erfuhr ich davon«, sagte Odo und folgte dem Captain in die Krankenstation. »Man sprach in diesem Zusammenhang von einem charakteristischen Mythos der menschlichen Psyche.«

»Nun, es handelt sich um einen Mythos, an den auch Curzon glaubte«, meinte Dax. Sie blieb neben dem Tank stehen, den Yevlin in eine Ecke der kleinen medizinischen Abteilung geschoben hatte, berührte ihn und fühlte beruhigende Wärme. Der Symbiont schwamm durch die Nährflüssigkeit und preßte sich von der anderen Seite ans transparente Aluminium.

»... mit der gefangenen Vulkanierin sprechen ...«, erklang erneut die geistige Stimme des uralten Dax. »... Dinge, die ich erfahren muß ...«

Die Trill nickte und blickte zu den Stasiseinheiten. Der Alien lag noch immer mit dem Bauch nach oben unter einem blau glühenden Kraftfeld und rührte sich nicht. Das zweite Stasisfeld enthielt den Jem'Hadar-Piloten. Eine Explosion hatte ihn das linke Bein sowie die Hälfte des Schuppenkamms im Gesicht gekostet, und ein großer Teil der Brust bestand aus regeneriertem Gewebe. Doch in seinen Zügen zeigte sich nicht etwa Schmerz, sondern Zorn. Dax fragte sich kurz, ob diese genetisch manipulierten Krieger überhaupt echten Schmerz empfinden konnten.

»Benjamin, der andere Dax möchte T'Kreng einige Fragen stellen«, sagte sie ruhig. »Können Petersen und ich sie aus der Stasis entlassen, während du mit dem Jem'Hadar sprichst?«

Sisko hob eine Braue. »Wie willst du Fragen stellen, während du in Trance bist, alter Knabe?«

Dax wandte sich an Yevlin Meris. »Mein Isoborominniveau steigt, wenn ich mit dem alten Symbionten kommuniziere, nicht wahr? Vielleicht ist das der Grund, warum ich den Bezug zum Hier und Heute verliere. Wenn Sie das Isoborominniveau überwachen und stabil halten ...«

»In Ordnung.« Yevlin holte einen Injektor aus dem Arzneischrank.

»Wenn es klappt ...«, sagte die Trill so leise, daß nur Sisko sie hörte. »Dann kann ich sofort Bescheid geben, wenn Dax die Kernmasse übernimmt – oder wenn er scheitert.«

Sisko nickte ernst. »Als letztes Mittel setzen wir die rejustierten Phaser ein.« Er sah Odo an und schmunzelte. »Sind Sie bereit, Gründer zu spielen, Constable?«

Der Gestaltwandler nickte. »Ich halte den Jem'Hadar fest, sobald Sie das Stasisfeld deaktivieren. Das sollte genügen, um den Zorn des Kriegers im Zaum zu halten.«

»Und wenn nicht ... Ich habe einen Phaser.« Das blaue Glühen verschwand, als Sisko den Deaktivierungsschalter betätigte. Sofort schlossen sich Odos Hände um die Unterarme des Jem'Hadar, der wie eine Hyäne zu heulen begann.

»Wenn Sie jetzt mit T'Kreng reden möchten, Lieutenant ...«, sagte Petersen. Yevlin Meris stand neben ihr, mit einem Injektor in der Hand.

Erneut berührte Dax den Tank und glaubte, die elektrischen Entladungen des Symbionten als leichtes Prickeln durch das Aluminium zu spüren. Es fühlte sich keineswegs unangenehm an. »Überträgt das Mikrofon meine Worte, wenn ich von hier aus spreche?«

»Kein Problem.« Petersen ging neben der Stasiseinheit in die Hocke und aktivierte den Phasenmodulator. »Stasisfeld wird jetzt ausgeschaltet.«

Das Glühen des zweiten Kraftfelds verschwand ebenfalls. »Nun?« erklang die kühle Stimme der Vulkanierin. »Sind Ihre Bemühungen gescheitert, die fremden Wesen mit den Waffen Ihres Schiffes zu vernichten?«

Aus den Augenwinkeln sah Dax, wie Sisko einen verärgerten Blick über die Schulter warf. »Ja«, sagte sie, bevor er sich auf ein Streitgespräch mit dem kortikalen Fragment der vulkanischen Professorin einlassen konnte. »Wir planen nun die Infiltration der Kernmasse, wie von Ihnen vorgeschlagen …«

»Nennen Sie mir den Code für die Selbstzerstörungssequenz der Raumstation, die Sie zum Wurmloch geschleppt haben«, sagte Odo.

»Ich habe von Ihnen gehört«, knurrte der Jem'Hadar. »Sie sind kein wahrer Gründer. Ich weigere mich, dem Föderationsabschaum zu helfen. Vermutlich kommt das Ungeziefer von ihrer Seite des Wurmlochs«, fügte der Krieger hinzu, deutete dabei auf Sisko und die anderen.

»… aber zuerst möchten wir Ihnen einige Fragen stellen«, beendete Dax ihren Satz. Sie hoffte, daß die Hirnmasse der Vulkanierin imstande war, die beiden Gespräche voneinander zu unterscheiden. Sie atmete tief durch und nickte Yevlin Meris zu, bevor sie die Hände in die Nährflüssigkeit streckte. Die Trance kam schneller und schien diesmal wesentlich tiefer zu sein, vielleicht wegen der Nähe des alten Symbionten. Wie aus weiter Ferne vernahm sie ein leises Zischen, als Yevlin vom Injektor Gebrauch machte, um ihr Isoborominniveau unter Kontrolle zu halten. Innerhalb weniger Sekunden hatten sich weiße Dunstwolken um ihr Selbst geschlossen, aber sie verdichteten sich jetzt nicht mehr, sonder zerfaserten. Es blieb eine vage Benommenheit, die sie jedoch nicht daran hinderte, sich der Geschehnisse um sie herum bewußt zu sein.

»Ich muß wissen, wie man eine Verbindung zu anderen kortikalen Fragmenten herstellt, die als Verbündete in Frage kämen.« Jadzias Lippen formten die Worte, aber sie stammten vom alten Dax. »Es geht mir darum, ein Netzwerk zu schaffen, das über alle anderen Netze in der Kernmasse dominiert.«

»Genau darin liegt das zentrale Problem der Infiltration«, erwiderte T'Kreng. Sie klang ein wenig überrascht. Vielleicht staunte sie über den Scharfsinn, der in Dax' Frage zum Ausdruck kam. »Die neuralen Verbindungen sind kein Problem. Sie werden von der Messenger-RNS der fremden Wesen geschaffen, sobald ein Kontakt erfolgt.«

»Lassen sie sich sofort als Kommunikationsnetze verwenden?« erkundigte sich Dax.

»Ja«, entgegnete T'Kreng. »Ich bin auf folgende Weise vorgegangen: Ich habe meine Identität in allen mir bekannten Sprachen durch das neurale Netz verkündet und dann den Antworten gelauscht. Dadurch fand ich in unmittelbarer Nähe einen Kollegen von der *Sreba* und einen Ferengi. In anderen Bereichen der Kernmasse reagierten weitere Besatzungsmitglieder unseres Forschungsschiffes sowie fremde Hirnmassen, die sich ein Eigenbewußtsein bewahrt hatten und Föderationsstandard verstanden, unter ihnen auch einige Jem'Hadar.«

»Wer spricht da von Jem'Hadar?« Der Pilot des Kriegsschiffes blickte zur Seite und riß die Augen auf, als er den Ursprung von T'Krengs Stimme feststellte. »Ich wußte es! Das Ungeziefer stammt aus der Föderation!«

»Nein, es hat Mitglieder der Föderation gefressen.« Odo stieß den Jem'Hadar wuchtig zurück, als der Pilot versuchte, aufzustehen und zu dem Wesen zu springen. »Außerdem absorbierte es Jem'Hadar. Und es wird noch viel mehr fressen, wenn Sie uns nicht verraten, wie die Selbstzerstörungssequenz der Raumstation eingeleitet wird!«

»Ich verrate Ihnen *nichts*«, fauchte der Krieger. »Sie lügen!«

»Nein«, erklang eine andere, rauhe Stimme. »Er sagt die Wahrheit.«

Der Jem'Hadar erbebte am ganzen Leib, während Odo ihn festhielt, und sein Blick glitt erneut zur Seite. Ehrfurcht zeigte sich nun in seinem schuppigen Gesicht. »Commander Kaddo'Borawn?« brachte er hervor. »Wo ... wo sind Sie?«

»Ich bin tot«, lautete die Antwort. »Das Ungeziefer hat mich gefressen, so wie der Föderationsgründer eben sagte. Aber ich existiere als Bewußtsein in diesem fremden Körper, wie viele unserer Brüder. Sie müssen befreit werden, Manan'Agar, was nur durch eine vollständige Vernichtung geschehen kann. Deshalb ist die Zerstörung der Raumstation erforderlich.«

Odo hielt den Jem'Hadar noch immer fest, was ihn jedoch nicht daran hinderte, die Fäuste zu ballen. »Genau das entsprach unserer Absicht, Commander!« stieß er hervor. »Wir wollten die Raumstation ins Wurmloch steuern, damit sie dort zermalmt wird.«

Ein Fluch drang aus dem Lautsprecher des automatischen Translators. »Das Ungeziefer hätte die Station verlassen, bevor das Wurmloch imstande gewesen wäre, es zu zerstören. Und dann hätten unsere Brüder für immer in einem so gräßlichen Kerker existieren müssen. Ich verdanke meine geistige Freiheit allein der Föderationsfrau, die dieses Geschöpf kontrolliert. Wir müssen die Wesen außerhalb des Wurmlochs vernichten, Manan'Agar. Kein einziges von ihnen darf überleben.« Die Stimme verklang kurz. »Leider enthält dieser Teil meines Gehirns keine Erinnerungen an den Aktivierungscode für die Selbstzerstörungssequenz – sonst würde ich ihn nennen. Geben Sie Auskunft. Und helfen Sie den Leuten aus der Föderation. Sind Sie bereit, diese letzte Anweisung eines Toten durchzuführen?«

Der Krieger schluckte und neigte den Kopf abrupt zur Seite – Dax hoffte, daß es sich dabei um das Äquivalent eines Jem'Hadar-Nickens handelte.

Sisko knurrte leise, und Odo warf ihm einen beruhigenden Blick zu. »Ich glaube, Manan'Agar hat sich gerade bereit erklärt, mit uns zu kooperieren«, sagte der Gestaltwandler. »Das stimmt doch, oder?«

»Ja«, erwiderte der Pilot des Kriegsschiffes verdrießlich. »Aber Sie müssen mir versprechen, mich nachher zu töten.«

Sisko seufzte. »Ich füge Ihren Namen meiner Liste hinzu«, meinte er. »Vorausgesetzt natürlich, daß es überhaupt ein Nachher gibt. Nennen Sie uns jetzt den Code, mit dem die Selbstzerstörung der Raumstation ausgelöst wird.«

Der Jem'Hadar holte tief Luft. »Selbstzerstörung.«

Dax beobachtete, wie Sisko und Odo einen skeptischen Blick wechselten. »Das ist alles?« fragte der Constable. »Man braucht nur ›Selbstzerstörung‹ zu sagen, und schon fliegt alles in die Luft?«

»Natürlich.« Manan'Agar stemmte sich auf den Ellenbogen hoch und wirkte erstaunt. »Was haben Sie denn erwartet?«

Sisko räusperte sich. »Wie wär's mit einer Stimmmuster-Identifikation? Oder mit einem zweiten Befehl von einem anderen Offizier?«

Der verletzte Offizier gab einen seltsamen, hustenden Laut von sich, der vermutlich auf Ärger hinwies. »Starfleet-Bürokraten brauchen vielleicht solche Dinge, aber nicht wir Jem'Hadar. Jeder von uns muß in der Lage sein, eine Raumstation allein zu zerstören – weil es nach einem verlorenen Kampf vielleicht keine anderen Überlebenden gibt. Und wenn der Betreffende im Sterben liegt ... Warum die Dinge unnötig kompliziert machen?«

Odo schüttelte verwundert den Kopf. »Aber wenn ein Fremder an Bord kommt... Wie verhindern Sie, daß ein Feind mit einem Wort die Selbstzerstörung auslöst?«

»Ganz einfach.« Manan'Agar bleckte die Zähne und schnitt eine Grimasse, die auf Erheiterung oder aber Abscheu hinweisen mochte. »Kein Feind spricht unsere Sprache. Wir achten immer sehr darauf, sie nicht in der Präsenz von Personen zu verwenden, die aus anderen Völkern stammen.«

Jadzia hörte dies alles aus einer gewissen Distanz, die Ruhe schuf. Sie stand noch immer mit dem alten Symbionten in Verbindung, und dadurch nahm sie die Ereignisse in ihrer Umgebung durch einen Filter der Gelassenheit auf. Allerdings: Ein Teil dieses Empfindens wurde von Apathie hervorgerufen, die wiederum das Ergebnis jahrtausendelanger Einsamkeit darstellte. Der alte Dax mochte wieder rational sein, doch die vielen Jahrhunderte, die er in einem kleinen Behälter verbracht hatte, waren nicht ohne Folgen für ihn geblieben. »Deshalb verwenden die Jem'Hadar immer die Sprache ihrer Gegner?« fragte die Trill.

»Sie sind genetisch darauf programmiert, neue Sprachen innerhalb kürzester Zeit zu lernen, Lieutenant«, erwiderte Odo. »Dadurch erlangen sie einen taktischen Vorteil gegenüber Völkern, die auf automatische Translatoren angewiesen sind.« Er blickte auf den Krieger hinab und runzelte die Stirn. »Also gut. Wie lautet in Ihrer Sprache das Wort für ›Selbstzerstörung‹?«

Verachtung blitzte in Manan'Agars Augen. »*Sie* erfahren das nicht von mir. Ich sage es nur der Person, die in der Raumstation den Befehl für die Selbstzerstörung geben soll.«

Sisko sah fast verzweifelt zu dem Tank mit der Nährflüssigkeit. »Ich fürchte, dabei könnten sich Probleme ergeben. Der ... äh ... Organismus, den wir zur Station schicken, kann derzeit nur aufgrund einer mentalen Verbindung mit meinem wissenschaftlichen Offizier hören und sehen.«

Der Blick des Jem'Hadar glitt ebenfalls zu dem Behälter und dann zu Dax, die noch immer die Seite des Tanks berührte. »Begibt sich auch Ihr wissenschaftlicher Offizier zur Raumstation?«

»Nein«, antwortete Sisko sofort. »Wir beamen den Organismus direkt in die Kernmasse, ins zentrale Gehirn der fremden Wesen.«

Manan'Agar stieß einen Fluch aus, den der Translator nicht übersetzte. »Unmöglich. Als wir versuchten, einen Photonentorpedo in die Masse des Ungeziefers zu transferieren, bewirkten die von den gestohlenen Reaktionskernen ausgehenden Subraum-Emissionen eine Instabilität des Transporterstrahls. Der Torpedo verlor seine molekulare Struktur, und dadurch kam es nicht zu einer Explosion. Ein lebendes Wesen hätte nicht die geringste Aussicht, einen solchen Transfer zu überstehen.«

»*Verdammt!*« Sisko wandte sich an Dax und Heather Petersen. »Müssen auch wir mit einem solchen Problem rechnen?«

Dax richtete einen fragenden Blick auf die jüngere Wissenschaftlerin, die sich in Transporterphysik besser auskannte. Petersen kaute kurz auf der Unterlippe, und offenbar wuchs ihre Besorgnis. »Ich fürchte, ja«, antwortete sie schließlich. »Wir könnten versuchen, mit einem stärkeren Sperrfeld des Transporterstrahls zu kompensieren. Oder wir richten den Transferfokus nicht auf die Kernmasse, sondern in ihre Nähe ...«

Die Kadettin unterbrach sich abrupt, als ihr die Konsequenzen der letzten Worte klar wurden.

»Was bedeutet, daß jemand den Symbionten begleiten und zum Ziel bringen muß«, fügte Odo mit erbarmungsloser Logik hinzu.

»Ausgeschlossen, Constable«, sagte Sisko. »Wir müssen eine andere Möglichkeit finden, den alten Dax in die Kernmasse zu transferieren.«

Jadzia Dax runzelte die Stirn, als sie durch die Verbindung zum Symbionten ein sonderbares Drängen wahrnahm. Bevor sie die richtigen Worte dafür finden konnte, erklang T'Krengs scharfe Stimme.

»Sie haben ein in ethischer Hinsicht durchaus erstrebenswertes Ziel genannt, Captain, aber leider ist es unerreichbar. In etwa fünfunddreißig Minuten kommt es in der Singularitätsmatrix zu einer irreversiblen temporalen Verschiebung.«

»Nun, dann haben wir genug Zeit, um …«

»Nein!« Die Stimme der Vulkanierin wurde plötzlich lauter, und in ihr vibrierte fast so etwas wie der Zorn eines Jem'Hadar-Kriegers. »Der Trill-Symbiont braucht *mindestens* so viel Zeit, um ein neurales Netzwerk zu bilden, das stark genug ist, um über den Rest des Kerns zu dominieren. Es kommt jetzt auf jede Minute an, sogar auf jede *Sekunde*!«

Dax wechselte einen besorgten Blick mit Sisko und Odo, beobachtete dabei, wie sich in ihren Mienen die Erkenntnis ausbreitete, daß T'Kreng recht hatte – es mußte sofort gehandelt werden. Sie atmete tief durch und strich mit den Fingerkuppen über die Wand des Tanks.

»Dann ist ja alles klar«, sagte sie schließlich. »Einer von uns muß den Symbionten zur Kernmasse tragen.«

»Ja.« Der Ernst in Siskos Gesicht wies darauf hin, daß er bereit war, sich der Notwendigkeit zu fügen. »Wie entscheiden wir, wer ihn begleitet?«

»Das ist der einfache Teil, Captain.« Sardonischer Humor funkelte in Odos Augen, und Dax fragte sich, welcher Aspekt der gegenwärtigen Situation ihn erheiterte. »Wir brauchen nur zu fragen, wer sich freiwillig meldet.«

»Zum Teufel auch, was machen Sie hier?«

Kira hatte das Gefühl, eine ganze Stunde lange darauf gewartet zu haben, daß Paks Leute mehrere Metallteile auftrieben, aus denen sich eine Art Brücke improvisieren ließ. Ihre Geduld wurde auf eine harte Probe gestellt, denn sie rechnete jeden Augenblick damit, daß die fremden Wesen zurückkehrten. Bei einer zweiten Konfrontation mit ihnen kamen sie vielleicht nicht so glimpflich davon.

»Was könnte mich wohl hierhergeführt haben?« Pak lächelte schief, als Kira nach Bashirs Ellenbogen griff und ihm von der ›Brücke‹ herunterhalf. »Ich muß noch dreiundzwanzig andere Biester ins Jenseits schicken, bevor ich mit ihnen quitt bin.«

Bashir blickte voller Abscheu auf das Gewehr, dessen Riemen sich Pak über die Schulter geschlungen hatte. Kira bemerkte, daß seine Hände zitterten. Vermutlich hielt er sich nur mit Stimulanzien und Adrenalin auf den Beinen. Es konnte nicht mehr lange dauern, bis er sich völlig verausgabt hatte.

»Mit einer derartigen Waffe können Sie die Wesen nicht töten«, sagte der Arzt heiser. »Damit haben Sie höchstens die Möglichkeit, ihnen einige Unannehmlichkeiten zu bescheren, mehr nicht.«

Pak zuckte mit den Achseln, und ein knappes Nicken wies ihre Leute an, durch den Korridor vorauszueilen. »Damit gebe ich mich zufrieden, bis jemandem etwas Besseres einfällt.«

»Ich arbeite daran. Aber zuerst ...« Kira griff nach dem noch warmen Lauf von Paks Gewehr und zog es ihr von der Schulter. Solche altmodischen Waffen waren beim Widerstand sehr beliebt gewesen, da sie sich leichter verstecken ließen als Phaser – die cardassianischen Sensoren suchten nicht nach Projektilwaffen, sondern nach Strahlern aller Art. Deshalb war es den Milizionären vermutlich gelungen, dieses Gewehr an Bord von *Deep Space Nine* zu schmuggeln, ohne daß jemand etwas bemerkte. Pak schmollte übertrieben, als Kira die Patronen von sechs Sprenggeschossen aus dem integrierten Magazin nahm. »Es hat uns gerade noch gefehlt, daß Sie große Löcher in die Außenhülle der Raumstation schießen.«

»Vorhin haben Sie sich nicht beklagt«, erwiderte Dorren. Sie streckte die Hand nach dem Gewehr aus, aber Kira hielt es so, daß sie es nicht erreichen konnte.

»Was ist mit Ihren Begleitern?« fragte die jüngere Bajoranerin. »Gibt es noch mehr von diesen Flinten?«

»Vielleicht.« Pak hob und senkte die Schultern. »Wahrscheinlich. Meine Leute haben überall an Bord von *Deep Space Nine* Teile von Waffen versteckt. Ich brauchte eine Weile, um alle notwendigen Komponenten für dieses Gewehr zu finden, und vermutlich gibt es genug für zwei weitere Waffen. Warum fragen sie?« Mit dem Ellenbogen stieß sie Kira in die Seite und lächelte. »Möchten Sie mehr davon?«

Ein oder zwei Sekunden lang bedauerte Kira, das Gewehr entladen zu haben. »Ich möchte wissen, ob ich Ihnen trauen kann! Und ich möchte darauf vertrauen können, daß Sie keinen Unsinn anstellen, während ich versuche, uns alle in Sicherheit zu bringen!«

»Wenn ich mich recht entsinne, habe ich Ihnen gerade das Leben gerettet. Wenn Sie das unter ›Unsinn anstellen‹ verstehen …«

»Sie wissen ganz genau, was …«

»Seien Sie still, und damit meine ich *Sie beide*!« Bashir trat mit einem Zorn zwischen sie, der Kira überraschte. Er schob sie zur einen Wand des Korridors und Pak zur anderen. »Vielleicht ist es Ihnen noch nicht aufgefallen, aber im Augenblick haben wir für solche Spielchen keine Zeit.« Er vollführte eine Geste, die dem peripheren Bereich der Raumstation galt. »Überall treiben sich fremde Wesen herum. Anstatt hier Zeit mit einem banalen Streit zu verlieren, sollten wir vor den Viroiden die Promenade erreichen!«

Kira fragte sich, was schlimmer sein mochte: in der Schuld einer Terroristin zu stehen oder von einem Starfleet-Arzt belehrt zu werden, dessen Vorstellung von einer schweren Kindheit darin bestand, den Tennisunterricht selbst bezahlen zu müssen. Sie versuchte, sich ihre Verlegenheit nicht zu deutlich anmerken zu lassen, als sie Bashir stützte und den Weg fortsetzte.

»Schon zum zweiten Mal weisen Sie darauf hin, daß die Wesen zu den Sicherheitszonen der Promenade unterwegs sind«, stellte Kira fest. »Was veranlaßt Sie zu einer solchen Annahme?«

Bashir neigte den Kopf ein wenig zur Seite. »Es ist nur eine Theorie«, antwortete er widerstrebend.

Die hinter dem Arzt gehende Pak gab ihm einen Stoß. »Spucken Sie's aus!«

Kira warf ihr einen warnenden Blick zu, doch Paks Geste erfüllte offenbar den gewünschten Zweck: Bashir begann tatsächlich mit einer Erklärung.

»Nun, wir wissen bereits, daß die fremden Wesen DNS aufnehmen.« Er schob Kiras Arm sanft fort und wandte sich halb zur Seite, damit er die beiden Bajoranerinnen sowie die Milizionäre ansehen konnte. »Dieser Vorgang scheint sehr wichtig für ihre eigene genetische Struktur zu sein, vielleicht auch für ihre Körperfunktionen und Vermehrung. In diesem Zusammenhang erscheint es mir nur logisch anzunehmen, daß sie über eine Möglichkeit verfügen, den genetischen Aufbau ihrer Opfer zu analysieren, bevor eine Absorption erfolgt. Sie müssen mit dem Trieb ausgestattet sein, nach neuem genetischen Material zu suchen, das noch nicht aufgenommen ist. Andernfalls wären sie wie wir mit einer beschränkten Anzahl von Eigenschaften ausgestattet, die sie an die nächsten Generationen weitergeben.«

Kira entdeckte einen Seitengang, der tiefer in die Station hineinführte. Wortlos wandte sie sich in die neue Richtung und griff nach Bashirs Arm, um sicherzustellen, daß er ebenfalls den Kurs änderte.

»Wenn ich Sie richtig verstehe, sieht die Sache folgendermaßen aus«, sagte Kira, während sie den Weg mit langen Schritten fortsetzten. »Wenn die Wesen noch keinen Bajoraner absorbiert haben, so verspüren sie besonderen Appetit auf Bajoraner?«

»In gewisser Weise, ja.«

Pak schnaubte leise. »Die Biester haben genug Bajoraner verspeist.«

Bashir schüttelte den Kopf, und grimmiger Ernst zeigte sich in seinem Gesicht. »Das wissen wir nicht.« Er hob die Hand, um Paks Einwänden zuvorzukommen. »Die Viroiden überfielen drei Erzfrachter«, fuhr er rasch fort. »Und Sie verloren vierundzwanzig Gefährten an die Wesen. Insgesamt sind das etwa fünfzig Bajoraner. Aber dort draußen treiben sich *Hunderte* von Geschöpfen herum, und sie können nicht *alle* bajoranische DNS aufgenommen haben. Und selbst wenn das der Fall wäre: Bestimmt ist die Mehrzahl von ihnen noch nie Ferengi, Vulkaniern, Tellariten und Klingonen begegnet.« Er richtete einen beschwörenden Blick auf Kira, als wollte er dadurch sicherstellen, daß sie ihm zuhörte. »Solche Leute und noch viele andere haben sich in den Sicherheitszonen versammelt.«

Sie hatte mit großer Aufmerksamkeit zugehört und bereits vorausgedacht. »Deshalb glauben Sie also, daß die Wesen zur Promenade unterwegs sind.«

Bashir nickte. »Sie können der Versuchung bestimmt nicht widerstehen.«

»Worauf warten wir noch?« Pak klopfte Kira auf den Rücken, als seien sie Kriegskameraden und alte Freunde. »Wenn wir wissen, wohin sie unterwegs sind, können wir sie in Empfang nehmen und ihnen eine Lektion erteilen!«

»Dabei besteht die Gefahr, daß Leute zu Schaden

kommen!« Zorn ließ Bashirs Wangen glühen und loderte in seinen Augen. »Wir müssen verhindern, daß die fremden Wesen bis zu den Bewohnern der Raumstation vorstoßen. Und deshalb dürfen wir die Sicherheitszonen nicht als Köder verwenden!«

Kira hatte plötzlich eine Idee und blieb stehen. »Die Sicherheitszonen nicht, aber ...« Erneut griff sie nach Bashirs Arm, als sich vage Hoffnung in ihr regte. »Sie haben eins der Geschöpfe untersucht. Wissen Sie, mit welcher DNS die Viroiden noch nicht in Kontakt geraten sind?«

Der Arzt runzelte die Stirn. Einerseits war er bestrebt, ihr zu antworten, doch andererseits wollte er sie darauf hinweisen, daß sie mit solchen Fragen wertvolle Zeit vergeudete. »Angesichts bestimmter DNS-Spuren vermute ich, daß die Viroiden die letzten fünftausend Jahre im östlichen Spiralarm verbracht haben«, sagte er schließlich. »Lebensformen aus dem galaktischen Kern und den westlichen Bereichen sollten völlig neu für sie sein.« Der Glanz seiner Augen veränderte sich und deutete darauf hin, daß er zu verstehen begann. »Was haben Sie vor, Major?«

Plötzlich war alles klar. Von einem Augenblick zum anderen wurde aus der Idee ein Plan mit allen Einzelheiten. »Wir locken die Wesen von der Station fort. Indem wir ihnen eine Mahlzeit anbieten, die ihr Absorptionsinstinkt für sehr lecker hält – eine Mahlzeit, die wir durchs Weltall schicken.«

Bashir wich entsetzt zurück. »Das kann doch nicht Ihr Ernst sein! Damit verurteilen Sie das nächste raumfahrende Volk zum Tod, dem die Viroiden begegnen!«

»Und wenn wir ihnen den Weg zu den Cardassianern zeigen?«

»Nein!« Kira sah Pak Dorren an und schüttelte das Gewehr, warnte die ältere Bajoranerin davor, sie gerade in diesem Punkt herauszufordern. »Ich lade meine Probleme nicht vor der Haustür anderer Leute ab.«

Sie wandte sich an Bashir und versuchte, sanfter zu sprechen – ihre nächsten Worte gefielen ihm bestimmt nicht. »Wir locken sie fort von *Deep Space Nine* und sorgen dafür, daß sie sich an einem Ort versammeln. Und dann desintegrieren wir sie, damit sie für niemanden mehr eine Gefahr darstellen. Zwei Photonentorpedos in den Warpkern der *Mukaikubo* sollten genügen.«

Stille herrschte plötzlich, senkte sich wie mit eisiger Kälte auf sie herab. Kira ertrug es fast nicht, Bashirs Gesichtsausdruck zu sehen, als er verstand.

»Sie haben gehört, was O'Brien gesagt hat.« Seine Stimme war jetzt kaum mehr als ein Flüstern, als wollte er nicht, daß ihn auch Pak und die anderen hörten. »Wenn Sie die *Mukaikubo* während der Instabilitätsphase des Wurmlochs vernichten, muß mit einem Kollaps der Singularität gerechnet werden. Dann sitzen die *Defiant* und alle Personen an Bord auf der anderen Seite des Wurmlochs fest.«

Genau darin bestand die Bürde des Kommandos: Manchmal mußte man sehr schwere Entscheidungen treffen, die Unschuldigen wie Bashir erspart blieben.

»Wir können nicht beides haben.« Der ruhige Klang von Kiras Stimme täuschte über ihren tiefen Kummer hinweg. »Wir retten entweder den Alpha-Quadranten oder die *Defiant*. Welche Wahl sollen wir treffen?«

Bashir sah sie an und blieb stumm. Sie hatte auch keine Antwort von ihm erwartet.

»Wissen Sie, was Sie brauchen?« Pak Dorren lehnte sich an die Wand und grinste vom einen Ohr bis zum anderen. »Sie benötigen ein altmodisches technisches Spielzeug, das zwar die fremden Wesen erledigen kann, aber keine Subraum-Emissionen verursacht, die sich schädlich auf das Wurmloch auswirken.« Sie seufzte wie eine Frau, die sich an einen guten Liebhaber erinnerte. »Mit anderen Worten: Sie brauchen eine hübsche kleine Fusionsbombe.«

Kira hätte die ältere Bajoranerin am liebsten geohrfeigt. »Und Sie wissen natürlich, wo wir uns eine beschaffen können, stimmt's?« Die schwierige Situation erfüllte sie mit Wut, und unter solchen Umständen war sie nicht bereit, den Sarkasmus einfach so hinzunehmen.

Pak Dorren grinste auch weiterhin. »Zufälligerweise, ja«, erwiderte sie.

22

An zwei Stellen im Kontrollraum der *Defiant* zeigte sich das Schimmern des Transporterstrahls und löste feste Materie auf. Das Summen des Materie-Energie-Konverters verstummte und hinterließ eine sonderbare Stille. Dax schloß die Augen und spürte eine kurze Unterbrechung der Verbindung mit dem alten Symbionten. Dann stabilisierte sie sich wieder, mit einem Unterschied: Nach der Rematerialisierung war der andere Dax ein ganzes Stück weiter entfernt.

Rechts von ihr erklang Petersens erleichterte Stimme von den Reserve-Transporterkontrollen. »Der Retransfer hat sechshundert Meter vom Reaktionskern entfernt stattgefunden, Sir. Sie befinden sich an Bord der Raumstation.«

»Gute Arbeit.« Siskos Kommandosessel zischte leise, als er ihn drehte. »Gegenwärtiger Kurs der Station, Mr. Eddington?«

»Sie beendet gerade das vor fünf Minuten begonnene Korrekturmanöver.«

Dax öffnete die Augen, sah zum Hauptschirm und beobachtete, wie die Raumstation der Jem'Hadar ihre Fluglage mit dem Impulstriebwerk stabilisierte. Im Hintergrund pulsierte das Wurmloch in Violett und einem dunklen Rot; immer stärkere Emissionen gingen von ihm aus.

»Sie fliegt jetzt direkt zum Transferpunkt des Wurmlochs, und zwar mit drei Prozent der Lichtgeschwindigkeit«, fügte Eddington hinzu.

»Geschätzte Ankunftszeit?«

»Zwanzig Minuten. Vorausgesetzt, es findet keine Beschleunigung statt.«

»Dann bleibt uns nicht viel Zeit, um die Kernmasse zu infiltrieren.« Sisko betätigte die Kom-Kontrollen. »*Defiant* an Einsatzgruppe. Bericht.« Nur die vom Wurmloch verursachte Statik drang aus den Lautsprechern. Der Captain lauschte einige Sekunden lang und fluchte dann. »Ich *wußte*, daß es keine gute Idee war! Dax, nenn mir das Jem'Hadar-Wort für Selbstzerstörung. Ich beame mich zur Station.«

»O nein, kommt nicht in Frage.« Die Trill drehte sich halb um, musterte den Captain und wußte: Wenn er nicht selbst eine wichtige Mission durchführte, konnte er einen Teil seiner Rationalität verlieren. »Laß ihnen ein wenig Zeit, um sich zu orientieren, Benjamin.«

»Und denken Sie daran, daß die Jem'Hadar großen Wert auf Selbständigkeit legen«, gab Odo zu bedenken. »Vielleicht bekommen Sie erst dann einen Bericht von Manan'Agar, wenn die Explosion der Raumstation unmittelbar bevorsteht.«

»Genau *deshalb* bin ich so besorgt, Constable.« Sisko stand auf und wanderte umher, konnte es offenbar nicht mehr ertragen, stillzusitzen und zu warten. »Vielleicht ist der Jem'Hadar so sehr darauf erpicht, die Station selbst zu zerstören, daß er vergißt, den Symbionten zur Kernmasse zu bringen.«

Dax schüttelte den Kopf. Durch die Verbindung mit dem alten Symbionten spürte sie hin und her schwappende Nährflüssigkeit. »Nein, Benjamin. Der andere Dax fühlt Bewegungen. Wohin auch immer Manan'Agar unterwegs ist – er nimmt den Tank mit.«

»Kein Wunder«, kommentierte Odo. »Immerhin braucht er das Antigravmodul des Behälters, um vorwärtszukommen. Vermutlich bemüht er sich derzeit, einen Teil der Station zu finden, in dem die Energieversorgung noch funktioniert – um von dort aus die Selbstzerstörungssequenz einzuleiten.«

Sisko verharrte vor Dax' modifizierter Konsole. »Läßt sich feststellen, in welchen Sektionen der Station die fremden Wesen das ursprüngliche energetische Niveau bewahrt haben?«

Dax rejustierte die Sensoren, nahm eine Sondierung vor und blickte dann auf die Anzeigen der Instrumente. »Abgesehen vom Maschinenraum, in dem sich die Kernmasse befindet, werden nur das Impulstriebwerk und die Manövrierdüsen mit Energie versorgt.« Sie deutete auf eine entsprechende graphische Darstellung in einem Display. »Die betreffenden Bereiche sind dem Vakuum des Alls ausgesetzt.«

Sisko brummte und spürte, wie ein Teil der Anspannung aus ihm wich. »Wenn Manan'Agar also dorthin unterwegs ist, wo es noch Energie gibt ...«

»... so schlägt er die von uns gewünschte Richtung ein.« Odo saß neben Eddington an der Waffenkonsole und sah zu Dax. »Können Sie den genauen Aufenthaltsort des Symbionten feststellen, Lieutenant?«

»Nein.« Sie schloß die Augen und konzentrierte sich auf die Wahrnehmungen des anderen Dax. Sie empfing einen Eindruck von Ungeduld und Entschlossenheit, begleitet von halluzinatorischem Flackern. »Allem Anschein nach nähern sie sich den gestohlenen Reaktorkernen. Der Symbiont bekommt Strahlung zu spüren und ...«

Die Trill schnappte abrupt nach Luft, als jähe Bewegung den Symbionten an die kalte Aluminiumwand des Tanks schleuderte. Die Verbindung zu ihm bescherte ihr den mentalen Nebel plötzlicher Benommenheit. Vage war sie sich bewußt, daß Sisko zu ihr eilte.

»*Yevlin!*« rief der Captain.

Es blieb Dax verborgen, wie die bajoranische Medizinerin reagierte, doch wenige Sekunden später strömte Kühle durch sie, und der Nebel in ihrem geistigen Kosmos verschwand. Sie blinzelte und sah Yevlins besorgtes Gesicht.

»Ich kann Ihr Isoborominniveau nicht immer wieder senken, Lieutenant«, sagte sie ernst. »Wenn die Verbindung mit dem anderen Dax unterbrochen wird … Ihre natürlichen Suppressoren könnten plötzlich aktiv werden und einen schweren metabolischen Schock bewirken.«

Dax atmete mehrmals tief durch, um wieder ganz zu sich selbst zu finden. »Es … dauert bestimmt nicht mehr lange …«

»Was ist los, alter Knabe?« fragte Sisko. *»Heraus damit!«*

Beide Symbionten reagierten auf die plötzliche Schärfe in der Stimme des Captains. »Wir glauben, Manan'Agar wurde angegriffen«, erwiderte Dax. »Eben stieß etwas Schweres gegen den Behälter mit der Nährflüssigkeit. Und jetzt …«

Die Trill unterbrach sich, als sie erneut Bewegung spürte. Heftige Vibrationen erfaßten den Tank, und Metall riß. Es folgte der schlimmste Alptraum, den ein Symbiont erleben konnte: Die Flüssigkeit strömte aus dem Behälter, und der alte Dax wurde mitgerissen; sein weicher, ungeschützter Leib prallte auf etwas Hartes, das bitter kalt war.

Jadzia Dax schnappte erschrocken nach Luft.

»Der Tank … wurde zerfetzt. Ich … liege auf dem Boden!« Sie streckte die Hände aus, um sich irgendwo festzuhalten, schloß sie um den Rand der Konsole. Etwas ergriff den Symbionten, drehte ihn und zerbrach dabei fast die empfindliche kortikale Hülle.

»Eins der Wesen hat mich gepackt …« Die Trill schrie und erzitterte, als sich der Schmerz des alten Symbionten auf sie übertrug. Sisko verhinderte, daß sie aus ihrem Sessel rutschte und zu Boden fiel.

»O Gott!« stieß sie hervor. »Ich werde *gefressen* …«

»Na bitte! Die Wesen reagieren auf den Köder!«

Kira seufzte mit solchem Nachdruck, daß die Innenseite des Raumhelmvisiers beschlug. Einige Sekunden lang schien die Gefahr hinter jenem grauen Schleier zurückzuweichen, doch die Erinnerung hielt auch weiterhin ein klares Bild bereit: ein Runabout, der sich von *Deep Space Nine* entfernte, während der Transporter an Bord für eine Spur aus exotischer DNS sorgte.

Das Lebenserhaltungssystem des Schutzanzugs neutralisierte die zu hohe Luftfeuchtigkeit, und daraufhin gewährte das Helmvisier wieder freie Sicht.

»Sie können aufbrechen, Major«, tönte O'Briens Stimme aus dem Helmkommunikator.

Kira nickte, obwohl der Chefingenieur sie gar nicht sehen konnte – er befand sich im Ops. »Verstanden.« Sie empfand es als sehr angenehm zu beobachten, wie sich die Viroiden von der Raumstation lösten und dem Runabout folgten. Der Panzer eines Wesens wies einen großen blauen Fleck auf, und die Bajoranerin fragte sich, ob er von einem Andorianer stammen mochte. Ein Teil von ihr bedauerte plötzlich, auf ein Phasergewehr verzichtet zu haben, um leichter voranzukommen. *Ich hätte ohnehin nichts damit anfangen können,* flüsterte die Stimme der Vernunft in ihr.

»Wir sind unterwegs«, teilte sie O'Brien mit und trat dann aus der Luftschleuse. Der Übergang von der künstlichen Gravitation in *Deep Space Nine* zur Schwerelosigkeit des Alls verschaffte Kiras Muskeln Erleichterung. Erst jetzt merkte sie, daß sie die ganze Zeit über Schmerzen empfunden hatte. Etwas in ihr wünschte sich, in die Station zurückzukehren. Es bereitete ihr keine besonderen Schwierigkeiten, Schmerzen einfach zu ignorieren; Wohlbefinden hingegen konnte zu Selbstgefälligkeit führen.

»Ich hoffe, Sie haben vor, dies alles schnell hinter sich zu bringen«, klagte Pak und schob sich vorsichtig bis zum Rand der Schleusenkammer. Wenige Zentimeter vor ihr begann die Schwerelosigkeit. »Ich verabscheue es, im Weltraum unterwegs zu sein. Je weniger Zeit dieser Ausflug in Anspruch nimmt, desto besser.«

Kira wartete darauf, daß die ältere Bajoranerin zu ihr aufschloß. Sie bot ihr nicht die Hand an. »Es war Ihre Idee, die Bombe außerhalb der Station zu verstecken.«

»Meine Idee, ja«, gestand Pak. »Aber nicht meine Aufgabe.« Sie drehte den Kopf und lächelte schief, ruderte dann mit den Armen, als sei sie aufgrund dieser geringfügigen Bewegung aus dem Gleichgewicht geraten. »Solche Vorteile genießt man, wenn man der Boß ist, Teuerste.« Sie schnappte nach Luft und schlang beide Arme um Kira.

Die jüngere Bajoranerin befreite sich aus der Umklammerung und griff nach einer Werkzeugschlaufe an der Seite von Paks Raumanzug – mit diesem Kontakt wollte sie Dorren beruhigen, ohne zuviel Bewegungsfreiheit einzubüßen. »In der von Shakaar geleiteten Widerstandsgruppe haben wir erfahren, daß der Anführer nicht nur Befehle erteilt, sondern auch bereit ist, unangenehme Dinge selbst zu erledigen.«

Pak schnaufte und ließ es zu, daß Kira sie mit sich zog. »Shakaar war ein Idiot.«

Einen solchen Kommentar hatte Kira von jemandem wie Pak erwartet.

Dunkel und still erstreckte sich vor ihnen die Außenhülle von *Deep Space Nine.* Die metallene Landschaft vermittelte den Eindruck von Frieden, obgleich im Innern der Raumstation ziemlich chaotische Verhältnisse herrschten. Inzwischen drängten sich keine Viroiden mehr gegen die Schilde, was bedeutete: Die energetische Barriere der Deflektoren blieb unsichtbar und gewährte freien Blick zu den Sternen. Selbst das Wurmloch schien sich beruhigt zu haben. Doch Kira wußte es besser: Die Anzeigen im Innern des Raumhelms wiesen deutlich darauf hin, daß sich die heftigen Pulsationen außerhalb des sichtbaren Spektrums fortsetzten.

Einen weiteren Hinweis bot die ultraviolette Fluoreszenz, die hier und dort wie Rauhreif an vorspringenden Teilen der Raumstation schimmerte. Angeblich befand sich die Bombe im Ortungsschatten der Sensoren von *Deep Space Nine*, aber Kira fragte sich, ob sie unter den gegenwärtigen Umständen überhaupt imstande gewesen wären, die Strahlungssignatur zu registrieren. Vermutlich nicht – es gingen zu starke Emissionen vom Wurmloch aus.

»Na los, Pak.« Kira widerstand der Versuchung, ihrer Begleiterin einen Stoß zu geben. Immerhin bestand tatsächlich die Möglichkeit, daß sie ins All forttrieb, und derzeit brauchten sie Dorren, um die Bombe zu finden und sicher zu sein, daß sie auch funktionierte. »Eben haben Sie selbst betont, daß Sie Wert auf Eile legen.«

Pak gab ein Geräusch von sich, das vielleicht ein Lachen sein sollte. »Ich beeile mich bereits, Teuerste.« Sie blieb stehen, hob dann vorsichtig einen Fuß und trat über ein Schaltkreismodul hinweg. »Wie ich schon sagte: Ich kann solche Touren nicht ausstehen.«

Kira begriff plötzlich, daß Pak ihre Stiefel bisher nicht von der Außenhülle gelöst hatte: Sie war gewissermaßen geschlurft, in der Art eines Eisläufers.

Eine Mischung aus Ärger und Verblüffung regte sich in der jüngeren Bajoranerin. »Sie haben keine Angst vor Wasserstoffbomben, fürchten sich jedoch vor einem kurzen Weltraumspaziergang.«

Auf der anderen Seite des Schaltkreismoduls setzte Pak den zweiten Fuß behutsam neben den ersten und schlurfte dann wieder. »Man nennt so etwas Phobie, Teuerste.«

Wenn sie so langsam vorankamen ... Dann hatte der Runabout Organia erreicht, bevor sie die Bombe fanden.

»O'Brien an Kira. Wir haben ein Problem, Major.«

Sie hob den Kopf, erstaunt von der Stärke des statischen Rauschens, das die Stimme des Chefingenieurs untermalte. Es klang fast so, als hätte jemand vergessen, einen Wasserhahn zu schließen. »Was ist los, Chief?«

»Die fremden Wesen«, sagte er. »Inzwischen hängen sie wie Kletten an dem Runabout. Julian hat dafür gesorgt, daß der Replikator an Bord mit voller Kapazität DNS-Köder produziert. Aber wenn die Biester die Energieversorgung unterbrechen, funktioniert der Replikator nicht mehr, und dann dauert es nicht einmal eine Minute, bis sie alles absorbiert haben.«

Kira bedauerte es plötzlich, daß es notwendig gewesen war, den Reaktor des als Köder dienenden Runabout zu entfernen. Sie blickte in die Richtung, in die das kleine Raumschiff geflogen war, doch es blieb in der Dunkelheit des Alls verborgen.

»Beginnen Sie damit, die Viroiden mit dem Transporter zu eliminieren.« Kira trat an Pak heran und schlang ihr den Arm um die Taille. »Wir müssen die Anzahl der Wesen beim Runabout reduzieren – sonst hält er nicht lange genug durch, um die Bombe zu empfangen.«

»Dazu wäre es notwendig, die Schilde zu senken, Major«, gab O'Brien zu bedenken. »Und solange Sie sich dort draußen auf der Außenhülle befinden …«

»Wir müssen eben hoffen, daß der von Bashir zusammengestellte DNS-Cocktail verlockender ist als wir. Kira Ende.« Sie schloß den Kom-Kanal, ohne eine Bestätigung abzuwarten, klopfte dann mit der freien Hand an Paks Helm. »Wir springen jetzt.«

Sie spürte, wie sich Dorren versteifte. »Kommt nicht in Frage!«

»O doch. Halten Sie sich fest!« In dieser Hinsicht wollte sie Pak keine Wahl lassen.

Was Sprünge mit Raumanzügen anging, gab es weitaus schlimmere Orte als *Deep Space Nine*. Selbst die geringe Schwerkraft eines Mondes konnte die Sprungbahn so beeinflussen, daß man nach einigen Dutzend Metern gegen einen scharfkantigen Felsen stieß. Und bei zylinderförmigen Habitaten, die sich um ihre eigene Achse drehten – dort war es schon schwer, über die Außenhülle zu wandern. Diese Raumstation hingegen war einfach nur ein stationärer Koloß im All: Hier gab es weder Gravitation noch Zentrifugalkraft, und deshalb konnte man vor dem Sprung das Ziel ganz genau anvisieren, ohne befürchten zu müssen, es zu verfehlen.

Kira fing sich an einer Kommunikationsantenne ab und zögerte dort einige Sekunden länger als unbedingt notwendig, damit sich Pak orientieren konnte. Anschließend sprang sie noch einmal und segelte erneut durch die Leere.

Eins mußte man Pak lassen: Während des Flugs blieb sie still. Sie verzichtete darauf, zu zappeln und zu fluchen, unternahm nichts, das die sichere Ankunft am Ziel gefährden konnte. *Sie mag an einer Phobie leiden, aber sie ist nicht dumm,* dachte Kira, als ihre Stiefel das Gehäuse der externen Sensoren berührten. Sofort wurden die Magnete aktiv und hielten sie fest. Sie vergewisserte sich, daß Pak auf die gleiche Weise Halt gefunden hatte und ließ sie dann los.

»Also gut, wo ist ...«

Sie sprach nicht weiter und seufzte, als sie Dorrens Miene sah. Die ältere Bajoranerin stand stocksteif, das Gesicht blaß, die Augen geschlossen, die Lippen fest zusammengepreßt. Sie schien überhaupt nicht mehr zu atmen. Ein vages Schuldgefühl prickelte in Kira, und sie fragte sich, ob es besser gewesen wäre, mehr Rücksicht zu nehmen.

Rasch verdrängte sie diesen Gedanken.

»Dorren ...« Erneut klopfte sie an den Helm ihrer Begleiterin und versuchte, keinen Ärger in ihrer Stimme erklingen zu lassen. »Wir sind bei den Sensoren. Sie müssen jetzt die Augen öffnen und sich umsehen. Sie meinten, die Bombe befände sich hier irgendwo, aber ich weiß nicht, wonach es Ausschau zu halten gilt.«

Pak hob die Lider langsam, doch der Rest von ihr blieb unbewegt. Kira trat beiseite, um ihr ein freies Blickfeld zu gewähren. So geduldig wie möglich wartete sie, während Dorren die Umgebung beobachtete. Sie dachte an den Runabout, an den genetischen Köder, der bald nicht mehr existierte, an die immer knapper werdende Zeit, und daraufhin wuchs ihre innere Unruhe. »Zeigen Sie mir endlich das Versteck der Bombe!«

Pak hatte die Augen inzwischen weit aufgerissen und zuckte andeutungsweise mit den Schultern. »Ich weiß es nicht«, flüsterte sie. »Sie befindet sich nicht dort, wo sie eigentlich sein sollte. Sie ist fort.«

Rehk'resen.

Dieses eine Wort glühte in der Dunkelheit, wirkte wie ein Fanal, das Hoffnung bedeutete. Dax konzentrierte sich darauf, denn es gab den Gedanken Halt in einer seltsamen Welt, in der das Selbst zerfaserte. Der Symbiont erinnerte sich zwar nicht an die Bedeutung dieses Wortes, aber er wußte, daß es sehr wichtig war. *Rehk'resen. Rehk'resen.*

Etwas zupfte an Dax' Bewußtsein, vermittelte das gleiche Empfinden von Unwirklichkeit wie die Bilder eines Fiebertraums. *Vielleicht schlafe ich,* dachte er. *Oder ich bin krank.* Mühsam versuchte er, sich von der sonderbaren Benommenheit zu befreien, mit dem Ergebnis, daß die Leere um ihn herum sich nicht mehr wie eine warme Decke anfühlte, sondern wie ein kaltes Leichentuch. *Möglicherweise hat man mich betäubt.*

Das mentale Zupfen wiederholte sich. Es war etwas stärker diesmal und zeichnete sich durch eine elektrische Qualität aus, so als trachteten winzige Schaltkreise danach, direkte Verbindungen herzustellen. Dax versuchte, seine Wahrnehmung auf dieses Gefühl zu fixieren und herauszufinden, was geschah. Er spürte ein vertrautes kanalisierendes Drängen, vergleichbar mit dem Empfinden, das bei der ersten Verbindung mit einem neuen Wirt im Symbionten entstand und auf ein kontaktbereites Gehirn hinwies. Doch diesmal wartete nicht das vorbereitete Bewußtsein eines Trills auf Dax, sondern völliges Chaos.

Geistige Verbindungen reichten in alle Richtungen, zu fünftausend beweglichen Gliedern, fünfhundert Verdauungssystemen, tausend lichtempfindlichen Sinnesorganen, die wie einzelne Komponenten eines Facettenauges Bilder übermittelten, mit dem großen Unterschied allerdings, daß jede ›Facette‹ etwas anderes sah: Teile eines Warpkerns, Risse in einer Außenhülle, einen gewölbten Duraniumpanzer … Es waren zu viele Eindrücke, als daß man einen Sinn in ihnen hätte erkennen können. Mit dem Hören verhielt es sich ähnlich. Überall erklangen laute mentale Stimmen: Einige von ihnen sprachen, andere schrien oder gaben unartikulierte Laute von sich. Dax erzitterte in der Flut aus wirren visuellen Informationen und fürchtete, sich im schizophrenen Stimmengetöse zu verlieren. So ein Wahnsinn! In welcher Art von Wirt steckte er?

Rehk'resen, flüsterte eine Stimme, die Dax näher war als alle anderen. Das Wort weckte eine vage Erinnerung, und etwas regte sich in der Benommenheit. Dies war kein Wirt, sondern eine fremde Lebensform, in der Dax eine Aufgabe durchführen sollte. Allerdings … Er hatte vergessen, worin sie bestand.

»… kann das Isoborominniveau nicht erneut senken …«

»… muß wissen, ob die Infiltration funktioniert hat …«

Jene Stimmen schienen irgendwie anders zu sein. Im Gegensatz zu dem nahen Chaos kamen sie aus größerer Entfernung, begleitet von der vertrauten mentalen Wärme eines Trill-Selbst. Dax wandte sich vom visuellen Chaos ab, das ihm die neuralen Verbindungen bescherten, konzentrierte sich statt dessen auf den internen Kanal, der zu einem ferneren Ort führte.

»... kannst du mich hören, alter Knabe? Weißt du, wo sich der Symbiont jetzt befindet?«

»Benjamin?«

Es kostete Dax enorm viel Kraft, fremde Augen zu öffnen. Zwei oder drei verwirrende Sekunden lang verloren sich die Konturen der *Defiant*-Brücke fast in dem unüberschaubaren Bildergewirr. Dann sah der Symbiont die Raumstation der Jem'Hadar auf dem Hauptschirm, und daraufhin kehrten auch die übrigen Erinnerungen zurück, so schwer und kalt wie eine Lawine.

Jadzia Dax stöhnte leise. Der alte Dax ... Er gehörte zur Kernmasse der fremden Wesen. Er mußte nun versuchen, zumindest einen Teil davon unter Kontrolle zu bringen, um dann die Selbstzerstörungssequenz einzuleiten, bevor die Station einen Kollaps des Wurmlochs bewirken konnte.

»Rehk'resen«, murmelte sie und vernahm den Klang der eigenen Stimme, die das vom Symbionten empfangene mentale Getöse übertönte. »So lautet das Wort der Jem'Hadar für Selbstzerstörung.«

»Bist du wieder bei uns, alter Knabe?« Eine starke Hand schob sich hinter ihren Kopf und drehte ihn sanft, so daß sie Siskos Gesicht sehen konnte. »Was geschieht in der Raumstation?«

»Der Symbiont ist ... mit der Kernmasse verbunden.« Die Trill schluckte und spürte dabei eine seltsame Trockenheit im Mund. Sie hoffte, daß es sich dabei nur um eine harmlose Nebenwirkung der Arzneien handelte, die Yevlin ihr verabreicht hatte. Gerade jetzt konnte sie sich keinen metabolischen Schock leisten. »Wieviel Zeit ...«

»Uns bleiben noch maximal zwölf Minuten«, sagte Sisko ernst. »Die Station ist schneller geworden und fliegt jetzt mit fünf Prozent der Lichtgeschwindigkeit.«

»Habe in der Kernmasse kein Zeitgefühl ...«, brachte

Dax hervor. »Halte uns auf dem laufenden, Benjamin ...«

»Uns?« wiederholte Sisko.

Die Trill nickte und schloß die Augen. »Der Symbiont kann es nicht allein schaffen. Ich kehre zurück, um ihm zu helfen ...«

Sie kannte jetzt ihren Namen und wußte auch um die Aufgabe Bescheid; dadurch fiel es ihr leichter, sich einen Weg ins Chaos des fremden Gruppenbewußtseins zu bahnen. Dax spürte, wie sie mit dem Ich des Symbionten verschmolz, fühlte dabei die jahrtausendealte Entschlossenheit, den Kollaps des Wurmlochs zu verhindern. Sie schlug Wurzeln in diesem gemeinsamen Empfinden, und dann dehnte sich der gemeinsame Geist, schickte Ausläufer durch die neuralen Verbindungen und suchte den Kontakt zu anderen gefangenen Selbstsphären.

»Ich bin Dax von Starfleet! Wer ist bereit, mich zu unterstützen?« Sie formulierte die Worte in Föderationsstandard und rief sie mit der geistigen Kraft von drei Gehirnen ins Chaos aus Stimmen. Verblüffend laut hallten sie durch den mentalen Kosmos, und es folgte eine kurze verblüffte Stille. Als das allgemeine Plappern erneut begann, wiederholte sie die Botschaft in ihrer eigenen Sprache. Der melodische, fast gesangartige Klang von Trill-Silben drang durchs neurale Netzwerk und verursachte neuerliche Stille, die etwas länger anhielt. Immer wieder identifizierte sich Dax, auch in den Sprachen der Vulkanier, Ferengi und Klingonen.

»Dax von Starfleet!« erklang nicht sehr weit entfernt eine Ferengi-Stimme, in der beginnender Wahnsinn vibrierte. Dax spürte das mentale Äquivalent eines elektrischen Knisterns, als sich ihr ein anderes Bewußtsein hinzugesellte. »Ich unterstütze Sie und bin zu allem bereit, wenn Sie mich hier herausholen!«

»Dax von Starfleet!« Eine halb vertraute vulkanische

Stimme, der weitere folgten. Psychische Macht strömte dem Tri-Geist der Trill entgegen, zeichnete sich durch eine klare, kontrollierte Struktur aus. Dax verglich die vulkanischen Selbstsphären mit kilometerlangen exakt kalibrierten Computerschaltkreisen. »Wenn Sie hier sind, um das Wurmloch vor dem Kollaps zu bewahren, können Sie auf die Hilfe der *Sreba*-Crew zählen. Wir haben bereits ein Netzwerk bei den Navigationskontrollen geschaffen. Bitte sagen Sie uns, auf welche Weise wir aktiv werden sollen!«

»Dax von Starfleet!« Klingonische Stimmen donnerten in der Ferne. Sie verwendeten einen archaischen, mindestens tausend Jahr alten Dialekt, brachten jedoch ungebrochenen Kampfgeist zum Ausdruck. Erneut erweiterte sich der Einflußbereich, und diesmal nahm Dax die Zunahme an Macht wie ein Erdbeben wahr. »Dax von Starfleet, wer auch immer Sie sind – Sie sprechen unsere Sprache. Wir beherrschen jenes Gebiet, wo die Feuer der Hölle besonders hell und heiß brennen. Teilen Sie uns Ihren Schlachtplan mit!«

»Dax.« Ein fernes, leises Raunen, das tief aus dem Innern der Kernmasse stammte. Ungläubige Fassungslosigkeit vibrierte in Dax, als sie die Stimme erkannte, als sich vertraute Muster überlagerten. »Ich bin ... Jadzia. So lange habe ich gewartet ... Sag mir, was wir unternehmen müssen, um das Schiff zu retten.«

23

»Die Bombe ist *fort*?« Kira griff nach Paks Armen und brauchte ihre ganze Selbstbeherrschung, um die ältere Bajoranerin nicht heftig zu schütteln. »Was soll das heißen? Sie haben behauptet, sie hätten sie bei den externen Sensoren versteckt!«

»Hier *sollte* das verdammte Ding auch versteckt sein!« Etwas von der alten Arroganz kehrte in Dorrens Gesicht zurück, und Kira befürchtete, daß sie sich zu einem Wutausbruch hinreißen lassen könnte. »Die verdammten Faulpelze – ich hätte wissen sollen, daß sie versuchen würden, es sich einfacher zu machen.« Sie drehte den Kopf und sah in die Richtung, in der sie den Runabout und die Viroiden vermutete. »Ihr könnt froh sein, daß euch die Wesen gefressen haben. Dadurch bleibt euch mein Zorn erspart!«

Mit solchen Hinweisen konnte Kira unter den gegenwärtigen Umständen kaum etwas anfangen. »Kira an O'Brien.« Sie ließ Pak los und blickte über *Deep Space Nine* hinweg. »Sondieren Sie den Außenbereich der Raumstation. Können Sie irgendwo eine Strahlungssignatur erkennen?«

Der Scan dauerte nur wenige Sekunden, aber Kira hatte das Gefühl, daß er eine Ewigkeit in Anspruch nahm. Als O'Briens Stimme ertönte, war die Statik so stark, daß Kira Mühe hatte, die einzelnen Worte zu verstehen. »Die vom Wurmloch ausgehenden Emissionen sind so intensiv, daß die Sensoren nur den Warpkern der *Mukaikubo* und das defekte Waffensegel orten, das Sie sich neulich angesehen haben.«

Neulich. Die Zeit verging wie im Flug, wenn man sich vergnügte – und dehnte sich zu Äonen, wenn Gefahr drohte. Kira sah zum großen Waffensegel und schüttelte den Kopf. Sie versuchte sich daran zu erinnern, wie die Welt beschaffen war, wenn das größte Problem aus einem lästigen Ferengi bestand.

Die Strahlungsanzeige des Helmdisplays blinkte, als im Wurmloch jenseits des sichtbaren Spektrums eine Veränderung erfolgte. Kira betrachtete die von der kleinen Anzeigefläche präsentierten Zahlen, und gleichzeitig regte sich eine Erinnerung in ihr. »Chief... Behauptet die Selbstdiagnose noch immer, mit dem Waffensegel Nummer zwei sei alles in Ordnung?«

»Ja, das ist tatsächlich der Fall«, erwiderte O'Brien langsam. »Außerdem ließen sich beim Einsatz der Phaser keine Unregelmäßigkeiten feststellen. Aber, Major...« Er versuchte offenbar, auch weiterhin in einem respektvollen Tonfall zu sprechen. »Unsere erste Priorität besteht derzeit nicht unbedingt darin, das Waffensegel zu untersuchen.«

In Kiras Mundwinkeln zuckte es kurz. »Vielleicht doch.« Sie drehte sich um und stellte fest, daß Pak erneut die Augen geschlossen hatte. »Ihre Leute haben es sich tatsächlich einfach gemacht«, fuhr sie fort und wußte, daß Dorren sie hören konnte. »Von der nächsten Luftschleuse zum Waffensegel ist der Weg kürzer, und außerdem brauchten sie die Bombe nicht so weit durch die Station zu tragen.« Sie spürte, wie Aufregung ihr Herz schneller schlagen ließ. »Es ist die Bombe, Chief«, verkündete sie triumphierend. »Die Strahlung im Waffensegel geht von Pak Dorrens Bombe aus.«

»Jadzia...« Entsetzen und Mitleid erfüllten den Dax an Bord der *Defiant*. Die Kraft von drei Selbstsphären streckte sich dem lange verlorenen vierten Ich entgegen und nahmen es in die Gemeinschaft auf. Sofort stellte sich ein Gefühl der Vervollständigung ein, als alter Wirt und alter Symbiont nach fünftausend Jahren wieder zueinanderfanden. Die Macht des damit aus vier Teilen bestehenden Bewußtseins schien sich zu verdoppeln, und erneut schickte Dax ihre mentale Stimme durch alle neuralen Verbindungen, die sie finden konnte. Sie sprach zuerst auf Föderationsstandard, dann auf klingonisch.

»Mein Plan besteht darin, die Selbstzerstörungssequenz dieser Raumstation einzuleiten. Ich kenne den Code, aber wir brauchen einen Mund, um ihn auszusprechen – und einen funktionierenden Computer, der ihn hört und die Anweisung ausführt. Wo bekommen wir sowohl das eine als auch das andere?«

»Wir könnten die von den Geschöpfen gesammelte DNS verwenden, um einen Mund wachsen zu lassen«, schlug ein Vulkanier vor.

»Das dauert zu lange«, erwiderte die alte Jadzia mit einer Gewißheit, die auf jahrtausendelangen Erfahrungen mit den fremden Wesen basierte. »Meine anderen Selbstkomponenten weisen mich darauf hin, daß es nur noch wenige Minuten dauert, bis wir ins Wurmloch geraten, und dann lösen sich unsere Verbindungen wieder auf.«

Suchende Gedanken huschten wie Funken durch die Kernmasse. »Ich habe etwas gefunden!« ertönte kurz darauf die Stimme eines Ferengi. »Das Wesen neben mir nimmt gerade einen Jem'Hadar auf ...«

»Manan'Agar.« Dax verdrängte die in ihr emporsteigende Reue und erinnerte sich: Der Pilot des Kriegsschiffes hatte gewußt, daß er in den sicheren Tod ging, als er sich zusammen mit dem Symbionten in die Raumstation beamte. »Sind Mund und Hals bereits absorbiert?«

Die Bilder stellten noch immer ein wirres Durcheinander dar, aber eins wurde etwas deutlicher und geriet in den Vordergrund: Es zeigte Manan'Agars Schuppengesicht. Der Rest von ihm schien bereits gefressen worden zu sein. Dax zuckte zusammen, doch die alte Jadzia gab ein Geräusch von sich, das auf Nachdenklichkeit hinwies. »Allem Anschein nach ist bereits ein großer Teil des Gehirns absorbiert. Wir müssen den entsprechenden neuralen Strang in unser Netzwerk aufnehmen.« In archaischem Klingonisch fügte sie hinzu: »Krieger und Offiziere von Qu'onos, Sie eignen sich am besten für diesen Kampf. Können Sie jenes neue Territorium erobern, das nun dem Reich des Feindes hinzugefügt wird?«

»Der Angriff hat bereits begonnen«, erwiderte ein Klingone. Erneut sah Dax Manan'Agars Gesicht: Die Bewegungen des Wesens verharrten, bevor es auch den Rest des Jem'Hadar verschlang. »Wir haben dem Feind die Hauptstraßen entrissen und seinen Vormarsch gestoppt«, berichtet ein anderes Mitglied des klingonischen Netzes. »Wo sollen wir eine Verbindung zum neuen Land herstellen? Es scheint nicht unsere Sprache zu beherrschen.«

»Überlassen Sie es mir.« Dax spürte, wie das vom Ferengi kontrollierte Geschöpf an der Peripherie der Kernmasse entlangkroch und sich dann unter seinen Nachbarn schob. Wieder kam es zu etwas, das sich wie ein elektrisches Knistern anfühlte, als der neueste neurale Strang zu einem Bestandteil des Ferengi-Netzes wurde. Doch nichts deutete auf die Präsenz von Manan'Agars Bewußtsein hin. »Offenbar hat sich der Bursche in den Hinterkopf geschossen, als ihn das Wesen erwischte.«

»Ist noch genug neuromuskuläres Gewebe vorhanden, um den willkürlichen Muskeln Befehle zu übermitteln?« fragte Dax.

»Ja.« Ein anderes Bild im visuellen Gewirr zeigte Manan'Agars Kopf aus unmittelbarer Nähe. Die Lippen zuckten. »Und jetzt … Wo befindet sich der nächste Stationsbereich mit intakter Energieversorgung?«

Einmal mehr glitten die Funken suchender Gedanken umher, und diesmal erklang zuerst die Stimme eines Vulkaniers. »Ich habe die Hauptschalter des energetischen Systems gefunden.«

Ein weiteres Bild gewann vorübergehende Dominanz. Dax blickte einen beleuchteten Korridor entlang, und dort drängte sich ein Wesen an etwas, das wie eine halb geborstene technische Konsole aussah. »Wenn wir jenes Individuum übernehmen, können wir Energie in den Bereich leiten, wo sich der Ferengi befindet. Doch es gehört zum Feind – die in ihm gefangenen Selbstsphären haben keinen eigenen Willen und können sich uns daher nicht anschließen.«

»Es sollte möglich sein, das Wesen *unserem* Willen zu unterwerfen«, grollte ein Klingone.

»Alter Knabe?« Siskos Stimme flüsterte wie aus lichtjahreweiter Ferne. »Es bleiben nur noch fünf Minuten ...«

»Die Zeit wird knapp«, warnte Dax ihre Verbündeten. Durchs neurale Netzwerk streckte sie sich ihrem alten Selbst entgegen und fühlte doppelte Entschlossenheit. »Ich brauche alle Kraft – *jetzt sofort!*«

Die Blitze psychischer Energie zuckten durch das multiple Bewußtsein und vereinten sich zu einem Strom, den Dax aufnahm. Einige Sekunden lang fiel es ihr schwer, die Kraft unter Kontrolle zu halten, doch dann gelang es dem aus vier Komponenten bestehenden Trill-Ich, sie zu kanalisieren und eine Lanze daraus zu formen, die sie in den Leib des fremden Wesens an der Konsole rammte. Es erbebte, und die kortikalen Fragmente im Innern des Duraniumpanzers versuchten, Widerstand zu leisten. Vergeblich – nacheinander wurden sie vom stärkeren Selbst bezwungen.

Der letzte Strang gab auf, und sofort übernahm Dax die Kontrolle der neuralen Verbindungen, die den klauenartigen Fingern und Augenstielen galt. Sie benutzte die visuelle Wahrnehmung des übernommenen

Wesens, um die Struktur der Konsole zu erkennen und Informationen über das energetische Verteilungsmuster zu gewinnen. Nur in einem von hundert Schaltkreisen entdeckte sie Aktivität: Die Geschöpfe leiteten ein wenig Energie in die gestohlenen Kernmassen, um von den Manövrierdüsen Gebrauch machen zu können.

»Noch drei Minuten, alter Knabe ...«

»Geben Sie mir sofort Bescheid, wenn Sie Energie haben«, wies Dax den Ferengi an. Dann begann sie damit, einzelne Schaltkreise zu reaktivieren und den energetischen Fluß in andere Bereiche der Raumstation zu leiten. Zuerst kam sie dabei nur langsam voran, aber als sich die neuen neuralen Verbindungen stabilisierten, konnte sie besser mit den Klauenfingern umgehen. Immer schneller betätigte sie die Kontrollen, beobachtete die Anzeigen und stellte fest, daß die Energie verschiedene Sektionen erreichte. Sie vernahm ein mentales Quieken vom Ferengi und reaktivierte den vorletzten Schaltkreis – er öffnete die richtigen energetischen Transferkanäle.

»Noch zwei Minuten, Dax ...«

Sie überließ es der alten Jadzia, das feindliche Netz unter Kontrolle zu halten, kehrte mit dem Rest ihrer mentalen Präsenz durch das Netzwerk der Verbündeten zum Ferengi zurück. *»Rehk'resen«*, sagte sie rasch. »Dieses Wort muß der Jem'Hadar aussprechen. *Schnell!*«

»Ich versuche es.« Das Ferengi-Netz wurde aktiv, und in einem der vielen Bilder beobachtete Dax, wie Manan'Agars Mund in Bewegung geriet. Das neurale Netzwerk empfing ein leises Geräusch, wahrgenommen von den Ohren des Jem'Hadar.

»Reeh ...« Es klang nicht nach einem Wort, mehr nach einem Stöhnen. »Reehe ...«

»Noch eine Minute, alter Knabe. Was auch immer du vorhast – du solltest nicht länger warten!«

Dax nahm noch einmal ihre ganze Kraft zusammen, schob ihr Selbst am verblüfften Ich des Ferengi vorbei und in die Nerven der Reste von Manan'Agar. Sie zwang Luft in den Hals und zu den Stimmbändern.

»Rehk!« kam es aus dem Mund von Manan'Agar. »Resen. *Rehk'resen!*«

Die Reaktion erfolgte sofort und unmittelbar – in der Militärtechnik der Jem'Hadar gab es keinen Platz für Verzögerungen. Von einem Augenblick zum anderen verschwanden alle Eindämmungsfelder in der Raumstation, und anschließend kam es zur Explosion. Dax spürte noch die große Freude der anderen mit ihr gefangenen Selbstsphären, und dann verlor sich alles im heißen Weiß der Vernichtung.

»Na schön.« Kira atmete tief durch und hielt den Blick auf das große Waffensegel gerichtet, bis das flaue Gefühl aus ihrer Magengrube verschwand. *Es war nur ein Sprung, wenn auch ohne Leinen oder andere Sicherheitsmaßnahmen. Ein einfacher Sprung.* Während des langen Fluges von den externen Sensoren zum Segel war aus der Stimme der Vernunft in Kira immer mehr das Prickeln von Furcht geworden. Sicher, auf diese Weise kam man schneller voran als bei einem Fußmarsch über die Außenhülle von *Deep Space Nine,* aber so etwas konnte sich recht negativ auf die Magenschleimhaut auswirken. Kira hoffte, daß sie in Zukunft noch oft Gelegenheit bekam, an ihre Gesundheit zu denken. »Ich habe das Waffensegel erreicht.«

»So schnell?« Vom Wurmloch stammende Statik verzerrte Pak Dorrens Stimme, obgleich sich die ältere Bajoranerin im Emissionsschatten der Sensoren befand. »Ich will gar nicht wissen, wie Sie dorthin gelangt sind.«

Kira streckte die Hand nach den Kontrollen des Zugangs aus. »Keine Sorge, ich wollte es Ihnen ohnehin nicht erzählen.« Vor ihr glitt das Schott beiseite, und sie verlor keine Zeit, trat sofort ein.

Das Waffensegel endete irgendwo weit oben in einem dunklen Punkt. Kira ging vorsichtig an Torpedogehäusen, Akkumulatoren und Zielerfassungseinrichtungen vorbei. Sie achtete darauf, keine unbekannten Gegenstände zu berühren – immerhin wußte sie jetzt, daß die Strahlung nicht von einem Kapazitorleck ausging.

»Ich bin in der Hauptsektion«, teilte sie Pak mit, während sie sich dem Zentrum näherte. »Hier werden die Phaserkapazitoren mit Energie geladen und die Photonentorpedos vor dem Abschuß armiert.«

»Die Idioten dachten vermutlich, daß ein solcher Ort über die Strahlungssignaturen von Plutonium und Tritium hinwegtäuscht.«

»Zum Glück haben sie sich geirrt.« Ein unwillkommenes Erinnerungsbild formte sich vor Kiras innerem Auge, zeigte ihr die Veska-Provinz nach der Katastrophe. Sie ballte die Fäuste und kämpfte gegen das Zittern der Panik in ihr an. »Sagen Sie mir, wonach es Ausschau zu halten gilt.«

Das leise Knarren von Raumanzuggelenken drang aus dem Kom-Lautsprecher, und Pak Dorren gab ein seltsames Brummen von sich. Kira hoffte, daß die ältere Bajoranerin bei den Sensoren blieb und nicht versuchte, einen anderen Ort zu erreichen. Gerade jetzt durfte sie nicht aufgrund ihrer Phobie erstarren – immerhin war sie die einzige Bombenexpertin weit und breit.

»Der Apparat besteht aus zwei Teilen.« Paks Stimme klang jetzt ruhiger, und der Raumanzug verursachte keine Geräusche mehr. »Die erste Komponente ist der Plutoniumzünder – er sollte sich in einem Gehäuse befinden. Suchen Sie nach einem Gegenstand, der etwa so groß wie ein Abfallbeseitiger ist, etwa einen halben Meter lang. Die verdammten Narren haben ihn vermutlich bei den Torpedos untergebracht, weil sie glaubten, dort fiele er nicht auf.«

Kira vermutete, daß Dorren ihre Position verändert hatte, um nicht mehr ins All starren zu müssen. Wenn man eine Gefahr nicht sah, so existierte sie nicht – so einfach war das. Wenn man auf den metallenen Boden blickte und »vergaß«, daß sich über einem die Unendlichkeit erstreckte ... Auf diese Weise verbannte man die Furcht aus sich.

Kira bedauerte, daß sie mit ihrem Veska-Alptraum nicht auf ähnlich leichte Weise fertig werden konnte.

Sie erinnerte sich an jene Diagramme, die sie damals als Widerstandskämpferin gesehen hatte – bevor sie mit dem dämlichen Auftrag nach *Deep Space Nine* kam, die Waffensysteme der Raumstation zu neutralisieren. Normalerweise lagerten Photonentorpedos abgeschirmt tief im Innern der Raumstation; sie sollten nicht explodieren, wenn Feinden während eines Gefechts Treffer gelangen. Genau aus diesem Grund hatten die Cardassianer ihre Torpedos nie im Waffensegel untergebracht: Eine Vernichtung des Segels sollte nicht dazu führen, daß vierzig oder mehr Photonentorpedos detonierten und die ganze Raumstation zerstörten. Die Geschosse blieben in der Stasis, bis sie gebraucht wurden; dann transferierte man sie ins Waffensegel, um sie dort zu armieren. Es handelte sich um eine durchaus sinnvolle Organisation, was der bajoranische Widerstand damals mit großer Verbitterung zur Kenntnis nehmen mußte. Über Monate hinweg hatten lange Debatten darüber stattgefunden, warum die Cardassianer ›übervorsichtig‹ mit ihren Waffen waren.

Seitdem Starfleet *Deep Space Nine* verwaltete, mußten nicht mehr täglich Angriffe und Sabotageakte befürchtet werden. Trotzdem funktionierte das Torpedosystem auf die gleiche Weise wie vorher. Es gab nur einen wichtigen Unterschied. Die Cardassianer hatten das Problem von Blindgängern gelöst, indem sie die entsprechenden Photonentorpedos einfach ins All beamten. Der Grund: Auch ein Torpedo, der sich nicht armieren ließ, konnte explodieren; wenn man sie im Waffensegel aufbewahrte, stellten sie ein Sicherheitsrisiko dar. Starfleet hielt nichts davon, gefährliche Technik auf diese Weise zu entsorgen. Deshalb gab es im Segel inzwischen ein spezielles Gestell, das Blindgänger aufnahm – bis Techniker kamen, um den Armierungsmechanismus zu reparieren.

Zwei schwarze Gehäuse ruhten dort – bei den Cardassianern hatte sich an einem einzigen Tag mehr Ausschuß angesammelt –, und diese beiden Blindgänger gingen vermutlich auf Siskos letzten Armierungsbefehl vor über einem Monat zurück. Kein Wunder, daß sich Starfleet bei solchen Dingen Zeit lassen konnte – wer weniger Fehler machte, brauchte auch nicht so viele zu korrigieren.

Den oberen Torpedo sah Kira nur als vagen Schemen, und in der Halterung darüber bemerkte sie ein mattes Glühen. Sie setzte einen Fuß an die Wand des Waffensegels, orientierte sich neu und schritt dann über eine Fläche, die sich wie ein leicht nach oben geneigter Boden anfühlte. Neben der Halterung blieb sie stehen, sah dort ein Starfleet-Emblem und den Hinweis: EIGENTUM VON RAUMSTATION DEEP SPACE 9. Im Kopf des Torpedogehäuses verkündeten rote Lettern folgende warnende Botschaft: FEHLER 3453, GEFAHR VON STRAHLUNGSKONTAMINATION. NEUPROGRAMMIERUNG ERFORDERLICH.

Kira vermutete zunächst, daß es bei diesem besonderen Torpedo zu einem inneren Defekt gekommen war, der zu kontaminierenden Subraum-Emissionen geführt hatte. Doch als sie einen neuerlichen Blick auf die Helmdisplays warf ... Plötzlich stellte sie fest, woher die Strahlung kam.

Der Photonentorpedo ließ sich relativ einfach bewegen und rutschte in eine andere Halterung. Unter ihm kam ein anderes, silbrig glänzendes Gehäuse zum Vorschein.

Jemand hatte Worte darauf geschrieben: »›Die Hand der Propheten‹«, las Kira. »Sehr einfallsreich.«

Paks Lachen drang aus dem Kom-Lautsprecher. »Sie sollten besser auf den Versuch verzichten, das Ding zu bewegen, Teuerste. Schrauben Sie statt dessen die Spitze ab und ziehen Sie die Komponentenschiene heraus, bis Sie die Stelle finden, die das Tritium aufnehmen soll.«

Kira streckte vorsichtig die Hand aus und wünschte sich, den vorderen Teil abschrauben zu können, ohne einen direkten Kontakt herbeizuführen.

Als sich die Spitze löste, zog sie sofort die Hand zurück. Die Komponentenschiene glitt von ganz allein durch die Öffnung.

»Das Gehäuse ist offen«, meldete Kira und ärgerte sich darüber, daß ihre Stimme so angespannt klang. »Wie geht's weiter?«

»Jetzt schieben Sie das Tritium hinein. Das Plasma befindet sich in einer Magnetflasche, die etwa so lang ist wie Ihr Unterarm. Ich schlage vor, Sie suchen bei den Phaserakkumulatoren danach.«

Doch dort zeigte sich keine Spur von der Magnetflasche, ebensowenig unter dem anderen Photonentorpedo. Bei den Zielerfassungseinrichtungen gab es keine beweglichen Objekte, die größer waren als Kiras Hand. Sie fluchte und spürte, wie ihr Tränen des Zorns in den Augen brannten. Wütend trat sie nach dem optischen Phaserturm.

»Teuerste?«

Die Wucht des Tritts sorgte dafür, daß sie den Bodenkontakt verlor und einige Meter emporschwebte. Es spielte keine Rolle – jetzt spielte nichts mehr eine Rolle. Nur das Tritium fehlte, um die Bombe zu vervollständigen. Aber ohne das Plasma hätten sie die ganze Zeit ebensogut damit verbringen können, Tongo zu spielen, bis ihre Welt endete.

Kira streckte die Hand aus, um sich am optischen

Turm festzuhalten. Das Bewegungsmoment zerrte an ihrem Arm, schickte neuerlichen Schmerz durch die Muskeln. *Geschieht mir ganz recht. Ich kann nicht einmal eine Wasserstoffbombe zusammenbauen! Warum sollte ich jetzt vorsichtig sein?*

Ein kurzes Schimmern weiter oben weckte ihre Aufmerksamkeit, geriet jedoch außer Sicht, als sie sich um ihre eigene Achse drehte.

Kira hielt unwillkürlich den Atem an. Mit beiden Händen griff sie nun nach dem optischen Turm und gab sich einen solchen Stoß, daß ihr Helm oben ans breite Abschlußmodul des Turms stieß.

»Was machen Sie da?« Zum erstenmal erklang echte Besorgnis in Paks Stimme. »Was ist passiert, Teuerste?«

»Nichts. Ich bin nur mit dem Raumhelm an die Decke gestoßen.« Die Magnetflasche war schmaler, als sie erwartet hatte. Außerdem ging ein sonderbares Glitzern von ihr aus, so als bestünde sie nicht aus Metall, sondern aus Kristallen. »Ich habe das Tritium.«

»Gut! Schieben Sie die Flasche in den Zünder und achten Sie darauf, daß er richtig einrastet. Wenn die Kontrollampen des Displays aufleuchten, wissen Sie, daß alles in Ordnung ist.«

Kira war schon wieder unterwegs zum Torpedogerüst. Erneut verwandelte sich die gewölbte Wand in den Boden, als sie daran emporging, und wenige Sekunden später fügte sie die Magnetflasche der Komponentenschiene hinzu. Sie paßte perfekt hinein, und sofort leuchteten die bestätigenden Kontrollampen auf.

»Es ist soweit!« O'Briens Stimme verlor sich fast in der Statik, und es fiel Kira sehr schwer, ihn zu verstehen. »Das energetische Niveau des Runabout ist auf null gesunken, Major. Jetzt bleibt Ihnen nur noch eine Minute Zeit!«

Mehr brauche ich auch gar nicht. »Peilen Sie das Transpondersignal an, Chief!« Kira holte den kleinen Chip aus der Tasche des Raumanzugs und legte ihn vorsichtig auf die Bombe. Sie atmete so schwer, daß sich wieder ein dünner Feuchtigkeitsfilm an der Innenseite des Helmvisiers bildete, als sie den Timer programmierte. Durch den grauen Schleier sah sie die blinkende Zahl 10, nickte sich selbst zu und schraubte die Spitze fest.

»Energie!«

Das Schimmern eines Transporterstrahls tastete nach der Bombe und entmaterialisierte sie, als sich Kira vom Torpedogerüst abwandte und zum Boden zurückkehrte. Sie wußte nicht recht, was sie erwartet hatte: vielleicht ein ohrenbetäubendes Krachen oder einen gleißenden Blitz, so wie damals, als sich die Provinz Veska in eine leblose Wüste verwandelte. Als sie das Waffensegel verließ, sah sie, wie Helligkeit über die Raumstation huschte, vergleichbar mit dem kurzen Flackern eines Streichholzes in einem dunklen Zimmer. Oder mit Feuerwerk an einem wolkenverhangenen Nachthimmel. Jubelnde Stimmen drangen aus dem Kom-Lautsprecher im Helm.

»So etwas nenne ich wundervoll«, seufzte Pak Dorren hingerissen.

Kira wandte sich vom kontaminierten Waffensegel ab und sah in Richtung Wurmloch. Jetzt erklang kein statisches Rauschen mehr, und *Deep Space Nine* schwebte friedlich im All. »Chief ...«

»Wir setzen den Transporter ein, um die letzten Wesen zu eliminieren, Major«, sagte O'Brien mit unüberhörbarer Zufriedenheit. »Es sind nicht mehr viele übrig. Die Bombe hat fast alle erledigt.«

Erstaunlicherweise blieb eine selbstgefällige Antwort von Dorren aus.

»Pak?« fragte Kira.

Keine Antwort. War die ältere Bajoranerin doch noch ein Opfer ihrer Phobie geworden und vor Furcht erstarrt? Kira trat einige Schritte vor und blickte dann zum unteren Teil der Raumstation, hielt jedoch vergeblich nach einer Gestalt auf der Außenhülle Ausschau.

Sorge und Argwohn verdrängten die Erleichterung über die erfolgreich durchgeführte Mission. »*Pak!*«

Leises Lachen drang aus dem Lautsprecher, und jetzt ließ sich in der Stimme überhaupt keine Furcht mehr vernehmen. Kira hörte auch ein leises Zischen, dachte dabei an Luft, die in eine Schleusenkammer strömte. »Sie haben gute Arbeit geleistet, Teuerste. Und keine Sorge – niemand wird Ihnen vorwerfen, daß Sie eine raffinierte alte Widerstandskämpferin entwischen ließen, während Sie damit beschäftigt waren, das Wurmloch vor einem katastrophalen Kollaps zu bewahren.«

Sie leidet gar nicht an einer Phobie! Kira hätte es wissen sollen: Eine Frau, die keine Angst vor Wasserstoffbomben hatte, fürchtete sich nicht vor einem harmlosen Weltraumspaziergang. Es erschien ihr plötzlich rätselhaft, warum sie auf einen solchen Trick hereingefallen war.

Sie drehte sich mit der Absicht um, zur nächsten Luftschleuse zu eilen und in die Station zurückzukehren. Doch nach einigen wenigen Schritten sah sie aus den Augenwinkeln, wie sich nur einige Meter entfernt das Außenschott eines Shuttlehangars öffnete. Sie hielt sich an einem externen Geräteblock fest, um von der entweichenden Luft nicht fortgerissen zu werden.

»Was geht da vor, Chief?«

O'Brien klang ziemlich aufgebracht. »Die *Platte* ist gerade gestartet, und zwar mit Pak Dorren an Bord. Es waren nicht genug Kontrollsysteme aktiv, um sie daran zu hindern.«

»Sie ist mit dem *neuen* Runabout aufgebrochen?« stieß Kira hervor und spürte hilflosen Zorn. »Dafür *bringe ich sie um*!«

»Viel Glück dabei, Teuerste«, tönte Dorrens spöttische Stimme aus dem Kom-Lautsprecher. Im Hintergrund summten elektronische Systeme. »Aber zuerst müssen Sie mich erwischen. Übrigens: Auf dem

Schwarzmarkt bekomme ich für dieses kleine Schiff sicher jede Menge Tritium …«

Kira hob abrupt den Kopf. Nicht etwa Paks Worte hatten ihre Aufmerksamkeit geweckt, sondern der Umstand, daß sie nicht von irgendwelchen Interferenzen verzerrt wurden. »Chief …«, brachte sie staunend hervor. »Irre ich mich, oder hat sich das Wurmloch tatsächlich stabilisiert?«

O'Brien ließ sich Zeit mit der Antwort. Kira setzte sich wieder in Bewegung, sah dabei in die Richtung, in der sie das Wurmloch vermutete.

»Man lernt doch nie aus«, ließ sich der Chefingenieur schließlich vernehmen. »Ich glaube, mit Wasserstoffbomben kann man kranke Wurmlöcher heilen.«

Kira neigte den Kopf ein wenig zur Seite, als erste azurblaue Schlieren durch die Schwärze tasteten. »Das bezweifle ich, Chief.«

Der Dimensionstunnel öffnete sich mit einer Pracht, die fast atemberaubend wirkte. So sollte der Himmelstempel der Propheten aussehen: ein Symbol für die Mysterien des Lebens – die Zukunft des Planeten Bajor, nicht sein Untergang. Etwas kam aus dem Trichter hervor, ein kleiner Fleck, der sich kurze Zeit später als Raumschiff entpuppte. *Danke,* dachte Kira, und diese knappe Botschaft galt den Göttern, die so lange über ihr Volk gewacht hatten.

»*Defiant* an *Deep Space Nine.* Wir bitten um Andockerlaubnis. Eine müde Crew möchte an Bord kommen.«

Kira straffte die Schultern und lächelte, als der Himmelstempel seine Pforte wieder schloß. »*Defiant,* hier ist *Deep Space Nine.* Erlaubnis mit Vergnügen erteilt, Captain. Willkommen daheim.«

24

Mit der Stille stimmte etwas nicht. Das Bewußtsein kehrte zurück, langsam und kühl, wie Wasser, das durch viele Schichten aus salzhaltigem Gestein filterte und schließlich die Bruttümpel auf Trill erreichte. Zwar fühlte sich Dax fast völlig wach, aber sie hielt die Augen geschlossen und versuchte festzustellen, was sie *nicht* hörte. Vermutlich lag sie in der Krankenstation der *Defiant* – sie vernahm das leise Summen und Zirpen von Geräten, die Atmung, Puls und metabolische Funktionen maßen. Jenseits davon flüsterten die Lebenserhaltungssysteme, und ein gelegentliches leises Rascheln wies darauf hin, daß sich noch jemand anders im Raum befand. Alles erweckte einen normalen Eindruck, aber Dax wußte trotzdem, daß etwas fehlte. Sie hätte auch noch etwas anderes hören sollen, ein Geräusch, das ihr so vertraut war, daß es ihr kaum mehr auffiel.

Irgendwo plätscherte es leise, und daraufhin erinnerte sich Dax an Nährflüssigkeit in einem Behälter, an die Verbindung mit dem alten Symbionten. Sie schnappte nach Luft und setzte sich auf, dehnte ihr Gemeinschaftsbewußtsein und suchte. Doch sie fand nur Leere und Stille. Der andere Dax existierte nicht mehr.

»Jadzia.« Etwas rasselte auf einem nahen Tisch, und dann strich ihr eine sanfte Hand über die Stirn. »Sind Sie wach?«

Dax öffnete die Augen und sah ein schmales, dunkles Gesicht, mit dem sie nicht gerechnet hatte. »Was machen *Sie* denn hier?«

Julian Bashirs Lippen formten ein schiefes Lächeln. »Nun, das ist wenigstens etwas origineller als ›Wo bin ich?‹« Er sah zum Diagnosedisplay an der Wand und nickte zufrieden. »Das Isoborominniveau ist wieder normal, und die Neurotransmitter haben sich stabilisiert. Sie scheinen wieder diensttauglich zu sein, Lieutenant.«

»Aber wenn Sie hier sind, Julian ...« Dax unterbrach sich, als ihr klar wurde: Sie befand sich nicht in der Krankenstation des Raumschiffs *Defiant*, sondern in der medizinischen Abteilung von *Deep Space Nine*. Sie konnte es kaum fassen. »Ich bin an Bord der Station? Wir haben den Kollaps des Wurmlochs verhindert?«

»Ja, das haben Sie«, bestätigte Bashir. Ein Schatten fiel auf sein Gesicht, als er sich an etwas erinnerte, das ihm Kummer bereitete. Er wandte sich halb ab und griff nach der Tasse *Raktajino*, die er auf dem Tisch abgestellt hatte. »Sie und der alte Symbiont.«

Dax hörte nicht nur Trauer in der Stimme des Arztes, sondern auch eine Bitterkeit, die sie auf folgendes hinwies: Er fühlte sich schuldig für den Tod des alten Symbionten.

Sie holte tief Luft und wählte ihre nächsten Worte mit besonderer Sorgfalt. »Wir hatten Hilfe«, sagte sie ruhig. »Die vulkanischen Wissenschaftler von der *Sreba*, ein Ferengi, klingonische Krieger ... und eine andere Jadzia.«

»Was?« Bashir drehte sich so plötzlich um, daß ein Teil der heißen Flüssigkeit über den Rand der Tasse schwappte und auf die Hand spritzte. Er fluchte und setzte die Tasse wieder ab. »Jadzia befand sich *dort*? In einem der Viroiden?«

Dax nickte. »Von ihr hat noch genug existiert, um uns zu helfen. Sie zeigte uns den besten Weg, um einen Teil der Kernmasse zu kontrollieren und die Raumstation zu zerstören.«

»O mein Gott.« Bashir ließ sich entsetzt auf den Rand

eines nahen Bettes sinken. »Die *Defiant* in der anderen Zeitlinie ... Sie wurde nicht von den Furien angegriffen, sondern von den Viroiden!«

»Ja«, erwiderte Dax. »Benjamin verwendete einen unserer Photonentorpedos, um die meisten Wesen an der Außenhülle des Schiffes zu töten ...«

»Aber weil die Schilde fehlten, kamen dabei auch Kira und O'Brien ums Leben«, fügte Bashir hinzu. »Der Captain überlebte lange genug, um das Wrack der *Defiant* in einem Kometen zu verstecken.«

»Jadzia nahm soviel Strahlung auf, daß sie sich von Dax trennt und ihr Leben bei dem Versuch opferte, die restlichen Viroiden fortzulocken. Sie wurde von den Wesen verschlungen.«

»Zu jenem Zeitpunkt müssen wir die Natur der Geschöpfe erkannt haben«, sagte Bashir leise. »Wir fingen eins und stellten fest, daß es lebende Gehirne enthielt.«

Dax nickte und faltete die Hände über den hochgezogenen Knien. »Deshalb wies der alte Dax darauf hin, wir sollten mit dem reden, was die Wesen gefressen haben. Wir sollten die alte Jadzia finden.«

»Ja.« Bashir stellte plötzlich fest, daß seine Hand feucht war, und er fluchte erneut, diesmal allerdings mit normal klingender Stimme. Er stand auf und griff nach einem Tuch. »Vielleicht ist es ihm deshalb gelungen, so lange Zeit zu überleben. Er hielt ständig an der Absicht fest, Jadzia zu retten.«

»Es steckte also mehr dahinter als Ihr Egoismus.«

Bashir bedachte sie mit einem überraschten und auch verlegenen Blick. »Woher wissen Sie ...«

»Woher ich von Ihrer Furcht weiß, daß sie den Symbionten nur deshalb am Leben erhielten, um an Bord der *Defiant* Gesellschaft zu haben?« Dax schüttelte den Kopf und seufzte. »Julian, Sie dozieren ständig über medizinische Ethik. Sie werden dadurch zu einem ausgezeichneten Arzt ...«

»... aber als Freund kann ich dadurch manchmal

recht lästig sein«, beendete er den Satz und lächelte zaghaft. »Ja, ich weiß. Garak weist mich immer wieder darauf hin.« Sein Insignienkommunikator piepte, und er klopfte darauf. »Hier Bashir.«

»Ist Lieutenant Dax schon wach, Doktor?« ertönte die atemlose Stimme von Heather Petersen. Dax fragte sich, was die junge Frau in solche Aufregung versetzt hatte. »Ich muß unbedingt mit ihr reden.«

Bashir schnitt eine Grimasse. »Sie hat gerade erst das Bewußtsein wiedererlangt, Fähnrich. Ich bezweifle, daß sie in der richtigen Verfassung ist, um den ersten Entwurf Ihres Artikels über Subraum-Physik zu prüfen ...«

»Es geht nicht darum, sondern um das Wurmloch! Es hat sich auf wundervolle Weise verändert. Man *muß* es gesehen haben.«

In Bashirs Stimme kam nun wieder die ruhige Strenge des Arztes zum Ausdruck. »Trotzdem möchte ich Lieutenant Dax noch mindestens eine Stunde lang unter Beobachtung halten, um ... He!« Er nahm die Hand vom Insignienkommunikator und bedachte Dax mit einem finsteren Blick. »Was soll das bedeuten?«

»Hiermit entlasse ich mich selbst aus der Behandlung.« Dax tastete nach der Schublade, die ihre Uniform enthielt. »Eben bezeichneten Sie mich selbst als diensttauglich. Wenn Sie mich jetzt bitte entschuldigen würden ... Ich möchte mich anziehen und mir anschließend das Wurmloch ansehen.«

»Sie haben gerade erst einen metabolischen Schock überstanden, und unter solchen Umständen kann ich nicht empfehlen ...«

»Verschwinden Sie, Julian!«

Dax fand Heather Petersen in der Gesellschaft von Kira und Sisko auf der Promenade. Sie standen dort an einem großen Aussichtsfenster und blickten ins All, das nicht mehr dunkel war, sondern einen schimmernden Glanz präsentierte. Eine Lichtkaskade strömte aus dem Wurmloch: Scharlachrote Töne gingen in Bronze über; sanftes Apfelgrün metamorphierte zu eisigem Blau. Kira beobachtete den Vorgang mit fast religiöser Ehrfurcht, während Sisko nur müde wirkte. Er sah zu Dax, als sie sich näherte, und die Sorge in seinen Zügen wich einem Lächeln.

»Freut mich, daß du wieder auf den Beinen bist, alter Knabe.« Er klopfte Dax auf die Schulter und zog sie näher ans transparente Aluminium des Fensters heran. »Was hältst du von dem Feuerwerk dort draußen?«

Dax beobachtete das strömende Licht einige Sekunden lang und blickte dann zu Petersen. Die Kadettin war auf die Anzeigen eines elektronischen Datenblocks konzentriert, und es zeigte sich keine Anspannung in ihrem Gesicht. Daraufhin spürte Dax, wie sich die vage Sorge in ihr auflöste.

»Energetischer Ausgleich?« fragte sie Petersen.

Die junge Frau lächelte. »Ja, genau! Wie konnten Sie das ohne einen Scan der Singularitätsmatrix erraten, Lieutenant?«

»Ich kenne diese besondere Singularitätsmatrix seit ziemlich langer Zeit, Heather.« Dax sah, wie eine purpurne Korona ins unsichtbare Ultraviolette überging, um dann in einem blutigen Rot zu lodern. »Ganz offensichtlich handelt es sich nicht um eine destruktive Struktur, sondern um energetische Emissionen im sichtbaren Spektrum.« An die Adresse von Sisko und Kira gerichtet fügte sie hinzu. »Mit anderen Worten: Es ist harmloses Licht.«

Kira nickte langsam. »Es steckt also die Absicht der Propheten dahinter? Es wird Energie freigesetzt, die ...«

»Die sich während der vergangenen Stunden ansammelte«, sagte Dax. »Die chronodynamische Energie staute sich im Wurmloch an. In thermodynamischer Hinsicht wäre es sicher sinnvoller, sie in Form von einigen hochenergetischen Schüben freizusetzen, aber die Bewohner des Wurmlochs wissen sicher, daß sich dadurch Gefahren für uns ergeben könnten. Deshalb schicken sie den größten Teil davon fünftausend Jahre in die Vergangenheit. Was wir hier sehen, ist gewissermaßen nur eine Rückströmung im sichtbaren Bereich des Spektrums.«

»Was endgültig beweist, daß es intelligente Wesen in der Singularität gibt!« Petersen sprach jetzt wieder aufgeregt und atemlos. »Ich kann es gar nicht abwarten, im *Journal für Subraum-Phänomene* darüber zu schreiben!«

»Fünftausend Jahre in die Vergangenheit?« wiederholte Sisko nachdenklich. »Was geschieht mit der Furienflotte, wenn sie von der chronodynamischen Energie erfaßt wird, Dax?«

Die Trill überlegte kurz. »Wenn das Wurmloch so viel Energie freisetzt, muß es zwangsläufig zu Subraum-Tunneleffekten kommen. Die Schiffe der Furien könnten dadurch in einen beliebigen Bereich der Galaxis versetzt worden sein.«

»Ein letztendlich von uns ausgelöster Energiesturm«, sagte Sisko mit schwerer Stimme. »Die Furien haben also recht. Es ist unsere Schuld. Wir verbannten sie aus ihrer alten Heimat.«

»Man könnte auch behaupten, daß wir ihnen das Leben retteten«, erwiderte Dax. »Es kommt ganz darauf an, aus welcher Perspektive man die Dinge betrachtet.«

Sie blickten wieder nach draußen, zur bunten Lichtkaskade, die auch weiterhin aus dem Wurmloch flutete.

»Wie lange wird der Rückstrom dauern, alter Knabe?« fragte Sisko, ohne den Blick von der schillernden Farbenflut abzuwenden.

Dax nahm Petersens Datenblock und verglich die gegenwärtigen Emissionen des Wurmlochs mit einer

Energiezerfallskurve. »Mindestens noch einen Tag. Anschließend kann das Wurmloch wieder für den Verkehr freigegeben werden.«

Kira lächelte, und dadurch glätteten sich ihre Züge. »Ausgezeichnet! Zeit genug, um die Kai und alle Vedeks von Bajor hierherzubringen, damit sie sich die Propheten in Aktion ansehen können.«

»Um dadurch die Wogen zu glätten, die vermutlich durch Pak Dorrens Flucht entstehen? Keine schlechte Idee, Major. Ich könnte die Einladungen selbst aussprechen und ...«

»O nein!« Kira hob die Hände in Schulterhöhe, als ginge es darum eine Gefahr abzuwehren. »Nein, Captain, Sie sind *viel* zu sehr damit beschäftigt, den Ferengi und orionischen Kaufleuten an Bord zu erklären, warum sie noch mindestens einen Tag länger warten müssen, bevor sie zum Gamma-Quadranten fliegen können. Ich möchte auf keinen Fall noch mehr von Ihrer Zeit beanspruchen.«

»Eigentlich habe ich gehofft, daß Sie ...«

»Oh, und hier kommt jemand, der Sie sprechen möchte.« Kira trat rasch beiseite, um Quark Platz zu machen. »Ich kümmere mich unterdessen um die Einladungen, Captain.«

Dax lachte leise, als sie den Blick sah, den Sisko der Bajoranerin nachwarf. »Ich helfe dir bei den Händlern, Benjamin – wenn du wirklich Hilfe brauchst.«

»Sei vorsichtig, alter Knabe. Ich könnte dich beim Wort nehmen.« Er gab schließlich dem Zerren am Ärmel seines Uniformpullis nach und blickte in die Miene eines ungeduldigen Ferengi hinab. »Was ist los, Quark?«

Der Ferengi räusperte sich und versuchte, möglichst respektvoll sein. »Habe ich gerade einen Hinweis darauf gehört, daß das Wurmloch erst in ein oder zwei Tagen für den Verkehr freigegeben wird?«

Sisko rollte mit den Augen und versuchte, ruhig zu

antworten. »Ja, in der Tat. Möchten Sie schon jetzt offiziell Beschwerde erheben, oder wollen Sie das auf später verschieben?«

Quark richtete sich zu seiner vollen und nicht sehr eindrucksvollen Größe auf. »Es käme mir nie in den Sinn, in Notsituationen gegen erforderliche Maßnahmen zu protestieren«, behauptete er mit geheuchelter Aufrichtigkeit. »Mir ist durchaus klar, welchen Belastungen die Raumstation durch eine Sperrung des Wurmlochs ausgesetzt ist.«

»Ach, tatsächlich?« fragte Dax neugierig.

Quark lächelte. »Sie ahnen nicht, wie sehr der Profit – durch zusätzlichen Alkoholkonsum – bei solchen Gelegenheiten steigt. Nun, Captain, vielleicht können wir die Stimmung an Bord verbessern, indem wir ein wenig für Abwechselung sorgen.«

Sisko nickte in Richtung der bunten Kaskade im Weltraum. »Ist das Ihrer Meinung nach nicht Abwechselung genug?«

»Nicht für hart arbeitende Raumfahrer, die ihre Freizeit auf profitable Weise verbringen möchten.« Quark trat zwischen Sisko und Dax, hakte sich bei ihnen ein. »Ich dachte dabei an ein kleines Spieleturnier ...«

DANACH

Hier draußen, wo das Sonnenlicht nicht mehr war als ein fernes Glühen in der Schwärze des Alls, hielt sich Eis lange. Kalte Dunkelheit schützte es, bewahrte die Reste des rotierenden Nebels, aus dem dieses an Planeten reiche Sonnensystem entstanden war. Im Innern der Wolke aus schmutzigem Eis wirkte sich das Wechselspiel der Gravitation aus: Eine dunkle Masse kam einer anderen so nahe, daß sich ihre Flugbahnen gegenseitig beeinflußten. Daraufhin begann der Komet mit seiner ersten Reise zur fernen Sonne, ohne eine Last aus Stahl und Leere, ohne Erinnerungen an Mühsal, Blut und Kampf. Er flog am eingefangenen neunten Planeten vorbei, an den vier Gasriesen und dem roten Wüstenplaneten. Zum erstenmal begann er zu leuchten, angeregt von der zunehmenden Wärme des solaren Fusionsreaktors. Als er sich jener von zarten Wolkenschleiern umhüllten Welt näherte, die Leben beherbergte, leuchtete die Masse heller als ein Stern. Mit einem langen Schweif zeigte er sich am Nachthimmel des blauen Planeten, bestaunt von Primitiven, die jagten, sammelten und mit Stöcken den Boden aufkratzten, um Nahrung zu finden. Sie beobachteten den Kometen einige Tage lang, bis sein Licht verblaßte. Dann vergaßen sie ihn, während die Eiswolke ihre lange Reise zurück in die ferne Dunkelheit begann.

Der Komet würde zurückkehren, so regelmäßig wie der Wechsel der Jahreszeiten, wenn auch viel langsamer. Während Jahrhunderte und Jahrtausende vergingen, führte seine weite elliptische Bahn ihn fünfzigmal um die Sonne herum, und jedesmal sorgte ihre Hitze dafür, daß er ein wenig klei-

ner wurde. Er sah winzige Feuer auf der Nachtseite des blauen Planeten, der Leben hervorgebracht hatte. Die Feuer wurden heller und breiteten sich aus, überquerten die Ozeane. Ihr Glanz gewann noch schneller an Intensität, und bald entstanden große Netzwerke aus Licht an Küsten, Seen und Flüssen. Es dauerte nicht lange, bis das Feuer ins All sprang. Zuerst erreichte es den einen Mond des Planeten, dann den kalten roten Nachbarn und die Monde der Gasriesen. Und schließlich wandte es sich den Sternen zu …

STAR TREK™

in der Reihe
HEYNE SCIENCE FICTION & FANTASY

STAR TREK: CLASSIC SERIE

Vonda N. McIntyre, Star Trek II: Der Zorn des Khan · 06/3971
Vonda N. McIntyre, Der Entropie-Effekt · 06/3988
Robert E. Vardeman, Das Klingonen-Gambit · 06/4035
Lee Correy, Hort des Lebens · 06/4083
Vonda N. McIntyre, Star Trek III: Auf der Suche nach Mr. Spock · 06/4181
S. M. Murdock, Das Netz der Romulaner · 06/4209
Sonni Cooper, Schwarzes Feuer · 06/4270
Robert E. Vardeman, Meuterei auf der Enterprise · 06/4285
Howard Weinstein, Die Macht der Krone · 06/4342
Sondra Marshak & Myrna Culbreath, Das Prometheus-Projekt · 06/4379
Sondra Marshak & Myrna Culbreath, Tödliches Dreieck · 06/4411
A. C. Crispin, Sohn der Vergangenheit · 06/4431
Diane Duane, Der verwundete Himmel · 06/4458
David Dvorkin, Die Trellisane-Konfrontation · 06/4474
Vonda N. McIntyre, Star Trek IV: Zurück in die Gegenwart · 06/4486
Greg Bear, Corona · 06/4499
John M. Ford, Der letzte Schachzug · 06/4528
Diane Duane, Der Feind – mein Verbündeter · 06/4535
Melinda Snodgrass, Die Tränen der Sänger · 06/4551
Jean Lorrah, Mord an der Vulkan Akademie · 06/4568
Janet Kagan, Uhuras Lied · 06/4605
Laurence Yep, Herr der Schatten · 06/4627
Barbara Hambly, Ishmael · 06/4662
J. M. Dillard, Star Trek V: Am Rande des Universums · 06/4682
Della van Hise, Zeit zu töten · 06/4698
Margaret Wander Bonanno, Geiseln für den Frieden · 06/4724
Majliss Larson, Das Faustpfand der Klingonen · 06/4741
J. M. Dillard, Bewußtseinsschatten · 06/4762
Brad Ferguson, Krise auf Centaurus · 06/4776
Diane Carey, Das Schlachtschiff · 06/4804
J. M. Dillard, Dämonen · 06/4819
Diane Duane, Spocks Welt · 06/4830
Diane Carey, Der Verräter · 06/4848
Gene DeWeese, Zwischen den Fronten · 06/4862
J. M. Dillard, Die verlorenen Jahre · 06/4869
Howard Weinstein, Akkalla · 06/4879
Carmen Carter, McCoys Träume · 06/4898
Diane Duane & Peter Norwood, Die Romulaner · 06/4907
John M. Ford, Was kostet dieser Planet? · 06/4922
J. M. Dillard, Blutdurst · 06/4929
Gene Roddenberry, Star Trek I: Der Film · 06/4942

STAR TREK™

J. M. Dillard, Star Trek VI: Das unentdeckte Land · 06/4943
David Dvorkin, Die Zeitfalle · 06/4996
Barbara Paul, Das Drei-Minuten-Universum · 06/5005
Judith & Garfield Reeves-Stevens, Das Zentralgehirn · 06/5015
Gene DeWeese, Nexus · 06/5019
D. C. Fontana, Vulkans Ruhm · 06/5043
Judith & Garfield Reeves-Stevens, Die erste Direktive · 06/5051
Michael Jan Friedman, Das Doppelgänger-Komplott · 06/5067
Judy Klass, Der Boacozwischenfall · 06/5086
Julia Ecklar, Kobayashi Maru · 06/5103
Peter Norwood, Angriff auf Dekkanar · 06/5147
Carolyn Clowes, Das Pandora-Prinzip · 06/5167
Michael Jan Friedman, Schatten auf der Sonne · 06/5179
Diana Duane, Die Befehle des Doktors · 06/5247
V. E. Mitchell, Der unsichtbare Gegner · 06/5248
Dana Kramer-Rolls, Der Prüfstein ihrer Vergangenheit · 06/5273
Michael Jan Friedman, Schatten auf der Sonne · 06/5179
Barbara Hambly, Der Kampf ums nackte Überleben · 06/5334
Brad Ferguson, Eine Flagge voller Sterne · 06/5349
J. M. Dillard, Star Trek VII: Generationen · 06/5360
Gene DeWeese, Die Kolonie der Abtrünnigen · 06/5375
Michael Jan Friedman, Späte Rache · 06/5412
Peter David, Der Riß im Kontinuum · 06/5464
Michael Jan Friedman, Gesichter aus Feuer · 06/5465
Peter David/Michael Jan Friedman/Robert Greenberger, Die Enterbten · 06/5466
L. A. Graf, Die Eisfalle · 06/5467
John Vornholt, Zuflucht · 06/5468
L. A. Graf, Der Saboteur · 06/5469
Melissa Crandall, Die Geisterstation · 06/5470
Mel Gilden, Die Raumschiff-Falle · 06/5471
V. E. Mitchell, Tore auf einer toten Welt · 06/5472
Victor Milan, Aus Okeanos Tiefen · 06/5473
Diane Carey, Das große Raumschiff-Rennen · 06/5474
Diane Carey, Kirks Bestimmung · 06/5476
L. A. Graf, Feuersturm · 06/5477
A. C. Crispin, Sarek · 06/5478
Simon Hawke, Die Terroristen von Patria · 06/5479
Barbara Hambly, Kreuzwege · 06/5681
L. A. Graf, Ein Sumpf von Intrigen · 06/5682
Howard Weinstein, McCoys Tochter · 06/5683
Diane Carey, Invasion! – 1: Der Erstschlag · 06/5694

STAR TREK: THE NEXT GENERATION
David Gerrold, Mission Farpoint · 06/4589
Gene DeWeese, Die Friedenswächter · 06/4646

STAR TREK™

Carmen Carter, Die Kinder von Hamlin · 06/4685
Jean Lorrah, Überlebende · 06/4705
Peter David, Planet der Waffen · 06/4733
Diane Carey, Gespensterschiff · 06/4757
Howard Weinstein, Macht Hunger · 06/4771
John Vornholt, Masken · 06/4787
David & Daniel Dvorkin, Die Ehre des Captain · 06/4793
Michael Jan Friedman, Ein Ruf in die Dunkelheit · 06/4814
Peter David, Eine Hölle namens Paradies · 06/4837
Jean Lorrah, Metamorphose · 06/4856
Keith Sharee, Gullivers Flüchtlinge · 06/4889
Carmen Carter u. a., Planet des Untergangs · 06/4899
A. C. Crispin, Die Augen der Betrachter · 06/4914
Howard Weinstein, Im Exil · 06/4937
Michael Jan Friedman, Das verschwundene Juwel · 06/4958
John Vornholt, Kontamination · 06/4986
Mel Gilden, Baldwins Entdeckungen · 06/5024
Peter David, Vendetta · 06/5057
Peter David, Eine Lektion in Liebe · 06/5077
Howard Weinstein, Die Macht der Former · 06/5096
Michael Jan Friedman, Wieder vereint · 06/5142
T. L. Mancour, Spartacus · 06/5158
Bill McCay/Eloise Flood, Ketten der Gewalt · 06/5242
V. E. Mitchell, Die Jarada · 06/5279
John Vornholt, Kriegstrommeln · 06/5312
Laurell K. Hamilton, Nacht über Oriana · 06/5342
David Bischoff, Die Epidemie · 06/5356
Simon Hawke, Die Beute der Romulaner · 06/5413
Rebecca Neason, Der Kronprinz · 06/5414
John Peel, Drachenjäger · 06/5415
Diane Carey, Abstieg · 06/5416
Diane Duane, Dunkler Spiegel · 06/5417
Jeri Taylor, Die Zusammenkunft · 06/5418
Michael Jan Friedman, Relikte · 06/5419
Susan Wright, Der Mörder des Sli · 06/5438
W. R. Thomson, Planet der Schuldner · 06/5439
Michael Jan Friedman & Kevin Ryan, Requiem · 06/5442
Dafydd ab Hugh, Gleichgewicht der Kräfte · 06/5443
Michael Jan Friedman, Die Verurteilung · 06/5444
Simon Hawke, Die Rückkehr der Despoten · 06/5446
Robert Greenberger, Die Strategie der Romulaner · 06/5447
Dean Wesley Smith & Kristine Kathryn Rusch, Invasion! – 2: Soldaten des Schreckens · 06/5754
J. M. Dillard, Star Trek VIII – Der erste Kontakt · 06/5757

STAR TREK™

STAR TREK: DIE ANFÄNGE
Vonda N. McIntyre, Die erste Mission · 06/4619
Margaret Wander Bonanno, Fremde vom Himmel · 06/4669
Diane Carey, Die letzte Grenze · 06/4714

STAR TREK: DEEP SPACE NINE
J. M. Dillard, Botschafter · 06/5115
Peter David, Die Belagerung · 06/5129
K. W. Jeter, Die Station der Cardassianer · 06/5130
Sandy Schofield, Das große Spiel · 06/5187
Dafydd ab Hugh, Gefallene Helden · 06/5322
Lois Tilton, Verrat · 06/5323
Esther Friesner, Kriegskind · 06/5430
Diane Carey, Die Suche · 06/5432
Melissa Scott, Der Pirat · 06/5434
Nathan Archer, Walhalla · 06/5512
Greg Cox/John Gregory Betancourt, Der Teufel im Himmel · 06/5513
Robert Sheckley, Das Spiel der Laertianer · 06/5514
Diane Carey, Der Weg des Kriegers · 06/5515
Diane Carey, Die Katakombe · 06/5516
Dean Wesley Smith/Kristine Kathryn Rusch, Die lange Nacht · 06/5517 (in Vorb.)
L. A. Graf, Invasion – 3: Der Feind der Zeit · 06/5519

STAR TREK: STARFLEET KADETTEN
John Vornholt, Generationen · 06/6501
Peter David, Worfs erstes Abenteuer · 06/6502
Peter David, Mission auf Dantar · 06/6503
Peter David, Überleben · 06/6504
Brad Strickland, Das Sternengespenst · 06/6505
Brad Strickland, In den Wüsten von Bajor · 06/6506
John Peel, Freiheitskämpfer · 06/6507
Mel Gilden & Ted Pedersen, Das Schoßtierchen · 06/6508
John Vornholt, Erobert die Flagge! · 06/6509
V. E. Mitchell, Die Atlantis Station · 06/6510
Michael Jan Friedman, Die verschwundene Besatzung · 06/6511
Michael Jan Friedman, Das Echsenvolk · 06/6512
Diane G. Gallagher, Arcade · 06/6513
John Peel, Ein Trip durch das Wurmloch · 06/6514
Brad & Barbara Strickland, Kadett Jean-Luc Picard · 06/6515
Brad & Barbara Strickland, Picards erstes Kommando · 06/6516

STAR TREK: VOYAGER
L. A. Graf, Der Beschützer · 06/5401
Dean Wesley Smith/Kristine Kathryn Rusch, Die Flucht · 06/5402
Nathan Archer, Ragnarök · 06/5403

STAR TREK™

Susan Wright, Verletzungen · 06/5404
John Betancourt, Der Arbuk-Zwischenfall · 06/5405
Christie Golden, Die ermordete Sonne · 06/5406
Mark A. Garland & Charles G. McGraw, Geisterhafte Visionen · 06/5407
S. N. Lewitt, Cybersong · 06/5408
Dafydd ab Hugh, Invasion – 4: Die Raserei des Endes · 06/5409 (in Vorb.)
Karen Haber, Segnet die Tiere · 06/5410
Melissa Scott, Der Garten · 06/5812

DAS STAR TREK-UNIVERSUM, 2 Bde.,
von *Ralph Sander* · 06/5150
DAS STAR TREK-UNIVERSUM, 1. Ergänzungsband
von *Ralph Sander* · 06/5151
DAS STAR TREK-UNIVERSUM, 2. Ergänzungsband
von *Ralph Sander* · 06/5270

Ralph Sander, Star Trek Timer 1996 · 06/1996
Ralph Sander, Star Trek Timer 1997 · 06/1997
Ralph Sander, Star Trek Timer 1998 · 06/1998

William Shatner/Chris Kreski, Star Trek Erinnerungen · 06/5188
William Shatner/Chris Kreski, Star Trek Erinnerungen: Die Filme · 06/5450

Phil Farrand, Cap'n Beckmessers Führer durch STAR TREK – DIE CLASSIC SERIE · 06/5451
Phil Farrand, Cap'n Beckmessers Führer durch STAR TREK – DIE NÄCHSTE GENERATION · 06/5199
Phil Farrand, Cap'n Beckmessers Führer durch STAR TREK – DIE NÄCHSTE GENERATION – Teil 2 · 06/6457

David Alexander, Gene Roddenberry – Die autorisierte Biographie · 06/5544
Nichelle Nichols, Nicht nur Uhura · 06/5547
Leonard Nimoy, Ich bin Spock · 06/5548
Lawrence M. Krauss, Die Physik von Star Trek · 06/5549
J. M. Dillard, Star Trek: Wo bisher noch niemand gewesen ist · 06/6500
Judith & Garfield Reeves-Stevens, Star Trek – Deep Space Nine: Die Realisierung einer Idee · 06/5550
Judith & Garfield Reeves-Stevens, Star Trek Design · 06/5545
Herbert F. Solow & Robert H. Justman, Star Trek – Die wahre Geschichte · 06/6499

Diese Liste ist eine Bibliographie erschienener Titel
KEIN VERZEICHNIS LIEFERBARER BÜCHER!